午夜时分的解放

1947印度独立与印巴分治实录

FREEDOM AT MIDNIGHT

LARRY COLLINS, DOMINIQUE LAPIERRE

[美]拉莱·科林斯
[法]多米尼克·拉皮埃尔 著
李晖 译

民主与建设出版社
·北京·

冥冥注定的天意让统治印度的责任落在了不列颠民族的肩上。

——鲁德亚德·吉卜林（Rudyard Kipling）

失去印度将是我们最后也是最致命的损失。英国由盛转衰，它无疑是这一进程的组成部分。

——温斯顿·丘吉尔（Winston Churchill）
于1931年2月在下议院的讲话

多年前，我们与命运做过一个约定，如今到了践行诺言的时候……当午夜的钟声鸣响，当世界还在沉睡，印度将从梦中醒来，迎接生命和自由。这样的一刻在历史上是多么不可多得，我们将破旧迎新，宣告一个时代的终结，一个民族的灵魂在长期受到压制后终于迎来了解放……

——贾瓦哈拉尔·尼赫鲁（Jawaharlal Nehru）
于1947年8月14日在新德里印度国民大会上的讲话

英文版再版前言

在过往的每一个世纪里总会有那么几个关键性的时刻，只有在这样的时刻，人们才真正可以说出"铸就历史"或是"人类的发展历程从此改变，开始走出新方向"一类的话。1914年6月28日清晨就是这样一个时刻，加夫里洛·普林西普为行刺弗朗茨·斐迪南大公而从萨拉热窝的人群里冲出，将欧洲变成第一次世界大战的屠宰场；1942年的一个冬日同样是这样一个时刻，在这一天，身处芝加哥的恩里科·费米（Enrico Fermi）成功完成他的第一次核连锁反应，人类从此进入原子时代。

在我们这个即将过去的世纪里还存在着另一个关键时刻，它与上述两个时刻有着等量齐观的重要意义，这就是1947年8月14日至15日的午夜，在新德里的副王府，镶有印度之星的米字旗在印度完成其最后一降的那一刻。这面骄傲旗帜的最后撤下，宣告的不仅仅是英国统治的终结和占当时世界人口1/5的4亿印度人民的独立，它更宣告了白人基督徒的子孙将大半个世界据为己有长达450年的帝国主义时代就此走向完结。这一夜，一个新的世界诞生了，我们将伴随这个新世界进入下一个千年。在这个新世界里，各个大陆和民族开始觉醒，而在新的梦想与愿望中又往往交织着各种冲突和矛盾。

这是一场大戏，站在舞台中央的群星们在那一夜分外光彩夺目！身为舰队司令，同时又是缅甸伯爵和印度末任副王的路易斯·蒙巴顿勋爵（Lord Louis Mountbatten），以曾祖母维多利亚女王的名义，宣布向德里移交大英帝国最为辉煌的殖民财富。贾瓦哈拉尔·尼赫鲁，这位有着完美品位和教养而又智慧超群的绅士，理所当然地成为这个处在动荡中的第三世界国家的首位领袖。冷静、朴素、彬彬有礼而又意志坚强的穆罕默德·阿里·真纳（Mohammed Ali Jinnah）则致力于在脱离英国人统治后建立起一个新的伊斯兰国家——此时的他正在夜色里悠然品味着伊斯兰教义所禁止的威士忌和苏打。

地位在他人之上的"圣雄"莫罕达斯·卡拉姆昌德·甘地（Mohandas Karamchand Gandhi）身体十分虚弱，这位非暴力运动的先知仅仅凭着忍受屈辱的方法就让日不落帝国的终结加快了脚步。在一个没有电视机、收音机很少、大多数同胞还是文盲的时代，他绝对是一位天才的传媒大师，因为他可以用简单的肢体语言与人们的灵魂展开对话。在历史学家和图书编辑们评选20世纪最具影响力的人物时，甘地的名字无疑将高居于候选人名单的前列。

这个戏剧化时刻所带来的是新旧两个印度的对比。首先，作为帝国传奇的印度在那一夜即将死去，与其一道消失的还有那些昔日的抗敌英雄和锦衣玉食的土邦王公，狩猎老虎、绿色的马球场、披金戴银的皇家大象、傲慢的欧洲贵妇，以及年纪轻轻并且身穿晚礼服在湿热的丛林帐篷里优雅进餐的印度行政机构官员都将不复存在。伴随黎明诞生的新印度将是一个时常陷入饥馑和绝望的国度，在多民族、多文化、多语言和多宗教等重重的压力之下，这个新国家将向着现代化和工业化国家的目标艰难前进。

我们写此书的动力正是源自以上因素的吸引和挑战。本书于1975年首版，其效果令作者备受鼓舞——在广泛取得成功的同时也遭到相当多的批评。编剧家约翰·布里利说，他为理查德·阿滕伯勒的电影《甘地传》编写剧本并赢得奥斯卡最佳编剧奖就是从这本书中得到了启发。作为一本在美国、欧洲和拉丁美洲各国都取得成功的畅销书，受本书影响最大的自然是印度次大陆。它被印度所有的地方语言翻译出版，这样的殊荣在历史上只有查尔斯·狄更斯和维克多·雨果才享有过。然而，它所享有的荣耀还不止于此，各种模仿形式的盗版出版物不少于三十四种。

本次再版适逢印度独立五十周年，我们在重新检视了原来的内容后确信，需要修改或重写的地方委实不多。然而，我们仍然认为，本书所叙述的事件已经过去长达半个世纪，而本书的首版发行距今也已多年，所以，对某些内容做出一定的补充完善还是有必要的。为了做好这件事，我们再次取出与蒙巴顿爵士座谈时录下的长达三十个小时的录音带，以及编写本书时所用过的其他原始资料。

尽管印度和巴基斯坦都在庆祝他们各自取得独立五十周年，但双方半个世纪以来的敌对关系却丝毫没有减弱。这两个国家都拥有核武器，而且同时声称一旦受到威胁将不惜发动核战争，从而使印度次大陆成为地球上最危险的地区之一。他们各自谴责对方在本国土地上煽动恐怖主义，其中印度指的是巴基斯坦对克什米尔地区游击队的幕后支持，而后者针对的则是前者在卡拉奇和旁遮普局部地区的暴力事件中所起的作用。

然而，只有美丽的克什米尔谷地才无疑是双方冲突的焦点，这里的穆斯林人口虽然占据压倒性多数，却处于印度越来越严厉的管控之下。联合国曾反复呼吁通过全民公决来决定当地的归属，但此举的后果几乎可以肯定将使该地区脱离印度而独立，甚至加入巴基斯坦。这个问题之所以异常棘手，就是因为哪怕印度政府仅仅对这样的可能性给予任何考虑，就会导致印度教民兵对穆斯林少数民族的暴行，而这些暴行的残酷程度将远远超过克什米尔地区迄今所经历过的任何暴力事件。

多数巴基斯坦人认为蒙巴顿爵士要对克什米尔在独立后选择加入印度而非巴基斯坦的结果负责。但这样的指责既不公平也不尊重事实。恰恰相反，在和平解决这一问题的过程中，蒙巴顿爵士恐怕比任何人付出的努力都要多。面对重重的困难，他曾取得印度两位政治领导人瓦拉巴伊·帕特尔（Vallabhbhai Patel）和贾瓦哈拉尔·尼赫鲁的承诺，即接受克什米尔的印度王公哈里·辛格（Hari Singh）让克什米尔加入巴基斯坦的决定。（根据权力移交的监管条款，印度各个省的土邦王公应按照本省内多数民众的要求选择加入印度或者巴基斯坦。）

有了这样一个约定后，蒙巴顿在8月15日前不久飞往斯利那加（Srinagar），决心说服辛格加入巴基斯坦。在前往特莱卡河（Trika River）钓鳟鱼的路上，蒙巴顿催促同车的辛格尽快行动。

"哈里·辛格，"他对这位亲王说，"你必须听我把话讲清楚。我所捎的口信是得到未来的印度政府充分授权的,也就是说,如果你以本区域多数人口是穆斯林为理由而决定加入巴基斯坦,他们将对此表示理解和支持。"

辛格拒绝了蒙巴顿的好意。他向蒙巴顿表示自己更愿意成为一个独立国家的首脑。蒙巴顿顿时发现辛格简直"愚蠢到了家",他回答说:"独立只能是你的下下策。因为你的国家不过是一个内陆国家,地域相对于人口过于广阔。你的态度肯定会让印度和巴基斯坦发生冲突。你会令你的两个邻居从此势不两立。最后的结局就是你的地盘成为他们的战场。一旦行差踏错,你丢掉的将不只是王位,甚至连性命都保不住。"

然而,辛格仍然固执己见。在蒙巴顿造访期间,他不再与他进行正式的会晤。独立日来到了,但很快又过去了,而哈里·辛格仍然举棋不定,对克什米尔的未来理不出任何头绪。当巴基斯坦组织和武装起来的部落军队于当年秋天突然来到他的首都斯利那加时,辛格旋即向新德里求救。在此关头,作为新的印度自治领的总督,蒙巴顿的确对尼赫鲁说过,除非克什米尔王公正式签署并入印度法案,否则印度就没有向克什米尔发兵的合法理由。辛格在慌乱中签署了相关文件,印度军队随即空降到克什米尔。直到今天,印度的军队仍然驻扎在那里,那一年秋天发生的事件让两国的关系始终处于恶化的状态。

本书许多读者注意到书中内容没有涉及坊间流传已久的有关埃德温娜·蒙巴顿(Edwina Mountbatten)夫人与贾瓦哈拉尔·尼赫鲁之间的恋情。我们不这样做是有所考虑的。尽管在尼赫鲁与蒙巴顿夫人之间无疑存在着一种特殊的情感,然而不论是过去还是现在我们都没有证据表明他们的关系超越了柏拉图式的精神范畴。尼赫鲁的亲妹妹潘迪特(V. L. Pandit)在一次谈话中曾主动谈起,她哥哥的婚姻解体是因为性无能而导致的,和他与埃德温娜之间的关系毫无联系。她说,性无能让自己的哥哥婚姻破碎并从此伴随他度过余生。鉴于当时印度社会对雄性能力的极尽推崇现象,我们很难想象一个做妹妹的会在这方面有意让自己爱戴的兄长蒙羞。并且,在蒙巴顿夫人两次探访尼赫鲁期间为尼赫鲁照看官邸的贴身仆人也发誓说,自己没有发现任何可以证明二人共居一室的证据。

蒙巴顿的确主动承认曾向妻子透露过一些与印度领导人谈判过程中的秘密，并且，他还偶尔利用妻子向尼赫鲁非正式地传递一些消息，而这些消息是他无法在正式场合明示给对方的。

在本书出版后的几年里，身为作者的我们时常会受到指责，说我们在书中有意偏袒蒙巴顿。我们完全接受这些指责。总体上讲，他们对蒙巴顿这位末代副王的批评主要分两个层面：一是他在1947年8月的权力移交过程中动作太快，二是他的不尽职导致了随后发生的许多恐怖屠杀事件。

诚然，永远没有人会知道在那以后的几个星期里到底有多少人死于非命。蒙巴顿认为死亡人数为25万，这个概算无疑多少有些一厢情愿的天真成分。多数历史学家推论这一数字大致为50万。某些人士甚至认为死亡人数有200万之巨。

不管这一数字究竟是多少，要预见这一灾难的惨烈程度都是当时的印度官方所无法做到的，只有一个人除外。在写作过程中，我们读遍了当时印度各省总督写给副王的所有周报。这些总督们，如来自旁遮普省的埃文·詹金斯爵士和来自西北边境省的奥拉夫·卡罗爵士，代表着大英帝国对印度统治最为骄傲的产物，即印度行政机构的精英。他们都在向一个刚刚来到印度几个月而不是几年时间的副王献言献计。然而，所有人针对暴力风潮所做出的预测与印巴分治后的实际情况相比却无任何可供借鉴之处。

印度和巴基斯坦的领导人们——尼赫鲁、帕特尔、真纳以及利雅卡特·阿里·汗（Liaquat Ali Khan），都在用同一个声音敦促蒙巴顿用最快的速度把权力移交给他们。早在此前，这些人已经为这一天的到来而奔走呼吁乃至跃跃欲试长达数年的时间。他们不会让任何事情来延缓自己对权力的掌控。不管他们内心深处想到的是什么，在与蒙巴顿所有有记载的谈话中，他们无不尽力对印度分治后所引发的危险轻描淡写，同时又极力夸大自己对于可能出现的危机的掌控能力。只有一个声音真正对即将席卷整个印度次大陆的灾难做出了准确的预测。发出这个声音的人就是甘地，然而，在1947年的盛夏，没有人听得进这位非暴力先知所说的话。

"错误就在于，"蒙巴顿向我们坦承道，"没有人对在现在看来是大众显而易见会做出的普遍反应做出预判。没有人想到数百万人在瞬息之间会做出迁移和投奔另一方的举动。绝对没有。"

那么，我们问他，假设有权威的声音做出了这样的预测，他会对自己的决定做出改变吗？"我的决定不会有任何改变"，这就是他的答案。"我也不可能做出改变。我会把这些领导人们召集到一起，然后问他们：'我们面临的难题就是这样。我们应该怎么办呢？'也许我能够说出'我们不打算移交权力了'这样的话，但这是他们所不可能接受的。"

有人说，从事后看，对两个新国家的领导人亦步亦趋的蒙巴顿，完全可以阻止西里尔·拉德克利夫（Cyril Radcliffe）爵士对于两国边界所做裁定的公布。他们认为，这样做，至少可以暂时将数百万迁移的人口稳定在原来的地区。此法听起来有些道理。但是，谁能保证，这样的不确定性会不会让早就一触即发的形势更加恶化从而导致更加血腥的暴力呢？

我们在研究工作中发现，1947年夏天，对于蒙巴顿来说，确实发生了一件不为他所知的事情。这就是真纳身患结核病已经不久于人世，他的医生们告诉我们说，真纳当时已经知道自己活不过半年。如果蒙巴顿当时了解到这个情况，很可能会对印度做出别样的安排。他一直希望印度是一个统一的国家，但真纳是他所做种种努力的绊脚石。蒙巴顿毫不讳言地承认，如果知道真纳的病情，他肯定会放手一搏，等候他的死讯。如此一来，一个独立的巴基斯坦将永远不会诞生。

有人指责他行动过快，过早地让印度和巴基斯坦宣布独立，但这些人应该记住，迅速移交权力是他在1947年1月获任印度副王时，首相克莱门特·艾德礼亲口给他下达的指令。他们两人都知道，英国在印度的势力早已形同虚设。在英国的许可下，印度在"二战"时期一直由他们引以为荣的公务员队伍在管理着。英国在印度招募的士兵根本不愿为英国保有印度而战，这就好比俄国在车臣的军队同样不愿为保持俄国对车臣的统治而牺牲一样。1946年7月，加尔各答的穆斯林联盟发起"直接行动日"，他们在72小时内杀死了总共26000名印度教徒。这起事件如同幽灵一样困扰着蒙巴顿，他始终挥之不去。同时，它也暴露出英国对印度的统治在1947年时已经到了多么风雨飘摇的境地。因此，蒙巴顿的首要考虑就是把管理和治理印度的权力以最快的速度移交出去。这个思想固然是他本人受到民族主义情结支配的结果，但同时也是把他派到印度来的人所做出的要求。

在题为"我们的人民疯掉了"的第十三章中，我们使用的一句话让很多印度读者感到愤怒，因此，我们需要在此做出说明。这句话是蒙巴顿爵士在谈到尼赫鲁和帕特尔的表现时所说的。1947年9月6日星期六，印度在分治后的暴力活动达到了最高潮，他从西姆拉返回官邸，在自己的书房里会见了二人。按照他的描述，这两位领导人"看上去像是两个乖乖的学生"。

当然，人们完全可以说，他的话至少有可能只是一种不经意的表达方式。然而，事实却是，蒙巴顿在与我们的交谈录音中的的确确说出了上述这句话。在距此一周后的又一次谈话录音中，他在讲述当时的情景时再次使用了类似的说法。这两人"就像两个学校里的学生，呆若木鸡。整个人完全蒙掉了"。

这位末代副王在本书出版前阅读过全部的书稿，他对这句话并没有提出异议。在此后虽然受到印度读者的广泛批评，他也没有要求我们将此句删除。就算他的话听起来再有失考虑，我们作为作者难道就应该为此做任何删减吗？

在本书首版问世后的几年里，我们二人一直与蒙巴顿爵士保持着密切的接触。他对此书的成功深感慰藉，特意把它们送给女王陛下、他钟爱有加的查尔斯王子以及哈罗德·威尔逊首相，请求他们放下其他事情一睹为快。

在蒙巴顿位于布罗德兰兹的住所内，整齐摆放着几个可以防火的柜子，他一生以来几乎所有的书面资料都装在里面，内容从各种邀请卡片、他在洗礼中的命名，直到他最后一次参加国宴时的菜单，可谓丰富而庞杂。他希望让将来的人在为他写传记时能以这些资料为依据，以便他的子孙们可以与作者一道分享版权。他说道，这样做无异于让自己面对自己的坟墓。令我们感到意外的是，他在辞世的前一年，用他偶尔会有的一种假装威严的语气向我们宣布："我决定由你们二位来为我写传。"

"路易斯爵士，"我们争辩道，"你是这个国家最重要的人物之一。你将自己的传记交给一个美国人和一个法国人来写，肯定会被英国政府看成是大逆不道的行为。"

蒙巴顿听完我们的话发出一声哼笑，指出我们对英国政府知之太少，而他本人则更是对此嗤之以鼻。几个月之后他又旧事重提。他对我们说，他的女婿约翰·布雷伯恩（John Brabourne）爵士作为他的档案监管人，认为我们婉拒为他的岳父大人写传的理由是对的。我们顿感如释重负，同时向他推举当时的牛津大学皇家历史教授休·托马斯（Hugh Thomas），然而，他显然不愿放弃初衷。蒙巴顿直到去世时都未能解决这个问题。因此，找人为他写传的任务就落在了他女婿的身上。而他这位女婿最终选择的菲利普·齐格勒（Philip Ziegler），正是本书的编辑。

很多人不知道的是，蒙巴顿在生命的最后几年里患上了一系列轻微的心血管疾病。他的女儿们和医生一起要求他减少日常的活动安排以及对工作的狂热程度。但他对这些忠告全部置若罔闻。

在那几年里，我们常去他在伦敦金内尔顿街的公寓与他交谈，有些时候的话题谈到了死亡。他对甘地的死特别感到钦佩，因为他坚信，这位圣雄通过自己的死亡实现了他在世时所毕生追求的目标，即终结印度种群之间的暴力。这样的死亡被赋予了崇高的意义，而能够有这样机会的人实在是凤毛麟角。他虽然没有做过如此清晰的表达，但言语间已经流露出他对死得其所的热切渴望，这也是他所希望的描述自己生命的最后篇章。

1979年8月，他像每年夏天一样，为去自己位于爱尔兰克拉斯邦的城堡度假做起了准备。在启程前一天，他和本书的其中一位作者通过电话。

"去那里千万要小心啊，路易斯爵士，"这位作者提醒道，"你可是那些爱尔兰共和军嘴里叫得最凶的刺杀目标。"

"亲爱的拉莱，"蒙巴顿回答道，"你可是又一次暴露出对这些事务的无知了。爱尔兰人非常了解我对爱尔兰问题的立场。我去那里是不会遇到任何麻烦的。"

两个星期后的一个清晨，他与自己的亲家、约翰·布雷伯恩的母亲一起带着一个孩子出海钓鱼，在发动引擎时引爆了爱尔兰共和军预先放置好的炸弹，三人全部遇难。

他唯一想说的话恐怕就是要向那些对老妇和孩子下毒手的凶手表示蔑视。而他本人呢？他当场就死了，他的尸体漂浮在大海上，而这片大海恰恰是他和他的父亲曾经大显身手的地方。就算他的死让正在北爱尔兰互相厮杀的共和派和保皇派们从中感悟到了什么，但与他所崇敬的甘地之死相比，他会不会为自己的生命就此结束感到不值呢？

在我们写作本书的过程中，他常常发出感慨："眼看着同种同族、信奉同一位救世主的人们在北爱尔兰挥刀相向，我们西方人又有什么资格去责备互相仇杀的印度教徒和伊斯兰教徒呢？"

可惜，在他死后将近二十年的时间里，他和所有后来之人所做出的牺牲，并没有让北爱尔兰的人们得到任何启示，这与甘地的死让他的印度同胞们所学到的智慧相比不能不说是一个悲哀。

拉莱·科林斯

多米尼克·拉皮埃尔

1996 年 12 月

序

从孟买湾一处不断被海水轻轻拍打的海角向着这座城市远眺,黄色的玄武岩拱门以其粗犷而巍峨的身姿出现在天际线上。一个斜坡状的水泥平台从拱门一直延伸到海边,海湾里的波浪很舒缓,几乎无法搅动平台周围那些浮在水面的绿色油泥。拱门投下的巨大阴影覆盖着一个奇特的世界:耍蛇人和算命师、乞丐和游客,蓬头垢面并且因药物作用而表情呆滞的嬉皮士,整个城市因为贫穷而变得奄奄一息。没有人会抬起头来去端详拱门上方那些清晰可见的题字:"为纪念帝国陛下英王乔治五世和玛丽王后于1911年12月2日驾临印度而建"。

然而,这座拱形的印度之门曾经是这个世界上最强大帝国的胜利之门。对于好几代抛弃了在英国中部以及苏格兰山区的村庄而漂洋过海来到印度的英国人来说,他们在即将到达目的地时从船上首先看到的就是这座巨大的拱门。这些从拱门下鱼贯而过的人当中有士兵和冒险家、商人和官员,他们的到来是为确保大英帝国治下的和平世界长盛不衰,是为对一个已经被征服的大陆进行攫取,是为承担起白种人自认为不可动摇的责任,那就是他们生来就是世界的统治者,他们的帝国注定将永远存在下去。

所有这一切在今天看来早已遥不可及。如今,这座距今半个世纪的印度之门只是又一堆石头而已,与尼尼微城和提尔城被人遗忘的纪念碑别无二致。

目 录

英文版再版前言　　iii

序　　xiii

1　"一个生为人君的民族"　　1
2　"独自前行吧，独自前行"　　17
3　"把印度交给上帝"　　31
4　末日统治的最后一鸣礼炮　　69
5　一位老人和他破碎的梦想　　89
6　一个尊贵的小地方　　131
7　宫殿和猛虎，大象和珍宝　　141
8　被群星诅咒的一天　　159
9　空前复杂的分家案　　183
10　我们永远是兄弟　　219
11　当世界还在沉睡　　253

12	"哦,可爱的自由黎明"	287
13	"我们的人民疯掉了"	313
14	史无前例的大迁徙	349
15	"克什米尔——举世无双的克什米尔"	379
16	两个来自浦那的婆罗门	393
17	"让甘地死!"	413
18	马丹拉尔·帕瓦的复仇	441
19	"我们一定要抢在警察找到我们之前除掉甘地"	455
20	第二场蒙难	477

结 语	499
人物归宿	513
致 谢	517
注 释	525
出版后记	540

1
"一个生为人君的民族"

伦敦，1947年元旦

那是一个让一个伟大国家一筹莫展的冬天。伦敦人的忧郁一如弥漫在空气中的寒冷雾气。英国的首都在如此阴郁的气氛中迎接新年还真是前所未有的事情。在新年的早晨，这座城市绝大多数家庭都没有热水，男主人无法剃须，女主人洗脸盆里的水甚至盖不住盆底。伦敦人在卧室里一边嘴里冒着哈气一边互相祝福新年。能够外出饮酒庆祝的人屈指可数。在新年前夜可以买到威士忌酒的地方，一瓶酒的售价高达八英镑。

街道上冷冷清清。偶尔出现的行人也是行色匆匆、面无表情，身上穿的旧制服或衣服在经过八年来的缝缝补补和将就后早就磨得薄薄的。难得看到的轿车来回开得飞快，像是逃亡的幽灵般罪恶地消耗着英国限量供应的宝贵汽油。战后的伦敦街头到处都能闻到一股臭味。这是数千幢被炸毁的建筑物废墟在烧焦后释放出的变质气味，它像秋天里的薄雾向四下弥散。

尽管如此，这座悲惨而又死气沉沉的城市毕竟还是一个自诩为征服者的国家的首都。就在十七个月前，英国人在人类历史上最为残酷的战争中赢得了胜利。他们的胜利，以及在逆境当中表现出来的勇气，得到世人前所未有的崇敬。

然而，胜利的代价几乎将英国人压垮。英国工业遭到严重破坏，国库空虚，曾经无限风光的英镑只能靠美元和加拿大元的注入而勉力支撑，国家财政无法偿还战时所欠下的巨额债务。所有地方的工厂都在倒闭。失业的英国人口超过两百万。煤的产量甚至比十年前还低，导致每天都有一些地方要断电长达数个小时。

对于伦敦人来说，这个新年意味着几乎所有生活用品的严格定量供应进入到连续的第八个年头。这些生活用品包括：食物、燃料、酒、能源、鞋、衣服。这个在战胜希特勒过程中时常"以V形手势表示胜利"并"竖起拇指"以示激励的民族，现在却落入"饥寒交迫"的窘境。

在刚刚过去的圣诞节，只有1/15的家庭能够找到并买得起一只圣诞火鸡。很多儿童在平安夜没有收到礼物。财政部对购买玩具课以百分之一百的重税。伦敦的商店橱窗上最常见的字就是"无"："土豆无货""木材无货""煤无货""香烟无货""肉无货"。帝国最著名的经济学家约翰·梅纳德·凯恩斯（John Maynard Keynes）说过的一句冷冰冰的话，正好是英国在这个新年早晨的真实写照。"我们是一个穷困的国家，"他在此前一年即对国人发出警告，"因此我们必须学会用穷困的方式去生活。"

虽然伦敦人在那一天早晨连为庆祝新年沏一杯茶的热水也没有，他们却仍然拥有另一样东西。因为是英国人，他们只要在一个蓝黄色的小本子上做个记号，便可以随便去往将近1/4个地球的任何地方，这个小本子就是英国护照。世界上只有英国人享有这一好处。在1947年的新年来临之际，英国在全世界所拥有的自治领、领土、保护地、从属国及殖民地仍然保持着相当程度的完整。在这些地方大约生活着五亿六千万人口，他们是：泰米尔人和华人、丛林人和霍屯督人（Hottentot）、前德拉威（pre-Dravidian）人和美拉尼西亚人（Melanesian）、澳大利亚人和加拿大人，躲在伦敦没有供暖的房屋里打着哆嗦的英国人还可以对他们发号施令。在那个早晨，英国人仍然享有对世界上将近三百个地方的统治权，这些地方小到不为人知的鸟岛、珊瑚礁、船难礁，大到人口稠密的亚洲和非洲大陆上的大片地区。大英帝国最为自负的自我标榜仍然所言非虚：在新年这天，大本钟的钟声每越过伦敦市中心的废墟传来一次，就会有大英帝国的某一片土地在迎来黎明，因此也就有一面米字旗在晨光中冉冉升起。

恺撒也好，查理大帝也罢，没有人的成就可以与之相比。三个世纪以来，猩红的颜色在世界地图上蔓延着，它催发着孩子们的梦想、商人们的贪婪、冒险家们的野心。源源而来的大量原材料推动了工业革命的爆发，广袤的疆土成为让工业产品受到保护的市场。"重重如黄金、黑黑如原煤、红红如征服过程中的鲜血"，这个帝国让原本不到五千万人口居民的小岛一跃而成为世界上最强大的国家，而伦敦更成为世界的首都。

此时，一辆神秘的黑色奥斯汀公主轿车正沿着冷清的街道静静地驶向城市中心。它在经过白金汉宫后驶上美尔大街，车内唯一的乘客双眼凝神注视着这条帝国街道两边不时掠过的风景。他在内心回忆着，不列颠在其成就帝国霸业的历史上有多少次是在这里庆祝胜利的。半个世纪前的1897年6月22日，为庆祝自己执政六十周年的维多利亚女王乘坐马车，在清脆的马蹄声中在这条街上从头走到尾，美尔街的名气也由此达到顶峰。来为女王庆祝的有廓尔喀人（Gurkha）、锡克人、帕坦人（Pathan）、非洲黄金海岸的豪萨人（Hausa）、苏丹贝扎人、塞浦路斯人、牙买加人、香港华人、婆罗洲猎头族人、澳大利亚人、新西兰人、南非人和加拿大人，他们列队沿美尔街行进，受到他们所归属帝国民众的欢呼。浮现在他眼前的这一切正是行走在这条大街上的所有英国人和他们的后人们的非凡梦想。而现在，即便是这些东西也将离他们远去。帝国的时代已经一去不返，正是抱着对这一历史宿命的认同，黑色奥斯汀公主轿车正孤寂地行驶在这条见证过如此多辉煌庆典的街道上。

车内的乘客重新向后靠倒身体。在这个假日的早晨，他的眼前本应该完全是另一幅景象，那就是远在瑞士的一条长长的、在阳光照耀下的滑雪跑道。然而，一道紧急通知让他中断了圣诞假期并匆忙赶到苏黎世，一架英国皇家空军的飞机已经等候在那里，径直把他送到伦敦的诺霍特空军机场。

他乘坐的轿车经过议会街，沿着一条狭窄的小巷驶到一扇院门前，这个可能是在全世界摄影镜头里出现过次数最多的地方就是唐宁街10号。在过往的六年里，世人每每把这个简洁的木门框与一位头戴黑毡帽的男人联系在一起，他嘴里叼着雪茄，手中拄着拐杖，用手指打出"V"的形状来象征胜利。温斯顿·丘吉尔在这里居住时共打了两场大战，一场是战胜轴心国的世界大战，另一场则是保卫大英帝国的战斗。

然而，时过境迁，此时等在唐宁街10号里的却是一位新首相，这位社会主义的鼓吹者被丘吉尔讥讽为"一位谦卑但谦卑得还远远不够的人"。

刚刚上台的克莱门特·艾德礼（Clement Attlee）和他的工党毫不掩饰地宣布要让大英帝国走向解体。对于艾德礼乃至整个英国而言，这是一个顺应历史潮流的必然之举，他们要将自由传递给英国统治着的从开伯尔山口（Khyber Pass）到印度科摩林角（Cape Comorin）的广大而人口稠密的地区。卓越而又耻辱的英国统治机构既是帝国存在的基石和理由，也是帝国最得意的成就和最大的关注对象。抗敌英雄、锦衣玉食的土邦王公、狩猎老虎、绿色的马球场、裹着头巾的头盔和威士忌苏打饮料、披金戴银的皇家大象、忍饥挨饿的苦行僧侣、咖喱肉汤和傲慢的欧洲贵妇，印度这一切的一切都是大英帝国梦想的再现。这位从车中走出的英俊的海军少将奉召前来，他所面临的任务却是要结束这场美梦。

四十六岁的缅甸子爵路易斯·弗朗西斯·阿尔伯特·维克多·尼古拉斯·蒙巴顿（Louis Francis Albert Victor Nicholas Mountbatten），是英国最有影响的人物之一。他是个大高个，身高超过六英尺[①]，但勤于锻炼的腰部没有丝毫赘肉。尽管他在过去的六年里受尽各种压力的煎熬，但在熟悉他的数百万便士报读者眼里从没有显露出过怯惧和倦态。他的脸型与常人无异，在人们眼里是最标准的脸型设计蓝本，一头浓密的黑发让黄褐色的眼睛更加炯炯有神，这样的形象让他在这个一月的早晨看上去比实际年龄至少要年轻五岁。

蒙巴顿很清楚自己被召回伦敦的原因。自从卸任东南亚战区盟军最高司令官回国后，他就作为东南亚各国事务顾问成为唐宁街的常客。然而，首相在他上一次造访时所提出的问题却把焦点集中到他熟悉范围以外的地方——印度。这让这位年轻的少将顿时有一种"非常厌恶而不安的感

---

① 1英尺=30.48厘米。

觉"。他的预感应验了,艾德礼就是要提名他为印度副王。这是帝国最为重要的职位,之前已经有好几个英国人在这个职位上掌管着这片全世界1/5人口所居住的土地。然而,蒙巴顿履职后的工作并不是统治印度。他所面临的是作为一个英国人最不情愿干同时也是最为痛苦的任务,那就是放弃印度。

蒙巴顿当然不想接受这份差事。他完全同意此时是英国应该离开印度的时候,但他在内心却对要由自己亲手割断英国与印度之间由来已久的联系感到抗拒。他向艾德礼提出一大堆大大小小的要求,从允许他带上飞机的随员数量到他在东南亚使用过的约克 MW102 飞机要随时听候调遣等。但让他郁闷的是,艾德礼居然一一照办了。现在,在就要走入内阁会议室时,蒙巴顿仍然在盘算着如何让艾德礼知难而返。

早已等候蒙巴顿多时的艾德礼此时脸色蜡黄,他留着随意的胡须,身上穿的粗花呢外套皱巴巴的,好像从来没有熨过,他在举止之间流露出的情绪与蒙巴顿刚刚经过的城市一样,灰暗而阴郁。他作为工党首相,却让一位魅力十足、成天打马球的王室成员出任要职,还要求他按照工党的意愿结束帝国的时代,这件事乍看上去确实让人摸不着头脑。

人们对蒙巴顿的了解仅仅限于他的公众形象,其实他还有许多鲜为人知的方面。他在海军制服上所做的装饰就可以证明这一点。公众可能认为他是王室政权的核心成员,而王室政权内部却把他和他的妻子视为危险的激进分子。他在东南亚的指挥经历使他对亚洲的民族解放运动了解得非常深刻,这让他在英国国内无人能及。法属印度支那的胡志明、印度尼西亚的苏加诺、缅甸的昂山、马来西亚的华人共产党、新加坡的激进工会分子,蒙巴顿与他们所有人的支持者都打过交道。他在意识到这些人代表着亚洲的未来之后便开始与他们谋求合作和妥协,而不是按照他的手下和盟国所要求的那样对他们实行镇压。如果被派往印度,他将面临所有民族运动中最古老而又最不同寻常的局面。1/4个世纪以来,在印度民族主义运动领袖们的不断煽动和抗议下,历史上最强大的帝国不得不执行艾德礼政府所做出的决定:让英国友好地撤离印度,而不是等着被历史和武装叛乱的力量赶离这个国家。

首相的谈话从对印度问题的分析开始。他说，印度局势的不断恶化是以天为单位来计算的，因此提出解决方案成为迫在眉睫的工作。眼下的危急时局让英国处于历史上的两难境地，英国在终于可以还印度以自由时却找不到这样做的办法。而英国本来在印度的大好时光却注定要演变为一场空前绝后的恐怖噩梦。从殖民的标准上讲，她在占领和统治印度时几乎没有流血。她的离开却可能引爆印度三个半世纪以来最大规模和范围的暴力活动。

这个问题的根源就是长期以来三亿印度教徒和一亿伊斯兰教徒之间的敌对情绪。受到传统、宗教对立矛盾、经济差异的影响，再加上英国人多年以来分而治之的政策，他们之间的冲突已经到了水火不容的地步。穆斯林领导人要求英国将苦心经营的统一局面一分为二，从而建立起一个属于他们自己的伊斯兰国家。他们同时发出警告，如果英国拒绝，亚洲将爆发有史以来最血腥的内战。

代表三亿印度教徒的国大党领袖反对态度同样坚决。对于他们来说，印度次大陆的分裂将是对他们古老家园的毁灭，是要遭到天谴的行为。

英国被夹在两个决然不能相容的立场中间，眼看自己缓缓陷入泥潭而无法自拔。英国人解决问题的努力一次又一次遭到失败。在局势危在旦夕之际，担任现任副王的陆军元帅阿奇博尔德·韦维尔爵士（Archibald Wavell）刚刚向艾德礼政府提出了他的最后建议。这位诚实而率直的军人提出，一旦所有努力均告失败，英国应宣布："我们决计将以英国人自己的方式，在有利于英国的时机并符合英国利益的前提下撤离印度，并且将任何干扰英国撤出计划的企图视为战争行为，英国将动用一切手段予以制止。"

艾德礼对蒙巴顿讲道，英国与印度正在滑向一场巨大的灾难。一定要全力阻止这一态势的继续发展。艾德礼接下去说道，韦维尔是一个寡言少语的人，他的性格使他无法与印度两派终日喋喋不休的谈判者们进行有效的沟通。

避免这场危机，一定要起用一个新面孔和新的处理方式。艾德礼向蒙巴顿透露，每天早晨都会收到印度副王府发来的一大堆电报，电报的内容无非是报告印度又有多少新的地方爆发了惨无人道的暴力事件。他这些话的言外之意，是要让蒙巴顿感觉到临危受命是自己义不容辞的庄严职责。① 蒙巴顿一边听着首相的谈话，一边升起一种不祥的预感。此时的他仍然坚信，"印度问题绝对是一个死结"。他喜欢并尊重韦维尔，在担任东南亚战区最高盟军司令官时他常去印度，每次都会与韦维尔讨论印度的问题。

韦维尔的所有主张都是正确无误的，蒙巴顿暗暗思忖着，他做不到的事情凭什么让我去尝试呢？然而，他也意识到，自己已经没了退路。他将不得不接受一个几乎不可能成功的差事，随时可能到来的失败将在一瞬间毁了自己在战争中博来的一世英名。

蒙巴顿下定决心，如果艾德礼硬要强迫自己，他就向首相开出政治条件以获取哪怕微乎其微的成功机会。他在和韦维尔交流时早已清楚自己该要些什么。

他对首相说道，除非政府同意清楚无误地公开宣布英国终结对印度统治的具体日期，否则他只有拒绝成命。在蒙巴顿看来，这样做可以令印度充满狐疑的知识分子真正相信英国离开的决心，这些人一旦有了危机感，才会真心坐下来进行务实的谈判。②

接着，他提出了任何其他副王想都不敢想的条件，即全权行使自己的职责而无须向伦敦汇报，最重要的是，伦敦政府还不能对此强加干预。艾德礼政府只管设定目标，行程和航线则将由这位年轻的海军少将自己一个人来决定。

---

① 蒙巴顿本人不清楚，给艾德礼出主意让他去印度的人实际上是艾德礼的本党成员、财政大臣斯塔福德·克里普斯（Stafford Cripps）爵士。克里普斯和口无遮拦的印度左翼人物并且是印度国大党领导人贾瓦哈拉尔·尼赫鲁密友的克里希纳·梅农（Krishna Menon）于12月份在伦敦有过一次秘密谈话，这个主意正是在这次谈话中产生的。梅农对克里普斯和尼赫鲁指出，只要韦维尔在副王的位子上，印度国大党就别指望事态能出现转机。当克里普斯问有无合适的人选时，他趁机道出尼赫鲁最为倾心的路易斯·蒙巴顿的名字。他们很清楚，万一印度的穆斯林领导人得知蒙巴顿被提名的原委，蒙巴顿在未来的作用也就化为乌有了。因此，两人相商一定对此事守口如瓶。1973年2月，也就是梅农去世前的一年，他在新德里与我们其中一位作者做了一系列的交谈，这个秘密才由此而解开。
② 韦维尔也于1946年12月在伦敦期间向艾德礼提出过规定最后时限的建议。

"我相信,"艾德礼问道,"你不会是在要凌驾于大英政府之上的全权代表权力,对吧?"

"对不起先生,"蒙巴顿回答说,"恐怕您说的正是我想要的。我怎么可能与骑在我头上的内阁讨价还价呢?"

他的话说完后是一阵尴尬的冷场。蒙巴顿得意地看着艾德礼那快要窒息的样子,他希望首相此时此刻和自己想的一样,那就是当场撤销成命。

然而,首相用一声长叹向蒙巴顿表明他居然接受了这样一个不可思议的请求。一个小时过后,低垂着双肩的蒙巴顿出现在唐宁街10号的门口。他意识到自己注定要成为印度的末代副王,同时,也要在某种意义上成为斩断英国最引以为傲的帝国梦想的行刑者。

回到车里,他突然打了一个冷战。在70年前,恰恰也是在现在这个时刻,他的曾祖母在德里郊外的一处平原上被尊为印度女王。印度的王孙贵族们集聚在一起,向上天祷告,愿维多利亚女王的"君权和统治"能够"万古长青"。

但此时,在这个新年的早晨,女王的其中一个曾孙已经开始行动,要为"长青的万古"定下终结的日子。

*

历史上最恢宏的壮举往往是从最不经意的事情开始的。大不列颠当年走上伟大的殖民之路为的竟然是区区五个先令。这五个先令,是当时控制着香料贸易的荷兰私掠者宣布对每磅[①]胡椒的提价幅度。

英国商人对此群情激愤,他们不能容忍这种完全任人宰割的际遇。24位伦敦商人于1599年9月24日在利德贺街上的一幢老旧房子里聚会,他们在一起商讨的结果是,由125名股东集资7.2万英镑创建一家小公司。此后,他们唯一关心的就是公司的利润,而正是在对利润的追逐过程中,

---

[①] 1磅 = 0.4536千克。

这家小公司不断壮大和演变，最终成为帝国时代最令人瞩目的成就，那就是英国对世界的统治。

1599年12月31日，女王伊丽莎白一世签署了一份皇家授权，将与好望角以远所有国家进行贸易的唯一许可权授予这家公司，为期15年，这使该公司首次得到官方的正式认可。8个月后，一艘名为赫克托耳号（Hector）的500吨级帆船泊入孟买以北的小港口苏拉特，这一天是1600年8月24日。英国人从这一天起来到了印度。他们在初来乍到时还比较谨慎。赫克托耳号的船长是威廉·霍金斯（William Hawkins），这个不苟言笑的老水手与其说是一个开拓者，不如说是一个喜欢独来独往的海盗。他向印度的内陆进发，期望可以找到与鸽子蛋一样大小的红宝石，堆积成山的胡椒、姜、靛青和肉桂，还有那种树叶足以将一大家人都遮在阴凉下的巨树，以及从大象睾丸中提取出来的可以让他长生不老的药水。

这位船长一路走到阿格拉也没有找到他想要的东西。然而，与大莫卧儿的不期而遇让他在旅途中所付出的艰辛得到了回报。他发现自己居然与一位君主并肩而坐，而这位君主的威仪之尊，就是伊丽莎白女王来了也只能自愧弗如。这位君主就是印度大莫卧儿王朝的第四任也是最后一任皇帝贾汗季（Jehangir），他统治着7000万臣民，是世界上最富有和最强大的君王。

这位第一个到达印度朝廷的英国人受到的礼遇很可能让125位富有的东印度贸易公司的股东们瞠目结舌。莫卧儿让他成为皇宫内勤中的一员，并把后宫里最美丽同时又是基督徒的亚美尼亚女子当作礼物赏赐给他。

幸运的是，霍金斯的雇主们的所得远远要大于他在性生活方面的所得。贾汗季发出一道敕令，授权东印度公司在孟买北部开设贸易点。这个贸易点很快就取得成功并受到瞩目。不久后，泰晤士的沿河码头每个月都会有两艘船在卸下如山的香料、树胶、糖、生丝和穆斯林棉布后，又满载着英国的产品驶往印度。股东们的分红回报是巨大的，有些时候甚至可以达到200%，不消多久，他们就赚得盆满钵满。

总体上说，英国人是受到当地统治者和民众的欢迎的。狂热的西班牙人在征服南美洲时用的是救世主的名义，而英国人在来到印度时强调的则是造富主。东印度公司的官员们常常把"要贸易而不是土地"这句话挂在嘴边，用以宣扬他们在当地的政策。

然而，随着贸易活动的不断发展，东印度公司的官员们不可避免地卷入到当地的权力斗争中，并且，为了保护贸易的扩张，不得不做些干预所在地方政治的事情。就在这样的无意之间，英国统治印度的进程无可挽回地开始了。

1757年6月23日，900名英军第39步兵团士兵和2000名印度士兵在大雨中疾进，这里是孟加拉一个名叫普拉西（Plassey）的村庄，以胆大著称的罗伯特·克莱武（Robert Clive）将军正在村外的稻田里追击一位常惹麻烦的纳瓦布的军队。

克莱武的胜利打开了印度北部的大门。由此，英国人从真正意义上开始了对印度的征服。帝国缔造者们改变了英国商人们原有的想法：要土地而不是贸易，成为在印度英国人的首要想法。

接下来的一个世纪是征服的世纪。尽管伦敦特别指示他们避免"实施征服和领土扩张"，但连续几任野心勃勃的将军副王全部我行我素，秉持完全相反的政策。在不到一个世纪的时间里，一个贸易公司完全变质为一个主权势力，它的会计和商人们纷纷摇身变成一个个将军和总督，原本对利润的追求变成对帝国权力的角逐。英国虽说在一开始并没有任何相关动机，但其成为莫卧儿王朝的接班人却是不争的事实。

英国女王从一开始就想着有朝一日把这些无心所得之物完璧归赵。黑斯廷斯侯爵（Marquess of Hastings）早在1818年也说过："总有一天，而且这一天不会太远，英国将依照正确的原则，将在逐渐过程中无意取得的对这个国家的统治权奉还回去。"然而，帝国的形成远比瓦解要自然和顺利得多，因此这位黑斯廷斯侯爵大人预言的实现也远比他本人当初所料想的时间要晚很多。

然而，英国人的统治毕竟使印度得到了大量的好处，那就是英国统治下的和平以及仿效英国体系建立起来的司法、行政和教育制度。最重要的是，印度的各个民族在英国统治期间凝成了一个整体并由此而掀起革命的激情，英语成为让印度各族人民彼此认同的纽带。

1857年的残酷暴动就是所谓革命激情的第一次展现，其产生的最重要的结果就是促使英国的统治方式骤然发生改变。在卓有成效地运行了258年后，荣耀的东印度公司终于退出了历史舞台。掌握3亿印度人命运的权力从此转移到一位39岁的女人手里，她将扭动着壮硕的腰身，感召全体英国人承担起统治世界的神圣使命，她就是维多利亚女王。从此以后，英国的统治权开始由王室来行使，在占全世界总人口1/5的印度，代表王室实施统治的是由王室任命的副王，在某种意义上，他就是印度之王。

维多利亚时代就此开启，整个世界将更加频繁地从各个方面把自己与英国统治下的印度联系在一起。以诗人自诩的鲁德亚德·吉卜林常常在各种场合宣称，英国白人是唯一适合对"没有法律约束的劣等人种"进行统治的，他的话恰恰反映出维多利亚时代的主流政治思想。吉卜林声称，统治印度的责任，已经"在冥冥注定的天意中落在不列颠民族的肩上"。

最终，有一个群体成为具体行使统治职能的主体，那就是2000名印度行政机构的公务员，以及印度军队中的1万名英国军官。在他们的背后，则是6万英军士兵和20万印度军队。这些数据在反映1857年以后英国对印度统治的真实情况方面比任何其他统计都更有说服力，印度民众是否真心接受英国统治也就由此而一目了然了。

印度在这些人眼里一如吉卜林所描述的那样风光秀美，充满诗情画意。在他们看来，印度是个非常有意思的地方：戴着饰有羽毛的高筒军帽的军官老爷们骑着高头大马，鞍前马后跑着头上裹着头巾的印度士兵；地方官们在德干高原的荒野里被酷热弄得头晕眼花；西姆拉的喜马拉雅夏都举行的奢华皇家舞会；加尔各答孟加拉俱乐部经过精心修剪的草坪上的板球比赛；拉贾斯坦省平原炽热阳光下的马球比赛；人们在阿萨姆省捕猎老虎；年轻人坐在丛林深处的黑色帐篷内进餐，庄重地为英王及王后举杯相庆，豺狼在他们四周的夜色里发出阵阵嗥叫；在边境线上，身穿猩红色上装的军官们冒着冻雨或酷暑在边境上追击反叛的帕坦部落；种姓制度在印度根深蒂固，在仅对欧洲人开放的俱乐部阳台上品呷威士忌和苏打水显示的是高人一等的优越感。这些人，通常出身高贵但却并不富有，他们要么是英国圣公会品行良好的牧师们的后代，要么是有产贵族们富有才干的次子，以及学校校长及高级教授们的儿子，当然更多的还是早年来到印度的英国人的后代。他们既是运动场上的好手，又是出自伊顿、哈罗、查特豪斯、黑利伯瑞等著名学府的高才生，所受的训练和取得的学识正堪帝国统治之用：精于各种"游戏"，钟情于"男人的追求"，能承受校长的重杖也能高声背诵贺拉斯的颂歌和荷马史诗的篇章。"印度，"詹姆斯·穆勒（James Mill）写道，"是一片供英国上层社会跑出户外放松自己的广阔天地。"

印度是挑战和冒险的代名词，它那无垠的辽阔空间成为英国的年轻人纵情施展才华的舞台，而这是他们在狭小的英国本岛所无法做到的。他们在十九或二十岁时登上孟买的码头，稚气未脱的脸上还流露着青涩。三四十年过后，他们带着累累的疤痕回到家乡，这些疤痕里既有子弹和疾病留下的创伤，也有豹子的爪子所做的印记，还有在马球场上失足坠落时留下的狼狈，阳光的暴晒和无度的痛饮让他们的面颊饱尝沧桑，但他们仍为自己曾经度过的不平凡岁月而倍感骄傲。

一个年轻人的冒险通常始于孟买维多利亚火车站所带给他的困惑。在新哥特式的红砖拱门下，他平生第一次看到准备在此度过一生的国家是个什么样子。这个情景往往是一大堆乱哄哄的人，所有的人都在匆匆忙忙赶路，彼此间不时互相推搡和叫骂，行李箱、旅行袋、包裹、麻袋、杂物比比皆是，没有秩序地散落在整个车站大厅里。冲鼻的热浪、香料的气息以及太阳下蒸发出来的尿臊味无处不在。男人们穿着松松垮垮的睡衣，腰间的腰布拖在地上，女人们穿着纱丽，胳膊和双脚袒露在外面，手腕和脚踝上的金镯子叮当作响。包着猩红色头巾的锡克士兵，缠着橙黄色腰带的僧侣，伸出残缺的肢体讨要小钱的儿童和乞丐，眼前的一切让他呆若木鸡。一位年轻的中尉或是新上任的印度行政机构官员一直要到登上边境邮车或开往海得拉巴快车的暗绿色车厢内才能让自己大大松上一口气。进入挡着窗帘的头等车厢，一个熟悉的世界正在恭候着他的到来：带有坐垫的深棕色座椅，蒙着洁白亚麻布的小餐车以及上面那只银光闪闪的香槟酒桶，最重要的是，在这个世界里，检票员是他唯一可能遇见的印度人。这就是一名年轻官员所学到的第一课。英国在统治印度，但英国人却不愿与印度人为伍。

在他们第一次印度之旅的尽头，年轻的帝国官员们将要经受一场严峻的考验。他们被派到偏远的地方，脚下是原始的道路和丛林中的小径，住在这里的欧洲人少之又少。等到二十四五岁时，他们会来到的地方有时比苏格兰还要大，肩负的唯一职责就是管理数以百万计的人口并在他们中间传播公义。

在偏远地区的实习经历让一名年轻官员受到锤炼，最终使他在某个郁郁葱葱、环境宜人的地方取得荣耀的地位。作为统治者的贵族们就是在这样的地方对印度实施着统治的。这种被称为"营地"的地方遍布印度的各主要城市，实际上是英国人统治下享有特权的外国人聚居区。

每处这样的营地都免不了要有巨大的花园、屠宰房、银行、商店、低矮的石制教堂等，从而完全成为多塞特郡和萨里郡的精巧复制品。核心场所往往是相同的：只要有两个以上英国人凑在一起就能够让人数不断扩大的地方——酒吧。在下午习习的凉风中，营地里的英国人可以聚在一起，在修剪得像地毯一样的草坪上打打网球，或是穿上法兰绒举行一场板球比赛。当太阳下山时，他们走出房间，或坐在凉爽的草地上，或坐在随意布置的阳台上，此时，身穿白色长袍的仆人们为他们端来夕阳小酌，也就是迎来夜色的第一杯威士忌酒。

在印度的孟买、加尔各答、拉合尔、德里和西姆拉等主要城市举办的舞会和招待会都是极尽奢华的。"任何人只要稍有地位就都有一间至少八十英尺长的舞厅和休息室，"一位维多利亚时代生活在印度的贵妇写道，"那时候根本不会有自助餐，人们从来不用走到桌边挑选食物，然后端着盘子围站在一起用餐。普通私人宴请的人数在三十五到四十人左右，来宾们可以享受到同等数量仆人们的一对一服务。店铺老板和生意人是得不到邀请的，当然，出席这种交际场合的更不可能有印度人。"

"尊卑有序比什么都更重要，无视规矩所犯下的错误则是致命的。啊哈，要是让印度行政机构某位联合秘书的妻子发现自己的座位被排在一个官阶比自己丈夫低的军官之后，那整个晚宴就全毁了。"

主宰维多利亚时代印度的，是被称为贵妇人的英国太太们。英国人与印度人的相互隔离，在很大程度上就是由她们造成的。她们的初衷或许是防止自己的丈夫受到充满异域风情的当地女性的诱惑，因为第一批来到印度的英国人就是抵御不住这样的诱惑而留下一群两个社会都不肯接纳的盎格鲁-印度混血儿。

英国人在印度的最大消遣就是体育活动。对板球、网球、壁球和曲棍球的喜爱，与英语一道，成为他们给印度留下的最经久不衰的影响。高尔夫运动早在1829年就传到印度，比它传到纽约还要早30年，世界上最高的球场就坐落在喜马拉雅山区一个海拔1.1万英尺的地方。最时髦的高尔夫球具莫过于一只用大象的阴茎制作的球包——当然，前提必须是那头大象是由球具的主人亲手射杀的。

在印度取乐的英国人也有很多死在了那里，而且死的时候往往都很年轻。每一座营地的教堂都毗邻着墓地，为数不多的居民们每每将一批又一批死者埋葬在这里，他们是印度恶劣的气候和各种危险，包括疟疾、霍乱、丛林热等疾病的牺牲品。刻在那些墓碑上的碑文记载着这些在印度的英国人的一生，用最感人的文字打动着读者。

在印度，就是死亡也富于传奇色彩。皇家骑炮连中尉约翰·肖"于1822年5月12日在钦德瓦拉被豹子所伤后死去"。阿奇博尔德·希伯特少校于1902年6月15日在赖布尔附近"被野牛用角刺死"，哈里斯·麦凯德于1902年6月6日在索克"被大象踩死"。托马斯·亨利·巴特勒是贾巴尔普尔公共工程部门的一名会计，他在1897年遭到不幸，"在提尔曼森林被一头老虎吃掉"。

在印度服役常常面临着各种稀奇古怪的危险。英国教会海外传教处的玛丽修女死时年仅33岁，"当时她正在教会学校讲课，一根被白蚁蛀空了的房梁突然落下，正砸中她的头部"。皇家工兵的亨利·马里昂·杜兰德少将在1871年新年之际遭遇到死神，"他在骑着大象穿过杜兰德门时撞到头部，在从象背上落下时摔死"。尽管这位将军是工兵出身，但那天早上他却没有算清楚城门与他的大象坐骑的高度差。事实上，城门的高度仅仅够大象通过，根本没有半点余量留给他本人。

那些墓地让人感到无比伤感，而一排又一排的小坟头更是凄婉地见证了英国人为他们的印度之行所付出的生命代价。这些小坟墓挤得密密麻麻，数量多得惊人。里面是死去的儿童和婴儿，无法适应的气候和在英国闻所未闻的疾病夺去了他们的生命。

有的坟墓只有孤零零的一个，有的则是三四个一排，说明整个家庭横遭霍乱或丛林热的毁灭，墓碑上的碑文将做父母的心碎一刻永远留在石头上："纪念可怜的小威利，皇家骑兵旅鲍默·威廉·泰尔伯特和玛格丽特·阿德莱德·泰尔伯特唯一的爱子，出生于1862年12月14日，德里。亡于1863年7月17日，德里。"

在阿里格尔有两块并列的墓碑，它们在向世世代代的人们表明光荣的帝国历程之于普通英国大众的意义。"1845年4月19日，亚历山大，乐队指挥约翰逊和玛塔·斯科特七个月大的儿子，死于霍乱。"第一块墓碑上写道。在它的旁边，第二块墓碑上写着："1845年4月30日，威廉·约翰，乐队指挥约翰逊和玛塔·斯科特四岁大的儿子，死于霍乱。"在这两块墓碑下面一块稍大些的石头上，他们悲痛欲绝的父母刻下最后的诀别之语：

爱无别，父母亦无别
他们来到了人间
病魔无别
墓穴亦无别
他们永别了未及知晓的英格兰

几代英国人时而作为名不见经传的文员，时而挥舞着寒光闪闪的刀剑，用软硬兼施的手段统治并管理着印度，这样的现象是历史上绝无仅有的。

他们的统治作风是家长式的，就像一位严厉的旧私立学校校长，逼迫着一群不听话的男孩子接受他认为对他们有好处的教育。英国人在坚定并且不遗余力地实施对印度统治的同时，同样认为自己的做法符合印度的最佳利益——但判断这些利益是什么和不是什么的却往往是他们自己,而不是他们所统治的印度人。

远距离施政是他们的最大弱点,一味地装腔作势让他们与被统治者隔离开来。一位印度行政机构前任官员在世纪之交的一次议会辩论中所讲的话让英国人的种族优越感得到无比充分的暴露。他说道:"在印度的英国人,无论地位高低,都深怀着一个共识。从孤独地住在木头房子里的种植园雇工,到在当地享有威望的编辑,从管辖一个重要省份的首席行政长官,到王室任命的副王——每一个人都坚信,自己属于一个天生就要负起统治和征服之责的种族。"

*

这个种族在第一次世界大战的战场上阵亡人数高达68万,令他们在印度的传奇故事开始走向终结。整整一代年轻人,他们也许曾在边境上巡逻,也许曾管辖一些偏远的地域,也许曾策马奔驰在长长的操场跑道上,如今都长眠在了位于欧洲的佛兰德斯原野上。从1918年开始,印度行政机构的招募工作变得越来越艰难。越来越多的印度人因此而得以走上行政机构和军队中的官员岗位。

1947年的新年元旦来临之际,英国人在印度行政机构中的人数已不足一千,但仍在某种程度上掌握着对四亿印度人的管辖大权。他们作为最后一批落伍于时代的精英代表,不但遭受着历史潮流的无情冲击,甚至在伦敦的一次秘密谈话中成为被指责的对象。

2
"独自前行吧,独自前行"

斯里拉姆普尔(Srirampur),
诺阿卡利(Noakhali),1947 年元旦

距唐宁街六千英里①以外,在孟加拉湾以北的恒河三角洲坐落着一个村庄,村庄里有一间农民小屋,屋内一位上了岁数的男子正在布满灰尘的地板上伸展着身体。此时正值中午 12 点。他每天都会在这个时刻做同样的动作,然后抬起手来接过旁边人递过来的棉布袋。棉布袋湿湿的,还滴着水,透过已经变得稀松的折痕,可以清晰地看到袋子里面斑斑的黑泥。他小心翼翼地把袋子放在小腹上,轻轻拍打着。接着又取过另一个稍小一些的袋子,把它套在自己的光头上。

他躺在地板上,整个身形看上去弱小不堪。然而,他的外表是极具欺骗性的。这位已是 77 岁高龄的干瘦老人从布袋下面释放出来的能量之巨,足以撼动英帝国对印度的统治,是任何世人所无法比拟的。正是因为他的存在,英国首相才不得不为找出一条还印度以自由的出路而把维多利亚女王的曾孙派到新德里。

莫罕达斯·卡拉姆昌德·甘地是全世界最独特的民族解放运动的先

---
① 1 英里 = 1.609 千米。

知,他推行温和的主张,反对暴力革命。在他身边有两样器物:一副擦拭得干干净净的义齿和一副钢圈眼镜,义齿只有在他进食时才戴,但眼镜却几乎从不摘下,因为他需要随时随地观察世界。他个子十分矮小,身高不到5英尺,体重114磅;他的双臂和双腿就好像没有发育完全,体形更不似成年人。这些特质让他的脸也好看不到哪里去。他的头与身体比起来大了许多,双耳从头部两侧向外展开,看上去活像是糖罐子上的两只手柄。宽大外扩的鼻孔让鹰钩状的鼻尖直指向鼻子下方稀疏的白胡须。如果不戴义齿,他的两片嘴唇就会塌陷,并且完全贴在没有牙齿的牙床上。但是,甘地的面部又有一种特殊的美感,因为它总是充满生气,各种不同的表情会在很短的时间里互相交替,反映出他不断变化着的情绪和顽童般的幽默。

身处一个暴力横行的世纪,甘地却给出了一个新的选择,那就是非暴力主义。他以此把印度的民众凝聚在一起,在一场声势浩大的征战中用道德而不是武力,用祈祷而不是枪炮,用蔑视的沉默而不是恐怖的爆破,将英国逐出印度次大陆。

当西欧国家还跟在声嘶力竭的煽动家和高谈阔论的独裁者身后团团转时,甘地已经用他平和的话语在全世界人口最多的地方发动起数量庞大的信众。他把追随者们召唤到旗下,依靠的不是封官许愿,而是向世人发出的警告:"那些与我为伍的人们必须做好睡光地板的准备,做好粗衣淡饭的准备,做好起五更睡半夜的准备,甚至做好亲手冲洗厕所的准备。"他的追随者们没有光鲜的制服和叮当作响的奖章,相反,甘地让他们穿的全是自织的粗布衣服。然而,这样的装束反倒使他们能够被一眼认出来,从而令彼此在精神上受到鼓舞,这一点与以穿黑色或棕色衬衣为标志的欧洲独裁者们还真有些异曲同工之妙。

甘地与信众之间的沟通方式很原始。他亲笔手写许多书信,再就是讲话,对他的弟子们,对参加祷告大会的听众们,对国大党会议上的核心成员们。他不使用任何可以将某位演说家或是小团体的讲话内容强行灌输给大众的技术手段。然而,他所传递的信息却早已在不借助现代通信手段的前提下渗透到举国上下,因为甘地仅仅依靠简单的行动语言就能够让自己的心意上达天听，让印度的良心为之震颤，而他的行动语言简直可以用异端来形容。在一个周而复始受到饥馑冲击的地方，饥饿已经成为印度在几个世纪以来被降下的诅咒，甘地为自己设计的行动方式无疑具有十足的震撼力，那就是让自己停止进食——绝食。他只需以水加苏打碳酸盐为食就让大英帝国在自己面前一败涂地。

信奉神灵的印度从他虚弱的体格中，从他光芒四射的行动中，读懂了圣雄的承诺，并且追随着他的指引。他是他所在的那个世纪无可争议的英雄之一。对于追随者来说，他是一位圣人。对于被匆匆赶跑的英国官员来说，他是一位放任的政治家、虚假的弥赛亚，因为他的非暴力斗争常常以暴力收场，他所谓至死不渝的坚持也时常功亏一篑。即使像韦维尔这样心地友善的人也厌恶地把他说成一个"图谋不轨的老政客……精于算计、冥顽不化、刚愎自用、巧言令色"，"骨子里没有半点圣洁之处"。

凡是与甘地谈判过的英国人几乎都不喜欢他，能够把他搞懂的人更是少之又少。这些人对他的困惑是可以理解的。甘地本身就是一个综合体，他既是伟大道德的化身，同时又具备一种让人们不得不顶礼膜拜的诡异气质。在严肃的政治谈判中，他轻而易举就可以转变话锋，冷不丁就以禁欲或是每日服用盐水对人体的益处这些完全与主题无关的内容侃侃而谈。

据说，甘地去到哪里，哪里就成为印度的首都。这一年元旦，斯里拉姆普尔这个孟加拉的小村庄就成了印度的首都。在这里，躺在地上的甘地将装满黑泥的布袋压在自己身上，向广袤的大陆行使他的权威，他不用收音机，也不借助电力或水流，从他所在之处到最近的可以打电话和发电报的地方也要步行30英里。

斯里拉姆普尔所在的诺阿卡利地处恒河三角洲，它由几个被恒河和布拉马普特拉河冲积而成的小岛组成，是印度最难涉足的地区之一。在这个面积不足40平方英里①的地方，密密麻麻地聚居着250万人口，其中80%是穆斯林。一条条运河、溪流和小河汊将他们所住的村落彼此隔开，

---

① 1平方英里＝2.59平方千米。

往来交通主要依靠船只，有划桨的，有撑篙的，有拉纤的，再有就是用木头或竹子做成的桥，这些桥在奔流的水面上摇摇晃晃，随时都有垮掉的危险。

甘地是在斯里拉姆普尔度过 1947 年元旦的，这是一个应该让他有着强烈满足感的日子。这一天，他距离自己奋斗了大半生的目标——印度的自由，只剩下一步之遥。

然而，尽管就要来到斗争生涯最辉煌的顶峰，甘地仍然处在极端的苦闷之中。这是因为，他在自己住下的这个小村子里所看到的一切都让他高兴不起来。几乎每天，克莱门特·艾德礼都要收到来自印度的报告，斯里拉姆普尔曾一度是他不知如何发音的地名之一。由于有狂热的宗教领袖煽动，加上听说印度教徒在加尔各答杀害自己的穆斯林兄弟，这个村连同整个诺阿卡利地区的穆斯林一夜之间把矛头指向了与自己比邻而居的印度教徒。他们屠杀和强奸自己的邻居，在抢夺他们的财物之后把他们烧死，还逼迫他们吃印度教奉为圣灵的神牛之肉，幸存下来的印度教徒不得不穿过稻田四下逃亡。斯里拉姆普尔里有一半的房子被烧成废墟。就连甘地住的小房子也有一部分被大火烧坏。

诺阿卡利事件虽说是孤立的，但它所点燃的仇恨情绪却随时可能让整个印度次大陆成为一个熊熊燃烧的大火球。前有发生于加尔各答的恐怖事件，后有西北部的比哈尔所爆发的印度教徒多数袭击穆斯林少数的暴行，残暴程度可谓愈演愈烈，这一切就是艾德礼在与他急于派往新德里担任副王之人进行谈话的过程中焦虑万分的原因。

这些事件同时也是甘地出现在斯里拉姆普尔的原因。随着胜利时刻的即将到来，他的同胞们却开始自相残杀，这样的事实让他感到心碎。他们曾在通往独立的道路上追随甘地，但他们并不懂得甘地所宣扬的让他们赖以团结在一起的伟大思想，即所谓的非暴力主义。甘地深深地笃信着自己的非暴力主义。世界刚刚经历过疯狂的大屠杀，如今又面临核毁灭的危险，这些因素促使甘地相信，非暴力是拯救人类的唯一方式。让一个新印度向亚洲乃至全世界展示一条解决人类困境的新出路，这成为甘地最大的宏愿。如果他自己的人民背叛了他的信仰，背叛了他用以带领他们通往自由的思想，那他还有什么指望呢？这样下去必然酿成灾难，使独立变成一场没有任何价值的胜利闹剧。

不仅如此，甘地还面临着另一场灾难的威胁。印度因宗教对立而导致分裂将彻底让甘地所有的努力和抱负付诸东流。他无时无刻不在拼尽全力发出反对分裂国家的呐喊，但分治却是印度的穆斯林政治家们的诉求，也是许多英国统治者所乐于接受的局面。对于甘地而言，印度的民族和信仰是紧密交织在一起的，它们就如同东方地毯上的精美图案，容不得哪怕是最细微的分解。

"你们要分裂印度就先把我劈成两半吧。"他一遍又一遍地大声疾呼着。

他来到满目疮痍的斯里拉姆普尔，就是为了寻找自己的信念，以及让全印度免遭暴力吞噬的办法。"我在浓浓的黑暗里看不到一丝光明，"甘地眼看印度教徒与穆斯林的第一次杀戮在两个民族之间筑起一道巨大的深渊，不由得发出痛苦的呐喊，"我誓言要忠于的真理和非暴力理想，是我五十年生命里的强大支柱，但这一次看起来却并没有表现出我对它们所寄予的希望。"

"我来到这里，"他对追随者们说，"目的是要找到一个新的办法，来对我所奉行并支撑着我生命的思想进行验证。"

在长达数天的时间里，甘地在村里往来逡巡，和村民们交谈，为他们做调解工作，同时期待着"内心的声音"对自己发出忠告，这是一个他在化解危机时屡试不爽的方法。最近一段时间，他的助手们发现，他在花越来越多的时间做一件奇怪的事情：练习在村子周围那些湿滑而且快要散架的木桥上行走。

一天，他在完成泥敷后把众人叫到身边。人们终于听到了他"内心的声音"。他准备效仿古时印度圣人赤脚穿越整个大陆前往神殿朝圣的故事，往诺阿卡利做一次苦旅，那里的村落早已被仇恨的怒火吞没。为表示忏悔，他将在随后的7个星期里光脚走遍诺阿卡利的47个村落，行程116英里。

他，作为一个印度教徒，将走到满腔仇恨的穆斯林中，从一个村庄到另一个村庄，从一户人家到另一户人家，企图以一己之力，恢复诺阿卡利被打破的和平。

这是一次忏悔之旅，他要求众人不得随行，并解释说自己有神灵的伴护已然足够。结果和他一同上路的只有四名追随者。他们将完全依靠沿途村民的布施来度日。让远在德里的国大党政治家们与穆斯林联盟为印度的未来喋喋不休地辩论去吧，他说。印度的问题，在过去和现在都只能到农村去寻找答案。"这回，"他说道，"将是'最后也是最壮观的一场试验'。如果能够在这些受到鲜血和苦难诅咒的村落中'重新点燃邻里家的灯火'，整个国家便会看到希望。"在诺阿卡利，他乞求上天让他将非暴力的火炬再次点燃，从而消除困扰印度的内乱祸端。

黎明时分，甘地的队伍出发了。他十九岁的漂亮侄孙女马努在他行前为他把简单的行李收拾好：纸笔、针线、陶碗、木勺、纺车以及他的所谓"三位大师"，这是一个上面雕着三只猴子的象牙小雕塑，三只猴子代表"勿听邪恶、勿见邪恶、勿讲邪恶"。她还把几本书放进一个口袋，从这些书的内容可以看出即将展开苦旅的甘地的折中主义思想。它们分别是：《薄伽梵歌》《古兰经》《耶稣的言行》，此外还有一本关于犹太人思想的书。

这一小队人行进在尘土飞扬的小路上，他们经过池塘，穿过槟榔林和椰树林，向远处的稻田走去，走在最前面的那个人便是甘地。斯里拉姆普尔的村民们争相跑出来要最后再看一眼甘地，这位 77 岁的老人身体前倾，手里拿着竹杖，正在向远方进发，他是要去寻找一个失去的梦。

随着甘地的队伍穿过刚刚收获过的稻田在人们的视野里渐行渐远，村民们听到他唱起以罗宾德拉纳特·泰戈尔的诗歌为词的歌曲。这首歌是这位老人最喜爱的歌曲之一，他的身影慢慢看不见了，远处传来他高亢的歌声，那起伏不定的旋律竟让人们不知不觉地跟唱起来。

"如果他们不理睬你的呼唤，"他唱道，"独自前行吧，独自前行。"

*

甘地要去察看的这场兄弟相残在印度历史上已经持续了数个世纪，

它与饥饿一道，成为这个国家遭受的最严厉的魔咒。据印度教古诗歌《摩诃婆罗多》记载，公元前2500年，在今德里西北方的古鲁格舍德拉平原，印度教徒为庆祝一场在内战中的疯狂杀戮而狂欢。印度教本身来自印度北方的印欧大陆的游牧民族，是他们在南下征服最早居住在印度的德拉威人时带到印度的。早在基督出生几个世纪前，印度教的哲人就在印度河的两岸写下了神圣的《吠陀经》。

伊斯兰教信仰是很晚以后才出现的，随着成吉思汗和帖木儿的大军从开伯尔山口一路横扫而来，印度人对恒河平原的统治受到削弱。穆斯林的莫卧儿皇帝们骄奢而残酷，印度大部分地区被他们统治的时间长达二百年之久，他们剑锋指到哪里，安拉这位仁慈之主的福音就传播到哪里。

两种宗教就这样在印度次大陆扎下了根，它们之间的区别可以从一个人终身奉神过程中的表现形式上看出来。伊斯兰教是由人发起的，那就是先知穆罕默德，同时有清楚无误的教义，即《古兰经》，而印度教一没有创始人，二没有要告诉世人的真理或教义，三没有严格的礼拜仪式，四没有教堂一类的设施。对于伊斯兰教来说，创始人是与他所创造的宗教分离的，他高高在上对信众的行为进行监督和发号施令。对于印度教来说，创始者与宗教是一个不可分割的整体，神灵是宇宙间无所不在的灵魂，万事万物都可以是它的表现形式。

因此，印度教徒在膜拜上帝时可以任意选择他所喜欢的对象：动物、祖先、圣贤、精灵、自然力、神像化身、绝对真理等。在他眼里，神灵可以化身为蛇、生殖器、水、火、植物和星星。

穆斯林的情况则完全相反，世间只有一个神，那就是安拉，《古兰经》禁止用任何形状或形式来代表他。穆斯林认为偶像和偶像崇拜是不可容忍的，画像和雕塑更是对神的亵渎。清真寺是朴素而庄严的场所，里面唯一允许有的装饰是为表现神的99个名字而设计的抽象并且重复的符号。

偶像崇拜是印度教自然的表达形式，印度教的寺庙与清真寺正好是完全相反的两个例子。这里就像一个宗教购物中心，一条条顺着众女神头部向下盘旋着身体的蛇，愤怒地伸长着舌头的六臂神，长着翅膀的大象在与云彩聊天，活泼可爱的小猴、翩翩起舞的少女、粗壮性感的性器，不一而足。

　　穆斯林是集体做礼拜，他们在清真寺里匍匐着身体，面向麦加齐声诵颂《古兰经》。印度教徒则独自拜神，他只要在头脑中把自己和神结合在一起，所选择的神的数量可多可少，既可以是3个，也可以是350万个。印度教的内容非常庞杂，只有极少数的人在穷尽一生后才能得道。它的核心是一个通达四方的三位一体：作为创建者的梵天、作为毁灭者的湿婆和作为保护者的毗湿奴——肯定、否定、中立，这三种力量与拜神的人们一样，永远都在找寻彼此间的完美平衡，从而得到终极真理。在它们的背后，是主管四季、节气、庄稼和病痛的男女诸神，如天花女神马里安曼，人们每年都要举行仪式祭拜她，整个过程酷似犹太教的逾越节。

　　然而，印度教徒与穆斯林之间取得谅解的最大障碍不是形而上的教义，而是世俗之争。印度教社会推行的是种姓制度。根据吠陀梵语的经文，种姓制度由创建者梵天制定。最高等级的婆罗门是由他的嘴巴变成的；代表武士和统治阶层的刹帝利是第二等级，来自他的胳膊；第三等级是由生意人和平民组成的吠舍，来自他的大腿；第四等级是首陀罗，由他的脚变成，主要是艺人和工匠。在他们以下，还有那些不可接触的被称为贱民的人，这些人连圣土的产物都不是。

　　然而，种姓制度的起源并不像《吠陀经》中所讲的那样神圣。它是印度教的雅利安创始人所设计的，目的是永远维持对印度肤色较暗的德拉威人的奴役。种姓在梵文里的意思是颜色，在相隔几个世纪后，印度贱民的深色皮肤成为这个制度真正由来的活生生的证据。

　　最早的五个等级像癌细胞一样迅速扩散，到1886年，光是婆罗门等级，就被进一步细分成将近五千个小等级。每一个职业都有自己的等级，社会被分裂为无数个封闭的行业协会，人一出生，他的工作和生活、他的婚丧嫁娶就已经无可更改地注定了。等级间的界定极尽微细，就连熔炼工和打铁工都分在不同的等级里。

　　印度教与种姓制度有关的第二个基本概念就是转世。印度教徒认为身体只是灵魂暂时依附的地方。他的灵魂在通往永恒的过程中会经历多次转世，每一次生命只是在通往永恒过程中的一次转世，而永恒就是不断循环的开始和结束在混沌中与宇宙达成融合。因果报应指的是，在每一次道德生命中所积累的善恶，都将成为灵魂的负担。它决定了在下一次转世中，灵魂在不同的等级层次之间是升还是降。种姓制度被赋予神的意志，使印度社会的不公平得以维系。中世纪的欧洲教堂告诫农民为了将来而忘记生活的苦难，印度教同样在过去的几个世纪里劝说民众接受和顺从他们的命运，以便来生有更好的际遇。

对于穆斯林来说，伊斯兰教的信众都是兄弟，种姓制度在他们眼里是要受诅咒的。作为一个宽容而又欢迎人人加入的宗教，伊斯兰兄弟般的拥抱让数以百万的印度人皈依到莫卧儿统治者的清真寺中。大多数的皈依者自然是贱民，他们要在兄弟情谊里找到认同感，而这个愿望在原来的信仰里只能等到遥远的来世才能实现。

随着18世纪初莫卧儿王朝的倒台，一场印度教的武力复兴席卷了印度大陆，与之相伴的是印度教徒与穆斯林之间的血腥厮杀。英国的出现迫使这块血雨腥风的大陆在所谓英国治下的和平中趋于平静，但两个族群之间彼此的不信任和相互猜忌却并未因此而消除。印度教徒没有忘记，大量的穆斯林实际上是背离印度教的贱民后裔。有等级之分的印度教徒是不会在穆斯林面前进食的，他们认为让一个穆斯林进入自己的厨房会玷污里面的食物。在一个婆罗门眼里，被穆斯林的手碰到自己的身体可是件天大的事，他会一边大喊大叫，一边花上几个小时的时间来按照教义里规定的程序冲洗自己的身体。

在甘地将要到达的诺阿卡利，印度教徒和穆斯林在所有村子里杂然而居，这与印度北方的比哈尔、联合省、旁遮普等地区的数千个村落的情形都一样。然而，即使在同一个村里，他们彼此之间也有着分明的地域界线。这样的界线通常是一条马路或者小径，人们称它为中间路。路的这边不会有穆斯林居民，路的那边也不会有印度教徒居住。

两个族群互有交往，彼此出席对方的宴会，分享简单的劳动工具。但他们的交往基本也就到此为止了。双方几乎没有通婚。大家各有各的水井，对于从距自家水井哪怕几码外的穆斯林水井里打上来的水，有等级的印度教徒还没喝就开始反胃。在旁遮普，印度教徒的孩子学到的全部知识仅仅来自教会他们用稻草在泥巴里写几个字的村子里的祭司。同村的穆斯林孩子所受的教育也只是跟随族长在清真寺里背诵《古兰经》，只不过他们用的是另外一种语言——乌尔都语。别看他们在治疗同一种疾病时所使用的药物一模一样，即都是由牛的尿液和草药合成的原始药剂，但他们各自依据的天然药物理论却完全不同。

除了以上社会与宗教方面的差别，还有一个让双方分裂更深、危害性更隐蔽的要素，这就是经济状况。英国教育和西方思想的到来给印度提供了发展的机遇，印度教徒不但抓住了这个机遇，而且，他们的反应和速度要比穆斯林快得多。如此一来，尽管英国人对与穆斯林的交往相对而言更加得心应手，但帮助他们管理印度的却是印度教徒。[①] 这些人全部是印度的商人、金融家、官员和各类专业人士。他们与身为古波斯拜火教族后裔的帕西人一道，垄断了印度的保险、银行、大型商业和为数不多的工业。

在规模较小的城镇，商业圈子为印度教徒所统治。无所不在的放贷生意完全被印度教徒控制，其中一方面是由于他们在这个领域有着与生俱来的天赋，另一方面是因为穆斯林受到伊斯兰教义的规定，不可涉足放贷生意。

在穆斯林的上层社会中，有许多是莫卧儿入侵者的后裔，这些人大多是地主和军人。对于更广大的穆斯林来说，由于印度社会模式的根深蒂固和不可改变，信奉穆罕默德并未让他们的境遇有所改善，他们信奉湿婆神的祖先在等级制度下所遭受的命运仍然在他们身上重演着。在农村，他们多数是没有耕地的农民，不得不充当印度教或穆斯林地主的佃农，在城市，他们是受雇于印度教雇主的工人和小手工业者。

经济上的竞争让两个族群之间的社会和宗教矛盾更加恶化，使得类似于斯里拉姆普尔的屠杀事件不断上演。两个族群都有用来挑起事端的绝招。

[①] 另一个事实是：鉴于穆斯林在1857年印度军队哗变中所起的作用，他们在随后的二三十年里受到英国人的刻意打压。

对于印度教徒来说，他们的拿手好戏就是音乐。清真寺的仪式很朴素，从来不用音乐，在族长祷告的过程中如果出现音乐的干扰，会被穆斯林们视为大不敬。印度教徒要想激怒穆斯林，只要在周五例行祈祷的清真寺外吹吹打打就足够了。

对于穆斯林来说，他们要挑起事端的绝佳办法和一个动物有关。这是一种骨骼粗大的灰色动物，时而卧在印度大小城市和村庄的街道上，时而漫无目的地四处游荡，它就是印度教中最令人费解的崇拜物——神牛。

对牛的崇拜要追溯到圣经时代，当时印欧大陆的游牧民族向南迁移到印度次大陆，他们的财富多寡完全取决于牲畜的生命力。与古犹太人的法师因为害怕旋毛虫病蔓延而禁止犹太人吃猪肉一样，古印度的先哲们为了防止人们在饥不择食时宰杀赖以生存的牲畜而将牛宣布为圣物。

正因为这个原因，印度在1947年成为全世界牛最多的国家，总共有两亿头，即每两个印度人就拥有一头牛，牛的数量甚至超过了美国的人口数量。这些牛中有四千万头奶牛，但牛奶的产量却非常有限，平均每头牛每天产奶不足一品脱[①]。耕牛和驮运牛的数量也在四千万到五千万之间。剩下的一亿来头牛都是没有生育能力和派不上用场的，在印度的城市、乡村和田野里到处闲逛。它们的嘴每天都在不停地吃，所消耗的食物足够养活上千万生活在饥饿边缘的印度人。

光是生存的本能就足以让人厌恶这些没用的动物。但真正的印度人对牛的迷信几近于偏执，他们宁肯自己饿死也要让这些动物继续没有价值地存在下去，杀牛在他们看来就是十恶不赦的逆行。甚至连甘地也认为，人保护牛就是为了让神腾出精力来保护人。

在穆斯林看来，人为了尊崇愚蠢的动物而甘愿贬低自己的想法实在愚不可及。他们故意在杀牛前把牛从印度教的寺庙门前赶过，在牛的吼叫和挣扎中窃笑不已。几百年以来，成千上万的人就这样死在紧随其后的冲突中，做了这些动物的陪葬。

英国人在统治印度时，让这两个族群之间达成了脆弱的平衡，同时，

---

① 1品脱＝0.568升。

利用他们的互相仇视来达到减轻自身统治压力的目的。开始时，推动印度独立的主要是知识分子里的精英，他们当中既有印度教徒也有穆斯林，二者之间不计前嫌，为了共同的目标而并肩战斗。讽刺的是，破坏这个团结局面的人竟然是甘地。

在这个世界上最崇尚神灵的地方，争取自由的斗争不可避免地要披上宗教讨伐的外衣，甘地正是这样做的。没有人比甘地更加包容，更加尊重宗教间的互相平等。他热切地希望他所发起的运动能够得到穆斯林的全面参与。但他同时又是一个印度教徒，信奉神灵是他最基本的信仰。基于这个原因，甘地的国大党不可避免并且有意无意地，让自己的印度教色彩越来越浓，这就导致了穆斯林的猜忌。

印度的国会领袖们心胸狭窄，他们一再拒绝与穆斯林分享英国人难得施舍给印度人的某些选举权，这种做法加剧了穆斯林的疑虑。他们越来越担心：印度独立之日就是他们受制于人口数量占优势的印度教徒之时，从而在这片自己的莫卧儿祖先曾经统治过的土地上，陷入无依无助且疲于生存的境地。

似乎有一个办法能够改变这样的命运，那就是在这块次大陆上创造出一个独立的伊斯兰国家。印度的穆斯林应该建立一个属于自己的国家，这个想法在剑桥的哈伯斯通路 3 号一所不起眼的英式小房子里第一次正式提出，它诞生于一份四页半打字纸长的文章中。该文章的作者是一位 40 岁的印度穆斯林研究生，他叫拉赫玛特·阿里（Rahmat Ali），文章标题下注明的日期是 1933 年 1 月 28 日。阿里写道，将印度视为单一国家是"一个荒谬至极的错误"。他呼吁将穆斯林人口占绝大多数的印度西北诸省分割出来成立伊斯兰国家，这些省包括旁遮普、克什米尔、信德、俾路支及边境省。他甚至为他所提议的新国家取好了名字。根据组成新国家的每个省的省名，一个新名字出现了，它就是"巴基斯坦——圣洁之地的意思"。

"我们不会把自己钉在，"他在文章结尾中使用了一个就算不是荒唐但也失于极端的比喻，"一个印度民族主义的十字架上。"

穆斯林联盟是代表穆斯林民族主义情绪的核心团体，它采纳了拉赫玛特·阿里的建议，从而使建国逐渐成为印度全体穆斯林民众的愿景。在国会中占主导力量的印度教领袖们决心不对穆斯林做任何妥协，这样的沙文主义态度反而让拉赫玛特的理论更加深入穆斯林的人心。

导致印度教徒与穆斯林之间产生暴力冲突的事件发生于1946年8月16日，也就是甘地开始其忏悔之旅的五个月之前。爆发冲突的地点是以暴力和野蛮而闻名的英帝国第二大城市加尔各答。加尔各答黑洞的故事让历代英国人一提到这个城市就不由得想起印度人的残暴。

地狱，一个加尔各答居民曾经评论说，正在加尔各答贫民窟中的贱民中诞生。这些贫民窟里住着世界上最稠密的人群，仿如一个个臭气熏天的池子，印度教和穆斯林居民杂居其中，伴随着他们的是无尽的苦难。

8月16日黎明时分，一伙穆斯林在宗教狂热的驱使下，手中挥舞着棍棒、铁器、锹铲等所有能捣烂人骨头的武器，怒吼着冲出贫民窟。他们是在响应穆斯林联盟将8月16日宣布为"直接行动日"的号召，向英国人和印度国大党表明，印度的穆斯林已经做好准备，随时可以"在必要时"为"得到属于自己的巴基斯坦"而发起"直接的行动"。

他们残忍地将沿途所有的印度教徒打成肉酱，把他们的尸首塞进城市的排水沟。吓破胆的警察根本不敢露面。一柱柱浓浓的黑烟腾空而起，印度教徒在全城的数十处大市场顷刻之间就被烈焰吞噬。

随后，印度教徒暴民也蜂拥上街，对手无寸铁的穆斯林发起屠杀。加尔各答虽然曾因残暴而闻名，但长达24小时的野蛮杀戮却是史无前例的。胡格利河面上漂浮着累累的肿胀着的尸体，它们像顺流而下的被水泡透了的木头一样，被奔腾的河水送入大海。大街小巷里到处是残缺不全的尸体。那些虚弱而无助的人成为最为悲惨的受害者。在一个路口，一群穆斯林人力车夫被一个印度教暴民发现，结果他们全部都被活活打死在自己的两个车辕之间。当屠杀停止时，加尔各答已经变成一座秃鹫之城。这些形象丑恶的家伙布满了整个天空，城中的六千具尸体成为它们的饕餮盛宴。

加尔各答大屠杀的消息传开后，引发了甘地所在的诺阿卡利、比哈尔以及处于次大陆另一端的孟买等地的流血事件。

这些事件改变了印度历史的进程。穆斯林多年来不断在发出警告，如果不能独立建国将制造大灾难，如今，这一威胁变成了骇人的事实。骤然之间，印度面临着一个让甘地为之心碎并驱使他前往诺阿卡利丛林的可怕前景：内战。

对于另一个与甘地作对了长达 1/4 个世纪的冷静而精明的穆斯林律师来说，这个前景成为他用来分裂印度的工具。历史，除了由穆罕默德·阿里·真纳的人所书写的那部分以外，绝不会把他与他所取得的成就放在同一高度。然而，掌握着印度未来的恰恰是他而不是甘地或其他任何人。维多利亚女王的曾孙在到达印度后所要对付的，也正是这位顽固而且毫不妥协的穆斯林教长，后者要带领他的人民走向另一片乐土。

1946 年 8 月，在孟买郊外的一处帐篷里，他向他在穆斯林联盟中的追随者们就直接行动日的意义做出了评价。如果国大党想要发动战争，他声称，印度的穆斯林将"毫不犹豫地奉陪到底"。

苍白的双唇挤出一丝冷酷的笑容，目光在压抑下变得更加犀利，在这一天，真纳向国大党、英国人做出最后的摊牌。

"我们要么把印度一分为二，"他发出誓言，"要么就把它毁灭。"

3
"把印度交给上帝"

伦敦，1947 年 1 月

"告诉你，"路易斯·蒙巴顿说道，"发生了一桩可怕的事件。"

在白金汉宫的起居室里，两个男人坐在一起亲切地说着话，旁边没有任何人干扰。每当这样的时候，二人之间都非常放松，全无规矩可言。他们并排坐着，就像两个老校友，一边聊天一边喝着茶。但今天与往常不同，蒙巴顿的语气里流露着不安。他的表兄英王乔治六世对他来说就是最后的上诉法庭，也是他设法避免因剪断英国与印度的联系而令自己清誉受损的最后一线希望。毕竟英王是印度的皇帝，对印度副王的人选有着最终的发言权。但年轻的少将等来的却不是自己想要听到的话。

"我知道，"英王的微笑中带有一些尴尬，"首相已就此事来见过我，而且我已经同意了。"

"你已经同意了？"蒙巴顿惊讶地问道，"你真的认真想过这个问题吗？"

"哦，是的，"英王的语气轻快起来，"我认真想过了。"

"听我说，"蒙巴顿说道，"这件事可是非常危险的。没有人能够看得出有什么办法能让那里的各方取得一致。事实上这样的办法也几乎不可能存在。我是你的表弟。如果我跑到那里，结果把事情搞砸不说，还闹得一发不可收拾，有损的可是你的形象。"

"嗯，"英王回答道，"但也可以设想一下，如果你成功了，王室获得的益处可就大了。"

"唉，"蒙巴顿长叹一声，原本挺直的身体一下瘫进椅子的靠背里，"你可真是个乐天派啊。"

他每次坐在那个小客厅里就会不由自主地想起另一个曾经坐在自己对面的人，这个人是他的另一个表兄，也是他最亲密的朋友，在威斯敏斯特的圣玛格丽特教堂举行的蒙巴顿的婚礼上，他曾作为伴郎与蒙巴顿并肩而立，此人就是本应是一国之君的戴维，也就是威尔士亲王。他们二人从孩提时代关系就很密切。1936年，身为爱德华八世的戴维放弃了他受训多年而继承到的王位，原因是他不愿成为无法与自己深爱的女人厮守的国君，在那段时间里，"好事的"蒙巴顿常常出现在宫殿的走廊里，成为让国王深感慰藉的伙伴。

多么滑稽啊，蒙巴顿暗暗在想。他第一次踏足这片自己即将要去交还自由的土地时，恰恰是以戴维副官的身份去的。那一天是1921年11月17日。他在当晚的日记中写道，印度"是一个人们经常听到、梦到和读到的国家"。那一次浩浩荡荡的皇家之旅让他年轻的心激动不已。当时正值英国对印度统治的最鼎盛时期，对于帝国王位的继承人连同他的随从来说，什么样的想法都不荒谬，什么样的排场都不过分。他们乘坐的是象征王权的金白两色相间的火车，全部的行程无外乎游行检阅、马球比赛、捕猎老虎、月色下骑乘大象，以及享受作为王室最忠实同盟的印度土邦王公们献上的各种精彩绝伦的宴会和招待活动。在离开的时候，蒙巴顿心中还在想，"印度实在是这个世界上最美妙的国家，做印度副王真是世间最美的差事"。

眼下，在另一位表兄的点头同意之下，这个"最美的差事"就落在了他的头上。

白金汉宫的起居室一时陷入沉默之中。路易斯·蒙巴顿从沉默中感觉到了表兄情绪上的变化。

"非常不幸，"英王低沉的嗓音中透着忧郁，"你在东南亚作战时我就一直想去那里看望你，然后再去趟印度，但被温斯顿阻止了。我本希望至少在战后可以去一次印度。可现在恐怕做不到了。"

"可悲的是，"他接着说道，"我身为印度之皇却从来没有去过印度，现在都要失去这顶王冠了还是只能待在伦敦的宫殿里。"

事实上，乔治六世将至死无缘踏足那片神奇的土地。他将无缘捕猎老虎，无缘检阅披金戴银的大象游行，无缘让珠光宝气的印度土邦王公们列队向他鞠躬致敬。

乔治六世的英国与维多利亚时代完全不可同日而语，虽然他戴上王冠让世人始料不及，但他的王位在战争阴影下逐渐趋于稳固，现在，他要在战后的一片萧条中对社会党英国履行一国之君的职责。1937年5月里的那个早晨，在坎特伯雷大主教的主持和宣布下，身为艾尔伯特王子和约克公爵的乔治六世蒙上帝之恩而成为大不列颠、爱尔兰和英国海外领地之王，信仰的保卫者以及印度皇帝，从此，地球表面5200万平方英里的陆地中就有1600万平方英里以不同形式处在他的王权之下。

乔治六世统治时期最重要的历史成就是此时身处他起居室里的这位表弟所肩负的尴尬任务。他将被后人视作在其治下让大英帝国走向解体的无能之君。作为一个超越罗马、亚历山大大帝、成吉思汗、伊斯兰哈里发、拿破仑等所有时期的最为辉煌的帝国之王，他在死去的时候，却让他的王国沉沦为一个普普通通的欧洲国家。

"我知道我必须将'印'字从'英印'这个词语中拿掉。我不能再做印度的皇帝，"英王表示，"可是如果把所有和印度的关系切断，又会让我深深地感到难过。"

乔治六世十分清楚地知道，帝国之梦破灭了。梦想虽无可挽回，但如果它曾经的辉煌与荣耀一点都得不到保留，它在过去的所有象征意义无法用一个更加相容于时代的新形式来得到体现，那会是一个多么令人伤感的结局。

"这将是一个悲剧，"他感慨道，"如果一个独立的印度与英联邦反目成仇的话。"

事实上，英联邦就可以成为乔治六世实现其愿望的一个架构。它可以变成一个以英国为核心、由相关独立国家组成的多种族组织。共同的传统、共同的历史、共同的与英王之间的象征性关系将这些国家彼此联系在一起，由此而形成的共同体能够对国际事务发挥巨大的影响。在这个组织里居于核心地位的英国，则还可以在不同场合下以帝国的姿态发出声音，只不过这个声音如今更是一种集体的共鸣，而不再像以往那样纯粹只是她个人的意志。伦敦仍将是伦敦，在文化、精神、金融和商贸等方面仍将是世界相当范围内的中心。帝国的实体或将不复存在，但它聊胜于无的状态至少可以让乔治六世的英伦诸岛与英吉利海峡对面的那些国家有所区别。

要实现这个理想，最基本的就是要让印度留在英联邦内。一旦印度拒绝，未来实现独立的亚非国家几乎可以肯定会纷纷效仿。英联邦由此只能成为一个白人国家组织。

然而，乔治六世的首相和他所领导的工党长期受到反帝国主义传统的影响，他们的想法与乔治六世可不一样。艾德礼在和蒙巴顿交谈时甚至提都没提是否要花力气让印度留在英联邦内的事情。

乔治六世作为一名宪政君主，在践行自己期望的方面其实是无能为力。但是，他的表弟却可以做到，此刻的路易斯·蒙巴顿顿生与英王的戚戚之心。王室成员中没有人比他在帝国范围内的游历更广。他在内心深处已经理解并接受了帝国一崩即溃的现实，尽管如此，每当这样的思绪升起，他的心还是会隐隐作痛。

在白金汉宫的起居室里，维多利亚的两个曾孙在一起做出了一个私下的决定。路易斯·蒙巴顿将作为主导者让英联邦的未来朝着他们心目中的理想演进。

几天后，蒙巴顿将要求艾德礼在他的任职条件内加入一项特别的指令，即不管独立后的印度是统一还是分治，都要尽一切可能将之留在英联邦内。在未来的几个星期里，这位印度的新任副王心无旁骛，将所有的头脑、口才和心计全部用在了维系印度与他王兄之间的关系上。

*

从某种意义上讲，没有人比蒙巴顿更加适合入主印度的副王府。他第一次出现在公众视野里是在接受洗礼的时候，还是婴儿的他挥舞着小拳头，一下子打到了曾祖母架在鼻梁上的眼镜。

沿着族谱里的母系线，他的家族可以追溯到查理大帝。通过血缘或姻亲，他还直接或间接与德国的威廉二世、俄罗斯沙皇尼古拉二世、西班牙的阿方索十三世、罗马尼亚的斐迪南一世、瑞典的古斯塔夫六世、希腊的康斯坦丁一世、挪威的哈康七世和南斯拉夫的亚历山大一世等有着渊源。因此，对于路易斯·蒙巴顿而言，欧洲的危机也就是他家庭内部的麻烦。

蒙巴顿十八岁时正赶上第一次世界大战结束，欧洲的王位正变得越来越少。黑森-莱茵维多利亚公主（Princess Victoria of Hesse and by Rhine）是维多利亚女王最宠爱的孙女，她嫁给了来自巴滕贝格（Battenberg）家族的表兄路易斯王子，蒙巴顿作为他们的第四个孩子只能间接享受到王室待遇，因此青少年时期的夏天全部是在更受宠的表兄弟们的宫中度过的。他的脑海里无时无刻不在浮现着对那些浪漫夏季的记忆：温莎城堡草坪上举行的茶会，每一位客人头上都戴着王冠；乘坐沙皇游艇巡游；与身患血友病的沙皇王储表弟以及其姐，也是他后来曾爱上过的沙俄女大公玛丽亚表姐一起策马穿越圣彼得堡周边的森林。

这样的背景本可以让蒙巴顿在王室的荫蔽下坐享一定的进项和象征性的王室服务，而这也正是对日落西山的特权阶层保持象征性礼仪的可爱之处。但是，他却做出了相当另类的选择，也正因为如此，他在这个冬天的早晨站立在了一个伟大事业的潮头之上。

1943年的秋天，一心要物色一位"年轻而进取的人选"的温斯顿·丘吉尔任命蒙巴顿为东南亚盟军最高司令官，此时的蒙巴顿刚刚年满四十三岁。他年轻的肩膀上所担负的权力和责任只有一个人可以与之相比，那就是盟军总司令德怀特·艾森豪威尔。亚洲地区有一亿二千四百万人口被他一统于麾下。后来据他自己回忆，他的司令部在成立之初，"一无胜绩二不受重视，有的只是可怕的哀兵情绪、可怕的天气、可怕的敌人和可怕的溃败"。

他的许多下级要么资历老他二十年，要么军阶高他三四级。其中一些人把他当作纨绔子弟，认为他是仗着皇亲身份，一时兴起脱下晚礼服，摇身换上海军制服，暂时离开巴黎咖啡馆的温柔乡跑到战场上来的。

他多次亲临前线，重新鼓动起部下的士气；他坚决行使自己的权威，强令将军们在缅甸冒着可怕的季风雨作战；他软磨硬泡、连哄带吓，从他在伦敦和华盛顿的上司那里要来一切可以弄到的给养。

到 1945 年时，他的一度溃不成军且士气低迷的部队在屡败屡战后终于赢得了对日本军队规模最大的地面作战。原子弹的投放使他未能执行自己的宏大计划，即以二十五万之众的兵力从两千英里以外对马来亚半岛实施登陆作战的"拉链行动"，这场两栖作战行动的规模仅次于诺曼底之战。

从孩提时代开始，蒙巴顿就立志仿效父亲做一名海军军官，他的父亲在 14 岁时离开祖国德国，后在皇家海军官至第一海务大臣。然而，就在蒙巴顿刚刚进入海军学校学习时，他所崇拜的父亲黯然终止了自己的海军生涯。当时正值第一次世界大战爆发，他的父亲面对英国社会高涨的反德情绪不得不提出辞职。心碎之余，蒙巴顿的父亲应英王乔治五世的要求将家族的姓由巴滕贝格改为蒙巴顿，并受封为米尔福德黑文侯爵（Marquess of Milford Haven）。这位第一海务大臣的儿子也同样受到影响，他发誓要夺回父亲因受到不公对待而失去的职位。

但在两次大战之间的漫长岁月里，他作为一名和平时期的军官，仕途发展不可能很快。年轻的蒙巴顿留给公众更多的印象反而是在与军事关联度不高的其他方面上。他相貌俊朗，风度翩翩，个性亲和阳光，恰好迎合了刚刚从战争恐惧中恢复过来的人们渴求时尚魅力的需求，从而成为英国便士报的宠儿。1922 年，他与美貌而富有的女继承人埃德温娜·阿什莉（Edwina Ashley）举行婚礼并邀请威尔士亲王出任伴郎，成为当时轰动一时的社会新闻。

在那之后的几年间，周末的报纸上经常刊登路易斯和埃德温娜·蒙巴顿的合影照片或有关他们的文字消息，蒙巴顿伉俪出现在剧院与诺埃尔·科沃德（Noel Coward）言谈甚欢，蒙巴顿伉俪出现在皇家阿斯科特赛马会，年轻的路易斯爵士在地中海激情滑水或是接受马球赛获胜的奖杯。

这些内容筑就了蒙巴顿的公众形象，而他本人也从未否认过，他纵情于所有的舞会、联欢和马球比赛。但在这个形象的背后，他还有着不为人知的另一面，这个另一面只有在舞会结束后才会表现出来。

这位魅力十足的年轻人没有忘记童年时代的誓言。蒙巴顿是一位极端严肃、有着强烈的雄心和进取精神的海军军官。他工作能力超强，在有生之年一直让部下难以跟上他的节奏。他深信，在未来战争是不可避免的，谁掌握更优越的通信技术谁就能获胜，因此，他放弃与人打交道机会更多的舱面岗位而潜心研究信号工作。

他于1927年以第一名的身份从海军高级无线电课程班毕业，接着开始为海军所有无线电部门编写第一部综合工作手册。他着迷于技术领域日新月异的发展，醉心通过各种方式研究物理、电子和通信。新技术和新思想赋予他无限的激情，同时也最令他爱不释手。

他为皇家海军搜集了法国卓越的火箭专家罗贝尔·埃斯诺·佩尔特里（Robert Esnault Pelterie）的许多著作。在它们的帮助下，英国异乎精确地预测到V型飞弹、导弹，甚至人类的第一次探月飞行。在瑞士，他为对付德国的斯图卡式俯冲轰炸机而研究出一种高射速的防空火炮，然后花费数月的时间说服老大不情愿的皇家海军予以使用。

他长期追踪观察希特勒掌权和德国重整军备的全过程，对之有着很深刻的认识。他还用痛苦而又深邃的目光注视过他所热爱的姨夫尼古拉二世是如何被社会的演变逐离沙皇皇位的。渐渐地，已过而立之年的蒙巴顿和他的妻子开始远离舞池，把更多的时间花在警醒身边的朋友和政治家上面，因为他们夫妇二人已经看到即将到来的冲突。

1939年8月25日，蒙巴顿骄傲地成为刚刚投入现役的"凯利号"驱逐舰舰长。几个小时后，收音机里传来希特勒与斯大林签订互不侵犯条约的消息。这位新舰长立刻觉察到这个消息所隐含的深意。他命令水手们日夜奋战，以缩短这艘新船正式下海前所需要的长达三个星期的准备时间。

九天后，战争爆发了，当时，这位"凯利号"舰长穿着肮脏的工作裤把自己悬空吊在船舷的一侧，正与能干的船员们一起在给船身泼洒油漆。就在第二天，"凯利号"便与一艘德国潜水艇交上了手。

"我是永远不会下达'弃船命令'的，"蒙巴顿向他的船员们保证，"我们离开这艘船的唯一情况就是她在我们的脚下沉没。"

"凯利号"护卫船队来往于英吉利海峡，在北海搜猎 U 型潜艇，穿破浓雾和德军轰炸机的封锁到挪威的纳姆索斯峡湾去营救滩头的六千纳尔维克远征军生还者。她的船尾在泰恩河口被打坏，锅炉室在北海被鱼雷损毁。在上级下达沉船命令后，蒙巴顿拒不执行，而是一个人在失去动力的船上花了整整一晚上的时间，最后与八名志愿者一道，将船拖回母港。

一年后的 1941 年 5 月，在克里特外海上，"凯利号"的运气到头了。她的弹药房中弹，几分钟后就开始下沉。蒙巴顿信守自己的诺言，一直站在舰桥上，直到她翻滚后沉入水中，才奋力游上水面。在接下来的几个小时里，他与满身油污的生还者们聚集在一条救生筏周围，不顾头顶上德军飞机的低空扫射，带着大家高唱《滚木桶》。蒙巴顿获得服务优异十字勋章，以表彰他在"凯利号"上的英勇行为，后来，他的朋友诺埃尔·科沃德拍摄了一部名叫《尽忠职守》的电影，对"凯利号"的不朽事迹给予了再现。

时隔五个月后，正在物色大胆的年轻军官负责指挥联合行动的丘吉尔召见了蒙巴顿。所谓联合行动，就是组建一支为盟军重返欧洲大陆进行战术和技术研发的突击队。这个任命实在英明，蒙巴顿正是一位集活力与科学探索精神于一身的好人选。他宣称自己不会对任何新鲜主意说不，把指挥部向一批投资者、科学家、技术人员、天才和江湖术士开放。有些方案简直就是异想天开的狂想，例如，用结冰的海水与浓度为百分之五的木浆混合制成一块浮在水面而不下沉的飞机场。当然其中也不乏好的创意，如普卢托（Pluto）的跨越海峡的水下管道，马尔伯里（Mulberry）的人造码头以及登陆火箭艇的设计，都为诺曼底登陆取得成功做出了贡献。这一切让它的指挥者飞快地得到擢升，并且在 43 岁就成为东南亚战区总司令。

准备好迎接戎马生涯中最严峻挑战的蒙巴顿正处在自己精力和智慧的顶峰。海战的经验和最高指挥权让他具备了快速反应的能力，并可以尽情施展自己天生的领导才能。他不是一个哲学家或是抽象的思想家，但在毕生的艰苦工作中练就了一副锐利而清醒的头脑。他并不对所谓优秀的失败者报以盎格鲁-撒克逊式的喜爱。他的信条就是两个字——胜利。作为一名年轻军官，他在一次海军的划船比赛中让船员们使用他教给他们的一种新的划船技术，结果获得了所有单项的胜利。事后，他的张扬风格受到批评，但他还是耿直地指出，"第一个冲过终点"才是重要的事情。

他年轻时的活泼风格在经过岁月的洗礼后让他焕发出特殊的魅力，他还有一种能够将人凝聚在一起的突出能力。"蒙巴顿这个人，"一位对他并不感冒的人这样评论他，"只要他下决心，连正在啃尸体的秃鹫都能被他迷走。"

最重要的是，蒙巴顿天生就满怀无穷的自信，他的这种气质在诋毁他的人看来更是一种自高自大的表现。当丘吉尔要任命他为东南亚战区司令时，他居然提出要给他24小时考虑考虑。

"为什么，"丘吉尔咆哮起来，"不会是你觉得自己不能胜任吧？"

"先生，"蒙巴顿回答道，"我这个人生来就有一个让人痛苦的毛病，那就是总认为自己什么都能干。"

在未来的数周里，这位维多利亚女王的曾孙所需要的就是这种百分之百的自信。

忏悔者的收获（1）

每到一个村落，他做的都是同样的事情。这位当今世界最有名的亚洲人进村后的第一件事，就是走到一个房屋前请求留宿，而且，这个房屋里住的最好是穆斯林人家。如果遭到拒绝，事实上这样的事时常会发生，他就会走向下一家的房门。"如果没有人肯接纳我，"他曾说过，"那么我很乐于在慷慨的树荫下歇息。"

在得到容留后，他的全部吃食完全依靠主人提供：杧果、蔬菜、羊奶酪、绿椰奶。他在每一个村子里度过的每一个小时都有着严格的计划。时间是甘地的财富之一。他掌握的每一分钟都是上帝送给他用来为人们服务的礼物。他掌握时间靠的是一块时刻不离的英格索尔手表，这块表他已经戴了十六年，是当年花八个先令买来的，并且总是用一条绑在腰上的细绳拴着，是他屈指可数的财物之一。他凌晨两点就起床，然后阅读《薄伽梵歌》和做晨祷。然后，他在自己的小屋里一直蹲到天明，耐心地用铅笔亲笔回复信件。他把每支铅笔都用到短得不能再短，因为在他看来，一支铅笔代表着另一个人的劳动，稍有浪费就意味着对他人辛劳的漠视。每天早晨，他都要在严格限定的时间内服用盐水以清洗肠胃。作为一位对自然养生法的虔诚信奉者，甘地坚信这样做可以清除自己体内的毒素。多年来，只要甘地亲自为什么人做灌肠疗法，那就说明他最终决定接受这个人陪伴在自己身边。

太阳升起后，甘地便开始在村里往来行走，不停地与村民们交谈或一同祷告。他很快就想出了一个办法来推动诺阿卡利和平与安全的恢复。每到一个村庄，他就努力寻找能够响应自己号召的印度教徒和穆斯林领袖，设法将两人劝和，从而使他们成为这个村庄和平的保护者。如果穆斯林族人袭击同村的印度教徒，这位穆斯林领袖就要发誓终身斋戒。当然，印度教徒也会做出类似的承诺。

但在诺阿卡利那些溅满血污的偏僻地方，甘地沿途除了要驱除弥漫在每个村庄里的仇恨以外，还要做很多其他的事情。当他感觉到某个村子开始理解他所倡导的手足之爱后，他便会扩大自己的诉求。甘地认为，他在诺阿卡利一路看到的那些村落，以及那些被人遗忘和无法到达的农村，才是真正的印度。他比任何活在世上的人都更了解这些地方。他要让重现生机的乡村成为印度独立的基石，同时对于如何重新规划这些乡村的现状有着自己的思考。

"我一路走来想要教给你们的就是，如何让村里的水以及你们自己的身体保持洁净，"他会对村民们讲，"土除了生成我们的躯体外还有哪些作用，怎样从头顶的天空中获取生命的力量，怎样利用周围的空气来增强人体的能量，怎样合理利用阳光。"

这位年过花甲的老者可不是嘴上说说就行的。甘地坚信，唯有行动才最具有价值。他的很多追随者认为，他应该把时间花在做大事上，但让他们失望的是，甘地在为麻风病人做泥敷时与在会见副王前进行准备工作时居然同样专注和一丝不苟。所以,他每到一个村庄都会前往村民的水井去察看,时常为他们找到更理想的打井位置。他还察看村里的公共厕所,如果没有,事实上绝大多数村庄的确没有公厕,他就指导大伙修一个,自己也亲自跟着挖土。他认为糟糕的卫生状况是印度死亡率居高不下的根由,因此多年来痛批公众不良的卫生习惯,如在道路上随地大小便、吐痰和擤鼻涕等,因为大多乡下的穷人都是赤脚走路的。

"如果我们印度人一齐吐一口口水,"他曾经感叹道,"就能把三十万英国人淹死在里面。"每当看到村民在道路上吐痰或是擤鼻涕,他就会温和地加以责备。他走入人们的家中教他们制作简单的炭沙过滤器,作为清洁饮用水之用。"从能够做一件事到把一件事做成,"他不断对大家说,"二者间的差异足以解决这个世界上绝大多数的难题。"

他每天晚上都要主持一场公开的祷告会,还邀请穆斯林前来参加,认真为他们背诵部分《古兰经》成为每次活动必不可少的内容。在这样的场合,任何人可以就任何问题向他发问。一天,一位村民对他表示抗议,认为他不应该留在诺阿卡利浪费时间,而应该前往新德里与真纳和穆斯林联盟进行谈判。

"领袖人物,"他回答说,"只是他所领导人民的意志的反映。"人民首先需要的是有人引导他们实现内心的平和。然后,他说道,"他们希望邻里间和睦相处的意愿自然会反映在领袖人物的言行上"。

当他感觉到某个村子开始理解自己发出的信息时,当穆斯林族群同意让吓破胆的印度教徒重返家园时,他就会启程前往下一个最近的村庄。他总是在早晨七点半准时出发。一切就像在斯里拉姆普尔时一样,一小队人在甘地的带领下,穿过一个又一个杧果园,走过一片又一片波光粼粼的池塘边,沿途不断有受到惊吓的野鸭和野鹅大叫着腾空而起,向天边掠去。道路很狭窄,带着他们蜿蜒穿梭于棕榈林和灌木丛之间。路上到处是大大小小的石头和碎石块,不时还有突起的树根横在路面上。有时,他们不得不在深至脚踝的泥泞里艰难前行。等他们来到下一个目的地时,七十七岁高龄的圣雄那赤裸的双脚早已被冻疮和磨破的血泡弄得血肉模糊、疼痛难忍。每当出发前,他在用热水泡过脚后,便开始让自己享受忏悔之旅中一个奢侈的瞬间。他让一直跟随在身边的侄孙女马努为自己受尽磨难的双脚做按摩——按摩的工具仅仅是一块石头。

三十年来，次大陆上忍饥挨饿的民众就是在这变了形的双脚的带领下不断地为自由而祈祷。这双脚把甘地送到印度最偏远的角落，送到数千个和眼前这个村庄相差无几的村落，送到麻风病人下过的水塘边，送到他的国家最惨不忍睹的贫民窟，送到宫殿和监狱，送到他为了心中的目标而上下求索的每一个地方。这个目标就是，印度的自由。

当坐在白金汉宫里喝茶的两个表兄弟的曾祖母在德里附近的平原上被尊为印度女皇时，莫罕达斯·甘地还是一名八岁的学童。对于甘地来说，这场仪式盛大而壮观的场景总会出现在他在少年时期与家乡玩伴们一起唱过的一首歌谣里。他的家乡博尔本德尔是一座临阿拉伯海的印度港口城市，距德里七百英里。

瞧那健壮英国汉
统治矮小印度人
只因他们专吃肉
身高五肘还有余

这个在后来将以其精神力量压倒身高五肘的英国人及其庞大帝国的男孩，对歌词内容产生了无可抵御的好奇。他和一个朋友偷偷煮熟一块大人不让吃的羊肉并把它吃掉。这次试验的后果是灾难性的。八岁大的甘地不但很快就把吃下去的羊肉全部吐出来，还做了一晚上的噩梦，他梦见这头羊在自己的肚子里又踢又蹬。

甘地的父亲是世袭的迪万，也就是靠近孟买的卡提阿瓦半岛上一个小国的首相，而他的母亲是一位非常虔诚的教徒，动不动就要做很长时间的斋戒。

奇怪的是，天生要成为现代印度最伟大精神领袖的甘地却并非婆罗门出身，而婆罗门才应该是世代为印度教输送哲学和宗教精英的种姓。甘地的父亲是一名吠舍,也就是在印度社会居中等地位的商店主和小商人阶层,比贱民和首陀罗要高,但比婆罗门和刹帝利要低。

甘地十三岁时按照印度的传统习俗娶了一名目不识丁的女子为妻,他的妻子名叫卡斯特尔白(Kasturbai),两人在婚前从未见过。这位后来成为世人禁欲守节典范的年轻人在很长时间里沉溺在了如胶似漆的男欢女爱之中。

四年过去了。有一天,甘地正在床上和妻子激情缠绵,一阵急促的敲门声打断了他的兴致。来者是一名仆人。他给甘地带来一个不幸的消息:甘地的父亲刚刚去世了。

甘地吓坏了。他太爱自己的父亲了。就在此前片刻,他还坐在父亲床边耐心地为父亲按摩双腿,突然间,一股强烈的性冲动从他内心升起,于是,他蹑手蹑脚溜出父亲的房间,回到自己屋里将怀孕的妻子弄醒。这个消息让他对性的快感开始消退,并在甘地的心灵深处留下了难以愈合的创痕。

父亲一死,家人就决定把甘地送到英国学习法律,以便让他将来承袭父业成为这个小王国的首相。这对于一个虔诚的印度教家庭可是件不得了的大事。甘地家在此以前还从来没有人离开过印度。他也从此被正式逐出商店主的吠舍阶层,因为,印度教的老人认为,跨洋航行的人会受到玷污。

甘地在伦敦过得极不开心。他的性格过于腼腆,和生人哪怕说上一个字对他来说都是在受煎熬,说一句完整的话就更难了。从生理上说,在精英荟萃的律师学院里,十九岁的他身材瘦小枯干,形象着实让人可怜。他从孟买穿来的廉价衣服裁剪得很糟糕,挂在他那单薄的身体上,就好比一副松松垮垮的船帆张挂在静止的船上。事实上,他太瘦太小也太不起眼,同班同学们稍不经意就把他当作听差的小跑腿了。

孤独而又可怜的甘地发现,让自己脱离痛苦的唯一办法就是成为一名英国绅士。他扔掉了孟买装,换上一身新行头,其中有丝顶帽、晚礼服、漆皮靴、白手套,甚至一根点银的手杖。他还买了发油,让不老实的头发服服帖帖地趴在头顶上。他在镜子前一站就是几个小时,研究自己的外形和学打领带。为了赢得他渴望的认同感，他又买了小提琴，并加入了一个舞蹈班，同时雇请专门的教师来教自己法语和演讲。

与小时候的羊肉试验一样，他的这番折腾最终也成为一场灾难。他拉的小提琴只会发出刺耳的噪音。他的两脚踩不出3/4拍的节奏，他的舌头打不出法语的小舌音，演讲课也根本无法让他克服羞涩，更谈不上自由表达思想。甚至逛妓院都以失败告终，因为他刚进接待室就会被挡驾。

他放弃了做一名英国人的努力，重新回归自我。当他终于取得律师资格后，便立刻启程返回印度，并且对自己的如释重负丝毫不加掩饰。

返乡后的情况并不美妙。他在孟买法院的门外徘徊了几个月的时间，希望能找到可以代理的案件。这位日后以口才感动三亿印度民众的年轻人，此时此地却完全讲不出哪怕能打动一位印度法官的话。

这次失败促成了甘地人生道路上的第一次重大转折。他的家庭在失望之余，让他去了南非，为一位远亲解决法律问题。他用了几个月的时间来到南非，在那里一住就是二十年。在这个充满苦难和仇恨的地方，甘地发现了改变自己一生乃至于印度历史的哲学思想。

1893年5月，年轻的甘地在南非德班港的码头下了船，然而，此时还看不出他的到来与禁欲主义或是所谓神圣事业有什么联系。这是这位未来的穷苦人先知第一次踏上南非的土地，他穿着白色的高领衣，外面套着一件伦敦内殿法律学院大律师的时髦制服，手提箱内塞满了他为作为当事人的印度富商打官司用的文件。

甘地对南非的真正体验是在一周后从德班到比勒陀利亚的夜间火车上。时隔四十年后，他仍然把这次旅途看作是自己对人生形成感悟的最重要时刻。到比勒陀利亚的火车刚开到半路，一个白人气势汹汹走进他所在的头等车厢，命令他搬到行李车厢去。买了头等票的甘地拒绝了他。当火车来到下一站时，这名白人叫来警察，于是，在午夜时分，甘地连同他的行李被粗暴地从火车上赶了下来。

甘地一个人在寒冷中瑟瑟发抖，他脸皮太薄，居然不好意思去找车站站长取出他锁在行李中的大衣。就这样，他在没有路灯的车站里把自己缩成一团，苦苦挨过一个晚上，大脑里不断重放着平生第一次遭遇种族歧视时的情景。他就像中世纪在受封爵位时进行祈祷的年轻人一样，请求上帝和神灵给自己以勇气和指引。当黎明终于冲破迷雾来到这个名叫马里兹伯格（Maritzburg）的小站时，这名胆小畏缩的年轻人已经彻底地改头换面了。这位身材瘦小的律师做出了人生最重要的决定。莫罕达斯·甘地准备说"不"了。

一周后，甘地向比勒陀利亚的印度人做了第一次公共讲演。他过去在孟买的法庭里是那么羞于言辞，如今刹那间就变得口若悬河。他呼吁印度人团结起来保护自己的权益，而方法的第一步，就是学习压迫者的语言。第二天晚上，甘地便开始教授一名理发师、一名职员和一名商店主学习英语语法，此时他还没有意识到，他的这场行动将最终让印度获得自由。不久，他赢得自己在随后半个世纪政治生涯里的首次成功。甘地与铁路管理部门据理力争，迫使对方同意让穿着得体的印度人乘坐南非火车的一、二等车厢。

甘地来南非的目的就是代理一桩案件，在处理完这个案件后，他决定继续留在南非。他一方面成为南非印度社团的领袖，另一方面在律师行业也颇为成功。大英帝国虽然存在种族歧视，但并不妨碍甘地对其的效忠，他甚至领导一支救护队参加过波尔战争。

在南非一晃就是十年，在另一次坐长途火车旅行的路上，甘地的人生又发生了第二次重大转折。那是1904年的一个晚上，当甘地登上从约翰内斯堡开往德班的火车时，一位英国朋友递给他一本书让他打发旅途上的时间，这本书就是约翰·罗斯金（John Ruskin）写的《给后来者言》（*Unto This Last*）。

整整一个晚上，甘地都在端坐着阅读这本书，任凭火车在南非的草原上轰鸣驰骋。这本书写的是作者在去往大马士革的路上所受到的启示。当火车在第二天早晨抵达德班时，甘地已经许下了宏伟的誓言：他要放弃自己所有的物质财产，去过罗斯金提出的理想生活。

富有，在罗斯金的笔下，只是取得凌驾于他人之上的权力的工具。手里拿着铁锹的劳动者与心中秉持信念的律师同样是在真实地为社会服务，工人的生活也好，农夫的生活也好，都是有价值的生活。

甘地的决定非常了不起，这是因为，他在那时已经非常富有，他做律师工作每年的收入至少是五千英镑，这在当时的南非可是一大笔钱。

过去两年来，甘地的头脑中在一直不断地产生疑惑。《薄伽梵歌》主张，摒弃欲望和对物质财富的贪恋是唤醒灵魂的前提。甘地对此颇感费解，于是很早就开始亲自动手做试验：他自己理发，自己洗衣服，自己冲厕所。他甚至为自己的最后一个孩子接生。他的疑惑在罗斯金的书中得到了解答。

甘地到达德班后不出一个星期，就把家人和一群朋友接到凤凰城（Phoenix）附近的一处农场安顿下来，这个农场方圆一百英亩①，距德班十四英里。整个农场杂木丛生，里面有一个被人废弃掉的小屋，一口水井，一些橘、桑和杧果树，还有一大群蛇。就是在这个给人感觉荒凉的地方，甘地开始了他至死不渝的生活方式：抛弃对物质的占有，努力用最简单的方式满足个人的需要，所有劳动者相依相存，无高低贵贱之分，所有物质务求分享。

然而，还有一项最难做出的舍弃。那就是情欲，这个问题已经让甘地纠结了许多年。

父亲去世时留下的阴影，不愿再多要孩子的想法，对宗教理解的加深，这些因素都驱使他要做出禁欲的决定。1906年夏天的一个晚上，甘地郑重地向妻子卡斯特尔白宣布，他决定从此守节禁欲。莫罕达斯·甘地从十三岁开始纵情的男女之欢，在他三十七岁时画上了终结的句号。

然而，对于甘地来说，禁欲并不止于克制性欲，而是指克制一切欲望。它意味着对情感、饮食和言语的克制，对愤怒、暴力和仇恨的克制，意味着达到无欲的状态，也就是近似于《薄伽梵歌》中所要求的那种理想的忘我境界。在甘地一生许下的誓言中，最让他感到艰难并在内心强烈挣扎的莫过于对保持贞洁的实践。这种挣扎终将以各种不同的形式，伴随他度过整个生命。

尽管如此，他在到达南非第一周所遭遇的那次种族斗争才是对他思想触动最大的，他也由此而提出令自己举世闻名的两大原则：非暴力和公

---

① 1英亩 = 4046.86平方米。

民不服从。

甘地是在受到《圣经》内容的启发后才构思出非暴力思想的。恶人打了一个人的一边脸，基督劝告这个人转过来再让恶人打自己的另一边脸。基督的忠告让甘地感到无比震撼。弱小的他一直就是在这样做的，他曾无数次紧咬着牙关忍受白人的毒打。他对此的解释是，以眼还眼的做法只会让所有人最终变成瞎子。砍头或枪杀并不能改变人的信仰。暴力只会让野蛮更加残酷，施害者只会让受害者受到激怒。甘地找到了一个以善促变的方法，他要依靠神灵的力量让人们达成和解，而不是听任各种人为的力量制造仇恨和分裂。

1906年秋天，南非政府给了甘地这个还处于雏形阶段的理论一次试验的机会。政府拟颁布一道法令，规定年满八岁以上的印度裔居民要到政府进行登记，不但要留取指纹，还要随身携带特别身份证。9月11日，愤怒的印度人在约翰内斯堡的帝国剧院（Empire Theatre）举行集会，甘地当众表达了自己对这项法律的反对立场。

他对大家说，服从该法就意味着印度族群的毁灭。"我要走的路只有一条，"他慷慨激昂地说道，"宁死也不会向它屈从。"这是他平生第一次带领公众在神灵面前起誓，无论发生什么样的后果都要对不公平的法律进行抵制。但甘地并没有向众人说明进行抵制的方法。这个问题也许连他自己也没有想清楚。但有一点是明确的，那就是，不得产生暴力。

诞生于帝国剧院的政治和社会斗争的新原则不久之后就有了自己的名字——萨提亚格拉哈（Satyagraha），即真理坚固。甘地组织对登记程序进行抵制并在登记中心静立抗议。他的行为让他被判刑入狱，这也是他后来无数次入狱服刑中的第一次。

在狱中，甘地遇到第二部让他深受影响的世俗作品，亨利·梭罗（Henry Thoreau）题为《论公民的不服从》的论文。[1] 在反对美国政府纵容蓄奴和对墨西哥发动非正义战争的过程中，梭罗强调个人有权无视不公

---

[1] 第三部是列夫·托尔斯泰的《天国在你心中》（*The Kingdom of God is Within You*）。他对托尔斯泰坚持用道德原则来支配自己的日常生活非常钦佩。他们二人在非暴力、教育、饮食、工业化等方面都有着极为相似的观点，并且在托尔斯泰死前还简短通过书信。

正的法律并拒绝效忠实施暴政且已经让人无法容忍的政府。他说，服从正义比遵守法律更加可贵。

梭罗的论文让思想上一直备受困扰的甘地豁然开朗。甘地获释后，正值南非德兰士瓦省做出禁止印度人入境的决定，甘地决心将他的新思想运用到抗争中去。1913年11月6日，在甘地的带领下，2037名男子、127名妇女及57名儿童，在德兰士瓦省的边境上开始了非暴力游行。等待他们的当然只能是监狱和毒打。

看着这支面目可怜、衣衫褴褛的大军迈着坚定的步伐跟在自己身后，甘地又得到另一个启示。这些穷苦人除了痛苦真是什么也期盼不到。全副武装的白人警员已等候在边境上，也许还要动手杀人。但心中的信仰和他号召众人为之奋斗的事业在激励着甘地他们慨然前行，并且，用甘地的话说，他们已经准备好"用接受苦难来融化敌人的心性"。

在这场沉默的斗争中，甘地突然间领悟到民众非暴力行动势必如火如荼的发展趋势。在德兰士瓦省的边境上，甘地看到了他所发起的这场运动的无穷潜力。站在他身后的这一千多人终将壮大成几十万和几百万人，对非暴力理想的坚定信念所引发的历史潮流是谁也无法阻挡的。

他们随后受到了迫害、鞭打、坐牢和各种经济上的制裁，但这些都没有能够阻止这场运动的继续。甘地的非洲革命在1914年几乎以全面胜利而告终。他终于可以回家了。

*

甘地于1914年7月离开南非，此时的他再也不是当年在德班上岸的那个羞于与人交往的小律师了。他在这个对他并不友善的地方找到三位老师：拉斯金、托尔斯泰和梭罗。他通过自身实践发展出两大主义：非暴力和公民不服从，并且在未来的三十年里，让世界上最强大的帝国为之动摇。

1915年1月9日，当甘地瘦小的身躯从孟买的印度之门下面通过时，他受到大众对他英雄式的欢迎。与这位领袖一同穿过那道帝国拱门的是他提在手里的一个简陋手提箱,那里面装着非常重要的东西——厚厚一摞甘地的手稿。这些手稿题为"印度自治",它清楚地向世人表明,甘地即将开始用生命进行一场真正意义上的战斗,而非洲,只不过是他在此前的一个训练场而已。

甘地在萨巴尔马蒂河畔的工业城市艾哈迈达巴德居住下来,他在这里建立起一个类似于他在南非公共农场所建的静修所。与平时一样,甘地第一个关心的就是穷人。他在比哈尔组织种植靛青的农民反抗英国地主的残酷剥削,在孟买组织受到干旱打击的农民抗税,在艾哈迈达巴德组织纺织厂的工人与工厂主进行斗争,而这些工厂主恰恰是他的静修赖以存续的施主。从此,印度历史上第一次有了为民请愿的领袖人物。不久后,印度的诺贝尔和平奖获得者罗宾德拉纳特·泰戈尔给甘地终生为之奋斗的事业定名为"圣雄"。他称甘地为"身穿乞丐装的伟大灵魂"。

和大多数印度人一样,甘地在第一次世界大战期间效忠于英国,以为英国出于回报会倾听印度民族主义者的呼声。他错了。英国非但没有像他想象的那样做,反而于1919年通过了罗拉特(Rowlatt)法案,要镇压印度的自由热情。甘地在长达几个星期的时间里都在不断地沉思,英国拒绝了印度的愿望,他要想办法进行回击。他在梦境中想到一个方案。这个方案非常简单但又令人叫绝。他号令印度,用沉默表示对抗。他要做一件别人以前做梦都想不到的事情,他要发动联合休业罢工,让全印度在顷刻之间陷入哀悼日般的冷清之中。

与甘地的许多政治主张一样,这个方案也反映出他的天才之处,只消寥寥数语便可以让头脑最简单的人也理解他的战术,而且仅仅依靠最普通的肢体动作就能够完成。人们跟着他,一不用触犯法律,二不用冲击警察俱乐部。他们要做的便是什么也不做。他们关闭商店,离开课堂,到寺庙中去祈祷或径自留在家里,以此证明印度人对甘地号召的团结响应。他将1919年4月7日定为联合休业罢工日。这是他第一次公开与印度政府相对抗。他号召印度站直身体,让压迫者听清沉默的大众所发出的无语的声音。

不幸的是,并不是所有地方的大众都是在用沉默发声的。骚乱爆发了。事态最严重的当数旁遮普省的阿姆利则（Amritsar）。为抗议当局对该城采取的控制措施，数千名印度人在4月13日这一天在一处叫札林瓦拉园（Jallianwalla Bagh）的院子里举行集会，这次集会是和平但却非法的，会场里到处是石块和瓦砾。

沿着一条狭窄的小巷走到头，便是这个院子的唯一入口，它处在两座建筑之间。集会刚刚开始，阿姆利则的戒严司令戴尔（R. E. Dyer）准将就带着50名士兵出现在这条小巷里。他让士兵把住入口的两侧，在未发出任何警告的情况下，用机枪向院子里面手无寸铁的印度人扫射。士兵们不顾困在院子里的印度人如何苦苦哀求，开枪时间长达10分钟。他们共发射1650发子弹，被打死打伤的印度人共计1516名。戴尔认为自己"做了一件快活事"，随即带队离开了。

他的"快活事"成为英国与印度关系的转折点，比63年前发生的印度兵哗变事件更具决定意义。[①] 对于甘地而言，这起事件的起因在于民众在处理与宗主国的矛盾时未能执行他一贯主张的和平原则，于是他痛定思痛，下决心绝不让这样的悲剧重演。从此，他开始将精力集中到对代表印度民族主义情绪的组织进行控制上来。

国大党终将有一天会成为民众反对英国统治的代表力量，这个担忧每每让创建该党的那些体面的英国公务员们如坐针毡。1885年，在得到副王的支持后，屋大维·休姆（Octavian Hume）筹划建立国大党，其使命就是把印度正在缓慢成长的知识阶层抗议力量引入到一个温和而负责任的组织，进而通过该组织与英国统治者进行绅士方式的对话。

国大党在甘地初登政治舞台时起到的正是这样的作用。甘地决心要把它改造成一个以非暴力为原则的大众组织，为此，他于1920年向国大党提出一个在加尔各答的行动计划。这个计划得到了绝大多数人的支持和采纳。从那时开始，一直到去世，无论甘地在国大党内有无头衔，他始终

[①] 戴尔事后遭到训诫，被勒令退役。但他仍然可以拿到足额退休金和享受所有其他权益。他的行为受到在印度的大多数英国人欢迎。在印度的所有俱乐部里，那些欣赏他的同胞为他进行募捐，共筹集到两万六千英镑的巨款，供他缓解因为提前退休而面临的经济窘困。

都是全党的精神领袖和导师,从而成为独立斗争无可争辩的领导者。

与他早期倡导的全国联合休业罢工一样,甘地的新战术同样简单得令人惊讶,这场政治革命奉行的方式就是三个字——不合作。他发出号召,印度人将抵制所有英国人的事物:学生罢上英国人学校;律师拒上英国人法庭;雇员不为英国雇主服务;军人拒受英国人的荣誉。甘地本人以身作则,将他在波尔战争期间做救护组织工作时获得的两枚奖章还给了印度副王。

他的首要目标是通过打击印度的经济支柱来破坏英国统治力量的基础。英国以低得可笑的价格收购印度的棉花,然后把它们运到兰开夏的纺织厂加工成纺织品,最后再将这些制成品运回印度出售,既保证自己的可观利润又将非英国生产的纺织品排挤出印度市场。这是典型的帝国主义剥削手段,而甘地与之斗争所使用的武器却是原始的木质纺车。这是因为,工业革命中产生的大型纺织工厂是这场剥削的根源,甘地要做的就是走向这个根源的反面。

在此后的二十五年里,甘地做出了不懈的努力,他要让全印度拒绝使用国外的纺织品,继而代之以数百万印度手纺车自己纺出来的土布。他认为,造成印度乡村生活苦难的最主要原因就是农民手工制品在市场上的需求萎缩,所以,由家庭手纺车引发的印度纺织业的复兴让他从中看到了贫苦农民生活好转的希望。对于城市大众来说,操作织机将是手工劳动带给他们的精神救赎,同时也提醒他们时刻不忘把自己与真实的印度联系在一起,所谓真实的印度,就是遍布印度的五十万个乡村。

手纺车的飞轮成为甘地表达自己所有心声的媒介。他通过它发起一场又一场运动,劝导农民使用公共厕所而不要随地排泄,通过清洁环境来提高卫生和健康状况,治疗疟疾,为孩子们建起简单的村办学校,宣传印度教徒与穆斯林之间的和谐。一言以蔽之,这是一整套让农村生活重现生机的措施。

甘地身体力行做出榜样,他不仅本人每天要花半小时亲自织布,还对身边的追随者做出同样的要求。织布的过程几乎变为一场宗教仪式,用于织布的时间刚好介于祷告和思想活动之间,和着织轮发出的有节奏的

"吧嗒、吧嗒、吧嗒"的声音，这位圣雄口中开始喃喃自语："罗摩（神灵）、罗摩、罗摩。"

1921年9月，甘地为这场运动做出最后一次助推，他郑重宣布此生除了一件自织的缠腰布和一条披肩外不再穿任何衣物。家庭手纺车上纺出来的印度土布自此成为印度独立运动的制服，人们无论穷富贵贱，身上穿的都是用同样的粗糙白布做成的裹身衣服。甘地的小木质手纺车渐渐成为其和平革命的象征，它表现的是一个正在觉醒的大陆对西方帝国主义所发起的挑战。

甘地奋力行走在深过脚踝的泥水中和碎石密布的危险小道上，在印度火车三等车厢里的木条凳上度过无数个漫漫长夜，印度再偏僻的角落也能看见他的身影、听到他的声音。他每天要做五到六次讲话，足迹踏过数千个村庄。

这是一个异常壮观的画面。走在前面的甘地打着赤脚，身上裹着粗布片，手里拄着竹杖，不时向上推推从鼻梁上滑落的眼镜，步伐沉稳而有力。跟在他身后的所有人都穿着素白的土布衣服。每当游行结束时，他身边就会有一个人像高举奖杯一样把他的便携马桶举过头顶，以此提醒大家讲卫生的重要性。

甘地的斗争取得了巨大的成功。人们争相跑来亲眼看这位传说已久的"圣雄"的风采。他的自甘贫困，他的简单朴素，他的谦卑虚怀，他的凛然气质，这一切使他成为一位圣人。他从悠远的过去走来，目的是要创造一片崭新的天地。

他来到每一个城镇都向大众发出疾呼，如果印度要取得自治，就必须抵制来自外国的衣物。他找来志愿者当场脱掉身上的衣物并丢在自己的脚下。鞋子、袜子、裤子、衬衣、帽子、外套，在很短的时间里就堆积成山，一些人甚至一丝不挂地站在甘地面前。甘地的脸上洋溢出喜悦的微笑，他将地上的衣服点燃，转眼间，这些"英国制造"就被熊熊的烈焰吞没。

英国人迅速做出了反应。他们担心逮捕甘地反而让他成为印度人心中的烈士，于是大肆打击他的追随者。被捕的人数高达三万人，集会游行遭到镇压，国大党办公室被彻底搜查。1922年2月1日，甘地致信印度副王，以礼貌的口吻告诉他,印度人将升级自己的行动。不合作开始演变成公民的不服从。他劝说农民拒绝纳税,劝说城市居民不理睬英国法律,劝说士兵不再效忠英国王室。这是甘地在用非暴力的形式向印度殖民政府宣战。

"英国人要让我们和他们较量机枪的威力,但那是他们有而我们无的武器,"甘地发出警告,"我们要击败他们的唯一胜算就是和他们较量我们有而他们无的武器。"

数以千计的人响应了他的号召,更多的人则被关进监狱。焦头烂额的孟买省长称这场运动为"人类历史上最大规模的试验,并且离成功的距离当以寸计"。

这场运动最终失败了,原因是在德里东北部的一个小村子里发生了流血事件。甘地由此认为自己的追随者们还并不完全理解非暴力的深刻含义,因此不顾几乎整个国大党的反对,毅然叫停了这场运动。

他的态度转变让英国人认为他的危险性有所减弱,于是将他逮捕。甘地对自己的煽动叛乱罪名表示接受,在向法官的感人陈情中,他企求得到最高刑罚。他被判在浦那附近的耶拉夫达监狱服刑六年。他对此毫无怨悔。"自由,"他写道,"往往要在监狱的围墙内甚至绞刑架上才能找到,那是在议政厅、法庭和学校所永远实现不了的。"

甘地由于健康原因在服刑期满前获得释放。在随后的三年里,他四处旅行和书写文章,耐心训导追随者们,使他们深刻理解非暴力思想以避免此前的暴力事件的重演。

到1929年底时,他已经做好了下一场行动的准备。在拉合尔,当代表又一个十年已经过去的午夜钟声敲响后,他带领他的国大党宣誓要谋求印度的自治,其实就是要让印度完全独立。26天后,在印度所有地方的集会上,数百万国大党成员都发出同样的呐喊。

甘地与英国人的新一轮对抗一触即发。他用几天的时间一面思考,一面在等待"内心的声音"告诉他应该采用怎样适当的方式来进行这场对抗。"内心的声音"所给出的答案成为甘地集自己所有创造天分于一体的最大成果。它的思路之简单,执行之有趣,让甘地一夜之间成为世界名人。有意思的是,甘地的策略正好与他本人早在好几年前为了克制自己的性欲而不再进食的食盐有关。

盐在气候炎热的印度是所有人饮食中的基本成分。它呈一层层巨大的白色片状，遍布在辽阔的海岸线上，是人类永恒的母亲——大海恩赐的礼物。然而，它的生产和销售却全部由国家垄断，即在盐价里加入税项。这笔税额虽说不高，但吃一年盐所要缴纳的税赋竟达到一个贫苦农民两个星期的收入。

1931年3月12日早晨六点半，甘地手执竹杖、微微佝偻着身体，腰间裹着人们熟悉的土布片，从自己的静修所出发了。79名弟子列队跟随在他的身后，他们要去的目的地是241英里以外的海边。沿途有数千名来自艾哈迈达巴德的支持者把绿树叶铺在他们就要走过的路面上。

全世界的新闻记者从四面八方紧急赶来，争相对这支奇怪的队伍做跟随报道。一村又一村的村民在甘地经过时跪倒在路的两旁。他在接近终点时有意放慢脚步，这更让希望一切尽快收场的英国人恼怒不已。就这样，这位身材矮小的半裸老人手拿竹杖，一步一步走向海边，同时也是一步一步在向大英帝国发起挑战。这位老者怪异甚至很有些卓别林式的形象日复一日地主宰着全世界新闻、电影和其他各种媒体的报道内容。

4月5日的傍晚六点钟，甘地和他的队伍终于到达丹迪附近的印度洋岸。他们在通宵祷告之后，于次日清晨走入大海举行沐浴仪式。接着，甘地蹚着海水回到岸上，在数千围观者面前，俯下身去挖起一勺盐块。他神情庄严地将拳头伸向众人，然后打开，露出雪白的晶体，那是被英国人禁取的大海的恩赐。他的举动成为印度独立斗争的最新象征。

整个印度在不到一个星期的时间里就全部沸腾起来。甘地在全国各地的追随者们开始进行采盐和发盐的行动，介绍如何从海水中提炼食盐的小册子比比皆是。在所有地方的大街小巷，到处可以看到人们在焚烧英国制造和进口的衣服和物品。

英国人对此的回应是发动印度历史上规模空前的逮捕行动，把成千上万的人投入监狱。甘地是被捕者之一。在回到耶拉夫达监狱之前，他设法向众人发送出最后一个信息。

"印度的荣光，"他说，"已经以一位非暴力主义者拳中的盐块为象征。拳头可以被打坏，但拳头里面的盐块绝不会因此而被放弃。"

伦敦，1947年2月18日

三百年来，下议院一直是少数大英帝国的决策者们召开会议和发布政策的地方。他们的争论与决断决定着分布在世界各地超过五亿人的命运，同时使欧洲的白种人基督教精英成为占地球表面1/3以上可居住地区的主宰者。

此时，下议院的议员们云集在没有供暖的大厅里，四周的墙壁投下巨大而冰凉的阴影，阴郁的寒意让他们瑟瑟打着冷战，而他们的领袖正在为大英帝国做着丧礼般的演讲。温斯顿·丘吉尔失望地跌坐在反对党议席上，他把肥胖的身躯裹进一件黑色大衣里。从四十年前进入下议院到现在，他曾用自己的声音在这个大厅里抒发不列颠的帝国之梦，而在过去的十年间，他更是用自己的声音在这里焕发起英国的良心和巨大的斗争勇气。

他是一个具有超强洞察力的人，在许多方面坚持自己的立场毫不妥协。他在所有的领域都得到过荣耀，但偏偏对印度有着特殊的深厚情感。丘吉尔疯狂地爱着印度，其程度匪夷所思。年轻时他曾随所在的第四女王私人轻骑兵队去过印度，当时他还是一名中尉，不仅在尘土飞扬的操场上打过马球，还射过野猪和捕猎过老虎。他还爬上过开伯尔山口，与西北边境上的帕坦人作战。如今离开印度已经四十一个年头了，他仍然惦记着在当中尉那两年时间里服侍自己的印度挑夫，每月都要给这名挑夫寄去两英镑并且从不间断。他的这个举动在很大程度上显示出他对印度的真情实意。他爱印度，首先是因为他在那里有过的经历，另一个原因就是他认同坚强刚毅的英国人就应该用强硬的家长式管理来统治印度的思想主张。

他对帝国梦想的信念是不可动摇的。他一贯坚持认为，大英帝国的兴衰决定着英国在世界上的地位。他热诚地相信维多利亚的信条，即那些"劣等的、没有法律约束的种族"在欧洲人的统治下只会比在本地残酷暴君的虐政下生活得更好。丘吉尔虽说在众多世界事务上展现出卓越的认知力，但印度问题却是他的盲点。他的情感让他毫不怀疑地相信，英国对印度的统治是正义的和符合印度最大利益的，印度人民对他们的统治者是感激和爱戴的，要求独立的印度政治家们是思想狭隘、教育程度不足的所谓精英，无法代表民众的要求和利益。他的印度事务大臣就丘吉尔对印度的了解程度有过一句尖刻的评论，那就是"好得和乔治三世对美洲殖民地的了解一样"。

从 1910 年起，他固执地回绝了一切让印度走向独立的努力。他轻蔑地将甘地和他的国大党信徒们称为"稻草人"。在下议院的大厅里，丘吉尔比任何人都要痛心，因为他的继任者正在推行他曾经连想也不会想的政策，那就是肢解大英帝国。尽管他和他的保守党在 1945 年大选中败北，但那时他们在上议院还占据着绝对多数的席位，他就还有权力。只要他愿意，便可以让印度的独立推迟两年实现。他看着那个抢了自己首相位子的社会主义者站起身来准备讲话，愤怒的脸上划过一道厌恶的表情。

克莱门特·艾德礼手里拿着一篇简短的讲话稿，这份稿子主要由他准备派往新德里就英国离开印度事宜进行谈判的年轻少将所写，再过一会儿，他就要公布他的名字了。路易斯·蒙巴顿素来大胆，他建议艾德礼放弃首相本人已经写好的长篇大论，而在短稿子里用寥寥数语对新副王的任务做了描述。其中最重要的就是蒙巴顿坚持加入的在出现任何打破印度僵局的机会时所必须具有的决断权。他与艾德礼就这个问题争执了长达六个星期，直到最后时刻才迫使后者用白纸黑字把有关内容确切表述出来。

冷冰冰的会场随着艾德礼做出这一历史性的宣告而骚动起来。"英王陛下的政府希望表明的是，"他开始宣读道，"他们明确希望能够在 1948 年 6 月之前的某一个时间，通过采取必要的步骤确保将权力移交到负责任的印度人手中。"

他的话一时让下议院里的议员们张目结舌，会场顿时安静下来。众人明知这是历史进程不可改变的结果，同时也是英国自己公开承认的印度未来的发展方向，但当意识到英国对印度的统治仅仅还能存续十四个月时又无不感到悲哀。英国人生活的一个时代就要结束。这个被《曼彻斯特卫报》在第二天早晨称为"历史上最宏大的分手"就这样拉开序幕。

轮到丘吉尔做反对发言了，原本陷在座位里的肥胖身体站了起来，他要为帝国做出最后一次雄辩。由于阴冷和激动的缘故，他的身体有些发颤，他称整个方案就是"现任政府在对战争英雄们进行利用，旨在对令人感到悲凉而又极具灾难性的权力移交进行掩饰"。

为独立设定一个日期，艾德礼采取的正是甘地的"最没有头脑的主张——'把印度交给上帝'"。

"怀着深深的悲哀，"丘吉尔痛惜地说道，"我目睹着大英帝国的轰然倒下，与之相伴的是它的荣誉，还有它对人类做出过的所有贡献。很多人曾为保卫她而打败强敌。就算没有人能够让她从自我衰退中解脱出来……我们也不该做耻辱的逃跑或是草率而仓促的溃退——至少不该让我们很多人在经历切肤之痛之后还要遭受世人的戏谑和嘲笑。"

可惜这位雄辩家的激昂陈词，无力喝止徐徐落山的太阳。表决的钟声响起，下议院将做出历史的决断。投票结果：压倒性多数赞成英国于1948年6月前结束对印度的统治。

忏悔者的收获（2）

甘地一行越走近诺阿卡利大大小小的河汊，他的任务就变得越艰难。他在途经的第一批村子里与穆斯林们相处得很成功，这让其他村子的首领们产生了警觉。他们认为甘地的做法是对自己在村里权威地位的挑战，因此便趁他到达前早早挑起村民对他和他的使命的仇恨。

这天上午，甘地他们在路过一所穆斯林学校时，看见一间没有屋顶的教室，里面有一群七八岁的孩子正围坐在族长周围。甘地顿时笑逐颜开，就像一位爷爷要跑去拥抱自己最疼爱的孙子，他迫不及待地走上前想和孩子们说说话。那位族长一看到甘地，猛然站起身来。他又急又怒地将孩子们赶进自己的房子里，就好像甘地是一个恶魔，要来给孩子们施咒语一样。此情此景让甘地极为痛楚，他站在族长的房门前，难过地向屋里的孩子轻轻摆手，孩子们的脸在屋内的暗影中依稀可见。他们与甘地对视着，乌黑的两眼里透出好奇和不解。最后，甘地以手按胸，向他们送上穆斯林间的问候。没有一个孩子举手向他回礼。甘地转过身，继续上路。

这期间还发生了其他的事情。四天前，有人在甘地的必经之路上将一座竹桥的竹质桥基做了破坏。幸运的是，这件事在竹桥垮掉前被及时发现，甘地一行成功地从十英尺高的桥下涉水过河。还有一天上午，他们路过一片竹子和椰树林。几乎每一棵树上都挂着一面小旗，上面的标语写着"走开，我们警告过你了""承认巴基斯坦"或是"还是为你自己想想吧"等内容。

甘地丝毫不为所动。在他看来，身体勇气，也就是甘心被打而无怨言和处变不惊的勇气，是对一名非暴力者的基本要求。自从在南非第一次被打后，身体虚弱的甘地在很多方面都展现出自己身上的这种特质。

面对这些仇恨的标语和孩子们的排斥，甘地强压着内心的痛苦，面色安详地走向下一站。那是一个阴湿返潮的夜晚，他们走在一条狭窄的小路上，路面上满是被河水冲积上来的泥土，大量湿重的露水使整条路变得泥泞不堪。突然间，队伍停了下来。领头的甘地放下手中的竹杖弯下身去。一些不知是哪里的穆斯林将碎玻璃片和人的粪便撒在这条他要赤脚走过的路上。甘地平静地从身边的矮棕榈树上折下一条枝叶。他弯下腰，默默地用这条枝叶做起了印度教徒眼里最污秽不堪之事。这位77岁的忏悔者以这条树枝作扫把，开始清扫路面上的粪便。

几十年来，有一个英国人始终在与这位耐心清扫路面的长者为敌，他就是那位下议院里的雄辩家。温斯顿·丘吉尔在他漫长的从政生涯里留下许多令人难忘的词句，它们加在一起足以构成一大卷散文，然而其中真正能够激起公众想象的内容为数并不多，16年前他对甘地的描述便属于这类少之又少的内容，即他在1931年2月里所用的词："半裸苦行僧"。

1931年2月17日发生的一件事令丘吉尔脱口说出了这个词。圣雄甘地在这天早晨拖着脚步来到红砂石铺就的新德里副王府台阶前，他一手拿着竹杖，另一手抓着自己白色披肩的布边。此时的他刚刚从被关押了几个星期的英国监狱里出来，面色仍很苍白，但这位组织盐路长征的人并不是到这里来乞求副王施舍的。他是以整个印度的名义来到这里的。

甘地用手中的盐和竹杖，征服了所有人。他和他的运动得到的支持如此广泛，以至于副王欧文（Irwin）勋爵不得不做出释放他的决定，并视他为印度民众公认的领袖而邀请他来到新德里。在众多的阿拉伯、非洲和亚洲领导人中间，能够用几十年时间从英国人的监狱走进英国人的议政厅的，他是第一位，也是最伟大的一位。

温斯顿·丘吉尔正确地解读出了这次会见的预兆。他攻击道："这位曾经的内殿法律学院的律师，现在的蛊惑人心的苦行僧，半裸着身体走上副王府的台阶，形象猥琐而可憎，可是要来与英王代表平起平坐进行谈判的呢。"

"失去印度，"他这番深具洞察力的话不幸言中了他在16年后的发言中所陈述的事实，"对于我们将是最后的也是最致命的失败。如果在未来我们将弱化成为一个次要国家，那么这场失败一定是对这个进程起到推动作用的。"

然而，他所说的话对于新德里谈判起不到任何作用。三周八次会议产生了甘地-欧文协议。它的内容读起来就像两个主权国家之间的条约，而这正是甘地取得胜利的表现。根据条文规定，欧文同意释放数千名与甘地同时入狱的甘地支持者。① 而甘地方面则同意停止运动，同时前往伦敦参加圆桌会议，与英国共同讨论印度的前途。

六个月之后，一件轰动全英国的事情发生了，圣雄甘地身披布衣、脚穿凉鞋，步入白金汉宫与英王进行茶叙，他的形象活脱脱就是吉卜林的

---

① 协议的最直接受益者莫过于一位名叫古尔恰兰·辛格（Gurcharan Singh）的年轻锡克学生。那天早上，古尔恰兰·辛格被反绑双手从拉合尔监狱里的走廊押向一个院落，一名绞刑手正等候在那里准备结束他的生命。

就在古尔恰兰·辛格走到可以看见绞刑架的地方时，他听见身后的走廊传来奔跑的脚步声。他向后望去，来者是英国监狱长，一位名叫马丁的少校，他一面跑一面挥舞着手里的一张蓝色纸张。

"恭喜你！"马丁大叫着。

古尔恰兰·辛格快要崩溃了。"你们英国人太不像话，"他喘息道，"绞死我还要说恭喜。"

"不对，"马丁激动得快要说不出话来了，"因为在德里签署的协议，所有执刑一律暂停。"几个星期后，古尔恰兰·辛格重获自由。出于感激，他做的第一件事就是前往甘地的静修所拜谢。在那里，这位热血的学生革命者受到甘地的教诲，发誓要至死追随甘地。讽刺的是，他的这位救命恩人后来却是躺在他的怀里死去的。

诗集《营房谣》（*Dunga Din*）中的主人公邓加·丁（Dunga Din）："身体前后的遮挡物至少不多。"随后，当被问及自己的穿着是否得体时，甘地莞尔一笑道："国王身上的衣料足够我们二人一起穿的。"

从某种意义上说，甘地伦敦之行的真实作用有多大仅仅在于公众对于这次会晤的关注程度。他所参加的圆桌会议以失败而告终。伦敦并没有做好让印度独立的准备。

甘地此行的真正意义其实是"在会议之外……他借这次机会播下的种子可能会在日后让英国人的意志产生松动"。而在让英国人意志产生松动方面甘地比任何人做的都要多。英国媒体和公众对这个为了推翻他们的帝国而不惜在一边脸挨完打后又奉上另一边脸的人物着迷极了。

他从轮船上走下来，身披布衣、手握竹杖。在他的身后，没有助手，也没有仆人，和他一同下船的只有少数几名弟子，因为甘地每天要喝一碗羊奶的缘故，所以随行的还有一只羊。他没有选择条件舒适的旅店，而是住进了伦敦东部的贫民窟。

这位当年初到伦敦木讷寡言的学生如今几乎话不离口。他见到了查理·卓别林、扬·史末资、乔治·萧伯纳、坎特伯雷大主教、哈罗德·拉斯基、玛丽亚·蒙台梭利，还见到了英国的矿工、儿童以及因为他在印度发起的运动而丢掉工作的兰开夏纺织工人，他见到了几乎所有的重要人物，只有拒不与他相见的温斯顿·丘吉尔除外。

甘地留给人的印象极其深刻。有关盐路长征的新闻报道早已让他闻名遐迩。对于英国大众而言，他们苦于产业动荡、失业和严重的社会不公，甘地的到来，让他们感到着迷，而且毫无反感，因为这位东方使者不仅穿着酷似基督，他传递的信息也同样是基督所主张的——仁爱。在甘地本人看来，这场甘地热或许在很大程度上应该归功于他对美国发表的一次广播讲话。

他说，全世界都在把注意力集中到印度的独立斗争上来，"因为我们为争取自由而采取的方式是独一无二的……世界正因流血而濒于灭亡。在人类寻找出路之际，我要骄傲地告诉大家，古老的印度将有幸为这个渴求希望的世界做出榜样"。

然而，甘地到访的西方世界并没有做好准备，他们并不打算接受这位随身带的是一只羊而不是一挺机枪的革命者所指明的道路。欧洲的街道上随处可以看见和听见脚穿长筒靴的狂热偏激者们在嘲弄地跺脚和尖叫。然而，当甘地离开时，数千法国人、瑞士人和意大利人蜂拥到他前往意大利港口布林迪西时途经的各个火车站，为的是一睹他的风采。每当这时，这位身体虚弱、牙齿脱落的老者就会倚靠在三等车厢的窗边接受众人瞻仰。

在巴黎，由于拥到车站来的人太多，甘地在发表讲话时不得不爬到货车车厢的顶部。在瑞士，甘地去看望自己的朋友罗曼·罗兰，莱芒的牛奶工人们争先恐后要为这位"印度之王"提供服务。在罗马，他警告墨索里尼的法西斯主义将要"像一座纸房子般倒掉"，并且观看了一场足球赛，还在西斯廷教堂前的基督受难雕像前难过垂泪。

尽管甘地的欧洲之行取得不少胜利的收获，但他在回国后仍受到许多磨难。"本次行程一无所获。"他在孟买对数千迎接他的民众讲道。印度不得不重新开始公民不服从的斗争。不到一个星期，这位刚从伦敦返回的英国国王的座上宾再一次成为英王陛下的客人——只不过这次却是要回到耶拉夫达做阶下囚的。

在此后的三年里，甘地不断入狱出狱，远在伦敦的丘吉尔强烈表示，"必须肃清甘地和他代表的一切"。尽管有丘吉尔的反对，英国人还是在印度问题上做出了一些基本的改变，赋予各省一定的地方自治权，这就是1935年的印度法案。甘地最后一次从狱中获释后便远离政治斗争，他花三年时间做了两项最贴近自己的工作，那就是为印度数千万贱民和广大贫苦农村寻找出路。

随着第二次世界大战的临近，甘地比以往更加坚信，曾经只是印度国内斗争所信奉的非暴力主义是唯一可以让人类免于自我毁灭的良方。

当墨索里尼占领埃塞俄比亚后，他劝告埃塞俄比亚人对屠杀要"甘愿接受"。这样做的结果，他说，肯定比抵抗更有效，因为"墨索里尼想要的毕竟不是一片沙漠"。纳粹对犹太人的迫害让他黯然神伤，他宣称："如果世间存在以人类为名或是为了人道而进行的正义战争，那么，为避免整个种族受到残害而反抗德国的战争就是完全正义的。"

"但是,"他说,"我不相信战争。"他主张"人们无须武装起来,应该依靠耶和华赋予的承受苦难的力量让自己表现得平和而又坚定"。"这样做,"他说,"将促使(德国人)转而信服人类的尊严。"

即便是欧洲集中营里发生的悲剧也从未让他对自己信念的正确性有过怀疑。

当战争最后爆发时,甘地祈祷这场人类的大屠杀至少可以产生出以非暴力牺牲为表现形式的英雄主义,它就像暴雨后突然迸现出的阳光,可以为人类在不断缩短的自我毁灭循环中指出一条摆脱困境的出路。

丘吉尔号召英国人"流血、辛劳、挥泪洒汗",而甘地却做出另外一番建议,他希望英国人成为自己理论勇敢的终极实践者。"请希特勒和墨索里尼来你们视之为自己财富的那些国家拿走他们想要的东西吧,"他在德国人发动的闪击战最所向披靡的时候致信英国人,"让他们占有你们美丽的岛国和那些美丽的建筑。把所有东西都给他们又如何,反正你们的心和灵魂却是他们怎么也拿不去的。"

甘地的建议是符合他本人所信奉的思想的。但对于英国人,尤其是他们那位顽强不屈的领袖来说,这番话简直就是一个事不关己的老傻瓜在信口胡言而已。

甘地甚至无法就和平主义的正确性说服自己的国大党领导层。他的大多数追随者执着地反对纳粹,甚至急于让印度卷入战争,不过还好他们没有决定权。甘地和他的弟子们自此第一次开始有了分歧。

他们重新走到一起还是拜丘吉尔所赐。他对印度的立场一如既往地严厉。他拒绝做出任何妥协来促成印度民族主义者加入战争。在他第一次与富兰克林·罗斯福会晤制定《大西洋宪章》时曾明确指出,就他本人的理解而言,宪章中的相关条款不适用于印度。他在这方面的敏感让罗斯福莫名惊讶。不久后,他又在盟军委员会中不断重复着另一句话:"我这任英王陛下的首相还没有颓败到要让大英帝国走向解体的份儿上。"

直到1942年3月,当日本帝国军队打到印度的门口时,丘吉尔才迫于华盛顿和同僚的压力向新德里做出一项郑重的承诺。他选择的信使是国大党的同情者斯塔福德·克里普斯(Stafford Cripps)爵士,这位只吃素食而又节俭的社会主义者是国大党领导层多年来的老朋友。考虑到写信人是丘吉尔，这封信的内容可算是非常大度了。它向印度做出了英国人在战争期间所能做出的最大妥协，即，庄严承诺印度在战胜日本后取得仅次于独立的自治地位。不过，这里面还包含了对穆斯林联盟就成立伊斯兰国家所发出的越来越强烈的呼声的认可，其中有一条内容就有利于他们最终实现自己的要求。

在克里普斯到达印度48小时后，甘地向他表示不能接受这样的计划，因为它竟然考虑同意让"印度实行永久分治"。并且，英国人允许印度未来的独立为的是立即得到后者在武装保卫印度领土中的合作。这不是一个能够让这位非暴力先驱改变立场的条件。就算要抵抗日本人，甘地要用的也只有一个办法，那就是非暴力。

圣雄心中有一个不为人知的梦想。他并不一味反对血流成河，但前提是要有正义的理由。他眼看密密麻麻而秩序井然的非暴力印度同胞一排又一排倒在日本人的刺刀下面，心中期盼这样不断加大的牺牲终有一刻会让敌人崩溃，从而证明非暴力的正确并改变人类历史的进程。

甘地称丘吉尔的计划为"从垮掉的银行里开出来的过期支票"。他对克里普斯说，如果没有其他可谈的内容就"乘下一班飞机回家吧"。[①]

克里普斯离开后的第二天是星期一，也是甘地的"沉默日"，这是他坚持多年的每周一次的活动，目的是让自己停止说话，静静感受内心的和谐。令甘地和印度难过的是，这一回，"内心的声音"却没有安静下来。它对甘地所说的话铸成了灾难。

它是用四个字来表达的，这四个字成为甘地下一场斗争中的口号："退出印度"。甘地说，英国人必须立即放下对印度的权力。让他们"把印度交给上帝或者宁肯撒手不管"。如果英国人放弃和离开印度并让印度独自面对自己的命运，日本人就失去了进攻印度的理由。

1942年8月8日的午夜刚过，在闷热的孟买会议大厅里，甘地赤裸

[①] 克里普斯并没有马上离开。他眼看就可以让国会领导层与甘地闹翻了。问题在于英国不愿满足国会就印度战争努力的监管权限所提出的要求。这次，又是丘吉尔阻止了协议的达成。

着上身，向他的助手和全印度国会委员会的追随者们发出号召。他的声音非常平静，但言语中却饱含甘地很少有过的激情。

"我现在就要得到自由，"他说，"就在今晚，就在黎明之前。"

"我要为你们送上鼓励，这句话很短，"他对追随者们说，"那就是'不战则死'。我们要么解放印度，要么慨然赴死。我们不可以眼睁睁看着奴役延续。"

甘地在黎明前得到的并不是自由，而是又一次被捕。英国人经过精心策划，将甘地和整个国大党领导层关押入狱，直至战争结束。在他们被捕后，印度曾发生过一次暴动，但英国人只用三个星期就控制住了局势。

甘地的策略在关键时刻让他的国大党领袖们被清除出政治舞台，从而给了穆斯林联盟可乘之机。当国大党领袖们还在铁窗内含辛茹苦时，他们的穆斯林对手正竭尽全力支持英国人打赢战争，英国人不得不为此背上相当沉重的感情债务。甘地的计划不仅没有能够让英国人离开印度，反而更让英国人感觉到在离开前分治印度的必要性。

这次坐牢将是甘地最后一次被英国人关押。在他出狱时，这位老人总共在牢房里度过了2338天，其中有249天是在南非，另外2089天则是在印度。甘地在耶拉夫达监狱曾度过太多的时光，对那里的环境极为熟悉，但关押他的看守不让他回到那里，而是把他关进附近的阿迦汗宫。在入狱五个月后，甘地宣布绝食21天。个中原委无从知晓，但英国人丝毫不为所动。丘吉尔对新德里说，如果甘地非要把自己饿死，大可不必理睬且由他自便。

绝食进程过半时，甘地开始昏迷。对此听之任之的英国人于是着手准备他的后事。他们请两位婆罗门牧师来到监狱，等候将甘地火化。英国人借着夜色的掩护，把火葬用的檀香木秘密运进宫殿。除了74岁的甘地本人外，所有人都已准备好迎接他的死亡。他刚开始绝食时体重还不到110磅。21天过去了，仅仅依靠盐水和偶尔加几滴柠檬或杧果汁度日的他竟然在强大精神毅力的支撑下没有倒下。他度过了这场自我设置的考验。

然而，还有另一场考验在等待着他。原本用于焚烧他的檀香木出人意料地用在了他的妻子身上。1944年2月22日，他在13岁时迎娶的文盲妻子去世了，她是头靠着甘地的腿死去的。甘地没有为了救她而牺牲自己的原则。他相信自然疗法，同时还认为看病扎针是侵害人体的罪恶行为。英国人意识到他的妻子患的是支气管炎而且已经生命垂危，专门空运了当时非常珍稀的青霉素来到狱中。但在最后的时刻，当得知这种有可能拯救妻子生命的药品需要做静脉注射时，甘地拒绝了医生们对妻子的救治。

妻子去世后，甘地自己的健康也迅速恶化。他先后染上疟疾、钩虫病和阿米巴痢疾。他虚弱而消沉的状态已经清楚说明他将不久于人世。心有不甘的丘吉尔最后不得不听从劝告下令把他释放，因为这样他就不至于死在英国人的监狱里了。

然而，他也同样不会死于英国人统治下的印度。一位富有的支持者把甘地接到自己在孟买附近海边的一处房子里住下，甘地在舒适的环境下健康一天天好转起来。随着甘地一天比一天有精神，丘吉尔居然怒气冲冲给新德里发来电报。为什么，他质问道，甘地还没有死？讽刺的是，平日里的丘吉尔对印度副王不时发来的有关印度饥荒情况的加急电报却是懒得看的。

几天后，甘地的房东在走进他的屋子时看到一幅奇怪的画面。圣雄的一位弟子正在倒立，另一位弟子在冥想不语，还有一位弟子在地板上熟睡，而圣雄本人坐在马桶上，两眼凝神做呆望状。

眼前的情景让这位房东不由得放声大笑起来。甘地从马桶上起身问道，什么事令他如此不能忍俊。

"哦，老师，"房东仍然收不住笑地说，"看这个房间里：第一个人在倒立，第二个人在思想，第三个人在睡觉，你则坐在马桶上——而这些人居然就是要为印度谋自由的人！"

诺霍特机场，1947年3月20日

飞机在晨曦中等候在诺霍特机场的跑道上，两个半月前的新年第一天，路易斯·蒙巴顿就是在这里降落的。此时，他的贴身仆人查尔斯·史密斯早已把他的行李搬上飞机，这些行李总共66件，几乎包括了蒙巴顿所有的个人物品，甚至连一套银色的印着新副王家族徽章的烟灰缸也没有

落下。他的妻子随手将一只旧鞋盒放在头顶的行李舱内。要想在旅途中找到它非要乱翻一阵不可。盒子里装的是一件家族的传家宝，那就是蒙巴顿夫人准备在受封为副王夫人仪式上戴的一个钻石头冠。

行李中还有所有的文件、通知、意见信等，新任副王和他的下属们要在未来的数个月内好好把它们找地方安顿下来。这中间最重要的就是两页纸，上面签着克莱门特·艾德礼的大名，蒙巴顿的任务内容就全写在那里面。从来没有一位副王受领过这样一纸命令。但里面的内容却是蒙巴顿出于实际需要的考虑，自己亲笔写下的。这些内容清楚而又简单。他将竭尽全力在1948年6月30日以前安排大英帝国对印度的权力交接，同时保证印度作为一个统一和独立的国家继续存在于英联邦内。他还要尽可能执行一项内阁特别计划。斯塔福德·克里普斯在八个月前率领一个任务小组前往新德里，这项计划就是他牵头制订的。这项计划建议，对穆斯林建立巴基斯坦国的要求可以做出妥协，方法是让印度成为一个由弱势中央政府领导的联邦制国家。然而，迫使印度争斗不休的政治家们达成一致其实并不是必需的。如果到10月1日前，即上任六个月后，蒙巴顿仍然看不到让他们接受一个统一的印度的可能，他就将提出这项解决困境的备选方案。

约克MW102飞机① 完成了起飞前的最后一次检查，蒙巴顿与两位战争时期共事多年的老部下并肩出现在碎渣路上。这两位要与他一同飞往印度的人分别是，他的侍卫队长罗纳德·布罗克曼（Ronald Brockman）上

---

① 蒙巴顿特别钟情于这架改装后的兰开斯特（Lancaster）轰炸机。他作为东南亚战区的盟军最高司令官乘坐它执行过无数的任务。他在机上安装床位，让乘员们可以轮流休息和工作，这样就减少了地面经停，从而缩短了从伦敦到德里的飞行时间。

事实上，围绕这架飞机还发生过一个小插曲，蒙巴顿差一点就用不着去印度了。一天，正赶上蒙巴顿在他位于伦敦的办公室里办公时，一位皇家空军的上校给他的副官皮特·豪斯（Peter Howes）中校打来电话，通知他MW102飞机无法供新任副王使用。蒙巴顿从副官手里接过电话。

"上校，"他说，"我希望谢谢你。"

"谢谢我？"这位上校困惑地问。

"是的，"蒙巴顿继续说道，"你知道，当我接受这一任命时，我提出过一些条件，其中之一就是允许我带这架约克飞机和我一起去德里。你现在说我不能用这架飞机，我可真要好好感谢你。我本来就不想做这个印度副王，这下你让我得救了。"

他把电话挂断后屋里顿时陷入一片寂静。结果，不出几分钟，这架飞机就归他了。

尉和他的高级副官皮特·豪斯（Peter Howes）中校。究竟有多少次了，布罗克曼暗暗在计算着，这架改装过的兰开斯特（Lancaster）轰炸机载着蒙巴顿前往缅甸丛林前线和参加各种重大作战会议。在他的身旁，这位平时总是笑逐颜开的将军却表现得忧郁和心事重重。机组人员报告随时可以起飞了。

"好吧，"蒙巴顿叹了一口气，"我们这就去印度吧。我不想去。他们也不愿意让我去。我们回来时别后背上全是枪眼就好。"

三个男人登上飞机。引擎开始发出怒吼。约克飞机冲出跑道，掠过初升的朝阳，径直向东飞往印度，三个半世纪前，霍金斯船长驾驶他的赫克托耳号帆船向东航行时所开启的伟大探险终于要曲终谢幕了。

4
末日统治的最后一鸣礼炮

忏悔者的收获（3）

甘地是不可阻挡的。这位老人打着赤脚，从一个村子走到另一个村子，用自己的爱去抚慰印度的伤痛。他激情似火，早已把双脚的疼痛抛在脑后。在他的努力下，印度的伤口开始逐渐弥合。他虚弱而佝偻的身影所到之处，人们由狂躁而变得平静。和平就这样在小心翼翼而又犹豫不决的过程中回到了曾经血流成河的诺阿卡利。

然而，和平的回归并没有让甘地解除痛苦。当他在充满仇恨的小道上行走时，同时还伴随着一件有关他个人的事情，这件事情最终不但将激怒某些哪怕与他共事最久的伙伴，而且让数百万印度民众惊恐难安，就连后来希望全面研究甘地复杂性格的历史学家们也颇感费解。同时，它还让这位被誉为印度良知的 77 岁老者陷入有生以来空前的个人危机之中。

然而，这件事情与他在二十五年里所力导的政治斗争毫不相干，而是与甘地为实现自我修炼和自我控制而与之对抗的性行为有关。事件的焦点是甘地 19 岁的侄孙女马努。马努是在甘地和甘地的妻子抚养下长大成人的，他们待她如同自己的亲孙女。卡斯特尔白临终时把照顾丈夫生活的重任托付给了一直侍候在自己床边的马努。

"我一直是许多孩子的父亲，"甘地对马努说道，"可是对你，我要做一名母亲。"他真的在很多事情上为马努操着心，不但要管她的穿戴和饮食，还要在教育和宗教事务方面训练她。在诺阿卡利发生的问题开始于甘地出发前两人之间的一次谈话。像任何含羞的少女向母亲吐露心事一样，马努对甘地表明自己从来没有感受到过她这样年龄的女孩子常常会有的性冲动。

这番话在对性有着复杂见解的甘地看来有着特殊重要的意义。自从甘地本人发誓守节禁欲以来，他始终坚持认为克制性欲是真正的非暴力信徒最需要遵守的信条，无论男女。他理想中的非暴力大军应该由无性的士兵组成，因为如果不是这样，甘地会担心他们的道德力量会在关键时刻经受不住考验。

甘地通过马努的话感觉到她具有成为一位完美女信徒的潜质。"如果我能够以一位完美母亲的身份在印度数以百万的女孩中培养出一名完美的女人，"他对她说，"我就是对全世界女性做出了独一无二的贡献。"但首先，他认为自己必须确认马努是否在讲真话。他告诉马努，只有最亲密的伙伴才可以陪同自己前往诺阿卡利，但如果马努肯遵守自己的纪律和通过自己为她设计的考验，他也欢迎马努与自己同行。

他宣布，他们二人将每晚同宿，共寝于同一张草垫上。他将自己看作是一名母亲，马努则说在甘地身上发现的只有母爱。如果他们说的都是真话，如果甘地坚定地信守着自己多年来的禁欲誓言，而马努从来感觉不到性欲的升腾，那么他们的同床共寝就不会超出母女间的无邪关系。但如果他们当中有一人在说谎，此举就可以起到试金石的作用。

然而，如果马努说的是真话，那么，甘地相信，自己无微不至的关心呵护一定会让她茁壮成长起来。他本人禁绝性欲的状态将能够冻结潜藏在她内心深处的性欲萌动。与皮格马利翁（Pygmalion）效应相类似，她将经历一个甘地所希望的变化。她要加强自己的思辨能力和讲话时的果断。这个女孩浑身上下将表现出全新的精神面貌，她要带着自己的纯洁无瑕投身到等待着她的伟大事业中。

马努同意接受甘地的考验，她柔弱的身影跟随甘地的足迹踏遍了诺阿卡利的泥泞湿地。正如甘地所料想的，他的决定在这个小团队里立即引起了恐慌。

"他们认为这一切是我仍然身怀迷恋的表现，"他在和马努一同度过数个晚上后对她说，"我嘲笑他们的无知。这样的事情他们搞不明白。"

没有几个人搞得明白。只有心灵最纯净的信徒才能懂得甘地对于这一伟大精神斗争的最新表现形式所做的复杂解释，这场斗争起源于1906年在南非的一个晚上，那是他向妻子表明自己守节禁欲决定的时刻。从许下誓言那一刻起，[①] 甘地便走上一条几乎与印度教同样古老的道路。无数个世纪以来，印度教徒完成自我实现靠的就是对这一创造生命的自然力给予升华。印度教祖先们坚信，一个人只有将自己的性能量逼向体内，让自己的精神力量得到推动，才能取得自我实现所需要的强有力的精神能量。

为帮助发誓做清教徒的人们，印度教先哲们传下一套以禁欲为目的的行为准则，人称九重保护墙。一位真正的禁欲者不应该生活在女人、动物和阉人中间。他不许与女人同坐一张垫子，甚至不许正眼看女人身体的任何部位。他得到的全部是避免享受肉体快感的忠告，热水浴、推油按摩和据说有刺激性欲作用的牛奶、凝乳以及含酥酒或脂肪类的食物，统统都要回避。

然而，甘地并不是为了住到喜马拉雅的洞穴中才要守节的。他认为，那种贞洁与自我约束或者道德情操没有多大关系。他发誓禁欲是因为相信性能量的升华可以给他带来完成自己使命所需要的道德和精神力量。他所做的禁欲是把自己的性欲压抑到极致，这样就可以从容在女性中间来往而丝毫感受不到内心的欲望，同时也不会挑起她们的欲望。"一位禁欲者"，他写道，"不逃避女性的相伴"，因为对于他来说，"男女间的区别几乎完全消失了"。

真正禁欲者的"性器官会产生变化"，甘地宣称。"它们只是代表性别的符号，所分泌的物质升华为遍布全身的生命的力量。"在甘地的头脑里，完美的禁欲者是可以"睡在赤裸的维纳斯女神身边，而自己的身心都

[①] 促使甘地宣誓禁欲的因素不只是印度教义。基督关于让人打另一边脸的格言对于他的非暴力理想的形成有着至关重要的作用，因此，基督对"那些为我……为对天国的爱而成为阉人的人"所说的话激励着甘地许下了古老的印度教誓言。

不为所动"的人。

这是一个辉煌的理想，但甘地想实现它却是难上加难，因为他要努力压制的性欲不但旺盛强烈，而且植根于人性的最深处。在宣誓禁欲后的几年里，甘地在饮食上做了许多试验，希望找到对性器官刺激最小的食物。当许许多多的印度人千方百计在寻找外国食品来刺激自己的欲望时，甘地却在反其道而行，每天只吃辣椒、绿色蔬菜和各种水果。

甘地三十年如一日，每天在自律、祷告和精神训练中度过，最后，他认为自己已经达到将情欲完全从身心中根除的境界。然而，1936年在孟买的某个晚上，他的信心却受到重创，这个晚上也成为他所谓的"一生最黑暗时刻"。在这个晚上，六十七岁的甘地从梦中醒来，发现自己居然出现了勃起的现象，这在大多数同龄男子眼里是件足以感到开心的事情，但守节禁欲长达三十年的甘地却视之为一场灾难，因为它表明甘地还未能实现自己奋斗了三十年的理想。甘地对这场"可怕的经历"出离愤怒，于是发誓在接下来的六个星期内完全噤声不语。

他用几个月的时间反思自己的软弱表现，思忖着是否应该回到独居的状态。最后，他得出了结论，即这场噩梦其实是罪恶的力量向自己的精神力量所发起的挑战。他决定接受挑战，继续向目标努力，将体内残存的最后一丝欲望排除出去。

随着掌控欲望的信心开始恢复，甘地逐渐允许自己加大与女性进行身体接触的范围。他在她们生病时照顾她们，同时自己也接受她们的照顾。他在众目睽睽之下，在所有一同修炼的男女面前洗浴。他每天做按摩时都几乎完全赤裸，而他常用的按摩师都是些妙龄女子。他常常一边接受按摩一边与国大党的领袖们会晤和商议问题。他自己身上穿的衣服很少，而且要求自己的弟子无论男女都要照做，他说，这是因为衣服其实只会让人产生虚幻的羞耻心。他唯一一次直接与温斯顿·丘吉尔进行对话是为了回应对方挖苦自己时所用的"半裸苦行僧"的评价。他一心要成为丘吉尔所说的两种人的结合体，甘地说，因为裸体代表他努力要达到的真正纯洁的状态。最后，他宣称，忠于守节诺言的男女在履行自己的职责时如果需要一起度过长夜，那么他们在晚上同宿一室是完全没有问题的。

让马努与自己同席共寝是为了更加全面地引导她的精神成长，这个决定完全是甘地思想的自然产物。在他艰苦的忏悔之路上，马努娇小的身影始终在他的视线之内。从一个村子到又一个村子，她与甘地一直同在诺阿卡利农民提供的蔽屋中过夜。她为他按摩，为他准备泥浆浴，在他拉肚子时照料他。她与他同宿同起，并肩祷告，与他共用同一只碗食吃讨要来的食物。在二月里一个寒冷的晚上，她醒来后发现这位老人浑身哆嗦得非常厉害。她一边帮他按摩，一边将屋里能找到的所有布片盖在他的身上。最后，甘地睡了过去，据她讲述，"我们相拥而眠，彼此用身体温暖对方，直到祈祷时刻的到来"。

对甘地而言，他的内心是宁静的，所以他不认为与马努的关系有何失当之处，与情色更是毫不沾边。事实上，二人之间哪怕有一丝性的悸动都是不可思议的。对于圣雄，他自认为对马努有应尽的义务，这足以成为他所作所为的理由。然而，推动他的也许还有其他一些因素，它们存在于深层的潜意识里，是一股他从来没有注意到的力量。

甘地的迟暮之年过得很孤独。他的妻子和最亲密的朋友都死在战争期间的监狱里。他还失去了一些追随他最久的人的支持。他几十年来追寻的梦想也面临破裂的危险。他没有女儿，这恐怕是他作为一位父亲的人生失意之处。他的长子，因为自己的父亲把精力都给了他人而得不到应有的父爱，变成了一个不可救药的酒鬼，甚至在母亲临终时还在她面前醉得摇摇晃晃。他的另外两个儿子都远在南非，与他鲜有联系。只有最小的儿子能让他享受到父子间的天伦之乐。无论如何，不管出于什么样的原因，圣雄与这位羞涩而执着，并且在他生命的最后阶段热切为他分担忧愁的女孩子之间注定有着很深的精神上的联系。

渐渐地，有关他们的流言蜚语传播到了团队外部，一些人利用这个机会添油加醋，要抹黑甘地。消息传到德里，正在准备与印度新副王举行关键谈判的国大党领袖们受到强烈的震撼。

甘地终于采取行动，在一次晚祷告中对所有传言进行回应。针对"围绕他的风言风语、小道消息和冷嘲热讽"，他向众人承认他的侄孙女马努每晚与他同床共眠的事实，同时向他们说明这样做的原因。他的话让听众的情绪得到平复，但当他把所说的内容整理成文送到《神之子报》（Harijan）准备发表时，风波再一次应声而起。有两位编辑为了表示抗议而辞职。报社因为害怕丑闻竟然做出了前所未有的事情：他们拒绝刊登圣雄本人亲笔所写的文章。

当甘地来到最后一站海姆查时，危机达到了顶点。甘地在这里宣布，将远赴比哈尔省执行自己的任务，而这一次，他要面对的是在骚乱中残杀穆斯林少数的自己人——他的印度教同胞。

他的话让德里的国大党领导层感到不安，因为他们害怕甘地与马努之间的关系会给比哈尔的正统印度教居民带来恶劣影响。于是，他们一次次派人游说甘地取消这次行程，但都遭到甘地的拒绝。

最后，还是可能受到了胁迫的马努本人委婉地向上了年纪的圣雄建议暂时停止他们之间的修行活动。她向甘地保证，自己绝对站在他的立场上。她不会对目标有任何放弃。她所做的妥协只是暂时的，因为周围思想狭隘的人无法理解甘地在探求的理想。她将留守在原地，等候甘地从比哈尔归来。尽管甘地非常沮丧，但还是同意了。

新德里，1947 年 3—4 月

他穿着洁白的海军制服，他的年轻的卫队长刚刚成为他的一名侍从副官，在这个 23 岁的小伙子看来，"他看上去就像一位电影明星"。蒙巴顿神态安详，面带微笑，与妻子并肩乘坐马车前往副王府。这驾金色的马车是半个世纪前为他的表哥乔治五世在德里举行皇家庆典时而制作的。当他们来到副王府门前宽大的台阶处时，皇家苏格兰仪仗队吹响风笛，迎接这位印度末任副王的到来。

在台阶路的尽头，是等候多时的离任副王韦维尔爵士，他的脸上挂着一丝淡淡的苦笑。这两人同时出现在新德里意味着传统被打破。通常，离任副王会在印度之门举行的隆重仪式中乘船离开，与此同时，到任副王则乘另一艘船抵达相同地点，这样就可以使印度免受同事二君的尴尬。蒙巴顿本人执意打破传统，因为他要与这位自己马上就要上前正式致礼的人好好攀谈一番。此时,那人正等在台阶的最高处。

在镁光灯的密集闪耀下,二人站在一起简短地说了说话。他们两人的特点对比很鲜明:蒙巴顿是充满魅力的战争英雄,浑身散发着自信和活力;韦维尔则是一位独眼老兵,受到下属的爱戴,但却被政客们无情地赶下台,就在此前不久,他还在日记中写道,五年来他一直为"如何处理撤退和尽量减少失败带来的损失"而郁郁寡欢。①

韦维尔陪同蒙巴顿穿过厚重的柚木门来到副王府的书房,蒙巴顿将在这里第一次直接面对那些等候着他的难题。

"我对你被派来接替我的职位实在感到抱歉。"韦维尔首先说道。

"啊,"蒙巴顿略显吃惊地说,"你说得这么直截了当。为什么?是说我不适合来吗?"

"不,不是这样,"韦维尔回答道,"事实上,我很喜欢你,但你领受的是一项完成不了的任务。我已经尽我最大的所能来解决这个难题,但却丝毫看不到希望。这个问题实际上根本无解。我们不仅得不到英国政府的任何帮助,而且还早已陷入一个完完全全的死胡同里。"

韦维尔非常耐心地回顾了自己所做的种种努力。然后,他站起身,打开保险柜,取出两样东西,他要移交给继任者的正是这两样东西。

第一个是一个木盒子,里面有一个闪闪发亮的黑丝绒布折成的小包,包里面是表面镶着钻石的印度统治者徽章,也是蒙巴顿新副王府的徽章,48小时后,他将把它戴在脖子上出席自己正式上任的庆典仪式。

第二个是一个马尼拉文件袋,上面写着"疯人院行动"(Operation Madhouse)。袋子里面放的是这位能干的老兵就解决印度问题而提交的唯一方案。他难过地把它从保险柜里拿出来放在桌上。

"这个计划之所以代号为'疯人院',"他解释说,"是因为这样的问题只有疯人院才有。可悲呀,我想不到还有什么别的事情可以做。"

---

① 艾德礼政府对韦维尔的态度尤其恶劣。他们召蒙巴顿到伦敦接受委派时韦维尔刚好也在伦敦,但完全没有人暗示过他会被革职。他直到艾德礼公布决定前几个小时才知道这个消息。多亏蒙巴顿的坚持,艾德礼才遵照本来就有的传统给这位离任副王加升了爵位。

这是一个英国人的撤侨计划，从一个省到另一个省，妇女儿童优先，然后是平民，最后是军人，这个计划，用甘地的话说，是要"陷印度于动乱"。

"这是一个可怕的方案，但也是我唯一想得到的方案。"韦维尔叹息道。他把文件袋从桌上拿起来，交给神色惊讶的继任者。

"我非常非常非常抱歉，"他最后说道，"但这就是我能够移交给你的全部。"

在新副王进行伤感职务交接的过程中，他的妻子却正在韦维尔书房的楼上感受着一个开心得多的新生活的开始。在来到自己的住处后，埃德温娜·蒙巴顿请一位仆人为她的两条锡利哈姆犬拿一些吃的，这两条狗分别叫作米曾和吉布，是他们夫妇从伦敦带过来的。让她惊奇的是，30分钟后，两名头裹围巾的仆人庄重地迈步进入她的卧室，每人手里托着一个上面放着瓷碟的银盘，瓷碟里是几片刚刚烤好的鸡胸。

埃德温娜瞪大两眼看着鸡肉，她太兴奋了。此前，她在英国已经过了好几个星期的苦日子，这样的食物连看也看不见。她看了一眼在脚边欢叫着的两条锡利哈姆犬，又看了一眼鸡肉。她的律己之心不允许她把这样好的鸡肉喂狗吃。

"把鸡肉给我吧。"她命令道。

她紧紧抓着两个放鸡肉的碟子，转身走进浴室，然后把门锁上。这位即将在接下来的几个月里邀请多达 25000 人到副王府做客的女人就这样躲在浴室里，欢天喜地地享用起原本要喂给狗吃的鸡肉来。

*

一场伟大故事的终结大幕即将拉开。1947 年 3 月 24 日清晨，再过几分钟，统治印度的最后一位英国人就要走上他的金红色副王宝座。只要往这个宝座上一坐，路易斯·蒙巴顿就将成为一个尊贵王朝的第二十位也是最后一位代表，他将最后执掌从哈斯丁、韦尔斯利（Wellesley）、康沃利斯（Cornwallis）、寇松（Curzon）等人手里一路传下来的王权。

就职仪式在一座宫殿的接见大厅内举行，这座宫殿的辉煌宏大堪与凡尔赛宫和沙皇的彼得夏宫相媲美，它就是位于新德里的副王府。副王府里里外外无不彰显出威严、庄重，全然是一派皇家气概，这种为个人统治者建造的宫殿恐怕将来哪里也不会再有了。事实上，正因为在印度这个国家有太多饿肚子迫切需要以工作糊口的人，才会在20世纪里还有像副王府这样的宫殿需要修建和修缮。

副王府的外表是红白相间的伯劳利石材，也就是莫卧儿朝代建筑用的大石料，整座宫殿还特意选建在那个时期的遗址上。将泰姬陵装扮得多姿多彩的各种白色、黄色、绿色和黑色的大理石是非常罕见的石材，却在装饰副王府内的地板和墙壁时被不惜工本地四处开采。副王府地下室的走廊长得让仆人们不得不骑上单车往返于两端。

这天早上，仆人们正在为总共37个会客室和340个房间内的石器、木器和铜器做着最后的清洁。在室外的前莫卧儿花园里，418名园丁在对设计复杂的草地、花毯和水系进行修剪和布置，力求达到尽善尽美，就是路易十四在他的凡尔赛宫里也不曾有过这样多的劳力。他们当中，有50个男童是专门雇来驱赶小鸟的。在马房，副王卫队的500名旁遮普骑手正在整理身上的白色和金色短衣，随时准备跨上黑色的骏马。府内到处是行色匆匆的其他仆人，他们头缠金色和猩红色头巾，白色短衣上早就绣好了新副王的盾形徽章，在走廊里来回穿梭，做着最后的扫尾工作。从园丁、侍从、厨子、管家、脚夫到骑手，对于这座消失于20世纪的封建城堡内的所有家仆们，这是他们最后一次在这个专为历任印度副王修建的地方准备主人的加冕仪式。

在这座大房子的一间密室里，一个人正在端详着一套白色海军制服，再过一会儿，他的上司就要穿上这套制服入主气势恢宏的副王府。这个人的头上没有耀眼的头巾，因为他并非旁遮普或拉贾斯坦省人，他就是来自英格兰南部乡村的查尔斯·史密斯。

史密斯跟在蒙巴顿身边已有25年，养成了对细节一丝不苟的习惯，他将右侧肩章下的矢车菊蓝丝绸绶带拉了拉，使绶带上悬挂着的世界上最稀有的嘉德勋章紧贴在胸前的部位。然后，又将穿过右肩章的金色饰带面朝上翻转过来，它可是军装主人曾身为英王乔治六世私人副官的见证。

最后，史密斯按照主人在仪式上的佩戴要求，从几个天鹅绒盒子里取出奖章绶带和四枚最重要的勋章，恭恭敬敬且小心翼翼地最后再擦拭一遍。这些闪闪发光的金银珐琅质地的勋章包括：嘉德勋章、印度之星勋章、印度帝国勋章和维多利亚大十字勋章。

一排排的勋表和十字架代表着路易斯·蒙巴顿军旅生涯的一个个辉煌时刻，同时也是他查尔斯·史密斯人生的一座座里程碑。史密斯从18岁就跟在蒙巴顿身边，当时他还是一名三等侍从，打那时起，他就把自己置身在蒙巴顿的身影下，并与之融为一体。无论在英国的殿堂、世界各地的帝国海军基地，还是欧洲各国的首都，他与主人同声同气、共喜共悲，主人的胜利就是他的胜利，主人的感伤就是他的感伤。战争期间，他加入现役并最终随蒙巴顿来到东南亚。在那里，他坐在新加坡市政厅的观众席上，眼含泪水目睹着蒙巴顿身穿自己为他准备的另一套军服接受将近750000名日本军人投降，一雪英国人所蒙受的奇耻大辱。

史密斯向后退了一步，仔细审视着自己的工作。在挑选制服方面，全世界也找不出比蒙巴顿更挑剔的人，这个早上可容不得有丝毫的闪失。史密斯解开上衣纽扣和绶带，麻利地把它从模特衣架上取下来。他把衣服轻轻搭在自己的肩膀上，然后转过身对着镜子做最后的查看。站在镜子前的一瞬间，他仿佛从蒙巴顿的影子里走了出来。此时此刻的查尔斯·史密斯不由自主地把自己当成了印度副王。

路易斯·蒙巴顿穿上上装，那上面的勋章和饰物立刻让他的身体明显感觉到沉甸甸的重量，他的思绪禁不住回到25年前他与表兄威尔士亲王共同来到印度时所度过的那奇妙的几个星期。当时，他们二人都被治理当地的印度副王所处的帝王般的环境惊呆了。他在举手投足之间处处体现着极度的尊贵和奢华，连威尔士亲王本人都不由得评价说，"只有见到印度副王才让我知道国王应该过的是什么样的生活"。

蒙巴顿想起自己年轻时曾为印度副王的威风八面着迷，因为他代表王权将全世界最密集人口的效忠集于自己一身。他回忆起自己曾惊叹于印度副王把欧洲王朝的辉煌与东方腐朽奢靡的风气相融合的做法。现在，尽管不情愿，但副王的宝座及其附带的尊贵光环眼看就要属于他了。可悲的是，他的副王职位全然不会给他带来他在年轻时所梦想的那些充满欢快气氛的各种仪式和狩猎活动。他年轻时代的副王之梦就要实现，但人是物非，此时此地早已不再是1921年时的那个童话世界了。

一阵敲门声打断了他的思绪。他转过身来，用一贯不悲不喜的表情望向自己卧室的房门。来人是他的妻子，她头上戴的钻石头冠在她的一头棕发间闪闪发亮，白色的丝绸长裙恰到好处地映衬出她苗条而婀娜的身材，一如她当年在婚礼上挽着他步出威斯敏斯特圣玛丽教堂时的光彩照人。

与她的丈夫一样，埃德温娜·蒙巴顿似乎同样受到冥冥无常的天意垂青。她拥有美貌，她还拥有智慧，在一些方面她甚至比自己的丈夫还要见地深刻。她从外祖父欧内斯特·卡塞尔（Ernest Cassel）爵士那里继承到大笔财富，又依靠父亲的家族取得社会地位，19世纪的英国首相帕默斯顿（Palmerston）勋爵和著名的博爱政治家、第七代沙夫茨伯里伯爵都出自这个家族。然而，出身豪门并不一定代表一帆风顺。母亲的早逝让她的童年早早就失去快乐，并变得性格内向。她极易受到伤害，在把痛苦埋藏在内心的同时，身体健康也受到极大的损害。随便一件小事就可以令她痛苦不堪。她的丈夫性情开朗奔放，对任何让自己感到不高兴的事都会不假思索地给予批评，而在接受他人批评时也表现得镇定自若，但埃德温娜·蒙巴顿在这个时候却往往易于动怒。"你可以对蒙巴顿勋爵直言自己想要的东西，不必拘礼，"他们的一位高级助手回忆说，"但如果换成路易斯夫人，那可要处处察言观色才行。"

她有一个顽强不屈的愿望，为了这个愿望，她将羞涩和内向的性格深深埋藏起来，让自己变成了另外一个人：一位待人友好而又性格开朗的女性。但她为此也要付出代价。十年来她不断在公众面前发表讲话，有时一周要有两三次，然而，每到重要讲话之前，她的双手就会难以控制地抖个不停。她的健康就像瓷花瓶一样脆弱。她几乎每天都在忍受偏头痛的折磨，但这件事除了家庭成员以外，外界是不知道的，因为她不希望别人迁就她生理上的弱点。她的丈夫可以对人夸耀自己"从不也绝不做庸人自扰之事"，而埃德温娜却永远处于担忧的状态下。他入睡很快，而且睡眠质量非常好，而她却只能借助药物才能勉强打个小盹。

蒙巴顿夫妇结合以来的25年可以明显划分为两个阶段。在他们婚后的头14年里，蒙巴顿尚在海军，晋升的速度很缓慢，他坚持不在他们主要生活的海军圈子里炫耀财富和派头。然而，在离开海军基地后，埃德温娜就成了——按照她女儿的话说——"完美的社交蝴蝶"，一位热心的集会组织者和参加者，用菲茨杰拉德女英雄般的热情照耀了20年代。她不跳舞的时候，就去寻找一些刺激性的冒险活动：在南太平洋里租一艘纵帆船，乘坐从悉尼到伦敦的首航飞机，成为第一个踏上滇缅公路的欧洲女性。

他们生活中那段无忧无虑的时光随着墨索里尼侵占埃塞俄比亚而结束。慕尼黑惨案的发生让她性情大变。从那时起，她全心全意投身政治或公益事业，她的人生信条告诉她，不这样做是不道德的。这位原本流连名利场的女继承人从此成为一名社会改革家，由社交蝴蝶变成忧国忧民的社会活动家，她的自由思想让她在社交场上的名媛姐妹们难以认同。

在战争期间，她领导着由六万人组成的圣约翰救护队。日本投降后，她的丈夫紧急要求她前往巡视日本关押盟军俘虏的战俘营，以便组织对最危重战俘的治疗和转移工作。而在他指挥的军队还没有开到马来半岛之前，埃德温娜·蒙巴顿就拿着丈夫所写的书信，带着由一名秘书、三名丈夫手下的参谋官和一名印度侍从副官组成的护卫队闯入日本军队控制区。她一路从巴厘巴板、马尼拉一直来到香港，无畏地痛斥日本人，迫使他们在盟军到来之前为战俘提供食物和医药。她的行动让数以千计挣扎在饥饿和病痛中的人得到解救。

与丈夫一样，她在战争结束时胸前挂满勋章。现在，在新德里，她就要站在他的身旁，去完成一项重要的使命。她将当仁不让地成为他最信任的知己、他在处理危机时的私人密使，以及他与即将要打交道的印度领导人之间最高效的大使。

与丈夫一样，她也将为印度留下自己风格气质的印记。埃德温娜是一位非常精明强干的女性，她在头天晚上，身着丝绸晚装，头戴钻光闪闪的头冠，主持一百人规模的正式晚宴，而在第二天一早，却身穿简洁的制服，蹚过深至脚踝的泥水，来到一间肮脏的小屋内，将一名即将死于霍乱的印度儿童抱进自己的怀中。在这样的时候，她身上体现出的温情恰恰是她的丈夫在某些人眼里所欠缺的。她的行为不是贵妇人那种居高临下走过场式的对贫苦人的怜悯，而是对印度饱受苦难的由衷的哀伤。印度人将看到埃德温娜·蒙巴顿的真挚感情，并热烈地向她做出回应，他们在此前还从来不曾如此拥戴过一位英国女性。

看着妻子穿过房间向自己走来，蒙巴顿禁不住想到这一天对于他们二人的命运有着多么特殊的意味。25 年前，蒙巴顿就是在距离他们此时互相深情凝望的这间卧室不足一英里以外的地方向埃德温娜·阿什莉求婚的。那是 1922 年 2 月 14 日，他们在副王为威尔士亲王举办的欢迎舞会上跳完第五支舞后，他向她表白了心迹。然而，当晚的女主人，也就是身为副王夫人的雷丁夫人，却对这个消息无动于衷。她在写给准新娘姨妈的信中说，年轻的蒙巴顿是不会有多大前程的。

此时，蒙巴顿突然想起了雷丁夫人说过的话。他压抑不住微笑，拉过妻子的手，将她扶到雷丁夫人曾经坐过的金红色宝座前坐下来。

印度永远是一个举行盛大仪式的好地方，在那个三月的早晨，马上准备进行的蒙巴顿就职仪式仍然一如既往地保持着维多利亚时代的庄严和莫卧儿时代的奢华。在通向副王府正中央接见大厅的宽大台阶前，排列着来自印度陆海空三军的仪仗队。蒙巴顿的卫队则分立于他在步入大厅时需要走过的路线两旁，他们上身穿着猩红色和金色短衣，下身穿着白色马裤，脚蹬闪闪发亮的黑色长靴，枪刺在晨光下映射着光芒。

在大厅内部，印度的精英们正等候在白色大理石圆屋顶下，他们当中有：高等法院的法官，他们身穿的黑色法袍和头顶的卷曲假发与他们所执行的法律一样，都是纯英国的；官僚统治者，也就是印度行政机构的高级官员，他们虽然肤色白皙，但却有一副略显暗淡的印度人脸庞，盎格鲁-撒克逊式的形象由此被冲淡；一队珠光宝气的印度土邦王公活像金光闪闪的孔雀；接下来就是最重要的人物——贾瓦哈拉尔·尼赫鲁以及他在甘地国大党中的同僚们，他们身穿家纺的土布衣，是印度不可阻挡的未来的先驱力量。

当蒙巴顿的第一批参礼随员进入大厅时，四位隐藏在圆屋顶周围的号手开始吹响轻柔的号声，随着队伍的行进，号音变得越来越高。大厅内的灯光在刚开始时还比较昏暗，但随着号音的渐强，其亮度慢慢加大。在印度的新任副王和夫人跨入大门的一刹那，灯光顿时变得分外明亮，小号也发出胜利般的欢快曲调，在圆拱形屋顶的大厅内回荡。蒙巴顿夫妇面目庄重，沿着地毯铺就的通道，一步一步缓缓地走向等待着他们的宝座。

蒙巴顿突然感到有一股担忧和紧张在迅速向自己袭来，他对这种感觉并不陌生，当年，每次站在"凯利号"舰的舰桥上静候随时就要打响的战斗时，他就会有这样的感觉。他和妻子走到副王宝座上方的深红色天鹅绒华盖下，然后转过身面向众人，每一次举手投足无不让人感受到此时此刻的庄严。大法官走上前来，蒙巴顿举起右手，庄严宣读就任誓词。

当他的宣誓接近尾声时，副王府外的皇家炮骑兵开始鸣放礼炮，隆隆的炮声传入大厅。与此同时，印度大陆上的所有其他火炮都鸣放 31 响以示致敬。在开伯尔山口的兰迪科塔尔；在克利夫将军让英国成为印度君国的加尔各答威廉要塞；在米字旗永不落下以纪念在 1857 年哗变事件中誓死保卫她的人们的勒克瑙居住区；在伊丽莎白女王一世的帆船队驶过其独居石的科摩林角；在东印度公司将取得第一块土地的凭证刻在一个金盘子上的马德拉斯圣乔治要塞；在浦那、白沙瓦和西姆拉；在印度每一个驻有兵营的地方，随着德里响起第一声礼炮，所有军队开始举行阅兵式。当最后一声礼炮鸣响时，前线边防军、装甲侦察部队、霍德森和斯金纳骑兵、锡克和多格拉人团、贾特和帕坦人团、廓尔喀和马德拉斯人团，全体官兵同时保持肃立。

随着最后一鸣礼炮的回声在圆顶接见大厅内渐渐逝去，新任副王走到麦克风前。他所面临的处境是如此艰难，使他不顾部下的反对，毅然决定打破传统，准备对眼前的众人发表讲话。

"我完全清楚自己的使命有多么艰巨，"他说，"我需要最最多数人的最最美好的意愿来帮助我，今天，我在此请求印度拿出这样的意愿来。"

随着他讲话完毕，卫兵用力将巨大的阿萨姆柚木门推开。呈现在蒙巴顿眼前的是一片壮观的花园和波光闪闪的池塘，它们就坐落在新德里的心脏地带，景色是那么令人陶醉。头顶上的小号又发出另一种响亮的号音。突然间，正在通道上向回走的蒙巴顿感觉到刚才的紧张一下子消失了。他意识到，这场短暂的仪式已将自己变成这个世界上最有权势的人物之一。

45分钟后，蒙巴顿已经换回普通衣服端坐于办公桌前。此时，他办公室的印度侍从走了进来，这位包着金色头巾的侍从将手里拿着的一个绿色皮制小盒毕恭毕敬地呈给副王大人。蒙巴顿将盒子打开，取出里面的文件。文件是关于一名被判处死刑的囚徒乞求得到宽恕的内容，简直就是要印证他刚刚得到的权力。蒙巴顿感到新奇而又惊恐，一口气将所有细节都读了一遍。这是一名男犯，他当着一群人的面将自己的妻子活活打死。案件的事实非常清晰，没有漏过丝毫细节，而且经过非常多的复核，实在找不出可以减轻刑责之处。蒙巴顿犹豫良久，最后，难过地提起笔，履行自己上任后的第一桩公事。

"无行使皇家赦免权的依据。"他在文件封面上写道。

在让印度政治领袖们了解自己的主张之前，路易斯·蒙巴顿感觉到自己应该首先让印度了解自己的为人风格。他曾在诺霍特机场悲观地预感到自己这位末任副王会在归家的路上被人从背后打黑枪，但无论如何，他要做一位印度历史上与众不同的副王。蒙巴顿坚信，"要做副王就要有一场伟大而精彩的表演"。他被派往新德里的目的是让英国人离开印度，但他决心要让他们在猩红和金色的照耀下离开，要让这场统治的所有荣光在最后一刻达到最高点。

他下令恢复所有在战争期间被取消和简化的礼仪规范：侍从副官的装束鲜艳夺目，卫兵上演仪仗，乐队奏乐，枪刺闪亮，"应有尽有"。他对每一个环节都非常喜欢，但却醉翁之意不在酒，他看重的更是蕴藏在其中的寓意。

他为自己设计全身的盛装就是为了让自己更具副王的威仪，以便让自己的行动尺度尽可能更大一些。他执意将前任的"疯人院行动"计划改为自己命名的"诱惑行动"（Operation Seduction），微妙地改变了与将要进行谈判的印度领袖们的交流方式，同时也让印度大众感到受用。这样做将把两种全然不同的观念巧妙融合在一起，把贵族做派与平民作风巧妙融合在一起，把末日王朝的旧遗风和建设印度的新风尚巧妙融合在一起。

奇怪的是，蒙巴顿做出的改变居然是从刷油漆开始的。他下令将屡屡谈判失败所在的副王书房由原来的暗木色改为更容易让他的谈判对手们放松的轻快色调。他一改副王府的雅致风格，将之变成一座忙碌的准军营总部。他每天的第一件正式工作就是召集部下开会，这个活动不久就被戏称为"晨祷"。

蒙巴顿有着机敏的头脑和迅速找出问题症结的能力，他强大的工作能力尤其让他的新部下们感到震惊。以前，办公室的侍从要拿着装有供副王亲自阅览的文件的绿色皮质急件盒往返，他上任后叫停了这项做法。他可不愿意把时间花在开关这些盒子和给里面的文件做眉批上。他更喜欢紧凑而简洁的口头交流。

"如果你在要拿给他看的文件里写上'我可以做口头汇报吗'，"他的一位参谋回忆道，"那么你大可以放心他一定会让你讲的，只是你最好做好随时讲话的准备，因为他很可能在凌晨两点把电话打过来。"

蒙巴顿最要做的是为自己和副王府建立起激进变革的新形象。在过去的一百多年里，印度副王都是把自己关在办公地，享受各种各样的威仪，恨不得做一个比离亚洲神庙最远的达赖喇嘛还要逍遥的活神仙。在遭遇两次未遂暗杀后，副王为了安全而把自己完全封闭起来，同时也隔断了与自己臣民的所有接触。每当白金相间的副王列车要在印度广袤的大陆上行驶时，就会提前24小时进行警戒，铁路沿线每隔一百码[①]就要有卫兵站岗。他的每一次出行都要动用数百名贴身护卫、警察及安保人员。如果

[①] 1 码 = 0.9144 米。

他去打高尔夫球，球道就会被清场，球道两侧几乎每一棵树的后面都会站着一名警察。如果他去骑马，副王卫队和安全警察就要紧紧尾随其后。

蒙巴顿决心要打破这些陈规。首先，他宣布，自己和妻子及女儿在每天清晨的骑马活动中不带护卫。他的话让副王府上下一片慌乱，这让他在实现自己的想法前颇费了一番周折。但他还是做到了，印度的村民们开始在每天清晨都能看到令他们难以置信的神奇场面：印度副王和夫人策马从自己身边跑过，身体优雅地晃动着，并且，他们都是独来独往，身边没有任何陪护。

接着，蒙巴顿和妻子做出了一个更加革命化的举动。他做了一件过去二百年来历任副王从来不肯屈尊做的事情：访问那些不属于少数印度土邦王公的平民家庭。让印度举国震惊的是，副王夫妇居然走入贾瓦哈拉尔·尼赫鲁位于新德里的平凡居所的花园里。当尼赫鲁的助手们还在目瞪口呆之际，蒙巴顿已经拉着尼赫鲁的手臂漫步在宾客中间，随意与众人攀谈并握手致意。

这样的姿态有着惊人的效果。"感谢上帝，"尼赫鲁在当晚对自己的妹妹说，"我们终于盼来一位有性情的大活人来做副王，不再是以前那种行尸走肉之徒了。"

蒙巴顿急于表明副王府把印度人民的尊严放在首位，于是下令在印度军队中论功行赏，他们当中有两百万人曾经听命于他领导的东南亚战区，这是一件早就应该做的事情。三名印度军官因此晋升为他的侍从副官。此外，他还下令将副王府的大门向印度民众敞开，而在他来到印度前，只有极少数平民曾被请到副王府内做客。他指示自己的属下，今后副王府内的晚宴必须有印度宾客参加。他要求的不仅仅是少数有象征意义的宾客，按照他的命令，从今以后，他的宴席要有半数以上的宾客是印度人。

他的妻子针对副王夫人的宴会做出了更加让人咂舌的规定。为了表示对她邀请的印度客人饮食习惯的尊重，她下令厨房每餐专门准备印度的素食，这在副王府一百多年的接待历史上可是前所未有的事情。她要求的还不止这些，她下令要用印度的平底托盘盛放食物，仆人们必须手拿传统的面盆、口杯和毛巾站在客人身后，使客人在愿意的情况下，可以在副王的宴席上用手指进食，并且用漱口水清洗他们的喉咙。

这些大大小小的举动，表达出蒙巴顿夫妇对这个让他们相知相恋的国家明确而又真诚的情感，传达了新副王要做施予者而不是统治者的信息，再加上他过去在亚洲指挥过的部属们的尊重，给这对夫妇带来了巨高的人气。

在他们到达印度后不久，《纽约时报》文章就指出，"历史上还没有哪位副王如此充分地赢得了印度人民的信任、尊重和喜爱"。事实上，"诱惑行动"仅仅用了几个星期就进展得非常成功，连尼赫鲁本人都半开玩笑地对新任副王说很难和他谈判了，因为他"在印度的支持者比谁都要多"。

耳边响起的某些话让路易斯·蒙巴顿感到过于耸人听闻，因此一开始并未以为意。与这些话相比，克莱门特·艾德礼在新年那天对印度复杂情况的介绍简直与描述一个宁静的乡村无异。然而，这位坐在书房里说出此话的仁兄素以智慧超群而闻名，他对印度的了解是副王政权内任何人无法企及的。乔治·埃布尔（George Abell）是毕业于牛津大学的顶尖全优高才生，同时是与前任副王关系最密切的合作伙伴。

印度，他用最简洁的话对蒙巴顿说，正在走向一场内战。蒙巴顿只有尽快找到解决问题的途径才能解救印度。统治印度的庞大机器正在垮塌。由于战争期间停止招募而导致的英国军官短缺，以及军队中印度教徒和穆斯林之间不断加深的敌意，曾经被夸耀一时的印度行政机构的统治已经连一年时间也撑不下去了。磋商和讨论的时机已经错过。避免灾难需要的已经不是考虑，而是迅速的行动了。

这些话出自足智多谋的埃布尔之口，让新任副王不由得倒吸凉气。然而，这些还只是他在到达印度两个星期内疲于应付的大批文件中的开头部分。他还收到由他自己挑选并带到印度的幕僚长伊斯梅（Ismay）勋爵的报告，这位从1940年到1945年温斯顿·丘吉尔时代的总参谋长的分析亦不容乐观。作为印度军队的长官及前任副王的军事助理，伊斯梅的结论是，"印度就像一艘装满炸药的船在大洋中间起火燃烧"。问题的关键是，他对蒙巴顿说，能不能赶在炸药引爆之前把火扑灭？

旁遮普的英国总督在发给蒙巴顿的第一份报告中就发出警告，"全省上下弥漫着内战的空气"。这份报告中有一段无关紧要的文字明确地说明了上述警告绝非危言耸听。它提到的是不久前发生在拉瓦尔品第农村地区的一场悲剧。一头穆斯林的水牛走到锡克邻居家的领地里。当牛的主人前来找牛时，一场打斗开始了，接着又变成骚乱。仅过了两个小时就有100具尸体躺在地上，他们全都是因为几句关于水牛的不雅玩笑而被镰刀等刀具砍死的。

在新副王到达后仅五天的时间里，加尔各答印度教徒与穆斯林就有99人身亡。两天后，孟买又爆发一场类似的冲突，马路两旁横陈41具尸体。

为了应对这些暴力事件，蒙巴顿将印度的警察高官召到自己的书房，询问他们是否有能力维持印度的法律和秩序。

"不，副王阁下，"他们的回答是，"我们办不到。"失望的蒙巴顿转而向陆军元帅、印度军队总司令克劳德·奥金莱克（Claude Auchinleck）爵士发出同样的询问。但他得到的同样是否定的答复。

蒙巴顿很快就发现，他原指望在统治印度方面可以助自己一臂之力的政府，也就是他的前任煞费苦心捏合起来的国大党和穆斯林联盟的联合体，实际上是由一群彼此对立，甚至连话都不说的敌人组成的。这样的联合体很明显随时会垮掉，而当这一天到来时，蒙巴顿将不得不在没有依靠的情况下独自承担起由自己直接行使统治权力的巨大责任。

严峻的前景，四面八方不断传来的暴力消息，最富经验的顾问们发出的种种警告，面对这些挑战，蒙巴顿在强压下做出了一个决定，一个恐怕是他在到达印度十天来所做出的最为重要的决定。这个决定成为他在副王任上所做其他各项决定的前提。1948年6月是伦敦方面定下来的权力交接时间，也是他本人曾经向艾德礼极力建议的时间，现在看来，当初确实过于乐观了些。无论要为印度的未来做出什么样的决定，他拥有的时间都只能以周而不是以月来计算。

"这里的情况，"他在1947年4月2日写给艾德礼的第一份报告中指出,"让人一筹莫展……我简直看不到能够为印度的未来达成任何共识的可能。"

在描述完印度的乱象后,年轻的海军上将向把他派到印度来的艾德礼发出令人惶恐的警告。"到目前为止,唯一能够得出的结论就是,"他写道,"我必须尽快有所行动,否则印度的内战随时随地都会打响。"

5

一位老人和他破碎的梦想

新德里，1947年4月

房间里没有其他人。连在一旁做记录的秘书也无法让两位正在全神贯注讨论问题的人分心。蒙巴顿意识到局势的危急，决定采取一个前所未有的策略来展开与印度各派领袖的谈判。他一改过去召开圆桌会议的做法，转而采用私下逐一交谈的方式，这一决定印度命运的新方法开创了印度现代史上的先河。此刻，在粉刷一新的副王书房里，蒙巴顿正按照自己的计划，进行着他的第一场交谈。印度是否能够免于恐怖的内战将取决于所有这些交谈的结果。参加交谈的人共将有五位，除路易斯·蒙巴顿外，还有四位分别是印度的各派领袖。

这四位印度人把一生的大部分精力都用在了反对英国人和彼此的争吵上。他们个个人过中年，并且全部是出身于伦敦法学院的资深律师。对他们每个人来说，即将与副王进行的对话将是他们人生中意义最重大的雄辩时刻，从某种意义上讲，他们为这一时刻的到来足足准备了1/4个世纪之久。

在蒙巴顿看来，讨论的结果一定是不言而喻的。他和许多英国人一样，把保持印度统一看作是英国能够留给印度的最伟大的遗产，并且对实现这一目标抱着深深的，甚至是狂热的渴望。他认为，顺从穆斯林分裂国家的要求就等于播下悲剧的种子。

无数失败的事实和努力都表明,让印度各派领袖出席公开会议,在众目睽睽之下就解决自己国家问题的方案达成共识是根本办不到的。但此刻,在自己的私密书房里,通过对各派领袖进行一对一的劝服,蒙巴顿希望可以按照自己的意愿,在最短的时间内令各方达成一致。他对自己的说服力信心十足,并且认为自己提出的方案本身就考虑周全而且具有不可抗拒的逻辑性,在这样的前提下,他要尝试用几个星期的时间来完成他的前任花了几年都无法做到的事情,让印度各派领袖同意通过某种形式保持印度的统一。

秃的头顶上戴着一顶国大党的白布帽子,马甲的第三粒扣眼里别着一枝新鲜的玫瑰花,这位站在蒙巴顿眼前的男人是人们颇为熟悉的印度政治人物之一。贾瓦哈拉尔·尼赫鲁略带猫科动物的特性,与新任印度副王一样是一个特点极其鲜明的人。他的面部表情很丰富,可以在一瞬间由天使般的温柔变成恶魔般的凶暴,并且还时常流露着哀伤。蒙巴顿的风格几乎是一成不变,尼赫鲁则恰恰与之相反。他的各种情绪以及幽默在他的脸上悄然划过,就好像湖面上的阴影飘忽不定。

他是四位印度领袖中唯一与蒙巴顿有过交往的。尼赫鲁在"二战"后曾到过新加坡,那里是蒙巴顿的东南亚战区司令部所在地。当时,蒙巴顿的助手们力劝他不要与这个刚从英国监狱里放出来的反叛分子接触,但蒙巴顿嗤之以鼻,硬是同尼赫鲁见了面。① 二人一见如故。尼赫鲁在与蒙巴顿夫妇相处的过程中,重新找回了他在学童时期所认识的那个开放和包容的英国,40年来他对这个国家的印象早已变得不堪,在英国人的铁窗下度过的岁月几乎让他忘记了英国还有着如此美好的一面。蒙巴顿夫妇则着迷于尼赫鲁的魅力、思想以及他的机智和幽默。让蒙巴顿的部下感到惊恐的是,他竟一时兴起,决定要与尼赫鲁同乘自己的敞篷汽车在新加坡的街道上兜风。对于他的行为,他的顾问们警告他说,只会给这个英国的反

---

① 1944年1月22日,蒙巴顿在前往艾哈迈德讷格尔(Ahmednaggar)视察第33军时得知尼赫鲁被羁押在该城。尽管他指挥着千军万马的印度军队,但当他提出要见见这位印度领袖时却遭到拒绝。

叛者脸上贴金。

"给他脸上贴金？"蒙巴顿纠正着他们，"是他给我脸上贴金还差不多。这家伙有一天将成为印度的首相。"

如今，他的预言兑现了。尼赫鲁正因为成为印度过渡政府的首相人选才得以从四位印度领袖人物中脱颖而出，第一个成为蒙巴顿书房中的座上宾。

对贾瓦哈拉尔·尼赫鲁而言，这场正在副王书房中进行的谈话不过是他与自己国家的殖民者们多年来从未中断过的漫长对话的尾声，他把生命里的绝大多数时间都用在了这场对话上。尼赫鲁曾是英国顶级豪宅中挥金如土的豪客。他曾在白金汉宫用金碗用过餐，也曾在监狱里用锡盘吃过饭。和他坐在一起说过话的人很多，从剑桥教授到英国首相，从印度副王到英王本人，一直到监狱看守。

尼赫鲁出生于印度东部一个古老而骄傲的贵族世家，这个婆罗门家族的声望可与任何一个英国统治者治下的新贵相媲美。他在16岁时就被家里送到英国接受教育。他在英国度过了极其愉快的7年。7年里，他在哈罗公学学习拉丁语和板球，在剑桥大学学习科学、尼采和乔叟，领略布莱克斯通在法学院的雄辩风采。他性格沉稳而有魅力，举止优雅，再加上思想视野的不断扩大，这些都让他在所到之处成为社交场上的宠儿。他在英国社会的各种社交场合来去自如，使他还处于成长阶段的性情和精神吸取到各种有价值和有意义的内涵。他在英国的这七年给他带来的变化如此彻底，以至于在他回到阿拉哈巴德时，他的家人和朋友都觉得他已经被完全非印度化了。

然而，年轻的尼赫鲁很快就发现自己的非印度化并没有让自己与其他印度人有所区别。他在申请当地的英国人俱乐部会籍时遭到反对。尽管出自哈罗公学和剑桥大学，但对于全白人、全英国人、全中产阶级的俱乐部会籍来说，他只能是一个黑皮肤的印度人。

这个申请遭拒的痛楚让尼赫鲁在几年的时间里都无法释怀，他为此而探寻根源，从而找到自己毕生为之奋斗的工作，那就是为印度独立而斗争。他参加国大党,并代表国大党向民众发动宣传,他的行为很快就让他具备了进入英帝国最佳政治进修学校的资格,这所学校就是英国监狱,尼赫鲁在里面度过了9年的时光。他在自己的单号里沉思,在院子里与其他国大党领袖们交流,就是在这个过程中,他看到了印度的未来。作为一名沉迷于社会变革的理想主义者,尼赫鲁梦想在印度实现他的两大政治抱负:英国的议会民主和卡尔·马克思的经济社会主义。他所梦想的印度是一个摆脱了贫困和迷信,并且不走资本主义道路的国家,一个所有城市里的工厂都在冒着烟的国家,一个充分享有工业革命所带来的富足的国家,而这一切全部因为殖民者的阻挠而无法实现。

印度要朝着这样的方向前进,贾瓦哈拉尔·尼赫鲁是再合适不过的领导人选了。尽管他按照国大党的要求身穿粗布衣,但他早已深入骨髓的英国绅士气质却并未因此而脱去。在这块到处充斥着神秘主义的土地上,他始终保持着冷静的理智。他的头脑曾经为在剑桥大学的每一次科学发现雀跃不已,现在却屡屡被自己的印度同胞弄得莫名惊诧,他们居然会在占星师认为不吉利的日子里拒绝出门。他在世界上绝大多数的精神领域里是众人皆知的不可知论者,时刻向世人昭示"宗教"这个词给他带来的恐惧。无论是苦行僧、诵经和尚还是虔诚的阿訇,尼赫鲁都对他们嗤之以鼻。在他看来,这些人起到的唯一作用就是阻碍印度的进步、加深印度的分裂和充当外国统治者的帮凶。

然而,尽管如此,印度的僧侣和迷信的大众却接纳了尼赫鲁。30年来,他在印度四处游走和发表演说。成千上万的印度人为了一睹他的神采或聆听他的讲话从四面八方聚集而来,他们中有扒在火车顶和车厢边远道而来的城市贫民窟里的穷人,也有打着赤脚和赶着牛车赶过来的乡下人。人群中有很多人听不清楚他的讲话,或即使听清楚了也不能够理解。但对他们来说,能够于人山人海之中看上一眼他瘦削的、做着动作的身姿就已经心满意足了。他们从内心里感觉自己获得了加持,也就是宗教意义上的与伟人在一起时的精神有所得,这就足够了。

他是一位卓越的演说家和写作家,把文字看得像珠宝一样珍贵。他早期受到甘地的提携,在国大党内的地位稳健攀升,直至后来三度成为该党主席。圣雄本人曾明确表示希望由他来继承自己的衣钵。

尼赫鲁眼中的甘地就是一位天才。尼赫鲁冷静而务实的头脑几乎否定了甘地所有的做法：民事不服从、盐路长征、退出印度运动，但他内心的声音又在告诫他要服从甘地。事后证明，他内心的声音是正确的。

在尼赫鲁看来，甘地从某种意义上说就是他的导师。正是甘地让尼赫鲁重新找回自己的印度之根，甘地把他送到乡村，让他看清祖国的真实面貌，让他的灵魂去触摸印度的创伤。两人无论何时聚在一起，尼赫鲁至少都会花半个小时坐在这位"印度之父"的身前，时而侃侃而谈，时而侧耳聆听，时而凝神注目。尼赫鲁认为，这是让自己的精神获得极大满足的时刻，在这一刻，他那无神论的心灵受到最轻柔的抚慰，那样的感受是任何宗教所无法给予他的。

然而，他们之间却有着如此之多的分歧：尼赫鲁，憎恶宗教的无神论者；甘地，对神灵不可动摇的信仰是其生存的根本支撑；尼赫鲁，他的火暴脾气使他从根本上难以成为一名理想的非暴力战士，他崇尚文学和绘画，科学和技术，而这些正是甘地所轻视甚至厌恶的，他把它们看作是制造人间许多苦难的万恶之源。

他们之间逐渐形成一种奇妙的父子关系，父子间那种对峙、恩爱、负疚等所有情感都在二人之间有着淋漓尽致的表现。尼赫鲁知道自己喜怒无常的性格容易给自己带来危机，因此，为了更好地稳定自己的情绪，他在一生当中都本能地需要一位具有掌控力的人物伴随在自己身边。他的父亲，一位钟情于苏格兰和波尔多红酒、性格直率而又活泼的大律师，就是这样一位人物。自从他去世后，甘地便接替了他的位置。

尼赫鲁对甘地的感情是毫无保留的，但一个细小的变化却让他与甘地的关系受到破坏。尼赫鲁生命当中的一个时期即将过去。这位做儿子的已经准备好离开父亲的家门，他要走向这个家门以外的新世界。在那个新世界里，他需要的是一位新的导师，一位对他即将遇到的复杂事物有着更加敏锐洞察力的导师。也许，在那个三月的下午，当他坐在副王书房中时，对这一点还没有察觉，但此时，贾瓦哈拉尔·尼赫鲁的精神世界已经开始出现真空。

自从尼赫鲁与蒙巴顿首次谋面以来，整个世界连同他们各自的生活都发生了巨大的变化，但让二人初遇时倍感温暖的那种惺惺相惜之情还是从副王的书房里洋溢出来。实际上，发生这样的情况并不意外。蒙巴顿本人当然完全不知原委，其实，他能够来到印度，尼赫鲁也在一定程度上发挥了作用。

并且，二人能够说到一起与他们各自显赫的家族背景也有着很大的关系，尼赫鲁是延续了三千年之久的克什米尔婆罗门望族之后，蒙巴顿则是新教最古老统治家族的嫡传子孙。他们都能言善辩，彼此在一起时更是无话不谈。作为抽象思想家的尼赫鲁很敬佩蒙巴顿在担任战时指挥官时练就的工作激情和决断能力。蒙巴顿则深受尼赫鲁的修养和敏锐思维的震撼。他很快意识到，在印度的政治家中，只有贾瓦哈拉尔·尼赫鲁才能够理解和认同他的相关主张，那就是要让英国和新印度之间保持某种特殊的联系。

凭着一如既往的直率，海军少将毫不隐瞒自己被赋予的艰巨使命以及将以务实态度解决印度问题的意图。随着交谈的深入，二人很快就两项主要议题达成共识：为避免流血一定要尽快做出决断；印度分治将会是一场灾难。

接着，尼赫鲁谈到另一位将要进入蒙巴顿书房的印度领袖，那位孤独穿行于诺阿卡利和比哈尔的忏悔者。对于这位自己爱戴了如此长久的人，尼赫鲁评价说："拿着药膏四处奔走，试图在印度的身体上医治一个又一个伤痛，而不是洞察引起这些伤痛的病因和从整体上进行救治。"

尼赫鲁的话让蒙巴顿感觉到存在于甘地这位印度的解放者和他最亲密的伙伴们之间愈发加深的分歧，蒙巴顿由此而清楚地意识到自己应该在德里采取什么样的行动方式。如果无法劝说印度的领袖们让印度保持统一，他将要劝说他们把这个国家一分为二。甘地对分治素来深恶痛绝，这将是他在走这条路时遇到的不可逾越的障碍。他唯一的希望就是促使国大党的领袖们与甘地决裂，并且同意分治是解决印度困局的唯一可行方案。如果要造成这样的局面，尼赫鲁可是绝对关键的人物。他是蒙巴顿必不可少的盟友。只有他，蒙巴顿心想，才有站出来反对甘地的资本。

此时，尼赫鲁的话已经表现出甘地与国大党要员们之间的不和谐。蒙巴顿正好可以借机火上浇油并对之加以利用。他不遗余力地要争取到尼赫鲁的支持。和其他印度各方的领导人相比，诱惑行动对于这位现实主义的克什米尔婆罗门所起到的影响最大。这天下午，一种在未来数月里将起到决定作用的友谊产生了。

在把尼赫鲁送到门口时，蒙巴顿对他说道："尼赫鲁先生，我希望你不要把我看作即将结束统治的末任英国副王，而是走向缔造新印度之路的第一人。"尼赫鲁转过身来看着这位原本只会坐在副王宝座上见自己的人。"啊哈，"他说道，脸上泛起一丝笑意，"现在我总算知道为什么他们都说你的魅力很危险了。"

*

又一次，丘吉尔所说的这位半裸苦行僧坐在了副王的书房里，他是来"以平等的身份与英王代表进行谈判和商讨"的。

"他真像是一只小鸟，"蒙巴顿一边打量着坐在身侧的这位大名鼎鼎的人物一边在内心暗忖，"一只飞上我的座椅的温和而又可怜的麻雀。"[①]

他们在一起形成了鲜明的对比：喜欢穿着庄严制服的皇家海军和只用一块粗制棉布勉强蔽体的上了年纪的印度老人。蒙巴顿，相貌英俊，他运动员般的强健体魄焕发着活力，甘地，瘦小的身躯陷在宽大的座椅里简直快要让人看不到他；一位是非暴力的倡导者，一位是职业战士；一位是贵族，一位是自愿选择与世界上最苦难的人群过同样生活的人；蒙巴顿，战时通信技术大师，为了加强与数百万军队之间复杂的通信信号网络建设而致力于研发和寻找新的电子装置，甘地，这位身体脆弱的弥赛亚对一切技术设备都嗤之以鼻，至今仍以同时代无人能及的方式在与公众进行着

[①] 1912年，当年轻的蒙巴顿陪同自己的表兄威尔士亲王来到印度做皇家之旅时，他曾试图安排甘地与这位王储见面，但未获成功。他在说服自己富于冒险精神的表兄时没有太费口舌，但甘地却组织了一场针对皇室成员到访的抵制活动，而时任副王雷丁勋爵更是无意允许这场会面举行。他甚至不允许蒙巴顿单独会晤甘地。

交流。

所有这些要素,以及他们各自背景的几乎每一方面,都使二人看来难以取得一致。然而,在未来的几个月里,正如甘地一位密友所说,甘地将在这位职业战士的灵魂里找到"与自己头脑中所产生的某些价值观相吻合的地方"。对于蒙巴顿而言,他对甘地产生了浓浓的钦佩和热爱之情,乃至在甘地去世时,他在致辞中预言,"圣雄甘地在历史上的功绩将堪与基督和佛祖比肩"。

蒙巴顿对与甘地的第一次会晤非常重视,他甚至早在副王加冕仪式前就致信圣雄邀请他光临德里,甘地在收信后立刻拟就复函,但随即又莞尔一笑,对一位助手说:"过几天再把此信寄出。我可不想让那个年轻人以为我迫不及待要见他呢。"

那位"年轻人"随信还做出另一个备受瞩目并时常让自己的英国同胞愤愤不平的姿态。他主动提出要派自己的私人飞机前往比哈尔将甘地接到德里。然而,甘地谢绝了他的好意。他仍像往常一样,坚持乘坐火车的三等车厢来到德里。

为了显示他对这场首次会晤的重视并且表达自己的诚意,蒙巴顿请自己的妻子作陪。此刻,副王夫妇注视着面前这位名声赫赫之人,担忧和疑虑不禁袭上心头。他们从第一眼就同时看出,圣雄是一位郁郁寡欢之人,总是带着几分隐隐约约的自责感。是他们做错什么了,还是忽视了某些不为人知的礼数?

蒙巴顿紧张地望了望自己的妻子。"上帝,"他暗想,"这样的开场实在太可怕了!"他以最大的礼貌向甘地询问是不是觉得什么地方不妥。

这位印度领袖发出一声缓慢而又伤感的叹息。"你们知道,"他回答道,"从到南非开始,我的一生就放弃了对物质的享有。"他所拥有的少得可怜的东西就是:他的《薄伽梵歌》、他用来吃饭的锡盒、他在耶拉夫达监狱期间的纪念品、他的三位"猴子老师",还有他的手表,那块他用细绳拴在腰间价值八先令的老旧英格索尔,这是因为,如果他要把自己每一天的每一分钟都用于为神灵工作,就必须要掌握时间。

"你知道吗?"他难过地问道,"有人把它偷走了。是我在来德里时和我坐同一节车厢的人把它偷走的。"这位坐在座椅里几乎不被人察觉的柔弱的人在说这番话时，双眼里竟然泛着泪光。就在这一瞬间，这位副王突然明白过来。让甘地备感伤心的并不是那块丢失掉的手表。夫妇二人对真正的原因仍然不得其解。被人在拥挤的火车厢里取走的并不是一块八先令的手表，而是甘地信仰的寄情之物。①

最后，在经过一段长时间的沉默之后，甘地开始谈起印度当前的困局。蒙巴顿友善地挥手打断他。"甘地先生，"他说，"我想首先了解一下你本人。"

副王的这句话其实是一个蓄意的安排。他决心要在印度的各派领袖向自己提出他们的最低要求和最后条件前先对他们个人有所了解。通过让他们放松下来和向自己打开心扉，他希望创造出一个互相信任和互相同情的气氛，从而更大限度地发挥自己的人格魅力。

圣雄在他的计谋面前表现得很高兴。他喜欢向人们谈论自己，而且蒙巴顿夫妇也的确对他的谈话非常感兴趣。他从南非开始谈起，他在波尔战争中抬担架的岁月，民事不服从，盐路长征。他还一度说道，西方的崛起是受到来自东方宗教信息的启发，它们包括拜火教、佛教、摩西教、耶稣、穆罕默德、罗摩教等。然而，过去几百年来，东方在文化上被西方占领。而如今的西方，在受到像原子弹这样的幽灵困扰后，又有了再一次向东方寻找答案的需要。他希望，西方人可以从东方找到他要努力播种的仁爱和手足兄弟之情。

他们的谈话持续了两个小时。随后在一个简单而又不同寻常的举动中暂停下来，从这个举动可以看出蒙巴顿采取的友好姿态获得了多么大的成功，他们夫妇二人又是多么的与甘地心有戚戚。

---

① 差不多在六个月之后，也就是 1947 年 9 月里的一个下午，一位陌生人来到甘地当时在新德里的居住地比尔拉府，要求面见圣雄。起初他还拒绝向甘地的秘书透露自己的姓名以及来见甘地的理由。最后他承认是自己偷了甘地的手表。他是来将手表物归原主并乞求得到甘地宽恕的。"宽恕你？"这位秘书大叫着说，"他会拥抱你的。"他将来人带到甘地面前。此人在圣雄面前蹲了下来，喃喃地说了些秘书无法听清的话。接着，甘地拥抱了他，然后像个找回丢失掉的玩具的孩子一样笑逐颜开，他把跟随自己的人叫来观看寻回的手表，同时让他们与归还它的回头浪子互相认识。

在他们的谈话进行到一半时,三人信步走入莫卧儿花园合影留念。拍照结束后,他们重新返回屋内。这位 77 岁的长者领袖平时喜欢在走路时把手搭在两个年轻姑娘的肩膀上,他亲切地把这两位姑娘称为自己的"拐棍"。此刻,这位毕生与英国人抗争的革命者习惯性地把手搭在英国末任副王夫人的肩上,并且,他神情安详,就好像在踱向自己的晚祷告会场一样重新走入副王书房。

当甘地步入副王书房开始他们的第二轮会谈时,整个德里正在被印度炎热的夏季烤得喘不上气来。在烈日的灼照下,莫卧儿花园里那些橙黄色的紫铆树仿佛在冒着火焰,从上面剥下的树皮不消几分钟就变成了一卷干巴巴的脆皮。蒙巴顿的书房是全城唯一让人神清气爽的地方。崇尚细节的他不仅更换了书房的颜色,而且还给书房安装了德里最好的空调,这样,他就可以气定神闲地在华氏 75 度①的舒适环境里工作了。

然而,这部空调却险些酿出一场大祸。从德里的大火炉猛然来到凉爽的书房里,甘地,这位科学技术的不共戴天之敌,无法消受空调的好处。蒙巴顿发现自己的这位半裸客人不住打着摆子,赶紧用电话叫来副官和自己的妻子。

"我的上帝,"埃德温娜·蒙巴顿大叫,"你非让这个可怜人患上肺炎不可!"

她跑到空调前把开关关掉,一把推开窗户,然后又急匆匆跑出去取了一件丈夫的旧海军毛衣盖在甘地裸露的肩膀上。

等甘地终于暖和过来后,蒙巴顿把他请到露台上饮茶。两名仆人取过蒙巴顿的白色瓷杯,上面印有副王的纹章。陪伴在甘地左右的马努也拿出她随身为甘地携带的简单食物:柠檬汤、羊奶和海枣。甘地在进食时用的勺子手柄是断的,他在勺子上绑上竹条来替代断掉的手柄。他用的锡盘被磕碰得到处坑坑洼洼,但一眼看去就知道,它们和副王府用的谢菲尔德银器一样,是地地道道的英国货。它们都来自耶拉夫达监狱,甘地出狱后

---

① 约为 24 摄氏度。

就一直把它们带在身边。

甘地微笑着把羊奶递给蒙巴顿。"这东西真的很不错,"他说,"你一定要尝尝。"

蒙巴顿看着眼前黄黄稠稠的像泥一样的东西,明显流露出不快。"我想我以前从来没有吃过这样的食物。"他喃喃自语,希望以此打消客人执着的热情。然而,甘地可不是如此轻易就会改变初衷的人。

"没关系,"他笑着接过话来,"什么事都会有第一次。来吧。"

无奈之下,蒙巴顿只得象征性地吃了一勺。他在心里暗暗叫着,这东西味道"太可怕了"。

二人铺垫性的谈话在草坪上告一段落,蒙巴顿随即开始与甘地的正式谈判,他的前任们就是被这个过程弄得大伤脑筋和焦头烂额的。

圣雄的的确确是一位难以对付的人物。对英国人来说,真理就是终极的事实。然而,甘地的真理有两个方面,一个是绝对的,另一个是相对的。一个有血有肉的人对绝对真理的把握只能是在一瞬之间。但他却不得不在每天的生存当中与相对真理打交道。甘地喜欢用一则比喻来描述两种真理之间的不同之处。他的比喻是,先将左手放在一碗冰凉的水里,然后再把它放进一碗温水里。温水给人的感觉是滚烫的。然后将右手放到热水里,之后再放到温水里。这回,同样温度的温水却感觉是冷的了。他对此的评论是,不变的水温是绝对真理,而人手所体验的感觉则是相对真理,并且是在发生变化的。正如这则比喻所显示的,甘地的相对真理并非一成不变。当对问题的判断发生变化时,他是不会墨守成规的。他的这一观点让他在很多问题上更有弹性,但却被英国人看成是他身上亚洲人的两面性和狡诈的表现。有一次,他的一名弟子甚至当面愤怒地对他说:"甘地,你真让我看不懂。你上星期刚刚说过的话,怎么到了这个星期就变了样呢?"

"哦,"甘地回答他说,"那是因为我在这期间又学到了一些新的东西。"

就这样,印度的新任副王在不安中开始了与甘地的严肃对话。他并不相信自己身边这位"像只麻雀"的瘦小之人能够帮助他找到解决印度危机的灵丹妙药，但他知道此人完全有能力让自己在这方面的努力付诸东流。很多英国的调停者都被甘地捉摸不定的性格弄得无功而返。1942年，就是甘地让克里普斯两手空空返回伦敦的。他毫不松动的立场让韦维尔解开印度难题的努力付诸东流。他的做法让英国人的种种最新尝试都变成竹篮打水，其中就包括内阁特派小组，蒙巴顿的出发点所依据的正是他们的计划。就在头天晚上，甘地还在他的祷告会上重申，印度要分治"必须先让我死。只要我还活着，就永远不会同意分裂印度"。

蒙巴顿尽管并不情愿，但他一旦被迫做出分治印度的决定，就会发现要让甘地接受自己的主张会是怎样一场灾难。因为他将不得不摧毁的并不是这位老圣雄的身体，而是他的内心。

英国人历来的政策就是不向强权妥协，但甘地的非暴力让他赢得了对英国人的斗争，而且，英国人无论如何都将撤离印度，蒙巴顿对甘地说道，从而得体地开始了彼此间的对话。甘地对此的回答是，在即将到来的撤离中只有一件事是至关重要的。"不要分裂印度。"他乞求地说。不要让印度分裂，这位非暴力的先知恳切地做着请求，即使这样做意味着"血流成河"。

分治印度，蒙巴顿向甘地保证，将是他所有选择中的最下策。但是他又何尝有其他的选择呢？

甘地倒是有一个避免分治的办法。他为了让印度免于被分裂而不惜准备做出一个所罗门式的决定。宁肯让穆斯林把婴儿拿了去也不要把婴儿劈成两半。请求对手真纳和他的穆斯林联盟组建一个政府，然后把政权交给这个政府，将三亿印度教徒置于穆斯林的统治之下。由此把整个国家都让给真纳，而不是他原来想要的其中一部分。

蒙巴顿为避免分治印度是什么事情都肯做的。甘地的这个建议让他如堕五里雾中，好像进入了《爱丽丝梦游仙境》中的情境，但甘地以前许多不可思议的想法就是这样实现的。

"你有把握能够让你的国大党接受这个方案吗？"他问甘地。

"国大党，"甘地回答说，"最大的原则就是避免分治。他们为了这个目的是可以牺牲一切的。"

蒙巴顿接着问，真纳对此的反应又会如何呢？

"如果你告诉他这是我出的主意，他一定会说'这个诡计多端的甘地'。"圣雄一边说一边笑起来。

蒙巴顿沉默了片刻。甘地的建议中有很多看似不可行之处。他不能在这样的关键时刻急于表明自己的倾向，但同时他又不能轻易否定任何有利于印度统一的方案。

"这样吧，"他说，"如果你能够做出国大党将接受这项方案并真诚付诸实现的正式承诺，我就全力支持你。"

甘地听到他这样讲几乎要从椅子里跳起来。"我的态度绝对真诚，"他向蒙巴顿保证，"只要你说话算数，我将走遍印度让人民接受我的计划。"

几个小时过后，一位印度记者在甘地前往晚间祷告会的路上对他进行采访。他看得出来，此时的圣雄正表现得"喜气洋洋"。当他们来到祷告会场时，甘地蓦然转向这位记者。他带着盈盈的微笑，低声说出一句话："我想我已经扭转了乾坤。"

*

"嘿，这家伙简直欺人太甚！"蒙巴顿一边想一边感到难以置信。坐在对面的这个人俨然是一块拦路巨石，让诱惑行动顿时陷于停滞。双肩盘绕着的印度土布，让他看上去像是穿了一件宽大的长袍，他的秃头闪闪发光，举手投足间面带愁容，此人把身体挤进椅子里，两眼直勾勾地盯着蒙巴顿，活脱脱一副罗马参议员的形象，怎么也看不出来是一位印度的政治人物。

然而，瓦拉巴伊·帕特尔（Vallabhbhai Patel）却是印度政坛举足轻重的政治家。他是所谓东方坦慕尼协会的老大，用铁腕手段控制着国大党的运转。他本应该是蒙巴顿在印度人阵营中最容易打交道的人。他与副王本人一样是一个现实而又务实的人，在谈判桌上强硬而不失理智。但是，二人之间的紧张关系却又实实在在地存在着，让蒙巴顿有一种一伸手就能摸到的感觉。

这里面的缘由与印度所面临的重要局势毫不相干。事情的起因全在于一张纸，那是一份由帕特尔领导的内政部例行发出的关于职务任命的政府会议纪要。可是，蒙巴顿却在字里行间读出了帕特尔向自己的权威发起挑战的味道。

帕特尔的强硬名声人尽皆知。向新对手发起挑战是他的本能，为的是达到检验自己与对手实力的目的。在蒙巴顿眼里，那张放在自己桌上的纸实际上就是一个测试，是在他与帕特尔正式展开沟通前一定要通过的小测验。

当瓦拉巴伊·帕特尔在孟买的法庭上来回踱着步，向陪审团做着对案件的最后陈述时，有人将一张电报递到他的手中，那是关于他妻子的死讯。他瞥了一眼电文后，迅速把电报装进衣袋，继续滔滔不绝地做着发言，遣词用句丝毫没有受到影响。

这件事成为瓦拉巴伊·帕特尔传奇中的一部分，从中也可看出他是怎样一个人。他的一位同事评价说，在他的性格中不存在任何感情的成分。但这个评价并不完全准确。帕特尔其实是一个感情丰富的人，只是他从来不让它从自己面对世界的坚定表情中流露出来。如果他在某人面前明显暴露出情感，那就说明这个人一定对他有着完完全全的控制力。

印度人爱说话是出了名的，往往一开口就收不住，叽叽喳喳没完没了，帕特尔却惜语如金。在妻子去世后，他的女儿始终伴随在他的身边，但每天和他说的话也很少超过十句。然而，帕特尔一旦开口，所有人都要聆听。

帕特尔从头到脚都是一个彻彻底底的印度人。他在德里的家中摆满了书，但每一本书的作者都是印度人，书的内容也全部是关于印度的。他是唯一农民出身的印度领袖。他的父亲曾是孟买附近的古吉拉特省农民，而帕特尔本人至今仍保持着农民的生活方式。他每天早晨固定四点钟起床，晚上九点半准时就寝。早晨起来后他首先要花上几个小时坐在马桶上大量阅读报纸，他每天收到的报纸来自印度各地，数量多达三十份。他的女儿，也是他唯一的孩子玛妮本小心翼翼而又略带忌妒地守护着他。二十年来，她一直是他的秘书、侍从、知己和家中的女主人。他们之间的关系非常亲密，甚至同室而居。

帕特尔选择投身印度民族主义事业是因为父亲的影响，他的父亲在1857年离开家乡加入当地一名强人的军队与英国人作战。童年时代的帕特尔每到冬天的夜晚就会坐在农舍用牛粪点燃的火堆旁听自己的老兵父亲讲故事。不久后，他离开了家乡来到艾哈迈达巴德的大型纺织厂里做工，这里正是甘地在印度建立第一个静修所的地方。他利用晚上的时间学习，省吃俭用，直到33岁时，才终于攒够钱到英国去学习法律。

他从来没有见过尼赫鲁被待若上宾的伦敦交际界。伦敦给他印象最深的就是法学院里的图书馆。法院和他的宿舍相隔十英里，他为了省下公交车钱而每天步行往返。他学成毕业，连到码头订回家的船票也是走路去的。回到印度后，他终生再没有离开过祖国。

他在艾哈迈达巴德定居下来，为过去把他当作苦工使用的工厂主们提供卓有成效的法律服务。他第一次遇见甘地是在艾哈迈达巴德的俱乐部里，当时，他甚至没有从桥牌桌上抬起头正经看一眼正在演讲的甘地。然而，有人把甘地讲话的内容拿给了他，他读着读着眼前竟然出现了一幅熟悉的画面：他孩提时代的父亲在燃烧着牛粪的火堆旁向他描绘的那种景象。

他找到甘地，开始为甘地服务。1922年，甘地急于看到民事不服从的效果，于是派帕特尔到孟买郊外的巴多利组织137个村庄共87000人进行一场带有实验性质的运动。在帕特尔全面而彻底的组织下，这场运动取得了让甘地意想不到的成功。从那时起，帕特尔就和尼赫鲁共同成为地位仅次于甘地的印度独立运动领导人。他在完善国大党的运行机制中充分展现出自己的天才，并且让国大党的触角延伸到印度最偏僻的角落。

帕特尔在对待自己的国大党兄弟尼赫鲁时一贯小心翼翼。他们二人是一对天然的竞争者，对印度独立的展望也有着截然不同的观点。尼赫鲁关于构建一个全新社会的乌托邦式梦想对于帕特尔是毫无用处的。他不屑于尼赫鲁提出的所谓勇敢的社会主义新世界见解，称之为"鹦鹉学舌式的社会主义"。他坚持认为，资本主义社会是成功的，问题在于如何把它印度化，从而收到更理想的效果，而不是把印度丢弃给一个不切合实际的幻想。

"帕特尔，"他的一位助手评价说，"来自一个工业化的城镇，是机器、工厂和纺织品集中的地方。尼赫鲁则来自人们种花种果的乡下。"

他对尼赫鲁钟情于外交事务和世界重大议题感到可笑。他知道要得到权势应该去什么样的地方，而他所在的内政部就是这样一个地方，这里控制着未来独立印度的警察、安全和情报系统，帕特尔培养他们对自己的忠诚，就像培养国大党机器对自己的忠诚一样。尼赫鲁也许会继承甘地的衣钵，但他也做不到一帆风顺，因为他知道底下的人在期盼着另一位恺撒的出现。与和自己关系密切的真纳一样，帕特尔的力量被低估了，全世界的人都一致看好甘地和尼赫鲁，却忽略了他的重要性。这是一个错误，帕特尔，他的一位助手说，"是印度最后的莫卧儿"。

副王看着这份让他感到不快的纪要，然后隔着桌子把它推给坐在对面的帕特尔。他平静地要求帕特尔将它收回，结果当即遭到帕特尔的拒绝。

蒙巴顿对这位印度领袖做过研究。他需要此人及其所领导的机构对自己的支持。但他清楚，如果此时不能压住帕特尔的气势就永远别想得到他的支持。

"很好，"蒙巴顿说道，"我要告诉你我会怎么做。我要让我的飞机做好准备。"

"哦，"帕特尔问，"为什么？"

"因为我要离开这里，"蒙巴顿答道，"从一开始我就没打算接这份差事。我一直在找一位像你这样的人来给我一个理由，好让我能够脱身和推掉这个烂摊子。"

"你一定是口是心非！"帕特尔叫道。

"口是心非？"蒙巴顿回答说，"你总不会相信我愿意留在这里让你这样的人欺负吧？如果你觉得可以对我粗暴无礼和随意糊弄，那就错了。要么你撤回这份纪要，要么你我之一提出辞呈。而且我还要告诉你，如果是我走，我会在第一时间向你的首相以及真纳先生解释离开的原因。接下来印度各方谈判就会破裂，流血冲突就会爆发，全部的责任都要由你来负,而且别想赖到其他任何人头上。"

帕特尔充满疑惑地看着蒙巴顿。

不会,不会,他断言,蒙巴顿不可能刚刚上任一个月就挂冠而去。

"帕特尔先生,"蒙巴顿继续回答他说,"显然你并不了解我。要么你就地撤回纪要,要么我通知首相宣布辞职。"

二人随即陷入一阵长长的沉默。"你知道,"帕特尔最后叹了口气说,"要命的是我在想你真会这么做。"

"你的判断千真万确。"蒙巴顿回答。

帕特尔伸出手,从蒙巴顿的桌上把会议纪要拿起来,慢慢把它撕得粉碎。

*

一只孤零零的灯泡吊在天花板上,灯泡表面布满烧焦的昆虫。甘地上身赤裸,正蹲在一张铺在水泥地面的草席上。聚集在他周围的人们兴奋地交谈着。扫地阶级居住区的孩子们透过窗户紧紧盯着甘地,黑色的眼睛里闪耀着敬畏和喜悦。扫地阶级指的是专门从事扫大街和清理茅厕以及处理尸体的贱民,这里是他们所居住的贫民窟,空气里弥漫着恶臭。

挤在甘地身边的诸人都将成为自由印度的领袖。这是一个让人没法待的贫民窟,人类的排泄物在露天的沟渠里腐烂发酵,到处散发着浓烈的恶臭,这里的居民脸上写满各种人类疾病留下的创痕。这些人之所以来到这里是因为甘地决定把此地作为自己德里之行的下榻之所。在甘地的内心中,为印度社会底层,也就是被他称为神之子民的贱民争取权益,是与为这个国家争取自由同等重要的事业。

贱民的数量占印度人口总数的 1/6。他们被认为受到前世所犯罪恶的惩罚,因而其特征必然就是黑色的皮肤、谦卑的恭顺和褴褛的衣衫。他们的名字就代表着污浊,一个高种姓的印度人与他们哪怕发生最轻微的接触都会遭到玷污,必须要用一场特殊的洗浴仪式来去除所受的污染。一些婆罗门的社区甚至认为贱民走过后留下来的脚印都会污损到他们。当高种姓的人走近时，贱民必须要低下身去以防止自己的影子投到来者要经过的路面，令其受到污损。印度的一些地方甚至规定贱民只有到了晚上才可以离开他们的小屋。在这些地方，他们又被称为隐形人。

印度人从不当着贱民的面进食，不喝贱民挖出的井水，不用贱民摸过的器物。很多印度教的寺庙不允许贱民进入。学校拒收贱民的子女。贱民甚至到死时仍无法摆脱贱民的身份。贱民不得使用公共火化场。他们的家庭一贫如洗，买不起用于火化的木材，因此他们的尸体往往无法火化，而是成为秃鹫的佳肴。

在印度的一些地方，他们还被作为主人的奴仆被主人随着房屋一道买卖。一名年轻力壮的贱民通常与一头公牛等价。在一个社会不断进步的国家，他们只有一项优先权：任何时候如果有一头被奉为神灵的牛染上传染病，那么，负责把死牛运走的贱民就有权将死牛肉卖给与自己身份相同的其他人。

甘地自从从南非归国后，就把自己与贱民的命运紧紧联系在一起。他在印度的第一个静修所险些遭到失败，原因就在于他让贱民进入其中。他给他们按摩，对他们进行照顾。他甚至还坚持公开做一些高种姓印度人为表明对贱民的轻蔑而最为不齿的事情：他曾亲自清理一处贱民的厕所。1932年，他为了阻止一项政治改革而开展绝食活动，结果差点搭上性命，因为他担心该项改革的通过会导致贱民从此在制度上被隔绝于印度社会。甘地与贱民一样乘坐三等火车车厢旅行，并且与他们同吃同住，其目的就是为了提醒贱民们时刻不忘其处境的悲惨。①

再过几个月，甚至是几个星期，甘地身边这些人中的绝大部分就将

---

① 他做的事情给他的国大党同事们带来的并非全是好处。在他到达德里后不久，蒙巴顿勋爵就向甘地的一位密友，女诗人沙拉金尼·奈都（Sarojini Naidu）询问，鉴于甘地执意让自己过穷困的生活，国大党是否真的有能力对他给予保护。"啊，"她大笑道，"你和甘地都还以为，在他走在加尔各答火车站台上寻找一个不是特别拥挤的三等车厢时是孤身一人的。或者，当他在一个贱民贫民窟的小屋时，他身边是没有护卫的。他不知道的是，他身后永远都跟着几十个乔装成贱民的我们的人，会尾随他进入同一节车厢里。"当他住进德里的扫地阶级居住区后，她接着解释说，又会有几十名国大党的成员把自己打扮成贱民的样子住到他四周的小屋子里去。"亲爱的路易斯勋爵，"她在最后说，"你可不知道为了让这位老人保持过这种穷困的生活国大党要付出的代价有多大。"

成为政府各个部的部长，他们将占据英国人统治印度时使用的巨大办公室，乘坐有司机驾驶的美国汽车。甘地有意把他们带到印度最悲惨贫民窟的其中一处，用他自己特有的方式提醒这些未来国家的管理者们对自己国家的真实现状保持清醒。

但是，在这个晚上，这些人看到的却是甘地在政治上的现实一面。空气热得令人窒息，甘地为了减少不舒服而用上自己的制冷手段，他把一条湿毛巾像头巾一样裹在自己的光头上。但让他苦恼的是，他手下人的火暴脾气与这个盛夏的夜晚同样炽热。

几天前，甘地还在热切地向蒙巴顿保证国大党为了避免分治会付出一切代价，但事实证明他错了。这位上了年纪的圣雄与身边人的分歧正在不断加大，而他的这些身边人正是他一手提携的国大党领导层成员。他的错误就在于没有准确计算出自己与这些人之间的距离究竟有多大。

这些人追随在他身边长达 1/4 个世纪。他们扔掉身上的西装换上和他一样的土布，并且还学习使用原本完全陌生的手纺车。他们以他的名义走入警察的棍雨和英国人监狱的大门。他们压抑住偶尔产生的疑惑，跟随他走上看似无法完成的征途，取得了梦幻般的胜利：用甘地式的非暴力从英国人手中夺取到自由。

他们追随甘地的原因有很多种，但最主要的原因就是他们看到甘地那种直达印度之灵的沟通天赋能够将普罗大众汇集到自己的旗下。他们共同与英国人进行斗争，使得彼此之间的潜在分歧暂时被掩盖。此时，在德里的这个炎热夜晚，随着他们对甘地关于让真纳出任总理建议的讨论，这些分歧开始出现了。甘地的立场是，如果大家拒绝他的计划，新任副王就会被逼入墙角，唯一可以逃脱的办法就是让印度分治。甘地先后在诺阿卡利和比哈尔走村串户，用他的"药膏"救治印度一处又一处痛疾，对于分治将酿成的惨剧，他远比德里的政治家们要看得清楚。他曾在诺阿卡利的小屋和沼泽地里看到过一旦仇恨爆发将会产生什么样的灾难。分治的行为，他解释说，将会让这些仇恨爆发而不是埋藏。他极力乞求他的追随者们接受自己的建议，因为这或许将是让印度保持统一和避免灾难的最后机会。

他无法说服尼赫鲁和帕特尔。要让他们为印度统一付出的代价是有限度的，而把权力交给敌人真纳则超出了这个限度。他们并不认同甘地分治必然导致血腥暴行的判断。伤心的甘地将不得不向副王报告自己无法说服同事们。但真正的分裂还不止于此，甘地很快就要和这些他曾费尽心力培养起来的人分道扬镳。他所发动的圣战就要进入尾声，并且与刚开始时一样，在他灵魂的静止状态下走向终结。

*

在那个四月里的下午，副王书房内的空调不需要打开。外表冷峻且难以接近的穆斯林联盟领袖身上所释放出来的寒气已经足以让室内的温度降下来。穆罕默德·阿里·真纳人刚到，蒙巴顿就感觉到他身上那种冷漠、傲慢和狂妄的气质。

真纳手里掌握着最终解决这块次大陆困局的钥匙，作为四位印度领袖中的关键人物，他最后一个走进副王的书房。1/4个世纪以后，蒙巴顿在回忆当初的情景时语气里还带着极度的痛苦："我直到与穆罕默德·阿里·真纳第一次谋面时，才意识到自己在印度的任务根本无法完成。"

他们的会谈刚一开始就出现令人不快的失礼举动，它讽刺地反映出真纳精于算计和矫揉造作的一面。真纳知道自己将与蒙巴顿夫妇合影后，特意提前准备了一首令人愉悦的小诗，打算用来取悦他确信将站在自己与副王之间的埃德温娜·蒙巴顿。

糟糕的是，可怜的真纳！站在中间的竟是他自己而不是埃德温娜。但他实在无法控制自己。他就像是被设置了程序的计算机，精心准备的小诗冲口而出。"啊，"他满面笑容地吟诵道，"两束荆棘夹玫瑰。"

在进入书房后，他的开场白就是明确告诉蒙巴顿自己准备接受的条件是什么。与和甘地会谈时一样，蒙巴顿挥挥手打断他的话。"真纳先生，"他说道，"我没有打算现在就谈这件事情。首先，还是让我们彼此先熟悉一下吧。"

接着，蒙巴顿用他那传奇的魅力和气质，开始对这位穆斯林领袖实施自己的诱惑行动。真纳僵住了。他是一个冷漠而且不苟言笑的人，连对自己最亲近的人也从不让步，现在要让他向一个完全陌生的人讲述自己的生活和性格，实在令他感到不可思议。

不屈的蒙巴顿继续做着努力，用尽他所有与人打交道的技巧。但这位坐在他身边的人就是不为所动，在很长的时间里只是哼哼哈哈地咕哝几个字来应付。最后，差不多过了两个小时，真纳开始软化了。当这位穆斯林领袖离开书房后，蒙巴顿对自己的新闻随员艾伦·坎贝尔-约翰逊叹道："我的上帝，他实在太冷了！我们会谈的大多数时间都用在了为他解冻上。"

还是在1933年伦敦沃尔多夫酒店举行的一场晚宴上，这位在后来被称为巴基斯坦之父的人第一次萌发了建国的思想。宴会的主人是拉赫玛特·阿里（Rahmat Ali），也就是那位将这一思想书写到纸上的研究生。拉赫玛特·阿里自己花钱在晚宴上准备了生蚝和伊斯兰教禁用的夏布利酒，他希望能够说服这位印度最具影响力的穆斯林政治家来接受并领导起自己发起的这场运动。但他得到的是断然拒绝。巴基斯坦，真纳对他说，是"一个不可能实现的美梦"。

事实上，这位不幸的研究生挑选并培养出来的穆斯林分离主义运动领袖在政治上的起家，居然是从鼓吹印度教徒与穆斯林之间和谐相处开始的。他的家庭与甘地一样，来自卡提阿瓦半岛。当初要不是真纳的祖父为了某个不确知的原因皈依伊斯兰教，这两位政治上的死敌还是同一等级的种姓出身呢。和甘地一样，真纳也毕业于伦敦法学院并取得律师资格。但和甘地不同的是，他从伦敦回来时已然完全是一副英国人的派头。

他戴一个单片眼镜，身上穿的亚麻服装剪裁精良，为了在孟买潮湿的气候里保持凉爽和整洁，每天要更换三四次衣服。他爱吃生蚝和鱼子酱，爱喝香槟、白兰地和红葡萄酒。他在个人和财产诚信方面无懈可击，所有的法律和规则就是他做人的准则。用他的一位密友的话说，他是"最后一个维多利亚时代的人，一个格莱斯顿（Gladstone）或迪斯累里（Disraeli）式的议事法规专家"。

作为一位成就卓越的律师，真纳很自然就进入政界，并且在长达十年的时间里致力于让国大党内的印度教徒和穆斯林联合起来组成对抗英国人的共同阵线。他与国大党发生龃龉始于甘地上台。穿着考究的真纳不愿半裸上身只披一块粗布和戴一顶傻傻的小白帽将自己置身于肮脏的英国监狱中。民事不服从，他对甘地说，只有"傻瓜和文盲才会这样做"。

真纳政治生涯的转折点是1937年的国大党选举，在穆斯林占少数的印度各个省份，国大党拒绝与他和他的穆斯林联盟分享本是由双方共同争取到的权力。真纳是一个虚荣心极强的人，他把国大党的行为视为对自己个人的责难。这件事让他相信，国大党领导下的印度是不会让他和他的穆斯林联盟得到公平对待的。原本鼓吹印度教徒-穆斯林团结的使者从此成为坚定的巴基斯坦建国论的拥护者，而就在四年前他还在说这是一个"不可能实现的美梦"。

印度的穆斯林大众再也找不出比真纳更不适宜的领袖了。对于穆罕默德·阿里·真纳来说，穆斯林和他唯一有联系的地方就是他父母的宗教信仰。他喝酒，吃猪肉，每天早上的剃须就像每个星期五不去清真寺一样固定。真主和《古兰经》在真纳的世界观里完全没有地位。他的政治对手甘地对《古兰经》的了解比他还要多。甘地虽然不能用穆斯林的传统语言乌尔都语背诵更多的经文，却取得了印度绝大多数穆斯林的衷心支持。

真纳轻视印度的民众。他嫌脏怕热，讨厌人群。甘地到四处游历时坐在肮脏的三等火车车厢里与民众打成一片。而真纳坐的却是一等车厢，为的是离他们远点。

每当对手推崇简约时，真纳就会极尽华丽。他喜欢在印度的穆斯林城市里做皇家仪仗式的游行，他坐在华盖下玫瑰花钵状的彩车里，前面由披着银饰的大象开路，还让乐队奏着"天佑国王"的曲子，因为它是真纳认为普罗大众唯一熟悉的旋律。

他过的是一种秩序加纪律的生活。甚至连从他的花园里爬出院墙的福禄考和矮牵牛花都呈笔直有序的线条状，当庄园主人驻足停留在那里时，他不是在欣赏植物的美丽，而是在检查它们的排列是否完全整齐一致。他唯一的读物就是法律书籍和报纸。事实上，报纸似乎是这个奇特之人的最爱。他从全世界订阅报纸。把一些内容剪下来并加上眉批，再小心翼翼地把它们贴在剪贴簿里。这些剪贴簿在他办公室的柜子里越堆越厚，而且上面还沾满了灰尘。

真纳对自己的印度教对手有的只是冷嘲热讽。他说尼赫鲁是"彼得·潘"，一个"应该当一名英文教授而不是政治家"的"文人"，"一个以西方教育为掩护玩弄印度教把戏的傲慢婆罗门"。在真纳眼里，甘地就是"一只狡猾的狐狸"，"一个印度教复兴主义者"。

有一次，圣雄来到真纳的庄园里与真纳进行交谈，在二人休息期间，圣雄在真纳昂贵的波斯地毯上伸展肢体，还将泥袋放在自己的肚子上。真纳把一切看在眼里，圣雄的这个行为让他永远不能忘记——或者说不能原谅。

真纳在穆斯林兄弟里没有朋友，有的只是追随者。他有共事之人，但不是弟子，除了对他的妹妹，他对家庭也非常漠然。他只活在他的巴基斯坦之梦里。他身高将近6英尺，但体重却不足120磅。他的面皮松紧有度，让皮下的颧骨看起来刚好透出一些光亮。他有一头浓密的银灰色头发和一口坏掉的黄牙，令人奇怪的是，17年里只有他的牙医妹妹与他相伴。真纳的外表如此严厉而又如此坚定，给人一种十足的力量感，这实际上是个假象。他早就是一个虚弱的病人，用医生的话讲，过去的三年他完全是靠"意志力、威士忌和香烟"活下来的。

在以上三个因素中，意志力是真纳性格及成就的关键。他的敌人说他十恶不赦，他的朋友说他薄情寡义。但不管是敌人还是朋友，从来没有人说过穆罕默德·阿里·真纳是一个缺乏意志力的人。

蒙巴顿和真纳在1937年4月的头半个月里有过6次重要的会谈。这些至关重要的对话加在一起差不多长达10个小时，最终决定了印度困局的解决之策。蒙巴顿在每次谈话时都使出"我最为自负的能力，那就是说服人们去做正确的事情，不是因为我本身有多么强的说服力，而是因为我有本事用人们最喜欢的方式去呈现事实"。正如他在事后回忆的那样，他"尝试了所有技巧，用尽了一切我能想到的办法去争取"，要动摇真纳要求分治的决心,但所有努力都只是徒劳。没有什么理由能够让他改变实现巴基斯坦之梦的强烈决心。

真纳不肯妥协的原因有两个。首先,他已经让自己成为穆斯林联盟的绝对独裁者,就算他下面或许有人愿意进行谈判妥协,但只要他穆罕默德·阿里·真纳还活着,就没有人敢于发表自己的看法。第二点,也是更为重要的一点,那就是对一年前发生在加尔各答街头的血腥场面的记忆。

蒙巴顿和真纳在一开始时的确有一个共识——加快速度。印度,真纳宣称,已经错过了靠妥协就能收到效果的阶段。唯一的解决方案就是一场快速的"外科手术"。否则,他警告说,印度就将毁灭。

当蒙巴顿就分治是否产生流血和暴力表达关切时,真纳再三要其放心。一旦他的"外科手术"开始进行,所有的麻烦都会平息,而印度的两个分治部分也终将和谐共存并重归于好。真纳对蒙巴顿说,这就好比在法庭上处理两兄弟按照父亲遗愿分配财产的案子。法庭判决完不出两年,哥俩还会变回最要好的朋友。他向蒙巴顿保证,印度的情况最终也会如此。

真纳坚持说,印度的穆斯林作为一个民族本来就"有着自己的文化和文明、语言和文字、艺术和建筑、法律和道德、风俗和日历、历史和传统"。

"印度从来没有成为过一个真正的民族,"真纳坚称,"它只是地图上画着的一个国家。我要吃牛肉,印度教徒不让我杀牛。一个印度教徒每次与我握完手就要去洗手。穆斯林与印度教徒唯一的共同点就是,他们都是英国人的奴仆。"

他们之间的争论,副王事后回忆说,成了一场"桑树林里好玩但又伤感的捉迷藏游戏"。真纳就像《爱丽丝梦游仙境》里的三月兔,始终寸步不让;蒙巴顿这位统一的坚定支持者,从所有角度与真纳展开周旋,直到连他自己都害怕起来,按照他在当时的表述,"可别把这个老头子绕疯了"。

对于真纳来说,他所建议的分治必须做到顺其自然。也就是说,无论如何,分治一定要产生一个可以持续生存下去的国家,由此,真纳得出的结论是,分治就意味着必须把印度两个最大的省份,旁遮普和孟加拉,纳入他的巴基斯坦中，全然不顾这两个省里还有大量印度教徒的事实。

蒙巴顿的态度是难以苟同。真纳建立巴基斯坦的基本理由就是穆斯林少数不应该被印度教徒多数统治。那么，将孟加拉和旁遮普的印度教徒纳入一个伊斯兰国家又该做何解释呢？如果真纳坚持分裂印度以得到他的伊斯兰国家，蒙巴顿正好能以其人之道还治其人之身，对旁遮普和孟加拉进行同样的分割，真纳的逻辑反而变成蒙巴顿的谈判筹码。

真纳对此表示抗议。因为这样一个"被虫蛀掉的巴基斯坦"从经济上无法存续。原本就没有打算做出任何让步的蒙巴顿趁机对这位穆斯林领袖建议说，既然只能得到一个"被虫蛀掉"或是支离破碎的国家，那还不如干脆不要。

"啊，"真纳不甘心地说，"阁下有所不知。生活在旁遮普和孟加拉的人首先是旁遮普人或孟加拉人，其次才是印度教徒或穆斯林。他们有共同的历史、语言、文化和经济生活。你不能把他们分开，否则会导致无穷无尽的流血和灾难。"

"真纳先生，我完全同意。"

"真的吗？"

"当然，"蒙巴顿接着说，"旁遮普人也好孟加拉人也罢，在他们作为一名印度教徒或穆斯林之前，都首先是一个印度人。你已经给出了让印度保持统一的绝佳理由。"

"但你对很多事情毫不知情。"真纳发起反驳，于是，又一轮桑树林里的捉迷藏游戏开始上演。

蒙巴顿对真纳的固执己见感到震惊。"我真感到难以置信，"他在事后回忆说，"像真纳这样一个智慧过人、受过良好教育并且受训于伦敦法学院的人，竟然可以做到把大脑都关闭起来。他不是看不到问题的所在。他什么都看得到，却故意拿东西挡住。他是整件事的阴险主谋。说服其他人都可以，但说服真纳难比登天。只要他还活着，就什么事都别想做成。"

4月10日这天，他们的会谈达到高潮，此时距蒙巴顿到达印度已差不多是第三个星期了。蒙巴顿对真纳采取软硬兼施的策略，他时而请求，时而斥责，时而争辩，时而哄劝。他在两个小时的时间里费尽所有的口舌，向真纳描绘出印度未来的宏伟蓝图：四亿不同种族的人口在中央政府的领导下团结一致，随着工业化程度的不断提高，全体人民的经济力量不断加强，印度将作为远东地区最发达的单一经济体，在国际事务中发挥重大作用。真纳肯定不想破坏这一切，他难道愿意陷印度次大陆于三流国家之列吗？

真纳完全不为所动。蒙巴顿难过地评价他是"一个精神错乱的疯子，心里只装着一个巴基斯坦"。

真纳告辞后，蒙巴顿独自待在书房里，他在心里对自己说，也许只有让真纳得逞一条路可走了。他在新德里首先要对派自己来的国家——英国负责。他渴望让印度保持统一，但却不能以牺牲自己国家的利益为代价，眼看印度在混乱和暴力中行将崩溃，深陷其中的英国却爱莫能助，甚至自顾不暇。

他必须拿出办法来，而且要快，还不能诉诸武力。指挥军队让蒙巴顿行事快速果断，在解决眼前的局面时也不例外。多年后，他的批评者们指责他行动过于迅速，像个毛手毛脚的水手而不像个政治家。然而，蒙巴顿可不想为自己认定的无谓争执浪费时间。他可以再和真纳无休止地讨论下去，直到地狱都被冻住，但他知道，如此一来，栽入地狱将是印度的唯一结局。

简单的现实主义让他准备承认诱惑行动在穆斯林领袖身上的失败。印度分治看来越来越成为唯一的选项。现在蒙巴顿剩下的工作就是劝说尼赫鲁和帕特尔接受这一选项并制定出能够让他们接受的方案。

次日上午，他与自己的幕僚们总结与真纳的谈话。最后，他难过地转向他的幕僚长伊斯梅勋爵说，起草分治印度计划的时间来了。

*

蒙巴顿的决定将不可避免地引发现代史上的一起重要事件。无论它以什么样的方式执行，都将对一个伟大的国家构成毁损，要知道，英国人在长达350年对印度的殖民统治中，最引人瞩目的成就就是保持了这个国家的统一。为了满足穆罕默德·阿里·真纳的苛刻要求，只有对印度最有特色的两个省——旁遮普和孟加拉——进行分割。这样的结果将使巴基斯坦在地理上变得非常怪异，它的两端被 970 英里长的喜马拉雅群山和印度领土割断，从而变得首尾不能相连。从巴基斯坦的一端绕经印度次大陆到达另一端的海上航行时间，比从卡拉奇到马赛所需要的时间还要长 20 天。这两个港口间的直飞航班需要四引擎的飞机，而飞机将是这个新生国家最昂贵的奢侈品。

然而，如果两部分巴基斯坦之间的地理距离太遥远，则两个地区居民的心理距离也会非常疏远。除了对真主安拉的信仰外，旁遮普人与孟加拉人之间再没有其他共同之处。他们之间的差别与芬兰人和希腊人之间的差别没什么两样。孟加拉人身材矮小、皮肤黝黑、行动敏捷，从种族上说属于亚洲族群。旁遮普人的血管里流淌着 3000 年前外来征服者的血液，是中亚草原族群的后裔，他们身上的雅利安人特征有着突厥斯坦、俄罗斯、波斯和阿拉伯沙漠等地的痕迹。两个民族之间无论在历史、语言还是文化上都没有共通之处。二者联合所创建的巴基斯坦国将违背所有的伦常和逻辑。

旁遮普是印度王冠上的明珠。它有半个法国大小，从西北部的印度河一直延伸到德里的郊野。它的土地上遍布着波光粼粼的河流和金黄似火的麦田，肥沃的田野一望无际，那是神灵的恩赐，让贫瘠的印度大地上有了一片绿洲。它的名字就是"五河之国"的意思，旁遮普的天然富庶就得益于这五大河。它们当中最有名的就是世界上最长的河流之一，印度河，整个印度次大陆正是以这条河的名字来命名的。

五千年的纷繁历史造就了旁遮普，并赋予了它许多与众不同的特征。它的平原上曾回响着来自亚洲游牧部落征服者急促的马蹄声。克利须那神与武士王阿周那在旁遮普有过一次充满机锋的对话，印度教的圣书，《薄伽梵歌》的天籁之音就是在此产生的。大流士和居鲁士的波斯军团，以及亚历山大大帝的马其顿战队都曾驻扎在这里的平原上。孔雀王朝、塞西亚人、帕提亚人在被匈奴人和伊斯兰哈里发赶走前也都曾占领过这里。伊斯兰哈里发还为信奉多元宗教的数千万印度人带来他们的单一信仰。莫卧儿王朝统治的三百年是伊斯兰教在印度发展的鼎盛时期，这期间在各地修建的大大小小的纪念碑，成为印度珍贵的历史文化遗产。最后，终于轮到旁遮普的原住民做回自己的主人，但好景不长，这些蓄着卷曲的胡须，将从不修剪的头发包在各种颜色头巾里的锡克人又沦为最后一个占领者——英国人治下的臣民。

旁遮普问题就像贴在表现莫卧儿辉煌过去的纪念碑上的马赛克，既脆弱又复杂。分割它势必给当地人民留下无法弥合的伤口。这里共有17932个城镇和乡村，生活着1500万印度教徒、1600万穆斯林和500万锡克教徒。虽然宗教信仰有所不同，但人们说的是同样的语言，恪守的是同样的传统，对自己的旁遮普人身份同样深感自豪。他们在经济上的互相依存关系尤其复杂。这个地区的繁荣依靠的是人为创造的奇迹，英国人修建的灌溉运河网四通八达，让旁遮普成为印度的粮仓，同时也使这里的人民和土地更加不容分割。从整个省的东部一直到西部，这些运河让大片的贫瘠荒地变得肥沃而高产，让数以千万计的旁遮普人过上丰衣足食的生活。这个省还有令自己骄傲的铁路和公路网，它们把旁遮普的物产运送到印度的其他地方，同样对旁遮普的繁荣做出巨大的贡献。不管边界如何划分，都只能从北到南，将活力四射的运输系统一分为二。而且，边界还势必要穿过骁勇好战的锡克人的居住区，至少有200万锡克人连同他们改造的沙漠和一些传统圣地将被划给新生的伊斯兰国家。

事实上，不管边界怎么划，都注定要成为数百万人类的梦魇。只有进行人类历史上从未有过的大规模人口互迁才有可能避免灾难的发生。一旦伊斯梅勋爵受命准备执行分治计划，从印度河到德里的五百多英里范围内，所有的城镇和乡村，所有的棉花园和麦田都将受到威胁。

把次大陆另一端的孟加拉分割出去将酿成另一场灾难。孟加拉的人口比英国和爱尔兰加起来还要多，从喜马拉雅山脚下老虎出没的丛林到恒河和布拉马普特拉河（即雅鲁藏布江）流经的孟加拉湾瘴气四溢的沼泽地，在这片广阔的空间中，居住着3500万穆斯林和3000万印度教徒。尽管孟加拉由两个信仰不同宗教的群体组成，但它却是一个比旁遮普更具特点的地方。不管印度教徒还是穆斯林都来自同一个种群，不但关系亲近，而且文化背景也完全相同。他们都喜欢依照某种孟加拉当地的习惯席地而坐，说话都带有一种孟加拉特有的腔调，在每句话里都把最后一个音发得最重，他们都在4月15日这天庆祝孟加拉新年。所有孟加拉人都以拥有泰戈尔这样的诗人为骄傲。

孟加拉在公元前某个时期一度盛行过佛教文明，孟加拉人的文化之根就源于那个时期。在公元后几个世纪里，他们受到一个印度教王朝的统治，被迫放弃佛教信仰，东部的孟加拉人欢迎穆罕默德军队的到来，在得到解放之余热切地皈依了伊斯兰教。从那时起，孟加拉就从宗教上被分割成两半，穆斯林在东，印度教徒在西。

1905年，最具才干的印度副王之一寇松勋爵曾试图利用宗教上的分裂将孟加拉从行政上分割成两个更容易管辖的部分。但六年后，一场血腥的暴乱让他发现，孟加拉人的民族主义情结要远远超出他们的宗教热情，他的努力就此宣告失败。

如果说旁遮普是受到了神灵的垂青和眷顾，那么孟加拉则是中了恶魔施下的诅咒。这里常年干旱，时常又要遭受可怕的台风袭击，在密集而瘴气四溢的沼泽地所造成的湿热环境里，只有两种作物适于生长，大米和黄麻，当地人依靠这两种作物勉强度日。而这两种作物的种植恰恰又分属于两派教民，即西部的印度教徒种大米，东部的穆斯林种黄麻。

然而，孟加拉生存所仰仗的却并非农作物，而是一座城市，一座曾被英国人用作跳板进而征服全印度的城市，一座仅次于伦敦的英帝国第二大城市，它就是加尔各答，1946年8月爆发大屠杀的所在地。

孟加拉境内的所有资源，公路、铁路、原材料及工业，全部集中于加尔各答。如果把孟加拉分成东西两半，则加尔各答依据其所在的地理位置势必要划入印度教徒所在的西部，由此，东部的穆斯林就只有眼睁睁陷入绝境而无力自拔。如果说几乎全世界的黄麻都产自东孟加拉，那么，所有生产绳索、麻袋和布匹的工厂就云集在西孟加拉的加尔各答周边。穆斯林所在的东部几乎完全不出产粮食，数百万人的生存全部要依赖西部印度教徒所提供的粮食。

1947年4月，前近卫掷弹兵军士和铁路工会领袖，孟加拉的最后一位英国人省长弗雷德里克·伯罗斯（Frederick Burrows）爵士预言说，日后独立为孟加拉国的东孟加拉在印度分治后，注定要成为"历史上最贫困的乡村贫民窟"。

然而，真纳建立巴基斯坦的计划即使能够完全实现，也只能让不到一半的穆斯林从他所说的不公正的印度教统治中脱离出来，他为建国而提出的这个首要理由显然缺乏合理性。这样的事实让分治从任何方面看都不具有说服力。留在印度的穆斯林分布过于分散，要想把他们隔离开是完全不可能的。他们就像身处印度教徒海洋中的一个个孤岛，随时会成为两个国家发生冲突时的牺牲品，同时还变成印度用来要挟巴基斯坦的人质。事实上，即便在分治以后，印度的穆斯林人口仍有差不多5000万，这个数字将使印度排在印度尼西亚和从自己身上分离出去的新国家之后，成为世界上第三大伊斯兰国家。

*

如果路易斯·蒙巴顿、贾瓦哈拉尔·尼赫鲁或是圣雄甘地在1947年4月能够得知一个惊天动地的大秘密，印度就有可能避免分治，并从危机中摆脱出来。这个秘密就隐藏在一张灰色胶片的表面，而这张胶片不仅足以破坏印度政治生态的平衡，还能够对亚洲历史的进程做出改变。然而，这个秘密实在太宝贵了，它的存在，就连英国在世界上情报效率最高的刑事调查部CID也无从知晓。

在这张胶片的中心位置有两个比乒乓球略小的黑色圆环。每个圆环都有一圈不规则的白边，如同太阳被月亮遮住时发生的日冕现象。在它们的上方，是无数个小白点，它们密布在灰色胶片的表面，像银河一样一直延伸到胸廓的上部。这是一张X光片，一张针对人体肺部拍摄的X光片。那两个黑色圆环是肺空洞，里面的重要组织都已不存在。呈链条状排列的白点显示的是更多已经出现硬化的肺部和胸膜组织所在的位置，由之可以得出明确的结论：双肺正在受到结核的吞噬。结核的伤害面积非常之大，意味着肺的主人已经病入膏肓，最多只有两到三年的寿命了。

这些X光片封在一个没有做任何标记的信封里，就锁在帕特尔医生位于孟买的办公室保险柜中。X光片上的肺的主人就是那位让蒙巴顿保持印度统一的努力付诸东流的顽固刻板之人，穆罕默德·阿里·真纳。这个横在蒙巴顿和印度统一之间的除不去的障碍，此时已经活生生地被判处了死刑。

1946年6月，也就是在蒙巴顿到达印度的九个月前，当帕特尔医生将那些X光片从显影液中取出时，便发现了这种很快就会置真纳于死地的肺结核病。结核病是一种残酷的疾病，每年都要夺走数百万营养不良的印度人的生命，这位巴基斯坦先知在70岁时肺部感染上了该病。

真纳终其一生都在因虚弱的肺部功能而饱受健康问题的困扰。早在战争爆发前很长时间，他曾前往柏林接受由胸膜炎引发的综合征的治疗。从那时起，不断染上的支气管炎让他的精力和呼吸系统都受到极大的削弱和损害，以至于每做一次长时间发言，他都会在长达几个小时的时间里喘不上气来。

1946年5月，在西姆拉，这位穆斯林领袖再度支气管炎发作。长期贴身照顾他的妹妹法蒂玛把他扶上前往孟买的火车，但没想到他的病情在路上开始急剧恶化。就在他生死悬于一线之际，法蒂玛紧急与帕特尔医生取得了联系。帕特尔医生赶在火车到达孟买前登上列车。他在诊断后迅速得出结论，病人的情况"非常恶劣"。他警告真纳，如果坚持与等候在孟买火车站欢迎他的人群举行会面仪式，他的身体将会彻底垮掉。随后，帕特尔在孟买郊区的一个小站将真纳抬下火车，随即把他送入一家医院。真纳在这家医院开始慢慢恢复元气，帕特尔医生也由此发现了这个后来被严加保守的机密。

如果真纳是任意一名不幸的结核病患者，他都将被隔离在某个疗养院里并在那里度过余生。然而，真纳并不是一般患者。当他出院时，帕特尔医生把他带到自己的办公室。他难过地向自己的病人兼朋友透露，他得的是不治之症。用他的话说，真纳正在耗尽自己肉体里的最后能量。他建议真纳不仅要大量削减工作负荷和更注意休息，而且要戒除烟酒及释放精神压力，否则最多还有一到两年的寿命。

真纳在得知这个严厉的消息后表现得无动于衷。他苍白的面颊上没有掠过一丝惊异的表情。他对帕特尔医生说,要自己放弃一生的追求而跑到疗养院去是不可能的事情。除非走进坟墓,否则没有什么可以阻止他在这个历史关键时刻完成自己对印度穆斯林的领导使命。他将谨遵医嘱,在不辱自己伟大使命的前提下减少工作量。真纳知道,自己的印度教敌人一旦得知自己将不久于人世的消息,一定会完全改变对政治前景的判断。他们很可能一直等到他死去,再与他在穆斯林联盟内某些软弱的部下们一起,合力瓦解他的梦想。①

真纳开始重返工作,每隔两星期定时请帕特尔医生秘密为自己打针。他根本没有听从医生的劝告。他不想让死亡夺走自己与历史的约会。为了让自己的生命之烛在最后一刻迸发出炽烈而炫目的光芒,真纳依靠非凡的勇气向自己人生的目标猛扑过去。真纳在与蒙巴顿进行关于印度未来的第一轮会谈中说,"速度"是"协议的基础"。同样,它也成为穆罕默德·阿里·真纳能否有时间完成其使命的基础。

会议室内,围绕着圆桌就座的人共有11位,他们正满脸肃穆地等待着蒙巴顿勋爵为他们主持即将召开的会议。这些人,从某种意义上说,是东印度公司24位创建者的接班人,三个半世纪前,正是在这24位创建者的商业野心的推动下,英国才来到远隔重洋的印度。而眼前这11人,正是英属印度11个省的总督、雄心万丈的英帝国的顶梁柱。当年,年轻气盛的他们守卫在遥远而孤独的岗位上,时时幻想着有朝一日能够享受出人头地和大权在握的风光,如今,他们美梦成真,站在了为印度帝国效力生涯的顶峰。在他们当中,只有两位是印度人。

---

① 蒙巴顿的前任韦维尔勋爵在他的1947年1月10日和2月28日的日记中提到过有关真纳"身患重病"的报道。但这些日记并没有表明这位副王当时是否确切了解真纳病情的严重程度。蒙巴顿本人则根本没有得到过有关真纳将死的任何线索消息,正如他在真纳去世二十五年后所说,如果当初能够掌握这一情况,肯定会为他的印度行动起到至关重要的决策作用。有迹象表明,真纳的副手利雅卡特·阿里·汗(Liaquat Ali Khan)在他死前六个月得知了他的病情。真纳的女儿瓦迪娅(Wadia)于1973年12月在孟买与本书作者交谈时说,她是直到父亲去世后才知道他患上肺结核病的。她本人还认为真纳只对自己的亲妹妹法蒂玛透露了病情,但不许她走漏任何风声或是为自己寻求救治。

这些人精明强干而又忠心耿耿，用毕生的精力尽心尽力履行自己的职责。作为回报，印度则让他们过上了风光无限的富贵生活。他们在各省的官邸都是清一色的宫殿，雇用着数十名各种仆从差役。他们一纸命令所覆盖的地方和人口堪比那些欧洲面积最大、人口最多的国家。他们在穿越辖区时使用的是自己的私人专列，在包缠头巾的卫队护送下乘坐劳斯莱斯轿车出入于城市中，当来到丛林时，他们又翻身骑上大象的后背。

按照顺序，坐在圆桌边的前三位是三个大省的总督，这三个省分别是孟买、马德拉斯和孟加拉。其余的省分别是：旁遮普、信德连同其卡拉奇港、联合省、比哈尔、奥里萨、与缅甸交界的著名茶乡阿萨姆、中央省及守卫开伯尔山口和阿富汗边境的西北边境省。

这场集会多少令蒙巴顿有些尴尬。时年46岁的他是与会者中年纪最轻的。他来到德里时丝毫没有可夸耀的资本，既没有议会背景也不具行政职涯。他是作为一个相对陌生的人来到印度的，而在座的11位总督中绝大多数终身奉职于印度，他们不但对印度的复杂历史了如指掌，还学习当地的语言，有些人甚至在某些领域成为世界闻名的专家。这些人自视甚高，理所当然会对来到他们当中的这位新人所提出的任何见解持怀疑态度。

但是，蒙巴顿本人则相信，缺乏专业背景并不一定像人们理解的那样总是坏事。这些人作为专家并没有找出解决问题的方案，他怀疑其中的原因就是"他们过于拘泥于英国统治的旧思维，总是希望所用的办法不对现有体制构成破坏"。蒙巴顿首先请各省总督对本省情况进行介绍。有八位总督认为自己的省已成为危险和事端不断的区域，但局势尚能够得到控制。当轮到旁遮普、孟加拉和西北边境这三个关键省的总督讲话时，所有与会者的心顿时揪了起来。

眼眶发黑、面容疲惫的奥拉夫·卡罗（Olaf Caroe）爵士率先发言。他负责把守的关隘是3000年来外敌屡屡入侵印度时的必经通道。就在头一天晚上，辖区发来的电报一封接着一封，全部是有关局势动荡的最新报告，让他整夜没有合眼。卡罗在这个帝国的一隅服务了大半辈子。他对难以降服的帕坦人部落的情况了如指掌，更通晓他们的语言和文化，在这一点上，与他同时代的西方人无人能出其右。在他执政的首府白沙瓦，一直保留着一个世界上最具特色的集市，每隔一周，就会有一支驼队从喀布尔经开伯尔山口来到这里，他们带来皮货、水果、羊毛、陶瓦器、手表、蔗糖等货物，其中有些还是从苏联走私出来的。他的省地形多山，有许许多多迷宫般的岩洞，里面藏着数十上百家秘密兵工厂，大量威力巨大的武器在生产出来后流到了马苏第人、阿夫里迪人和维齐尔人手里，他们都是传奇的帕坦人勇士部落。

该省正在滑向解体的边缘，他警告说，一旦研判属实，来自西北的游牧部落就会重新对帝国的门户构成威胁，英国人也因此又要回到过去的噩梦之中。阿富汗的帕坦人部落随时准备穿过开伯尔山口攻向白沙瓦和印度河两岸，一个多世纪以来他们一直坚称自己才是这片土地的主人。"如果不小心应对，"他说，"我们就会让自己陷入一场国际危机。"

寡言少语的埃文·詹金斯（Evan Jenkins）爵士是旁遮普省的总督，他对时局的看法更加悲观。詹金斯是一名威尔士人，他对旁遮普倾注的精力和感情一点不亚于卡罗对于边境省的付出。批评者们指责这位独身的老先生把旁遮普当作了老婆，"以至于忘记了印度其他地方的存在"。不管采取什么样的方案来解决印度问题，他指出，旁遮普都将在劫难逃。如果实施分治，则至少要把旁遮普分成四部分。即使不考虑分治，也要面临锡克人提出的拥有自己土地的要求。"那些预言旁遮普在分治后会引发火海的人实在愚不可及，"他说，"因为整个旁遮普早就处在烈焰之中了。"

第三位发言的总督本应是来自孟加拉的弗雷德里克·伯罗斯爵士，但他因病留在了加尔各答。他的副手代表他所做的情况介绍与西北边境省和旁遮普省的报告同样令与会者们感到心惊。

当所有人报告完毕后，蒙巴顿发给总督们每人一套文件。他告诉他们说，"这些是在经过考虑后所做的一套具体方案"。"为便于理解"，他称这个方案为巴尔干计划，这个分治计划是他命令自己的幕僚长伊斯梅勋爵在一周前就起草好了的。

聚在一起的省长们一边翻阅着手里的文件一边难掩震惊的表情。他们都是印度统一的倡导者和设计者。他们当中的大多数人将自己的毕生精力都用在加强印度各方的关系上，而现在，英国在即将离去时却可能要做出拆散这些关系的决定。

这份计划的命名恰如其分地参照了第一次世界大战结束后中欧巴尔干各国分裂的史实。根据这一计划，印度的11个省都有权选择加入巴基斯坦或者留在印度；还有，只要大多数印度教徒或是穆斯林经投票后同意，其所在省也可以成立独立国家。蒙巴顿告诉总督们，自己"并不会轻易放弃印度统一的希望"。他要让全世界知道，英国为使印度保持统一做出了所有可能的努力。一旦英国的努力失败，最重要的就是让全世界都清楚，"分治是印度人的选择而非英国人的决定"。他本人认为未来的巴基斯坦毫无存续可能，因此"给它一个失败的机会，让它从中认识到自身的先天不足也未尝不可"，这样的话，将来"穆斯林联盟重返统一的印度大家庭也好心甘情愿"。

与会的11人中没有人对分治表现出任何热情，但同时也没有人表示反对。他们拿不出可供选择的其他方案。

那天晚上，在悬挂着印度最早19位总督油画像的副王府议事宴会厅内，到场的各位总督和他们的妻子们在蒙巴顿勋爵夫妇主持的正式晚宴中结束了最后一次会议，所有人都处在19位先辈如阎罗判官般犀利的目光注视下。宴会就要结束时，仆人们端上红酒。在把杯子全部斟满后，路易斯·蒙巴顿起身向众人举杯。他们谁也没有想到，他的这个举动从此即将作古。今后，印度副王再也不能像此时的蒙巴顿这样，向着齐聚一堂的总督们大声提议为他远在4000英里之外的表兄祝酒："女士们、先生们，举杯，为英王陛下！"

<h3 style="text-align:center">边境省与旁遮普，1947年4月下旬</h3>

副王的约克飞机舷窗外是白雪皑皑的南迦帕尔巴特峰。这个位于飞机以北100英里以外的山峰海拔高度是25000英尺。在地平线的尽头，机上的乘客可以远眺到兴都库什山脉被雪覆盖着的黑色峭壁，它横亘在那里，让荒无人烟且终年冰封的世界屋脊与世隔绝。约克飞机迂回向南，越

过蜿蜒曲折的印度河,来到一个四周围着土墙、状如要塞般的城市,这就是充满神奇传说的西北边境省首府白沙瓦。

随着飞机从低空快速冲向机场,机上的乘客们突然看到地面有一大群人正受到一排警察的奋力阻拦。此前,路易斯·蒙巴顿已经决定暂停自己空调办公室里的谈话,他要亲自感受一下西北边境和旁遮普这两个麻烦最大的省的政治气候。

他要到来的消息早已传遍边境省。短短二十四小时内,就有数万人在真纳的穆斯林联盟领袖们的召集下,从该省的四面八方云集到白沙瓦。他们要么挤在拥挤的卡车、巴士和小汽车里,要么乘坐专门的火车,载歌载舞进入这座城市,发起一场规模空前的大游行。

此时,身材高大皮肤发白的帕坦人正准备给即将到达的副王送上他意想不到的见面礼。他们非常疲惫,火气随着空气中的热量和尘土在一步步上升,渐渐地,他们不再听从上面人的指挥,而是陷入危险的暴躁之中。警察将他们限制在一个巨大的被矮墙包围起来的范围内,这里位于铁路的路基和白沙瓦旧莫卧儿炮台的坡墙之间。他们被激怒了,变得更加躁动,并且威胁要用枪声来破坏诱惑行动的和谐气氛。

帕坦人之所以被安排在这样一个地方,完全是由失衡的政治环境造成的,一方面,这个省的穆斯林人口占据了高达93%的比例,而另一方面,统治它的人却是国大党的盟友。当地的国大党领袖是一位名叫阿卜杜勒·加法尔·汗(Abdul Ghaffar Khan)的部落首领,他身材高大,留着大胡子,一副《圣经·旧约》中的先知形象,他一生都在传播甘地的仁爱思想,即便是与本族世代为敌且有着血海深仇的帕坦部落,他也以怀柔和被动的方式对之。这位矛盾的人物原本享有很高的民望,但后来他因支持甘地反对真纳的建国主张,走到很多人的对立面。从那时起,民众便受到真纳派遣的人的挑唆,开始反对加法尔·汗以及他在白沙瓦的政府。庞大的人群向蒙巴顿夫妇和他们十七岁的女儿帕梅拉发出排山倒海般的欢呼声浪,就是为了向副王本人展示穆斯林联盟的实力,从而使他相信,掌握本省话语权的是穆斯林联盟而不是那位"边境省的甘地"。忧心忡忡的总督奥拉夫·卡罗爵士将这一家三口请上车,汽车在严密的护卫下驶往他的总督官邸。此时的帕坦人变得益发狂躁，他们威胁要冲破警察的封锁并向总督官邸发动冲击。如果他们真这样做的话，人数处于绝对劣势的守卫部队除了开枪别无选择。由此引发的屠杀将是令人发指的。被毁掉的不仅是蒙巴顿本人，他寻找解决方案的努力和他的副王之位也将在血流成河中化为乌有。

左右为难的卡罗不得不提出一个被他手下的军警长官斥为疯狂的提议。他请蒙巴顿在民众面前做一下亮相，虽然只需短短一瞥，但骚动的人群也许就能安静下来。

蒙巴顿略加思索。"好吧，"他说道，"我就冒一下险，见见他们。"让卡罗和安全官员们抓狂的是，蒙巴顿的妻子埃德温娜坚决要求陪在丈夫身边。

几分钟后，一辆吉普车载着副王夫妇和省长来到铁路的路基前。在路基的另一侧，十万名肮脏而愤怒的人在酷热的天气下正在发出绝望的呐喊。蒙巴顿牵着妻子的手爬上路基。当他们来到最高处时，竟然发现自己距离头上包着头巾的汹涌人潮只有 15 英尺。巨大的人潮向他们涌来，让他们感到脚下的地面都在颤抖。可怕的人海发出震耳欲聋的尖叫声，他们狂热地舞动着身体，这一刻，似乎所有印度民众的情感都在炽热迸发着，蒙巴顿夫妇一时怔住了。数万人的双脚在疾行中踏起的滚滚尘土飘浮在空中。人群发出的声音犹如一层气浪扑向他们。这样的时候，任何事情都有可能发生，诱惑行动的成功与否全部系于此时此刻的一念之间。

几个人犹疑地望着眼前的人潮，奥拉夫·卡罗爵士感到不寒而栗。人潮中也许暗藏着两万到三万甚至四万支步枪。只要有一个疯子，只要有一个嗜血的莽夫，就可以将蒙巴顿夫妇射杀，就像是在打"池塘里的鸭子"一样。刚开始，就在人群还只是站在原地时，卡罗就感觉到气氛随时会有变化。"大事不妙。"这是他在第一时间产生的想法。

蒙巴顿有些不知所措。这些人说的都是普什图语，可他却连一个普什图语的音都发不出来。正在他踌躇之际，乱哄哄的人群突然像中了邪一样安静下来，就算他们当中有刺客也无法不在如此奇特的震撼场面中停止行动。这是一场完完全全的遭遇，因为事先谁也没有想到会在此时与帝国最负盛名的勇士们会面,蒙巴顿刚好穿的是一件宽松的短袖丛林装,这与他过去身为盟军总司令在缅甸时的装束一模一样。打动人们的正是他这身装束的一大特点。那就是它的颜色,绿色。绿色是伊斯兰的颜色,是曾经去过麦加朝圣的伊斯兰信徒们所用的神圣颜色。数万人就是从这身绿军服中本能地找到了共鸣,他们认为这是蒙巴顿在以此向他们伟大的宗教表示敬意。

蒙巴顿与埃德温娜的手仍然抓得紧紧的,但眼睛却始终看着前方,蒙巴顿用压得很低的声音对妻子说:"向他们招手。"身体虚弱的埃德温娜优雅地与丈夫一起慢慢举起手臂。随着他们把手臂举过众人的头顶,印度的命运就在一瞬间悬在了夫妇二人的手臂上。躁动的人们一时陷入充满疑惑的安静。突然间,埃德温娜那苍白的手臂开始在空中挥动,不知谁在发出一声惊叫之后,整个人群顿时欢声雷动,掀起一波又一波大海般的声浪。数以万计的喉咙长时间不停地发出相同的声音,从激昂的口号中可以听出,"诱惑行动"刚刚成功度过了那最为凶险的短短几秒钟。

"蒙巴顿万岁!"那些原本怒火中烧的帕坦勇士们发出阵阵的吼声,"蒙巴顿万岁——蒙巴顿万万岁!"

结束了与帕坦人的对峙,蒙巴顿夫妇在四十八小时后又飞抵旁遮普。埃文·詹金斯爵士立刻把副王夫妇领到距拉瓦尔品第二十五英里处的一个小村子。詹金斯总督相信,蒙巴顿到了这里一定会大吃一惊,不但会相信自己在十四天前发出的该省已处于烈焰之中的警告,而且能够对正在席卷印度的大恐怖形成直观的认识。

这位曾经的海军舰长和战区司令官,当年在克里特被击毁的驱逐舰上和缅甸残酷的丛林战斗中目睹过很多部下的死去,此时,却被眼前的惨景惊呆了,就在不久前,这个原本仅有三千五百名村民的小村子还与印度五十万个普普通通的村庄一样,没有任何分别。

数百年来,伊胡达村尘土飞扬的小街巷里一直共同居住着两千名印度教徒和一千五百名穆斯林。而在那一天,在村子正中央并肩而立的清真寺石塔尖和锡克庙大圆石屋顶成为伊胡达唯一可供辨认的残存物。

就在蒙巴顿到来之前，一支执行例常巡逻任务的英国诺福克团巡逻队刚刚从这个村子里穿行而过。世代相安无事的伊胡达村民们当时还在熟睡。但到了黎明时分，整个村子就已经荡然无存，所有的锡克人和穆斯林要么死掉，要么在恐怖中趁着夜色逃之夭夭。

一群穆斯林游民像狼群一样来到这个村子，他们用一桶桶汽油点燃锡克人和印度教徒居住的房屋。不到几分钟，整个地方就被大火吞噬，一个又一个家庭在凄厉的惨叫声中葬身火海。那些侥幸逃出来的人被抓住后绑在一起，穆斯林把汽油浇在他们身上，然后像点火炬一样将他们活活烧死。火势不断向四下蔓延，最后失去控制烧向穆斯林居住区，伊胡达于是遭到彻底毁灭。一些印度妇女被从床上揪起来，她们在受到奸污后被迫皈依伊斯兰教，从而活了下来；还有一些妇女在奋力挣脱后纵身投入火海，与家人死在一起。

"在来到伊胡达前，"蒙巴顿在给伦敦的报告中说，"我一直对正在发生的各类事件的残暴程度一无所知。"

在白沙瓦与民众的对峙，在旁遮普看到被毁的村庄，这些证据对于蒙巴顿来说已经足够了。他在新德里空调书房里与各派领袖会面十天后所做出的判断是正确的。要想让印度得救，速度是压倒一切的要素。假如他不立即行动的话，印度随时都会垮掉，英国的统治以及他本人的副王职位也将随之而不保。既然速度是最根本的条件，那么走出绝境的办法也就只有一个了，那就是他本人所不愿看到但又是印度政局的态势所决定的——分治。

*

从1947年5月1日晚上起，圣雄甘地的神圣事业开始进入最后的、充满艰辛的阶段，地点还是新德里扫地者生活区的那间小屋，半个月前，他在这间屋子里努力说服同事接受自己保持印度统一的主张，但没有获得成功。他盘腿坐在地上，再次用一条浸着水的湿毛巾盖在自己的光头上，此刻，他正难过地与身边的人进行着辩论，他们都是国大党最高层的领导人。早在上一次会议上就暴露出来的分歧最终让甘地与他们分道扬镳。没有甘地在铁窗背后度过的漫长岁月，没有他所遭受的一次又一次绝食的痛苦，没有他发动的各种罢工和抵制活动，就不可能有这次会议的发生。他改变了印度的面貌，发明了 20 世纪一门独创的哲学，依靠非暴力思想把国人带上独立之路。可是现在，伟大的胜利眼看就要变成一场可怕的灾难。早已失去耐性的追随者们认为分治是印度通往独立的最后也是无可回避的一步，因此已做好准备接受这一结果。

甘地反对分治并不是因为对印度统一有什么特别神秘的情感。他在印度乡村度过的岁月让他能够从直觉上感悟到这个国家的灵魂。直觉告诉他，分治并不会像真纳向蒙巴顿承诺的那样是一场"外科手术"。它将是一场发生在他所熟悉的上万个乡村里的朋友之间、邻里之间、陌生人之间的丑恶残杀。所有人的流血只会产生一个丑陋不堪的结局，那就是整个印度次大陆分裂成两个不共戴天的部分，彼此间恨不得一口把对方吃掉。甘地相信，在未来的几十年里，几代印度人都将为他们即将犯下的错误付出代价。

甘地的悲剧在于，当天晚上他除了自己的直觉以外再也说不出其他内容，若是在以往，他的直觉恰恰是眼前这些人所热烈追随的。然而，在这个晚上，他不再是一位先知。"他们称我为圣雄，"他在事后痛苦地对一位朋友说，"但我要告诉你，我在他们内心里连一名扫地者也不如。"

与蒙巴顿一样，尼赫鲁、帕特尔以及其他人都感受到了灾难对印度的威胁，但他们同时也认为，不管这场灾难如何深重，解救这个国家的唯一办法就是分治。甘地的所有感觉都告诉他这些人是错误的。就算他们都是正确的，他本人也宁肯让印度陷入混乱而不是搞什么分治。

他对自己的追随者们说，只要英国人不同意，真纳就永远别想得到巴基斯坦。英国人在国大党多数毫不妥协的反对下是不会做出这样的事情的。他们对于蒙巴顿的任何提案都拥有否决权。让英国人走吧，他乞求，无论他们走掉的后果是什么。让他们把印度"留给上帝、留给混乱、留给无政府，只要能离开，怎样都行"。

"我们会赴汤蹈火，"他相信，"但烈火终将让我们受到洗礼。"

他的声音里带着无助。但即使他一手培养的左右手们也不想最后再听一次这个曾经指导他们为共同事业而奋斗的声音。

帕特尔甚至在蒙巴顿到来之前就已经准备接受分治。他的年纪开始大了，心脏出过两次毛病，他要毕其功于一役，结束无休止的讨论，尽快转入国家独立后的建设。他的理由是，给真纳他想要的国家，反正这个国家也存在不下去。不出五年，穆斯林联盟就会跑回来敲门，乞求印度的重新统一。

尼赫鲁陷入痛苦的矛盾中，他一面深深地爱戴着甘地，一面又与蒙巴顿夫妇结下了友谊并对他们倍感钦佩。甘地的讲话总是能打动他的内心，蒙巴顿的话则更富于理性。尼赫鲁从本能上讲是十分痛恨分治的，但理智却告诉他这是唯一的答案。自从得出别无选择的结论后，蒙巴顿就一直在施展自己的亲和力以及诱惑行动本身的说服力，他要让尼赫鲁与自己站在一起。这里面还有一个原因很重要。真纳一走，由印度教徒统治的印度就会产生一个尼赫鲁所希望的强有力的中央政府，这样他就可以实现自己建立一个社会主义国家的梦想。于是，最终他也站到了培养自己多年的甘地的对立面。

有了这两个赞同的声音，其余的国大党高层迅速取得一致。他们授权尼赫鲁向蒙巴顿做出通报，即，尽管国大党"在感情上仍倾向于印度的统一"，但如果能对旁遮普和孟加拉这两个大省进行分割，则国大党仍然可以接受分治的方案。曾经带领这些人赢得胜利的甘地就这样被抛弃了，他的功绩遭到了玷污，梦想也由此而破碎。

第二天，也就是5月2日的18时，在到达新德里整整四十天后，副王的MW102约克座机从帕兰机场腾空而起飞往伦敦。但这一次，坐在机上的却是蒙巴顿的幕僚长伊斯梅勋爵，他携带着准备提交给英王政府的有关印度分治的计划。

蒙巴顿的所有希望最终全部毁在真纳的绝不妥协上。他浑然不知还有一个可以打破方程平衡的要素的存在，那就是真纳的病情。蒙巴顿在其余生当中始终将无法打动真纳视为自己事业的唯一重大遗憾。作为亲手制造印度分裂的人，他个人是极其痛苦的，这一点可以从伊斯梅带回伦敦的一份文件中得到充分体现，这份文件就是蒙巴顿写给艾德礼政府的第五份亲笔报告。

蒙巴顿在报告中写道，"分治，是纯粹的疯狂行为"。而且，"如果不是荒谬绝伦的集体疯狂把所有人都卷了进来并且找不到其他可以破解的办法，任何人也别想说服我同意分治的做法"。

"做出这一疯狂决定的责任，"他继续写道，"全世界都看得出来必须完全由印度人自己来承担，因为终有一天，他们会对自己这个即将做出的决定感到追悔莫及。"

6
一个尊贵的小地方

西姆拉，1947年5月

  此时的蒙巴顿已经用不着空调了。他只要从书房里抬眼眺望一下窗外的景色就足以感觉浑身清凉：远方是顶部终年被白雪覆盖的喜马拉雅山脉，这条世界上最高的山脉就像一道冰河筑起的高墙，将印度与中国分开。他的目光所及之处，不再是高温酷暑下万物枯萎凋零的光秃秃的景象。在他的面前，是满满的绿色：碧绿的草坪，高大的冷杉，还有一簇簇颜色柔和的山地蕨类植物。在神经紧绷的状态下度过几个星期之后，蒙巴顿决定仿效一下前辈留下来的传统让自己放松放松。在伊斯梅飞往伦敦的当天，他也离开德里前往这个国家在英国统治下最具神秘色彩的地方，这里地处喜马拉雅山脚下，是英国人修建的一座纯英风格的奇特小镇，小镇的名字叫西姆拉。

  一个世纪以来，每年里有五个月，这个海拔7300英尺、位于世界屋脊之下的小镇就会充当起帝都的角色，它所管辖的疆土不仅仅局限于印度，还有那些从红海一直到缅甸的卫星国，俨然是迷你版的萨塞克斯（Sussex）。这个小地方很是贵气，它有一个四周围着蓝白色柱子的八边形舞台、很多开阔的空地和精美的花园，在天主教堂的都铎时代塔楼上有一座大钟，是依照维多利亚基督教时代的尚武传统用在锡克战争中缴获的铜炮铸成的。这里距大海足有 1000 英里之遥，仅仅有一条窄轨铁路和一条崎岖的公路可达，它高高在上，俯视着灼热且人口过于稠密的印度平原，它凉爽而翠绿，完全是一副纯粹的英国景象。

每年的四月中旬，当气候开始转热，副王就会乘坐金白色相间的副王专列前往西姆拉，这个山区帝都也由此而进入它的繁忙季节。副王的随从包括：卫兵、秘书、副官、将军、各国大使和使馆人员、印度中央行政机构各主要部门的长官。在他们身后，还有一大群裁缝、理发师、做靴子和马鞍的皮匠、副王预约好的银匠、酒类和各种饮品商人、带着成堆行李的夫人们以及大队的用人和他们乱哄哄的子女。1903 年以前，铁轨还只铺到 42 英里以外的加尔加（Kalka），浩浩荡荡的队伍必须换乘两轮马车，然后再赶上八个小时的山路才能抵达西姆拉。行李则由牛车和人力来驮运。长长的一队又一队苦力背负着数不清的箱子，箱子里装的是用于举行宴会的罐头虾、鹅肝酱、香肠、波尔多红酒、香槟等，有了这些东西，西姆拉举办的各种优雅宴会就可以把全印度都比下去了。

苦力是必须要有的，这是因为，在西姆拉，牲畜的蹄声和内燃机的轰鸣声是没有的，人力是唯一的运输工具。这里有一个传统，那就是只能让三辆马车以及后来的小汽车进入西姆拉，而这三辆马车的主人分别是印度副王、印度三军总司令和旁遮普省的总督。有一个笑话在当地流传甚广，说的是上帝请求在西姆拉拥有一辆自己的汽车，但却遭到拒绝。直到英国人撤离印度之前，西姆拉最标准的交通工具一直是人力车。一位车主回忆说，这种车很宽大，"不是那种把人卡得紧紧的小黄包车"，在到处都是陡坡的西姆拉，至少要有四名车夫推拉才能行走，而且还要有一个人小跑着跟在后面，以随时与前面的四人进行替换。

作为传统，车夫们从来都不穿鞋。而东家为此给他们的补偿就是华丽的制服。雇车的人家以谁家的车夫穿着最光鲜来彼此攀比。猩红色只可由副王车夫专用。一个苏格兰人给自己的车夫穿上褶裙，另一个居民则给自己的车夫配了两套制服，一套在白天穿，另一套在晚上穿。所有制服通常都会在胸前有一个标记或是盾徽，以表明车夫们所效劳的东家。几乎每一名车夫都毫无例外地患有肺结核病。

他们把东家们拉到一个个奢华的宴席上，而其中最奢华的莫过于副王行宫所举办的宴会了。小镇上的贵族们坐的人力车都带有红色的玫瑰花饰，这标志着他们有权使用副王的私人通道前往各大宴会厅及花园聚会。其他有白色玫瑰花饰的人力车则要由公共出入口进出。无论玫瑰花饰是什么颜色，坐人力车的人大可对一件事情放心：一旦进入到活动场所内，除了一两个当地的王孙贵族外，与他擦肩而过的人里面绝没有这个由他们统治的国家的公民。

"你简直想象不出以前副王行宫里办一场舞会有多么壮观，"一位妇人沉吟着说道，"到了晚上，排得长长的人力车队伍缓慢地沿坡而上，每辆车上都有一个照明用的小油灯，唯一能够听到的就是几百双脚发出的轻轻的脚步声。"

西姆拉社交生活的另一个中心是塞西尔酒店，客人们在这里得到的享受可以和世界上任何地方相比。每天晚上的 8 点 15 分，一位包着大头巾的管家就会准时出现在铺着地毯的走廊里，随着他的一声锣响，晚宴宣告开席，这个场景给人一种置身于轮船上的感觉。打着黑色领带和身着晚装的客人们走到盖着爱尔兰亚麻布的餐桌前，餐桌上的餐具包括马平-韦伯银器、道尔顿的瓷器及德国波希米亚水晶，用于盛香槟、威士忌、葡萄酒、红酒以及水的各种玻璃杯也早已摆放在相应的位置上。

西姆拉的中心是大市场，它占地极广，从小镇所在的山脊一直到很远的另一条山脊全部是它的范围，所有店铺的经营者都是清一色的英国人，各种茶店、银行和商铺应有尽有，街面上干干净净，就像副王的陶瓷一样一尘不染。在大市场的一端矗立着天主教堂，每逢星期天，一身戎装的三军司令就会带领所有人来这里聆听"一个适宜的唱诗班的歌声——纯英国的"。第一次世界大战前，印度人是不可以出现在这个大市场上的。

这道禁令曾是西姆拉本质的象征。每年一度向这个高海拔地区所做的人口移动不只是为了避暑。它更是对英国人种族优越性的微妙确认，并使他们从中相信自己具有有别于印度人的特质，从而把自己与山脚下数千万在酷热中挣扎着的棕皮肤印度人区别开来。

过去的西姆拉远在路易斯·蒙巴顿于 1947 年 5 月初到来之前就早已

发生了很大的变化。如今，印度人甚至可以在大市场上自由行走——前提是不能穿印度的国服。①

蒙巴顿或许已经被高强度的谈判弄得筋疲力尽，但他仍处在亢奋和自信的状态下。毕竟，他在过去的六个星期里取得了他的前任们花费几年时间也没能取得的成果。他已向唐宁街10号递交了体面撤离印度的方案，并且，该方案也为印度人提供了走出僵局的办法，而这个办法就算再痛苦，也不失为一个回天之术。

因为他早在离开伦敦之前就已经让艾德礼全权相授，所以他不需要在将方案提交英国之前与印度各派领袖先行签署正式协议。他要做的只是向艾德礼政府保证，一旦英方认可，这些领袖们必然同意并接受这一方案。

蒙巴顿的计划是他对在书房里掌握到的情况深思熟虑后得出的结果。它表现出蒙巴顿在思考问题上的细致入微，他对每位印度领导人的情结和信念都了如指掌，知道他们在关键时刻会做出什么样的取舍。他对自己的判断信心很足，所以在动身前往西姆拉之前就正式宣布要在5月17日他回来那天将方案拿出来。

然而，西姆拉的清凉气候和它的安宁让蒙巴顿冷静下来，一股莫名的疑虑开始爬上他的心头。自从计划报到伦敦后，他就一直接二连三地收到艾德礼政府的电报，全部是就计划内容中的各种措辞进行修改的建议，虽说不会改变内容的实质，但语气却发生了变化。

然而，最麻烦的是他真正关心的事情正在让他的担忧不断加剧。如

---

① 西姆拉在独立之后的变化之快很容易想象。印度人出于对这个地方固有历史的反感而不再把这里作为夏都。"过去的西姆拉只保留下来一样东西，"塞西尔酒店的老板、奥贝罗伊酒店集团的主席奥贝罗伊在1973年痛惜地说，"那就是那里的气候。"从西姆拉辉煌时代过来的一位英国人至今还住在当地，她就是87岁高龄的老妇人亨利·佩恩·蒙塔古夫人。她独自居住在她的叔父留下来的昏暗而压抑的维多利亚式庄园里，身边养着四条狗和五只猫，还有四位仆人及满屋的老古董。她的叔父曾在寇松勋爵的副王议事会中任财务顾问，她本人则可以讲六种语言。她每天下午四点钟从床上起来，吃过早餐，在太阳下山时用一些茶点，随后，她就躲入一间装有一台真利时牌收音机的房间。等整个西姆拉都进入梦乡了，佩恩·蒙塔古夫人就在房间里把收音机打开，一直收听到天亮，她要静悄悄地了解全世界的情况。凌晨四点时，她屋里的灯光恐怕是从西姆拉到西藏之间唯一的光亮了。

果他在送给伦敦计划中所提到的种种可能变为现实，则印度次大陆就将被分裂为不止两个部分，而是三个部分。

蒙巴顿在计划中加入了这样一条内容，那就是如果一个省内两个族群各自的绝大多数都愿意，则该省可以独立。该条文的用意很明显，就是让拥有6500万印度教徒和穆斯林的孟加拉有机会成为一个以大港口加尔各答为首都的独立国家。

这个主意是由加尔各答的穆斯林领袖沙希德·苏拉瓦底（Shaheed Suhrawardy）向蒙巴顿提出的，他是一名钟情于夜总会和香槟的政治家，十个月前恐怖的加尔各答直接行动日就是由他策动的。副王对这个主意大加赞赏。比起真纳提出的畸形的双头国，这样一个国家看起来更有生命力。但让他惊讶的是，孟加拉的国大党印度教徒领袖对此竟一无所知。他曾不动声色地试图引起他们的注意。他甚至发现真纳也对这个计划不持异议。然而，他却没有把它披露给尼赫鲁和帕特尔，现在，就是这一疏忽让他感到困扰。事实上，他们可能接受一个要他们牺牲掉加尔各答这个大港口的计划吗？那里的大批纺织厂的厂主可全都是国大党主要的资金来源。如果他们不接受，向伦敦打了包票的蒙巴顿就将成为印度、英国乃至全世界眼中的大傻瓜。

突然间，他有了灵感。他可以与印度领袖们私下做些交流从而让自己的把握更大一些，为达到这个目的，他邀请这些印度领袖们到西姆拉共同度假，他的部属为此很不高兴但也无可奈何。到了这个时候，蒙巴顿比以往更加看出他与体面而考究的尼赫鲁之间的友谊不仅能够让他的印度政策得到最大程度的支持，而且也成了英国与它的旧印度帝国之间在未来能够保持良好关系的最大希望。

他的妻子与这位印度总理之间的友谊同样在逐步加深。像埃德温娜·蒙巴顿这样的女子在世界上可不多见，在1947年的印度就更是凤毛麟角了。当尼赫鲁产生疑虑和陷入消沉时，没有人比埃德温娜更善于把他从苦闷中解脱出来，激情、智慧和柔美让这位女贵族充满神奇的吸引力。她在许多时候，只消一轮茶叙、一次莫卧儿花园里的漫步或是在副王泳池里的一场游泳，就可以使尼赫鲁在她的亲和魅力下摆脱阴郁的情绪，从而将不良的谈话氛围成功修正，在不知不觉中对丈夫的努力起到辅助的作用。

蒙巴顿决心听从自己的直觉判断，他把部下们叫到书房，向他们说明自己的想法。所有人都惊呆了。他们表示，如果只将这一计划告诉尼赫鲁而不透露给真纳，英国人就将完全失去这位穆斯林领袖的信任。一旦真纳察觉，蒙巴顿的所有设想必将全部泡汤。

蒙巴顿静静地坐在桌前，手指轻轻敲打着桌面。

"我很抱歉，"他在沉思良久后毅然对大家宣布，"各位的说法的确千真万确。但我的直觉告诉我这件事必须要让尼赫鲁知道，为此我决定，相信和服从直觉。"①

那天晚上，蒙巴顿把尼赫鲁请到书房品尝红酒。他不经意地把已经由伦敦方面修改过的计划递到这位国大党领袖手中，请他拿回自己的卧室慢慢阅读。他希望可以非正式地从尼赫鲁那里得到国大党可能会做出的反应。尼赫鲁为自己得到的特殊对待深感高兴。

几个小时过后，蒙巴顿开始全身心进行每晚的休闲活动——整理族谱，贾瓦哈拉尔·尼赫鲁也开始仔细阅读起这份为他的国家的前途所设计的计划。他对读到的内容感到惊惧。从这份计划的纸张中所浮现出来的印度前景不啻为一场噩梦，印度在这个计划中不再是一分为二，而是被四分五裂成一块块碎片。在尼赫鲁看来，蒙巴顿为孟加拉所敞开的门缝将成为让印度流血最多的伤口。他在这份计划中看到的是，印度将失去自己视之

---

① 这并不是蒙巴顿第一次拒绝听从部下们的集体意见。1941年2月，他带领四艘K级驱逐舰随舰队前往直布罗陀海峡，在途经比斯开湾时，他收到海军参谋长打来的灯语，告诉他刚刚发现德国的"沙恩霍斯特"号和"格奈森瑙"号小型战列舰正驶向圣纳泽尔，同时命令他迎前予以截击。此时正值黄昏，蒙巴顿下令四艘驱逐舰掉头开往布雷斯特。他的部下们冲上舰桥向他表示抗议，因为他们接到的命令是前去圣纳泽尔而不是布雷斯特。不对，蒙巴顿对他们说，命令上说的是让他们去截击两艘德国军舰，他同时把自己刚刚产生的一个直觉讲给部下听。如果换成他是那两艘敌舰的指挥官，他接着说，他才不会在天要黑并且侦察机都已全部返航的情况下沿着自己真实的航线移动呢。他们看似在驶向圣纳泽尔，但这正说明他们真正的目的地其实是布雷斯特。蒙巴顿由此而坚持走自己既定的航线。事实证明蒙巴顿的直觉是正确的。那两艘德国军舰的确是在驶往布雷斯特。遗憾的是，尽管他的舰队以32节的时速扑向布雷斯特，但德国人领先的距离实在太大。两艘德舰最终安全进入了布雷斯特这个法国港口。

为心肺的加尔各答港以及那里的纺织、制造和钢铁工厂；克什米尔，他深爱着的克什米尔，将成为一个在他厌恶至极的暴君统治下的独立国家；海得拉巴将成为一个深居印度腹地的巨大而又难以消化的穆斯林实体；五个其他的公国也吵嚷着要各自立国。这份计划，他相信，势必要加剧印度所有方面的分离倾向——语言的、文化的、种族的，直到让这块次大陆裂变为许许多多如马赛克般的贫弱而且互相仇视的小国。英国人在三百多年的时间里一直以"分而治之"的格言统治着印度。他们如今又要在离开时创造出一个新的格言："分而抛之"。尼赫鲁面色苍白，全身因激愤而战栗，他一头冲进随他一同来到西姆拉的助手克里希纳·梅农的卧室。狂怒中，他将计划书奋力掷向克里希纳的床头。

"全完了！"他大叫道。

蒙巴顿在第二天一早就收到了他朋友的一封措辞严厉的通告信。这封信对于原本信心满满的他来说无异于一枚"重磅炸弹"。他一边读着来信，一边感觉到他在过去六个星期里精心打造出来的这份计划正在像纸牌屋一样轰然垮掉。他的计划留给人的印象，尼赫鲁写道，是"支离破碎、矛盾百出而又逻辑混乱的"。他对它感到害怕，并且相信它"将受到国大党的憎恨和坚决抵制"。

读完信的内容，这位曾踌躇满志地宣称要在十天后拿出印度困局解决方案的副王顿时发现，自己其实什么方案也没有。这份英国内阁当天还在讨论的计划，这份他向艾德礼承诺将获得印度认可的计划，将连印度的第一关也别想过去，那就是国大党。

蒙巴顿的批评者们或许会说他过于自负，但他绝不是一个遇到失败就垂头丧气的人。他并没有对尼赫鲁的反应感到失望，相反，他庆幸自己提早让尼赫鲁了解了计划的内容，并且着手开始对危害进行修补。让这位副王感到幸运的是，他与尼赫鲁的友谊并没有因为这场风波而瓦解。在蒙巴顿的请求下，尼赫鲁答应多留下一个晚上，这使蒙巴顿有时间做出调整，起草出一份经过修改并且让国大党有可能接受的新计划。新计划被迫对令尼赫鲁感到不快的部分进行修补，它留给印度土邦王公们的选择只剩下两个——要么加入印度，要么加入巴基斯坦。

孟加拉的独立之梦不可行了。但是，蒙巴顿依然坚信真纳的双头国不会有持续生存的可能。在以后的时间里，他向自己的继任者拉贾戈帕拉查理（C. R. Rajagopalachari）预言，东孟加拉必将在二十五年内脱离巴基斯坦。1971年的孟加拉战争会证明，他预言要发生的事情仅仅与现实相差了一年的时间。

为了重新起草计划，蒙巴顿将他的副王政权中职位最高的印度人召入自己的书房。极其讽刺的是，在这样的生死关头，蒙巴顿召见的这位印度人甚至连标榜为行政精英的印度行政机构成员都不是。在这位印度人的办公室墙壁上，既没有牛津也没有剑桥的学位证书。他在仕途上的升迁也没有任何家庭背景可以依赖。在副王府的精英环境中，梅农（V. P. Menon）俨然是一位与众不同的怪才，他的成功依靠的完全是他自己的才干。

梅农的父母共生下十二个孩子，他作为家中的长子在十三岁时就中断学业并连续不断地四处做工，他先后做过建筑工人、煤矿工人、工厂工人，还在印度南方铁路的火车上烧过锅炉，此外，他还做过棉花经理人和学校教师，但是都没能成功。最后，他通过自学学会用两个手指打字，于是，经过自我推荐获准进入西姆拉的印度当地政府做一名职员，那一年是1929年。①

接下来发生的可能就是这个当地政府历史上最快的升职"事件"了。到1947年时，梅农已经是最高级的副王幕僚成员之一，他在这个职位上很快就赢得蒙巴顿的信任，后来更是让蒙巴顿喜爱有加。

蒙巴顿对梅农说，他在当晚前必须重新起草好让印度获得独立的宪

---

① 当去往西姆拉的梅农到达德里时，他发现身上所有的钱都被偷光了。绝望之下，他找到一位尊贵的上了年纪的锡克人，向他解释了自己的窘境并提出借取十五卢比好让他凑齐到西姆拉的路费。那位锡克人把钱给了他。但当梅农索要他的地址以便将来寄还时，老人对他说："不用了，你在有生之年能够用同样数目的钱去资助那些向你请求帮助的诚实人就行。"在梅农去世前六个星期，他的女儿回忆说，一位乞丐来到他们在班加罗尔的家中。梅农让女儿取过自己的钱包，他从钱包里拿出十五卢比送给这位乞丐。他终其一生都在偿还着这笔欠债。

章。分治作为内容中最基本的要素必须保留，同时还必须竭尽全力让印度人自己来承担通过选举决定各省归属的责任。

梅农按照蒙巴顿的指示完成了任务。他在从午饭到晚饭的这段时间里创造出一个壮举。这位依靠两指打字开始其职业生涯的人坐在能够远眺喜马拉雅山脉的办公室中，用了仅仅不到六个小时就起草完了这个计划，它将对整个印度次大陆的政治结构重新进行布局，世界地图也将因为它而发生重大的修改。

*

马努患了阑尾炎，瘦弱的身体在叔祖父为她盖上的毛毯下瑟瑟发抖。她由于发烧而两眼无神。为了减轻腹部的疼痛，她的身体本能地像胎儿一样蜷缩着。着急而又无语的甘地在她身边来回走动着。

他的信仰又一次在受到挑战。甘地对自然疗法秉持根深蒂固的信任。他对现代医药嗤之以鼻，认为现代医药只重人的身体而忽视人的精神，在人需要的是克制和自律时却施以药物，并且，它过于与金钱挂钩也让甘地痛加挞伐。他认为，在印度的大地上，到处是神灵早就放置好的天然药草，它们能够治愈印度民族的各种疾病。对于甘地来说，自然疗法是他非暴力哲学的延伸。正是基于这个原因，甘地硬是没有让在阿迦汗宫奄奄一息的妻子接受皮下注射的痛苦。

当马努刚开始喊痛时，甘地按照自然疗法的要义为她开出的处方是：泥敷、控制饮食和灌肠。

马努的病情恶化了。此时距她病发已经过去了三十六个小时，危险已经迫在眉睫。尽管甘地信奉自然疗法，但对医学他还是做过认真研究的。他非常清楚自己的侄孙女患的是什么病。

与在诺阿卡利时一样，马努对甘地的信赖是毫无保留的。她将自己完全交给他，随时会去做他想要的任何事。甘地陷入了极大的痛苦。他的自然疗法失败了。对他来说，马努的病痛不除就是它失败的表现，这说明只停留在精神方面的自然疗法并不完美。但是，正如他在过后所说的，他

"没有勇气让这个对我以性命相托的女孩子就这样死去"。他泄了气,承认了自己的失败。"带着最大限度的不情愿",这个当初眼看妻子死去也不让她打针的人决定,就让自己垂死的侄孙女遭受一次医生手术刀的摧残吧。就这样,马努被紧急送到医院接受阑尾切除手术。

在她接受麻醉后,甘地温柔地将自己的手放在她的额头上。"相信罗摩那摩,"他对她说,"一切会好起来的。"

几个小时过后,马努的一位医生吃惊地看到甘地面容憔悴的样子,便把他拉到一边。"快休息,"他乞求圣雄,希望他放松身上的压力,"此时的人民比任何时候都更需要你。"

甘地用忧郁的眼神看着他。"人民和那些掌权的人都用不着我了,"甘地难过地回答说,"我唯一的愿望就是在工作中死去,用最后一丝气息传达神灵的旨意。"

7
宫殿和猛虎，大象和珍宝

新德里，1947年5月

包着头巾的仆人一言不发地在敬畏中走向自己身材健硕的主人。屋子十分宽大，他手托银盘，光脚走在长长的铺着各种兽皮的通道上，这些兽皮有的是老虎的，也有的是豹子和羚羊的。他要拿到主人床边的银盘是为纪念当年的储君威尔士亲王访问印度而于1921年从伦敦订制的。托盘上放着一把镀金的茶壶，屋里弥漫着的美妙芳香正是泡在壶里的各种物质释放出来的，这些预先混合好的东西与一并食用的饼干一样，每月两次，由福南梅森公司从伦敦空运而至。在卧室的墙壁上，以及被阴影遮住的角落里，放着被复原的动物头颅和许许多多的银制奖杯，它们是这个屋内的主人依靠手中的来复枪、马球杆或是板球板以及所有需要绅士技巧挥动的东西赢回来的。

仆人将银盘放在床边的桌子上，然后向主人深鞠一躬。主人是一位锡克人，他用一个丝网将自己的黑胡须牢牢卷起，胡子从他的睡脸下盘过，看起来就像黑木头做成的衣领。

"床上茶。"仆人谄媚地柔声说道。

躺在仆人面前的主人身长足有六英尺四英寸，他在床上长长地伸展了一下肢体，那动作竟与老虎有些神似。他起身下地，另一名仆人从房间另外一端的昏暗中走出，把一件绸袍搭在他浑厚的双肩上。赶走两眼里的睡意，这位印度帕蒂亚拉（Patiala）公国的第八代大君，最至高无上的亚达凡德拉·辛格（Yadavindrah Singh），目光炯炯地又迎来新的一天。

亚达凡德拉·辛格主持着一个世界上最引人注目的集团，这个集团堪称前无古人，后无来者。它的名字是印度王公院（Chamber of Indian Princes），而他则是该院的主席。这个五月的早晨，正好距广岛原子弹爆炸和让全世界的基础为之动摇的"二战"结束差不多两年，印度1/3的国土和1/4的人口仍处在总共565位各种土邦王公或是酋长的统治下，他们世代相袭，拥有绝对的君权，并且所有人都是印度王公院的成员。他们的存在，反映出在英国人治下两个印度的存在，一个是以各省为单位组成的由德里中央政府统一管辖的印度，另一个则是被一个个划地而治的土邦王公瓜分掉的印度。

这种王公统治格局落后于时代的发展，其背景是从英国对印度无意之间的占领开始的。当时，无论对英国人持欢迎态度还是与之为敌的当地统治者们都得到英国人的承诺，即只要承认英国的霸主地位就可以保留自己的王位。各统治者分别与英国王室签署了一系列条约，从而形成了现有的体系。王公们认可位于德里的英国副王所代表的英王"霸主地位"，同时交出自己的外交和防卫权。作为回报，他们得到英王的保证，继续在自己的土邦内实行自治。

有些公国，如海得拉巴的尼扎姆和克什米尔王公所统治的公国，其面积和人口堪与西欧诸国相比。也有像孟买附近卡提阿瓦半岛上那样的一些小土邦，领地面积甚至还没有伦敦的里士满公园大，其君主和臣民们就如同生活在赛马场里一样。在他们的兄弟会中，既有富可敌国的世界首富，也有整块领地比一个奶牛场好不到哪里去的穷光蛋。共有超过400个公国的面积低于20平方英里。有许多王公善待自己的臣民，在许多方面做得比英国人直接管辖的区域要好。但也有相当一部分是暴君，从来没想过善待人民，而是一心盘算搜刮民脂民膏来满足自己的穷奢极欲。

无论这些王公统治者们所持的政治立场是什么，他们的未来，连同他们人均的11个头衔、5.8个老婆、12.6个子女、9.2头大象、2.8列私人专列、3.4辆劳斯莱斯轿车和被杀掉的22.9只老虎，在1947年的春天，都成为必须要解决的严峻难题。他们的特殊情况一日不能妥善处理好，印度就一日不会太平。

对于甘地、尼赫鲁和国大党来说，答案很明确。王公统治必须终结，他们的领地必须全部并入独立后的印度。但亚达凡德拉·辛格和其他像他一样的人对这个方案是不接受的。他的帕蒂亚拉公国地处旁遮普的心脏地带，是印度最富有的公国之一，同时，他还有一支相当于一个步兵师的军队，配备有百夫长坦克，为了维护自己的领地随时不惜一战。

这位印度王公院的主席呷了一口茶，心里感到一阵担忧和紧张。在这个五月的早晨，他的心里装着一件印度副王全然不知的事情。他知道，此刻，远在旁遮普邦以外6000英里的伦敦，有一个人正在不顾一切地做着请愿，他和其他土邦王公们是否可以躲过尼赫鲁和他在国大党内的社会主义者们为自己布下的罗网全要看此人的表现了。

*

这个正在拼命请愿的人并不是什么王公显贵，而是一名英国人。他来到伦敦既没有向副王报告，更未获得批准。康拉德·科菲尔德（Conrad Corfield）爵士是一位传教士的儿子，他代表着统治印度的英国人中既强有力但又十分虚弱的一派势力。科菲尔德大半生的时间都是在印度的公国里任职，在他的眼里，这些公国就代表了整个印度。他认为对印度有益的事情实际上是对印度各个公国有益的事情。他像土邦王公们一样，对尼赫鲁和国大党恨之入骨。

科菲尔德在1947年5月任副王政治秘书之职，负责协助副王行使各邦国上交给英王的权力。蒙巴顿自从到达德里后一直将精力集中在寻找让国大党和穆斯林联盟达成和解的方案上，无暇顾及解决科菲尔德和印度土邦王公们的问题。但科菲尔德对此并不理会。他对自己的上司与尼赫鲁之间越来越深厚的友谊深感不安，于是飞往伦敦去为他的王公们求取要比蒙巴顿会给出的待遇好得多的条件。科菲尔德来到的房间是专门为印度王公们所设的。这间八边形的印度事务大臣办公室自从约翰·莫利（John Morley）时代就被称为"镀金笼子"，大臣办公桌对面有两个一模一样的门。这样一来，同等爵位的两位王公就可以在同一时间一同进入大臣办公室，而不会发生有失脸面或尊严的情况。

科菲尔德在这间办公室的主人利斯托韦尔伯爵面前慷慨陈词。印度的土邦王公们已将他们的权力交给并只交给了英国王室，他辩论说。印度独立之日正应该是英国王室归还权力之时。接下来应由他们自己来自由决定与印度或巴基斯坦的关系，而且，如果他们愿意，且条件许可的话，也可以成立独立的国家。如果连这一点都做不到，那将是对英国与这些公国之间所签订条约的践踏。

科菲尔德的理解从严格的法律意义上说是正确的。然而，它所引发的结局将令人不敢想象。如果科菲尔德在激昂陈情中的要求得以实现，独立的印度终将成为第二个巴尔干，就连在西姆拉的尼赫鲁也无法想象今后的惨况。

*

拉迪亚德·吉卜林曾认为印度土邦王公诸侯的由来实为天意，目的是给人类制造一个由大理石宫殿、老虎、大象和珍宝组成的奇观。强大抑或没落，富贵抑或贫乏，他们都是一群非凡的人物，演绎了眼看就要灭亡的印度在历史上的种种传奇。他们的故事，无论是关于恶习还是美德、荒淫还是奢靡、愚昧还是古怪，都极大地丰富了民间的传说，为渴望探寻异国梦想的世界增添了色彩。他们的时代即将结束，而当印度土邦王公们退出历史舞台后，这个世界的奇闻趣事无疑会减少很多。

有关印度土邦王公们的传奇实际上只是发生在他们当中少部分人身上的事情，这些人是那些既有财富和时间又有兴致的统治者，因此他们可以为所欲为，什么荒诞不经的事情都做得出来。穷奢极欲的共性让他们走到一起，一旦有感兴趣的东西就会拿出常人无法想象的劲头去追逐。捕猎、汽车、运动、宫殿和妻妾都是他们追逐的内容，但土邦王公们更多的时候还是把珍宝当作自己最要好的朋友。

巴罗达的王公痴迷于黄金和贵重的石头。他穿的朝服是由金线制成的，在他的公国里，除了他家，任何人都禁止织这样的金线。他的家庭成员全都把指甲留得长长的，然后再剪成像梳齿一样的形状，这样就可以将金线拉得笔直。

他收藏历史上有名的钻石，其中包括南方之星、世界上第七大的钻石和拿破仑三世送给皇后欧仁妮的钻石。他的珍宝箱里面最贵重的东西便是完全用珍珠制作的挂毯，上面还有用红宝石和翡翠拼成的华美图案。

婆罗多布尔王公的收藏更是令人惊叹不已。他的主要收藏都是象牙制品。每一件制品都是一个家庭耗时数年才完成的。他们在对象牙进行剥离时需要付出超凡的精细劳动。格布尔特拉的锡克王公头巾里镶着的是一颗世界上最大的黄玉，它闪闪发亮，就像一只大大的眼睛，并且处在 3000 枚密密麻麻的钻石和珍珠中间。斋浦尔王公的巨大财富埋在了拉贾斯坦省的山边，这里守卫着一代又一代勇猛善战的拉其普特部落族人。每位王公一生中只可以到这里来一次，为的是挑选用于装饰自己王冠的宝石。在所有这些奇珍异宝中，有一条由三层红宝石和三块大翡翠组成的项链，每颗宝石都有鸽子蛋般大小，最大的一块翡翠重达 90 克拉[①]。

帕蒂亚拉的锡克大君有一条珍珠项链，他为这条项链特意花了 100 万美元在劳埃德公司购买保险。然而，他最值钱的宝贝其实是一副钻石胸甲，闪闪发光的胸甲表面镶缀着 1001 对排列工整的白蓝钻石。在进入 20 世纪以前，帕蒂亚拉大君一直保持着一项传统，那就是每年都有一次赤身裸体地站在臣民面前，在向人们展示钻石胸甲之余，还要大家欣赏他那充分勃起并且引以为荣的性器。他的表演被说成是湿婆神的显灵，象征着对湿婆神生殖器的崇拜。这位大君一边行走，一边得到臣民们热烈的掌声，人群不断对大君那非同一般的生殖器发出赞叹，人人都相信它能发出巨大的能量，从而将邪恶的精灵赶离他们的土地。

---

① 1 克拉 = 0.2 克。

早期的一位迈索尔王公听一位来自中国的智者说，碎钻是世界上最有效的刺激性欲的春药。这个不幸的发现让公国里的数百颗宝石成为王公石磨下的粉末。于是，服下这些粉末的舞女们在无意中成为受益者，她们骑着大象在宴席上穿行，大象的象牙上点缀着红宝石，耳朵上戴的耳环则是用王公手里幸存下来的钻石制作而成的。

巴罗达王公骑乘大象出行更加排场。他的坐骑已经是百岁高龄，两颗硕大无比的象牙在大小二十次战斗中刺穿过同样数量的对手的身体。它身上的所有饰物都是金子做的：供王公骑坐的象舆、象甲以及覆盖在象背上的巨大鞍布。它巨大的耳朵上还垂落着十条挂坠一样的金链。每条金链价值两万五千英镑，分别代表着它获胜的每一场战斗。

不管是在传说中还是在事实上，大象曾是世世代代土邦王公们最喜爱的交通运输工具。它们是宇宙秩序的象征，是由万物之王罗摩的手变成的，它们在印度的神话中是宇宙的支柱，承载着天空和云彩。迈索尔王每年都要有一次对着象群中最大的公象进行膜拜，以此求得自然神力的保佑。

从一名土邦王公所养大象的数量、年龄和体形大小就可以看出他的地位等级。自从汉尼拔越过阿尔卑斯山以后，全世界就再没有比在迈索尔一年一度的印度教节日上数量更多的大象了。足足有一千头大象行走在城中的大街小巷上，它们身披用鲜花织成的精美花毯，前额上镶缀着宝石和黄金。最雄健的公象也最为风光，因为王公的宝座是由它载负的。王公的宝座用大量黄金制成，上面覆盖着织金的天鹅绒，它的上方是一个象征王权威严的华盖。在这头大象的身后跟着另外两头大象，它们的装扮同样华丽，背上各背着一个空的象轿。他们所到之处，沿途的人群都会报以尊敬的肃穆。那两个空象轿据说载的是王公先辈们的灵魂。

在巴罗达，斗象成为土邦王公们在一起嬉戏时最有趣的节目。大象间的打斗场面摄人心魄。前半部分与斗牛相似，即先由人用长矛刺入两头公象的长鼻将大象激怒，然后再把它们同时放到一片空地上。两个体形巨大的家伙将脚下的土地跺得地动山摇，它们发出的骇人的吼叫声在天空中久久回荡，一场恶斗最终以其中一头大象被杀死而告结束。

印度东部丹卡纳尔公国的王公每年都要邀请数千名宾客前来观看大象表演，场面虽然不血腥，但同样令人难以忘怀：他从自己的象群中精挑细选出两头，让它们在公众面前进行交配。

在 20 世纪即将到来前，瓜廖尔王公决定要在自己的宫殿里装一盏枝形的吊灯，其大小要刚好超过白金汉宫中那盏最大的吊灯的尺寸。然而，当他在威尼斯下订之后，有人提醒他说，他宫殿的屋顶可能承受不住吊灯的巨大重量。为了解决这个问题，他用一种特殊的支架把自己最重的一头大象吊到屋顶上。屋顶在受到如此大的重力后竟然完好无恙，于是这位王公宣布，事实证明他的说法没有问题，宫殿的屋顶完全禁得住新吊灯的重量。

汽车的来临不可避免地让王家的大象沦为仅具象征意义的仪式道具。1892 年，帕蒂亚拉大君购买的一辆法国产德迪昂布通汽车成为印度进口的第一辆汽车。后人为了纪念它而给了它一个特殊的车牌号——"0"。海得拉巴的尼扎姆是一个出了名的会算计之人，从他收集汽车的技巧上看就知道他绝非浪得虚名。只要王家成员们在帝都内看上哪辆汽车，他就会传话给车主人，说伟大的陛下很高兴臣民把这辆汽车作为礼物送给自己。到 1947 年时，这位尼扎姆的车库里早已车满为患，至少有好几百辆车他连用都没有用过。

最为印度土邦王公们所心仪的汽车自然要数劳斯莱斯了。他们从英国进口的这种车包括所有的款式和大小，从大型豪华轿车、跑车、旅行车到甚至是卡车，不一而足。帕蒂亚拉大君的那辆迪昂车最终在他后来买的二十七辆机械大象——劳斯莱斯面前相形见绌。印度最具情调的劳斯莱斯当数婆罗多布尔王公的那辆镀银敞篷车。有谣言说这种车的银色车身能释放出神秘而又激发情欲的气息，王公最慷慨的举动莫过于将这辆车借给新婚燕尔的其他王族成员了。婆罗多布尔还订购了一辆专门用于打猎的客货两用劳斯莱斯汽车。1921 年的某天，他邀请威尔士亲王和他的副官路易斯·蒙巴顿勋爵一同坐上这辆车去打雄鹿。"这辆车，"未来的印度副王在当晚的日记中写道，"在空旷的原野上奔驰，全然不顾地势的坑洼不平，一会儿压过大坑，一会儿碾上石头，就像在大海里的船一样颠簸和起伏不定。"

然而，印度王公最为与众不同的汽车却是一辆兰开斯特（Lancaster），这辆车的风格来自它的主人阿尔瓦王公的古怪设计。车身内外完全都是镀金，方向盘上包着一圈经过雕刻的象牙，司机坐的是由织金的锦缎做成的垫子。司机背后的车身设计完全是在仿照历代英王登基加冕时的座驾，效果几可乱真。这辆车的发动机在机械方面有着神奇的表现，如此重的车身在它的推动下仍能跑出每小时70英里的速度。

印度土邦王公们对公国的所有收入和赋税都可以任意支配，因此，他们有能力满足自己各种荒诞不经的想法甚至是怪癖。

瓜廖尔王公统治着印度治理最好的公国之一，他最热衷的东西就是电动火车。任何一个年轻人，无论做的梦有多么神奇和狂野，也变不出比这位王公所拥有的更好的火车来。他在宫殿的宴会大厅中央摆放着一张巨大的铁桌子，桌面上固定着一条长250英尺的银制轨道。宫殿的墙壁里都有特殊的隧道，使这条轨道可以通往王公的厨房。王公安排他的客人们围绕着这张桌子坐下，他本人则坐在众人之首，操作着一个上面布满各种扳道杆、加速器、开关和警告信号的大型控制台。火车就是在这些东西的控制下把载着的食物送到客人们面前。王公通过对控制台的操控，就可以在客人之间传递蔬菜，让土豆在宴会厅内不停来回穿梭，还可以为某位饿坏了的客人紧急送上一份直达他面前的食物。此外，他只要轻轻动一下开关，运送甜食的火车就会加速驶过某位客人的空盘子，从而剥夺这位客人吃甜食的权利。

一天晚上，在一场为纪念副王而举行的正式宴会上，这位王公的控制台意外发生了短路。顿时，电动火车不受控制地四下疯跑起来，其他王公们还没有从惊慌中缓过神来，它已经从宴会厅的一端跑到另一端，车上载着的各种汤水、烤牛肉和青豆泥等食物四处飞溅，把客人们全身上下弄得一塌糊涂。这次事件成了铁路史上闻所未闻的一场灾难。

居那加德是孟买北部的一个小公国，它的王公对狗情有独钟。他让宠物们住在装有电话和电灯的公寓里，甚至还为它们安排了仆人，这样的居住条件显然比他数量本就不多的臣民们还要舒适和优越得多。更有甚者，他专门辟出一块给狗的墓地，不仅为它们修建大理石陵墓，还要用肖邦的葬礼进行曲为每条死去的狗举行葬礼。

他要为自己最喜爱的母狗罗莎娜和一条名叫鲍比的拉布拉多公犬举行一场异常盛大的"婚礼"，为此专门邀请了全印度所有的土邦王公和各界名流及达官显要，其中还包括印度副王。但让他扫兴的是，副王谢绝了他的邀请。尽管如此，婚礼的场面丝毫未受影响，婚庆队伍在王公护卫和佩戴全副王家标志的大象开道下，浩浩荡荡地出发了，沿途的围观民众数量达到15万之多。游行结束后，王公举行了一场奢华的庆典婚宴，随后，一对"新狗"被带入装饰精美的婚房中。整个婚礼让这位拥有62万贫困臣民的王公破费了6万英镑，而这笔钱相当于他们当中的1.2万人整整一年的基本生活开销。

大公国的王公们都把宫殿建得非常气派，如果只从规模和富丽上看，它们都与泰姬陵不相上下，而泰姬陵则胜在气质和品位的超凡脱俗上。迈索尔的宫殿拥有600个房间，其规模就连副王府也比不上。这600个房间中有20间专门用来存放三代王公在丛林中所猎杀的动物遗体，包括老虎、豹子、大象和野牛。到了晚上，数千盏灯一起点亮，宫殿屋顶和窗户的轮廓若隐若现，整个宫殿看起来就像是一艘盛装打扮后准备赴宴的巨船，但却意外地被陆地包围在印度的腹部而动弹不得。斋浦尔的风宫由大理石修建而成，其中一面墙共有953扇窗户，全部采用的是手工打制的大理石窗框。透过薄薄的雾气，乌代布尔的白色大理石宫殿如幽灵般从波光粼粼的湖面下突兀而起。

格布尔特拉的大公在访问完巴黎的凡尔赛宫后便认为自己是路易十四的转世之身，于是决定要在自己的小公国里重塑太阳王的荣耀。他从法国请来大批的建筑师和装饰设计师，在喜马拉雅山脚下复制了一个凡尔赛宫。他在宫殿里到处摆放塞夫勒产的花瓶、哥白林产的挂毯以及法国古董，不但宣布在朝殿上要讲法语，而且按照太阳王的家臣形象要求包着头巾的锡克仆人佩戴假发，并且穿上马甲、灯笼短裤和银色鞋扣的拖鞋。

一些宫殿内的王座异常复杂和奢侈，让任何其他人类座椅望尘莫及。迈索尔的王座用的黄金足有1吨重，王座前的九级台阶也全部是金制的，象征着护持神毗湿奴追求真理所走的九步。奥里萨王公的王座是一张巨大的睡床。他从伦敦一位古董商手里购得此床后，又在上面镶嵌了一定数量的珠宝。它的特别之处就在于，它是维多利亚女王婚床的最完美的复制版。

兰布尔纳瓦布的王座位于一个天主教堂般大小的大厅里。它坐落在一个基座上，基座四周全部是象征赤裸女性的白色大理石柱子。他设计王座的灵感同样来自太阳王。在织金的坐垫上挖一个洞，下面直接放一只夜壶。这样一来，这位统治者就可以随时方便而不至于耽误处理国务了。

作为宫殿的继承者，这些游手好闲的绅士们往往感觉时光多得难以消磨。为了打发无聊，他们痴迷于两种消遣活动：性和运动。所有统治者都过着妻妾成群的生活，一名王公混迹于舞女和妓女中，猎艳并把其中一些人据为己有是常有的事情。

通常，公国内的丛林同样是王公的私属物。丛林中的动物，尤其是老虎，是严禁他人猎杀的，1947年时，印度老虎的数量在20000只左右。婆罗多布尔王公8岁打死第一只老虎。在35岁时，他亲手猎杀的老虎皮缝在一起，可以把宫殿接待厅的地板完全铺满。他还在自己的领地上创下一项打野鸭的纪录，在为纪念副王哈丁勋爵的一次狩猎中，他在三个小时内总共射杀了4482只鸭子。瓜廖尔的王公一生中共猎杀掉超过1400只老虎，他曾经专门为为数很少同时也是特定的读者们写过一本书，书名叫《猎虎指南》。

锡克教徒布平德尔·辛格（Bhupinder Singh）爵士在他那个时代是同时精通上述两个领域的大师，他是帕蒂亚拉的第七代大君，亦是前文中所说的那位王公院主席的父亲。事实上，在两次世界大战之间，布平德尔爵士就是印度所有王公的化身。他身高6英尺4英寸，体重300磅，双唇很厚，两眼放射着傲慢的目光，直立的黑胡子硬邦邦的，简直像是针丛，长长的须发被小心翼翼地盘成卷状，这样的形象让他看上去像是从某幅莫卧儿象牙细密画上突然跑到20世纪里来的人物。

他的胃口非常大，在劳累一天后能吃下足足二十磅的食物，而在茶点中吃掉几只鸡更是轻而易举的事情。他酷爱打马球，常常一马当先出现在全世界的马球场上，获得的奖杯放了满满一个房间。为了不断保持成绩，他在自己的马场里养着五百匹全世界最好的小马驹。

当他还是一名少年时，布平德尔·辛格就在王公们的另一大嗜好方面表现出过人的天赋，那就是性。成年后，他对后宫生活的激情最终超过了他对马球和打猎的兴趣。他不断增加妻妾人数，他在挑选新人时非常专业，而且亲自进行监督，从外貌到性技巧有着各种各样的要求。在他后宫里的女人一度达到三百五十人之多。

当旁遮普的灼热夏季来临时，布平德尔一到晚上就把后宫转移到他的游泳池边。他让二十名仙女般的女子袒露胸部，彼此相隔一段距离围站在池边。游泳池里的水面上漂浮着大块的冰块，给闷热的空气带来阵阵清凉，王公在水里随意游动着，不时来到池边，要么把玩一番女人的乳房，要么呷一口威士忌。布平德尔住所的墙上和天花板上到处是印度举世闻名的性庙里的雕塑，表现的全部是最千奇百怪的性交姿势和赤裸的人体。他在房间的一角放着一张丝绸吊床，这样他就可以躺在床上研究和模仿天花板上那些极其复杂的做爱方法而不必担心把自己摔坏。

为了满足自己在这方面贪得无厌的嗜好，这位富有想象力的王公设计出一个方案，他要在自己趣味发生改变的同时也改造他的妻妾们。为此，布平德尔爵士让一群香水商、珠宝商、理发师、美容师和服装师进入后宫。他甚至还有一队来自法国、英国和印度的整容医生在随时待命，以便在需要时按照他的意愿改变他所喜欢的人的容貌，有时，他的参考对象竟然是伦敦的时尚杂志。为了寻求更大的刺激，他甚至把后宫的一部分改建成一个实验室，用试管和量杯试验出一种能够挑动情欲的物质，兼具香水、化妆品、润肤露和春药的功能。

所有这些经过提炼而产生的物质，其最终作用不过是帮助这位东方伊甸园内的王公掩饰其极度疲弱的身体状态。没有人能够满足深居后宫那

350名经过严格训练而且性欲旺盛的女子的需求，即便是如布平德尔爵士般强壮过人的锡克人。于是，他不可避免地要求助于药物。他的印度医生研制出许多味道不错的药物，其成分包括金粉、珍珠、香料、银、草药和铁。有一段时间，最有效的药剂竟然是把捣碎的胡萝卜和麻雀脑髓放在一起搅拌而成的混合物。

当药物的作用开始减弱时，布平德尔爵士从法国招来一批专家，他想当然地认为这些人在提高性能力方面会有一些特别的办法。但不幸的是，即便他们用镭来为他治疗，其效果也非常短暂，这是因为，他们与之前来的人一样，对王公所患的真正疾病束手无策。让这位筋疲力尽的王公备受折磨的并不是性能力的不足。他患上的是和其他为数不少的统治者们一样的病，那就是空虚。空虚最终要了他的命。

在沉迷于神灵的印度，总会有各种神话和民间传说把某些王公说成是下凡的神仙。迈索尔的王公家族说自己的祖先来自月亮。每年一到秋分时节，王公就成了臣民眼中的活神仙。他一连九天把自己关在宫殿内的一间黑屋里，不洗澡也不刮胡子，就像喜马拉雅山洞穴中的苦行僧一样。在这几天当中，他以神灵附上自己的身体为由，不许人们接触和看到自己。到第九天时，他重新出现在人们面前。一头身披金挂毯、额佩戴翡翠盾徽的大象早已等候在宫殿的门口，然后载着他，在骑着骆驼和骏马的持枪卫兵的拱卫下，来到一个似乎与神灵不相干的地方——迈索尔的赛马场。在那里，趁着大批的臣民还没有涌到现场，口中念念有词的婆罗门牧师们为他洗浴和剃须剪发，并献上早已为他准备好的餐食。黄昏时分，随着天光开始暗淡，有人把一匹黑玉般的骏马牵到他的面前。就在他翻身上马的一瞬间，马场周围的数千把火炬同时点燃。在熊熊的火光中，王公策马在场地中环行，接受臣民们的掌声和欢呼声，绝大多数人都心怀感激，因为月亮之子重新回到他的人民中间，另一些人则更加现实，他们感谢的是统治者让他们欣赏到一场如此壮观的表演。

乌代布尔王公把自己的起源追溯到一个更加吓人的天体——太阳。他们是印度最古老的王族，统治公国的时间长达两千年，并且从未间断过。乌代布尔王公也与迈索尔王公一样，每年都要做一回活神仙。他有一艘与埃及艳后克莱奥帕特拉的座船颇有些神似的船，他站在这艘船的船头，横过鳄鱼密布的湖面，回到自己被湖水包围着的王宫，整个过程象征着胜利的回归。公国内的贵族们列队站在他身后的码头上，他们身穿白色的细布长袍，脸上表现出惶恐而又崇拜的表情。

与前者相比，位于恒河之滨的圣城贝拿勒斯的统治者所举行的仪式虽说不上壮观，但神圣感却一点也不少。按照传统，这片有神灵庇佑的土地上的王公每天一睁开眼睛，就必须要看到一个独一无二的情景：一头在印度教里象征永恒宇宙的神牛。每天黎明都有一头牛被牵到王公寝宫的窗前，紧接着，牵牛人对准它的肋骨一通猛击，于是，牛的叫声就把虔诚的王公从睡梦中惊醒。有一次，贝拿勒斯的王公前往兰浦尔的纳瓦布家做客，因为这位王公就寝的房间位于主人宫殿的二楼，这就让次日清晨要照例举行的仪式产生了麻烦。最后，还是纳瓦布想出一个绝妙的办法，使得客人的习惯没有被打破。他买来一辆吊车，每天早晨将一头牛绑在吊车的吊臂上，再由吊车把这头牛悬挂在贝拿勒斯王公房间的窗前。但可怜的牛却被这个从来不曾体验过的旅程吓坏了，它发出的叫声一声比一声凄厉，结果可想而知，醒来的不单是虔诚的贝拿勒斯王公，差不多整个宫殿的人都被它吵醒了。

所有的王公们，无论信神还是不信神，是印度教徒还是穆斯林，是富人还是穷人，是圣洁还是猥琐，他们都是二百年来英国人在统治印度的过程中所倚重的最牢固的基石。英国人正是通过摆弄与各公国之间的关系才实现了他们对印度"分而治之"的战略意图，同时也遭到世人的痛斥。就理论而言，英国人完全可以以行为失当为理由将某位王公赶下台。但在事实上，王公们无论做出什么伤天害理的事情都可以逃避惩罚，英国人甚至连杀人放火的行为也不加阻止——前提是他们始终效忠于英国。这样一来，就自然而然地形成了一批对英国感恩戴德但又通常是封闭落后的公国，它们分布在英国直辖区中间，是席卷直辖区的革命风暴所无法到达的飞地，为整个风雨飘摇的殖民地起到了锚定的作用。

土邦王公们的效忠是有具体表现的。1917年9月23日,在英国将军艾伦比指挥的巴勒斯坦战役中,焦特布尔王公率领自己的骑兵向土耳其人发起冲锋,一举攻克了海法。① 比卡内尔的骆驼军在两次世界大战中都曾出动帮英国作战,他们先后到达过中国、巴勒斯坦、埃及、法国,并且在缅甸听命于路易斯·蒙巴顿。瓜廖尔在1917年向被围困的英军派出过三个步兵营和一艘医疗船。所有派遣军队的给养、装备以及军饷全部由各王公自掏腰包,印度政府分文不出。斋浦尔的王公是一名救生队的少校,他在1943年领着自己的斋浦尔第一步兵团沿山坡冲上意大利的山地要塞蒙特卡西诺。本迪王公率领一个营在缅甸作战期间,获得了十字勋章。

英国人在感激之余也觉得自己对这些忠诚而又慷慨的附庸王公们有所亏欠,于是为他们颁发了许多荣誉以及他们最喜爱的小奖赏——镶有珠宝的饰物。在爱德华七世的加冕仪式上,瓜廖尔、库奇比哈尔和帕蒂亚拉的王公得到了以荣誉侍从身份在英王御驾之侧伴骑的殊荣。牛津大学和剑桥大学授予王公以及他们的子孙学位和荣誉头衔,并从中获取利益。最忠心于英王的王公们的财宝箱里无不点缀着闪闪发光的印度之星勋章或是印度帝国勋章。

宗主国对各个附庸王公们的敬意还是有所区别的,主要表现在奖励形式的细微差别上。一名王公接受的礼炮有多少响就直接和最终体现了他在王公中的地位等级。副王手里掌握着为嘉奖某位王公的特殊贡献而增放礼炮的决定权,同时,他还有权减少礼炮响数以示对某位王公的惩戒。一个公国的大小和人口多少并不是决定王公所享礼遇的唯一要素。对宗主国的忠心以及在捍卫宗主国时所付出的生命和财富是同样重要的指标。总共有五位王公得到了最高形式的21响礼炮待遇,他们分别是:海得拉巴、瓜廖尔、克什米尔、迈索尔和巴罗达。鸣放礼炮的次数再往下依次为19响、17响、15响、13响、11响和9响。多达425个小公国的王公、纳瓦

---

① 在另一个更为平和的场合,同样是这位王公参加了维多利亚女王在伦敦举行的七十五岁生辰庆典,他向西方社会展现了焦特布尔人喜欢的锥形马裤。当他来到庆典仪式上时却发现载着自己行李的船只在海上沉没了。为了免除尴尬,他不得不向一位伦敦裁缝泄露了天机,告诉他自己的裤子是如何缝制的。

布、君主或是大君根本享受不到礼炮的待遇。他们是一群被遗忘的印度诸侯，礼炮声从来不会为他们响起。

诸侯林立的印度也常常会因为取得一些实质性的成就而引人注意。受西方教育的王公往往比较开明，他们的臣民能够享受到一些在英国直统区闻所未闻的权利和待遇。巴罗达早在进入 20 世纪前就废止了一夫多妻的制度，并向所有臣民提供免费教育。它的王公为贱民争取权利所做的斗争虽说不如甘地那样广为人知，但其热情程度却丝毫不比甘地逊色。他创建了让居者有其屋的制度，同时普及民众的教育，后来成为该公国民众运动领袖的比姆拉奥·安贝德卡（Bhimrad Ambedkar）博士正是依靠他本人的资助，完成了在纽约哥伦比亚大学的学业。比卡内尔王公将这个拉贾斯坦沙漠之国的许多地方改造成处处是臣民们取之不尽、用之不竭的人工湖和花木的天堂。博帕尔给了妇女与男子平等的对待，这里的妇女地位比印度其他地方都要高。迈索尔拥有全亚洲最好的理工大学，并且还兴修了许多水利大坝和工业设施。斋浦尔王公的祖上是历史上最伟大的天文学家之一，他将欧几里得的《几何学原理》翻译成梵语，并且在他的国都内建起一座世界一流的天文观测站。第二次世界大战以来，新一代统治者开始涌现，他们与父辈相比少了些虚浮与放纵，多了些对公国进行变革的意识和想法。帕蒂亚拉的第八代大君所做的第一件事就是关闭他的父亲布平德尔·辛格爵士的后宫。瓜廖尔王公移风易俗，不仅娶了一位公务员的漂亮女儿，更搬出了他父亲留下来的宏大宫殿。尽管像他们这样的明君在管理国家方面既尽心尽力又能力卓越，但不幸的是，在公众眼中，印度土邦王公诸侯的形象永远被少数人的骄奢淫逸所代表着。

对于印度的两个公国，以及它们各自享受 21 响礼炮荣誉的王公来说，康拉德·科菲尔德在伦敦提出的方案有着极其重要的意义。这两个公国同属内陆大国，王公所信仰的宗教与广大臣民刚好相反，并且，他们做的梦也都一样：将自己的公国变成一个完全独立的主权国家。

印度颇有一些性情行为古怪而又另类的王公诸侯，国家的勇士、时代的亚里士多德、尊贵的王国征服者、与阿西夫同样尊贵的、米尔·奥斯曼大君、最尊贵的统治者、王国的占有者、王国的管理者、军队的领袖、战争的胜利者、尊贵的殿下、英国政府最忠实的盟友、海得拉巴的尼扎姆七世,将以上所有头衔集于一身的这位人物被公认为是他们当中最匪夷所思的一位。作为一位虔诚而博学的穆斯林,他与一批穆斯林统治阶层统治着海得拉巴这个印度面积最大、人口最多的公国。他的公国地处印度次大陆的中央地带,印度教徒的人口数量达到2000万,而穆斯林人口仅有区区的300万。他本人是一位身体虚弱而矮小的老人,身高只有5英尺3英寸,体重不足90磅。他的牙齿因为长年累月咀嚼槟榔而变成像受过腐蚀一样的红褐色,并且呈蛇牙般的尖细状。由于终日生活在被朝臣毒害的恐惧中,他总要让随身带着的一名试食官与他分享近乎千篇一律的各种食物,从奶油、甜品、水果、槟榔一直到每晚要食用的鸦片。这位尼扎姆还是印度唯一享有"尊贵的殿下"称号的王公,那是英国人为感谢他在第一次世界大战期间捐献的2500万英镑而授予他的特殊荣誉。

在1947年时,他被誉为是全世界最富有的人,有关他的财富的传说多得不胜枚举,但流传更多的是关于他贪婪敛财的故事。他身上穿着一件皱巴巴的棉质睡衣,脚下趿着一双变了形的灰色拖鞋,这些都是他花了几个卢比就从当地市场上买回来的。他35年来一直戴着一顶脏兮兮、里面全都是头皮屑的毡帽。尽管他坐拥一百处豪华府邸,却只蹲在自己卧室的地垫上用一个锡盘吃饭。他吝啬到捡客人丢下的烟头来抽的地步。当在一些国务场合不得不在餐桌上放上香槟酒时,他就会亲自监督,确保自己好不情愿才拿出来的唯一一瓶香槟酒只在自己左右不超过三四个人之间饮用。1944年,当韦维尔准备前来进行副王巡访时,这位尼扎姆还给德里发电报,询问副王本人是否非要喝香槟不可,对此他的解释是,香槟的价格在战争期间实在太贵了。每到周日,副王在结束主日礼拜后就会前来造访。尼扎姆的手下人总是一成不变地为他和尼扎姆本人端来一个放着一杯茶、一块饼干和一支香烟的托盘。有一次,副王在未事先通知的情况下带来另一位非常尊贵的客人。尼扎姆叫过仆人耳语一番,这名仆人下去后又为那位客人端上来一个一模一样的托盘,上面也是一杯茶、一块饼干和一支香烟。

大多数公国每年都举行一个传统活动，贵族们将一块黄金象征性地献给王公，王公在触摸过这个金块后再把它还给原来的主人。而在海得拉巴，这个献黄金的过程可从不是象征性的。尼扎姆在接过黄金后随即把它扔进自己座椅旁的纸袋里。有一回，有一个人摔倒了，这位尼扎姆立刻也像狗一样趴在地上，手脚并用地和那个人一起追赶滚动的硬币。

事实上，这位尼扎姆的小气劲绝非一般人可比，他的医生从孟买赶来为他做放射心电图，却发现所带的机器无法启动。后来，这位医生总算找到了原因。原来，这位尼扎姆为了省电，竟然将宫殿的电流强度减弱：什么机器在这样的电流下都无法正常工作。

这位尼扎姆的卧室俨然就是一间贫民窟，里面的家具除了一张破破烂烂的床和桌子外就只有三把餐椅，好几个装得满满的烟灰缸和废纸篓每年在他生日那天才清理一次。他的办公室里到处堆放着一摞摞覆盖着厚厚灰尘的卷宗，天花板上满是蜘蛛网。

然而，在他王宫里的各个角落，充斥着多得数不清的财富。这位尼扎姆的一个办公桌抽屉里放着一颗用旧报纸包着的雅各布钻石，它的个头足有一个橙子大小，重量达到280克拉。而尼扎姆仅仅拿它做镇纸用。在植物多得再也种不下的花园里，几十辆卡车由于超载严重，车轴以下部分完全深陷到泥里，车上装着的货物全部是一块块的金锭。他所收藏的珠宝之丰，据说仅仅是珍珠的数量就多得可以把皮卡迪利广场上的人行道全部铺满，他把所有的珠宝像地窖里的煤一样堆积存放：蓝宝石、翡翠、红宝石、钻石，全部不加区分地混在一起堆成好多堆。他光是现金就有不止200万英镑——先令、卢比，全用旧报纸包起来，放在宫殿地下室或阁楼布满灰尘的各个角落里。可惜尼扎姆的这些钱放在那里却没有好下场，每年最少都要有几千镑让老鼠咬坏或是拖跑。

这位尼扎姆还拥有一支装备着重炮和飞机的庞大军队。事实上，他几乎具备了成为一个独立国家所必须具备的所有条件，只是少了两条——港口和人民的支持。

占绝对多数的印度教徒臣民对统治他们的穆斯林少数深恶痛绝。然而，这位吝啬而又精神有些轻微错乱的王公在展望自己和公国的未来时却毫不含糊。

"终于，"当康拉德·科菲尔德爵士将英国要在1948年6月前撤离印度的决定告诉他时，他大叫着从椅子上跳了起来，"我就要得到自由啦。"

在印度的另一端，同样的野心也在另一位势力强大的王公的胸膛里激荡着。克什米尔山谷是世界上最美丽的地方之一，统治它的克什米尔王公哈里·辛格是一位印度教的亚种姓婆罗门，他的400万臣民中绝大部分都是穆斯林。他的公国与喜马拉雅群山的山峰遥遥相对，就像高高屹立在世界屋脊之上的小阁楼一样，这个偏远、终年狂风怒吼的地方是拉达克、西藏和新疆的交会处，也是印度、未来的巴基斯坦、中国和阿富汗注定要彼此相会的地方。

哈里·辛格是一位虚弱、摇摆和拿不定主意的人，他把每年的时间分成两部分，冬季他在位于查谟的冬都享受丰盛大餐，夏季则来到湖泊密布、鸟语花香、有着东方威尼斯之称的夏都斯利那加。他在执政之初还设立了几个谨小慎微的改革目标，但很快就因为采取专制统治的需要而放弃了，为此，他在监狱里关满了他的政敌。这些人当中最新被关押的正是贾瓦哈拉尔·尼赫鲁。这位王公在尼赫鲁试图回到自己的出生之地时下令将他逮捕。并且，哈里·辛格同样拥有一支拱卫边防的军队，这为他宣布独立加上了一个极重的砝码。

8

被群星诅咒的一天

伦敦，1947年5月

这位正在赶往唐宁街10号的人本应该充满悔意，或至少是焦虑不安的，但此时的路易斯·蒙巴顿两种心情都没有。他按照艾德礼的要求飞回伦敦，首相要他当面解释在西姆拉发生的事情。他的幕僚长伊斯梅勋爵在机场上对他说，这个政府"已经急得发疯了。他们不但不知道你在做什么，而且也不确定你是否知道自己在做的事情"。

不过，蒙巴顿早就将一遭到尼赫鲁的激烈反对便责成梅农拟就的新计划放在自己的公文包中。他深信自己掌握着解开印度困局的钥匙。在离开西姆拉之前，他已经得到尼赫鲁向他做出的保证，即国大党将接受他的这个新计划。蒙巴顿想到的绝不是"推卸责任"，他的用意很明确，就是要用这份计划来取代之前的方案，并且，他还要对艾德礼和他的政府说"他们真应该为自己的这个直觉感到庆幸"。

蒙巴顿一边微笑着一边潇洒地从车上下来，他在此起彼伏闪耀的镁光灯下走进唐宁街10号，六个月前，他正是在这里接到他的可怕任务的。

在一起等候他的人有艾德礼、斯塔福德·克里普斯爵士和工党政府中与印度事务有关的其他一些要员。众人对蒙巴顿的寒暄热情而不失矜持。蒙巴顿坦然落座后立刻切入正题。"我没有向他们说任何道歉的话，"

他在事后回忆说，"也没有做任何解释。因为我对自己有着完全、绝对甚至是可怕的信心，这绝非自夸，我已经成为一切事务的主宰，而他们只能按照我说的话去做。"

对发给德里的原稿所做的改动，按照他的话来说，是他相信直觉的结果，并且相关内容也让尼赫鲁亲眼看过了。这样一来，反而可以从中看到国大党的一些原则底线，避免了方案一旦正式提交会遇到的灾难性后果。他们的底线要求如今在新方案中已经得到满足，因此一定能够被所有人接受。情况还不止于此，他对艾德礼说，现在是时候揭开另一件事情的谜底了。

他已经能够兑现在离开伦敦前向英王所做的承诺了。此时，他可以向艾德礼保证，独立后的印度和巴基斯坦仍将留在英联邦内，从而保持两国与英国间的良好关系。真纳始终坚持的是要在英联邦内保持巴基斯坦的独立，但对国大党而言，英国王室是所有英联邦成员国维系在一起的象征，因此很难接受继续与它保持联系。毕竟，他们多年来不懈努力，目的就是要摆脱以英王为象征的殖民统治。

蒙巴顿不厌其烦地给他们做工作，苦口婆心而又推心置腹地向他们强调英联邦的好处，并且指出，印度要想完善军队的建设和发展，只有留在英联邦内才能以租借的方式聘请到英国军官。他在西姆拉时收到瓦拉巴伊·帕特尔托人捎来的口信。这位精明的国大党领袖知道蒙巴顿急着要将政权移交给印度人，而他自己的心情又何尝不是如此。他向蒙巴顿建议采取一个简短的方式完成权力的明确交接：直接宣布印度和巴基斯坦为独立自治领，像加拿大一样仍保留在英联邦内。帕特尔指出，这样一来，所有相关各方就可以免去漫长的制宪和选举过程。如果蒙巴顿动作迅速，大大早于 1948 年 6 月 30 日完成权力交接，国大党出于感激，将不会切断随着自治领的产生而自动生效的与英联邦之间的关系。

蒙巴顿闻言顿时心花怒放。帕特尔的建议正是他在几个星期里秘密进行多方游说要得到的结果。他急切地要求梅农将这个意思写入重新起草的计划，然后把它上报给艾德礼。

解决目前局势的关键，他说，是速度。他将自己认为印度人能够接受的新的权力交接计划摆在众人面前。现在,任何延迟都将有可能置英国人于印度内战的乱局之中,这一点是他自打到印度后就一直在强调的。责任就在在座人们的肩上。他们能够以多快的速度促使议会通过实现这一计划的议案呢?

蒙巴顿在讲话过程中将自己的感染力和煽动力发挥得淋漓尽致。他结束发言的话音一落,"急得发疯"的艾德礼政府就已经打定主意要对他言听计从了。他们连一个标点符号都没改,原封不动地接受了蒙巴顿拟制的新计划。

"我的上帝,"老资格的伊斯梅不知目睹过多少回发生在唐宁街的激辩场景,他在与蒙巴顿一同离开会议室时不由得感慨道,"我在一生中看见过很多精彩的场面,但你今天的表现绝对是最棒的!"

床上斜躺着一个熟悉的身影,他的肩膀露在夹棉的晨衣外面,鼻梁上架着一副只镶半边镜框的眼镜,嘴里叼着雪茄——他一贯以来的招牌性动作,这是路易斯·蒙巴顿一生中随时能够回忆起来的情景。

蒙巴顿对丘吉尔的早期记忆还是在丘吉尔担任海军部长的时候,当时,这位年轻而激情四射的海军部长正在与时任第一海务大臣的蒙巴顿的父亲聊天。蒙巴顿的母亲曾经在不经意间把这位后来成为欧洲抵抗希特勒的标志性人物说成是一个"不可靠的家伙",原因是他犯下过在她眼里不可饶恕的罪过。这个罪过就是借书不还。

在慕尼黑事件发生后的几个月里,年轻的海军军官和这位呼吁重新武装英国而无人理睬的政治家结下友谊。后来,丘吉尔在联合行动中首次任命他担任主要指挥官,两人的关系从此更加密切。蒙巴顿一直是丘吉尔设在唐宁街 10 号的战争指挥部里的常客。[①]

---

① 事实上,蒙巴顿与报纸出版商麦克斯·比佛布鲁克一道于 1941 年 6 月 21 日应邀与丘吉尔共进午餐。首相在到来后向宾客们宣布:"我得到了一个振奋人心的消息。希特勒将于明天进攻俄国。我们花了一上午的时间在分析其中的意义。"

"我来告诉你将要发生的事情吧,"比佛布鲁克说,"他们会像砍瓜切菜一样把俄国人消灭掉。全部时间不会超过一个月或六个星期。""哦,"丘吉尔说道,"美国人认为时间会长些,比如说两个月,而我们的参谋们认为不会短于两个月。我个人则(转下页)

丘吉尔，蒙巴顿知道，是很喜欢自己的，但是，他在心里想："可惜他并没有真正看清自己。他以为我只会夸夸其谈，是一介武夫。但他绝不知道我的政治抱负是什么。"这位年轻的海军少将相信，假如丘吉尔在1945年连任成功，自己肯定会因为对东南亚未来局势的看法而被他毫不迟疑地换掉。

此时，他应艾德礼的请求前来找丘吉尔，希望这位老托利党人能够完成其政治生涯中一项最为艰难的任务。他要得到丘吉尔对这份计划的赞同，以便随时展开对丘吉尔所深爱着的帝国进行分解的工作。

"温斯顿，"艾德礼在请蒙巴顿去见丘吉尔时对他说，"掌握着英国的钥匙。我和我的政府都无法对他进行说服，但他喜欢你，他信任你。所以，你是有机会办到的。"

他们的交谈从一开始就陷入了困难。蒙巴顿知道，丘吉尔一贯认为让印度人自己管理自己是疯子的主意。"他的想法绝对出于发自内心的真诚。"蒙巴顿回忆说，但他同时相信，印度最坏的局面无非是去除原本高效并且廉洁的英国统治，代之以一大批"经验不足、只会夸夸其谈以及贪污腐败的印度人"。

在总结自己在印度所做的工作时，蒙巴顿始终把目光放在靠在床上

（接上页）觉得有可能是三个月，但俄国人垮掉后就轮到我们陷入孤立无援的境地了。"

众人一度忘记了蒙巴顿的存在，直到丘吉尔转过身来，用几乎道歉的语气说："哟，迪克，快给我们讲讲你在克里特的那场战斗吧。"

"这事早就过去了，"蒙巴顿回答说，"但请允许我发表一下关于俄国未来情况的观点好吗？"

丘吉尔虽然有点不乐意，但还是同意了。

"我不同意麦克斯的说法，我也不同意美国人和我们自己参谋的判断，老实说，我对您本人的看法也难以苟同，首相先生。我不认为俄国人会垮掉，他们也不会被德国人打败。希特勒的末日就此到来了。这将是这场战争的转折点。"

"好吧，那么迪克，"丘吉尔说，"你又凭什么得出与我们大家完全不同的结论呢？"

"首先，"蒙巴顿回答，"因为斯大林的大清洗已经将俄国内部的反对派消灭干净，纳粹不可能找到支持自己的势力。其次，这个理由说来让我很难过，毕竟我的家族曾经在那里统治过很长的时间，那就是，俄国的人民认为自己的命运与国家是休戚与共的。这回他们一定会起来战斗。他们知道，如果战争输掉，他们自己也必有所失。"

丘吉尔对他的话并不感冒。"好吧，迪克，"他说，"能听到像你这样的年轻而富有生气的人说出自己的想法的确非常好。不过我们还是拭目以待好了。"

用眼睛紧紧盯着自己的那颗大光头上。五十年来，丘吉尔对每一个旨在把印度引向独立之路的想法都在说"不"。他只要在这个最后的关头再说一次"不"，就将让蒙巴顿的所有希望遭受毁灭性的打击。丘吉尔凭借托利党在上议院的多数派优势，有权让有关印度独立的议案被拖延到两年后再讨论。

如果那样的情形出现的话，这位雄心勃勃的年轻海军少将知道，"将会是一场完完全全的灾难"。议会对他的计划的许可是能否立即授予自治领有关地位的关键。他的政府、他对印度的统治以及正处于强烈煎熬之中的印度次大陆，谁也承受不起这两年的拖延。

丘吉尔一边听着蒙巴顿的阐述，一边半闭着两眼，那神情就好像是超然的佛祖沉浸在自己的冥思中一样。印度的崩溃、混乱、内政无序，所有可能发生的可怕情况都无法让他的表情发生变化。

然而，蒙巴顿还从西姆拉带回来另一个能够让这位老政治领袖不得不为之动容的情况。那就是国大党有关如果能够立即生效则接受自治领地位的承诺。当他小心翼翼地描绘出与帝国最不相容的敌人同意留在英联邦内的动人图景时，丘吉尔的态度顿时有了很大的变化：他所深爱着的帝国或许正在慢慢死去，但至少这件事情多少让它有了保留下来的希望。他为之付出过浪漫青春的印度还可以有一些能够留下来的东西。更重要的是，丘吉尔真诚地相信印度未来的生存与发展离不开与英国的联系，目前的解决方式或许可以让这样的联系得以继续保持下去。

他怀疑地看着蒙巴顿。"你有什么书面的凭据吗？"他问道。蒙巴顿告诉他自己有一封尼赫鲁写来的信，但现在在艾德礼那里，信上说国大党同意，只要自治领地位能够马上授予就将接受目前的计划。

那他的老对手甘地的观点又是什么呢？

蒙巴顿承认，甘地的立场不太好琢磨，他的潜在破坏作用不容忽视。但有尼赫鲁和帕特尔在，蒙巴顿可以利用他们三人之间的矛盾对甘地加以牵制。

靠在床上的丘吉尔用牙齿紧紧咬住嘴里的雪茄，同时瞪大两眼思索着。

终于，他宣布，只要蒙巴顿能够让印度各党派正式并且公开地接受他的方案，则"整个国家"都会对蒙巴顿给予支持。他和他的保守党将联合工党赶在议会夏季休会前敦请议会通过这项蒙巴顿所需要的历史性议案。印度的独立不再是几年或者几个月后的事情，而是以周在计，甚至是以日在计了。

新德里，1947年5—6月

整个印度次大陆上的许多地方都在举行着葬礼，火葬场的柴堆被点燃后冒起阵阵浓烟，就像一根根拔地而起的黑色天鹅绒柱。这些篝火都是仓促堆成的，里面没有助燃用的酥油或檀香木。站在一旁看着火焰毕剥作响的人并不是口诵经文的追悼者，而是一群面无表情的英国官员。烈焰吞没的全部是纸张，是重达四吨的各种文件、报告和卷宗。这些文件由康拉德·科菲尔德爵士下令焚毁，它们记载的是印度历史上最动荡也是最多姿多彩的时期，是对五代君主王公所犯罪恶和各种丑闻的记录，许多骇人听闻的史料细节就此化为了灰烬。所有文件由历任副王精心记录并归档保存，一旦落入独立后的印度和巴基斯坦政府之手，就有可能成为对方用来要挟英国的工具，英国人当初在决定搜集这些内容的时候恐怕没有想到今天这样的局面。

科菲尔德眼见无法继续保证他的土邦王公君主们的未来，于是下决心要对他们给予保护，至少，要保住他们的过去。他说服艾德礼政府同意销毁这些档案。一回到德里，他就要求驻各地的事务官和政治官员焚毁一切他们所掌握的有关当地王公君主私生活的档案文件。

康拉德爵士在自己的办公室窗下点起第一把火，他把一个两英尺高的保险柜内的所有文件统统付之一炬，而掌握这个保险柜钥匙的人只有他和另外一个人。长达150年的记录文字，最翔实的王公们的丑行精选，就这样，在康拉德爵士的一把小火中灰飞烟灭，飘落在德里的屋顶和街道上。当尼赫鲁察觉到这一情况后，立刻对这种蓄意销毁资料的行为进行抗议，在他眼里，它们是印度珍贵历史遗产的一部分。

但一切都太迟了。在帕蒂亚拉、海得拉巴、印多尔、迈索尔、巴罗达，在甘地位于阿拉伯海湾之滨的家乡博尔本德尔，在喜马拉雅群山中的奇特拉尔，在柯钦的热带雨林中，英国官员们早已将一个时代的史料文字投入到火海之中。

单单是记载一些印度王公们性怪癖的资料就足够一场猛火烧上几个小时。早期一位兰浦尔的纳瓦布曾和周边的几位王公设下赌局，比谁在一年的时间里破掉最多的处女身。每一次破处都以未婚少女在传统上所佩戴的金鼻环为证。他专门派自己的廷臣到公国内的每一个村子里去搜寻处女，闹得农民家家户户鸡犬不宁，结果轻而易举就赢得了赌局。到了这一年底，他把收集到的金鼻环熔掉，得到的纯金足有几磅重。

有关克什米尔王公的档案也被烧毁，导致某些发生在两次世界大战期间的全世界最令人厌恶的丑闻就此被抹去了痕迹。这位莽撞的王公在伦敦的沙威饭店被人捉奸在床，而捉奸者正是他那美艳迷人的床笫伴侣的丈夫。其实，这位王公是落到了一伙敲竹杠的人手里，他们竟然想通过王公的私人银行账户打整个克什米尔公国财富的主意，索要的数额占克什米尔财政收入相当大的比例。这个案子最终告破颇有些戏剧性，那位年轻女子真正的丈夫感觉自己把妻子借出去但没有得到公平的回报，于是一怒之下跑到警察局告发了所有人。在后来的案情处理中，为了掩盖这位倒霉王公的真实身份对他冠以"A"先生的假名。经此一番磨难，哈里·辛格对女人永远失去了兴趣，但他在回到国内后，却又发现了另一个有年轻男子相伴的性爱天地。他的所有行为全部被忠实地报告给了英国王室的代表们。如今，在斯利那加清新的山风拂送下，所有这些报告全部消失在了喜马拉雅的天空中。

海得拉巴的尼扎姆对摄影和情色有着同样高的热情，所以他所收藏的色情照片内容之广、数量之丰都可说得上是印度之最了。这位上了年纪的尼扎姆为了搜集这类照片，在客房的墙里和天花板里装上经过伪装的自动照相机，房间里所发生的一切都会被一览无余地记录下来。他甚至还在宫殿客人卫生间的镜子后面也安放了一台照相机。这台照相机拍下了大量印度重量级人物或是次重量级人物在方便时的照片，成为他在收藏中颇为自得的一部分。

这位尼扎姆的案卷里放着一份最新报告，那是英国地方事务官针对他的儿子兼继承人的性取向是否适合成为未来的尼扎姆所做的评估。这位英国地方事务官是一位受人尊敬的先生，他用极其委婉的口气向尼扎姆暗示，他所听来的一些情况都表明年轻的王子对公主们没有兴趣。尼扎姆立即派人唤过他的儿子。然后从自己的后宫里叫来一名非常迷人的宠妾。他不顾英国地方事务官窘迫的抗议，当场命令自己的儿子与这名宠妾大行云雨之事，公开对王子无法传承家族香火的流言蜚语做出反击。

在康拉德·科菲尔德烧光的所有丑闻里，最为无耻的莫过于拉贾斯坦边缘的一个小土邦主，他就是统治自己80万臣民的时间长达40年之久的阿尔瓦王公。这位王公风度翩翩，学识很广，他的这一表象迷惑了历任副王，使得他的所有行为都没有受到惩罚。他在无意之间突然相信自己是罗摩神的转世之身，于是戴上黑色的丝制手套从来不肯脱下，目的是要保护自己的神圣手指免于因接触凡人的肌肤而遭到玷污，甚至在与英王握手时也拒不摘下。他找来一些印度教的神学家，让他们计算出罗摩神所戴头巾的精确尺寸，然后再按照这个尺寸为自己制作出一模一样的头巾。

王公应扮演什么样的世俗角色，又应该有什么与自己神灵之身相一致的表现，阿尔瓦在行使权力时可不管这一套。他是印度最好的射手之一，在猎杀老虎时喜欢用幼童作为引诱老虎的诱饵。他在自己的公国里随时随地强抢臣民的孩子，还让吓得要死的父母们放心，说他肯定能在老虎撕开他们孩子的身体之前就一枪把它打死。他的同性恋取向也极为反常，王宫中的大床被他变成了军校，年轻男子只要在他的床上过了关就可以进入军队做一名军官。他们在做了军官后，还要参加他组织的每一场性狂欢，一些人就在这样的狂欢活动中因忍受不了虐待而死亡。

最终，在副王威灵顿勋爵执政期间，有两起事件让他的滥权行为走到了尽头。阿尔瓦应邀来到副王府吃午饭，并挨在威灵顿夫人身边就座。他见到威灵顿夫人对自己手指上的大钻戒大表欣赏，于是把它摘下来交到夫人手里供她仔细赏玩。

威灵顿夫人所表达的欣赏并非全无目的。从传统上说，王公君主一般会将自己被副王或副王夫人特别看上的任何东西拱手相赠。一盯上好东西就不肯移开眼睛的威灵顿夫人在印度期间就是依靠这样的方式搜刮到大批的珠宝。她把阿尔瓦的钻戒戴在自己的手指上，开心地做了一番评价，然后又还给它的主人。

阿尔瓦小声叫仆人拿过一个洗手碗。当碗取来后，这位罗摩神的转世化身竟然在众目睽睽之下洗起自己的戒指来，只见他小心翼翼地将凡是有可能被威灵顿夫人碰到过的地方都洗了个遍，然后才戴回到自己的手指上，整个过程看得所有宾客目瞪口呆。

这位堕落王公最后一桩不能被他的英国主子所原谅的罪行发生在马球场上。他在一场比赛中对自己的一匹马不听指挥大光其火，于是在中间休息时把煤油淋在这可怜的畜牲身上，并亲手点着火柴。虽然他在私下场合针对同性恋伙伴的兽行同样令人发指甚至比此犹有过之，但这样公然虐待动物的行为对道义的破坏却要严重得多。英国人在削去了阿尔瓦的王位后让他外出流亡了事。

虽说阿尔瓦事件只是一个例外，但让印度的清教徒统治者——英国人和他们骄奢淫逸的土邦王公们之间关系紧张的事情并不少。其中最严重的一场危机是由巴罗达王公引起的。他对英国人派驻在他公国里的地方事务官享受与他同样的礼炮待遇非常不满，原因是对方只是一名普普通通的上校，于是下令将一对由黄金打造的炮专门供自己使用，这种炮发出的声响要比给上校用的炮大很多。这名上校被王公的做法激怒了，他上书伦敦，就巴罗达的品行操守大加贬斥，说他在后宫奴役女性云云。

巴罗达在得知这一情况后，把他最好的占星师和神职人员召集在一起，希望商议出一个赶走不受欢迎的上校的好办法，并按照星相组合找出动手的最佳时机。他们建议的方法是使用钻石粉末进行投毒。这位王公选的是一颗橡子般大小的钻石，这个尺寸与上校的官职相一致，他的占星师们负责把它捣成粉末。

一天晚上，有人把这种高度难以消化的东西放在上校的餐食里，但毒药的效力还没来得及发挥，上校就因为腹痛难忍而去医院做了洗胃，结果胃里的东西全部被抽了个干净。

这起谋杀王室代表的案件轰动了朝野。尽管婆罗门牧师们声称事前为保佑上校灵魂转世而举行了所有的祭拜仪式，珠宝匠也证明给上校服下的钻石价值"绝对符合一名英国上校的标准"，但审判这位王公的法官们对这些证言并未予以采信。这位王公最后由于管理从属于英国王室的公国失当而被削去王位并流亡。

帕蒂亚拉大君对自己的朋友兼同侪的流亡下野愤愤不平，图谋伺机报复。当签署流亡令的副王来到他的公国时，帕蒂亚拉向准备为这位英王代表鸣放 31 响礼炮的炮手下令，在装填时减少炮药的剂量，让这位英帝国的使者听到的欢迎礼炮声"和小孩子们放鞭炮时的动静差不多"。

科菲尔德从伦敦回来后所采取的行动还不止于对这些资料的破坏。来自印度各地的信件像雪片一样飞到新德里，各土邦王公纷纷向中央政府提出要取消所辖境内的印度铁路、邮政、电报和其他设施。这是一个战术，目的是加强土邦王公在未来与政府摊牌时的谈判力量，但他们所揭示的情景却十分可怕：印度将成为一个火车跑不动、邮件不能传送和电报无法通联的国家。

*

油画中的罗伯特·克利夫两眼无神地俯视着步入副王府书房的七位印度领导人。他们作为甘地称为"目光呆滞的悲惨人种"的四亿印度人代表，在 1947 年 6 月 2 日这一天，走进蒙巴顿的书房，对次大陆的回归方案进行审查。这个方案是副王本人刚刚从伦敦带回来的，此时距英国内阁批准该方案仅仅过去四十八小时。

他们一个接一个在位于房间中央的圆桌旁落座：国大党代表尼赫鲁、帕特尔和该党主席阿恰里雅·克里帕拉尼（Acharya Kripalani）；穆斯林联盟代表真纳、利雅卡特·阿里·汗和拉布·尼什塔（Rab Nishtar）。巴尔迪夫·辛格（Baldev Singh）是以 600 万锡克人的代言人身份到来的，方案的内容对他们所产生的影响要远远大于印度其他民族。

靠墙而坐的是蒙巴顿的两位助手——伊斯梅勋爵和埃里克·米维尔爵士。坐在圆桌正中的是副王本人。一位官方摄影师正紧张记录着这场历史性的聚会。会场一片肃静，只有偶尔因紧张而发出的几声轻咳，一位秘书在每人面前摆放上一个马尼拉信封，信封里面装着计划的蓝本。

这是蒙巴顿在到达德里后第一次被迫放弃一对一的外交策略，并转而召开圆桌形式的集体会议。不过，他已经决定要由自己进行发言。他可不想冒险把这个会议开成一个泛泛的讨论会，这样只会使会议变成一场尖刻的多方骂战。

他以自己的经历作为开场白，首先说到在过去五年来他所参加过的一系列关系到战争胜败命运的会议。随后，他话锋一转说，所有这些会议产生的决议都没有眼前这场会议即将产生的结果对历史的影响更为深远和重大。

蒙巴顿简要地回顾了他在到达德里后与在座各位的几次交谈，强调每次交谈给自己带来的紧迫感是多么可怕。

接下来，出于会议记录的需要，同时更是为了对历史负责，他正式向真纳做出最后一次提问，即是否准备接受内阁特派小组所设想的印度统一局面。真纳用同样庄重的语气做出了否定的回答。于是蒙巴顿继续会议的议题。他简单地将他的计划细节做了介绍。他强调，有关自治领地位的条款虽然是成功取得丘吉尔支持的关键，但这并不代表英国人有欲走还留的想法，其目的是为确保英国人的援助不至于在印度需要时匆忙撤出。他以加尔各答和锡克人未来可能面对的痛苦为例对此做出说明。

他对大家说，他不想他们违背良心对这份计划给予毫无保留的支持，况且计划当中也有一些与他们的原则相冲突的内容。他唯一的要求就是在座各位能够以平和的态度来接受它，并且在实施的过程中保证不要发生流血事件。

他的想法是，他说，大家先行休会，于次日上午复会。他希望所有三方——穆斯林联盟、国大党和锡克族，在午夜之前，能够表示出接受以这个计划作为最后实现解决印度问题基础的意愿。如果可以做到的话，他建议，就由他本人、尼赫鲁、真纳和巴尔迪夫·辛格于当天晚上在全印度广播电台向全世界发表一个联合宣言,而艾德礼也将在伦敦发表对宣言予以确认的声明。

"先生们,"他在结束讲话时说,"我等着你们在午夜之前做出答复。"

自从返回德里后,路易斯·蒙巴顿的心里就一直有一种说不出口的恐惧,他对伦敦之行的成就感以及对未来的"极度乐观情绪"由此而大大地打了折扣。让他害怕的是"那个难以琢磨的瘦瘦小小的圣雄甘地"会来和他唱对台戏。

一想到这样的前景这位副王就不寒而栗。他与他的"忧郁可怜的小麻雀"之间早已建立起真实的感情。但每当想到自己作为一名职业军人却将不得不在印度未来问题上面对甘地展现给全世界的非暴力场面时,他内心中的恐惧就会油然升起。

然而,这又是一个极易发生的情况。如果说真纳摧毁了他保持印度统一的希望,那么甘地就是可以使他的印度分治之梦破灭的人。蒙巴顿在到达印度后一直处心积虑要搞好与国大党领袖们的关系,因此,就算最后不得不摊牌,他也有希望把甘地的行动拖延上一小时,短暂而又致命的一小时。

任务完成得比他想象的要容易许多。"我有一个最最奇特的感觉,"蒙巴顿在回忆起那个时刻时说,"他们所有人都躲在我的身后,从某种意义上说,他们是在躲甘地。他们把我推出去与甘地面对面,可代表的却是他们。"

然而,正如蒙巴顿所料想的那样,这个难以琢磨的麻雀手中所掌握的资源要远远多于国大党的领袖们。这个党本来就是由他一手创建的,他不仅拥有来自数百万对他顶礼膜拜的贫穷党员的支持,最主要的,他还具有把他们发动起来展开行动的超凡才华。如果他想越过政治家们而直接向印度民众发起呼吁,所产生的力量还真会对副王、尼赫鲁以及帕特尔的权威构成严峻的考验。

甘地在公开场合下的种种迹象都表明他要做的正是蒙巴顿所害怕的事情。就在蒙巴顿带着他的计划乘约克号飞机返回印度的当天晚上,甘地在祷告会上向众人宣布:"让烈火把整个国家都烧起来吧:我们绝不会在巴基斯坦问题上做出一寸让步。"

但私下里,在工作委员会做出决定后的这一个月里,甘地的内心一直忐忑不安,始终在痛苦、焦虑和怀疑中挣扎。所有的理智和本能都告诉他分治的做法是错误的。但他在意识到国大党领导层与自己渐行渐远之余,甚至对印度民众是否会响应自己的号召也有了疑惑,这是他平生所没有过的感觉。

一天清晨,当他走在德里街道上时,他的一位工作人员对他说:"在做出决定时却没有你的参与。他们已经不要你和你的理想了。"

"是啊,"甘地难过地叹息道,"人人都在为我的照片和塑像佩戴花环。但我的意见却谁也听不进去了。"

几天后的一个凌晨,甘地在三点半就醒了,比他平时做晨祷的时间早了半个小时。他在此前早就恢复了与侄孙女马努同床就寝的做法,并且他打算就这样下去直到自己死为止。新德里扫地者家中的地板上铺着草垫,马努躺在上面听着身边的甘地在黑暗中喃喃自语。

"今天,我感觉自己很孤独,"他说着,声音很低,就像在和黑夜对话,"连帕特尔和尼赫鲁也认为我是错的,他们以为同意分治就可以恢复和平。"

"他们还怀疑,"他继续说着,"我已经老不堪用了。"很长一阵沉寂过后,甘地轻叹一口气,继续小声说道:"也许他们所有人都是对的,只有我一个人在黑暗中胡思乱想。"

接着又是一阵长长的沉寂,马努终于听到了从他嘴里说出的最后一句话。"或许我活着看不到这一天的到来,"他说,"但如果真的能躲过我所预言的灾祸,那就请后人们理解我这个老家伙的良苦用心。"

这位"老家伙"即将于6月2日前往副王的书房,时间要晚于各派领导人90分钟,他的讲话所引起的反应将是全印度最令人期待也是至关重要的。他以自己非国大党领导成员为由而拒绝参加这场会议,但他的即将出现让与会的各派领导人心神不安。蒙巴顿一边等候着甘地的到来,一边在对自己将要听到什么样内容的讲话感到紧张,他不知道甘地那不可预知的内心的声音是否会让一切走到自己计划的反面。

就在蒙巴顿壁炉台上方的金钟轻轻敲响十二点半的那一瞬间，永远守时如金的甘地出现在了他的房间里。

蒙巴顿从桌前站起身，迎前问候，嘴角上真诚地挂着欢迎的微笑。走到半途，他不由得停了下来，只见甘地将右手的食指压在自己的嘴唇上，那神态就像一位母亲在"嘘"自己的孩子好让他安静下来。看到这个情景，副王心里顿时感觉一阵轻松，其中也掺杂着几分滑稽。"谢天谢地，"他在想，"原来今天是沉默日啊！"

这一天是星期一。这位本可以动员印度民众反对蒙巴顿的人并没有发出声音，因为在过去几年来，甘地要求自己每逢星期一都要保持绝对的沉默，以减轻自己声带的压力。这就意味着蒙巴顿将得不到他梦寐以求的答案。

甘地在一张带扶手的椅子上坐下，从他的缠腰布下摸出一捆脏脏的使用过的信封和一支不到两英寸长的铅笔头。他从来连一张小纸片也不肯浪费。他亲自用剪刀剪开来信的信封，然后把它们做成小巧的记事本，每一页都要从上到下写满为止。

当蒙巴顿解释完自己的计划后，甘地先是舔了一下铅笔头，然后开始在旧信封的背面疾写如飞，这些潦草难辨的字句就是他对一生中所听到的最重要也最让他心碎的话的第一反应。最后，他一共写满了五个信封的背面，终于把所有要说的话写完了。在他走后，蒙巴顿把这些信封精心保存起来，他要把它们留给自己的子孙后代。

甘地写的是："我很抱歉不能讲话，当初我决定在每周一噤声不语时，其实还是给自己规定了两个例外条件的，那就是就紧急事件与高层官员对话和探访病人这两种情况。但我知道此时你并不想让我打破沉默。

"有一两件事情我必须要讲出来，但不是在今天。如果下次我们还能见到彼此，我一定会讲出来的。"

他在写完以上的内容后，便告辞离开了副王的书房。

副王府里的走廊很长，里面光线昏暗，也很安静。偶尔有身穿白色长袍的仆人,如鬼影般在铺着地毯的通道上飘然而过。而此时,蒙巴顿的书房依然灯火通明,在煎熬中度过了一整天的他正在进行一天当中的最后一次会谈。他带着一脸狐疑的表情盯着来访者。国大党已经及时表明了愿意接受他的计划的态度,锡克族代表也做出了肯定的回复,但眼下,面前的这个人却迟迟不肯表态,要知道,蒙巴顿的计划正是为他而设计的,并且他的冷血和毫不退让的立场已经导致了印度的分裂。这一天,从某种意义上说,也是穆罕默德·阿里·真纳的沉默日。真纳为之奋斗了多年的一切就摆在他的眼前,一切就等他点头表示同意了。但基于某种神秘的理由,真纳就是无法让自己说出"是的"这个词,他一辈子都在把拒绝说出这个词当作自己的事业。

真纳用玉制的烟嘴一支接一支地大口吸着黑猫牌香烟,他向蒙巴顿表明自己无法判断穆斯林联盟的全体意见,坚持要求把方案提交给联盟成员进行讨论,而将所有成员召集到德里至少需要一周的时间。

此时,在与真纳打交道过程中的所有沮丧一下子涌上蒙巴顿的心头。这真太不可思议了!真纳已经得到了该死的巴基斯坦,连锡克人都忍气吞声地接受了。他要尽各种各样的手段取得了想要的一切,但又要在这之后的第十一个小时把所有东西全部推翻,其原因竟然是他完全失去了说"是"的能力。

蒙巴顿别无选择,只能得到他的同意。正在伦敦静候他回话的艾德礼将在不到二十四小时后向下议院宣布这一历史性的消息。他已经向艾德礼和他的政府保证过计划的可行性,而且再不会出现像尼赫鲁在西姆拉那样节外生枝的事情。再就是让他们放心,他们所通过的这个计划一定会被印度各方所接受。他本人费尽口舌,好不容易才让心有不甘的国大党打算接受分治,就连甘地也至少暂时性给予了默许。这样一个最后关头的犹豫,一个让人隐约感觉真纳又想得寸进尺的微妙迹象,会让整套精心策划的方案在瞬间告吹。

"真纳先生,"蒙巴顿说,"如果你认为我能就这样等上一个星期让你把你的人召集到德里,那你一定是疯了。你知道我们大家谁都等不到那个时候。"

"你已经得到了想要的巴基斯坦，这可是当初全世界所有人都不看好的。我知道你说的关于它被虫蛀坏了的话，但怎么说它也是一个国家。现在，一切将取决于你和其他人在明天的表态。国大党将他们的认可建立在你同意的基础上。一旦他们怀疑你有不可告人的图谋便会立刻收回成命，到那时候局面可就一发而不可收了。"

不，不，真纳抗议着，他还是强调凡事必须依法随规。"我又不是穆斯林联盟。"他说。

"听我说，听我说真纳先生，别这样，"蒙巴顿强压着越来越大的懊恼，用冷静得出奇的语气说道，"不要和我讲这些。这些话你可以说给全世界听，但请不要自作聪明，以为我不知道你们穆斯林联盟内部是怎么回事和谁说了算！"

不，真纳的态度依旧坚如磐石，凡事都要有一定之规。

"真纳先生，"蒙巴顿说，"我来说说我的想法吧。我不会让你的计划被你自己毁了。我不允许你把历尽千辛万苦才赢得的方案就这样轻易丢弃。我将代表你接受它的通过。"

"明天在会上，"蒙巴顿接着说，"我会告诉大家我已经收到国大党的回复，在我保证将满足他们所提出的一些保留意见后，他们已经同意接受这个计划。锡克人对计划也给予了通过。"

"接下来我会说，我在前一天晚上与真纳先生进行了一次友好的长谈，我们对计划的每一个细节都做了沟通，真纳先生已亲口确认他本人对该计划没有异议。"

"说完这句话后，真纳先生，"蒙巴顿继续说道，"我就会转向你。我不需要你开口说话，我也不会让国大党逼你表态。我只要你做一件事，我要你点一下头，表示你对我讲话的赞同之意就好。"

"如果你不点头，真纳先生，"蒙巴顿最后说，"那你就彻底完了，我再也不可能帮你任何忙了。一切都将不复存在。这不是威胁，这是预言。如果你在那一刻不肯点头，我的作用也就结束了，你不但会失去你的巴基斯坦，而且，根据我的推断，等待你的唯一结局就是下地狱。"

印度各派领袖对蒙巴顿有关印度分治计划正式予以通过的会议完全按照他的设想如期举行。他在会上再次批评各派领袖的不正常沉默，因为这让会议成了他一个人的独角戏，从某种意义上说，他成了所有方面的代言人。他说，正如自己所预想的一样，所有方面都对计划持有严重的保留意见，但对他们向自己的开诚布公表示感谢。但无论如何，国大党已经对计划表示了认可，锡克族也做出了同样的确认。他按照对真纳的表态继续说，他与真纳先生在前一天晚上进行了友好的长谈，真纳先生已经向自己明确表示，该计划是可以接受的。

蒙巴顿在说这番话时把脸转向坐在自己右手边的真纳。此时此刻，蒙巴顿对于这位穆斯林领导人会做出什么样的回应没有丝毫的把握。这位昔日"凯利号"的舰长，曾率领整支军团在英帕尔平原被日军分割包围的最高司令官，在回忆过去时却总是把眼前这一幕看作是"一生中最惊心动魄的时刻"。他紧盯着真纳那张冷冰冰毫无表情的脸，这是怎样漫长难挨的一秒钟啊。接下来，全身每个毛孔都在做着挣扎的真纳缓缓地，用他所能做到的最微弱、最不情愿的方式把他的下巴向下移动了不到半英寸的距离，这个用来表示对蒙巴顿计划给予认可的点头幅度着实堪称历史之最。

在这个发生在一瞬间的几乎让人感觉不到的身体动作过后，一个拥有4.5亿人口的国家就此迎来他们最终的命运。不管是怎样的机缘巧合，也不管其实现的环境有多么艰辛，巴基斯坦这个"痴妄之梦"终于圆了出来。蒙巴顿至此取得了足够多的共识，可以继续向下走了。他趁与会的七人还没有来得及提出任何最后的保留或是怀疑意见，赶紧做出宣布，将他的计划作为解决印度问题的基础纲领。

就在所有人刚刚接受完这一重大决定还没回过神来时，蒙巴顿又已经按照事先的安排，把一份长达34页并且中间完全没有空行的文件分别放在每个人面前。他两手抓过属于自己的那份文件，将它举过头顶，然后重重地砸向桌面。随着纸张与桌面接触时所发出的脆响，蒙巴顿读出了这份文件与它本身的内容同样让人难以忘怀的标题：分治的行政后果。

这是蒙巴顿和他的部属们精心准备的送给印度各派领导人的礼物，是为摆在他们面前的令人畏惧的任务所提供的方向导读。这份报告通篇都是枯燥无味的官僚术语，但却对各方通过的决议做出了令人惊诧的诠释。七个人当中没有谁不在打开这份报告后为之色变。面前这道难题所涉及的范围之广、难度之大是他们闻所未闻的，无论做出多么丰富的想象也毫不为过。三个世纪以来，这块次大陆上的多民族在一起共存共生，如今，这些领导人们聚在一起的任务却是要把他们之间盘根错节的关系一一解开，就如同要把一件用三百年时间制造出来的技术产品在顷刻之间分解掉一样。银行里的钱、邮局里的邮票、图书馆里的书籍；债务、资产、世界第三长的铁路；监狱、犯人；墨水瓶、扫把；研究中心、医院、大学、公共机构；一切的一切，都要由他们在数量和种类上进行分割。

七个人还是头一次对所面临的情况进行真正的测算，副王书房里一片寂静。这个场景是蒙巴顿精心布置好了的，众人的反应更是如他所希望的。他在后来对部属说过，要不是因为时间紧迫，这个场面还是相当好玩的。他迫使这七个人面对一个刻不容缓需要解决的问题，而留给他们在一起相处的时间已是屈指可数，由此他就能断定，他们已经既没有时间也没有精力来就他所提出的解决方案争执不休了。

甘地是在傍晚散完步后得知这一消息的。当时他正在洗脚，他的一位女弟子在用一块石头为他的脚做按摩，另一位女弟子突然冲了进来向他报告副王与众领导人之间第二次会议的情况。甘地一面听她说着，一面不禁悲从中来，那种凄楚像铁锈般在一瞬间布满他那瘦弱的身体。"愿神灵保佑他们，赐给他们所有的智慧。"他在听完汇报后长叹一声说道。

1947年6月3日晚上7点刚过，四名关键领导人物在位于新德里的全印度广播电台正式发表公告，即他们已就将印度次大陆划分为两个互相独立的主权国家达成一致。

按照惯例，蒙巴顿率先发言。他的讲话简明扼要，措辞坚定但又不失沉着。第二个发言的是尼赫鲁，他满面沮丧，用印度语向听众说，"印度的伟大命运"正处在成形的过程中，尽管"伴随着阵痛和苦难"。他个人虽然对分治计划深感难过，但还是努力克制住了情绪，呼吁民众对之予以接受。正如他在结尾时所说的，"我在向你们提出上述方案时内心全无半点喜悦"。

接下来发言的是真纳。他的所得远远超出他当初的奢望，再没有什么比他那扬扬自得的讲话更能证明这一点了。穆罕默德·阿里·真纳无法使用自己的追随者们听得懂的语言向他们传递即将建国的消息。他只能用英语向印度的穆斯林们宣告这一"重大决定"，并在结束时高呼"巴基斯坦万岁"，[①] 然后由旁边的广播员用乌尔都语把他的话又重新说一遍。

非暴力先知在众位领袖接受副王计划的第二天打破了沉默。沉默日让蒙巴顿得到的短暂轻松就此终止。6月4日中午后不久，蒙巴顿就收到一个紧急的消息：甘地准备与国大党领导层决裂并将于当晚的祷告会上对分治计划发起责难。蒙巴顿没有迟疑，立即派人请甘地前来会面。

甘地在六点钟时来到蒙巴顿的书房。他的祷告会时间是七点钟，蒙巴顿只有不到一个小时的时间去阻止一场可能发生的灾难。他看到甘地的第一眼就知道这位圣雄的内心是多么难过。甘地在巨大的椅子里缩成一团，"就像一只折了翅膀的小鸟"，他不停地将一只手举起又放下，用几乎听不见的声音喃喃在说着，"这太可怕了，这太可怕了"。

蒙巴顿知道，甘地在这样的状态下是什么事都可以做到的。如果让他在公众面前痛斥自己的计划，其后果将是灾难性的。尼赫鲁、帕特尔以及其他领导人将被迫要么与甘地公开决裂，要么撕毁与自己达成的协议。发誓要使出自己全部智慧的蒙巴顿一上来就对甘地好言相劝，说自己对甘地坚持印度统一的思想非常理解并认同，完全能想象到自己的计划因为破坏了甘地毕生奋斗的目标所带给他的痛苦感受。

他一边说着，一边突然间有了灵感。报纸上把这个计划命名为"蒙巴顿计划"，他说，但实际上应该把它叫作"甘地计划"。计划当中所有的主要内容，蒙巴顿声称，全部是由甘地向自己建议的。圣雄看着蒙巴顿，目光中满是疑惑。

[①] 他在最后说这句话时从英语忽然改成乌尔都语，结果让许多听众一下子没有反应过来，误以为他在高喊："巴基斯坦必胜！"

是的，蒙巴顿继续说，甘地让他把选择权交给印度人民，而这个计划正是这样做的。将决定印度未来的各省议会全部是经过普选产生的，每一个议会将投票决定本省是加入印度还是巴基斯坦。甘地曾要求英国人离开印度，并且越快越好，给予印度自治领地位正是出于这样的考虑。

"如果奇迹发生，各省都投票选择统一，"蒙巴顿对甘地说，"你正好可以心想事成。而一旦他们不愿意统一，我相信你也不会要我们用武力去镇压他们吧。"

蒙巴顿又是说理又是保证，他对这位上了年纪的老人用上了自己所有的亲和力和感染力。甘地的一位密友在后来评价说，蒙巴顿在讲述自己的理由时所展现的"推销员般的技巧、说服力和天分，就连《怎样交友和影响他人》一书的作者都只能望洋兴叹"。甘地尽管仍然强烈反对分治，但他还是被副王的不懈恳求所打动。已是七十八岁高龄的他与他的党的领导层争执不下，这让他在三十年来头一次对自己是否能够抓住印度民众的心产生了怀疑。他绝望而疑惑，但还是努力在自己的灵魂中寻找着答案，他在等待那个内心深处传来的声音，这个声音曾指引他度过了人生中一次又一次复杂而严重的危机。然而，在那个六月的晚上，这个声音并没有出现，甘地只能在疑惑中忍受着煎熬。他应该相信自己的初衷谴责分治，就是陷印度于暴力与混乱之中也在所不惜吗？还是应该听从副王那近乎绝望的恳求呢？

蒙巴顿直到甘地要离开时还没有把要说的话说完。甘地请他原谅自己，他对蒙巴顿说，因为他是从不允许自己在祷告会上迟到的。

不到一个小时过后，在一个满是尘土的广场上，甘地盘腿端坐在一个经过加高的平台上，身边聚拢着大批贱民，他向众人宣布了自己的决定。人群中有许多人并不是前来祷告的，他们已做好准备，一旦从这位先知口中听到战斗的动员就将毫不犹豫地对蒙巴顿计划给予猛烈的破坏。甘地自己也曾无数次发誓纵使粉身碎骨也不愿看到国家的分裂。然而，在这天晚上，他们并没有等来甘地口中的这句话。

对副王实施分治的指责是无谓的，他说。大家反省一下自己，你们也可以在内心当中找一找对所有已经发生事情的解释。路易斯·蒙巴顿的说服力让他在自己的副王任上赢得了最艰巨同时也是最后的一场胜利。

对于甘地，很多印度人永远不肯原谅他在关键时刻的沉默，这位羸弱的老人的内心仍然在为即将到来的分治感到痛楚，而他自己也终将为人们对他的怨恨付出代价。

风格华丽的议事厅是印度的立法者们唇枪舌剑彼此论战的场所，蒙巴顿以其精彩绝伦的表现令这里发生过的所有场面都黯然失色。他的讲话素来以掌握事实的权威性和分析问题的条理性而著称，让哪怕最刻薄的批评者都不得不敬畏三分。这个新国家的诞生历程将是世界历史上最重要的事件之一，他所制订的庞杂计划更将启发世界各民族人民进行新的聚合，并最终导致第三世界的形成。如此纷繁的细节要点、如此细密如麻的逻辑关系，蒙巴顿面对印度乃至全世界所有质疑的目光，竟然在不用讲稿的情况下把所有问题如抽丝剥茧般表述得清清楚楚、明明白白。

在英印帝国的历史上，由副王亲自召开新闻发布会这是第二次，同时也是最后一次。来自苏联、美国、中国和欧洲各国的三百多名记者，与代表印度本地不同地区、不同宗教甚至不同语言的新闻同行们一道，全程聆听了副王那口若悬河的长篇独白。

对于路易斯·蒙巴顿来说，新闻发布会意味着一场宏伟斗争达到胜利的顶峰，同时也是对胜利本身的最后庆典。在短短不到两个月的时间里，他几乎完全凭借一己之力就完成了不可能完成的任务：建立与印度各派领袖的对话，确立协议的基础并说服印度各方予以接受，赢得伦敦政府及反对党的全力支持。娴熟的技巧和些许的运气帮助他绕过拦路的陷阱。他最后所做的事情就是深入到狮子笼中，劝说丘吉尔这只狮子不但收起利爪，而且用低沉的吼声对他的行动表示同意。

蒙巴顿在潮水般的掌声中结束了讲话，然后开始接受现场提问。他这样做完全没有任何的担心。"我是亲历者，"他在后来回忆说，"我是唯一从头到尾参与了全过程的人，可以见证其中的每一分每一秒。这是新闻界第一次与对某一件事情的唯一知情人面对面对话，而我作为这个唯一的知情人又对所有问题都了如指掌。"

就在蒙巴顿把连珠炮般的一个个问题都差不多回答完毕后，一位不知名的印度记者的声音又从议事厅的另一端传了过来。他的这个提问是最后一个需要回答的问题，同时也是蒙巴顿六个月以来一直在做的填字游戏中最后一个需要填写的空格。

"先生，"那个声音说道，"如果各方都认为，从今天起，加快权力移交的速度是头等大事，你的头脑里肯定应该有一个明确的日期对吧？"

"是的，的确如此。"蒙巴顿回答。

"那么既然你已经选定了日期，先生，是否可以在此给大家以明示呢？"提问者追问道。

副王一边在听记者的提问一边在头脑中飞快地做着计算。事实上，他并没有选定一个具体的日期，但他确信的是这个日期不能太远。

"我必须抓紧时间，"他在后来回忆说，"我知道我一定要赶在议院夏季休会前逼他们通过议案，这样才能把事情连贯起来。我们正坐在火山口上，坐在点燃了导火索的炸弹上，而我们却不知道炸弹会在何时炸响。"突然间，就像恐怖电影里常出现的镜头一样，伊胡达村那些被烧焦的尸体在蒙巴顿的头脑中一闪而过。如果不想把整个印度都拉入这样一触即发的灾祸中，他的动作就必须要快。蒙巴顿看得出来，在历经三千年历史以及二百年的英国统治后，印度距离即将爆发的混乱只剩下区区数周时间而已。

他目光炯炯地扫视着大厅里黑压压的人群，每一双眼睛都在期待地注视着他。大厅里突然安静下来，人们只能听见在头顶上转动着的木质风扇叶片发出的声音。"我决心要表现出自己主宰一切的气势。"他回忆说。

"是的，"他说，"我已经选定了权力移交的具体日期。"

他在说这些话的同时，脑海里在飞快地闪动着各种可能的日期，就像一个转动的罗盘一样。九月初？九月中？八月中？突然，罗盘在一声撞击后停了下来，一个小球从罗盘上掉到下面的小槽里，小球上面的数字与蒙巴顿的心意简直不谋而合，他几乎立刻就打定了主意。这个日期让他的记忆回到了他所经历的最辉煌的胜利时刻，那就是结束漫长的缅甸丛林战争接受日本无条件投降的日子。对于一个新兴的亚洲民主国家，还有什么比日本投降两周年更好的诞生时间吗？

他的声音由于突然间的激动而有些哽咽，这位昔日缅甸战争的胜利者如今又即将成为印度的解放者，他宣布：

"向印度人民移交权力的最后时间定在1947年8月15日。"

印度独立日的时间从一时冲动的路易斯·蒙巴顿口中脱口而出，顿时变成一枚炸弹。在下议院、唐宁街以及白金汉宫的走廊里，没有人想到蒙巴顿将如此迅速地拉下英国对印度统治的曲终大幕。在德里，副王最亲密的合作者们对他的做法也毫无准备，甚至连事前与他在一起度过好几个小时的印度各派领导人也没有得到过任何有关他要如此突下决断的暗示。

然而，对于他将8月15日定为印度独立日的选择，最感到错愕和恐慌的还不是英国统治者、国大党以及各土邦王公们，而是另一个统治着数千万印度教徒的特殊群体，他们在内部同样有着高低不同的等级，对民众的控制力比前几者加起来还要强大。蒙巴顿承认自己事先没有征询这个印度最有权势的宗教团体的代表的意见就公布自己的决定确实犯下了不可原谅的错误，这个团体就是被称为乔谛士（Jyotishi）的印度占星师们。

印度人是世界上最屈从于占星师威严和统治的民族，后者对印度的控制力远比对世界上任何其他地方都强。每一个土邦、每一座寺庙、每一处村落都会有一到两名占星师，他们俨然是所在地和当地居民的小统治者。上千万的印度人如果事先没有征询过占星师的意见几乎不敢做任何事情，其中包括：出门上路、接待来客、签署契约、外出打猎、穿戴新衣、购买首饰、修剪胡须、女儿出嫁等，甚至连自己的葬礼也不敢擅作安排。

占星师们号称能够根据自己排列的天体图判别神灵的安排，从而获得神授的权力并成为亿万人的主宰。他们一旦说出哪个孩子是在不吉利的星辰下出生的，做父母的往往会把这个孩子抛弃。他们在行星交会之际就要选出一人自杀，而被选的人居然很乐于听从他们的安排。每个星期里哪几天是吉的和哪几天是凶的都由他们来规定。周日永远不是个好日子，周五也是如此。1947年，任何一个印度人哪怕不使用星相图也能够从普通的日历上发现，8月15日这一天恰恰是星期五。

蒙巴顿选定的日期一经广播播出，全印度的占星师们便立刻翻开了他们的星相图。在圣城贝拿勒斯以及其他一些南方城市的占星师们随即宣布，8月15日实为大凶，印度"与其冒永劫不复之险倒不如推迟独立，哪怕多忍耐英国人一天"。

在加尔各答，斯瓦明·麦达马南德在听到广播后立刻冲到自己的星相图前。他拿出其中一个很大的由许多组同心圆组成的圆形星相图，这些圆上不仅标有本年内的不同月份和日期，还有太阳、月亮和行星的运行轨迹，以及黄道十二宫的标志和影响地球命运的二十七颗恒星的位置等。图的中心是一幅世界地图。他不断旋转着图上的圆环，直到它们全部指向8月15日。然后，他又开始以居于图上最核心位置的印度地图为起点，向星相图的边缘画出一条条直线。他把线画好后，不由得害怕到坐直了身体，因为计算结果显示的是凶兆。印度在8月15日这一天将正好处于摩羯座的黄道十二宫标志之下，这是一个不祥的征兆，它的特征之一就是对所有离心力的强烈仇恨，所谓离心力在这里当然指的就是分治。更糟糕的是，那一天还要受到土星的影响，土星是众所周知的灾星，由罗睺掌管，占星师们嘲笑地称它为"没有脖子的星星"，这个星体给人们带来的几乎全部都是邪恶。从8月14日的午夜起，一直到8月15日，土星、木星和金星都将出现在最受诅咒的天位上，也就是卡拉姆斯坦第九宫。这位年轻的占星师抬起头，他和他的数千位同行一样，被自己所发现的大灾难吓坏了。"他们这是做了些什么？他们这是做了些什么呀？"他在为人类破解了上天的阴谋后对着天空发出一声声长啸。

这位占星师尽管多年练习瑜伽，并且在阿萨姆山中的庙宇里静修并研习过密宗，但此时还是完全失控了。他抓起一张纸，坐下来就给造成这场天体之灾的罪魁祸首写下一封紧急请愿信。

"看在仁爱的神灵的份儿上，"他在写给路易斯·蒙巴顿的信中说，"不要让8月15日这一天成为印度的独立日。如果发生洪水、干旱、饥馑或是杀戮，那将皆是因为印度诞辰于群星诅咒之日的缘故。"

9
空前复杂的分家案

新德里，1947年6月

这样的局面实属举世罕见。哪里都找不到可供参考的依据，没有案例可循，也没有先人的警示，这就是这桩即将成为历史上最大、最复杂的分家案所面临的情况。一个四亿人口的家庭即将分裂，财富和家产也要重新分配，所有家庭成员在同一片土地上共同生活了几百年，而全部的财产完全是在这个过程中一点一滴积累起来的。

距8月15日这个正式的分家日期还有整整73天。为让每一个相关的人始终处于持续而强大的工作压力之下，蒙巴顿专门下令印制了一种过一天撕一页的日历，要求德里每一间办公室里都要摆放。这种日历的每一页正中央都是一个红色的大方块，方块里面的数字表示距离8月15日还剩下的天数，给人感觉就像定时炸弹的计时器一样。

在印度分家案中，对财产的分割是一项庞杂得难以想象的工作，最终，这项工作被交给了两名律师，他们各自代表着利益互相冲突的两方。这两人都是再典型不过的官僚，是英国人在对印度的上百年统治中培养出来的标准人才，即使够不上是最顶尖的，但也算得上是超级精英了。

他们住在几乎一模一样的独幢政府公房里，每天开着战前产的美国造雪佛兰汽车去上班，彼此的办公室只有几个房间之隔，他们领的是同样多的薪水，固定每月在同一个退休基金里存入同样多的钱。他们当中一位是印度教徒，另一位则是穆斯林。

从6月到8月的每一天，身为穆斯林的乔杜里·穆罕默德·阿里（Chaudhuri Mohammed Ali）和身为印度教徒的帕特尔（H. M. Patel），依靠他们从英国老师那里学习来的细密思维和严谨步骤，一直在孜孜不倦地对同胞们的各类财物进行着划分。在他们的面前，堆放着许多储物盒和大批书写着他们精美字体的文件，每一摞东西都用红绳子扎得结结实实。作为最后的讽刺，他们在为印度所有的零零碎碎以及片砖寸瓦打包时使用的却是殖民者的语言——英语。来自数十个各种委员会或其下属分会的共一百多名官员负责向他们二人提交报告。所有建议和意见继而交由副王担任主席的分治委员会来给予审核和通过。

分割工作刚一开始，国大党就将最宝贵的财富抢至自己名下，这就是"印度"国名。他们否定了为新的自治领取名为"印度斯坦"（Hindustan）的建议，同时坚定地指出，既然巴基斯坦是从印度分离出去的，那么自己就理应继续使用原有的国名并且在联合国这样的国际机构中保持原有的地位和身份。

与绝大多数的分家案一样，双方矛盾最突出的问题就是金钱，而其中最重要的一笔钱就是英国人答应在离开后要偿还的债务。人们批评英国对印度剥削了上百年，为此，英国计划在结束对印度的统治后为她的牺牲者们提供五十亿美元的补偿。这一大笔钱是战争期间累积起来的，它是英国为取得胜利所付出的后果严重的代价里的一部分，这场胜利不仅把英国拖破了产，还迫使她不得不匆匆忙忙地拉开眼前这场历史大幕。

除此之外，需要分割的还有流动财产，大到银行里的现金、国库里的金砖，小到地区专员存放在杀人不眨眼的那迦人部落小木屋里的小钱盒，盒子里面的东西无非是几张沾土的卢比和磨破了边的邮票而已。

这个问题之棘手超出所有人的想象，两派人最后只好把帕特尔和穆罕默德·阿里锁在萨达尔·帕特尔的卧室里，并且告诉他们完不成任务就别想出来。于是两个人就像拉合尔集贸市场上的小贩一样整天在房间里讨价还价。最终，二人之间总算达成一致：巴基斯坦分得17.5%的银行现金及英镑结存，并相应承担同等比例的印度国债。

两人还建议，对于印度庞大行政体系中的可移动资产，当以印巴两家八二开为宜。一时之间，印度举国上下的所有政府办公室都开始动手清点自己的桌椅板凳、扫把和打字机的数量。这当中有一些报表的内容令人动容。例如，相关的报表显示，在这个全世界饥荒最严重国家的粮农部里，所有的财产就是，425名职员使用的办公桌、85张大书桌、85把官员座椅、850把普通座椅、50个挂帽钩、6个带镜子的衣帽钩、130个书架、4个铁制保险柜、20盏台灯、170台打字机、120只风扇、120个挂钟、110部自行车、600个墨水台、3辆公用小汽车、2套沙发和40把夜壶。

针对财物分割的争论不绝于耳，甚至时常爆发肢体冲突。部门头头们要么想把最好的打印机藏起来，要么偷偷把本来准备分给对手的新办公桌椅调包。一些办公室变成乱哄哄的集贸市场，穿着亚麻面料衣服的联席部长们一改过去斯斯文文、才智超凡的形象，此时在墨水台和水缸价值孰重孰轻、一个雨伞架是否与一个衣帽钩等价、125个针线包能否顶得上一把夜壶等琐碎问题上不依不饶地争论不休。针对属于国家的居所里的盘碗、银器和画像等物品的争吵更为激烈。然而，毕竟还是有一件东西是不需要双方讨论的。酒窖的所在地全部位于印度教徒所属的印度，对里面的酒拥有一定所有权的穆斯林巴基斯坦为此得到了对方一笔补偿金。

这些分割工作在某些时候所表现出来的斤斤计较和无耻蛮横着实令人侧目。在拉合尔，警长帕特里克·里奇将他所管理的装备分配给自己的两名穆斯林和印度教徒助手。他把所有东西都做了分割，包括绑腿、头巾、枪支、警棍和盾牌等。里奇最后为他们分配的是警察乐队的乐器。巴基斯坦一支长笛，印度一张鼓；巴基斯坦一把小号，印度一对镲。最后剩下的长号因为只有一件而无法分配，于是，令里奇意想不到的一幕发生了，为了这把长号的归属，这两名共事多年的老部下竟然在他眼皮底下打了起来。

双方就应该由谁负责向遭遇海难的水手遗孀做出补偿的问题争论了很多天。难道只要是穆斯林的遗孀就应该完全由巴基斯坦来负责补偿吗？她的居住地难道就不是需要考虑的问题吗？那巴基斯坦境内的印度遗孀该不该由印度政府来补偿呢？印度的公路和铁路长度原本分别为 18077 英里和 26421 英里，巴基斯坦在分离后的以上两个数字分别是 4913 英里和 7112 英里。那么，公路部门的挖土机、手推车和铁锹等工具以及铁路部门的火车头和客货车厢等是应该按照八二原则还是应该按照相应的里程比例来进行分配呢？

印度各地图书馆里的藏书是双方争议最激烈的主题之一。几套《大英百科全书》被从宗教角度做了划分，然后由两个自治领各取所需。字典则是一撕两半，从 A 到 K 的部分归印度所有，后半部分则归巴基斯坦。在某些书只有一本的情况下，就会由图书馆管理员来决定该书的内容究竟更符合哪一方的自然利益。事实上一群被奉为才识卓著的贤能之人在争论这样的问题时常常打得不可开交，谁能说得清《爱丽丝梦游仙境》和《呼啸山庄》这样的图书更符合哪个自治领的自然利益呢？

还有一些东西根本就是不可分的。内政部就曾明确断言，"国家分治后，现有情报机构的责任并不会随之下降"，它的官员们也固执地不肯向巴基斯坦交出哪怕一份文件或是墨水瓶。

整个印度次大陆上只有一家印刷厂能够印制作为国家象征的两种符号，那就是邮票和纸币。印度人拒绝与他们未来的邻居共用这间工厂。无奈之下，数千名穆斯林只好为他们的新国家造出一种临时性纸币：用橡皮图章在大量的印度卢比上盖上"巴基斯坦"的字样。

在财富的分割过程中，印度一些古老的弊端也不可避免地暴露了出来。应该归属巴基斯坦的东孟加拉在 1947 年短缺 7 万吨大米和 3 万吨面粉。与此同时，位于巴基斯坦西部的信德省则有 1.1 万吨大米的余粮，并已早早运到德里，于是，穆斯林们向印度政府讨还这批大米。但他们最终未能如愿，这倒不是因为印度人小气，而是与印度的现实情况有关：印度的人口实在太多，这批大米早就被吃光了。

除了官员们，同时表达意见的还有极端分子们。穆斯林要求将泰姬陵拆掉后运往巴基斯坦，理由是它的建造者是一位莫卧儿皇帝。印度教僧人则认为，流经穆斯林心脏地区的印度河应该全部归属于印度，因为神圣的《吠陀经》早在两千五百年前就把它的文字书写在印度河的两岸上了。

对于统治他们如此之久的英帝国所遗留下来的各种象征物，两个自治领倒是谁也没有表现出丝毫的厌弃之情。金白色相间的副王专列曾驰骋在广袤的德干平原上，如今由印度所有。巴基斯坦则得到了印度军队总司令和旁遮普总督的私人小汽车。

然而，最令人瞩目的分割却发生在副王府的庭院之中。分割的内容是十二驾载人马车。雍容华美且由手工打制的金银图案、闪闪发亮的马具、猩红色的靠垫，所有这些马车集万千浮华和帝王的威仪于一身，让身为子民的印度人欲羡还恨。当代每一任副王、每一位来访的元首以及每一位来印度游历的皇亲国戚，都曾乘坐其中的某驾马车在这座帝国的都城内招摇过市。它们全部是副王的正式乘用马车，其中六驾是用黄金装饰的，另六驾属于半敞篷式，是用白银装饰的。金车与银车原本各自成套，要拆散实在可惜，于是双方决定，金车归一方所有，银车归另一方所有。

蒙巴顿的副官皮特·豪斯中校提议，用最普通的掷硬币办法来解决两部分马车的归属问题。新上任的巴基斯坦卫队指挥官雅各布·汗少校和副王卫队指挥官戈文德·辛格少校站在豪斯中校身旁，看着他把闪亮的硬币扔向空中。

"头像！"戈文德·辛格大声地给自己加着油。

硬币落在院子里的地面上，三人急忙趋前俯身查看。锡克少校发出一声欢呼。幸运之神就这样眷顾了印度一方，这意味着曾经属于帝国统治者的金马车将载着印度这个新兴国家的领导人徜徉在它的首都街头。

豪斯接下来把马具、马鞭以及马车夫的靴子、假发和制服等根据它们各自所属的马车分给了双方。眼看所有东西就要分配完毕，突然多出来一样东西。这个闪闪放光的东西就是副王的马车号，它是马车夫用来引导马匹时吹的一种小号，副王官邸上上下下就只有这一把马车号。

豪斯这位年轻的海军军官一时犹豫起来。很明显，如果一分为二，它就只能变成一堆废铁再也发不出任何声音。当然，继续掷硬币不失为一个解决的办法。但豪斯脑筋一转，想出来另一个更好的主意。

他把小号举在自己的两位同事面前。"你们知道，"他说，"这东西没有办法分。我想解决的办法只有一个，就让它跟着我好了。"

豪斯说罢莞尔一笑，然后把小号往自己的腋下一夹，慢悠悠地走出了院子。

在这年夏天令人手忙脚乱的几个星期里，要整理和分割的远不止是书籍、钱币以及官员们的办公椅，同样需要分割的还有几十上百万的人口。印度公共部门的广大雇员，上至铁路公司的总经理和各部的副部长，下至扫地者、仆人、搬运工和普通人，以及那些印度所有行政机构里多如牛毛的小职员们，所有人都必须做出选择，要么为印度服务，要么为巴基斯坦服务。然后，他们就会被分成两部分，遣送至每个人所选择的自治领。

然而，最痛苦的分割莫过于英国人曾经引以为豪的由120万印度教徒、锡克人、穆斯林以及英国人所组成的印度军队了。

蒙巴顿早就请求真纳在一年之内不要打军队的主意，而是将之交由一位同时对印度和巴基斯坦负责的英国最高司令官指挥，因为分治后的最初几周肯定会有动荡，这样做就可以对这块印度次大陆的和平给予最有力的保障。但真纳拒绝了，理由是：军队是一个国家主权所不可缺少的象征。他要求巴基斯坦军队于8月15日前全部进入自己的边境。印巴军队的分割比例为2∶1，整个印度次大陆上的军队连同它所有的一切都要做出分割，曾经的辉煌在转瞬之间就化作过眼云烟。

印度军队，单凭以下这几个词就足以让人们的脑海中浮现出其古老而浪漫的形象：营房谣、放纵的老爷兵、通往曼德勒之路、孟加拉的夜行人、胆小鬼以及率领孟加拉枪骑兵冲上怪石嶙峋的山口的加里·库珀。一代又一代的英国孩童，一边坐在冰冷的教室里，一边向往着这片被暴雨冲刷着的与世隔绝的荒原和驻扎在那里的军队：斯金纳和霍德森以及普罗宾的骑兵团、前线边防军、第一锡克营、拉杰普塔纳步枪团、开路骑兵，所有这些名字在他们眼中就是光荣与冒险精神的象征。

维多利亚的印度之梦在印度军队身上得到了无以复加的表现：皮肤黝黑、作战勇敢的士兵誓死效忠于万里之外的女王陛下。军官们全部是英勇年轻的英国绅士，他们在帕坦人的篝火前谈笑风生，精于各种体育运动，既爱兵如子又号令严明,都是些千杯不醉的棒小伙。这支军队的事迹,也就是这些好汉们的一个又一个英雄壮举,成为英印帝国种种传奇的组成部分。

在阿尔科特之战中,印度步兵将自己省下来的最后一点米饭让给英国军官,理由居然是他们更加善于忍受饥饿;开路骑兵在1857年以迅雷不及掩耳之势向德里的哗变士兵发动长途奔袭,有如神兵天降;第六廓尔喀营爬上土耳其人为控制加里波利所占据的山脊;阿尔伯特·维克多亲王亲自指挥的第十一骑兵团以及第二皇家枪骑兵团和第十八枪骑兵团在西部沙漠中的密铁拉阻击隆美尔的装甲部队,粉碎了这位德国陆军元帅要他们投降所做的通牒,他们的坚守是整个埃及得救的关键。

印度军队的前身是为东印度公司服务的私人武装组织。早期的军队首领是一些自由抢掠的雇佣军,他们自己出钱豢养私人武装,然后再把他们出租给东印度公司。随着时间的流逝,他们当中有不少人居然还或多或少有了名声,其实很多都是些唯利是图和残忍凶暴之徒,除了累积财富对其他事情都漠不关心。威廉·霍德森(William Hodson)是霍德森骑兵的创始人,这是个嗜酒如命而又心狠手黑、胆大包天的家伙,他依靠造假账和借钱不还等手段赚了许多钱,而他大举借钱的对象就是被他招入麾下的那些富有的印度副官们。有一个副官不识时务,带着自己的儿子跑去找霍德森讨账,结果霍德森举枪就射,父子二人双双殒命不说,原来的债务也一笔勾销。霍德森在1858年3月11日为解勒克瑙居住区之围时毙命。对他充满敬畏的同伴们在他的墓碑上写道:"这里长眠着人见人怕的威廉·斯蒂芬·雷克斯·霍德森,霍德森骑兵司令官。"

那场哗变让印度的几乎一切都发生了改变,印度军队的性质亦然。随着相关变化的产生,这支军队开始了它真正传奇的历史。在这以后的75年里,印度军队大量吸收来自桑德赫斯特军校的高才生,这些人全部是中等或中上等阶级家庭的子弟,他们激情四射而且充满野心,非常希望在军队里有所建树。然而,在好一些的英国本土军团里任职是他们承担不起的,因为那里的军官如果单凭薪水连自己都无法养活。于是家境殷实而又吃不了苦的纨绔子弟进入皇家卫队做起业余的士兵,而在班级中表现优异的年轻人则选择前往印度做一名职业军人，原因很简单，一是那里的生活相对便宜许多，二是在印度的工资收入要比在英国本土高出50%。

英国军队在英国一统天下的太平岁月里终日不是检阅就是操练，却把作战的任务全部交给印度军队。在兰迪科塔尔和开伯尔山口等边境地区的每一条通道和每一座山峰，印度军队几乎是在一刻不停地与敌人进行着激烈的交战。这些地方荒无人烟，到处都是高耸的山脊、陡峭的石崖和几乎寸草不生的山谷，夏天要顶着炎炎烈日的炙烤，而到了冬天又要忍受瓢泼冻雨的冲刷。敌人是凶残的，帕坦人与维齐尔人和马索德人一样，对于受了伤的俘虏从来都是格杀勿论。

但帕坦人作为敌人很是骁勇，不但机警而且诡计多端，英国人对于自己对手的这些"长处"还是颇有些忌惮的。所有边境上的战斗都是一场又一场的死亡游戏，它的规则很残酷，但又多少与伊顿公学的操场有些相似。行动都是小规模的，一名军官带着几名士兵一字排开，守卫一个山头。他们在一起时最需要的就是勇气、个人领导力、智谋和创造力，并且，官兵之间还要做到亲密无间和绝对信任。

如果用疲惫不堪来形容一位年轻军官在边境作战中的生活，那么他在回到驻地后所过的日子就是风光而优雅的。印度有着大量的仆人，生活开支很低，而且军队还享受着特别的优待，所以这些年轻人很容易就可以像他们所希望的那样过上绅士的生活。蒙巴顿的幕僚长，"巴哥犬"伊斯梅曾回忆起自己作为一名年轻的侍从副官初到军中时的情景。他在炎热而肮脏的旅途中横跨了半个印度才到达目的地，当他来到食堂，看见的是自己未来的军官同僚们"穿着华丽的猩红色、深蓝色和金色的就餐礼服"端坐在桌子周围，他们每人身后都站着一名仆人，仆人身上穿的是"洁白无瑕的细纹棉布制服，制服上的绶带是这个团的军旗式样，而在他们的头巾上还绣有该团的饰章"。

餐桌上铺着雪白的亚麻桌布，"桌布上放着两三碗红色玫瑰花瓣和几件擦拭得亮光闪闪的银器"，壁炉的炉台上摆放着该团的名誉上校兼皇室成员的油画画像，墙上"悬挂着老虎、豹子、捻角山羊和巨角塔尔羊的头颅"。

在那个年代，军官们的穿戴活像剧场里的戏剧人物。斯金纳骑兵军官们的就餐礼服是杏色，他们因此被称为"杏黄小子"。其他军官们穿的颜色包括猩红和金黄、天空蓝、薄荷绿和亮银等。各团每月都要举行一次"家宴"，也就是正式而排场的晚餐。一位初来乍到的军官第一次经历这种场合准保会被大伙儿灌得酩酊大醉，但次日早上六点仍必须按时出操。这种宴席的开场通常都是以号声为标志的，军官们身着金色的穗带和锃亮的靴子跟在他们的上校身后整齐地步入食堂。

烛光下的餐桌上摆满了水晶、鲜花和亮闪闪的银器，军官们所享用的美味佳肴是全印度最上乘的。当最后一道菜吃完后，仆人们就会端上一瓶葡萄酒，上校在给自己斟完后便把酒依顺时针方向传递给桌上的每一个人。这样的传统始终一成不变，稍有打破便会被视为不祥之兆。上校三次祝酒的对象永远依次为：英王、副王和本团。在第七骑兵团，指挥官在每次祝酒后便把手里的酒杯向身后掷去。站在他身后的是食堂军士长，他面无表情、目不斜视，随时准备以跺脚立正的方式用穿着靴子的右脚把落在脚边的残破玻璃杯踩个粉碎。军队的食堂全都存有大量的威士忌、红酒和香槟，一个军官只要签一个欠条就可以随意领取，有的军官吝啬到什么钱也不想掏，按照一位军队文书的记载，"就是那种你看见连喝水都要跑到食堂里来的那些仁兄"。

每个团最珍贵的东西就是银器，也就是各种各样的奖杯，它们是这个团的非文字历史。一名新上任的军官往往要在一件银器上刻上自己的名字和到任的时间，然后把它交给食堂进行保管。另一类银器上记载的是本团在马球或是棒球比赛中赢得的胜利，以及在战场上建立的功勋。每一件银器都有一个特别的由来。第七骑兵团有一个广口杯就是在三十年代的一次"家宴"上得到了它现在的雅号。那天晚上，这个团的几名中尉就像是喝醉酒的大学生一样爬到餐桌上，然后狂放地一齐向这个杯子里撒尿。他们倒是把装满香槟酒的膀胱清空了，可怜这个杯子却实在容不下他们排出的尿液，结果当场被众人命名为"无量杯"。

一名军官每天早上都要出操和练兵，但其他时间就可以自由支配了。有一种消磨时间的方法大家都认可，那就是做运动。不管是打马球、猎野猪、射击、板球、曲棍球还是放狗打猎，人们总是希望一名年轻军官能够用某种健康的方式来释放自己的青春活力。这样的要求与耶稣会的神学院学生进行冷水浴活动有着类似的道理，那就是在如此悠闲惬意的生活中显然还缺少了一样乐趣——性。印度军队中的军官一般不提倡在35岁前结婚。自从1857年的哗变事件以来，印度女性就一直受到冷遇，虽然妓院被公认为是供男人们消遣的好去处，但光顾那样的地方显然与军官和绅士们的身份不符。如此一来，唯一可以做的就只有骑马扬鞭了。

每名军官一年当中都有两个月的假期，但如果边境地区太平无事的话也很容易得到更长的休假。这个时候，军队中的年轻军官们有的到印度中部的丛林中去打老虎和豹子，有的到喜马拉雅的山脚下去打雪豹、巨角塔尔羊和黑熊，还有的到克什米尔的激流中去钓马西亚鱼。伊斯梅最早去的地方是斯利那加的一处船屋，他把打马球时骑的赛马拴在附近的河岸上，船屋周围的水面上长满了迎春怒放的莲花。天热起来后，他又转移到海拔8000英尺的古尔马尔格，那里的"马球场用的是纯正英格兰草皮，并且还有一个俱乐部，我们所有人可以聚在一起讨论如何解决世界上的各种问题"。

这些印度军队中的年轻军官并没有解决过什么实际问题。然而，他们训练有素，在举枪瞄准时不管是对孟加拉的猛虎还是对印度边境上的叛乱部落都同样镇定自若。营房中的歌声、纵情豪饮的威士忌、带有遮阳布的防晒头盔、马球杆，所有的一切让他们成了这个历史上最伟大帝国的守卫者。

第一次世界大战开启了这支军队的第二次重大变革。从1918年起，桑赫斯特军校每年都为印度军官保留十个学位。1932年，一所仿照桑赫斯特模式的印度军事学院在德拉敦成立。这里培养出来的印度本土青年与被他们当作模板的英国军官没有任何差别。最重要的是，英国人成功地将撕裂印度次大陆的种群对立观念从他们中间抹去，同时让他们树立起对军队和所在团队的忠诚信念。

印度军队的人数在1945年扩充到了250万，他们在第二次世界大战中的意大利、西部沙漠和缅甸作战，都取得了赫赫战功。然而此刻，印度分治决定不可避免地就要对这支军队造成伤害，它最引以为骄傲的不参与种群之争的立场将不得不遭到无情的破坏。①

7月初，印度军队中的每位军官都收到了一张油印的表格，这支军队的毁灭由此而开始。表格要求每人必须注明自己愿意效忠印度还是巴基斯坦。军队中的印度教徒和锡克族军官并没有制造出什么麻烦，真纳不想把他们留在自己的军队中，而他们也毫无例外地选择了为印度服务。

然而，对于分治以后自己的家庭仍将留在印度境内的穆斯林军官来说，这张小小的表格无疑把他们推向了尴尬的困境。是不是仅仅因为自己是穆斯林就应该离开生于斯长于斯的土地、祖屋和家庭而去响应一支伊斯兰国家军队要自己效忠的号召呢？还是应该留在这片自己与之有着千丝万缕联系而无法割舍的土地上，承受自己事业被反穆斯林的民族情绪所葬送的风险呢？

埃内斯·哈比布拉中校是一名参加过阿拉曼战役的老兵，他也是众多举棋不定而又忧心忡忡的军官中的一员。最后，哈比布拉利用周末时间回到自己在勒克瑙的家，他的父亲在当地的大学做副校长，母亲则是一位狂热的巴基斯坦拥护者。

吃过午饭后，他开着父亲的汽车在勒克瑙的街道上来回转悠。作为中世纪奥德王国男爵的后人，他端详着祖先留下来的一间间房屋，在著名的勒克瑙居住区，1857年军人哗变时留下来的斑斑弹痕至今还清晰可见。"我的祖先就是为了眼前这一切而牺牲了自己的生命，"他想，"这就是我在英国学校和西部沙漠德国人的炮弹下所魂牵梦萦的那个印度。这里是我

---

① 然而，在接下来的所有动荡不安的岁月里，在印度军队中并肩作战所结下的兄弟情谊仍然得以延续。1/4个世纪过去了，在印度和巴基斯坦第三次兵戎相见之后的某一天，一群巴基斯坦装甲部队的军官想要在孟加拉战争结束之际向同样一支印度的装甲部队投降。终于，他们在一家刚刚被占领的俱乐部酒吧里找到一位印度军官。这位印度军官在听明他们的意图后执意表示，一定要在接受投降前请他们喝一次酒。

后来，当这批军官把部队带出来并放下武器后，刚刚还在孟加拉的稻田里互相杀戮的两方组织了一场曲棍球赛和一场足球赛。

收到消息的谢赫·穆吉布·拉赫曼在震惊之余向新德里发出强烈的抗议。英迪拉·甘地立刻给前线指挥官下达了一个措辞严厉的命令。他在命令中提醒这位指挥官，他"是在打仗，而不是在打板球"。

的家，是我属于的地方。我要留下来。"①

对于副王卫队的雅各布·汗少校来说，即将做出的决定事关这位年轻穆斯林军官的一生。他也同样回到自己在兰布尔公国的家中进行沉思，他的父亲是这个公国里的首相，而公国的纳瓦布正是他的伯父。

他饱含感情地重新审视着与伯父富丽堂皇的王宫一墙之隔的自家庄园。他对这座房子有着那么多美好的记忆：圣诞节时，他家在招待整整一百位宾客的宴席上用的全部是金制器皿。他又想起他们的射击游戏：扛着枪，骑在二三十头大象不断起伏的后背上进入密林深处；在随后举行的盛大舞会上，一整支管弦乐队于他伯父的宫殿内进行演奏，宫殿的门口是长长的劳斯莱斯车队，香槟酒洒得到处都是。他还想起镶着绸缎衬里的帐篷、铺在丛林中间的精美的东方地毯以及上面放得满满的野餐美食。他绕着伯父的宫殿一边踱步，一边欣赏着里面的加温泳池和悬挂着维多利亚和乔治五世油画像的宴会大厅。那完全是另一种生活，他暗自思忖着，这样的生活在分治后的社会主义印度注定将会消失，那样的印度又能给他这类王室家庭的穆斯林后裔什么样的地位呢？

那天晚上，他试图向母亲解释自己的决定：他将放弃一切前往巴基斯坦。

"你已经过够了自己的生活，"他对自己的母亲说，"而我的生活还没有开始。我不认为分治后仍留在印度的穆斯林能有什么像样的前途。"

他的老母亲用两眼凝视着他，半是愤怒，半是疑惑。"我完全不理解你的决定。"她说。接着她用乌尔都语说道："我们已经在这里生活二百年了。'我们乘着风的翅膀降临到印度平原上'。"她难过地说着："我们目睹过德里的沦陷，我们也从哗变事件中挺了过来。你的先人们为了这块土地而和英国人激战，你的曾祖父在哗变事件中被处死。我们除了战斗还是战斗。如今，这里就是我们的家园，我们的墓地也要在这里。"

"我老了，"她最后说，"我的来日已屈指可数。我对政治一窍不通，但

---

① 哈比卜勒的两个兄弟、他的妹妹和妹夫全都去了巴基斯坦。他的母亲虽然狂热地支持真纳，但还是留在了印度。哈比卜勒对此的评价是，她可丢不下自己的财产，"即便是真纳先生的巴基斯坦也不能让她这样做"。

作为一位母亲我的情感是自私的。我害怕你的决定会让我们从此天各一方。"

不会的,她的儿子争辩道。他以为驻扎在卡拉奇会和驻扎在德里一样,都没什么大不了的。

他在第二天一早离开家乡。那是一个美丽的夏日。他的母亲身穿一件白色的纱丽,那是穆斯林在葬礼上所穿的颜色,她身后的房子是用黑色的砂岩砌成的,从远处看,她就像是这幢黑房子上的一个小白点。她把《古兰经》高举过头,让儿子从下面走过,然后要他用双手接过《古兰经》,并亲吻它。他们一起背诵了一小段经文作为离别时的祈祷。她在读完最后的几个字后,深吸一口气,然后轻轻吹向自己的孩子,她要用这样的方式让自己的祈祷永远伴随着儿子。

雅各布·汗推开大门,看到正等在那里准备送他去机场的帕卡德牌轿车,随即转身向家人挥手告别。他的老母亲站直身体,尽量压抑住自己的悲伤,但她此时已经说不出话来,只好向儿子点头示意。在她身后的房子里,几十名包着头巾的仆人透过窗户向小主人致以最后的额手礼。其中有一扇窗户正对着雅各布·汗年少时住过的房间。房间里仍然摆放着他的板球板、相册和他在马球赛上赢得的一些奖杯,这些东西全部是他青年时代的纪念物。不必着急,他在心里对自己说,一旦在巴基斯坦安顿下来,他就会回来把它们都带走的。

当然,雅各布·汗的设想完全是错误的。他将再也回不到家乡,再也看不到自己的母亲。就在几个月后,他将带着一个营的巴基斯坦士兵向白雪覆盖的克什米尔山地发起进攻,而驻守在那里的正是他昔日的同袍兄弟。阻击他的部队中有一个来自噶瓦尔团的连队,这个连的连长和雅各布·汗一样也是一位穆斯林。但与雅各布·汗不一样的是,他在1947年4月做出的是另一种选择。他要留在自己出生的土地上。而且,他同样来自兰布尔,也同样姓汗,他就是雅各布的弟弟尤尼斯·汗。

*

在印度分治中最复杂的一项工作重任落在一位在昏暗的律师楼里孤

身埋头工作的人身上，当时的时间是1947年6月，而律师楼所在的地点就是伦敦法学院之一的林肯律师会堂新广场三号。自从以全优第一名和赢得万灵奖学金的成绩从牛津大学毕业后，西里尔·拉德克利夫（Ciril Radcliffe）爵士就与一些被神化或妖魔化的人一样，一直置身于一个巨大的光环之中。拉德克利夫的父亲是一位富有的运动员，拉德克利夫对法律的痴迷之情毫不亚于他的父亲终其一生在打野鸡和松鸡上所表现出来的干劲。身材有些粗壮、貌似宽厚的拉德克利夫，是全英国公认的最富才气的大律师。

尽管拉德克利夫那百科全书般的大脑对许多领域中的知识几乎无所不知无所不晓，但他对于印度倒还真是知之甚少。他没有写过印度方面的文章，也从来没有参与解决过那里发生的复杂的法律问题。事实上，印度次大陆是拉德克利夫从来不曾踏足过的地方。然而，匪夷所思的是，1947年6月27日下午，当大法官把他从律师事务所叫到自己的办公室时，其所基于的理由正是以上这些事实。

蒙巴顿的分治计划中还有一个核心问题没有解决，那就是对孟加拉和旁遮普进行分割的边界如何划定。大法官对拉德克利夫说，尼赫鲁和真纳都很清楚，他们双方是不可能在这个问题上达成一致的，所以决定把这个任务交给一个专门的边界勘定委员会，同时要求必须由一名资深而有名望的大律师出任该委员会的主席。适合做这项工作的人不能有与印度相关的背景。任何熟悉这个国家的人，其公平性都会受到当事双方的猜忌，因此无法胜任该工作。拉德克利夫在司法界的声望无人能比，他对印度事务的一无所知同样也鲜有人及，按照大法官的说法，他担任这个委员会的主席实在是再合适不过的人选。

拉德克利夫在听完大法官的解释后不由吃惊地靠在椅背上。他连旁遮普和孟加拉在什么地方都不知道，把它们分开就更是他万万不敢做的事情了。就算对印度一无所知，他也十分清楚相关的司法分界工作完全是一件费力不讨好的事情。但与许多年龄背景和自己相同的英国人一样，拉德克利夫有着非常强烈的责任感。英国与印度的关系历来十分特殊，如果，在这个关键时刻，两位水火不容的领导人能够同时接受由他这位英国人来完成这一艰巨使命，那么，责无旁贷就一定是他的选择了。

一个小时之后，为了让拉德克利夫更好地了解情况，印度事务办公室的次官在自己的办公桌上为他展开了一幅印度地图。拉德克利夫用手指沿恒河和印度河划动着，绿色的小点代表旁遮普平原，白色的弯月形线条就是喜马拉雅山脉，这还是他第一次看到自己同意划分的两个大省的轮廓：8800万人口，他们的房屋和窝棚，他们的稻田、黄麻地、果园和牧场，铁路和工厂；整整175000平方英里的土地就这样被抽象成一张放在伦敦官员办公桌上的彩色纸张。

而现在，他就要在一张类似的纸上画出一道线，把实实在在的两个地方分开，就好比做截肢手术的外科医生要用手术刀把人体上的骨肉割离一样。

拉德克利夫来到唐宁街10号的花园里，这是他在动身前往新德里前所做的最后一次会晤。克莱门特·艾德礼用几分自豪的目光打量着这位到访的来客，几周过后，眼前这个人所做的工作就要让数以千万计的印度人的生活受到影响，这样大的作用力是英印关系三百年来任何一位英国人望尘莫及的。

艾德礼十分清楚，印度的局面危机四伏，但至少有一件事情他还是感到满意的。能够派一位与自己一样毕业于黑利伯瑞学院的老校友去给8800万人口的家园划分疆界，这是件多么令他开心的事情啊。

*

路易斯·蒙巴顿好不容易把打得不可开交的印度政治家们按住签署了协议，可还没有来得及庆贺胜利，迎面又遇到一个更加复杂的问题。这一次他要打交道的不再是那几位在伦敦法学院学习过的律师，而是565位与最至高无上的亚达凡德拉·辛格大君一样金光闪闪的孔雀——印度各土邦的王公和纳瓦布们。

这些性情乖张、喜怒无常而且时常做出不负责任举动的统治者们在帕蒂亚拉大君主持的王公院上集会，迫使副王正视几百年来发生在印度土地上的梦魇。如果说印度的政治家们可以让印度国土一分为二，那么这些王公们就能够让印度毁灭。他们对这块印度次大陆的威胁不是分治，而是更加致命的分崩离析，即把印度变成几十个国家。他们威胁要动用所有的分裂手段，包括种族的、宗教的、地域的和语言的，这些全都是潜伏在印度脆弱的统一表象之下的不安定因素。这些王公们有他们自己的私人陆空军，有能力破坏印度的铁路、邮政、电报电话，甚至还能够改变印度商业航空公司的飞行航线。要对他们的独立要求做出回应无异于让印度次大陆土崩瓦解。印度帝国将从此变成由一个个互相混战的地方势力所组成的集体，这无疑将引起它的强大邻居的觊觎。

康拉德·科菲尔德爵士的伦敦秘密之行无论如何还是取得了一定意义上的成功。他力主将王公们当年归顺英王时所交出的种种特权归还给他们，内阁对这一主张在理论上的正确性给予了承认。他为王公们打开了一个逃生的出口，现在，他也在毫不犹豫地催促他们当中最重要的一位王公去使用它。

"没有人，"蒙巴顿在给伦敦的报告中尖刻地写道，"哪怕用最不经意的方式，提醒过我王公们的问题会与大英帝国所属印度的困局一样难办，更别说难度更高了。"

好在没有人比蒙巴顿更适合与印度的土邦统治者们打交道的了，毕竟，他本人也算是他们当中的一员。他是大半个欧洲王室的血亲，身上还特别流淌着把其他那些王室都打败了的英国王室的血液，这让他成为印度土邦统治者们的完美借鉴。事实上，蒙巴顿第一个发现众多土邦王公的存在让印度帝国的根基难以牢固。在他陪同表兄威尔士亲王来到印度做长途旅行的过程中，这些王公都曾热情地接待过他。蒙巴顿曾骑在他们的王家象背上穿越丛林追赶猛虎，他也曾端着他们的银制酒杯喝过香槟，用他们的金器享用过东方的美食，还在他们舞厅的水晶吊灯下与后来成为自己妻子的女孩翩翩起舞。在印度，不管是印度人还是英国人，只有为数很少的一些人可以在私下场合用他的昵称"迪基"来称呼他，这中间有几个人就是他在那次旅途中结识的王公朋友。

尽管身为皇亲且与王公们有着深厚的友谊,但蒙巴顿是一位意志坚定的现实主义者,他崇尚自由精神,这让他为工党政府所接受。这些王公们的父辈或许曾经是英国统治者的朋友,但在印度即将开启的新时代里,英国必须要在国大党的社会主义分子中另觅盟友。蒙巴顿决心与这些人建立友谊,因为他知道,不能让印度民族利益的大权落在那群早已被时代淘汰的独裁者手中。

他能为老朋友们做的最大事情就是帮助他们完成自我救赎,让这些长期偏安一隅、养尊处优的王公们从虚幻和狂妄的梦境中走出来。从青少年时代开始,蒙巴顿在心里就总会出现一幕可怕的场景,甚至到了1947年,他还会为这幕不断缠绕着自己的场景流泪。在1918年的叶卡捷琳堡地下室里,他的沙皇姨父以及曾和他一起玩耍的表兄妹们遭到杀害,其中包括他曾暗地希望迎娶的玛丽公主。当然,他当时不在现场,所有的惨景都是他想象出来的。他知道,在印度的王公中存在一些极端不负责任的人,他们做出的事情完全有可能让他们的王宫变成像沙皇地下室那样的停尸间。他自己的政治秘书科菲尔德就正在煽动这些人走向这条不归之路。

许多王公原本以为蒙巴顿会是他们的救世主,会创造奇迹让他们的荣华富贵继续得以保留。但蒙巴顿不是,他既没有权力也没有想过要这样做。相反,他还要劝说这些与自己关系密切的老朋友们心平气和地离开,并且最终淡出历史舞台。

他要他们放弃宣布独立,同时在8月15日前做出希望加入印度还是巴基斯坦的声明。而作为回报,他将行使自己的副王职权要求尼赫鲁和真纳尽可能为王公们的私人财富做出最好的安排,算是对王公们的配合所给予的肯定。

蒙巴顿将自己的建议第一个告诉了瓦拉巴伊·帕特尔,他是印度主管土邦事务的部长。蒙巴顿说,如果国大党同意让王公们保留他们的头衔、宫殿、私人财产、司法豁免权、佩戴英国奖章的权利以及准外交地位,他就会努力说服他们签署一项废止他们世俗权力的加盟法案,从此加入印度联邦并放弃宣布独立。[1]

这个建议非常诱人。帕特尔深知,在与土邦王公们打交道方面,国大党内无人有比蒙巴顿更胜一筹的实力。他对副王说的话却是:"你必须说服他们所有人。如果你能把树上的苹果全都采到篮子里,我就买。但如果不是这样,我是不会要的。"

"可以少十来个吗?"副王问道。

"那太多了,"帕特尔回应道,"就让你可以少两个吧。"

"这么少。"蒙巴顿说。

在接下来的几分钟里,末代副王和未来的印度国务部长就像两个地毯商人一样展开了讨价还价,而他们的标的物竟是治下人口占美国人口2/3的印度各土邦王公。最终,二人总算取得了一致:6个。这个数字一点不能让蒙巴顿肩负的艰巨任务有所减轻。565 减 6,再减去比这多一些的归属巴基斯坦的数字,蒙巴顿仍有不下 550 个苹果要从难度很高的树上摘下来,而到 8 月 15 日前,留给他的时间只有区区几个星期而已。

作为印度人,贾瓦哈拉尔·尼赫鲁向英国人提出了一个最不同寻常的要求,它在所有去殖民化的斗争历史中也是绝无仅有的。在副王书房,这个他与副王共同度过许许多多令人不安时刻的地方,贾瓦哈拉尔·尼赫鲁正式向象征英国王权并受到众多印度人奋起反抗的末代副王发出邀请,希望他成为独立印度最荣耀职位上的第一人,也就是印度首任大总督。

尼赫鲁的这个想法来自他的竞争对手真纳。真纳生怕巴基斯坦在对印度次大陆的分配过程中得不到公正的对待,因此他提出请蒙巴顿在 8 月 15 日以后继续以类似最高仲裁者的身份留下来,直到所有分配工作全部完成。

尽管摆在面前的是一份巨大的殊荣,但蒙巴顿对是否接受还是予以了极大的保留,他的妻子也站在和他相同的立场上。他在印度的四个月时

---

[1] 王公们加入印度联邦的条件最终被写入印度宪法,他们的权利从而得到切实的保证。但让末代副王泄气的是,英迪拉·甘地总理在煞费苦心之后,于 1973 年成功绕过相关法条终止了宪法所赋予王公们的特殊地位。

间里取得了辉煌的成功，现在，他和妻子完全可以一走了之，因为他们本来要的就是"片刻的荣光"。他对前方存在的困难再清楚不过，一旦选择了留下，这些困难就很可能让他在此前所取得的成就沾染上瑕疵。而如果想正常发挥作用，他感觉必须要取得真纳同样的支持。

然而，这位时日无多的穆斯林领袖为了他的巴基斯坦付出了自己全部的心血，他才不肯放弃在新国家最高级别的办公室里举行就职仪式的风光。他对蒙巴顿说，他本人要亲自担任巴基斯坦的首位大总督。

但是，蒙巴顿反驳说，真纳给自己选择的是一个错误的职位。根据凌驾于这两个自治领之上的英国宪法规定，总理才是全部权力的掌握者。大总督的职权仅仅是象征性的，与王权一样没有什么实质性的权力。

但他的争辩并没有让真纳收回成命。"在巴基斯坦，"他冷冷地说，"我将是大总督，总理要按照我说的话来行事。"

艾德礼、丘吉尔以及蒙巴顿的表兄英王都很清楚尼赫鲁赋予英国的是怎样一份荣誉，他们要求蒙巴顿务必接受它。事实上，真纳也希望蒙巴顿这样做。

但是，在蒙巴顿接受这份荣誉之前，他必须得到一个人的祝福。要让这位非暴力主义的宣扬者允许一位一生都在研究战争的人来担任印度的首位国家元首，开始时肯定是件令人难以置信的事情。并且，圣雄早已以一向出人意料的方式，向全世界指定了他心目中这个位置的理想人选：一位"内心坚强、如水晶般纯洁无瑕"的贱民扫地女孩。

尽管彼此之间存在分歧，但甘地与这位比自己小30岁的海军少将早已结下真挚的情谊。蒙巴顿深深地被甘地所吸引，他喜欢甘地那有些恶作剧式的幽默。从来到印度的第一天起，他就抛开英国统治阶级对这位圣雄及其思想的各种各样的成见，用虚怀开放的姿态和胸怀与之交往。他每见一次甘地，对甘地的友情便加深一分。

甘地本来就为人和善，他在感受到蒙巴顿的热情后也报以真诚的回应。7月间的一个下午，这位曾在英国监狱里度过如此漫长岁月的长者步入了副王的书房。甘地为将印度从蒙巴顿同胞们的手里夺回来奋斗了长达

35年，而他此次前来的目的却是请求蒙巴顿接受国大党的邀请出任这个新国家的首任大总督。

甘地在言谈间不但对蒙巴顿个人充满了崇高敬意，而且对英国人也给予了极高的评价。看着眼前深陷在宽大的扶手椅座里的甘地，蒙巴顿的内心止不住颤抖起来。"我们关押过他，羞辱过他，嘲讽过他，鄙视过他，"他在心里说，"可他却仍然有着如此开阔的胸襟来做这件事情。"感动得几乎落泪的蒙巴顿连声感谢甘地的美意。

甘地对蒙巴顿的感激之词只略微点一下头，然后继续自己的讲话。他挥舞了一下瘦弱的手臂，意指整个副王府及其宏大的莫卧儿花园。副王对这里的一砖一瓦和一草一木都钟爱有加，他醉心于这里的雄壮奢华和威仪，纵情享受环绕于身边的仆从侍奉、美味佳肴以及应有尽有的各种欢娱。所有这一切，他对副王说，将随着独立印度的诞生而消失。它的金碧辉煌、它荣耀的过去，是印度贫苦大众心头巨大的屈辱。新领导人必须把自己树立成榜样。他希望，蒙巴顿作为印度人的首位大总督，能够开一个好头。为此，他要求蒙巴顿搬出副王府，住进普通的房屋中，并且不要带仆人。作为副王府的勒琴斯宫可以改造成一间医院。

蒙巴顿听完这些话顿时呆住了，他的脸上掠过一丝苦笑。好一个狡猾的甘地，他心想，这分明是在让我自收残局。艾德礼、英王、尼赫鲁和真纳正在把一个在他看来最为残酷的任务扔给他。此刻，眼前这位既讨人喜欢又让人生畏的老者还想把他变成印度头号社会主义分子，不但要成为管理世界上 1/5 人口的象征性领袖，还要每天早晨自己动手打扫简陋的居所。

路易斯·蒙巴顿书房的雪白明亮在西里尔·拉德克利夫爵士看来简直就是另一个世界，因为他自己的律师事务所总是昏暗阴沉，二者的反差之大，就同蒙巴顿在他到达德里几小时后交给他的任务和他在伦敦时所接受的任务之间的差别一样。

蒙巴顿向他解释说，从理论上说，应该由每省各安排四名法官来帮助他，这些法官负责向他就边界的具体划分路线提出联合建议。但在事实上，他只能独自完成全部划界工作，因为法官们是由互相敌对的两方各自选出的，他们的任务就是反对对方的意见，所以最终不可能产生任何一致性建议。

他划定边界的前提条件就是"把犬牙交错而又延绵不断的穆斯林和非穆斯林占多数的地区摸清楚"。在这样做的过程中他必须"对其他因素予以考虑"。没有人愿意告诉他这些其他因素都是些什么，也没有人会告诉他哪些因素有怎样的重要性，否则的话又会让尼赫鲁和真纳之间永无休止地争论起来。

具有讽刺意味的是，相关方面交给他掌握的一项具体原则竟然建立在完全错误的假设之上。印度军队总司令陆军元帅克劳德·奥金莱克爵士认为印度和巴基斯坦未来的双边关系将是友好的，因此授权拉德克利夫对一个国家在设定边界时首先需要考虑的防卫问题可予以忽略。

然而，这些问题还只是小儿科，真正令拉德克利夫震惊的事情还在后面。他明知自己要完成的任务无论如何都不会轻松，但还是来到德里，因为他相信至少应该有时间和装备让他深思熟虑和从法律角度解决所有的问题。

此时，蒙巴顿给他的解释却是，划界工作必须在8月15日前完成，留给他的时间仅仅只有几个星期。蒙巴顿的话意味着拉德克利夫甚至连实地看上一眼自己准备分割的土地也无法做到。他警告蒙巴顿，如此仓促行事将不可避免地导致失误和过错，而且有些失误和过错的后果还会非常严重。

蒙巴顿承认他说得没错，但时间不能等人。不管拉德克利夫的决断存在多么大的瑕疵甚至纰漏，印度能做的就只有接受。蒙巴顿给拉德克利夫下达了唯一而又不容置疑和推诿的指示：8月15日前必须完成所有工作。

但为人固执的拉德克利夫对这个问题也有自己的一定之规，他可不打算把蒙巴顿的话当作圣旨来听。他分别打电话给尼赫鲁和真纳，他向两个人问的问题都一样：在8月15日前完成两国划界工作而不管其中存在多少谬误是不是真的对他们有着刻不容缓的意义？对此，这两个人都坚决予以了肯定。

既然连当事双方也坚持要这样做，拉德克利夫除了照办别无选择。他知道，要完成对旁遮普和孟加拉的分割可不是一把小小的手术刀就能解决问题的。他的工具必须是屠夫手中的利斧。

旁遮普，1947 年 7 月

站在副王书房凭窗远眺，几十英里以外的田野就是印度两个大省之一旁遮普的属地，这里即将经西里尔·拉德克利夫的手从印度分离出去。这些金黄的田野麦浪滚滚，还盛产玉米和甘蔗，就连丰收后的印度粮仓也从来不敢与之斗富。此时，一头头公牛早已蹒跚走在尘土飞扬的道路上，它们缓慢而吃力地拖着身后的木轮板车，板车上装载着这片印度最富庶的土地上刚刚出产的第一批水果。

这些牛车要去往的每一个村庄都大同小异，甚至几乎完全一样：一个上面漂浮着一层绿色浮藻的水箱，女人们就着它在洗衣服，男孩子们一边用树枝抽打着浑身脏兮兮的黑色水牛，一边在为它们洗澡；在一个又一个用土墙围出来的院子里，水牛、山羊、奶牛、狗，还有光着脚的孩子们，在深至脚踝的泥水里蹒跚而行，许多低洼的地方都泡在牛尿里，在阳光下散发出阵阵臊臭；一头驼背的公牛围绕磨碾永无休止地转着圈，默默地将稻谷变成餐桌上的粮食；一群妇女将冒着热气的新鲜牛粪拍打成扁平的块状，等到生火煮饭时用它们来做燃料。

旁遮普的心脏就是曾作为《一千零一夜》故事中都城所在地的那座城市——拉合尔，它是莫卧儿皇帝们的最爱。这些莫卧儿皇帝用各个时期最顶尖工匠的手艺来装扮这座城市：奥朗则布建造的大清真寺的彩陶直到几个世纪后的今天仍然熠熠生辉，刻在纪念碑大理石上的 99 个神灵的名字依然清晰可见；巨大的阿克巴的要塞那人工雕刻的珐琅台阶和大理石格栅宛如裙摆的蕾丝花边；努尔·贾汉是一位美丽的囚徒，她在嫁给关押自己的人后做上了皇后，被称为"石榴花"的阿纳卡利是阿克巴最宠爱的姬妃，只因为向阿克巴的儿子笑了笑就惨遭这位暴君活埋，她们二人的陵墓都是各自所在时代的象征；沙利马尔花园的三百座咝咝作响的喷泉。

拉合尔比德里更具大都市的气质，比孟买更富有贵族的情调，比加尔各答有更加悠久的历史，它在许多方面都是印度最具吸引力的城市。它的核心地带就是大市场，宽阔的大街两旁坐落着咖啡馆、商店、餐馆和戏院。

在拉合尔，酒吧比书店还要多。夜总会里摩肩接踵的客人数量更是远远超过寺庙和清真寺内的虔诚信徒。这里有全印度最雅致的红灯区，是久负盛名的东方巴黎。

一位观察家描述说，从穿着上看，这里的学生像演员，演员像舞男，社交名媛像妓女，而妓女又像伦敦的模特儿。这里还是卡桑奇的发源地，有些印度妇女穿着这种宽松而又精美的丝绸长袍来代替纱丽，它的褶摆长度过膝，因此将裤口扎在脚踝处的丝绸长裤遮住一大部分，而这种服饰正是古代帝王后宫内女子们的装束。

英国人在经过精心选择后还将国内一些最好的学校办到了拉合尔，许多新一代的领导人正是从这些学校中成长起来的。哥特式的教堂塔尖、板球场、写满拉丁文和希腊文的课程表、手里舞弄着文明棍的校长、学校帽子和运动服上的徽章和诸如"天堂之光，我们的方向""勇于探索"等内容的箴言，以上情景无不表明，这些学校的确是其英国原身在烈日炎炎的旁遮普平原上的完美复制品。

在有些发黄的相片墙上陈列着学校运动队员们的照片，照片中的队员们个个目光炯炯。他们有的从低到高站成几排，橄榄球帽下是一张张黝黑坚毅而又充满稚气的面孔，有的骄傲地把曲棍球杆或是板球板紧紧抓在手里。这些年轻的印度教徒、穆斯林和锡克人曾肩并肩站在教堂旁，扯着嗓门大声演唱雄壮的旧基督教赞美诗，也曾一同学习乔叟和萨克雷，还曾在运动场上为了追求男子汉的英雄气概而在比赛中把自己弄得头破血流，而制定比赛规则的统治者正是此刻他们在谋求解决次大陆危机时称之为关键因素的英国人。

不管怎么说，拉合尔是一座包容的城市，它有五十万印度教徒、十万锡克人和六十万穆斯林，但一直以来，各族群之间的分歧矛盾比起印度其他地方来说要淡化许多。在马会和都市俱乐部的舞池里，各族群之间的差异微乎其微，锡克人、穆斯林和印度教徒在一起大跳伦巴和狐步舞，彼此间的唯一区别仅仅是他们身上所穿纱丽的厚度不一样而已。在招待会、晚宴和舞会上，所有人会完全不加区分地聚在一起，而富人在郊外的豪华别墅，更不会因为你是印度教徒、锡克人、穆斯林、基督徒或是拜火教徒而有任何区别。

过往的一切就如同一枕黄粱，1947 年 7 月，这场美梦迅速走向破灭。从 1 月份开始，穆斯林联盟中的狂热分子就在穆斯林占统治地位的旁遮普地区到处组织秘密集会。他们利用照片和一些所谓在印度其他地区冲突中遇害的穆斯林头颅和尸骨进行宣传，煽动起当地穆斯林族群对印度教徒的仇视情绪。偶尔还会有一名伤得很重的穆斯林从一个集会来到另一个集会，向所有人展示自己的伤患。治理该省长达十年的由印度教徒、穆斯林和锡克人组成的联合政府原本运行良好，但在一场又一场有组织的骚乱和示威活动中不得不宣布垮台。于是，身为该省总督的埃文·詹金斯爵士只好亲自接管行政大权。

第一波暴力风潮发生在 3 月早间，起因是一位锡克人首领砍断了一根悬挂着穆斯林联盟旗帜的旗杆，并且边砍还边在口中大叫着"巴基斯坦给我见鬼去"。穆斯林们对他的挑战做出了快速而血腥的报复。在随后的冲突中，总共有不下三千人被打死，其中绝大多数是锡克人。印度军队北方军区司令弗兰克·梅瑟维中将飞赴几个被穆斯林暴徒毁灭掉的锡克人村庄巡视，一排排的锡克人尸体"像被射杀的野鸡一样"摆放得密密麻麻，这样的情景不禁让他惊恐万状。

后来，政府部门好不容易恢复了秩序，但恶性事件自此以后便层出不穷，上演的频率也越来越快，蒙巴顿在 4 月份前往视察的那个屋毁人空的伊胡达村就是其中一例。

这些人散发出来的毒素不可避免地渗入到拉合尔的大街小巷。西里尔·拉德克利夫爵士在地图上如何画线将决定拉合尔的最终命运，他在来到这里前，头脑里对拉合尔的概念完全是他在英国时听说的那样：令人眼花缭乱的圣诞庆典、盛大的猎装舞会、马展以及华丽的社交生活等。但当他真正到来后却发现,事实与传闻之间居然全无相似之处。他所看到的拉合尔恰恰与之前的听闻相反,那里"闷热、尘土满天,到处在发生骚乱,火光冲天"。

因害怕而不敢上街的居民早就超过十万人了。虽说天气热得可怕,但旁遮普人却早已放弃了在户外的星空下过夜的老习惯,在睡梦中遭人偷袭而被一刀割喉的危险实在太大。在拉合尔城里的一些地方,一些穆斯林年轻人将绳子横放在马路上,当有人骑车快速抵近时,他们便猛然拽起绳子。受害的往往都是锡克人,因为他们的大胡子和头巾非常易于辨认。

拉合尔最混乱的地方是在一个由七英里长的石墙围起来的范围,这座古老的墙修建于阿克巴年代,所圈范围是当年全世界人口最稠密的地区之一。这里有三十万穆斯林、十万印度教徒和锡克人,每平方英里的人口密度达到十万四千人,他们像发酵的泡沫一样在迷宫般的小巷以及无所不在的露天剧场、商店、寺庙、清真寺和破旧的房屋里到处弥漫。大量人流混乱不堪,亚洲集市上的所有气味、人声和嘈杂喧闹在这里都得到了最充分的体现。每一处宽敞些的地方都聚集着一群流动商人。他们在向人展示货品时要么把货品放在圆圆的锡盘上,要么放在头上顶着的大浅盘上,要么放在可以推着走的推车里,这些货品包括:油炸辣椒球、堆成金字塔状的橙子、又黏又甜的哈尔瓦芝麻蜜饼和巴尔吉、东方糖果、木瓜、番石榴、成垛的香蕉、黏黏地粘在一起的一堆堆海枣以及上面黑压压的一层苍蝇。由于患上沙眼而眼仁发白的孩子们用生锈的压榨机在把成堆的甘蔗压榨成汁。

这里的小巷简直就是由各种店铺组成的拜占庭迷宫,像笼子一样的小房子全部高出地面两英尺,为的是防止季风来临时受到突发洪水的破坏。不同行业的人们依照并不明确的界线严格划分各自的地盘,皮匠在一边,锡匠在另一边。珠宝商在这里也有一席之地,放在托盘上的金手镯与托盘一道释放出金灿灿的光芒,购买金手镯是许多印度人传统的储蓄形式;香料商集中的地方到处堆放着炷香以及充满异国情调的中国烧瓶,香料商人利用这些烧瓶将不同香型的香料按照不同比例混合搭配,以满足客人们各种各样的要求;鞋匠店里陈列着一排排镶金的拖鞋,拖鞋的前端做得十分尖细，像极了威尼斯那种贡多拉小船的船头部分；工艺匠人展示的货品有杯子、用玻璃珐琅制成的首饰、加入了锡铅合金的银器、在与棉花糖一样纤细的金丝上完成打孔的工艺品、涂满全漆的大浅盘和喷壶嘴以及镶嵌着象牙和贝壳片的檀香木盒子。

有的商店出售武器、匕首和锡克人风俗规定佩戴的短刀。卖花的商人躲在小山一样高的玫瑰后面，他们的孩子们像串珍珠一样将茉莉花编成一个个花环。茶叶商卖的茶品种非常丰富，颜色从漆黑到油绿，应有尽有。布料商光脚蹲在自己的铺子里，在他们的身后是数十种五花八门的布匹。还有专门卖结婚用品的商店，里面的货物包括新婚时佩戴的配有一束束金黄色垂条的头巾，再就是用柔软的丝绸制成的马甲背心，上面点缀着带颜色的玻璃、翡翠、红宝石以及穷人用的蓝宝石刚玉。这里还有理发师、炼铁工，在刺耳的锤声中工作着的铜匠、黄铜匠和锡匠；裁缝、木匠；精于卖旧轮胎、废瓶子、破布和烂报纸的废品商人。世界上所有的行业就这样在这个嘈杂而多姿多彩的环境中首尾相接着。

穆斯林妇女把自己从头到脚包在黑色的长衣之下，双眼在挡住脸部的薄纱后面闪动着，她们像晚祷中的修女一样悄无声息地在小马车、人力车、单车以及隆隆而行的牛车所发出的嘈杂声浪中穿行着。在印度教徒区的一间办公室里，一个人正站在手工打造的木质格窗背后凝视着楼下人声鼎沸的场面，他就是老拉合尔的首富布拉吉·沙阿。这位年迈的富豪以眼前的木窗为起点，在旁遮普织成一张无所不在的大网，几乎 1/4 的旁遮普农民都陷在这张大网里，许多人终身无法自拔。他是印度最大的高利贷商人。

此时，布拉吉·沙阿窗下人声嘈杂的小巷子里正不断发生着一起起谋杀案。这些谋杀案看起来毫无意义，让人百思不得其解，受害人完全是凶手随意挑选的，原因无非是死者佩戴着锡克人头巾或是留着穆斯林式的山羊胡子。凶手全部是些流氓恶棍，而且三个种族的都有，他们在旧城里悄然潜行，专找进入自己族区的对方族人发动袭击，得手后便遁入迷宫般的小巷深处。

一位英国警官回忆说，死亡"来得就像闪电，致命的打击就是一下。

你还没有来得及喊出'有刀',大街上就已经有人横身倒下,所有的门都关着,现场看不到任何人"。

杀戮在穆斯林和非穆斯林之间保持着可怕的平衡关系。"穆斯林今天刚多杀一人,"拉合尔警察总监约翰·巴内特说,"有人敢和我打赌说印度教徒今晚不会讨成平手吗?"

每逢周六,警察局就会照例做好两份日记,一份是每周犯罪日记,另一份是每周秘密政治活动日记。由于无法对族群互屠行为做出归类,巴内特以英国官僚特有的严谨下令,将之同时记入两份日记当中。

即将决定拉合尔归属的拉德克利夫对于冲突的双方来说实在是个巨大的争议人物,旁遮普总督为此不得不连住所都拒绝为他提供。无奈之下,西里尔·拉德克利夫只好住进法拉提酒店,这座酒店始建于1860年,创建者是一位爱上了本地一名妓女的意大利那不勒斯人。拉德克利夫用从绝望中迸发出来的激情竭尽全力要让原本是为支持他工作而来的两派法官达成哪怕最小尺度的妥协。可惜蒙巴顿当初的说法一点也没错,他所做的一切都只能是徒劳。

任何时候只要他一出门,扑面而来的就不仅只是热浪,还有两派印度人不顾一切向他施加的各种影响。可怜而无助的人们害怕自己毕生积累起来的财富被他的大笔一扫而空,因此不惜付给他一切代价以使未来的边界线能够对本族群更加有利。

到了晚上,拉德克利夫为了躲避他们的纠缠就索性跑到拉合尔的最后一处"只接待欧洲人"的据点——旁遮普俱乐部,当地的欧洲人将之戏称为"猪猡"。

在俱乐部的草坪上,身边除了自己的助手就是在夜幕中来回穿梭的白袍侍者,对印度一无所知的拉德克利夫一边呷着威士忌和苏打水,一边心想在这个酷热而又被仇恨撕裂的城市里,去哪里才能找到传说中那个美轮美奂的拉合尔呢?

他的拉合尔注定只能是他对旁遮普俱乐部草坪外黑色地平线上的所见所闻:燃烧的市场不时冒起的熊熊火焰;警报的尖叫声;城市两派搏斗时发出的奋力的喊杀声——锡克人叫的是"至真、至耀、至久之王",穆斯林叫的是"安拉胡阿克巴"——狂热的印度教徒组织民族卫队更是鼓声阵阵,"嗵、嗵"的声音在仇恨的夜空中回荡。

拉合尔以东三十五英里处坐落着旁遮普的第二大城市阿姆利则,在它的古老巷道深处隐藏着锡克教最神圣的地方,这就是金庙。这座白色大理石庙宇在同样是大理石铺成的堤道尽头巍然耸立,而它的周围则是波光闪闪的水塘。金庙的圆屋顶上覆盖着闪亮的金叶,屋顶下方藏放着锡克教圣书《锡金圣典》的原稿,圣书的书页由丝绸包裹,盖在圣书上面的鲜花必须每天更换。这里是锡克人心目当中最圣洁的地方,因此就连扫地用的扫把也是用孔雀的羽毛制成的。

对于六百万锡克人来说,这座金庙就是他们精神上的天然磁石,在充满神灵的印度大地上,能够让他们信奉的宗教只有这一个。他们胡须飘飘,头发从来不剪而是盘在头巾里,身材魁梧而健壮,虽然只占印度总人口的2%,但却是最强健、最团结和最尚武的族群。

锡克教是在一神论的伊斯兰教对多神论的印度教不断施加压力的过程中产生的,产生的地点就在这两大宗教交锋之初的前线地带旁遮普。一位印度教大师试图让这两派宗教达成和解,于是宣称,"印度教徒和穆斯林都是不存在的,真正的神灵只有一个——至高无上的真理",莫卧儿时代的残暴统治使锡克教受到人们的拥护。但随即而来的残酷迫害让创始者以来第十位也是最后一位大师改变了锡克教的初衷,锡克教产生的缘由本来是为了促成宗教间的和解,但到此时,它将自己改变成为崇尚武力和战斗的信仰。这位名叫戈宾德·辛格(Gobind Singh)的大师把自己最亲近的五位弟子,也就是史称的"五至爱"叫到一起,他用一把双刃匕首把装在一个普通碗里的糖水搅匀,然后分成五份让五人喝下,以此消除来自不同种姓的这五个人之间原本存在的各种不平等。他宣布他们为新的战斗兄弟集体卡尔沙(Khalsa,圣洁之意)的创始人,并且为每个人做了洗礼,给他们的名字末尾加上"辛格"二字,意为狮子。他对他们说,他们从此要事事身先众人,让人们对他们的身份和信仰一望即知,而且他们还要不断激发自己的勇气和用生命来捍卫自己的信仰。

他威严地命令说，从此以后，锡克人必须服从"五K"戒律。他们将听凭须发的生长而不得修剪（Kesh）。他们将在头发中插上一把梳子（Kangha），为保持作为一名武士的敏捷而只穿短装（Kucha），右腕部佩戴一只钢制的手镯（Kara），不管到哪里都要随身携带一柄短剑（Kirpan）。锡克人不得抽烟和饮酒，不得与穆斯林女人发生性行为，对凡以穆斯林方式割喉宰杀的动物肉一律不得食用。

莫卧儿帝国的瓦解给了锡克人在深爱着的旁遮普土地上建立起属于自己的王国的机会。可是好景不长，身穿猩红色军装的英国军队的到来让他们的荣耀没过多久就戛然而止。然而就在锡克王国濒临崩溃之际的1849年，骄傲的锡克人让英国人在旁遮普的交通要冲奇林瓦拉（Chillianwala）尝到了他们在印度最为惨重的失利。

1947年7月，印度六百万锡克人当中仍有五百万人居住在旁遮普。他们在旁遮普的人口比例中仅占13%，拥有的土地面积却达到40%，生产出来的粮食占整个旁遮普地区的2/3。印度军队中接近1/3的官兵是锡克人，锡克人在两次世界大战中获得的勋章数量更是几乎占到整个印度军队的一半。[1]

旁遮普的悲剧在于，尽管穆斯林和锡克人可以同时苟且生存于英国人的统治之下，但让他们单独在一起相处是万万做不到的。穆斯林对锡克人统治旁遮普时期的回忆就是，"清真寺被玷污，妇女被强暴，墓地被铲平，穆斯林不分性别年龄一律被刀劈、剑刺、吊绞、枪决，被剁成碎块，被活活烧死"。

对于锡克人来说，他们在旁遮普的莫卧儿统治者手里所饱受的苦难早已融入一个个民间故事，让每个孩子刚开始懂事时就耳熟能详。金庙所在地有一个博物馆，目的就是为了让世世代代的锡克人牢牢记住本民族在莫卧儿时代所遭受的每一个屈辱、每一场恐惧和每一次涂炭的详情。巨大的油画描绘的是血淋淋的场景，四肢遭强行张开的锡克人因为拒绝皈依伊

---

[1] 对机械有着神奇天赋的锡克人特别钟情于汽车工业。在印度的城市当中，锡克族卡车和出租车司机个个身怀绝技，有些时候似乎没有其他人可以——或是敢于——和他们在同一条道路上开车。

斯兰教而被锯成两截，被石磨碾成肉酱；在两个装着尖刀像齿轮一样互相咬合的轮子之间被来回一点点割杀；锡克女子在拉合尔的莫卧儿宫殿门口亲眼看着自己的婴儿被莫卧儿的王宫卫队用长矛刺死后砍下头颅。

锡克人没有对本族群在3月份所遭到的暴力屠杀做出回应，这让穆斯林和德里的政治家们感到既惊讶又欣慰。一些传闻由此不胫而走，说锡克人丧失了传统的勇武之风，他们在有了身家以后开始变得温驯。

这些人全都大错特错了。6月早间，正当副王和印度各派领袖在德里为印度分治即将达成共识之际，锡克族领导层在拉合尔的内多酒店秘密聚会。他们开会的目的是商议出一旦分治计划成功通过，锡克人应该采取什么样的对策。绝大多数人与那位用佩刀砍倒穆斯林联盟旗杆的激进首领立场一致。这位首领名叫塔拉·辛格（Tara Singh），是一所学校里的三年级教师，追随者们由此称他为"老师"，他的许多家庭成员在由他自己一手挑起的暴力活动中丧生，眼下，他的内心受到的唯一支配就是两个字——"复仇"。

"哦，锡克同胞们，"他在一次预示着一场大悲剧即将席卷旁遮普的讲话中大声喊道，"让我们像日本人和纳粹那样做好自我毁灭的准备吧。我们的土地眼看就要遭到践踏，我们的女人眼看就要遭受污辱。让我们站起来，再一次毁灭莫卧儿入侵者。我们的土地母亲正期待着鲜血的浇灌！那就让我们用自己和敌人的血一起来满足她吧！"

*

在新德里，新到来的每一天都在迫使副王和他的幕僚们做出大大小小十来项新的决定。有些问题总是处在永无休止的讨论中，比如由于印度独立造成数千名英国人提前退休，对他们的补偿应该由谁来支付，以及数百名应印度和巴基斯坦要求将要留任的英国公务员和军官们的待遇问题等等。

以国大党和穆斯林联盟部长为主组成的临时性政府早就因为即将实行的分治所引发的紧张关系而逐渐面临瘫痪。为了让它能够坚持运行到8

月 15 日，蒙巴顿做出了一个十分天才的安排。他让国大党成员出任所有部长职位，但同时给每位部长配备一名监督他的穆斯林联盟代表，从而确保他不会做出有违巴基斯坦利益的事情。蒙巴顿委任英国将军罗伯特·洛克哈特（Robert Lockhart）爵士对西北边境省就加入印度还是巴基斯坦所举行的全民公决予以监督。之前，他曾应国大党的请求拒绝给予孟加拉选择独立的机会，所以，他在此刻毫不迟疑地让国大党想把类似机会留给边境省的希望落了空。

所有问题中最让人头痛的就是时间，这都是因为蒙巴顿一时冲动将 8 月 15 日设定为印度独立日而引起的。一群星相师最终向印度领导人们做出建议，把 8 月 15 日作为印度国家现代史的开篇之日大大不吉，但 8 月 14 日这一天的星位接合倒是极为祥瑞，因此开国之日宜安排在提前一天的 8 月 14 日。副王听到这个消息总算松了口气，同意了国大党以顺应天体形态为理由所做出的提议，印度和巴基斯坦将在 1947 年 8 月 14 日零时成为两个独立的自治领。①

由家纺土布制成的三色彩带即将取代印度地平线上的米字旗，三十年来，它一直在渴望独立的民众集会、游行和示威活动上随风飘扬着。它是甘地当年为好斗的国大党亲手设计的。在呈水平排列的藏红色、白色和绿色条带中间，他留下了自己的个人印记，那就是他向印度民众提议用非暴力完成自我救赎的象征性工具，一个普普通通的手纺车轮。

如今，独立就在眼前，国大党开始有声音反对在未来的国旗中央保留他们称之为"甘地的玩具"的纺车。国大党成员中的好斗分子日渐增多，甘地的纺车在他们眼里只是过去的象征，是妇道人家的东西，是要与之决裂的旧印度的印记。

在他们的坚决要求下，国旗中央改用了另一个轮子，那就是为印度帝国开国皇帝阿育王开疆辟土的勇士们刻在盾牌上的勇武标志。这是一个

---

① 在召开完新闻发布会不久后的一次工作会议上，副王微笑着说："我的团队当中完全缺少一名星相学方面的高级顾问。"为他坚持要"立即做出修正"，年轻能干的新闻官艾伦·坎贝尔-约翰逊于是额外担负起副王星相师的职责。

由一对代表力量和勇气的狮子拱卫着的法轮，狮子象征着阿育王的势力与威严，法轮则代表着宇宙的秩序，新的印度将以它为象征。

甘地在得知自己的追随者们做出上述决定后难过万分。"不管这个图案具有多大的艺术性，"他写道，"我都不会向一面带有如此寓意的国旗致敬。"

然而，对于这位为创建独立印度而付出无数艰辛的长者来说，让他悲伤难过的事情还多着呢，国旗事件仅仅是个开头而已。不仅是甘地深爱着的印度正在被割裂，就连即将产生的新印度也将与他的梦想和长期奋斗的初衷大异其趣。

甘地所梦想的是一个现代化的印度，并且它还要成为甘地理想在亚洲乃至全世界的鲜活样板。甘地理想在批评者们看来只是一个疯老头的痴人说梦。然而，在他的追随者们眼里，人类正在疯狂的世界里陷入沉沦，甘地思想就是一位圣人投给他们用以自救的救生圈。

圣雄极端反对印度的未来在于仿效西方工业和技术社会的观点。他的理论是，要拯救印度就要让印度"忘掉她在过去五十年间所学会的东西"。他向几乎所有已经在印度植根的西方思想发起挑战。科学不能凌驾于人类价值观之上，他的想法是：技术不可以超越社会，文明更不意味着人类可以无休止地索取，而是应该让人们知道万事皆有度，因此哪怕是最基本的事物也可以由众人分享。

西方的工业化让他的众多追随者羡慕不已，但它却让权力越来越集中到少数人手里，并且是以多数人被牺牲为代价的。它对于西方社会的穷人不见得是好事，而对于不发达地区的非白种人来说更是一个威胁。

印度有六十万个村庄，有甘地所熟悉并热爱的方方面面的特点，甘地的印度就是要建立在这样的基础之上，这是一个没有技术污染的印度，一个在宗教盛宴中周而复始度过一年又一年的印度，一个几十年来庄稼不断歉收的印度，一个几百年来屡遭饥荒肆虐的印度。

他要让这些村庄个个做到自给自足，不仅能够生产出自己的食物、布匹、牛奶、水果和蔬菜，还能够教育好后代并解决好自我生存的问题。

他声称"亚洲的许多残酷战争本来是只要有多一碗米饭就能够避免的",为此,他一直致力于寻找能够让印度饥肠辘辘的农民吃饱肚子的完美食物,并且先后用大豆、花生以及杧果仁做过实验。他对抛光大米的机器非常反感,理由是它除去了富含丰富维生素 B 的谷壳。

他要关闭印度所有的纺织厂,代之以他所使用的手纱车,这是他让农村失业人口找到工作的设想之一,这样做的另一个目的就是人人有事做,从而把农民留在农村。

他的经济宣言就是"作为传统工具的犁和纺车一直是我们的智慧结晶和福祉所在。我们必须要返璞归真"。他还说,什么时候人类发明出可以生产奶、酥油和粪肥的拖拉机,他才会推荐印度农民把奶牛放弃掉。

一个由机器占统治地位的工业化社会是他的噩梦,因为那意味着印度农民将离开乡下涌入病态的城市贫民窟,他们与自己原来所属的社会单元之间的联系由此而中断,但那恰恰是属于他们的自然环境。并且,被切断的还有他们与家庭和宗教之间的关系,而这一切的目的仅仅是为了在一个不断制造人们根本不需要产品的城市里苟且而毫无尊严地活着。

他并不是在宣扬贫穷,尽管有人在某些时候对他做出过这样的指责。粉碎贫穷的过程中会伴生他所厌恶的道德堕落和暴力。但他同时又指出,过度追求物质也会产生同样的问题。一个民族,每一个冰箱里都装满了食品,每一个衣橱里都挂满了衣服,每一个车房里都停放着一辆汽车,每一个房间里都摆着一部收音机,但照样有可能在精神上缺乏安全感,在道德上滋生腐朽。甘地要的是人们在降低贫困和挥霍无度之间找到一个公正的中间点。

他还要人生活在一个无阶级差别的平等社会里,因为社会和经济地位上的不平等必然会萌发暴力。在甘地的印度里,不管是体力劳动者还是脑力劳动者,取得的报酬都是同样的。人们在所在省的选举权并不取决于他拥有财富的多少,而要视乎他是否参加劳动。要得到这项权利,每个人必须对本省付出体能劳动的贡献。任何圣人贤士都不可以例外。挖沟的人基本能够自动取得这项权利,但律师或百万富翁就要凭手上的老茧来说话了。

对于甘地来说，最重要的就是领袖人物必须躬身垂范。他放弃副王府而住进简陋的小木屋让优雅的副王瞠目结舌，但他这样做并不是供闲来无事之人在茶余饭后当作谈资的。他总是在说，摒弃优越的方法就是从你自身做起。

事实上，与他同时代的社会先知和伟人们，包括列宁、斯大林，没有人能够像他这样过与自己的理想完全一致的生活。[①] 就连每日的餐食，甘地也只摄取刚好可以维持生命的数量，他的国家贫穷而且总在挨饿，他不想让任何资源遭到滥用。

甘地对自己理论的主张和辩护也存在一些令人忍俊的矛盾之处。他在印度各地的祷告会上对机器时代给予指责，但使用的却是这个时代最新的产物之一——麦克风，而用以维持他第一处静修所的每年五万卢比费用正是来自产业家博尔拉（G. B. Brila）的捐助，他名下的多家纺织厂正是圣雄在工业化噩梦中各种梦境的真实再现。

如今，随着独立的临近，他对自己思想的不断鼓吹逐渐开始让作为费边式社会主义者的尼赫鲁和作为顽固资本主义者的帕特尔感到难堪。此二人信奉机器、工业、技术以及所有西方带到印度的东西。他们都渴望建立起甘地所憎恶的大型工厂和工业区，并以每五年为周期为印度的未来进行规划。甚至连甘地像儿子一样喜爱的尼赫鲁也在信中说，跟随甘地的理想是在让历史退步，是在将印度交到人们所能想象到的最为专制的独裁者手里，这些独裁者就是印度的各个村庄。让他们恼怒的是，圣雄坚持要就自己的主张进行公开宣讲，他希望通过这个方法说服二人和其他新印度的领袖们。

甘地说，每位部长必须只穿家纺的布衣和住在简单的住所里，并且不能够有仆人。他不可以拥有汽车，不可以有种姓歧视，每天必须从事体力劳动一小时以上，可以纺布，也可以种粮食或蔬菜，以缓解印度食品

[①] 甘地和马克思主义者之间没有多少共同之处。对绝大部分马克思主义者来说，甘地是反科学的。而甘地则认为，多数社会主义者实际上只是在"喊喊口号而已"，他们在等待社会主义天堂降临的过程中并不愿意改变自己的生活方式或是牺牲掉哪怕一点点安逸和舒适。

的不足。他还不得有"外国家具、沙发及桌椅",随行不许带保卫人员。最主要的,甘地相信"独立印度的领导人不会害怕以身作则清理自家的马桶"。

他言辞尖锐而又无懈可击,所有甘地理想中的内在矛盾都在这番话中得到了显示。它是在为不完美的演员设计完美的角色。在甘地死去的半个世纪之后,印度最严重的政治病变就是甘地指望沿着自己脚印向前走的那些国大党部长们的腐败和贪污。

*

尽管甘地对印度的未来忧心忡忡,但在1947年7月间的每一天里,像瘟疫一样蔓延在整个次大陆上的族群暴力让他完全无暇他顾。他带上尼赫鲁,坚持去看望第一批从西旁遮普逃出来的印度和锡克教徒。

这次巡视的场面令人震撼。32000名幸存者,来自100个像伊胡达那样令副王感到震惊的村庄,聚集在距德里120英里以外的难民营里,这里是印度的第一座难民营,到处翻滚着热浪和尘土。

人们怒吼着、哀号着把甘地的汽车团团围在一片悲惨的海洋之中,他们用手掌和手指比画着和恳求着,他们的面孔被愤怒和仇恨扭曲着,他们的黑眼睛在乞求对自己绝望的安慰。一群群苍蝇在他们身旁盘旋着,成片地像块黑补丁一样落在人们仍然张着的伤口上。人们在奔跑时掀起的滚滚尘土侵入他们的鼻孔,干透他们的嗓子,到处都飘着粉末状的沙幕。他们从所有的方向触摸着甘地和尼赫鲁,这些悲惨的人类连同他们身上刺鼻的汗酸和呼吸的异味筑起厚厚的一道墙。

甘地花了一整天的时间做他们的工作,力求让这座临时的难民营有一些秩序。他教大家如何挖茅坑,示范给他们怎样讲卫生,组织起一个施药处,竭尽全力医治伤员。

接近傍晚时,他们动身返回德里。甘地那77岁的老迈之躯早已不堪重负,而他的心灵更是在如此悲伤的打击面前痛苦不已,他在汽车后座上展开身体睡了过去,瘦弱多节的双脚放在自己弟子的膝头,可惜的是,就在仅仅两个月前，他的这位弟子已经背离了他。

尼赫鲁坐在车里很长时间没有说话，他两眼直视前方，通常表情丰富的脸此时冷峻得像是戴上了面具，他也许在思考着，自己马上就要应召管理国家，而刚才所看到的一幕幕场景对于印度的未来究竟意味着什么呢。随后，他开始缓慢而轻柔地为睡去的甘地按摩起他那瘦骨嶙峋的双脚，他将一生中的许多时光投入在甘地的身上，此时，他的手指动作之轻，就像在为自己给甘地带来的痛苦做补偿一样。

太阳落山时，甘地醒了过来。快速行驶的汽车两边是宽广的甘蔗地、麦地和稻田，它们平坦得就像人的手掌，地平线远在遥远的天边，仿佛那里就是世界的尽头。广阔的平原上有一层薄薄的雾气，落日的余晖透过它发出玫瑰色的光芒。此时正是牛儿回圈掀起漫天尘土的时候，这个情景的由来就像印度本身一样古老和令人难以忘怀。缕缕炊烟从成千上万座点缀在旁遮普平原上的泥砖小屋中冉冉升起。女人们蹲在地上，肩膀上搭着褪了色的纱丽，手腕上的手镯叮当作响，她们照看着火苗，精心制作薄煎饼和其他各种食物，不时向火里加上几块助燃用的圆圆扁扁的干牛粪。印度神牛对印度人的贡献很多，牛粪是它们可以贡献出来的最后一样东西。夜幕降临了，从无数用牛粪做燃料的灶火中升起的轻烟，在夜空中飘散着，那种穿透力极强的辛辣味道就是印度母亲身上所特有的气息。

黑暗中，甘地喊停了汽车，就地坐在路边开始了他的晚祷。他那蜷曲而纤弱的身体与宽广而哀伤的平原融为一体，苦楝树和菩提树上垂下的树枝把他笼罩在树的下面。坐在车后的尼赫鲁闭着两眼，用手指压住眼睑，听着心碎的老人在用颤抖的声音向《薄伽梵歌》中的神灵做着祷告，祈求他深爱着的印度能够从他已预见到的苦难命运中摆脱出来。

10

我们永远是兄弟

伦敦，1947年7月

　　黑檀木板与古老地板之间发出庄严的撞击声，英帝国以这样的形式宣告每一项重大法案的完成和通过。几个世纪以来，英王信使，即身为礼仪官的黑杖侍卫，用手中的黑檀木板将等在两院走廊里的下议院代表召集到上议院，让他们见证英王的御准，也就是英国皇权在下达敕令时的最后一道手续。这个古老的仪式一直原封不动地保留至今，然而，在这个夏天，黑檀木板的击打声却好似丧钟的敲响，丧钟响处，标志着英帝国的灭亡。1947年7月18日星期五，一份将永远切断英国与印度联系的文件悄然出现在当天等候英王御准的公文里。

　　当年英帝国如日中天时，威斯敏斯特座椅上的人们可以任意向不服从其统治的地区派出战船，或是仅以为数不多的红衣英国兵就把某个外国独裁者赶下台。作为欧洲最后一个霸权国家，英国人比其他帝国主义国家跨过的海域更多，开辟的疆土更多，参与的战争更多，杀害的生命更多，洗劫的金库更多，统治的人民更多，只不过与此同时，所实行的制度也更公平。事实上，在英国人的岛国性格中，某些东西看起来确实让他们很受那个短暂历史时期的青睐，而且当时的世界还秉持着所谓不证自明的精神道义，即欧洲白种人基督徒就应该"统治世间万物"。

威斯敏斯特的新一代人将要终止这一切，他们的做法全部在一个带有皇家徽章并且系着一根金色小绳的硬纸夹里。上议院的议事大厅中央有一张长桌，长桌将大厅一分为二，这个硬纸夹与其他一堆外表相似的文件一道，就摆放在这张长桌上。

印度独立议案是公文简明扼要的典范。议员们在给予印度自由的过程中只需要浏览包括二十项条款在内的共十六页打印纸的内容。如此重大的议题以如此高的速度起草并通过，实在是一件闻所未闻的事情。从准备议案到送交议会三读通过只用了短短不到六个星期的时间。三读过程中的听证辩论进行得彬彬有礼而又富有节制。类似的情况在历史上并非没有出现过，克莱门特·艾德礼在向议会提交这份历史性议案时说，"但那都是一个国家在受到威胁时被迫将权力让渡给其他民族的情况，自愿放弃享有已久的对其他国家的统治权，实为举世罕见之举"。

温斯顿·丘吉尔满心悲凉地对自己所称的"行文简洁的小提案"投下赞成票，艾德礼任用蒙巴顿为末任副王的高明之处就连他这个政治对手也表示了难得的敬佩之意。在所有的辩论过程中，没有人比塞缪尔子爵所说的话更能道出英国立法者们那五味杂陈的复杂心理。

"对英国统治的评判，"他说，"恰如莎士比亚对考德领主（Thane of Cawdor）的评价，他一生行事，从来不曾像他临终的时候那样得体。"

此时，下议院的三十人代表团在上议院的议席后排就座，首相克莱门特·艾德礼就坐在他们当中的最前面，所有人都将见证议案的最后通过。

一个讲台位于议事厅的其中一端，讲台上摆放着一对象征皇权的贴金宝座，背后是一幅绣有皇家徽章的挂毯。宝座前方带垫子的座椅是上议院议长的席位，议长席位再往前是一张长桌，桌子上摆放着有待英王乔治六世御准的各项议案。

英王的代表即皇室文书坐在长桌的其中一侧。议会文书在他的正对面落座。后者从桌上的一摞议案中拿起第一份，然后庄重地读出该议案的名字："城南石油议案。"

"国王钦准。"皇室文书用古老的诺尔曼短语高声应答，这个传统已经持续了几百年，目的是表现君主对皇家敕令或议会法案给予通过时的愉悦之情。

议会文书又拿过第二份议案。

"费利克斯托港码头议案。"他念道。

"国王钦准。"皇室文书字正腔圆地予以回应。

议会文书再拿起第三份议案。

"印度独立议案。"他读道。

"国王钦准。"回答照例不变。

听到这里，艾德礼的脸微微有些涨红，眼光也垂了下来。皇室文书的声音在议事厅里的回响结束后，所有人鸦雀无声。一切都结束了。四个古法语词语，伴随着一项石油工程议案和一项渔业码头议案的通过，英国那伟大的印度帝国就这样被划归给了历史。

*

这是世界上关系最独特的兄弟们之间的最后一场聚会。印度最重要的75位土邦王公和纳瓦布以及代表其他74位大君的一众迪万全部来到盛夏中的新德里。绸缎做的短上衣，戴满勋章的制服，镶有珠宝的头巾，所有华丽服饰下面的肉体流淌着止不住的汗水，他们在等待副王的到来，看看历史将对自己的命运做出怎样的安排。

蒙巴顿身穿雪白的海军制服健步进入半圆形的王公院议事厅，制服上的各种徽章闪闪发光。他在王公院主席帕蒂亚拉大君的陪同下站到发言台上，神态安详地看着面前在愤愤地等候发落的众人。

副王将要把苹果一个个投入到帕特尔的篮子里了。他的最大政敌，康拉德·科菲尔德爵士已提前退休，此时正坐在飞回伦敦的班机上。他不愿劝说这个自己为之服务了大半辈子的奇特统治者群体去执行一项连自己都反对的政策，于是选择离开了印度。

蒙巴顿对于科菲尔德的离开感到很高兴。他相信自己的方案是王公们所能得到的最佳选择，因此，无论王公们在感情上多么难以接受和做出多么强烈的抗议,他都要把他们丢到帕特尔那只早已等候多时的篮子里去。

他的讲话坦诚而富有激情,完全不需要讲稿,他敦促听众们签署《并入法案》,以完成加入印度或是巴基斯坦的程序。若以武力相抗,他强调,其结局只能是流血和灾难。"往前看十年,"他恳切地对众王公说,"想想那个时候的印度和世界会是什么样子,有了远见做事情就会有方向。"

这群各怀心事的王公们对历史发展的潮流没什么兴趣,真正对他们起作用的是副王接下来阐述的第二个理由。他们处在消亡的边缘,曾经熟悉的世界正在崩溃,对他们当中的一些人来说,最能打动他们的就是他们挂在胸前并且非常看重的各种勋章。如果签署相关法案,蒙巴顿说,他完全有信心让帕特尔和国大党将允许他们继续享有接受自己的英王表兄给予各种荣誉和头衔的权利。

在讲话结束后,副王请大家提问。这些人的不可理喻让蒙巴顿大吃一惊。面对各种荒诞绝伦的问题,副王甚至怀疑这些王公和他们的首相们是否真的了解当前所面临的处境。这个特殊群体中的其中一位最关切的问题居然是,如果加入印度,自己是否还能够保留在公国内猎取老虎的排他权利。另一位王公更有意思,他在面临如此重大抉择的时刻竟然觉得无事可做,于是跑到欧洲逛赌场和夜总会去了,他委托参会的迪万告知众人,因为自己的主人在公海上无法取得联系,只好表示无从采取任何行动。

蒙巴顿沉吟了一下,然后从面前的台子上拿起一个又大又圆的玻璃镇纸。他像一位东方的智者那样一面用手把玩着这个镇纸,一面大声宣布:"我要从这个水晶球里看到你的答案。"

他皱起眉头,做出一副能够看穿一切的表情死死地盯着水晶球。在整整十秒钟里,会场上一片死寂,只听得到几个肥胖王公粗重的呼吸声。在印度,没有人敢对玄学掉以轻心,土邦王公们也不例外。

"啊,"在竭尽所能装腔作势了半晌后,蒙巴顿喃喃自语起来,"我看到了你的王公。他正坐在船长的桌前。他在说……'哦,这是什么东西?'——他说'在《并入法案》上签字吧'。"

第二天，蒙巴顿设宴招待土邦王公们，这是印度副王与土邦王公之间的最后一次正式宴请。路易斯·蒙巴顿对眼前的一切深感凄怆，他与和自己相处时间最久也最忠诚的盟友们共同举杯，最后一次以英王的名义干杯。

"你们即将面临一场革命。"他对众王公们说。"很快你们就会永久失去君权，这是无可避免的，"他请求他们说，"千万不要难为新出生的印度。新印度在海外没有足够多的人才来代表它。"新印度将需要医生、律师、能干的政务官以及可以在军队中取代英国人的训练有素的军官。这些王公当中有许多人曾留学国外，在处理公国内部事务的过程中积累了丰富的经验，还有的是作战老手，他们身怀的各种技能全部是印度所需要的。他们既可以选择去里维埃拉做花花公子，也可以选择为这个国家效力，为他们本人和所属的阶级在印度社会里找到新的角色定位。他对他们会选择哪条路毫不怀疑。"拥抱新印度吧！"他向所有人发出请求。

克什米尔，1947 年 7 月

旅行车就像一条勇闯激流的独木舟，在满是车辙和石块的土路上蛇行急驰，特里卡河里奔腾的河水与土路上扬起的尘土并驾齐驱。开车人嘴唇微噘，目光带着谨慎和怀疑，下巴埋进下颌的赘肉中，这个形象刚好恰如其分地展示出他的性格。为人懦弱，做事犹豫不决，举止反常而缺乏节制，这些特点让他成为喜马拉雅的博尔吉亚。不过，战前让英国便士报纸的读者们兴趣浓厚的哈里·辛格却并不是这样一个人。地广人稀的克什米尔位于印度、中国和巴基斯坦的交会处，战略地位十分重要，而他正是克什米尔公国的世袭印度教王公。

这天早上，哈里·辛格身边的座位上出现了一位极其尊贵的客人。路易斯·蒙巴顿早在与威尔士亲王同访印度那次就结识了这位印度教徒统治者，那是哈里·辛格在查谟的马球场，他们一同在精心修剪过的草坪上打马球。蒙巴顿此次是以官方身份正式造访克什米尔首府斯利那加，他要当面迫使犹豫不决的哈里·辛格为克什米尔的未来做出决断。

然而，蒙巴顿并没有想把这个克什米尔苹果扔到帕特尔的篮子里。种种逻辑关系似乎都表明，克什米尔应该并入巴基斯坦。这里的人口主要是穆斯林。拉赫玛特·阿里在编织自己创建伊斯兰国家的梦想之初就把这里列为策源地之一。巴基斯坦名称中的字母 K 代表的也正是克什米尔。

副王对以上事实关系是认可的。他是来告诉这位王公，帕特尔已经做出保证，即如果哈里·辛格基于本邦国穆斯林人口占绝对多数以及所处地理位置等自然因素而决定加入巴基斯坦，印度政府将予以理解并且不会提出异议。此外，他还带来另一个消息，那就是真纳也向自己明确表示，尽管哈里·辛格是一名印度教徒统治者，但巴基斯坦非但不会因此而敌视他，而且还要在未来的新自治领中给予他尊崇的地位。

"在任何情况下我都没有打算要加入巴基斯坦。"哈里·辛格回答道。

"哦，"蒙巴顿说，"这完全取决于你，不过我建议你务必要考虑清楚，毕竟你的臣民中穆斯林人数占到了几乎百分之九十。而且，就算你不加入巴基斯坦，你也一定要加入印度。如果加入印度的话，我会派一个步兵师过来以确保克什米尔领土的完整。"

"不，"这位王公回答说，"我也不想加入印度。我希望获得独立地位。"

蒙巴顿最不想听的就是他这句话。"我很抱歉，"他失控地大声说道，"你还是别想独立的事吧。你的国家只是一个内陆国，面积虽然大，但人口却与土地达不到相应的比例。我最担心的就是你的态度将导致印度和巴基斯坦之间的争斗。你的邻居将是两个势不两立的敌人，而你却成为他们之间来回拉锯的理由。克什米尔将最终成为残酷的战场。这些都是未来必然发生的事情。如果不小心谨慎，你不仅将失去王位，恐怕连性命也保不住。"

王公在听完这番话后叹息着摇了摇头。在接下来前往他专门为迎接蒙巴顿而设的钓鱼营地的路上，他始终情绪消沉，一言不发。这个钓鱼营地位于特里卡河的一个急弯处，是钓鳟鱼的好地方。在早上与蒙巴顿交谈过后，哈里·辛格自忖对方不可能单枪匹马就能逼迫自己就范。而蒙巴顿在这一天的剩余时间里还真是优哉游哉地自顾在波光粼粼的特里卡河面上钓起了鳟鱼。可惜的是，连鳟鱼也没有给蒙巴顿面子，所有的鱼竟然全都是他的侍从副官钓到的。

在随后的两天，蒙巴顿依然重复着第一天的程序：一早谈话，随后钓鱼。到了第三天，他感觉自己的这位王公朋友有些支持不住了。于是，他向哈里·辛格提议于次日早晨自己辞别前召开一次正式会议，参会人员包括他本人的随从以及克什米尔公国首相，目的是起草一个双方都同意的政策声明。

"好吧，"王公只好表示同意，"既然你一定要这样做的话。"

然而，这个特殊的苹果可不是那么好摘的。第二天一早，一位侍从副官来到蒙巴顿下榻的居所。副官向蒙巴顿汇报说，王公殿下表示歉意，他因为腹痛而不得不遵从医嘱，无法出席已经安排好的小型会议了。蒙巴顿一闻即知这不过是王公在和自己耍把戏。而更绝的是，哈里·辛格以医嘱为由，甚至连当面为自己的老朋友送行都不肯。在此后的二十五年里，印巴交恶致使世界和平陷入危机，其始作俑者正是这场腹痛闹剧。

蒙巴顿在其他地方的努力都很有成效，帕特尔篮子里的苹果也越来越多。对于某些统治者来说，让他们在并入文书上签字确实是件很残忍的事情。印度中部一个土邦的王公在签完字后精神崩溃，随之心脏病发作而一命呜呼。托尔布尔王公两眼含泪对蒙巴顿说道："我的祖辈和你们英王祖辈早在1765年订立的盟约就这样毁于一旦了。"巴罗达的牧牛王在签字时倒在梅农怀里哭成了泪人，而他的一位祖先就是用钻石粉投毒谋害英国地方事务官的那位巴罗达王公。还有一位小土邦的王公在签字前犹豫了好几天，因为他始终愿为神授君权的英王效力。旁遮普区的八位王公在帕提亚拉的国宴厅里举行了一场盛大的集体签字仪式，这里就是"神奇之王"布平德尔·辛格爵士以印度最为奢华的方式慷慨款待宾客们的情景。但是这一次，一位出席了当时活动的人回忆说，"气氛却极端压抑，弄得我们像是在参加一场火葬仪式一般"。

少数统治者始终抗拒着蒙巴顿、梅农以及帕特尔的规劝。博帕尔的纳瓦布是蒙巴顿的密友之一，他尖刻地评价说："统治者们就像牡蛎一样，被邀请与海象、木匠一道去出席一场茶话会。"乌代布尔王公还试图与其他一些与乌代布尔接壤的公国组成一个联邦体。那位沉迷于电动火车的瓜廖尔王公之子也与他一拍即合。特拉凡哥尔公国地处印度南部,不但有一个港口,而且铀的储藏量极为丰富,它的王公在自己首相的唆使下吵嚷着要求独立。

随着 8 月 15 日的一天天临近,将这些顽固的反对派扔进帕特尔篮子的压力变得越来越大。在所有国大党能够影响到的地方,帕特尔都下令组织示威和街头抗议活动,以逼迫当地王公就范。一群暴徒将奥里萨王公囚禁在自己的宫殿里,不签字就不放他出去。特拉凡哥尔那位有着非凡影响力的首相被国大党示威者用刀刺中面部,吓破了胆的王公于是立即电告新德里,表示自己已决定加入印度。

在所有的并入案中,年轻的焦特布尔王公所付出的代价最为惨痛。当时他刚刚继承亡父的王位,而此前,他所有的爱好都极为奢侈,其中包括飞行、女人和变戏法。他自己意识到,单凭这些爱好,国大党那些社会主义分子们就不会同情自己。于是,这位焦特布尔王公和另一位王公秘密前往德里与真纳会晤,想要了解如果将自己基本由印度教徒所组成的公国加入巴基斯坦,自治领能得到些什么好处。

真纳对于能够从国大党对手那里抢到两个重要的王公喜出望外,他从桌子的抽屉中拿出一张白纸递给焦特布尔王公。

"把你想要的所有条件统统写下来,"他说,"然后我来签字认可。"

两位王公要求真纳给出一些时间以容他们回到酒店仔细考虑需要提出的条件。他们回到酒店时,遇到了早已等候他们多时的梅农。梅农已经通过自己的秘密渠道了解到两位王公的企图,他深知他们这样做将导致更多公国加入巴基斯坦,因此他急忙赶到酒店,对二位王公说蒙巴顿有紧急情况需要他们立刻前往副王府商议。

梅农让焦特布尔王公在等候室里落座,然后发疯一样在副王府内到处寻找蒙巴顿。终于,他找到了正泡在浴缸里的蒙巴顿,后者对此前所发生的一切一无所知,梅农请求他赶紧下楼去说服那位固执己见的焦特布尔王公。

"你刚刚死去的父亲会被你今天的行为给气疯的。"与老王公做了二十六年朋友的副王开导着眼前这位年轻王公说。完全出于自私的目的而让自己的印度教徒公国加入巴基斯坦,是愚蠢透顶的。同时,他也向焦特布尔王公做出保证,即他和梅农将说服帕特尔对于王公个人的嗜好采取尽可能宽容的态度。

蒙巴顿把梅农留下来,让他看着年轻的焦特布尔王公签署一份临时性协议。当他离开后,这位王公从衣袋里掏出一支自制的钢笔。在把名字签署在协议上后,他拧下笔帽,露出一支点二二口径的小手枪,然后用枪指住梅农的头。

"我才不受你们的威胁呢!"他大叫道。听到叫声的蒙巴顿返回房间,缴下焦特布尔王公的小手枪。①

三天后,梅农将最终的并入文件拿到焦特布尔王公的宫殿。这位王公满脸阴郁地在上面签上了名字。随后,他吩咐大摆筵席,要让之前发生的事情一笔勾销,梅农无奈之下只好委屈地留下来做他的座上宾。这位可怜的公务员整整一下午都在王公的强劝下不停地给自己灌着威士忌。然后,王公一边改劝梅农大口大口地喝香槟,一边令人端上烤肉,开始进行盛大的宴会和游戏活动,一支乐队和一批经过选拔的舞女在一旁助兴。这个夜晚对于梅农这个严谨的素食主义者来说,简直就是一场噩梦。然而,最恶劣的事情还在后面呢。已经喝醉了的王公觉得乐队发出的声音过大,一怒之下把头巾摔到地板上,然后驱散乐队和舞女,并宣布要由自己亲自驾驶私人飞机送梅农回德里。这位王公驾驶飞机像火箭般蹿上天空,然后在空中施展起他会玩的所有特技飞行动作,早已全身不适的梅农被他折腾得就差一命呜呼了。终于,飞机落在了德里的机场上。脸色发绿并且狂吐不止的梅农几乎是爬着从飞机上下来的,然而,他发颤的手指间始终紧紧夹着那份宝贵的文件,就这样,又一个苹果飞到了帕特尔的篮子里。

尽管受到最后一小部分顽固不化的王公们的阻碍,蒙巴顿还是赶在 8

---

① 数年后,素来对魔术着迷的蒙巴顿在按照要求表演了一套戏法后,成功地成为魔术界成员。他将焦特布尔王公的钢笔手枪借给了该组织,这支小手枪至今还在魔术博物馆中保存着。

月 15 日前兑现了自己对帕特尔的承诺。事实上，他交到帕特尔篮子里的苹果比他们原来预想的还要多。总共有五个公国选择追随真纳，而且它们全部位于巴基斯坦境内，其余公国，除了三个做出例外选择以外，全部遂了蒙巴顿和梅农所愿并入印度。

然而，做出例外选择的偏偏是三个大公国。在海得拉巴这个印度面积最大、人口最多的公国，穆斯林狂热分子害怕在加入以印度教徒为主的印度后失去自己的特权地位，于是通过发电报的方式对该公国的尼扎姆做出警告，结果，这位尼扎姆不但对蒙巴顿要其加入印度的种种劝告充耳不闻，还徒劳地游说英国人承认其独立自治领的地位。这位小肚鸡肠的尼扎姆不停地在深宫中发出幽怨，一会儿感伤"被最长久的盟友抛弃"，一会儿哀叹自己对英王的"世代效忠纽带"被割断。此外，克什米尔也同样坚持独立于两个新兴的自治领。

第三个特殊公国是朱纳格特（Junagardh），其王公拒绝加入印度完全出于某种别样的原因。他对一名穆斯林联盟特工的话信以为真，认为独立后印度第一件要做的事情就是把他的狗全部毒死，于是下决心要么宣布独立，要么加入巴基斯坦，全然不顾自己以印度教徒为主的公国与巴基斯坦之间毫不接壤的事实。

*

"先生们，这位是旁遮普刑事调查部的萨维奇先生，"8 月 5 日这一天，路易斯·蒙巴顿在自己的书房里向两位面面相觑的印度政治家介绍说，"他有一个情况，你们务必要听一听。"

无论萨维奇要说的是什么，仅仅凭他是英国在印度最杰出情报机构的代表这一点，就足以让真纳和利雅卡特·阿里·汗把耳朵竖起来。事实上，这个机构的特工人员甚至渗透到了掌控穆斯林政治运动的最高领导层当中。

情绪有些紧张的萨维奇清了清喉咙，开始做情况介绍。他将要披露的情报是刑事调查部在审讯中心讯问犯人时得到的，这个中心就设在拉合尔精神病院一幢尚未启用的楼房内。萨维奇认为这是一个极端机密的情报，因此早在动身来德里前一天晚上就将情报内容全部记在脑子里，而不是将情报写在纸上随身带到德里。

一群锡克教极端分子与印度最激进的政治团体国民志愿服务团（RSSS）密谋策划一场联合行动。这群锡克教极端分子的领头者就是塔拉·辛格，那位在拉合尔的秘密集会上号召锡克人血染印度的三年级老师。上述两个组织同意把各自的资源和实力整合在一起，进而策划实行恐怖活动。

锡克人在组织、训练和爆破方面优势明显，因此将负责摧毁严加护卫的"巴基斯坦专列"，即运送重要人员和物资从德里前往卡拉奇的多列火车。塔拉·辛格早已安装好了无线通话装置，派专人向准备发动袭击的锡克武装分子传递有关列车发送及行进路线的情报。

另一项任务，萨维奇说，由国民志愿服务团负责实施，这是由于印度教徒不像锡克人那样容易辨认，他们混在穆斯林中间可以做到神不知鬼不觉。该组织正在派遣一批最为激进的成员进入卡拉奇，具体数量不详。这批人每人都配有一枚英国陆军装备的手榴弹。没有人知道其他人员的情况，因此即便被捕，也不会对整体计划构成破坏。

8月14日这一天，穆罕默德·阿里·真纳将举行胜利大游行，路线是从国民代表大会到大总督府邸所经过的卡拉奇各主要街道，而这批印度教徒的任务就是要混迹在这条路线的人群中，他们当中的某个人会把一枚手榴弹掷入真纳乘坐的敞篷车，在这位巴基斯坦之父的荣耀达到最高峰时将其刺杀，一切就像那个把欧洲拖入"一战"恐怖深渊的年轻塞尔维亚人所做的那样。国民志愿服务团希望这场血腥谋杀会激起穆斯林的疯狂报复，整个次大陆就会由此而陷入疯狂的内战，如此，人数占绝对优势的印度教徒必然能够取得胜利，从而成为这块土地上无可争议的统治者。

真纳听了萨维奇的话，脸都白了，而他身旁的利雅卡特·阿里·汗则一个劲地要求蒙巴顿拘捕所有锡克人的领导层。副王看到这样的情况也有些不知所措了。他担心，真要把锡克人的头领们都抓起来，反而正遂了国民志愿服务团要发动内战的愿望。

他转向自己的年轻情报官，对他说："假如我要求当地总督逮捕所有锡克领袖的话……"萨维奇一边听蒙巴顿说话一边在心里暗想："你要真这样做，我会被你吓死的。"他知道，这些锡克人全都把自己关在阿姆利则的金庙内。锡克或印度教徒警察是不可能听从命令进去对他们实施抓捕的，而要派穆斯林警察去更是万万不可。

"先生，"他回答蒙巴顿说，"我很遗憾地告诉你，我们在旁遮普没有足够多的可靠警力来完成这样的任务。实事求是地说，我想不出什么办法来执行这项命令。"

蒙巴顿沉吟片刻，然后宣布说，自己要与在8月15日之后负责管理巴基斯坦的旁遮普总督埃文·詹金斯爵士共同商议应对之策。利雅卡特·阿里·汗听到蒙巴顿的决定后，从椅子上站了起来。"你这样做，分明是要谋杀穆罕默德·阿里·真纳呀！"他大声抗议说。

"如果你真这样想，那我会与真纳同乘一辆车，陪他一道死，"蒙巴顿回答说，"但我肯定不会在没有征得地方总督同意的情况下，就把五百万锡克人的领袖们都投入监狱。"

当天晚上，萨维奇返回拉合尔，他警惕性极高，在随身携带的手提箱里塞满了厕纸，而将蒙巴顿写给詹金斯的信藏在自己的内裤里。他在法拉提酒店的草坪上找到正在召开欢迎会的詹金斯。后者对旁遮普的熟悉和了解是任何在世的西方人所无法比拟的，他读完蒙巴顿写给他的信后，绝望地耸动着肩膀。

"我们能做些什么呢？"埃文·詹金斯爵士哀叹着，"我们怎么能够阻止得了他们呢？"

*

五天后的8月11日和12日之间的晚上，塔拉·辛格手下的锡克人成功地执行了他们与国民志愿服务团约定的第一阶段任务。在旁遮普的菲罗兹布尔区吉德尔巴哈火车站以东五千米处，第一列巴基斯坦专列被埋在其前进方向右侧的葛里炸药炸毁。

*

在德里副王府的边缘处有一座隐藏在树荫里的泥灰墙独幢小房，深居于此的西里尔·拉德克利夫爵士正顶着夏日的灼热，在一幅皇家工兵地图上绘制着印巴两国的分界线。所有各方都在一味地催促他加快进度，无奈之下，他只有闭门造车，在这个矮房中做着对次大陆的肢解工作。他与两个被肢解开来的国家没有任何形式的联系，有的只是地图、人口列表和统计数字等辅助资料，因此只能依靠想象来感受自己即将给这片活生生的土地所带来的影响。

旁遮普的灌溉系统就好像人手掌上的纹路，每天，他都要从中划走一部分，但却看不到自己的行为对当地造成的实际影响。拉德克利夫深知，水是旁遮普的生命，谁掌握了水源谁就掌握了生命。然而，他无法对自己画出的弯弯曲曲的线条进行考察，哪怕这条线画到具体的分界路、水闸以及水库上时也不行。

他不可能有机会在自己的铅笔所要触及的稻田和黄麻地里漫步或是驻足察看。他的铅笔每一次起落，数百个村庄的命运就将永远发生改变，而他也完全不可能走访其中任何一个村落，去查看无助的农民是否从此与他们的土地、水井和小路相分离。他所画的边界线将给这里的黎民带来种种的人间悲剧，而他对这一切完全爱莫能助。整村整村的人将失去他们世代耕耘的土地，工厂将失去货仓，发电厂将失去输电网络，这一切全部要归咎于印度领袖们强加给拉德克利夫的可怕的速度要求，在他们的催促下，拉德克利夫平均每天要画出三十英里长的边界线。

拉德克利夫拥有的工具少得令人绝望。他费尽心机也找不到一张比例尺足够大、可以用来充当主图的地图。他能找得到的地图所标注的信息往往很不精确。他为此举例说，旁遮普有五条重要的河流，但在地图上的标志却与它们的实际位置偏离了十几英里之多，而出图单位居然是大名鼎鼎的旁遮普工程部门。他用来作为基本参考依据的人口统计表格本来就少之又少，而且还全部被印巴双方为了各自的利益做了大肆篡改。

孟加拉的相关工作倒是简单许多。拉德克利夫出于对加尔各答命运的担忧而犹豫了一段很长的时间。他的内心认为，真纳要得到加尔各答的要求具有很大的合理性，因为如此一来，田地里的黄麻经过纺织厂的加工后再运到港口，可以形成完整的产业流程。但到最后，他感觉人口数量占优势的印度教徒是不会把经济利益优先考虑的。一旦他把这个问题解决掉，其余在孟加拉需要完成的工作就轻松多了。然而，对他来说"仅仅是用铅笔在地图上画一条线"的分界工作，却让无数人为之心碎。在这个地势低洼、沼泽和湿地密布的地区，他找不到任何划界者需要用来参考的河流或是山峦。

旁遮普的情况更是难上加难。两大人口的比例在拉合尔基本旗鼓相当，这个城市让双方寄予着同样深厚的情感，他们也因此而不遗余力地争取着对它的控制权。对于锡克人来说，金庙的所在地——阿姆利则只能属于印度，而这里恰恰又是与多个穆斯林地区犬牙交错的地方。

更加棘手的是，不同族群所在的狭小区域彼此交织、密不可分。拉德克利夫的想法是，要么把人口数量作为唯一参照对土地进行划分，要么单纯按照地理结构进行划分。前者势必造成大量无法管控而又难以出入的飞地，后者画出的边界更易于管理，原来的族群小区域也可以随之被抹去，但对于生活在对方人口占多数地区的少数者而言，各种各样因仇视而产生的灾难又将随时降临在他们头上。

随着夏季那可怕的几个星期过去后，最大的麻烦出现了，那就是拉德克利夫本人发起了高烧，并且一病不起。他住所内的三间卧室里，摆满了打印在薄薄的印度米纸上的地图、文件和报告。每当他趴到桌上，都把袖子挽得高高的，这些纸张就会粘在他流满汗的小臂上，而当他把它们揭下来时，潮湿的皮肤上就会留下一些特别的痕迹：几个有些肮脏的灰色打印字体。或许，每一个字都代表着成千上万人的希望或是绝望的恳求。

吊在天花板上的木质风扇叶片在缓慢地转动着，那是这座矮屋里新鲜空气的唯一来源。偶尔，随着不明原因的电流猛增，它又转得飞快，屋内顿时狂风大作。此时，拉德克利夫的几十页文件就像被秋风吹起的树叶一样在房间里漫天飞舞，命运多舛的旁遮普及其大大小小的村庄在风中四散飘零。

拉德克利夫早就知道,无论自己怎样作为,只要报告一提交,可怕的流血和杀戮就会发生。他在进行划界工作过程中的每一天,都会接到有关旁遮普村庄情况的报告。某些时候,报告中所提到的村庄的命运正是由他来决定的,这些村庄里的村民原本世代比邻和睦而居,却在一夜之间反目,成为互相疯狂屠杀的敌人。

他终日在房间里埋头工作,几乎看不见任何人。每当他壮着胆子跑出去参加一场鸡尾酒会或是晚宴,总逃不掉苦苦游说的人们的包围。他唯一的娱乐就是散步。他天天下午沿着围墙散步,这里正是1857年英国人为镇压德里的哗变分子而集结军队的地方。

午夜时分,劳累不堪的他又会在自己的花园内热得透不过气来的桉树林中走上一走。偶尔,他的侍从助手会陪着他一起走。拉德克利夫往往就像一个极度苦闷的囚犯,在花园里来回踱步时一言不发。个别时候,他也与助手做些交谈。但有着翩翩君子之风的拉德克利夫,是不会让其他人来分担自己身上的可怕负担的,而他年轻的助手也会小心翼翼地避免向他提出工作方面的问题。于是,在印度炎热的盛夏里,这两位同为牛津毕业生的校友谈论的主要话题就是他们的母校。

拉德克利夫采取零敲碎打、先易后难的办法,慢慢地,他在地图上画出的线条变得越来越长。他一边这样做着,一边不停地告诉自己:"我要千方百计做到又快又好地完成这件可怕的工作,其实不管怎样做后果都一样,我的工作结束之日,就是他们互相杀戮的开始之时!"

在旁遮普,互相杀戮早就已经展开。公路和铁路交通在这个曾经是印度管理最佳的省份变得不再安全。锡克人成群结队横行于乡村,狂暴地对穆斯林村庄或是聚居区发动袭击。在拉合尔,有一天晚上,一名骑自行车的人从一条巷道中冲出,在经过人来人往的咖啡馆,也就是该城最出名的穆斯林罪犯受审的地方时,骑车人将手中一个装牛奶用的巨大喇叭口铜壶扔到站满人的台阶上。这个铜壶在咖啡馆的地板上四处乱滚,发出一连串叮叮当当的响声,吓得咖啡馆里的人们大惊失色,纷纷四下逃避。在确定它不是炸弹后,咖啡馆里的一名伙计把壶打了开来。壶里装的是阿姆利则的锡克人送给他们的穆斯林对头真纳的礼物。这些塞了满满一壶的东西一眼就可以辨认出来,它们是对穆斯林的最极端挑衅:几十个施过割礼的阴茎。

拉合尔的谋杀和纵火事件之多、之乱、之没有人性,让一名英国警察感觉"整座城市像是在自杀"。中央邮政局里充斥着数千封写给印度和锡克教徒的明信片。明信片上画着男女被杀害和强奸的情景,反面则是发信人写给他们的话:"这就是我们的锡克和印度教兄弟姐妹们,在即将接管统治权的穆斯林手里所受到的迫害。趁这些野蛮人还没有来得及对你们下手,赶快逃吧。"这些都是穆斯林联盟发动的心理战的一部分,他们希望以此在锡克和印度教徒中间制造恐慌。

在拉合尔那些好的社区里,曾经是全印度最温和的穆斯林居民也开始在自家的大门上涂上伊斯兰的绿色弯月,他们这样做是为了防止穆斯林极端分子对他们的家园发动破坏。在劳伦斯路,一位与这场族群火拼并不相干的帕西拜火教商人也在自家的大门上涂上一段话。这段话简直就是为拉合尔各族群间已经死去的手足情谊所写的墓志铭。"穆斯林、锡克和印度教徒全是好兄弟,"这段话这样写道,"可是,我的好兄弟们啊,这座房子的屋主只是一位帕西人而已。"

拉合尔与旁遮普其他地方一样,警察中以穆斯林为主,随着警察的力量逐渐开始崩溃,消除这场罪恶风潮的重担越来越多地落在了为数不多的英国警官身上。"人的感情都要生出老茧,"在旁遮普服务了十五年而只开过一枪的帕特里克·法莫尔感慨地说,"你得学会先开枪,然后再问问题。"

比尔·里奇是另一名英国警官,他还记得在拉合尔天色已经昏暗的集市中骑行而过时的情景,远处的火光把地平线照耀成玫瑰色,坐在屋顶上的穆斯林彼此在黑暗中轻声呼唤着。夜色中,他们像旷野上的豹子一样用耳语般的声音互相传递着警告:"小心,小心,小心。"

在一次对旧城的悲惨贫民窟马哈拉进行武器搜查的行动中,曾将有关暗杀阴谋透露给真纳的警官杰拉德·萨维奇撞开一户小屋的简易房门。

屋子里没有灯，到处脏乱不堪，他看见一位患了天花的垂死老人躺在一张床上，他的身体缩紧成一团，脸上满是脓疮。屋里弥漫着一股恶臭，像是哪里藏了堆发霉的破布。眼前的这个场景所暴露的正是印度长期以来悲惨的另一面，始料不及的萨维奇不由感到一阵恶心，嘴里咕哝着把门关上退了出来。

这些英国警官把毕生精力投入给了印度，为自己所从事的职业而自豪，他们从内心里把旁遮普看作自己的家园，同时像家长一样相信自己有绝对的能力来保卫旁遮普的安全。他们责怪自己的上级，责怪锡克人和穆斯林联盟，但最让他们感到不满的是副王府内那位骄傲的少将，他慌慌张张地急于结束英国人对印度的统治，但却让各种祸端一发而不可收拾。

在这最后关头，甚至连自然界也看似要存心与他们过不去。一天又一天过去了，他们用绝望的双眼扫视着天空，希望能发现季风带来的云彩。季风所产生的大量降雨能够熄灭正在旁遮普各城市中燃烧着的大火，凉爽的空气也可以让处于疯狂状态中的人们冷静下来。警官们经常说，季风是印度最有效的平暴武器，但这件武器却不是他们可以任意使用的，他们盼望的季风就是迟迟不肯出现。

在阿姆利则，局势更加恶劣。发生在集市和巷道里的杀人案就像人们在公共场合大小便一样再平常不过。这座城市中的印度教徒发明出一种非常残酷的招数，那就是走到一名全然没有防备的穆斯林面前，将一小瓶硫酸泼在对方脸上。城中到处有人在放火。

最后，英国军队不得不介入，对阿姆利则实施四十八小时宵禁。但即便这些措施所产生的效果也只是暂时的。一天，一场特别严重的大火在全城范围内开始燃烧，该城的警察总监鲁尔·迪恩绝望至极，他想不出别的办法，只好采用了一个平暴手册里所没有的战术。他下令把警察乐队调集到城市中心广场。十几处熊熊燃烧的大火将整个城市中心一点点吞噬，发出噼噼啪啪的爆裂声，火光中，这支乐队演奏着吉尔伯特和沙利文的乐曲，挣扎着要盖过火焰发出的声音，仿佛《皮纳福号军舰》那优美动人的旋律能够让这座发了疯的城市恢复理智一样。

为维持 8 月 15 日后的旁遮普秩序，蒙巴顿决定组建一支 5.5 万人的特别部队。其成员从印度军队的一些单位中进行挑选，例如以纪律严明著称且在族群问题上与这场冲突相对无关的廓尔喀士兵。这支部队被命名为旁遮普边防军，指挥官是英军少将皮特·里斯（T. W. Pete Rees），他在缅甸对印军第十九师的卓越指挥给蒙巴顿留下了深刻印象。这支部队的数量比副王最初的估算多出一倍。然而，即便如此，当风暴来袭时，它也只能像海岸边的小木屋一样被滚滚而来的浪潮冲到一旁。

可怕的事实是，没有人——尼赫鲁、真纳、对当地民情了解颇深的旁遮普总督乃至副王本人——预见到了这场灾难的惨烈程度。他们的这一失误让历史学家们迷惑不解，同时也造成对印度末任副王的恶评如潮。

虽然尼赫鲁和真纳本人都可以做到宽厚和公正，但他们却严重低估了族群情绪所产生的破坏作用，想不到它能够让这块次大陆上的同胞们陷入如此可怕的血光之灾。他们都真诚地相信分治能够让暴力冷却而不是激起暴力。他们都以为自己的人民能够像他们那样对待事物充满理性。结果，他们全都大错特错。他们原本为独立的即将到来而倍感欣喜的情绪一扫而空，不得不从幻想中回到现实，不得不再次与新来的副王展开沟通。

假如英国人治理印度一百年所倚重的行政和情报机构能够对事态的发展有所预判，那么尼赫鲁和真纳的失误或许能够得到减轻。然而，这些素来自负的机构并没有做到这一点。结果是，印度虽说感到了不安，但却并没有真正引起警惕，于是一路向着灾难的深渊滑去。

讽刺的是，唯一预见到这场灾难深重程度的正是那位曾全力试图阻止分治的印度领袖。甘地把自己的全副身心都投入到印度民众的生活里，他与他们同起同坐，同出同入，能够真切地感受到他们的疾苦，因此在体察民情方面有着独一无二的优势。正如他的追随者们有时所讲的，他就像古印度传说中的先知，在寒冷的冬夜坐在温暖的篝火旁。猛然间，这位先知打起了寒战。

"看看外面，"他对一名弟子说道，"有一个穷人在黑暗里快要冻僵了。"

那名弟子依言向外望去，果然看到一名男子。这样的事情在弟子们眼里就是对甘地拥有触摸印度之灵的直觉的印证。

一天,正当副王在组建他的旁遮普边防军时,一位穆斯林妇人向反对分治的甘地发难。"如果同屋生活的两兄弟想要分开住在不同的房子里,你会反对吗?"她问道。

"哦,"甘地说,"只要我们真的像兄弟那样分开就可以,但我们做不到。这样做的后果就是大量的杀戮。我们将在母亲孕育我们的子宫里就互相把对方撕成碎片。"

蒙巴顿真正忧心的还不是旁遮普,加尔各答才是他的噩梦。他明白,向加尔各答派兵肯定是徒劳。一旦冲突在恶臭难挡且人口密集的贫民窟以及人满为患的集市中爆发,有多少军队都无济于事。无论如何,他在为旁遮普组建军队时已经抽调了印度军队中几乎所有他认为会在族群冲突中表现可靠的单位。

"一旦加尔各答开始爆发灾难,"蒙巴顿在一次回忆中说,"与那里流淌的鲜血相比,旁遮普的流血充其量也就是一张玫瑰花床而已。"

他需要另辟蹊径来确保这座城市的安宁。在反复权衡之后,他下决心要进行一场豪赌,这是因为加尔各答面临的危机过于深重,而克服危机所需要利用的资源又十分有限,要想拯救危局只有企盼奇迹的发生。为了把这个全世界最悲惨城市中的两大敌对种群分隔开来,他想到了圣雄甘地,那位被他比作小麻雀的精神沮丧的小老头儿。

他在7月下旬将自己的想法告诉给了甘地。他解释说:"有了边防军的旁遮普,可以做到把局面控制住,但一旦加尔各答有变,那就全完了,我完全无计可施。目前有一个旅的兵力驻扎在那里,但我完全不打算再增派一兵一卒,如果加尔各答真要陷入火海,那也只好让它陷进去了。"

"是啊,我的朋友,"甘地对他说,"这就是尊驾的分治计划所结出的硕果。"

也许是吧,蒙巴顿承认说,但他和任何其他人再也想不出另外的选项毕竟也是事实。不管怎么说,甘地在此时还是可以有所作为的。也许,他能够利用自己的人格力量以及非暴力思想做到军队所做不到的事情。也许,他的出现能够保证加尔各答的和平。他——甘地,将起到副王的千军万马所力不能及的作用。蒙巴顿急切地请求说,到加尔各答去,"你就是我的一人边防军"。

尽管蒙巴顿提出了请求,但甘地并没有因此就打算去加尔各答。他很早以前就决定好了,要在印度独立之日守候在心怀恐惧的诺阿卡利印度教徒少数人身边,一面祷告织布,一面进行绝食,因为他曾在新年的忏悔之旅中承诺过要用生命保护他们的安全。可是,要求他前往笼罩在恐怖中的加尔各答贫民窟的声音并非只来自蒙巴顿一人。

第二个发出此声音的是莫罕达斯·甘地在整个印度次大陆上最不可能与之成为盟友的人。事实上,人们如果非要找出一个在所有问题上都与年迈的甘地唱对台戏,其生活方式与甘地的优雅生存之道完全南辕北辙之人的话,沙希德·苏拉瓦底一定是当仁不让的不二人选。

在描述自己对未来掌管新印度的部长们的要求时,甘地将四十七岁的苏拉瓦底痛斥为集贪污和腐朽于一身的代表性人物。后者的政治哲学十分简单:一个人一朝当选执政,就应该终身在位。苏拉瓦底动用公共资金豢养了一群由流氓地痞组成的私人军队,对此,他的政敌们敢怒不敢言,他则得以持续掌握权力。

在1942年爆发的孟加拉大饥荒中,苏拉瓦底截留了大批分配给饥民的粮食并拿到黑市上出售,从中一下子就挣了数百万卢比。他身穿由裁缝为他量身制作的丝绸衣服,脚蹬一双双色的鳄鱼皮鞋。他那头直立的黑发在私人理发师每天早晨的精心打理下总是油光锃亮。甘地在过去四十余年里一直在努力将最后残存在体内的性欲根除掉,而苏拉瓦底却在毫无节制地放纵自己,看上去他要完成一个惊人的任务,那就是把全城每一名舞女和妓女都睡一遍。甘地手中冒着气泡的玻璃杯里永远盛着放了些苏打的清水,苏拉瓦底端着的却往往是香槟酒。圣雄的营养来自豆末和豆腐,苏拉瓦底的饮食却离不开菲力牛排、外国咖喱和各种糕点,他也由此全身长满脂肪,身材臃肿、大腹便便。

最糟糕的是,他的双手沾满鲜血。他宣布公共假期,示意手下的穆斯林联盟成员城中的警察将被调往别处，从而为真纳在1946年8月制造直接行动日的屠城事件打开了空间。正是出于对加尔各答的印度教徒正准备采取复仇行动的害怕，苏拉瓦底才不得不拼命寻求甘地的帮助。

他慌慌张张地跑到圣雄在苏底堡的静修处，在甘地准备动身前往诺阿卡利的前一天晚上找到了他。他乞求甘地留在加尔各答。他对甘地说，只有他才能拯救加尔各答的穆斯林和熄灭威胁全城的仇恨之火。

"毕竟，"他哀求道，"你对穆斯林和印度教徒的关切都是一样的。你自己常常在说你像属于印度教徒那样属于穆斯林。"

甘地有许多与众不同的优秀品质，其中之一就是善于发现敌人最好的一面，然后细致地加以挖掘，最大限度地唤醒它。此刻，他感到苏拉瓦底是真心地担忧着他的穆斯林追随者们的命运。

要让自己留在加尔各答，甘地说，必须要先答应两个条件。第一，苏拉瓦底必须要得到诺阿卡利穆斯林的庄严承诺，即保证当地印度教徒少数的安全。甘地声明，只要有一个印度教徒被杀，他就只有绝食至死。这是典型的甘地风格，他要让苏拉瓦底承担起关系到自己生死的道德义务。

当苏拉瓦底同意了这个要求后，甘地继而提出他的第二个条件。他说，自己可以留下来，但前提是苏拉瓦底必须与自己朝夕相对、形影不离，一不能带武器，二不能有人在旁保护。次大陆上这两个最不共戴天的敌人要生活在加尔各答肮脏的贫民窟里，以生命捍卫这座城市的和平。

"我离不开这里了，"甘地在苏拉瓦底答应了自己的条件后写信给德里，"我将要冒一次巨大的风险……结果将不证自明。仔细关注吧。"

*

蒙巴顿那本著名的日历就像剥洋蓟叶子一样一张张地被撕下。对于超负荷工作的副王和他的部下们来说，英国对印度统治的最后这些时日是"和任何时候相比都是最为紧张忙碌的"，每一页被撕去的日历似乎都还存在着尚未解决的问题。西北边境省就是否加入巴基斯坦的全民公决必须组织，离阿萨姆那些巨大茶庄不远的锡莱特还要举行第二轮全民公投，所有为庆祝独立而举行的庆典活动都要做出安排。国大党的领导人们坚持庆典要采用英国统治时期的旧传统,"庆典规模要足够壮观"。社会主义的沉闷格调对于此时的他们来说,是可以暂时放一放的。

按照国大党的要求,在8月15日当天,全国的屠宰房一律关闭,所有影剧院免费放映电影,德里的学童还可以得到一颗糖果和一枚独立纪念章。然而,问题总是会出现。如拉合尔政府就发出一项布告,称"考虑到形势的复杂,不宜举行渲染色彩强烈的庆典活动"。反对印度分治的右翼组织印度教大斋会(Hindu Mahasabha)领导层对支持者们说,"8月15日不可能是一个令人高兴的日子,更不用说参加什么庆典活动了"。他们甚至要求支持者为武力统一"遭到肢解的祖国"而献身。

一场围绕巴基斯坦独立庆典活动而展开的争执,令有关计划一时无法完成。不可一世的真纳坚持要在庆典仪式上走在副王的前面,全然不顾他的自治领要等到当晚午夜时分才能正式取得独立地位的事实。他的这个愿望落了空。

让这位穆斯林领导人失望的事情远不止于此。他原本打算乘坐靠掷硬币从副王府得到的半敞篷马车,但不巧的是,拉车的马中有一匹莫名其妙地腿瘸了,于是副王只好借给他一辆敞篷的劳斯莱斯汽车,他将乘着这辆车首次正式在卡拉奇街头亮相。真纳还要亲自拟定所有标志巴基斯坦降生的庆典活动内容。起初,他决定于8月13日星期四在自己的家中举行午宴,作为接下来一系列庆典活动的开幕礼。然而,当回到私下场合时,他的一名助手非常小心地提醒这位将是全世界最重要的伊斯兰国家的领袖说,8月13日星期四刚好是伊斯兰教斋月里的最后一个星期,在这段时间的每一天里,全世界穆斯林从日出一直到日落都要做到完全禁食。

*

这边是副王和两位新自治领的领导人在事无巨细地忙碌着,那边是整个次大陆无处不在密集举行的各种聚会、家宴、茶叙、晚宴及各种告别招待会，上千只杯子里的冰块发出清脆的碰撞声音，在杜松子酒的作用下，随处都可以听到感情阴郁的低语和激昂无畏的誓言，英国人对印度长达三个半世纪的统治眼看就要结束了。

在印度数量最多的英国人毫无疑问是那些继承父辈事业的商人，他们选择继续留在印度。然而，还有六万多所谓的其他人，他们就要回到自己常称之为"故乡"的那个岛国上去了，这些人包括士兵、行政机构公务员、警官、铁路工程师、林务官以及电信职员等。对于他们当中的某些人来说，这是一个急剧而痛苦的变化。几乎是在一夜之间，他们就要从仆人如云的奢华副王官邸搬到一个乡下小屋里去过提前退休的生活，而且所领取的退休金用不了多久就会被通货膨胀吞食。他们即将返回的英国条件艰苦，没有人不留恋在印度的好时光：俱乐部、马球、仆人，还有打猎。在随后的好几年时间里，在离开印度的英国人之间，关于这块次大陆最常讲的笑话就是，站在从孟买驶回英国的轮船的船尾回眸远眺时所看到的印度才是最美的印度。几周过后，这一幕前所未有的悲伤画面将永远定格在许多人的记忆深处。

在数以百计的独立房屋里，蕾丝桌巾、新娘的银器装饰、有着不凡来历的老虎皮、在第九孟加拉枪骑兵团或是斯金纳骑兵团服役阵亡的父辈们长满胡须的油画像、带有遮阳布的头盔、四十年前从伦敦运出的乌黑而庄重的家具，几乎所有物品都被打包装运回国。

在温斯顿·丘吉尔看来，冷漠是英国人在印度犯下的一大错误，他们在大量让人留不下什么深刻印象的欢宴中告别了印度。英国人似乎提前看到了在自己走后将出现的新秩序是一个什么样子，在所有地方，纱丽、舍瓦尼（印度男人穿的高领长外套）、各种土布衣服与商务正装，原本外人很少能看到的英国人在俱乐部里穿戴的服饰以及在居家时穿的居家服全都混杂到了一起。所有聚会都洋溢着一股特别浓厚的友情。这样的情景是独一无二的：殖民者在离开被殖民者时，得到的竟然是祝福和友谊。

在旧拉德里的月光集市，到处是即将离开的英国公务员在变卖留声机、冰箱甚至是汽车，希望用它们换取波斯地毯、象牙和金银等物。偶尔，他们也会要一些他们在次大陆的丛林中从来没有打到过的填实了的野兽皮。

还是会有一些令人感伤的东西无法带走,如纪念碑、雕像以及将近两百万个孤零零的英国人的墓碑,在奥斯卡·王尔德的笔下,这些"徘徊的坟墓"散落于"德里的城墙边","遍布在阿富汗和恒河七大支流的广大地区"。

他们长眠的这片异国土地不可能永远属于英国,但至少他们的墓地还是会让英国人无比牵挂。因为"丢下死在外国人手里的同胞是件不可思议的事情",即将离去的英国统治者将未来对墓地的管辖权委托给了英国在印度的高级公署。而在英国国内,坎特伯雷大主教则开始着手募集专门用于维护墓地的资金。①

英国人决定将著名的坎普尔井迁移到该城的万灵堂,在哗变风波达到最高潮时,那那·萨希卜(Nana Sahib)的叛军在屠杀了950名英国男女和儿童后,把他们的尸体扔进这口井里。纪念他们的碑文是这样写的:"一大群以妇女和儿童为主的基督教子民于此地被比托奥尔的那那·敦杜·潘特所部叛兵残忍杀害,死难和重伤者被扔进此碑下面的深井里。谨此永志全体罹难者。"但从8月15日开始,为了不让印度人感到难以接受,该碑文被东西盖住了。

离别中发生的事情总带有英国式的感动。许多英国军官不忍心让自己壮实的小赛马今后在拉车中终老一生,于是选择用左轮手枪给它们来一个干脆的了断。在奎达参谋学院,随着该学院最后一任校长乔治·诺尔·史密斯上校一声令下,数百只猎犬在瞬间被射杀,史密斯上校的理由是他无法为这些猎犬找到合适的居所。这位上校曾经说,杀死"这些我们在运动中与之度过如此多美好时光的开心伙伴"是"他在职业生涯中所完成的最为痛苦的任务"。就连日理万机的副王府幕僚们也要在百忙中挤出

---

① 相关的努力并没有持续多久,其结果也很不理想。半个世纪过去后,印度的这些英国人的墓地因为缺乏维护经费而逐渐变得野草丛生,让人看到的是一片荒凉不堪的肃杀景象。约翰·尼科尔森(John Nicholson)旅长是在哗变事件爆发后组织攻打德里的指挥官,如今,发出尖叫的猴子正在从他的灰白色水泥墓碑上方跳来跳去追赶着蜥蜴。从马德拉斯到白沙瓦,英国人留下来的墓碑早已字迹模糊,茂密的杂草几乎将它们完全覆盖在了下面。

时间，就印度养犬俱乐部的未来安排事宜开会进行讨论。

蒙巴顿严令不得带走任何东西，所有克莱武、黑斯廷斯及韦尔兹利的油画像，所有他的曾祖母维多利亚女王的塑像，所有印章、银器、旗帜、制服及带有英国统治印记的各种物品，一切的一切都将留给未来的印度和巴基斯坦，并听凭它们处置。

他的幕僚长伊斯梅勋爵指出，英国要让印度"在看待过去两百年来两个国家之间的关系时感到骄傲"，他同时承认，"事实上，也许他们并不需要这样的提醒，反正决定权在于他们"。

虽然有蒙巴顿的严令，但并不是英国统治下的所有财物全都留了下来，偶尔会有印度军队中的英国军官带走几件军中的银器。在孟买，两位海关官员奉命来到即将离任回国的上司维克多·马修的办公室。

"我们或许是在为这个帝国做最后的清盘，"马修嘀咕着说，"但眼前这件宝贝可不能落到印度人手里。"他用手指向自己办公桌旁的大铁盒，只有他掌握着这个铁柜唯一的钥匙。

他的其中一名部下约翰·沃德·奥尔有些诚惶诚恐地将盒子打开，满以为里面会有些价值连城的印度雕塑，也就是用珍宝制成的佛像一类的东西。但让他惊讶的是，盒子里仅仅是摆放整齐的几摞书。他拿起其中的一本，立刻意识到这些宝贝的价值所在，这个盒子从他的职业角度上看简直就是个无价之宝。在印度，许多寺庙的墙上布满了这个世界上对色情表现最为露骨的手工雕像，这个盒子里装的就是一批这样的色情作品，五十五年来，充满热诚的英国海关官员认定这些书内容极为淫秽，因而阻止其在印度传播。奥尔拿起的这本相册名为《三十九种做爱姿势》。他评价说，这本书推荐的姿势并没有什么特别之处，很多地方让人联想到克久拉霍性庙里的印度教神灵在体验愉悦和快感时的优雅，但也有同样多的地方给人感觉非常笨拙，就像《戏梦芭蕾》中继承亡夫爵位的肥胖贵妇在跳华尔兹时做鲁埃特旋转时的情景一样。

马修庄重地把盒子钥匙交给两位助手中级别较高的威廉·维切尔。然后，他对二人说，这下自己可以放心离开了，因为他知道海关最重要的财物仍然掌握在英国人手里。①

孟买，1947 年 8 月

与以往任何时候一样，晨光中的穆罕默德·阿里·真纳孤身一人，在孟买的一处穆斯林墓地中默默走向一座外观简洁的石墓。他在这座墓前做了一个动作，数天过后，数以百万的穆斯林也将因为他的行为而做出同样的动作。他就要动身前往巴基斯坦的土地了，临行前，他在这座将永远留在印度的墓碑上放上最后一束鲜花。

真纳是一位非同一般的人物，但这位冷峻的穆斯林领袖对墓碑下的女人刻骨铭心的深厚爱恋，却是最让他不同凡响的地方。他们二人之间的爱情乃至婚姻与当时的印度社会几乎在所有方面都格格不入。事实上，这位女子甚至没有资格被安葬在伊斯兰的墓地里。这位印度穆斯林救世主的妻子生来就不是穆罕默德的门徒。拉坦芭·真纳（Ruttenbhai Jinnah）出生于一个帕西族家庭，帕西人来自古老的波斯，是崇拜火的琐罗亚斯德教民后裔，他们把去世的族人陈放在瞭望塔上，让食腐的秃鹫把尸体全部吃光。

真纳在 41 岁那年前往大吉岭度假，在当地的珠峰酒店结识了好朋友的女儿拉坦芭，结果，当时确实是单身汉的他疯狂地爱上了这位只有 17 岁的女孩，②拉坦芭对真纳也同样着了迷。她那气疯了的父亲从法庭申请

---

① 这个有名的盒子在随后的十年里一直由英国人保管着。维切尔把它放在自己的家里，结果不小心被身为圣公会主教女儿的妻子发现。有一天，维切尔一时粗心没有把盒子锁好就离开了家，他的妻子在看过里面的东西后险些晕倒。此后，维切尔在回国前又把这个盒子移交给了奥尔。但当奥尔于 1955 年卸任时，却发现那些品格高尚、长期致力于防止这类侵蚀人灵魂的物品流入印度的英国官员早就一个不剩了。奥尔出于提高自己法语水平的目的，而从盒子里取出两本用法语写的书，两本书的书名分别是《拥抱指南》和《夜晚的启言》，然后决定把整个盒子交给印度人，为此，他从孟头橄榄球俱乐部中物色了几名在他看来头脑健康并且不太会受这些内容影响的年轻人。随后，奥尔回到了英国。就在他抵达英国后不久，他收到一份政府发给他的邮件，内容是通知他他的英国海关同事在南安普顿扣下了他的行李——理由是他非法藏有色情物品。
② 事实上，真纳以前曾有过一次婚姻，他的家人在他动身前往英国求学前为他找了一位他从未见过面的女童。按照穆斯林的习俗，女童请一位男亲戚充当自己的替身与真纳完婚。但就在真纳学成回国前，这位女童也就是他的妻子不幸患病去世。

到一份禁止令，断了自己的前友人与女儿见面的机会。然而，就在自己18岁生日这天，叛逆的拉坦芭只身离开了坐拥百万身家的父亲的庄园，只带着一件纱丽和一条宠物狗，毅然跑到真纳身边并嫁给了他。

他们的婚姻一共持续了十年。在这十年里，拉坦芭·真纳出落成一位绝代美女，她是这座在全世界以美女如云而著称的城市中最为美艳的女子。她喜欢穿半透明的纱丽来炫耀自己苗条的身材，还喜欢穿束身的服饰让保守的孟买社会瞠目结舌。她开朗活泼，既是上流社会的交际花，又是一名伶牙俐齿的印度民族主义者。[1]

年龄与脾气上的差异最终不可避免地造成二人关系的紧张。拉坦芭的张扬和快人快语屡屡让真纳感到难堪，他在政治道路上的发展也由此而受到影响。尽管深爱着自己的妻子，但真纳却发现自己很难与反复无常而又无忧无虑的拉坦芭交流。1928年，他所深爱而又无法理解的妻子离开了他，真纳的心都碎了。一年后的1929年2月，身患大肠炎的她因在止痛时过量注射吗啡而死去。这让早就因她的离去而在公众面前颜面尽失的真纳受到了致命的打击。在为眼前这座摆上鲜花的墓穴撒下第一把土的那一刻，真纳像孩子一般哭成了泪人。这是穆罕默德·阿里·真纳最后一次在世人面前暴露自己的感情。从此以后，他孤独而坚毅地将自己的生命全部奉献给了唤醒印度穆斯林的事业。

新德里，1947年8月

他身上最后仅存的完美英国绅士的特征，就是紧紧夹在右眼上的那只单片眼镜。此时，坐在飞回卡拉奇的飞机上，穆罕默德·阿里·真纳脱去了笔挺的亚麻西服，换上了自从25年前去伦敦学习法律后就再没有怎么穿过的装束：一件非常贴身的过膝舍瓦尼，一件长外衣，一条长过脚踝

---

[1]　1921年在新德里的一次午餐中，她与时任副王雷丁勋爵比邻而坐，后者感叹自己由于"一战"产生的影响而不能前往德国。"可是为什么呢？"拉坦芭不明白地问道，"难道这有什么困难吗？"

"哦，"雷丁解释说，"德国人并不喜欢我们英国人。我不能去。"

"那么，"拉坦芭想都没想就问，"你们英国人又是怎么跑到印度来的呢？"

的长裤,脚趿拖鞋。

一天前还是副王侍从副官的年轻的赛义德·阿赫桑（Syed Ahsan),此时作为真纳的海军副官跟随真纳登上了DC3飞机的舷梯,这架银色的飞机是副王赠送的,真纳就要乘着它完成前往卡拉奇的历史性飞行。真纳登上舷梯的最高处,转过身望向远方位于地平线上的德里城轮廓,就是在这个城市,他为了自己建立伊斯兰国家的梦想而付出了长期不懈的努力。"我怀疑,"他喃喃自语道,"这是我最后一次看到德里。"

他把自己位于奥朗则布大街十号的房子也卖掉了(他在这座房子里有一幅巨大的银制印度地图,他就是在这幅地图前领导了一场又一场独立建国斗争,并且,他还把自己看似无法实现的梦想之国用绿色做了标记)。讽刺的是,新的房主赛斯·达尔米亚是一位富有的印度教实业家,而他买下此房的目的是要把它作为反对屠牛联盟的总部所在地。几个小时后,几年来一直悬挂绿白色穆斯林联盟旗帜的旗杆就将挂上一面"神牛之旗"。

登上舷梯的几步路让真纳耗尽了体力,他的副官赛义德·阿赫桑注意到,他"简直是跌坐进"自己的座位里,大口大口地喘着粗气。机上的英国机师启动引擎,飞机开始在跑道上滑行,在这个过程中,坐在座位上的真纳始终面无表情地呆视着前方。随着DC3升离地面,真纳低声说出一句不知所云的话:"一切都结束了。"

整个航行中他都一直像往常一样默默地阅读报纸。他从放在自己座位左边的一堆报纸中拿起每一张报纸,在看过后又把它们仔细叠好放到自己右边的座位上,慢慢地,随着左边的报纸堆越来越薄,右边的报纸堆越来越厚。他在阅读大量对他极尽歌功颂德之能事的报道时没有丝毫表情。在全部旅行过程中,他未曾向身边人谈起半句读报的感受以及本次旅行对他的意义之类的话。

当飞机抵达卡拉奇上空时,真纳的助手们突然从舷窗中看到地面上"高高低低的浩瀚沙漠正在变成一片白茫茫的人海",人们身上穿着的白袍在耀眼的阳光下显得格外刺眼。

真纳的妹妹兴奋地抓起他的手。"真,快看呀!"她大叫着。真纳冷冷地把眼睛瞥向窗外。在他定睛观看地面上的壮观人群时脸上的表情照样没有一丝变化，而他缔造巴基斯坦所用的正是这群人的名义。"是啊，"他说道，"人真多。"

DC3结束了在跑道上的滑行后稳稳停下，但这次旅行早已让这位穆斯林领袖身心疲惫到了极点，他甚至无法从座位上站起来。一位助手见状想上前把他搀扶出机舱，但被真纳厉声喝止。穆罕默德·阿里·真纳是不可以让别人扶着回到家乡卡拉奇的。强大的意志力居然让真纳硬挺挺地站立了起来，他在不用人帮助的情况下不但顺利走下舷梯，还穿过大声尖叫和几乎歇斯底里的人群走向等候自己的汽车。

他们从飞机舷窗里看到的人海就像一条泛着白光的地毯，铺散在汽车开往卡拉奇全程的道路上。密集的人群不断重复高喊："巴基斯坦万岁。"那一阵强过一阵的声浪，就像沙漠中怒吼的风暴一般大有排山倒海之势。只有一次，路边的人群居然静默无声，原来这是一个印度教社区。真纳心里当然明白，"毕竟，此时此刻对于他们来说实在没有什么好庆祝的"。随后，真纳的汽车开始穿过他的出生地。这是一个中低阶层聚居的社区，1876年的圣诞节，真纳就出生在这里的一座用石头砌成的两层小楼里。他还是一如在整个旅途过程中的平静，未发一言，也没有做出任何不一样的表情。

当来到专供他这位首任巴基斯坦大总督居住的官邸，也就是昔日的本省总督府邸时，真纳缓缓地沿着台阶拾级而上，直到这一刻，他那冷漠的面孔上才闪现出些许的情感变化。在来到台阶的最高处时，真纳停了下来，他一面调整着呼吸，一面扭过头望向自己的新侍从。就在那一刹那，他那双目放光的脸上明显掠过一道微笑。

"你知道吗，"他用嘶哑的声音轻声对赛义德·阿赫桑说道，"我从来没有想到过能够在有生之年看到巴基斯坦的诞生。"

*

临危受命的蒙巴顿果然不辱使命，印度历史上的伟大时刻眼看就要到来了。在仅仅不到36个小时后，英国人殖民印度长达3个世纪的历史就要宣告结束，而这个结束的过程比所有人预期的都要短得多，其中甚至包括在五个月前那个下着薄雾的早晨，乘坐"约克号"飞机从诺霍特机场起飞的蒙巴顿。

此时，随着最后期限的来临，蒙巴顿的所有活动只围绕一个主题展开。他要让英国统治在撤出时仍能享受到最后的荣耀，要让告别活动在充满善意和理解的气氛中进行，以此为英国下一步与两个新兴国家建立新的关系而营造一个好的环境。

蒙巴顿知道，有一件事情可能会让他所有的精心策划功亏一篑，这就是西里尔·拉德克利夫在他那座树荫下的小房子里画出来的印巴边界线。在举行独立仪式之前，蒙巴顿是绝不能让相关细节曝光的。

他很清楚，自己的这一决定将导致极端复杂的局面。印度和巴基斯坦虽说就要成立了，但两国领导人却对决定各自国家的两大基本要素一无所知，那就是人口数量和两国间的边界划分情况。8月15日这一天，旁遮普和孟加拉数百个村庄内的成千上万村民注定只能在惊恐和不安中度过，他们不可能有任何庆祝的举动，因为他们根本不知道自己将属于哪一个自治领。适当的行政和治安工作在某些地区也将无法展开。明知如此，蒙巴顿还是决心要等到8月15日以后再公布相关的边界划分决定。他完全清楚，不管拉德克利夫做出什么样的安排，结果都将费力不讨好，印巴两国是肯定不会买账的。"就让印度人先高高兴兴地庆祝独立日吧，"他解释说，"这样他们就可以晚一些再面对麻烦了。"

"我决定了，"他对伦敦方面说，"无论如何都不能让双方领导人在8月15日之前了解相关细节。如果不这样做，我们在权力移交当天建立起良好英印关系的希望就会落空，之前所做的所有工作就可能毁于一旦。"

8月13日一早，印度行政机构配给拉德克利夫的助手将其报告装在两个封口的大信封里送交副王府。蒙巴顿下令将这两份报告锁入自己的一只绿色皮制公文箱内。就在他即将于午夜时分动身前往卡拉奇参加巴基斯坦的开国大典前，他把这只箱子放在了自己的办公桌上。在随后的七十二小时里，印度各地到处载歌载舞欢庆独立，而这两个放在副王公文箱内的信封就如同潘多拉盒子里的两个魔鬼精灵，盒子一旦开启，它们便跑出来把可怕的消息传遍狂欢中的次大陆。

在各地的兵营里，原本同在一支伟大军队中服役的印度教徒、锡克教徒和穆斯林士兵随着次大陆的分裂也已经一分为二，此时，他们聚集在一起彼此间进行着最后的致意。在德里，普罗宾骑兵团是这支军队最富传奇色彩的老骑兵部队之一，锡克和多格拉人中队为即将离去的穆斯林中队举行了一场盛大的宴会。他们在一个开阔的阅兵场上聚餐，操场上放着堆积如山的米饭、咖喱鸡、羊肉串以及军中传统的布丁、用焦糖烤制的大米、肉桂和杏仁。当就餐活动结束后，锡克、穆斯林和印度教徒们手拉手跳起了最后的班格拉舞，这是一种奔放的以旋转为特色的法兰多拉舞蹈，该团历史上从来不曾有过这样的场面，它让当晚宴会上的感人气氛达到了最高潮。

在即将成为巴基斯坦国土的地区，穆斯林部队也为他们将要回到印度的印度教徒和锡克教徒同志举办了类似的活动。在拉瓦尔品第，第二骑兵团为这些昔日的战友安排了一场盛大的"君行好"宴会。每一位锡克教徒和印度教徒军官都发了言，很多人眼含热泪，向自己的穆斯林长官穆罕默德·艾德里斯敬礼辞行，这位穆斯林上校曾带领他们参加过第二次世界大战中一些最为残酷的战斗。

"不管你们去往哪里，"艾德里斯在回礼时说，"大家永远都是好兄弟，因为我们曾经把血流在了一起。"

随后，艾德里斯拒绝接受来自未来巴基斯坦军队司令部要求印度军人行前缴械的命令。"他们全部是军人，"他说，"他们是带着武器来的，也一样要带着武器走。"

艾德里斯的仗义执言救了他的这些印度部下一命。翌日清晨，当载着第二骑兵团的锡克和印度军人的火车从拉瓦尔品第开出一小时后，一支穆斯林联盟的国民卫兵突然对他们发动了袭击。如果不是凭借手中的武器将敌人击退，他们所有人一定逃不过被屠杀的命运。

最打动人心的告别场面发生在帝国德里赛马俱乐部，这里曾是在印度的英国上流社会最高贵的会所之一。"印度自治领军队全体军官"向宾客们发送的请柬全部由精心书写的卡片制成，欢迎他们前来参加"以送别巴基斯坦军官为主题的老战友招待会"。

一位印度人回忆说，整个夜晚都沉浸在无限感伤的气氛中，人们不能相信所发生的一切会是真的。每个人都留着精心修剪的胡须，腰扎武装带，英式制服上挂着一排排勋章，那是这些为印度的英国统治者出生入死的军人所得到的奖赏。他们不分彼此地聚集在一盏盏灯下，完全看不出相互有什么差异，倒是像从一个模子里刻出来的一样。在舞厅里，他们的妻子们身上穿的五颜六色的纱丽，在昏暗的灯光里不时划出一道道亮色。

更多的人聚集在酒吧里，边喝酒边聊天，最后在一起回顾往日里的一个又一个故事：有关食堂的，有关沙漠的，有关缅甸丛林的，也有在边境上向自己的同胞进行征讨的。一桩桩、一件件，他们不停地诉说着，在充满兄弟情谊的戎马生涯中所遇到的那些艰辛、快乐和危险仿佛又回到了眼前。

在这个怀旧的夜晚，没有人能够想象得到自己在日后所扮演的悲剧角色。相反，所有人都互相搂着肩膀，彼此狂叫着做出约定："九月份一起去打野猪"，"别忘了拉合尔的马球赛"，以及"我们必须回克什米尔把去年那只跑掉的野山羊追回来"。

晚宴即将结束时，身为印度教徒的卡里亚帕旅长登上高高的舞台要求大家安静下来。"我们在这里要说的只有再见二字，因为共同的友情一定会让我们再度相逢，"这位拉其普特营的老兵说道，"我们曾在一起同甘苦、共命运，我们的历史是无法分开的。"他回顾了大家朝夕相处的生活，最后说："无论过去、现在还是将来，我们永远都是兄弟。让我们千万牢记曾经在一起度过的光辉岁月。"

讲话结束后，这位印度旅长从舞台后部的乐队区抱起一座用布包好的沉甸甸的银杯，把它作为印度军官赠送给穆斯林同事的纪念礼物，交给现场官阶最高的穆斯林军官阿加·拉扎旅长。拉扎一把把布揭开，然后将银杯向着众人高高举起。这座银杯是由德里的一位银匠设计制作的，表现的是一名印度教徒士兵和一名穆斯林士兵为打击共同的敌人而并肩扛枪站立。

就在拉扎代表在场的全体穆斯林军官向卡里亚帕表达完谢意后,乐队奏响了苏格兰名曲《友谊地久天长》。所有军官不自觉地把手拉在一起。不一会儿,他们就组成了一个圆圈,印度教徒和穆斯林完全不分彼此地混杂在一起,整齐地摆动着身体,用雄浑的声音唱起这支古老的苏格兰歌曲,悲婉的歌声回荡在德里那潮湿而闷热的夜空里。

最后一曲歌声完毕,所有人都长时间默不作声。后来,印度军官们来到舞厅的门口列队举杯,他们的队伍就像一条长长的走廊,沿着台阶一直延伸到俱乐部的草坪上,草坪的尽头是沉睡中的德里。他们的巴基斯坦同志们一个接一个地从这个按军阶高低组成的人廊中通过。两厢的印度军官举着酒杯,默默地向着告别的同志致以最后的敬意。

正如他们所互相承诺的那样,他们终将还要见面,但这一刻的到来远比他们在那一晚的想象要快得多,其场景则更是他们始料不及的。这些昔日手挽手的战友们的见面地点不是在相约好的拉合尔马球场,而是在克什米尔的战场上。拉扎旅长在赛马俱乐部上所举起的银杯上那两名象征为对付共同敌人而并肩作战的士兵,此时却将手中枪指向了对方。

11

当世界还在沉睡

加尔各答，1947 年 8 月 13 日

离印度独立日还剩下 36 个小时，盼望出现奇迹的圣雄甘地，动身离开苏底堡静修所那片宁静的椰树林。他要去的地方距离静修所不过十英里，但却又远得要用光年来计算。这里是地球表面最靠近地狱的地方，是拉迪亚德·吉卜林在《恐怖夜之城》里所描写的最为悲惨的贫民窟之一，它就是加尔各答。这个全世界暴力活动最猖獗的城市在冷酷和苦难中挣扎着，而这位柔声细语的非暴力天使，则希望凭借一己之力创造出副王的军队所无法实现的奇迹。作为印度独立运动的设计师，他再一次准备把自己的性命交到自己的同胞手里。这一次与英国人无关，他要让同胞们从毒害着他们心灵的仇恨中解脱出来。

至于这座就在不远处等待着甘地到来的城市，有关它的种种传说以及它所选择信奉的神灵都表明了它对暴力的崇尚。它的保护神是印度教中的毁灭之神迦梨，这位口吐长舌的食人女神身缠巨蟒，脖子上戴着用人的头骨串成的项链。①每天都有数以千计的加尔各答市民来到她的神像前恭

---

① 根据印度的民间传说，迦梨是自杀而死的，她的丈夫湿婆为此受到极大的刺激，狂怒下用鱼叉挑着她的尸体在宇宙间拼命挥舞。护持神毗湿奴掷出铁饼，把迦梨的尸体砸成一千个碎块，从而拯救了世界。这些碎块落到哪里哪里就沾上神气，其中最为神圣的地方就是加尔各答的迦梨神庙，这里是迦梨的右脚趾落下的地方。

身敬拜。曾几何时，该城附近的一些秘密寺庙甚至用婴儿作为拜祭她的贡品，时至今日，狂热的信众仍要在祭祀时屠宰动物，为的就是让自己的身体沾染上血腥。

在 1947 年的 8 月，加尔各答的真实面目被一片繁荣的景象掩盖了。绿草如茵的马坦公园、乔治时代风格的各种庄园建筑以及乔林基大街上那些大贸易公司的办公室，这些都不过是表面的假象，就像戏院里的布景一样。在它们的背后，聚集着地球表面上最稠密的人口，他们生活在悲惨的环境里，把这里几乎所有的地方都变成充斥着肮脏人类的阴沟。他们当中有 40 万名乞丐和无业者，仅麻风病人就多达 4 万人。这些贫民窟无不散发着令人恐怖的恶臭。街道杂乱无章，两旁的排污沟都是明渠，垃圾和大小便四下溢出，滋生出大量的老鼠和蟑螂，苍蝇蚊子铺天盖地，黑压压地到处飞舞。抽水机本来就少之又少，可抽上来的水又往往被胡格利河里的腐烂尸体污染了。冷漠无情的房东每星期都会沿着这些地狱般的街道挨家挨户收取房租。

此时，就在印度即将获取自由的时候，加尔各答的 300 万人口仍然长期生活在赤贫的状态下，他们每天摄入的食物热量甚至比希特勒纳粹集中营里的囚徒还不如。

这些贫民窟成了各种暴力活动的温床。在加尔各答，人们为了一口米饭就可以杀人。随着 1946 年 8 月直接行动日那场野蛮的屠杀，之前的暴力活动又被赋予了新的内涵，那就是印度教徒和穆斯林社群在宗教和族群问题上的不共戴天。从那个时刻起，两个族群没有一天不死人。他们渐渐形成有组织的政治流氓团伙，以球棒、刀具、手枪和被称为虎爪、能够将人的眼球挖出的钢齿为武器，彼此之间既互相害怕又互不信任。就在印度即将为来之不易的独立举行欢庆时，加尔各答贫民窟里这些不幸的人们，却准备用疯狂的族群屠杀和毁灭来让彼此的苦难更加深重。

8 月 13 日的下午三点刚过，千方百计要阻止这场行动的甘地乘坐一辆战前产的老旧雪佛兰汽车来到众人中间。甘地的汽车小心翼翼地沿着贝利亚加塔路行驶，在经过一片锡顶屋后，来到一座低矮的石墙前，石墙上面标着一个数字：151。这里，季风雨早已将一片开阔地上的尘土搅拌成了泥浆，而就在这片开阔地上，矗立着一座废墟，其凋零残破的景象就像田纳西·威廉斯舞台剧中的布景一样。

这座曾经名为希达里的大宅有着宽大的台阶，台阶上的多利安式柱子和经过雕刻的围栏象征着它的帕拉迪奥风格，显然，它的英国富商主人希望将自己的梦想融合到这里的热带环境中。这座大宅如今的主人是一位富有的穆斯林，但他很久以前就把这里遗弃了，任由成群结队的老鼠和蟑螂在肮脏的过道里肆意横行。此时，在它的院落里，到处是从正在维修的卫生间里扫出来的早已变得又黑又硬的人的粪便，粪便上面还撒着漂白粉，人们正是因为看中这样一个在加尔各答难得一见的卫生间，才准备把甘地和他的随从们安排住在这里。甘地就是在这个臭气熏天、遍布污物和烂泥的环境里开始了对奇迹的探寻。

所有即将成为他工作对象的人们早已对他翘首以待。他们全都是以背心和腰布蔽体的印度教徒，在直接行动日那天，许多人亲眼看着自己的亲人被活活砍死，自己的妻女惨遭奸污。甘地的汽车驶到他们面前时，所有人都大叫着他的名字。然而，他们发出的并不是欢呼声，而是阵阵的怒骂，三十年来，这样的事情还是头一回发生。

人们的脸因为愤怒和仇恨而扭曲着，他们大叫"去诺阿卡利解救那里的印度教徒吧""救印度教徒，而不是救穆斯林"，以及"印度教的叛徒"等。接着，当甘地的汽车停下后，这位受到半个世界尊敬的圣贤之人受到的礼遇竟然是雨点般的石块和酒瓶。

混乱中，汽车的一扇车门缓缓打开。那个让人熟悉的身影出现了。这位羸弱的老者鼻梁上架着滑落的眼镜，一只手抓紧自己的披肩，另一只手安详地高举在空中，独自一人迎着如雨的石块向前走去。

"你们要怪罪我，"甘地高喊着，"那就来吧。"

此言此景让示威者们一下子全都呆住了。甘地在走近众人后，用他那曾经为了印度而企求过英王和副王的吱吱嗓音企求着众人的理性。"我来到这里，是为所有与印度教徒和穆斯林一样的人祈福。我要将自己置于你们的保护之下。如果你们不愿意，尽可以背弃我，"他继续说着，"我已是风烛残年，就要走完人生路了。但倘若你们再要丧失理智，我只要还有一口气在就决不会坐视不理。"

甘地向众人解释说，自己来到贝利亚加塔路就是要拯救诺阿卡利的印度教徒。那些对大量印度教徒在诺阿卡利遇害负有罪责的穆斯林领袖已经向他做出了保证：8月15日那天绝不会有一个印度教徒受到伤害。而且他们知道，一旦承诺不能兑现，甘地将绝食至死。

作为对穆斯林领袖承诺的回应，他来到了加尔各答。因为已经让诺阿卡利的穆斯林领袖承担起了确保生活在他们中间的印度教徒安全的道义责任，所以，他来到加尔各答也是为了劝说以眼前众人为代表的印度教徒保护好城中的穆斯林。他在话里潜藏的含义是，如果自己对加尔各答印度教徒的劝解无效，那么印度教徒们发动疯狂杀戮之日就是自己的绝命之时。因为，正如穆斯林对诺阿卡利的承诺一旦破灭他将绝食至死一样，如果加尔各答的印度教徒不听从他的劝告，他也同样要以死相争。

这就是他非暴力策略的核心点：让互相敌对的双方达成约定，而他则用自己的生命作为让双方履约的最后保证。

"我生下来就是一名印度教徒，我的一言一行和我爱人的方式更让我属于印度教徒，难道我这样一个人会成为印度教的敌人吗？"他向愤怒的同胞们发问。

甘地所讲的道理和言简意赅的交流方式让人群陷入沉思。在向众人保证将与他们选举出来的代表深入进行沟通后，甘地立即与和自己同来的人一道接收了这座破败的庄园。

众人的愤怒并没有平息太长时间，他们最为仇视的苏拉瓦底的到来使得群情再次激愤起来，人们大声鼓噪着将甘地的房子包围起来。一块石头飞来，将本就为数不多的窗户又打烂一扇，甘地坐在房间里，眼看着碎玻璃片四下飞溅。紧接着又是一阵密集的石块飞来，整座房子早已破烂不堪的外墙顿时处在冰雹般的打击之下，最后几扇窗户上的玻璃也随之荡然无存。

甘地面对这一切丝毫不为所动，他盘腿坐在房间中央的地板上，低头耸肩，耐心地为大量来信一一手写着回信。然而，就在此时，他生命中一个可怕的转折点已经来临。在这个酷热的8月间的下午，距离印度争取独立的长征结束还有几个小时之遥,有一小伙甘地的同胞已经在背叛他了,这是自他于 1915 年 1 月从印度之门下走向海边到现在为止的第一次。对于甘地、对于印度、对于整个世界,石块砸在希达里大宅墙上的声音以及人们心中燃烧着仇恨的狂怒,不过是希腊悲剧前奏中的第一个音符而已。

卡拉奇,1947 年 8 月 13 日

"先生,阴谋活动开始了。"

路易斯·蒙巴顿在听到这些话后僵住了。他原本不动声色的脸上划过一丝忧虑。他跟着说话的人来到飞机的机翼下,在这里说话可以确保不会被人听到。

这位刑事调查部的官员称,所有的情报都表明,蒙巴顿在德里时接到的情报是千真万确的。他们相信,在蒙巴顿和真纳于翌日,也就是 8 月 14 日上午乘坐敞篷汽车在卡拉奇街头巡游时,至少会遭到一枚甚至多枚炸弹的袭击。尽管他们做出了不懈努力,但仍然无法抓到国民志愿服务团派来潜入城中执行暗杀任务的印度教激进分子。

让蒙巴顿恼怒的是,他的妻子恰在此时跟了上来,刑事调查部官员说的最后几句话被她听得清清楚楚。"我要和你同车出行。"她义无反顾地说道。

"你就别来凑热闹了,"她的丈夫回答说,"总不能让我们两个人都被炸成碎片吧。"

刑事调查部官员并没有理会他们之间的对话,继续着自己的讲话。"真纳坚持要乘坐敞篷汽车,"他说,"你们的车速会十分缓慢。恐怕这会让我保护你们的措施受到极大限制。"根据这位官员的判断,刑事调查部要阻止这场悲剧的发生只有一天的时间。

"先生,"他恳求地说,"你务必要说服真纳取消这次游行。"

8 月 14 日星期四上午九点,就在愤怒的人群用石块向印度的世纪伟

人发动攻击过去18个小时后，在距离贝利亚加塔路1800英里以外的地方，甘地最重要的政治对手在经过长期斗争后终于来到自己人生的巅峰时刻，他已经做好准备，要好好享受这一瞬间。

穆罕默德·阿里·真纳取得的成功，正是此时身处希达里大宅废墟那位伤心的领袖所无法企及的。尽管有甘地的存在，尽管所做的事情有悖各种常理和通识，最重要的是尽管肺染重疾随时有可能丧命，真纳仍然克服了重重阻碍成功地将印度一分为二。再过一会儿，卡拉奇一座朴实无华的会议厅就会见证到世界上穆斯林人口最多的国家的诞生。在这个贝壳状会议厅里的一排排座椅上，将坐满4500万人民的代表，他们在艰难的建国过程当中始终追随在真纳的身边。

这是一场色彩斑斓的聚会：喜怒不形于色的旁遮普人头戴灰色皮帽，身穿白色教袍和紧紧扣着纽扣的舍瓦尼；目光炯炯的帕坦人；头缠浅棕色和配有金饰的头巾的维齐尔人、马索德人和阿夫里迪人，浓密的大胡子下是他们那一张张饱经风霜的脸；矮小而皮肤黝黑的孟加拉人代表让真纳感到捉摸不透，因为他自己也从来没有到过孟加拉；此外，还有来自俾路支的部落首领；来自印度河谷的把脸藏进绸缎面纱的妇女；上身穿点缀着金饰的纱丽，下身穿宽松裤或喇叭口裙裤的旁遮普女子。

坐在真纳身边的就是副王本人，真纳的建国路正是在他不情愿的帮助下一步一步走到今天的。蒙巴顿身着他最喜爱的雪白戎装，挂满胸前的勋章闪闪发亮，他是这个场合中再合适不过的人选了，在接下来长达36小时的各种活动里，第一项内容就是正式终结英国对次大陆的君主地位。

蒙巴顿站起身，沉着的脸上露出刻板的笑意，他先是代表英王向这个英王名下最新成立的自治领表达良好的祝愿。随后，为了对这个他并不希望出现的仪式表示祝贺，他庄严地说："巴基斯坦的诞生是历史上的一件大事。历史的发展有时会像冰川的活动一样缓慢，但也有时会像洪流一样汹涌向前。此时此地，我们共同的努力不仅已经融化了冰川，而且还清除了水流前进道路上的障碍，滚滚而来的巨大洪流已经把我们高高卷起。在这样的时刻，我们完全无暇回首，能够做的就只有向前看。"

说到这里，副王侧脸望向旁边的真纳。真纳依旧是一副目空一切的表情,即便是在如此激动人心的时刻,他那干得像羊皮纸一样的脸也看不出任何变化,如同戴了死人面具一般。

"我要向真纳先生表达我的敬意,"蒙巴顿接着说,"我们之间的密切接触让我们做到了互信互谅,我认为,有了这些成果,双方未来的良好关系就有了非常充分的保障。"

蒙巴顿一边滔滔不绝地大发溢美之词,一边不由得在心中暗想:再过一会儿,自己就不得不为眼前这个逼着自己大唱赞歌的冷酷之人去豁出性命了。副王曾极力劝说真纳取消这次充满危险的游行活动,但他的努力徒劳无功,这和他当初劝说真纳放弃巴基斯坦之梦时的遭遇一模一样。在真纳看来,取消巡游或者只是坐在封闭的汽车内在街道上匆匆忙忙转上一圈完全就是懦夫之举。为了让这个来之不易的国家享有尊严,他才不屑做出这样的举动呢。不管怎样,为了庆祝自己曾极力反对成立的国家的诞生,蒙巴顿只好与这个自己并不喜欢的人并肩坐在敞篷汽车里,等着刺客随时投进来的炸弹。

"到了要和诸位说再见的时候了,"他在最后说道,"愿巴基斯坦永远繁荣昌盛……愿她与各邻邦及全世界所有国家永远交好。"

接下来轮到真纳发言。他身穿白色舍瓦尼,衣扣一直扣到瘦弱的喉咙下方,看上去像是一位正在主持仪式的教皇。英国与她曾经的殖民地子民正在像朋友一样告别,他对蒙巴顿的观点给予了认同,"而且我希望我们之间永远都是朋友"。对不同信仰的包容是伊斯兰长达十三个世纪的传统,他保证,"我们仍将继续遵守这一传统"。关于巴基斯坦,他宣称,"绝不会对邻邦和世界各国缺乏友爱精神"。

真纳的发言很简短,完全出乎了听众们的预料,就在人们还没有来得及做出反应时,他已经结束了讲话,其后的考验随之开始。两位在很多问题上针锋相对的对手并肩出现在会议厅的大柚木门的门口。一辆黑色敞篷的劳斯莱斯汽车早已等候在那里,他们就要乘上它去迎接严峻的考验。这破车怎么看怎么像灵车,蒙巴顿心中暗想。他的目光在自己的妻子身上略作停留。他在此前已经严令妻子的司机必须跟在自己的车后面,但他同时确信,妻子一定会想办法来破坏自己的安排。

在走向汽车的短短瞬间，蒙巴顿的脑海里不由闪过好几个可怕的场景。他精心塑造的公众形象让人们难以看出他剧烈而复杂的内心活动，更不知道他的情感在忍受着怎样一幅活生生的画面的折磨。他并没有把思绪放在即将开始的游行上，困扰他的是过往的游行活动让他结下的心魔，每当蒙巴顿打开或想起寄托着自己丰富情感的家族图谱，这些心魔就会悄然爬上他的心头。他在族谱中的一个分支处小心翼翼地写下叔祖父沙皇亚历山大二世的名字，并在他的名字旁注明"病逝于1881年2月13日"。实际上，亚历山大二世是在圣彼得堡被炸身亡的——当时有人将炸弹扔进他乘坐的敞篷车里。沿着这条分支，可以看到他另一个叔叔的名字，他就是1904年在几乎一模一样的情况下被一名无政府主义者用炸弹炸死的谢尔盖大公。翻过一页，映入眼帘的是他远嫁给西班牙国王阿方索十三世的表妹埃娜的名字，她的婚车被人投入炸弹，结果车夫当场被炸死，埃娜的婚装上溅满了他的血肉。此时此刻，过去屡屡让他的家族遭受劫难的那些幽灵似乎又与年轻的副王一道，登上了眼前这辆劳斯莱斯敞篷汽车。

汽车开动了，他与真纳相互对视了一下，但谁都没有说话。他所知道的真纳一向是天不怕地不怕的，蒙巴顿心想。但此时，真纳却非常明显地表现出紧张的样子。在震耳欲聋的向副王致意的三十一响礼炮声中，汽车驶上了卡拉奇街头。等候已久的宏大人群沸腾起来，人们欢呼雀跃着，数不清的陌生面孔上写满了幸福和喜悦，然而，其中有一张面孔就是杀手的，他要么躲在人群中间，要么就隐藏在某个街角、某个转弯处、某个窗台或是屋顶上。总共三英里长的游行路线都有列队的士兵在保护，但他们只是背向人群，根本不可能阻止刺客投弹。

多年后，蒙巴顿在回忆起当时的情景时仍然十分感慨，这三十分钟的车程在他看来比二十四小时还要长。他们的行进速度还没有一个人跑步快。沿途密密麻麻全是里三层外三层的人群，人们有的爬到电线或是电灯杆上，有的从窗户中探出身子，还有的站在屋顶上。没有人理会得到车中的二人正在忍受着什么样的煎熬，所有人都在狂热地高喊"万岁"，衷心表达着对巴基斯坦、对真纳和对副王的热爱与拥戴。

两人乘坐的汽车在人流形成的隧道中缓慢行驶着，仿佛是在接受刺客的挑战，因为在这样的时候，手榴弹随时可以从任何角度向他们飞来。并且，面对激昂而欢快的人群，他们还不得不做出回应，表现出近乎夸张的神情。蒙巴顿时刻不忘有节奏地挥动手臂和强迫自己露出笑脸，但与此同时，他的眼睛也在一刻不停地扫视着人群，观察他们的每一张脸，他要发现那双阴沉或是害怕的眼睛，据此就可以知道"哪里会是出事的地点"。

这不是他第一次在印度有这样的经历。1921年12月8日，威尔士亲王游历印度时来到婆罗多布尔公国，刑事调查部也曾发现有人策划向行驶中的皇家汽车内投弹。年轻的蒙巴顿责无旁贷地化装成自己的英王表兄坐在本该由表兄乘坐的第一辆车里。

此时，看着一张张从面前滑过的脸孔，当时那种备受煎熬的感觉一下子又回来了。"究竟是哪一个呢？"他不停地问着自己。"会是这个我正在向他挥手的人吗？还是他身后那个人呢？"在这个过程中，他的头脑中也出现过一些愚蠢的想法。他想起孟加拉王公的一名军事秘书曾接住刺客投过来的炸弹并把它扔了回去，但他转念又提醒自己：从来没有在板球比赛里接球成功过。他还不停地想着跟在身后的妻子，猜测她是否已经解除了自己下达的保护她的命令。他丝毫不敢回头张望，一秒钟也不能放松警惕。他的双眼自始至终地扫视着人群头顶的上空，时刻防备闪着火花的金属物向自己飞来。

当车队驶到维多利亚路时，一个站在自己酒店阳台上远远注视着这一切的年轻人，悄悄地抓紧了把自己的外衣兜撑得鼓鼓的柯尔特点四五手枪。他一边用眼睛盯着从对面建筑物的窗户里向外招手的人们，一边慢慢地打开了枪身上的保险。当蒙巴顿的汽车靠近他所在的阳台时，这位名叫萨维奇的年轻人"发出了一声祷告"，他正是那位向德里揭发这场阴谋的旁遮普刑事调查部官员。事实上，他没有携带武器的资格。他在旁遮普警察局的服务期已于二十四小时前终止，此时的他正要借道卡拉奇返回英格兰。

坐在车中的蒙巴顿和真纳仍然在优雅地微笑和挥手，极力掩饰着内心的不安和恐惧。然而，强烈的紧张情绪让二人的神经绷得紧紧的，致使他们从上车以后就没有互相说过一句话。众多的批评者们一向把过于自负看作副王先生身上的最大弱点，但正是这个最大弱点却在关键时刻帮了副王的大忙。"这里的人民是爱我的，"他不断对自己说，"无论如何，他们的独立是我给的。"他不相信在这样的人群中居然有人想要杀害自己。他真诚地认为，自己的存在说不定还能救真纳一命呢。"他们肯定不会杀他，"他告诫着自己，"因为他们总不能为了杀他而愿意把我也一起杀掉吧。"

眼看着劳斯莱斯汽车从自己的脚下驶过，站在阳台上的萨维奇紧张得呼吸都停止了。他的手始终紧紧握在枪柄上，直到看着汽车慢慢驶去，超出了他能够对车内乘客提供保护的距离后才松开。随后，他回到房间，给自己倒上四指深的苏格兰威士忌。

汽车继续向前驶去，出人意料的是，街道两旁热烈的欢呼声突然消失了，取而代之的是令人压抑的沉寂。到印度教徒聚居区了，蒙巴顿告诉自己，发生这样的情况很正常。他们来到的是卡拉奇最繁华的埃尔芬斯通商业街，这里的商铺和市场几乎全部属于印度教徒。此时此刻，他们的穆斯林邻居正在进行的疯狂庆祝让他们感到苦涩和害怕，所有人都静静地肃立在街道两旁，对驶过的车队冷眼相待，这样尴尬的气氛足足持续了五分钟的时间。

什么事情也没有发生。突然间，政府大门出现在了劳斯莱斯汽车前方，蒙巴顿心头顿时一阵狂喜，就好像刚刚经过狂风骇浪的船长看到码头上的灯火一样。路易斯·蒙巴顿一生中最为惊心动魄的旅程就这样结束了。

当他们的汽车稳稳停下后，从来与蒙巴顿关系紧张而难以相处的真纳平生第一次也是唯一一次表现出了松弛。他那副冷冰冰的形象突然消失了，脸上居然泛起温情的笑容。他用瘦骨嶙峋的手拍了拍副王的膝盖，喃喃地说道："谢天谢地！我总算把你活着带回来了！"

蒙巴顿从座位上站起身。"真是恬不知耻！"他在心中暗暗大叫。"你把我活着带回来的？"他带着质疑的神情反问道，"我的上帝，应该是我把

末任副王和副王夫人在副王府前的大台阶上与府内部分工作人员合影，这些工作人员包括管家、厨师、侍者、挑夫、信使、仆从、马夫、卫士、园丁等，他们的人数总计不下五千人，都是专门为副王夫妇提供服务的。（布罗德兰兹档案馆提供）

"两束荆棘夹玫瑰"：穆罕默德·阿里·真纳没想到在与蒙巴顿夫妇合影时被安排在了中间，结果不恰当地说出这句预先准备好的玩笑话，让人啼笑皆非。（布罗德兰兹档案馆提供）

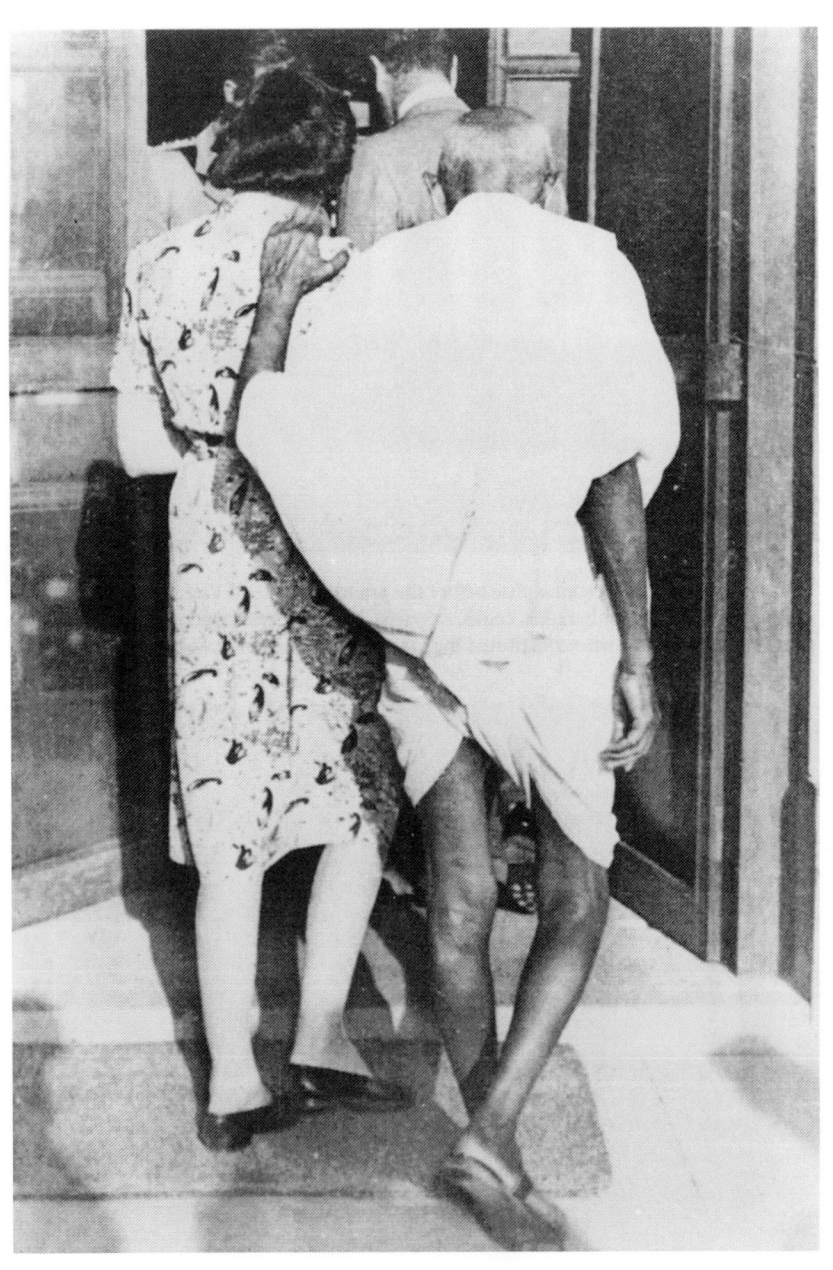

甘地来到新德里与蒙巴顿勋爵首次举行会晤,在进入副王府大厅时他把手搭在了蒙巴顿夫人肩上。(布罗德兰兹档案馆提供)

贾瓦哈拉尔·尼赫鲁在副王府花园里的一瞬，他的外衣纽扣上别着一朵新鲜的玫瑰花，这个形象是他本人的标志性特征。（Reflex 提供）

按照吉卜林的说法，是上天创造出了印度的土邦王公们，并让他们成为人类的奇观。到1947年时，印度的560名土邦大君、纳瓦布、王子和诸侯仍然统治着该国1/3以上的领土以及相当于全美国的人口。

帕提亚拉大君在金制的伞盖下走向自己的加冕现场，据劳埃德公司评估，他脖子上戴的钻石项链价值高达50万英镑。（来自作者收藏）

比卡内（Bikaner）的一位老王公在庆生时收到的礼物之一是与他的身体等重量的黄金。（基石照片提供）

甘地抵达伦敦出席 1931 年圆桌会议，这位温斯顿·丘吉尔所称的"半裸苦行僧"身上裹的家纺棉布就是他个人的制服。几天后，甘地仍然以类似的穿着进入白金汉宫与英王乔治五世举行茶叙。针对有人对他的装束的抨击，他在随后这样说道："英王身上的衣物足够我们两个人一起穿的。"（照片机出版社提供）

巴基斯坦作为一个有着9000万人口的国家，脱胎于1931年在伦敦某个旅馆里举行的一次正式会议。16年后，这个对于在那天晚上身处伦敦的穆罕默德·阿里·真纳（图中由近至远右排第三人）还是"一场想都不敢想的梦境"居然成为现实，正是在真纳的亲自宣告声中，这个独立伊斯兰国家在印度次大陆的土地上诞生了。（来自作者收藏）

1947年8月17日，最后一支英军部队在撤离卡拉奇时接受巴基斯坦之父真纳的检阅。（布罗德兰兹档案馆提供）

1947年6月3日,在副王府书房里举行的历史性会议上,蒙巴顿取得了印度领导层把印度划分为两个独立国家的一致同意性意见。蒙巴顿左侧依次是来自穆斯林联盟的真纳、利雅卡特·阿里·汗和拉布·尼什塔;他的右侧依次为国大党的尼赫鲁、帕特尔和克里帕拉尼以及代表锡克人的巴尔迪夫·辛格。在蒙巴顿背后靠墙就坐的两人分别是他的两位重要助手:埃里克·米维尔(左)和伊斯梅勋爵。(布罗德兰兹档案馆提供)

西里尔·拉德克里夫爵士(中)是一位才华横溢的英国法学家,在旁遮普和孟加拉地区为印度和巴基斯坦划界的艰巨任务就是由他完成的。(来自作者收藏)

蒙巴顿在妻子的注视下，接受了印度人民的选择，他在身为印度政府首任首相的贾瓦哈拉尔·尼赫鲁面前宣誓，就任为首任印度大总督。（拉里特·戈普尔提供）

蒙巴顿夫妇抵达卡拉奇出席巴基斯坦开国大典。（布罗德兰兹档案馆提供）

蒙巴顿夫妇在遭到10万帕坦部落人因不满于苦难现状而发起的愤怒示威后，从白沙瓦的铁路路堤上蹒跚而下。他们虽无法开口向示威者们讲话，但仍然得以从危局中全身而退，拯救他们的正是蒙巴顿身上制服的颜色：象征伊斯兰教的深绿色。部落人认为他的穿着表现了对穆斯林的尊重。（布罗德兰兹档案馆提供）

印度为自由付出了可怕的代价。蒙巴顿夫妇在旁遮普总督埃文·詹金斯爵士的陪同下视察在第一波暴力狂潮中遭到毁灭的村庄废墟。（布罗德兰兹档案馆提供）

印度之门是为纪念英王乔治五世和玛丽王后登陆孟买而修建的，1948年2月，最后一批英军在离开印度之前从它的拱门下通过。（来自作者收藏）

甘地在前往比尔拉府花园的晚祷会，他将两手分别搭在被他称为"活拐杖"的侄孙女阿巴和马努的肩上。就在拍下这张照片的两天后，也就是1948年1月30日，甘地遭到了暗杀。（来自作者收藏）

刺杀甘地的刺客们在受审前合影。前排从左到右：纳拉扬·阿普特，34岁，该起阴谋的策划者，好色之徒，绞刑；韦尔·萨瓦卡，65岁，狂热的印度教民族主义分子，同性恋者，刺杀甘地正是在他的名义下进行的，无罪释放；纳图拉姆·高德西，39岁，行刺者，仇视女性而又一事无成的失败者，绞刑；维什努·卡凯尔，34岁，一家小客栈的老板，反穆斯林分子，终身监禁；迪甘贝尔·拜奇，37岁，乔装成神职人员的军火贩子，成为国家证人，释放。
后排：山克尔·基斯塔亚（Shanker Kistaya），拜奇的仆人，无罪释放；高普尔·高德西，29岁，行刺者的弟弟，终身监禁；马丹拉尔·帕瓦，20岁，一名誓言为受伤父亲报仇的旁遮普难民，终身监禁。（来自作者收藏）

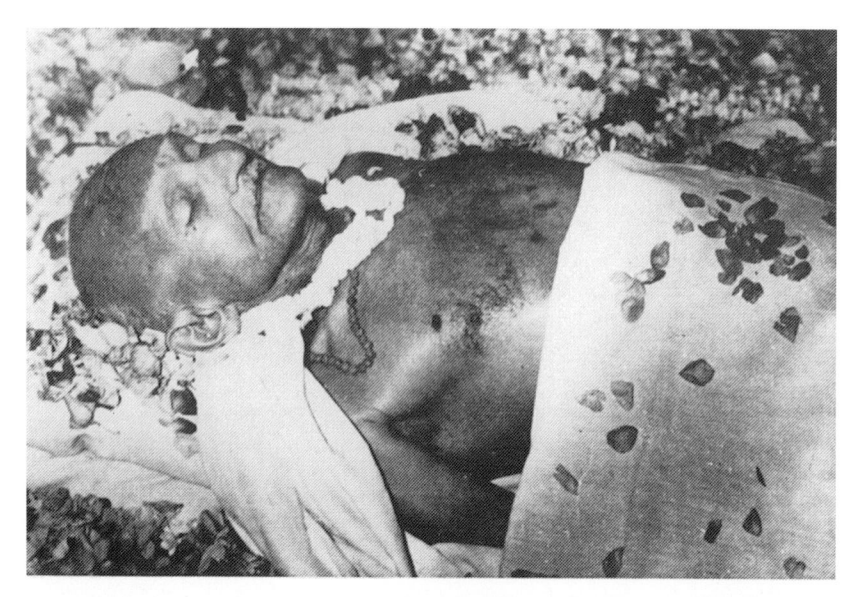

撒放在甘地遗体上的玫瑰花瓣。包裹他身体的棉布正是由他用自己的纺纱机亲手纺出的棉线织成的。(布罗德兰兹档案馆提供)

蒙巴顿夫妇和他们的女儿帕梅拉与国会议员、外交官以及上千万印度人一起来到甘地陵。这里位于德里城墙外,是焚化国王的地方,他们面对的柴堆就要为那位衣衫褴褛的无冕之王燃起。(布罗德兰兹档案馆提供)

你活着带回来的才对！"①

加尔各答，1947 年 8 月 14 日

与所有时候一样，他早已按照事先约定的时间做好了准备。8 月 14 日下午五点整，甘地瘦弱的身躯出现在希达里大宅的大门口。他微微驼着背，两只手分别搭在两个被他称为自己拐杖的年轻女孩肩上，拖着脚步迅速从守候在院子里的人群中走过。

圣雄要前往参加的这个活动每天都固定在同一时间进行，这与他在日程中给自己精心安排的每一件事情都是一样的。列宁策划革命以秘密集会为形式，法西斯主义分子公然在纽伦堡群众大会上明目张胆地提出其政治主张，而对于号召印度争取独立的甘地来说，他认为最合适并且在事实上常常利用的场所就是祷告会。

无论是在城市还是乡村，也无论是在伦敦的贫民窟还是英国人的监狱里，在绝大多数情况下，这些祷告会都始终是他这位擅长处理人际关系的天才在与追随者们进行沟通时最喜欢使用的媒介。在这里，他向人们宣讲未脱壳大米的营养价值、原子弹的罪恶、让大肠正常活动的重要性、《薄伽梵歌》的曼妙和优美、节制性生活的益处、帝国主义的邪恶以及非暴力的基本思想原理等等。通过人们的口口相传，以及报纸广播的不断宣传，这些他天天宣讲的信息就成为把人们团结在一起的纽带，那就是莫罕达斯·甘地的福音。

此时，在这座充满恐怖与仇恨的城市里，他站在一个破败的庭院空地上，准备向全印度进行英国人统治之下的最后一次公开祷告会。整整一天，甘地都在不断接待着来访的印度教徒代表，向他们解释自己针对加尔各答提出的非暴力主张的具体内容。他希望通过这样不断地反复宣讲，从

---

① 本书作者花费了大量精力对卡拉奇阴谋案未能实施的原因进行了调查，但只得到一位名叫普里萨姆·辛格（Pritham Singh）的人的间接证词，他是贾朗达尔街头一个修自行车的。辛格由于与阴谋颠覆巴基斯坦火车的锡克人有联系而被刑事调查部逮捕。他声称，印度国民志愿服务团的确派人潜入了卡拉奇，但原本负责领头扔炸弹的人在汽车经过自己身边时却吓破了胆，因此导致计划全盘失败。

希达里大宅里释放出来的新思想就能够迅速辐射整座城市。这是他首次在加尔各答举行祷告会,到场群众多达近万名,这让这场祷告会从某种意义上取得了一定程度的成功。

"从明天开始,"他对人群说,"我们就将从英国人的奴役统治下挣脱出来了。但从黎明前的午夜开始……"此时他的声音变得难过起来:"印度也将宣告分裂。明天将既是欢庆的一天,也是伤感的一天。"

独立,他向参加祷告会的人们发出警告,将让所有人背上沉重的负担。"如果加尔各答能够重新回归理性,兄弟之间可以重归于好,那么,也许印度还会有救,"他问大家,"一旦手足互残之火将整个国家吞噬,我们刚刚得到的自由又何以为继呢?"

这位为印度赢来自由的人对他的听众们说,当自由来临时,他不会出现在欢呼的人群中。他请求他的追随者们像自己一样,"为拯救全印度而禁食和祈祷,而不停地转动织布机的飞轮",因为这个人们所热爱的木质飞轮承载着最有可能救这个国家于水火的信息。

尽管真纳的汽车在卡拉奇街头巡游时到处都跟随着震耳欲聋的喝彩声和"巴基斯坦万岁"的吼声,但这个被他宣称"用一名职员加一台打字机"赢得的国家的诞生却还是有些令人费解的冷清。在所有的庆典活动上,《时代报纸》报道说,"令人奇怪地感觉不到广大人民的热情",而且是"一派与己无关的景象"。人们好像本能地预感到国家成立反而会让自己大难临头,这让得到真纳承诺耕者有其田的数百万巴基斯坦国民失去了应有的热情。

奇怪的是,倒是在东孟加拉,也就是不久后的东巴基斯坦所在地区——终有一天还将是孟加拉战争的战场——人们的欢庆气氛反而是最浓的。奉命上任的东巴基斯坦首席部长卡瓦贾·莫休丁(Khwaja Mohiuddin)于中午乘坐一艘悬挂着穆斯林联盟旗帜的小轮船离开印度,前往新首府达卡。这艘船途经的恒河三角洲因季风的到来而涨起大水,因此不得不花上好几个小时更换不同的河道。

每当这艘小轮船来到几所农舍或是一条横亘在泥泞不堪河口里的残

旧防波堤前时，就会有几十条桨船、舢板或是小帆船从岸边涌来，船上的人们用大声高呼"巴基斯坦万岁"来向莫休丁致意。

"人人都在欢唱，"莫休丁的儿子描述道，"你可以从人们的眼神中看出他们是多么高兴。"然而，这个过程显然漏掉了一项在正常庆祝活动中必不可少的内容，轮船所到之处竟然看不到一面巴基斯坦旗帜。莫休丁在达卡找到这个现象的原因，原来整个东孟加拉都没有悬挂巴基斯坦旗。

在暴力肆虐的旁遮普，未见公布的边界划分结果所带来的不确定性让所有人惶惶不可终日，就是在这样的形势下，作为拉合尔最后一任英国警察总监的比尔·里奇（Bill Rich）履行了他的最后职责。坐在昏暗的办公室里，里奇可以听到外面传来的有节奏的洒水声，那是一个男孩在用水桶对着他窗户上隔热用的竹板浇水。自己已为阻止拉合尔陷入混乱尽了最大所能，他难过地想，但一切努力都不足以达到目的，这座可爱的莫卧儿都城已经被恐惧与仇恨淹没。他将自己曾目睹的暴力事件做了总结，并把它贴在警令簿里作为供后人了解史实的记录。然后，他把自己的穆斯林继任者叫进办公室。

里奇拿起一张用于交接的表格。表格内容分为同样的两部分。他在自己需要填写的部分写上：交接已毕，然后签好名字。他的继任者则写下"接收已毕"并同样签上名字。里奇敬过礼，和已经所剩无几的几名部下一一握手，最后怅然离去。

就在35英里以外的阿姆利则，他的同僚鲁尔·迪恩（Rule Dean）也于8月14日的下午进行着相似的活动。迪恩从保险柜里取出秘密登记簿，那是一份政治情报线人的名单，名单上的人每月都从阿姆利则警察局收到差不多一千卢比的奖赏。这批人当中包括一名该城国大党委员会成员，以及另一名在锡克教金庙宗教活动中司职的人，但迪恩毫不犹豫地把这份名单交给了自己的锡克继任者。迪恩相信，不管宗教及政治信仰如何，警界官员都是不会故意出卖线人的。

在卡拉奇，疲惫的真纳用了一下午的时间查看巨大的前总督府内的每一个房间，午夜过后，这里将正式成为他的官邸。他那双充满疑惑的眼睛没有放过任何一样东西。在检查房子的清单时，他错愕地发现槌球的球具不见了。他随即向自己的侍从副官发出第一道正式命令：把丢失了的球杆和球圈找到并送回自己的住处。

在8月14日这天，那位第一个道出巴基斯坦之梦的痴心之人孤单地把自己关在位于剑桥哈姆堡斯通街三号的小房子里。对于拉赫玛特·阿里来说，卡拉奇街头的胜利游行队伍完全与他无关，没有人会记起他曾经付出的努力，更不会有人为此感恩戴德。他的梦想已经属于了另一个人，当初，拉赫玛特·阿里在恳求此人实现自己的梦想时还遭到过他的嘲笑。梦想成真的时候，拉赫玛特·阿里却又在起草一份新的传单，内容是对真纳接受旁遮普分治进行谴责。但这一次，他只是在白费口舌。兴高采烈的人们宁可捐赠百万美元在拉合尔为穆罕默德·阿里·真纳修建一座纪念碑，而任由这位思想激励了真纳的启蒙者被安葬在纽马克特的一座公墓里。

新德里，1947年8月14日

他们在日落时分出发了。一名步态不稳的印度长笛手独自在他们乘坐的汽车前方引路，带领他们穿过熙熙攘攘的新德里街头。每走出一百码，这位笛手就会停下身来蹲在沥青马路上，然后吹出一个奇怪而又悠长的曲调。跟在他身后的车内坐着两位神职人士，他们目不斜视地盯着前方，对外面传来的笛声充耳不闻，毫无反应。他们是两名印度教中的遁世者，已经达到婆罗门修行中的最高境界。按照印度教义的说法，一个人在修炼到这个境界以后，其一生中所得到各种神灵保佑要比普通人在上千万次转世过程中所得到的还要多。

他们袒露着的前胸和额头上都沾满香灰，从不修剪的头发一缕缕地垂落在肩头，看不出一丝光泽，这是两位来自古远的印度的朝圣者。他们各自身边放着在摒弃一切物欲后被允许拥有的三样东西：一块用七根竹条编成的竹板、一个盛水用的葫芦和一张羚羊皮。① 每当有穿着纱丽的人影

---

① 羚羊和老虎在虔诚的印度教徒看来是非常圣洁的动物，因此婆罗门以它们的皮毛作为睡垫，防止玷污自己的身体。

试图向这辆1937年产的福特出租车的车窗内张望时，二人就会躲开她们的目光。他们身处的阶层有着非常严格的规范，每个人不仅被严令不得与女性接触，甚至连看一眼女性也是不允许的。每天清晨，他们要把香灰撒在自己的身上，以象征肉体之身的转瞬即逝，他们靠人接济施舍为生，饮食时不能坐下，每日只食一餐，喝的饮品是将神牛体内产出的五种成分按相同比例混合在一起制成的：牛奶、凝乳、黄油、尿液和粪便。

他们当中有一个人手捧着一只大银盘，银盘上面叠放着一条白色带金的丝绸，即俗称的神衣。另一个人手持一根五英尺长的权杖，一个装有坦焦尔河圣水的瓶子，身上的两个袋子里分别存放着神圣的香灰和煮熟的大米，那是他在黎明时分的马德拉斯寺庙中从舞神像的脚下得来的。

他们沿着首都的街道徐徐前行，直到来到约克路十七号一座简洁的独立小屋前方才停下。在这座小屋的门阶上，两位来自崇尚迷信和信奉神灵的旧印度的代表，与以科学和社会主义为象征的新印度的先知相会了。与以往印度教神职人员要将权力的象征物交予古代印度帝王一样，这两位遁世者来到约克路的目的就是为了将他们手中代表威权的古老象征交到即将上任的当代印度领导人手上。

他们将圣水洒到贾瓦哈拉尔·尼赫鲁的身上，将香灰涂抹在他的前额，将权杖置于他的两臂上，并且为他披上神衣。尼赫鲁从来都不讳言"宗教"一词给自己带来的恐惧感，他们的这套过场无疑是他在这个国家里所经历的最为无聊的仪式。然而，他还是向这个仪式报以了足够的谦恭。这位骄傲的理性主义者仿佛在一瞬间就意识到，为了完成自己面临着的可怕任务，对于任何可供利用的资源，哪怕是他曾经最为不屑的所谓神灵，都必须给予足够的重视。

在军营，在官员府邸，在海军基地，在政府办公室，在克莱武开创基业的加尔各答威廉要塞，在马德拉斯的圣乔治要塞，在西姆拉的副王行馆，在克什米尔、那加兰、锡金以及阿萨姆的丛林，数千面英国米字旗最后一次从旗杆上滑落。三百年来，它们一直飘扬在印度的天空上，是英国对次大陆实行统治的象征。蒙巴顿对此曾有言在先，他绝不允许英国国旗的降落带有任何仪式色彩。尼赫鲁也表达了同意的观点，即"如果降旗会在任何方面对英国人的情感有所伤及"，那么这个活动不搞也罢。所以，整个降旗过程全然没有任何正式意味。

由此，在8月14日这天，数千面英国旗与往常每一个日子一样，随着落日缓缓降下，悄然而又自然地成为印度的历史。当8月15日太阳升起时，冉冉升上旗杆的将换成独立印度的旗帜。

在开伯尔山口的山顶上，开伯尔步枪团的副指挥官肯尼斯·丹斯上尉是唯一一位留下来把守这条赫赫有名的交通要道的英国军官，他在没有一丝风的傍晚静听着七声钟鸣。警卫室的钟每逢整点就准时奏响，这个传统在所有印度军队中已经延续了几十年，因为，在1939年以前，军中的士兵很少有人买得起手表，能说出时间的人更是少之又少。当最后一声钟响过后，丹斯爬上了兰迪科塔尔要塞顶部的警戒哨位。一名号手手持一把银号正挺身站立，准备吹响撤退的号声。在他们的下方，是处在要塞垛墙之下的通道，这条通道蜿蜒崎岖，一头沿着山口通往贾姆鲁德，另一头则是五千年来侵略者入侵印度平原所必经的门户。这条通道的每一处弯道和每一块突起的石头上都有用水泥做的标记，不是为了纪念当斯所在部队经历的每一场战斗，而是为了纪念他那些为这个久负历史盛名的关隘而战死沙场的同胞。

站姿笔直的号手举起了手中的小号。当斯的心头涌起一股悲伤的刺痛感。开伯尔山口连同它的种种传奇从此将不再属于英国人，他在悲凉的号声中缓缓降下英国国旗，一个时代就这样宣告了它的结束。他把旗子从升降索上解下，然后把它叠起，决心要"安全护送它返回英国，那个它来自的地方"。接着，他又将自己从孟买一家船用杂货店买来的一把铜号赠给他所在的步兵团，用它代替警卫室的钟。铜号上有他刻下的一行字：肯尼斯·丹斯上尉赠开伯尔步枪团。1947年8月14日。

在半个大陆以外的一座楼宇里，另一场非正式的告别仪式也在进行着。这里就是勒克瑙英国人居住区的钟楼，它保留着英国统治者最为神圣的记忆，也是唯一一个英国国旗永不降下的地方。1857年，1000名英国人在这里被围困长达87天后终于获得营救，从那时起，钟楼四周墙壁上的累累弹痕就一直保留至今,这座钟楼也因此而成为印度帝国的神庙,象征着英国人御敌的勇武。但在某些人眼里,它更是英国人目空一切的表现,因为英国人的自高自大正是勒克瑙事件发生的起因。

8月14日晚上十点,守卫钟楼的爱尔兰准尉已经最后一次将米字旗放下。此时,一队工兵站在"楼顶上飘扬我们英国国旗"的钟楼地板上。他们中间的一个人拿起利斧用很快的动作从基座处将空心的金属旗杆砍倒。另一人用力将基座从石质的加固结构中取出。其余人将基座取出后留下的空洞用水泥填满。如此一来,勒克瑙神圣的插旗处就不会再有其他国家的旗帜飘扬了。

在约克路十七号,贾瓦哈拉尔·尼赫鲁刚刚把两位遁世者抹在自己额头上的香灰洗掉,正坐下来准备吃晚饭,不料电话却在这个时候突然响了起来。由于电话信号不好,他不得不扯起嗓门,他的女儿英迪拉和他请到家里来的朋友帕德马加·奈杜可以清楚地听到他从书房里传出来的喊声。

他回到餐厅时的样子让两位女士感到窒息。只见他面色苍白,一屁股坐在椅子上,双手抱头,一句话也说不出来。终于,他一边摇头一边看着她们,眼里泛着泪光。电话是从拉合尔打来的。旧城中的印度和锡克教徒社区的水源全部被切断。人们在可怕的酷暑里渴得都要发疯了,然而,跑出去讨水的妇女和孩子们却惨遭穆斯林暴徒的杀害。群情激愤之下,这座城市里的多个地方已经完全陷于混乱。

呆若木鸡的尼赫鲁用几乎听不见的声音说道:"今晚我要说些什么呢?我怎么做到明知我们美丽的拉合尔正处在烈火燃烧之中,还假装为了印度的独立而表现出欢欣雀跃的样子呢?"

贾瓦哈拉尔·尼赫鲁的脑海里不断浮现出各种各样的惨状,他的所有想象不幸成为一位年方二十的廓尔喀营英军上尉全部看在眼里的事实。罗伯特·阿特金斯乘坐吉普车行驶在高高隆起的铁路桥上,此时天色已晚,他盯着远处已经变暗的城市轮廓,一共数出六处火光冲天的地方。一幅图案顿时从他的头脑中闪过，那就是1940年伦敦大火之夜被烧得通红的天际线。

跟在阿特金斯身后的是他连里的200名廓尔喀士兵，他们是先头部队，全营共200辆卡车和50辆吉普车都在赶往拉合尔的路上。阿特金斯和他疲惫不堪的手下隶属于旁遮普边防军，他们于黎明时分出发，一刻不停地奔向旁遮普。然而不幸的是，在这独立的前夜，这支满编为5.5万人的印度部队能够按时到达指定位置的仅有不到1万人。

阿特金斯从城中穿行而过，直奔位于赛马俱乐部的指定宿营地，一路上，他一个活人也没有看到。他们被充满恐怖和凶险的死寂包围着，只有远处的大火不时传来撕破空气的吼声。

这位正在驱车入城的年轻英国人出生于浦那的印度军营，他的生命中只有一个理想，那就是：继承已经退役的上校父亲的戎马生涯。阿特金斯如今所在的正是其父当年指挥过的部队。

望着四周杀机四伏的夜色，阿特金斯突然想起一年前与父亲共同度过的最后那个夜晚。当时他们在马德拉斯俱乐部一边打台球一边谈论政治。当他们收起球杆后，他的父亲说道："肯定的，印度必将成为可怕的血流成河之地。"

"我的父亲，"年轻的阿特金斯在回想起这句话时不禁暗暗在想，"当真对印度了如指掌。"

新德里，1947年8月14日午夜

印度宪政大会（Constituent Assembly）主席拉金德拉·普拉萨德（Rajendra Prasad）博士在新德里的花园里正燃烧着一小堆火，但那不是人为的纵火。一名婆罗门教士正坐在火旁朗朗唱颂着《薄伽梵歌》，他要通过这个吠陀仪式向人们说明，这是一堆神圣而纯洁的圣火。土是人类共同的母亲，水是人类生命的源泉，而火既能够给人类以能量又可以成为人类的毁灭者，三者共同构成了印度教中的物质三位一体。火是印度教仪式和典礼上所不可或缺的元素，是考验人的试金石，是让人最终能够回归尘土的天赐之物。

"火啊，"坐在火旁的婆罗门教士吟咏道，"你是所有神灵和学识渊博之人的共同象征。你可以穿透到人内心的最深处，你拥有发现真理的力量。"

就在他不断重复着同样的词句时，那些即将成为独立印度第一批部长的学识渊博的男男女女从火边鱼贯而过。与此同时，另一名婆罗门教士在一旁为他们每个人身上滴上几滴水。然后，他们来到一位在等候着他们的女子面前。这位女子手里拿着一个铜制的容器，容器的外表是白色的，开口处覆盖着棕榈叶。当部长们在她身边停下时，她先将右手食指伸到容器内，然后用指尖上蘸起的液体在他们每个人的额头上点上一个鲜亮的朱砂印。印度自古以来就用这种朱砂印来象征所谓的"第三只眼"，意即表象后的真相，它能够让拥有它的人不被罪恶的眼睛看到，或是免受阴险邪恶的诡计迫害。他们所有人就这样做好了战胜即将到来的残酷困难的准备，随即步入悬挂着印度旗帜的宪政大会堂。

随着最后一批文件签署完毕，最后的急件发送完毕，副王的各种零碎物品、印章以及他在这间世界上最威严的办公室内的所有用具也是时候要彻底清空了。路易斯·蒙巴顿独自待在书房里自己打趣。"我还可以做一小会儿这个世界上最强大的男人。"他想。

他想起了赫伯特·乔治·韦尔斯写的一本书，书名是《能够创造奇迹的男人》，讲的是一个在一天时间里完成一切愿望的男人的故事。"我就坐在这里，这间令人难以置信的办公室的主人们的确都曾拥有实现奇迹的力量，而我正在度过留在这里的最后几分钟，"他对自己说道，"我也应该创造一个奇迹。但应该创造一个什么样的奇迹呢？"

他突然间坐直了身体。"天啊，"他不由自主地喊出了声，"我知道是什么了。我要让帕兰普尔的王公夫人得到爵位！"他兴奋地按响呼叫铃将自己的侍从副官们叫到办公室。

蒙巴顿早在随威尔士亲王访印期间就与帕兰普尔的纳瓦布一见如故。他在1945年还曾作为最高司令官去拜访过这位纳瓦布和他漂亮能干的澳大利亚妻子，也就是如今这位王公夫人。当时，纳瓦布的英国事务官威廉·克劳夫特爵士来到蒙巴顿面前对他说，纳瓦布的妻子已经皈依伊斯兰教，成了一名穆斯林，并且与所有当地人一样只穿纱丽和他们的传统服装，同时做出许多杰出的社会工作，但因为她不是印度人，副王就不能册封她为"殿下"，纳瓦布为此伤心不已。

在回到德里后，蒙巴顿为此私下与时任副王韦维尔爵士进行交涉，但也无济于事。伦敦方面是不可能迈出这一步的，因为那样会引发土邦王公们迎娶欧洲女子的热潮，王室阶级的所有观念就很有可能被颠覆。

当助手们全部到齐后，蒙巴顿向他们宣布了自己准备册封帕兰普尔王公夫人为"殿下"的打算。

"可是，"其中一位助手提出抗议，"你这样做是不行的呀！"

"谁说不行？"蒙巴顿笑道，"我是副王，没错吧？"他命人到外面找来卷轴纸，然后让秘书在上面写下几行干脆简洁的词句："以上帝的名义将帕兰普尔的澳大利亚王公夫人封为殿下。"这份文件11点58分放在了他的桌面。蒙巴顿的脸上绽放出喜不自禁的笑容，他拿起笔履行了自己身为印度副王的最后一次职责。①

在屋外，几乎是与此同时，他本人副王身份的象征、那面镶有印度

---

① 蒙巴顿做这件事并非其最终之举。数天后，他收到纳瓦布英国事务官克劳夫特一封热情洋溢的书信，克劳夫特在信中说："我对你真是感激不尽。对于帕兰普尔来说，你的这一做法具有莫大的意义，再没有什么比它更能让这里的人们感受到你的善解人意和宽宏胸怀。我和纳瓦布本人同样对你感恩戴德，任何时候万一有我能帮助你的地方，敬请随时吩咐，那将是我的万分荣幸。"

三年后的1950年，蒙巴顿成为海军部的第四海务大臣。他的其中一项职责就是负责海军的特供品供应，即免税酒、香烟和其他有助于鼓舞海军官兵士气的物资。由于受到艾德礼政府广开财路政策的压力，海关征税官宣布要取消海军的这些免税特供品。海军高层所有人都试图说服这位负责人改变初衷，但全部无功而返。最后，蒙巴顿向海军大臣约翰·兰（John Lang）爵士请缨，要求派自己去试试。"没用的，"兰回答他说，"所有人都试过了，征税官寸步不让，而且这是一项普遍性的财政政策，想要不执行还必须通过内阁才行。"

然而，蒙巴顿坚持要付出努力，并最终出现在海关征税官的办公室里。令他惊讶的是，起身迎接他的竟然是威廉·克劳夫特爵士。"见到你真是太让人高兴了！"克劳夫特大叫着，"你知道，我做什么都无法回报你为帕兰普尔王公夫人所做的事情。"

"哦，"蒙巴顿说道，"其实你是可以做到的。"海军的免税特许权就此保留下来。

之星的米字旗正在从副王府的旗杆上缓缓降下。①

在人类的记忆尚无法从口口相传转换到以铭石为记的远古年代，印度海岸线上的海螺壳就发出了唤醒黎明的声音。此时，一位身着印度布衣的男子气定神闲地站在旁听席的前沿，俯视着人头涌动的新德里宪政大会场，他就要为数以百万计的人民唤来新黎明。他用臂弯环抱着一个玫瑰色和紫色相间的螺旋形海螺。从某种意义上，他就是一名螺号手，在他吹响的螺号声中，头戴白帽身穿白色下摆衬衫的国大党大军将冲上印度的大街小巷为自由而号呼，并斩断帝国赖以存续的一根又一根支柱。

他的下方就是发言台，贾瓦哈拉尔·尼赫鲁正站在台上。棉布马夹的扣眼上缠绕着一朵新鲜的玫瑰花。除了被关押在英国人监狱里的那九年外，佩戴玫瑰始终是这位优雅之人的不二象征。在这个夜晚，在他四周的墙壁上，原来历任印度副王的巨幅油画像已被取下，镀金的画框内已被换成各种绿色、白色和橙色的旗帜。

在尼赫鲁对面的议席上，坐满了身穿纱丽和印度棉布、王公袍服和晚宴装的各色人等，他们全部是这个即将诞生的国家的代表。他们所代表的是不同族群、不同信仰、不同语言和不同文化的人类组合，如此纷繁而矛盾的结合体实为世界罕见。他们的国家同时具有人类最高级的精神境界和最丑恶的深重苦难，在这个国家里，人民比土地更加高产，而最多产的就是各种各样的矛盾；这是一片受到神灵眷顾的土地，但却遭受着其他地方无论在烈度还是广度方面都无法与之相比的自然灾害的折磨；它历史悠久但却饱受近忧之苦，其所面对的问题比任何其他国家都要沉重和难以解决，它的未来也就此而蒙上了厚厚的阴影。然而，尽管如此，尽管有着众多的顽症，他们的印度仍然可以作为至高无上而经久不衰的文明象征之一，高耸于人类文化的地平线之上。

这些男人和女人们所代表的印度将包括：2.75 亿印度教徒（包括 7000 万贱民）、3500 万穆斯林、700 万基督徒、600 万锡克教徒、10 万帕

---

① 该面旗如今悬挂于这位末代副王所属教区的罗姆西诺曼修道院里。

西人以及在巴比伦流亡期间所罗门庙遭到毁灭时逃出来的犹太人留下的24000名犹太人后裔。

大厅里的人们基本无法使用各自的母语彼此进行交流，他们唯一的共同语言就是英语。由他们组成的未来国家将使用15种官方语言和845种地方语言。旁遮普代表所使用的乌尔都语是由右向左进行排列的文字，而他们来自联合省的邻居所使用的印度语文字却是由左向右排列的。马德拉斯人的泰米尔语文字有时是上下排列的，而其他方言更像法老天书一样难以读懂。就连他们的肢体语言也全无相似之处，以点头为例，南方来的深肤色马德拉斯人点头代表"是"，但北方来的浅肤色人点头时代表的意思却是"不是"。

印度将拥有与瑞士人口同样多的麻风病人，与比利时人口同样多的教士，其乞丐人数可以住满整个荷兰，并且还有1100万神职人员和2000万土著人口，其中包括像那加兰猎头族那样的野蛮部落。有1000万印度人基本还是游牧民，从事着各种祖传的职业，如玩蛇、算命、卖艺、杂耍、风水、魔术、走绳、卖药等，这样的生活方式需要他们不停地走村串户，从而形成了他们随时移动的特性。印度每一天都有38000名新生儿降生，但他们当中有1/4都在年满五岁前夭折。每年，死于营养不良和天花等疾病的印度人高达1000万，而天花病在世界上绝大多数地方早已绝迹。

他们巨大的次大陆是世界上神灵最集中的地方，它是佛教的发源地，是印度教的诞生地，深受伊斯兰教影响。各种各样的神灵无论是在形态上还是数量上都不计其数，宗教活动包括从人类精神活动所能达到静态之极的瑜伽，一直到牺牲动物和躲避在丛林深处寺庙里的性狂欢表演。印度的众神庙中供奉着300万各路神灵，每位神灵都有自己的传说，并且主宰着人们所能想象出来的各种需求。有主管歌舞诗词的神灵；有主管死亡、毁灭和疾病的神灵；有像马哈德维这样的女神，人们在她的脚下将羊宰杀后验证是否存在霍乱疫情，还有像因陀罗这样的男神，信徒们乞求他赐予他们像印度大庙的雕带上所展现的那样强大的性能力。能够作为神的化身的既可以是榕树，也可以是印度的1.36亿只猴子，既可以是印度神话诗歌中的英雄，也可以是它的2亿头神牛。人们崇拜蛇，特别是眼镜蛇，每年都会让2万名对它顶礼膜拜的人类丧生。印度的宗教派别包括身为古老的帕西拜火人后裔的琐罗亚斯德教徒，还有印度教的分支耆那教，在这块世界上对生活要求最低的土地上，它的信徒视所有生命为圣物，从不吃肉，也不吃绝大多数蔬菜，他们走路时会在脸上蒙上一层薄纱，生怕一不小心吸入小飞虫从而断送了它的生命。

这个国家还将拥有一些这个世界上最富有的人以及3亿勉强能维持生计的农民，他们散落在本来是地球上最富庶的一块土地上，却成为这个世界上最穷困的人群之一。印度人口的文盲率高达83%，其人均收入仅为每天5美分。在两个最大的城市中，1/4人口的食宿、排泄和交配，甚至是死亡，都发生在暴露于天空之下的街道上。印度每年降雨量为114厘米，但老天爷在时间和地域的安排上却严重地走极端。雨量多数时候集中在季风时节，1/3的雨水来不及利用就流入大海。有30万平方千米的土地完全没有任何降雨，这样的范围与德国的面积相当，而其他地区的降水又太多，导致盐柱面几乎裸露出地面，土地非常难以开垦。印度有世界三大工业家族，分别是比尔拉家族、塔塔家族和达尔米亚家族，但它的经济却仍基本处在封建社会的水平，从而让富有的放贷者和资本家占尽了好处。

它的帝国统治者并没有付出努力让它实现工业化。它的出口几乎完全都是农产品：黄麻、茶叶、棉花和烟草。它的绝大多数机械设备都需要进口。印度的人均耗电量低得让人发笑，仅为美国的2%。它的国土中至少蕴藏有占世界总储量10%的铁矿石，但它每年的钢产量却连100万吨也达不到。它拥有3800英里长的海岸线，但几乎处于原始水平的捕鱼业每年提供的给印度人的鱼，人均重量不足一磅。

事实上，对于坐在德里会堂里的这些心情紧张而又急迫的男女们来说，所有这些问题就是即将告别的殖民者们留给他们的唯一遗产。然而，在这场集会中，这样压抑的想法却并没有表现出来。相反，它的主题却是对印度前统治者极尽溢美之词，再有就是某种令人感动且但愿不是天真的想法，那就是英国人的离去将减轻印度长期背负的可怕负担。

那个将被所有这些负担压向自己的人起身发言。在接到来自拉合尔的电话后，贾瓦哈拉尔·尼赫鲁既没有时间也没有心情来撰写自己的讲话稿。他的讲话完全是即席的，却字字句句打动人心。

"多年前我们与命运做出了约定，"他说，"此刻就是我们兑现诺言的时候，但只是基本兑现，而不是全部兑现。在午夜钟声敲响的那一刻，当世界还在熟睡，印度将从睡梦中醒来，重新拥抱生活和自由。"华丽的辞藻一个接一个从他的口中飞出，但对贾瓦哈拉尔·尼赫鲁来说，这个壮丽的成功时刻早已遭到致命的玷污。"我搞不清楚自己都在说些什么，"他后来对自己的妹妹说，"那些话全部是冲口而出，但我的脑子里想到的只有陷入火海中的拉合尔的惨景。"

"一个时刻来到了，"尼赫鲁继续说着，"这样的时刻在历史上难得一见，这是我们破旧迎新的时刻，是一个时代终结的时刻，是一个国家长期被压迫的灵魂终于获得释放的时刻。"

"当此历史的黎明时分，印度开始了她从未停止的探寻，她在成功和失败中所蕴含着的奋斗和壮美构成了她无限久远的历史。不管命运如何多舛，她从未放弃探寻或忘记给予她力量的理想。我们在今天结束了她的厄运，印度由此再一次找回了自我。"

"此时不是小肚鸡肠进行攻讦和诋毁的时候，"他最后说道，"不是阴暗指责他人的时候。我们必须建立起自由印度的神圣殿堂，让她的人民从此世世代代能够安居乐业。"

午夜的钟声敲响时，尼赫鲁与在场所有人一道起立，向印度和印度人民宣誓效忠。屋外，一道道轰鸣的雷声划过夜空，季风雨将密密麻麻挤在会场周边露天里的数千普通印度人淋得透湿。他们手扶自行车，头戴国大党白帽，身穿用自织棉布胡乱制成的长衫，以及白色的衬衫和宽松的裤子，还有纱丽和商务装。静静地站在滂沱大雨中，美好的时刻就要来临，他们的兴奋和狂喜却在一瞬间凝固住了。

在大厅内，演讲者头顶上方钟表的时针和分针向着罗马数字十二爬去。代表们低着头，静静地等待午夜钟声的敲响。象征一天结束和新时代来临的十二声钟响过程中，没有一个人起身欢呼。

当第十二声钟鸣的回音消失后，端立于旁听席上的那个人吹响了手中的海螺，这个原始的声音顿时响彻整个大厅，其声音之悠远仿佛来自远古时代的印度。对于印度的政治家们来说，海螺壳发出的声音象征着他们的国家的诞生，而对于世界来说，它让人回到了很久以前已经过去的年代。

这个年代开始于1492年的一个温暖的夏天，地点是西班牙的一处小海港，克里斯托弗·哥伦布为了寻找印度而驶往茫茫大海，却歪打正着发现了美洲。从此，人类历史的450年不仅记载下了这一发现，也承担了它所引发的后果：由以基督徒为核心的西方人对遍布地球的非白人在经济、宗教和身体上进行剥削。阿兹特克、印加、斯瓦希里、埃及、伊拉克、霍屯督、阿尔及利亚、缅甸、菲律宾、摩洛哥、越南，一连串数不清的民族、国家和文明在450年来经历了殖民统治。他们被屠杀、被掠夺、被教育、被教化，不管他们的文化由此得到了丰富还是阉割，也不管他们的经济遭到了破坏还是实现了起飞，最终，一切无不在白人的这一行径下发生了改变，并且，这些改变永远不再可能得到复原。

此时，在一块不断祈祷自己命运的大陆上，受穷挨饿的民众从几百年来最强大的帝国手中取回了自由，而这个帝国无论在地域、人口还是重要性上都让更早以前的罗马、巴比伦、迦太基以及希腊黯然失色。随着亚洲人的棕色之手将本就属于他们的象征英帝国王权的玉珠拿掉，任何殖民帝国都将从此而消亡。这些帝国的统治者们或许会巧令辞色甚至使用武力来阻挡历史潮流的进程，但他们的努力只能是徒劳，这一刻已经证明，残酷统治的手段所面临的只有失败。印度的独立从此让人类历史里的一页牢牢合上。新德里宪政会议厅在八月间的那一声海螺号声标志着世界战后历史的开启。

会场外，雨停了，人群变成了欢乐的海洋。随着尼赫鲁的出现，数以千计的人们向前冲去，那情景就像是要将他和身后的部长们淹没在人海之中。看着势单力孤的警察们筑起人墙试图将人潮挡住，尼赫鲁笑得嘴都合不拢了。

"你知道，"他对身旁的一位助手说道，"恰好是在十年前，我在伦敦与那时的副王林利斯戈侯爵进行争论。我当时气极了，于是大叫道，'如果十年后不能取得自由，我将誓不为人'。可他却回应说，'哦，不会的，你还是别指望了'。"此时的印度总理大笑着回忆着:"'印度不但在我这辈子不会独立,'他说,'在你这辈子也同样不会。'"

※

英国统治作为压在印度人头上的罪恶大山不复存在了。在远离新德里宪政大会的地方,在两个新兴国家的辽阔疆土上,海螺号声所带来的巨大改变表现在人们的欢呼雀跃和许许多多的微小行动上。在孟买,一名警察在孟买游艇俱乐部象征白人至上的院墙门上钉上一块写着"关闭"字样的牌子。从此,在历时三代后,这个供英国先生和他们的太太们惬意地享受威士忌而无须担心被当地人窥探的禁区,被改造成为印度海军的军官食堂。

在加尔各答,人们争先恐后地将该城中央大街上的标志物推翻。克莱武大街被改名叫苏巴斯路,而苏巴斯是一名印度民族主义者,他在"二战"期间站在日本人一边与英国为敌。在西姆拉,随着午夜钟声的敲响,数百名身穿纱丽和腰布的印度人在市场大街上狂欢奔跑,过去,这里是不允许穿传统服装的印度人通行的。在加尔各答的菲尔波餐厅、拉合尔的法莱蒂酒店以及孟买的泰姬酒店,更多的人冲入以前只对身着就餐衣和晚礼服的人们开放的餐厅和舞厅。[①]

德里用灯光进行庆祝,原本朴实无华、克勤克俭的首都在亮如白昼的灯火中艳丽异常。从新德里的康诺特广场到旧德里的狭窄小巷,到处悬挂着绿色、藏红色和白色的彩灯。庙宇、清真寺和锡克教神殿的外部轮廓也全部挂起彩灯,就连莫卧儿皇帝们的红堡也不例外。新德里最新建成的比拉庙将彩灯吊挂在其螺旋形塔尖和圆顶上,不禁让过往的路人联想起巴伐利亚国王路德维希式的幻觉。在甘地与贱民们同起同宿的扫地阶级所生存的地方,独立带给许多不幸者一样他们闻所未闻的礼物——灯光。市政

[①] 一位宪政大会成员甚至提出,将禁止公共场所要求客人穿着礼服的权利写进印度宪法。

当局为他们提供了蜡烛和小油灯，微弱的光亮在他们昏暗的小破屋中摇曳着，象征着新自由对于他们的意义。人们有骑自行车的，有乘马车的，有乘小汽车的，甚至还有骑身披天鹅绒织毯的大象的，他们涌过德里城市的中央，唱唱笑笑，沉浸在自我陶醉的气氛中。康诺特的餐厅和咖啡馆里挤满了人，素来以身着白衬衫出名的德里官员们个个醉倒在人行道边。

帝国酒店的酒吧曾是德里的前统治者们不受外界打扰的一方净地，此时挤满了欢呼庆祝的印度人。午夜刚过，他们当中的一个人就爬上吧台请求所有人与自己齐唱新国歌。大伙欢快地接受了他的邀请，但当要开始放声唱颂由印度大民族主义诗人泰戈尔谱写的歌词时，他们当中绝大多数人却尴尬地发现：原来他们竟不知道歌词。

旧德里的梅登斯酒店是全城最有名的酒店，一名美丽的印度女孩身穿纱丽翩翩起舞，她从一张桌子跳到另一张桌子，用口红给每一个人的前额点上一个小红点，为大家祈福。

在靠近康诺特广场的一处花园里，新闻记者卡塔尔·辛格正在用非常个人的方式来庆祝他的国家获得自由。他将这一瞬间作为与艾莎·阿里初吻的开场，艾莎·阿里是一名漂亮的医学院女学生，卡塔尔是在几天前与她认识的。他们的爱情开始于最为辉煌的时刻，二人的紧紧相拥正是这漫长而浪漫的爱情的开始。他们的个人情感将与席卷印度北部的公众情感背道而驰，卡塔尔·辛格·杜各尔是一名锡克教徒，艾莎·阿里却是一名穆斯林。

尽管独立夜令所有人欢欣鼓舞，但即将到来的风暴早已在首都的一些地方留下了不祥的阴影。在旧德里的一些街区，许多穆斯林正在悄悄传诵着穆斯林联盟中的激进分子发出的新口号："我们已经依靠权利得到巴基斯坦——我们将依靠武力夺取印度斯坦。"那天早上，一名毛拉在旧德里的清真寺开祷告会，他提醒自己的信徒们不要忘记德里被穆斯林统治了数百年的事实，并且，"安拉愿意"，他们将重新统治德里。与此同时，大量从旁遮普逃来的印度和锡克教难民涌入德里周边的临时难民营，他们威胁要将首都的穆斯林居住区化为灰烬，并以之作为庆祝独立的方式。

精明过人的梅农在重新修改了蒙巴顿的分治方案后又将许多王公说

服加入了印度,他与自己的十来岁的女儿在起居室里共同度过了午夜到来的一刻。当海螺号被吹响,欢呼的人们涌入他们宁静的客厅时,梅农的女儿一跃而起,兴奋地叫了出来,而她的父亲却仍然坐在椅子里一动不动,脸上也看不出一丝喜悦。

"现在,"他叹息着说道,"我们的噩梦要真正开始了。"

然而,对于这块次大陆上数以百万计的其他人来说,8月14日的午夜是他们开始举行二十四小时狂欢的时间。在开伯尔的兰迪科塔尔要塞,十几处熊熊燃烧的火堆上都架起整只羊。军官们和他们的开伯尔步枪兵一起,与素来与自己为敌的帕坦部落在一起举行部落宴会,共同庆祝印度的独立。指挥官向自己的助手兼贵客肯尼斯·丹斯上尉敬上主菜——裹在厚厚的黄油肠里的羊肝。午夜时分,兴奋的部落人抄起步枪,一面大声高喊"开伯尔是我们的,开伯尔是我们的",一面向夜空中连连放枪。

在哗变事件中发生的大屠杀至今仍然是坎普尔挥之不去的噩梦,英国人和印度人公开拥抱在一起。在甘地建立起自己第一个静修所的纺织工业之都艾哈迈达巴德,一名在1942年因要升起印度旗帜而被下狱的年轻教师获得了将这面旗升上市政厅大楼的荣誉。

在勒克瑙,很多人被请到英国人居住地观看午夜的升旗仪式。精美镂刻的请柬上写着"国服:腰布为宜"。拉杰什瓦尔·达亚尔在印度行政机构服务了十四年,他在看到这张请柬时不禁目瞪口呆,他根本就没有腰布。这样的场合如果换作他的英国上司们,必然要求穿戴白领带和白色燕尾服。这场招待会本身也完全不同于前统治者们所喜好的正式而僵化的场合。大门刚一打开,长条桌上摆放的糖果就被蜂拥而至的大人和吵吵闹闹的孩子们藏到身下。看着印度的旗帜飘扬在居住地上空,达耶尔不禁产生了一个奇怪的想法,那就是英国人在统治他的国家时常常说到的礼仪。在印度行政机构服务的这十四年里,他想,他有过许许多多的英国同事,但他从来没有过一个英国朋友。

在马德拉斯、班加罗尔、巴特那,在数以千计的城镇和乡村,人们在午夜进入寺庙将玫瑰花瓣扔放在诸神的脚下,祈求神灵保佑他们的新国家。在贝拿勒斯，全城最出名的糕点师制成涂有印度颜色的蛋糕，他用橙子、开心果和奶油作为原料，结果美美地挣了一大笔钱。

港口城市孟买的独立夜庆祝方式最为疯狂。这里的人行道上曾经总是因为洒满鲜血而非常湿滑，这座城市的历史与争取独立的斗争活动密不可分，这里的大街小巷见证了太多的示威游行和联合罢工。当胜利的时刻来临时，全城上下一片沸腾。从航海大道的壮观公寓房到帕雷尔的贫民窟，从马拉巴尔山前的别墅群到小偷市场的杂货铺，孟买早已是一片光的海洋。"午夜变成了正午，"一位新闻记者描写道，"这一天成了新的排灯节，新的人生，新的年夜——这个节日众多的国家将所有节日都放在了一起——因为这一天是自由节。"

在印度大地上，并不是所有为庆祝这个节日而进行的晚餐和宴会都那么欢快，这些餐宴就发生在它曾经的土邦公国内。土邦王公们的时代结束了，但他们当中的一些人却并不甘心失去昔日的特权和辉煌的世界，8月15日这一天对于他们来说是需要哀悼的日子。海得拉巴的尼扎姆在灯火通明的宴会厅里为他的英国行政官们举行了一场告别宴会，尼扎姆本人和这些英国行政官一样都将要结束自己的职责。这位尼扎姆的众多子孙蔚为壮观，他的所有女人也都气质不凡，但欢快愉悦的场面难掩阴郁难堪的气氛。宴会将要结束时已经接近午夜，这位将要下台的统治者穿着破旧的长裤，站起身提议最后一次以英王名义干杯。约翰·佩顿作为客人中的一员审视着尼扎姆那痛心的表情。"多么可悲，"他想，"两百年的历史就在这样一个简单而可怜的动作中结束了。"

对于许多印度人来说，这个他们和他们的同胞们梦寐以求了多年的夜晚所意味着的却是可怕的恐怖。萨塔拉瓦拉中校是边境部队步枪兵的一名帕西人军官，对于他来说，他那双在战争中变得坚强的眼睛所看到的空前惨景，必将永远与这一夜联系在一起。在位于基达的俾路支城，在一处烈火烧过的废墟中横陈着一户印度家庭全家人的尸体，所有人的肢体全都残缺不全。而在他们的身旁，是勇敢而慷慨地为他们提供庇护的穆斯林家庭成员尸体，这两户人家的死状几乎完全无异。苏希拉·纳亚尔是一名美丽的年轻女医生，甘地把她派到西旁遮普一座容纳了两万名难民的难民营。这位女子曾被英国人下狱两年,她在成年后把绝大多数时间都用在了8月14日午夜所成就的事业上。然而,此刻,她并不感觉到快乐,更没有丝毫的成就感。她唯一能感受到的就是自己的数千名病患的悲惨遭遇,他们当中的大多数人在这一夜听到的只是穆斯林们的叫喊声,那是喊杀的声音,发出叫喊声的穆斯林一个个正在挥刀冲向自己。

拉合尔,这座本应是次大陆上最为欢乐的城市,此时竟是一派令人绝望的景象。黎明时分带领廓尔喀兵进入该城的罗伯特·阿特金斯上尉发现自己的营地周围挤满了惶惶如惊弓之鸟的印度教徒。他们有的怀抱婴儿,有的提着一两只箱子,纷纷乞求躲入士兵的防区里面。大约有十万印度和锡克教徒被围困在旧拉合尔的城墙内,他们的水源被切断,四周到处是熊熊大火,暴徒在他们住所外的巷道里大摇大摆地往来游走,谁要是敢从房内出去就会受到毒打。紧挨着沙阿利米门的是全城最闻名的锡克教寺庙,有一名暴徒纵火将它焚烧,他听着困在寺庙里的人在被活活烧死时发出的惨叫声竟然狂笑不止。

本应是暴力活动最猛烈的加尔各答却表现得有些出人意料。黎明到来之前,仅发生过一些小心和试探性的攻击行为,而在天亮后,由印度教徒和穆斯林组成的游行队伍穿城而过,一直来到甘地位于希达里大宅的总部。至此,整座城市的氛围开始发生改变。在喀尔丹戛路和锡尔达火车站这两个暴力冲突发生最频繁的地方,众多印度教徒和穆斯林们收起短刀和匕首,齐心协力将印度国旗悬挂到阳台和电线杆上。教长们向迦梨的信徒们打开清真寺的大门,而后者也邀请穆斯林来到他们的寺庙一睹毁灭女神的尊容。

二十四小时之前还在想着彼此切断对方喉咙的男人们,此时在街道上互相握手致意。妇女和儿童,不论是印度教徒还是穆斯林,都拿出糖果来招待对方。加尔各答在这一夜令孟加拉作家库马尔·博斯联想起《西线无战事》一书中所描写的圣诞平安夜:交战中的法军和德军士兵从战壕中走出来纵情庆祝节日,在一瞬间将彼此间的敌对关系抛之脑后。

就在印度举国欢庆之时,英帝国在印度的最高权力所在地正在进行着一场革命。从这座房子的一端到另一端,仆人们匆匆沿着走廊奔跑,将一切有可能导致独立印度的新公民们反感的印记和象征物不是遮挡就是拿走。副王府已经成为印度政府的用房,蒙巴顿决心无论如何不能在印度独立这一天,让来访的印度人产生对旧时代不愉快的记忆。

有一队仆人专门到每个房间将写有"副王府"字样的文具拿走,然后在原来的位置摆放上新的刻有"政府大楼"字样的文具。另一队仆人则用东西将接见大厅里的巨大印记遮挡起来。然而,还是有一组印记最后得以保留。传统上,副王的琐碎物品是以他的个人身份为标记的,所以,新政府大楼里的雪茄箍带、火柴盒、肥皂和小奶油甜饼上的符号用的还是蒙巴顿的姓名缩写及其子爵王冠。

正当他们紧张忙碌的时候,宪政大会派遣的由印度领导人组成的代表团来了。宪政大会主席拉金德拉·普拉萨德(Rajendra Prasad)正式邀请这位前副王出任印度首任大总督。这是海军少将在那天晚上获得的第二份荣誉。就在不久之前,他得知了表兄乔治六世为了表彰他在印度立下的殊功而将他的子爵爵位擢升为伯爵的消息。

蒙巴顿欣然接受了普拉萨德的邀请,承诺自己将像一名印度人一样为印度服务。然后,尼赫鲁把一个装有独立印度首届政府成员名单的信封交给他,只有经过他的同意,名单里的人才能够获得任命。

蒙巴顿拿出一瓶威士忌酒,亲自为到访者们斟酒。当把所有酒杯都倒上酒后,他举起自己手中的杯子对大家说"为印度干杯"。尼赫鲁在呷了一口酒后,举杯向蒙巴顿回敬。"为英王乔治六世干杯。"他说。

印度代表团离去了,蒙巴顿在上床睡觉前拿起了尼赫鲁交给他的信封。他把信封打开,不禁哑然失笑。原来,这个伟大的夜晚要做的事情实在太多,尼赫鲁根本就没有时间拟制独立印度首任内阁政府成员的名单。信封里装的是一张白纸。

在黑暗而宏大的拉合尔火车站,一群英国人正走向等着开往孟买的快车。他们是最后离开的较低级别的英国行政官员、警察和军人,旁遮普正是在他们手上成为英印帝国的骄傲,并成为英国在这块次大陆上的最大荣耀。此时，他们就要返回英国，他们和先辈们亲手建造的运河、公路、铁路和桥梁眼看就要易入他人之手。

在他们走向列车时，一群铁路工人正在懒洋洋地用水管冲洗站台。几个小时以前，这里曾是疯狂屠杀逃亡印度教徒的现场。此时，数小时前刚把拉合尔警察局的指挥权移交出去的比尔·里奇看到了令人触目惊心的一幕：一组搬运工人正推着一辆行李车从站台上经过。行李车上堆放的是一层层尸体，看上去就像大捆大捆的邮包一样。里奇本人在登上车厢时，不得不抬脚从躺在站台上的一具尸体上方迈过去。让他惊诧的并不是脚下这具残缺不全的尸体，而是自己漠然处之的态度，以及他对自己在旁遮普的恐怖中变成铁石心肠的愕然反思。

鲁尔·迪恩就是那位派乐队到城市广场上演奏吉尔伯特和沙利文乐曲的阿姆利则警察局局长，列车开动了，他从自己车厢的车窗阴郁地望向这座原本应该由他来保卫的城市。远处的地平线上有几十处燃烧着的大火，而保护那些被大火焚烧的村庄曾是他义不容辞的职责。火焰在夜空中变成玫瑰色，火光中，他看到锡克歹徒们在捣毁村庄后围着烈火大跳起狂野的舞蹈。一股"可怕而巨大的沉痛"压上他的心头。

"我们用体面的方式所移交出去的并不是权力，"他想，"而是混乱。"接下来，列车在靠近德里时挂上了一节餐车。突然置身于清爽的亚麻桌布和亮光闪闪的银制餐具中，对于这位即将在卫尔温花园城市挨家挨户推销塑料门的前阿姆利姆警察局局长来说，旁遮普的种种悲惨画面让他产生了一种恍如隔世的感觉。

*

贝利亚加塔路151号的废墟一片寂静，门口有一群非暴力印度教徒和穆斯林在志愿站岗。希达里大宅的破烂窗户中没有映出一丝灯光，甚至连点燃的蜡烛也没有。没有什么事情能够让屋中的男女们打破他们牢牢建立起来的规矩，即便是在如此激动人心的这一夜中所发生的各种事情也不能让他们破例。在一间被用来当作公共宿舍的大房间里，所有人四肢张开躺在草垫上。在其中的一张草垫的边上，放置着一双摆放整齐的木屐，一本《薄伽梵歌》、一副义齿和一副钢圈眼镜，躺在上面的人就是那位人们再熟悉不过的留着光头的人。钟声报响了辉煌午夜的降临，印度从睡梦中醒来与自由相拥，而此时此刻，莫罕达斯·卡拉姆昌德·甘地却是在酣畅的沉睡中度过的。

12
"哦,可爱的自由黎明"

贝拿勒斯,1947 年 8 月 15 日

　　姗姗而至的黎明带来第一口凉爽的空气,河面上也开始泛起雾气。从遥不可及的远古时代开始,人们就追随着这些雾气来到恒河母亲的两岸,他们将身体浸入这条壮美而神圣的生命之河,目的是寻找通往永恒的道路。1947 年 8 月 15 日黎明,为庆祝世界上最年轻的国家诞生,选择在人类最古老的城市贝拿勒斯按照当地独一无二的早祷仪式进行庆典,应该是再合适不过的了。

　　这些仪式寄托了远古时代的印度教徒对他们心目中的圣河的丰富情感,其内容随着时代的变迁也在不断地发生着变化。印度教认为,人的命运受到一种说不清道不明的力量支配,对这个力量给予安抚是人的本能需要,印度教徒与恒河之间的神秘关系即表现于此。喜马拉雅山有一处海拔 10300 英尺高的雪域,它下面的一个冰洞就是恒河的发源地,滚滚的恒河水在蜿蜒 1500 英里后最终注入孟加拉湾,沿途穿越这个世界上气候最炎热和人口最稠密的地域。它变幻莫测,农民们对它敬畏有加,但他们的田地仍然屡屡被它带来的洪水吞没,河水来势之凶和持续时间之长令人不胜其苦。河道所到之处有很多废弃的村镇,它们都是数百年来河水恣意肆虐的无声证物。

然而，恒河虽然有着狂躁难驯的特性，但它的每一尺河道都是对人有利的，尤其是它在绕过贝拿勒斯时所画过的那条四英里长的柔弯。从人类有了文明开始，从与自己同时代的巴比伦、尼尼微和提尔所在的那些年代开始，印度教徒就已经在恒河中沐浴，他们不但喝的是恒河水，还向反复无常的河神祈福。

此时，安静的人群跨过河边的石级路，向着贝拿勒斯陡峭的河岸行进。每位朝圣者都手持一束鲜花和一盏樟脑油灯，燃烧着的油灯所释放出的火苗似乎是要将无知的阴影驱散。在河里，一批比他们数量多出数千人的虔诚信众早已站在齐腰深的水中，所有人都把目光投向东方，人人手持摇曳的小灯，脸带坚毅和严肃的表情，任凭河水缓缓地从身边流过。于是，从远处看，人们手中摇摇晃晃的小灯就像是排成队掠过河面的萤火虫。

每一个人都目不转睛地紧盯着东方的地平线，他们在等待天神重复它每天都在上演的最令人称奇的神迹，那就是从土壤中生出万道金灿灿的霞光，转世为太阳的护持神毗湿奴由此光照人间。随着太阳的边缘呈现在清晨的天边，数以千计的人们爆发出排山倒海的祷告声。紧接着，为了感谢神灵再一次将人间彻底照亮，人们将小灯和鲜花放在水面，任它们随着恒河水漂向远方。

在城内，这天早上第一个跨过金庙门槛的人照例是班智达布拉瓦尼·尚卡尔。这位属于神灵的长者比其他任何人更能感受到这个黎明所带来的快乐。多年来，班智达尚卡尔把这座城中地位最显赫的金庙变成印度民族主义分子们的避难所，使他们免遭英国刑事调查部的追捕。

班智达尚卡尔手里拿着一个装着恒河水的瓶子和一个内有檀香粉的小管子阔步穿过昏暗的寺庙，向一个突出地表的矮墩墩的花岗石走去。这个在黑暗中看上去像竖起的拇指的器物是印度教在贝拿勒斯最珍贵的文物。尚卡尔的祖先们冒死没有让以奥朗则布皇帝为首的莫卧儿部落将它抢去，从而为后代们赢得了世代保管它的权利。他在这个8月间的早晨要向它鞠躬，虔诚地为现代印度的产生而感谢上天，他所做的动作是所有祭拜礼仪中最为正统的，因为这块石头所接受的祭拜形式是人类有史以来最古老的，并且从来没有改变过。

这块状如男性生殖器的石头象征着自然力的代表——湿婆神——的性器，而湿婆所代表的自然力还包括大自然的再生力量。贝拿勒斯是全印度崇拜湿婆的中心。全城几乎每一座寺庙和每一条石级路边都供奉着石制的生殖器。晨曦微露时，数千印度教徒与尚卡尔一道，用掺了恒河水的檀香粉和牛粪慈爱地擦拭着每一个石墩的球形顶部，他们给石墩套上用万寿菊制成的花环，并奉上玫瑰花瓣和湿婆最喜欢的毕婆果树叶，[①] 以此表达对湿婆神让他们的古老国家转世重生的感激。

当朝阳洒下的光线开始照亮整座城市时，一队背着柴束和木头的贱民正走在贝拿勒斯最圣洁的玛尼卡尼卡河坛上。几分钟过后，四名肩扛竹担架的男人出现在石阶的最高处。一个男人走在他们前面，一边轻轻敲打着铜锣，一边念念有词地说着"罗摩即真理"。他说的话是在提醒旁观者，所有人最终都将面临与担架上包在棉布单里的死人同样的命运。

几百年来，死在贝拿勒斯是一名虔诚的印度教徒最渴望获得的上天赏赐。在城市周边有一个周长为三十六英里的圆环，发生在这个范围内的死亡可以让一个处于无休止轮回中的灵魂得到在梵天中永生的权利。这样独特的好处让信徒们对贝拿勒斯趋之若鹜，但他们来到这里的目的不是为了生存，而是为了死亡。

人们将这天早晨第一个要享受贝拿勒斯好处的死者抬到恒河边做最后一次浸泡。他们当中有人将担架上死者的嘴巴张开，在他的喉咙里滴几滴水。然后，他们把死者的遗体放在早已摆好的柴堆上。贱民们随后在尸体上搭起金字塔形的檀香木，再将一桶纯净的黄油洒在檀香木上。

[①] 有一个充满传奇色彩的印度教故事解释了生殖崇拜的起源。有一次湿婆和他的妻子杜尔迦（Durga）都喝醉了，正当他俩在做爱时，护持神毗湿奴带领众神突然来访。由于酒精的作用，再加上对性爱的投入，二人竟对众神的到来浑然不觉。众神被他们的举止惊呆了，一阵大骂之后不得不悻悻而回。

湿婆和杜尔迦在酒醒后得知了一切，不禁无地自容，于是在羞愧中死去，死时还保持着羞愧的神情。"我的羞耻心，"湿婆称，"已经将我杀死，但它同时又给了我新的生命和新的形象，那就是生殖器的外观。"自此，他宣布，他的牧师们将教人"信奉我的生殖器形象。它是白色的，有三只眼和五张脸，并且身披虎皮。它早于世界而存在，是万事万物的开始和起源。它驱散我们心中的恐惧和惊吓，让我们得到一切想要的东西"。

死者的头发早已剃光，遗体在经过洗礼后也已非常洁净，他的长子绕着柴垛行走五圈。接着，一名来自附近象头神庙的僧侣交给他一支火把，火把上的火引自庙内永恒不熄的圣火。他将火把掷向柴垛，熊熊的火焰顿时在呈金字塔形的檀香木上蹿起。

参加悼念的人默默蹲在燃烧的柴垛周围，看着浓浓的黑烟冉冉升入天空。突然间，一声闷响从火堆中传出。在听到这个响声后，送葬的人们报以感激的祈祷。死者的骨骼已经炸裂，他的灵魂已经逃离身体。在1947年8月15日这天早上，印度摆脱了帝国的樊笼，而贝拿勒斯则仍一如既往地为逝者完成了最好的超度。

凌晨两点刚过，贝利亚加塔路上的那间房子里第一次投射出蜡烛的火苗，此时距甘地平时的起床时间还有一小时。他的民众最终得以品尝自由的伟大，这一天本该让甘地功成名就，成为他斗争一生的终点，并且标志着他发动的让全世界为之景仰的运动所取得的最终胜利。但事实完全相反，身处希达里大宅内的甘地丝毫感受不到内心的喜悦。这个他为之付出巨大牺牲的胜利有一股化灰的味道，他的成就被注定即将到来的灾难无情地玷污。

与七个月前他在新年那天穿越诺阿卡利充满骚乱的沼泽地时一样，这天清晨，这位温和的非暴力使者在内心中产生了疑问并陷入自我怀疑之中。"我在思索，"他在前一晚写给朋友的信中说，"难道是我让这个国家误入了歧途吗？"

每当陷入怀疑和痛苦，甘地无一例外地向长期以来为自己提供正确指导的那部经书寻求帮助，那就是《薄伽梵歌》中的天籁之声。多少次他都从它的词句中得到安慰，从而让微笑在渺无希望的黑暗中重新回到他的脸上。甘地裸露着胸部蹲在草垫上，一边读着《薄伽梵歌》，一边在印度独立的第一天开始了自己个人的祷告日。当被弟子们围在中间的圣雄用他那高亢而又有些含混的声音读到第十八段对话中的第一句，也就是武士阿周那向众神发出绝望的乞求时，黎明到来了。此时此刻，这句话对于印度历史来说实在再贴切不过。

"在正法之田上,在俱卢之野中,我们和般度族人集结起来整装待发,内心燃烧着战斗的欲望,他们必须做些什么呢,全胜?"

有一个声音自人类产生以来就存在,它就是两个石头彼此进行摩擦的声音。在靠近德里的查塔普尔村中的一个小院里,一个四肢张开躺在木框架由绷紧的索制成的床上的人睁开了眼睛。他的面前有一个盛着樟脑油的浅盘,一卷棉线泡在油里,燃烧着的线头释放出淡黄色的火苗,火苗照亮他在成年后的每一天清晨都能看到的一成不变的场景:他的妻子俯身在两片石磨上方。她一言不发地磨面,为的是预备出印度农民所需要的第二天的口粮,而她的面庞则被包在头上的围巾遮住。

这位名叫兰吉特·拉尔的农民是一位五十二岁的婆罗门,在简单向护持神毗湿奴做了祈祷后,他迈步从妻子身旁走出自己的土屋,借着蒙蒙亮的天色与同村人依稀的身影一道向邻近的田野走去,那里是查塔普尔三千名居民的公共厕所。

外国人对印度的统治结束在这个八月里的黎明,并没有打乱这些在黑暗中蹒跚而行的农民们的生活。兰吉特·拉尔一辈子从来没有对统治自己国家的外族人代表说过一句话。他和同村人在一年当中只会看见英国人一次,那就是当区税官来到查塔普尔对当地上缴给国库的微不足道的税收进行核对的时候。"自然需要"是拉尔唯一会用印度古老统治者的语言说的话,他和村里人用这句话来描述接下来他们要进行的行为。

如果说用来描述这个行为的词句尽是些外来语的话,那么对于作为婆罗门的拉尔来说,有二十三条纯印度教的清规戒律对该行为的细节和复杂性给予了规范。拉尔用左手拿着一个装着水的铜制容器。他身上穿的腰布既不是新的,也不是刚洗干净的。他和村里人一同前往的那块地是经过挑选的,具体的依据是其与河岸、水井、路口、池塘、最近的榕树以及村庙之间的距离。

在来到目的地后,拉尔将他那条用三股线拧成的婆罗门圣线吊在自己的左耳上,用缠腰带把头遮住,最后用低得不能再低的姿势蹲在地上。这些动作不得有半点差池,否则就和在墙根或树下做这样的事一样成为大不敬。这样的姿势让他看不到日月星辰和火光，也看不到别的婆罗门、村庙或是榕树。解决完毕后，他用铜器里的水洗干净手脚，然后再走向村子里的水塘做正式的清洗。他来到水塘前捧起一捧尘土。印度教对于土质的要求也是有严格规定的。首先不能是取自白蚁巢穴的土，其次不能是盐碱土或陶土，牛场和寺庙里以及榕树荫下的土也不行。他用水把土和成泥，然后用左手将污处洗净。①

污处清洁完毕，他还要从左手开始洗手五次，从右脚开始洗脚五次；然后再漱口八次，冒着可能产生不敬的风险，每次将漱口水吐向身体的左侧。直到此时，一切都还没有结束，等待着他的是清晨排泄活动的第二十三项也就是最后一项程序：喝三口水，同时在心中默念护持神毗湿奴的名字。

仪式终于结束了，兰吉特·拉尔扭头向自己的小屋走去，路上还要经过一片贫瘠的田地，他和妻子以及七个子女的生存全指望着这块地上的微薄产出。这块地再过去，在一个几乎感觉不到爬升的高地顶端有三棵阿拉伯胶树，拉尔能够从它们散开的枝条中看到黎明到来时的第一缕微光。这些枝条就像一把张开的大伞将一大块平地遮在下面。这里就是五百年来村里人举行火葬的地方，查塔普尔的死者正是在这里被放在柴垛上送走的。如果说这位印度农民早已注定的命运中有着一连串的必然经历，那么其中最不可改变的必然经历就是躺在这块地上搭起来的柴床上。

再往远处看，一座看上去像一根大阴茎的紫色石楼突起于蓝灰色的地平线上。在它的左侧有一对优雅的圆顶，那是十三世纪阿拉乌丁苏丹时期的城市废墟。这天早上，在向北不到二十英里的新德里，兰吉特·拉尔和与自己同村的农民在宽阔的街道上历史性地聚集在一起，他们当中的大多数人还是第一次来到这个并不算远的地方。这个经历对于五十二岁的兰吉特·拉尔来说也只不过是第二次，他上一次来还是为了给自己的长女置办出嫁时戴的金手镯。

---

① 对于正统的印度教徒来说，肚脐是人体的边界。在其以下发生的动作由左手参与，反之则要使用右手。

然而，这天早晨，对于包括查塔普尔在内的所有新德里附近村子里的人来说，距离不再是问题。他们在黎明中汇集成巨大而喜庆的人流，涌向早已沸腾一片的首都市中心。所有人都要欢庆殖民地的结束，尽管他们当中大多数人并不清楚殖民的意思究竟是什么。

新德里，1947年8月15日

"啊，可爱的自由黎明为古老的都城披上紫金色的霞光。"向涌入新德里的人潮发出赞美的印度诗人歌颂着。人们来自四面八方。他们中有马车，车上挂着的铃铛发出欢快的响声。有拉着满满一平板车人的牛车，人们把牛的身体和套具涂成橙、绿、白相间的颜色。有人满为患的卡车，卡车的车顶和四周胡乱画满了蛇、苍鹰、猎鹰、神牛以及漂亮的山景等图案。人们有骑驴马和自行车的，有走路和跑步的，农村人戴着各式各样的头巾，头巾的颜色五花八门，应有尽有，女人则身穿鲜亮的节日纱丽，恨不得将所有闪着光芒的饰物都戴在胳膊上、耳朵上、手指上和鼻子上。

此刻，地位、宗教和种姓差异在充满友爱的人群中间一下子消失了。婆罗门、贱民、印度教徒、锡克人、穆斯林、帕西人以及英印混血人都在齐声欢笑，偶尔还会喜极而泣。兰吉特·拉尔花了四个安那为自己和妻子及七个孩子租了辆马车。拉尔一路上都能听到周围的农民们在兴奋地向他们的亲戚朋友们解释为什么要让所有人都赶到德里去。"英国人要走了，"他们大声叫嚷着，"尼赫鲁将竖起新的旗帜。我们自由啦！"

银号吹响时发出的尖厉号音让早晨的空气为之凝固。随着维多利亚式的壮观场面最后一次亮相，这个辉煌之日的首场正式仪式开始了，它就是新印度自治领的首任大总督的就职典礼。

维多利亚女王的重孙在迈步走向大总督宝座时，一如其在卡拉奇时所表现的庄重，他马上就要接受一份在去殖民化之后最独特的使命和荣耀。对于路易斯·蒙巴顿来说，他"一生中最不同寻常和最激动人心的一天"正在上演，他将在这一天亲手把曾祖母一手缔造的帝国拱手送出。

他的妻子身穿一件银色长裙走在他的身边，棕色的发间佩戴着冠饰。蒙巴顿决心要让这一天"在最辉煌的场面中度过"，因此用足了自己爱奢华和追求完美细节的特长对所有庆祝活动亲自进行监督。一队身穿五彩缤纷制服的卫队引领着副王夫妇走向两个猩红色的座椅，五个月前，他们就是坐在这两个座椅上成为副王和副王夫人的。

站在天鹅绒华盖下的印度新主人们分列于他们左右两边的大理石台上，尼赫鲁穿着棉布马裤和一件亚麻马甲，身穿白色腰布的瓦拉巴伊·帕特尔圆睁双目，比以往更像是一位威严的罗马皇帝，其他所有人全都头戴国大党的小白帽。

蒙巴顿在就位时不禁感到几分滑稽。他身旁的所有男男女女们几乎全部有着一个相同的经历：都曾身为英国人的囚徒。在由英王陛下政府的前阶下囚们组成的政府面前，蒙巴顿举起右手庄严宣誓，就任为独立印度恭谨而忠诚的首席公务员。仪式完毕后，所有那些在前一晚被尼赫鲁忘记将名字装入信封的部长们便在这位还印度以自由的人面前宣誓上任。

此时，院外开始传来为这场盛典而鸣响的二十一声礼炮，[①] 早已人声鼎沸的印度首都沉浸在礼炮的祝福声中。接见大厅内的红地毯一直铺到门外的台阶上，台阶下方是一架等候蒙巴顿的金色马车，它的车身是半个世纪前由伦敦的帕克公司为迎接英王乔治五世和王后玛丽的印度皇家之行而制造。在拉车的六匹栗色骏马前面是大总督的全体卫队，所有人脚蹬黑色马靴，身穿白色马裤和白色短衣，腰扎刺金的猩红色腰带。

盛大的游行队伍从副王府前的大道上通过，所有人都手舞着大大小小的彩旗，从走在队伍前边的骑马领行者到制服鲜艳的护旗手和首尾相接的人群，从吹奏手和指挥到四个身穿猩红色和金色制服的世界上最棒的骑兵中队，所有场景完全来自一本故事书里的画像，这是英国统治下的最后一次游行了。

身体绷得笔直的蒙巴顿乘车从一队向他敬礼的士兵面前来到鲁琴斯宫的大铁门前，他不时僵硬而优雅地点点头，一副皇室成员的亲民派头。

[①] 以前的英国副王礼炮为三十一响，印度实现宪政后将大总督礼炮减少到二十一响。

门外，整个印度都在等待大门的开启。

此时的印度是英国人在三百年里所从未看到过的。没有人是为了对当权者令人目眩的典礼一饱眼福或是为统治者盛况空前的加冕场面喝彩而来。印度最大的特色一直是巨量的人口，而今天，这些民众以前所未有的数量和密度拥入了新德里。他们激动、兴奋、雀跃甚至毫无秩序地在游行队伍周围涌动，迫使护卫队的马匹不得不放慢脚步。蒙巴顿根据他所了解的那个印度所设计的所有礼仪程式和苦心安排，都被在这一天新出生的印度彻底搅了局，狂热而沸腾的滚滚人潮将猩红色和金色淹没在了棕色人群的欢乐海洋里。

那位在前一晚为庆祝独立而亲吻医科大学的穆斯林女学生的锡克记者，此时正置身在蒙巴顿行进路线上的人流中，他忽然意识到"禁锢我的锁链正在被打破"。他怎么也忘不了自己在孩提时代被一名英国学生赶离人行道的经历。"现在没有人可以这样对我了。"他想。他看到，人们已不再区分贫富和贵贱，无论是律师、银行职员、苦力还是小偷，欢乐的人们互相拥抱在一起彼此大声喊着："我们自由了，先生！"

"这就像整个民族突然重新找回了他们的家园。"一位见证了这一欢快场面的人形容说。第一次看见印度国旗飘扬在德里军官食堂上空的阿什维尼·杜贝少校暗暗在想："过去我们在这个食堂里只能低声下气，如今再也没有人可以骑在我们的头上，周围的所有人终于都是我们自己的印度军官兄弟了。"

对于许多普通的印度人来说，充满神奇的"独立"二字仿佛意味着一个新世界的唾手可得。来自查塔普尔的农民兰吉特·拉尔就向他的孩子们保证"会有更多吃的东西了，因为印度获得了自由"。人们认为自己自由了就理应拒绝支付巴士费。一名形容枯槁的乞丐走进一个专为接待外国外交官而设的区域，一名警察请他出示请柬。

"请柬？"他回答说，"凭什么向我要请柬？我们独立了。别再来这套好不好！"

在这个值得记忆的早晨，印度各地到处都洋溢着与首都同样欢乐的气氛。加尔各答的早晨八点钟，一股从贫民窟中涌出来的人流一举冲入当地英国总督的官邸。此时，孟加拉的末任总督弗雷德里克·伯罗斯爵士正在房内的一角与妻子共进早餐，这群人就像一阵风一样从宽大的会客厅中跑过。他们当中一些过惯了穷日子的人来到伯罗斯的卧室，他们以前睡过的最软的地方无外乎是松软的土包或是绷绳床，哪里见过如此舒适的大床，于是便像兴奋的孩子一样在一小时前还睡着总督夫人的大床上又蹦又跳，欢庆印度的独立。另一些人则跑到总督府的其他地方尽情表达独立带给他们的喜悦，其方式就是用雨伞尖将印度历任统治者的油画像戳破。

所有的有轨和无轨电车全天免费运营。这个本来害怕会在这一天听到枪响的城市此刻响起了更让人愉悦的声音：烟花的爆炸声。

在孟买，兴奋的人们涌入了一直为帝国精英所占据的泰姬酒店。在马德拉斯，全天都不停地有大批黑皮肤的南印度人来到圣乔治要塞所在的海边，自豪而欢欣地观看飘扬在英国东印度公司在印度首座炮台上空的印度国旗。在塞拉特，几十艘装饰华丽的小船在霍金斯船长首航印度所到达的港湾里举行了一场欢庆独立的划船比赛。

印度的自由为某一类人带来了看得见、摸得着的好处。为庆祝独立日，监狱打开了大门，数以千计判过刑的罪犯被赦免，死刑犯也受到了减刑的待遇。印度是一个充满苦行僧和神话故事的国度，因而在欢庆活动中也带有一些颇为神秘的色彩。在南方的蒂鲁卡卢昆德拉姆有一对神奇的白鹰，每到中午时分就会从天空中俯冲而下，从当地一位僧人手里叼走食物，在这一天到来时，它们好像是要特别纪念一下，欢快地拍打着翅膀。在马德拉斯附近的马杜拉丛林里，一些神职人员纵情于法律所禁止的所谓荡秋千活动。他们用铁爪钩进自己背部的肌肉里，再用一种吊具把自己吊起在空中，然后在观众头顶上来回摆荡，用自己的痛苦来欢庆印度的自由——据说，这样就可以让印度得到特别大的保佑。

在所有地方，贯穿一整天的庆祝活动无不包含对英国人的良好祝愿，同时也给了英国人体现优雅风度的机会。要知道，对于许多英国人来说，许多仪式和活动都是令他们伤感和怀旧的时刻。在西隆，阿萨姆步枪兵的英军指挥官非常自然地走下台，将指挥独立日游行的荣誉交给自己的副官。在印缅边境的楚巴大型茶园，茶园经理皮特·布洛克为他的1500名工人组织了一场以汤匙接鸡蛋和套袋跑为比赛内容的户外庆祝活动，大多数工人在玩得不亦乐乎之余，甚至不知道自己在庆祝的究竟是一个什么样的节日。

例外的事情也有发生。在西姆拉，莫德·佩恩·蒙塔古夫人就拒绝离开她那举行了无数豪华舞会和宴会的家。她难过地端详着自己。她本人出生于印度，而她的父亲也是在这块次大陆上出生的，印度已经是她的家。除了有五年在英国接受教育以外，她的一生都在这里度过。她对那些劝她离开的朋友们说："亲爱的，我在英国能做些什么呢？我甚至连沏茶煮水都做不来。"于是，当前统治者的夏都在举行欢庆时，她只能坐在家中抽泣哽咽，她实在受不了让另一个国家的国旗升上原本飘着她最喜爱的米字旗的旗杆。

对于次大陆上新诞生的另一个自治领来说，8月15日是一个特别吉祥的日子。这一天是斋月里的最后一个周五。整个国家本身就有很多的庆祝活动，再加上建国庆典，简直是热闹非凡。真纳的名字和照片随处可见：在橱窗中、市场上、商店里以及横跨街道的巨大拱门内。《巴基斯坦时报》甚至刊载了这样的内容，说拉合尔动物园内的骆驼、猴子和老虎通过饲养员的声音传达了它们对真纳的美好祝愿，并且高呼"巴基斯坦万岁"等口号。也许是因为没有新国家的国旗，东部首府达卡到处都竖立着真纳的照片，然而他们的这位领袖却从来没有踏足过这片土地。

真纳通过就任他本应只是礼仪性的职位、获得全部权力来自己庆祝这个日子。此后，在他短暂的余生里，这位伦敦律师出身、多年来不停地表达自己宪政思想的人，却将以独裁者的本来面目来治理他的新国家。

他在就职时完全是一个孤家寡人，连他那些活着的最亲近的亲人也不在场。在距卡拉奇五百英里以外的科拉西亚是孟买最漂亮的郊区之一，一位年轻的女子在她公寓的阳台上同时插了印度和巴基斯坦的旗帜，这两面国旗代表了她和许多像她一样的人极为复杂和矛盾的心理。作为穆罕默德·阿里·真纳的独生女，迪娜实在无法决定自己应该属于生于斯、长于斯的印度还是父亲创建的伊斯兰国家。

许多印度人清醒地意识到隐藏在欢快的独立日背后的可怕隐忧，因此无法像同胞们那样狂喜开怀。在勒克瑙，阿尼斯·科德瓦依对一幕不和谐的场景永远不能释怀：一群人在狂喜和欢笑声中挥舞着旗帜，而就在他们旁边，另一群人则因为得知了旁遮普亲人们的死讯而哀伤号哭。

库什万特·辛格是来自拉合尔的一名锡克律师，他对在自己身边纵情狂欢的新德里人完全视若无睹。"我没有什么值得高兴的事情，"他难过地回忆说，"对于我和其他数百万人来说，独立日仅仅是一场灾难。他们夺走了旁遮普，我从此一无所有了。"

旁遮普，1947年8月15日

印度的欢乐独立日对于旁遮普来说的确是恐怖的一天。当自由的黎明打破古老的旷野，笼罩这里的并不是紫金色的霞光，而是火葬场冒起的阵阵黑烟。在阿姆利则，新政府奉命于该城的莫卧儿要塞举行独立庆祝仪式，而在距此不到一英里的另一个地方，一群杀红眼的锡克人却正在洗劫他们的穆斯林邻居。他们毫不留情地杀尽所有的男人，女人们则被剥光衣服，反复被他们强奸，然后在战栗和恐惧中被穿城带往金庙，很多人就在那里被割断喉管。

在锡克土邦帕提亚拉，锡克暴徒潜入乡村，对企图越境逃往巴基斯坦的穆斯林发动突然袭击。大君的兄弟巴林德拉·辛格亲王跟跟跄跄地跑上去拦住一伙手持锡克大砍刀的暴徒，请求他们返回自己的村子，他对他们说："现在正是收获季节，你们应该回家去收割庄稼。"

"还是等我们先把另一种作物收割完再说吧。"领头者舞动着手里的大刀回答说。

阿姆利则的红砖火车站已经变成了难民营，这里塞满了好几千名从旁遮普的巴基斯坦一边逃出来的印度教徒。他们围在候车室、售票厅和月台周围，每当有列车进站就开始寻找自己失散的亲友。

8月15日下午的晚些时候，车站站长查尼·辛格凭借着头上的小蓝帽和手里的红旗带给他的权威，奋力从近乎歇斯底里并不停哭闹的人群中挤出一条路。他要为迎接南下的第 10 次快车进站做好准备。此时的车站又陷入每次列车到来时那种空前混乱的状态：男人们和女人们将冲向土黄色的三等车厢，绝望地寻找着他们在逃出时走散了的孩子，他们猛喊着孩子的名字，在狂乱和痛苦中彼此推搡甚至踩踏。泪流满面的人们从一节车厢跑到另一节车厢，不仅在搜寻自己的亲人，同时还尽力找到与亲人同村的人，向他们打听亲人的下落。车厢里还有孤身坐在行李堆上轻声抽泣的孩子，以及在混乱中躺在母亲怀中吃奶的婴儿。

辛格来到自己月台顶端的岗位上，威严地向进站的列车发出停车的信号。在高出他头部的巨大钢轴停止转动后，一个奇怪的现象出现在辛格面前。四名全副武装的士兵守立在满脸阴沉的火车司机周围。随着列车在释放蒸汽和启动制动装置时发出的巨响，辛格突然有一种非常不祥的感觉。

挤满月台的人们被眼前看到的一幕惊呆了，刹那间，原本吵吵闹闹的月台陷入了可怕的死寂。辛格向全车的八节车厢望去。所有车窗都大开着，但却不见有任何人站在窗前。车厢门无一开启，看不到任何人下车，它们带给他的仿佛是一车幽灵。

这位站长来到第一节车厢前，伸手拧开车厢门走了进去。就在这可怕的一瞬，他明白了第 10 次南下快车在阿姆利则车站无人下车的原因。车厢里带给他的并不是什么幽灵，而是满满的尸体，横七竖八地躺在他面前的卡座地板上。这些尸体要么喉咙被割断，要么头骨被砸扁，有的甚至不见了内脏。车厢间的过道里到处扔着人体的手臂、腿和躯干。突然，有一丝低沉的呻吟声从辛格脚下的死人堆里传出。辛格这才意识到或许还有少量幸存者活了下来，于是高声叫道："你们现在是在阿姆利则，我们是印度和锡克教徒，警察也来了。别害怕。"

他的话音刚落，有几具死尸突然动了起来，接下来出现的恐怖场面将成为终生伴随这位站长的梦魇。一位妇人从身边已经凝固的血块里捡起丈夫被砍下的头颅，把它抱在怀中放声大哭。几个泣不成声的孩子拉拽着他们被杀害的母亲的身体，男人们好不容易从死尸堆里拖出孩子，却因为发现孩子早已死去且肢体残缺不全而发出惊骇的号呼。月台上的人们终于从呆滞中反应过来，歇斯底里的情绪在刹那间传遍所有人。

站长麻木地在尸丛中走着。他在每一节车厢的每一个卡座所看到的情景全都一模一样。当来到最后一节车厢时，他终于支持不住了。他在回到月台上时感到天旋地转，他的鼻孔里充斥着死尸发出的恶臭，辛格在想："神灵怎么可以让这样的事情发生呢？"

他转过身望向列车。末节车厢的车身上有一组白色字映入他的眼帘，那是凶手们充满挑衅的话："这列火车就是我们送给尼赫鲁和帕特尔的独立礼物。"

在加尔各答，那位口颂祷词转动着织机飞轮的神奇老人，仿佛正在施展着他那高深莫测的法力，让完全有可能使旁遮普惨案在范围和残酷程度上都相形见绌的贫民窟保持着安静。他兑现了向前一天晚上游行到希达里大宅的人们所做的承诺。在加尔各答的所有地方，包括曾在一年前的直接行动日当天尸横遍地的各条街道，穆斯林和印度教徒们都在并肩游行和庆祝。甘地的秘书普亚勒拉尔·纳亚尔曾写下这样一段话："就好像是在经历了一年血雨腥风所带来的黑云后，理智和良心的阳光又突然洒满人间。"

黎明时分，另一支由年轻女子组成的游行队伍来到希达里大宅，她们的到来向世人证明，加尔各答的确实现了令人难以置信的风云变化。这支由印度教徒和穆斯林共同组成的队伍从午夜就开始出发，为的是在见到甘地时得到他的加持，从而增添自己感知的力量。许许多多前来拜会甘地的人在希达里大宅前聚集成全天川流不息的人流，而这批女子幸运地成为最早见到甘地的人。

每隔半个小时，甘地就不得不中断思考并放下飞轮来到人们面前的门廊里。因为他视这一天为悼念日，所以并没有为在他的带领下争取到自由的民众们准备什么祝福的话，所以他即兴所说的话针对的并非印度民众，而是新的当权者。

"小心手里的权力，"他对一群前来希望得到祝福的政治家们说，"权力会蜕变成腐败。你们千万不要让自己陷入骄奢淫逸的温柔乡。要始终牢记你们的职责是服务于印度乡村里的穷人们。"

那天下午，随着海螺号声的响起，来到贝利亚加塔路参加甘地祷告会的人数达到了三万，是前一天晚上的三倍。甘地在屋外院子里一座临时赶搭的木头平台上向大家讲话。他祝贺大家让加尔各答实现了和平，并且希望加尔各答人会给旁遮普的同胞们起到辉煌的榜样作用。

沙希德·苏拉瓦底在经历了二十四小时的绝食后变得十分憔悴，他在甘地的讲话结束后也进行了发言。这位加尔各答无可争议的穆斯林领袖请求在场的所有人与自己一道高呼"胜利属于印度"，以此正式让两个族群达成彻底的和解，让过去的恩恩怨怨从此一笔勾销。在他的带领下，三万个喉咙喊声震天，如同季风雨时天上的惊雷一般。

会后，两个人一同乘坐甘地的雪佛兰汽车在城中巡游。这一回，加尔各答的民众不再用诅咒和石块来迎接甘地的到来。在每一个街角，他们向甘地的汽车洒去带有玫瑰花瓣的水，并且感激地高呼："甘地，是你拯救了我们！"

浦那，1947 年 8 月 15 日

内陆城市浦那在孟买东南一百一十九英里，这里的人们在一处空停车场上所举行的庆祝仪式与新兴的印度自治领数以千计的其他地方没什么两样。仪式照例以升旗为主，然而，有一样东西却让浦那的仪式有别于绝大多数其他地方。缓缓升上被五百人包围在中间的旗杆上的，竟然不是独立印度的国旗。这是一面呈三角形的橙色旗帜，上面的图案有些经过简化，但一望即知那是让欧洲人闻风丧胆了整整十年之久的纳粹万字旗。

这个古老的徽章出现在浦那的橙色旗上的原因与希特勒第三帝国使用它的原因完全一样。它是雅利安的象征，早在第一批雅利安征服者来到次大陆时就把这个符号带到了印度。参加浦那庆祝仪式的所有人都是准纳粹性质的印度国民志愿服务团成员，就在四十八小时前，这个组织的某些成员还在卡拉奇策划和执行暗杀真纳和蒙巴顿的任务。他们是一群印度教的狂热分子，视自己为古代雅利安人的后代。

他们在一个问题上与身处次大陆另一端那位戴眼镜的先知有着共鸣。那就是，他们同样对印度的分裂感到痛心疾首。然而，这一点也正是他们与圣雄甘地以及他所代表的思想唯一具有的共同之处。

他们所隶属的这个组织总在做着重塑历史的梦想，即重新建立起一个西起恒河之源、东至缅甸东部、北起西藏、南抵科摩林角的大印度帝国。他们不但对甘地连同他的著作嗤之以鼻，而且视这位印度民族英雄为印度教的死敌。甘地带领印度走向独立的非暴力主义，在他们眼里简直就是瓦解印度各民族力量和斗志的懦夫哲学。在他们的思想里，根本没有穆斯林少数的一席之地，更不用说甘地所倡导的民族容忍了。他们认为自己作为印度教徒就应该是雅利安征服者的唯一继承人，从而也是次大陆当之无愧的主人。他们把穆斯林看作一伙篡逆之徒，也就是莫卧儿的后代。

有一点原因让他们最不能原谅印度这位上了年纪的领导人。这一年是莫罕达斯·甘地在自己一生中面临最残酷考验的一年，而这群人对他在这一点上的谴责，却不幸地成为甘地一生所遭到的最后一个残酷的讽刺。政治家中唯一反对印度分治的就是甘地，但他们竟然把印度分裂的责任一股脑地全部归结到甘地的头上。

在浦那的那个8月里的下午，站在这群人最前面的是一名名叫纳图拉姆·高德西的人。他是一名记者，1947年的夏天刚好年满三十七岁。他那胖嘟嘟的下巴很有欺骗性，让人误以为他还是一名稚气未脱的小伙子。他有一双与众不同的眼睛，不但很大而且还有些对视，目光幽怨同时又带有煽动性。他在安静时的样子似乎总在流露出一副反对的表情，他的嘴巴和鼻子拧得紧紧的，就好像闻到邻居身上的体味但又出于礼貌或克制而在强忍厌恶之色的样子。

然而，此时此刻，他所表现出来的不再是安静状态下的特征。早些时候，纳图拉姆·高德西在他担任编辑的《印度教民族报》首版表明了自己在印度独立日这天的感受。他把原本由他本人撰写每日社评的专栏版面开了天窗，然后在空白处周围围起象征哀悼的黑色边框。

他对支持他的人们说，印度所有地方为独立而举行的庆祝仪式都是"刻意在向人们隐瞒印度教徒被谋杀、绑架和强奸的事实"。

"印度横遭肢解，"他大喊道，"是在将数以百万的印度人推到备受煎熬的境地。"这样的结果是"国大党的杰作，特别是该党领袖甘地的杰作"。

讲话结束后，纳图拉姆·高德西带领他的五百名支持者向橙色的三角旗行礼致敬。他们将大拇指按在心脏的位置，手掌向下并与胸口呈九十度角，发誓"要为生我养我的祖国，随时做好牺牲的准备"。

与以往一样，纳图拉姆·高德西在背诵这些誓言时全身涌动着热血沸腾的豪迈感觉。他的一生，从参加学校考试到成人后所从事过的种种职业，全部都只能用"失败"二字来形容。后来，他成为极端主义的印度国民志愿服务团成员。在这个过程中，他潜心学习相关的教义，自学掌握了写作和演讲等技能，终于成为该组织中重要的活跃分子之一。此刻，他赋予了自己一项新的职责。他要作为一名复仇之神，为印度的复兴扫除一切敌人。在这件事情上，纳图拉姆·高德西第一次不再是一名失败者。

新德里，1947年8月15日

在后来的许多年里，人们对1947年8月15日这一天最深刻的印象之一，就是汹涌的人潮像海水般将这个新国家为庆祝独立而举行的所有仪式统统淹没。正式的升旗仪式于下午五点钟在新德里印度门附近的广场上举行，印度门是一座用砂岩砌成的巨大拱门，是为纪念在一战中为英帝国作战阵亡的九万名印度士兵而修建的。

路易斯·蒙巴顿和他的顾问们根据英国长期以来在印度举办各项盛典的经验，估计到场人数大约会是三万。但事实证明这个数字错得不是一星半点，实际来的人数比预想的不是多了三五千人，而是多出了五十万还不止。在这以前，印度首都出现过的任何盛况都完全无法与这一次的规模相提并论。

广场上的人海向四面八方延伸着，将旗杆边小小的观礼台完全吞没。在一名观众眼里，观礼台就像是"一只在不断掀起巨浪的海面上漂浮着的小筏子"。所有的东西——每一处围挡、每一个演奏台、精心布置的观众看台以及警戒绳——都在汹涌而至的人潮中不见了踪影。警察们眼看着人们踏过隔离带并将脚下的椅子踩得粉碎而无计可施。那位在黎明时分从查塔普尔村出发的农民兰吉特·拉尔在混乱中失去了方向，他原本以为只有在神圣的洗澡节前往恒河沐浴时才会出现如此壮观的人流。拉尔和妻子被周围的人挤得无法动弹，甚至想吃一口从村里带出来的薄饼也办不到，因为他们根本没有办法将手从身体两侧抬到嘴边。

蒙巴顿夫人的秘书伊丽莎白·科林斯和缪丽尔·沃森在五点刚过就到了现场。她们来前为庆典做了精心的打扮，都戴着崭新的白手套、身穿燕尾裙并且头戴鲜艳的皮帽。然而，眨眼之间她们就发现自己被困在了兴奋而又上身赤裸和充满汗臭的人群中。她们的双脚完全离地，在强大人流的裹挟下向前冲去。二人互相抓住对方，谁也顾不上歪斜的帽子和蓬乱不堪的裙子，唯一希望的就是能够保持身体的直立。在战争中始终陪同蒙巴顿夫人经历了所有危险的伊丽莎白平生第一次感到了害怕。她死死拽住缪丽尔的胳膊，气喘吁吁地喊道："我们会被踩死的！"

缪丽尔环顾着从各个方向把自己紧紧挤在中间的人群。"感谢上帝，"她略带欣慰地喃喃说道，"至少他们都没有穿着鞋子。"

时年十七岁的帕梅拉·蒙巴顿在自己父亲的两名部下陪同下来到广场上。他们用尽气力向木头搭制的观礼台挤去。从他们脚下到一百码开外全部是坐得密密麻麻的人，所有人都挤成一团，人与人之间连空气都装不下。

在观礼台上的尼赫鲁看到了她，于是大声让她从人头上跨过去。

"这怎么可能啊？"她也大声地喊叫着，"我穿着高跟鞋呢。"

"把鞋脱掉。"尼赫鲁说。

帕梅拉做梦也想不到要在这样的历史性场合做出如此失礼的举动。"哦，"她喘着气大叫道，"我可不能做这样的事情。"

"那就穿着吧，"尼赫鲁说，"直接从人们身上跨过来。他们不会怪你的。"

"啊，"帕梅拉回答说，"鞋跟会伤到他们呀。"

"别犯傻了，"尼赫鲁厉声说，"把鞋脱了跨过来。"

这位印度末任副王的女儿叹了口气，乖乖蹬掉鞋并把它们抓在手里，然后开始从"人毯"上向观礼台迈进。一路上被她踩到的印度人一边发出欢快的笑声，一边不是帮她稳住发抖的双腿就是扶着她的胳膊，还开心地用手指着她那双亮闪闪的鞋跟。

远处的地平线上突然出现了头戴鲜艳头巾的卫兵，紧接着，蒙巴顿夫妇乘坐的马车也进入了人们的视线。霎时间，人群迅速向前涌动，如同平静的水面突然掀起一股波浪。在观礼台上看着父母缓缓而行的帕梅拉见证到一个令人难以置信的场面。围坐在观礼台周围的人海里有数千名怀抱婴儿的妇女，她们为使自己的宝宝免受人流涌动所带来的巨大冲击而做出惊人的绝望举动。她们像扔皮球一样把婴儿扔到空中，在孩子落下来时把他们接住，然后再扔到空中。一时间，居然有数百个婴儿被此起彼伏地扔到空中。"我的上帝，"年轻的帕梅拉吃惊地把眼睛睁得大大的，同时在心中暗想，"天上这是在下婴儿雨呀！"

看到这样的场景，坐在马车上的蒙巴顿顿时意识到要按照原计划执行庆祝方案亲临现场参加升旗仪式已经毫无可能，此时的他甚至连走出马车也办不到。

"咱们直接把旗升起来吧，"他对尼赫鲁大声喊道，"乐队被冲散了根本无法奏乐。卫兵们也都动弹不得。"

尽管欢呼嘈杂的人声很大，观礼台上的人还是听清了蒙巴顿说的话。目送红白绿相间的自由印度国旗冉冉在旗杆上升起，维多利亚女王的曾孙笔直地站立在自己的马车上，并庄严敬礼。

当印度国旗升上人们的头顶时，五十万个喉咙顿时发出排山倒海般的欢呼吼声。在这充满喜悦的伟大瞬间，印度忘记了普拉西之战，忘记了1857年留下的仇恨，忘记了阿姆利则的大屠杀。在这一瞬间被遗忘的还有戒严令下的耻辱、手舞警棍的警察以及为争取印度独立而英勇就义的烈士们。人们将三百年来历经的无数艰辛坎坷完全抛诸脑后，尽情享受着这一瞬间带给他们的无穷喜悦。

甚至连老天似乎都要为这历史性的一幕添彩。当印度的新国旗就要升上杆顶时，天空中突然出现了一道彩虹。对于一个信奉天体决定命运的民族来说，彩虹的出现只能有一种解释，那就是天神显灵。最令人叫绝的是，彩虹中的绿、黄和靛蓝色的排列像极了迎风招展的印度国旗上的三道颜色所形成的完美曲线。当三色旗完全升上杆顶后，从观礼台周围不知名的人群中传出一个颤抖并带有神秘色彩的声音。

"上天如此清晰地为我们展示了它的意愿，"这个声音用印地语高声说道，"难道还有谁能够挡得住我们吗？"

路易斯和埃德温娜·蒙巴顿夫妇开始打道返回鲁琴斯宫，等待着他们的是人生中最不同寻常的经历。他们一生中从未看见过如此狂乱的人群，马车在沸腾的人海里高一脚低一脚地行走，就像是一只漂浮不定的救生筏。尼赫鲁也与蒙巴顿夫妇同车，他几乎完全是被他的同胞们扔到马车上来的。蒙巴顿暗想，这一切简直像"一百万人在搞一场大野餐，所有人一辈子都没有像现在这样快活过"。他忽然间明白过来，眼前这场自发、无法控制但又是发自内心的快乐大爆发远要比他原先计划的所有隆重而华丽的仪式更加能反映出这一天的意义。

蒙巴顿站在从四面八方向他挥动的手臂丛中，用双眼扫视着人群，他努力要望到人海的尽头。可他不得不放弃努力，他的视线所及之处，除了人潮还是人潮。

有三次，蒙巴顿和妻子把身体俯到车边将一名已经力竭不支眼看要倒下的妇女拉上车来，这三名女子所坐的后排的黑色皮椅可是专供英王和王后御用的。她们三人坐在那里，黑色的大眼睛里充满着好奇，咯咯笑着的嘴巴被纱丽的布边蒙在下面，她们与身边喜笑颜开的副王和副王夫人一道，身体在马车中颠簸起伏着。

这个光荣之日让路易斯和埃德温娜·蒙巴顿记忆最深刻的就是呐喊声，洪亮而且经久不衰的呐喊声。在印度的历史上，还没有哪个英国人有幸听到如此富有激情而又真心的喊声，而蒙巴顿在那天下午的新德里听到的正是这样的声音。它就像一串串惊雷，一遍又一遍地在人群中炸响，这意味着蒙巴顿所做的一切得到了印度民众的广泛认可。他站在摇摆不定的马车上，享受着来自印度人民的真诚拥戴，这样的拥戴是他的曾祖母以及她的其他后人们所不曾得到过的。"蒙巴顿万岁!"民众一遍又一遍地在呐喊,"万岁蒙巴顿!"

在距离新德里欢呼雀跃的人群六千英里以外的苏格兰高地,一辆政府汽车驶入了巴尔莫勒尔城堡的大院。车上唯一的乘客在下车后被引到书房,乔治六世已在那里等候他多时了。作为英国最后一任印度事务大臣,利斯托韦尔伯爵先是硬邦邦地鞠躬行礼,然后以庄重的口吻向英王报告,印度的权力移交已告完成。英王政权的实质无可挽回地发生了改变,乔治六世的任职中不再有印度皇帝的头衔。利斯托韦尔向他解释说,自己必须将国务办公室曾经作为徽章使用的各种古老印章交还乔治六世保存,这些东西都是昔日英国王室对印度帝国的宗主地位的象征。

他满怀愤怒地继续说道,可惜这些印章早已不复存在,有人在好几年前就把它们全放丢了。这位英王的末任印度事务大臣唯一能够留给王室的纪念品,就是礼节性的颔首和象征性伸出的空掌心。

黄昏降临了,漫扬在印度首都空气中的由上百万只脚踏起的滚滚尘埃也随之徐徐落下。好几千人仍然在继续穿街过巷,载歌载舞。在旧德里红堡的墙边,数千名庆祝的人群从一个巨大的户外嘉年华中蜂拥而过,这个嘉年华聚集着大批从事耍蛇、卖艺、算命、摔跤、吞剑和吹笛的人,还有跳舞的狗熊以及以尖锐物刺穿面颊的苦行僧。还有数千人从城中徒步走出,向着他们所来自的茫茫原野跋涉而行。那位从查塔普尔来的婆罗门农民兰吉特·拉尔就是这群人中的一员。让拉尔感到苦恼的是,原来拉他们来德里只收四安那的那位牛车夫居然坐地涨价,非要让他们出两个卢比才肯拉他们回家。他和家人不禁大嚷为独立花这么多钱实在不值,于是决定步行二十英里返回村子。

回到自己在鲁琴斯宫的私人居所,路易斯和埃德温娜·蒙巴顿终于有了独处的时间和空间,二人不由相拥而泣,任喜悦的泪水在脸上流淌。他们的人生就此完成了一个圆满的循环。这座在二十五年前让他们相知相爱的城市,如今又让他们分享到一场胜利,让他们感受到旁人难以体会的快乐心情。对于这位海军少将来说,尽管他曾体验过受降七十五万日军的巨大荣耀,但此时的感觉才是他人生中的快乐顶点。蒙巴顿心中暗暗对自己说,这就像是一场战争结束后的疯狂庆祝——但是这场战争的不同之处在于,它是"双方都是赢家的战争,是一场没有失败者的战争"。

*

第二天一早,一名来自新德里的访客按响了唐宁街10号的门铃。作为这里的主人,克莱门特·艾德礼没有理由不感到志得意满。英国在给予印度独立的同时不仅获得了如潮的好评,而且还得到了感激不尽的印度人的真挚友谊,这样的结果在六个月前是没有人预料得到的。一位杰出的印度人在将英国的此举与荷兰之于印度尼西亚以及法国之于印度支那的做法进行比较之后不禁感慨道:"我们对英国人民的勇气和政治智慧,除了景仰还是景仰。"

然而,路易斯·蒙巴顿却在此时派他的前任秘书乔治·埃布尔前去提醒艾德礼不要过于陶醉。埃布尔在艾德礼官邸的花园里对这位首相说,印度获取独立的方式既是本届政府也是临危负命担任末任印度副王的蒙巴顿的胜利。但在说到这里时,埃布尔把话锋一转,由开始时的赞美变成了警告:千万不要过早或是过于招摇地庆贺胜利,因为分治将不可避免地导致"最举世震惊的流血和复杂局面"。

艾德礼猛吸了一口手里的烟斗,难过地摇了摇头。他对于埃布尔关于唐宁街不举行盛大庆祝仪式和在声明中不做自我夸耀的提议表示同意。此时的他"完全没有了任何幻想"。他和他手下的人迄今为止所取得的成果无疑是重要的,但与此同时,他也十分清楚,现在到了付出代价的时候了,而这个代价将是"被我们丢在身后的印度掉入血海"。

潘多拉的盒子就要打开了。路易斯·蒙巴顿把目光放在手中的两个马尼拉信封上并略作停留。这两个信封里各装着一套次大陆的新版图以及十来页打字机打印出来的纸张。这些将是英国向印度下发的最后公文,同时也是自伊丽莎白一世在1599年赐予东印度公司皇家特许权以来，直至不到一个月前王室文书高颂"国王钦准"这一英印关系漫长锁链上的最后环节。然而，当下这两份公文就像是两块投入平静水面的巨石，其将掀起的波澜之迅速和剧烈，是此前的任何公文都无法比拟的。但它们同时又不可避免地成为英国首相在他的唐宁街花园里所预见到的大灾难的催化剂。

蒙巴顿将这两份文件分别递给尼赫鲁和巴基斯坦首相利雅卡特·阿里·汗，请二人各自到不同的房间里详细阅览，并且在两个小时后返回来召开联席会议。二人在回来时的满面怒容至少让蒙巴顿在一个问题上有了答案：西里尔·拉德克利夫在自己所做的费力不讨好的工作中保持了真正的中立，两个人看上去都同样怒不可遏。他们刚一落座，就向蒙巴顿报以愤怒的抗议。印度独立的庆祝活动自此宣告终止。

西里尔·拉德克利夫在给印度地图动手术时，完全是按照自己的想法去做的。除了在偶尔几个地方有例外的处理以外，他在对旁遮普和孟加拉所做的划界工作主要是以相关地域内大多数人口的宗教信仰为参考依据的。这样的结果正是每个人都能够预料得到的：技术上可行，但在实际操作上却是一场灾难。

以在孟加拉的划界为例，除非印巴谋求合作，否则将同时对双方的经济构成致命打击。这里种植的黄麻数量占全世界总产量的85%，但全归没有任何亚麻加工厂的巴基斯坦所有。印度不但亚麻加工厂多达上百家，而且还拥有将亚麻运往世界各地的加尔各答港，却又完全不出产黄麻。

旁遮普的边界走势让拉德克利夫颇感困惑，它起源于位于克什米尔边缘的一处人迹罕至的森林，这里是尤加河西侧的支流进入旁遮普的地方。这条边界尽可能跟随拉维河和萨特莱杰河，向南蜿蜒两百英里直至印度大沙漠的最北端。拉合尔据此被划在巴基斯坦一侧，阿姆利则连同金庙划给了印度。

拉德克利夫从一开始就注定要将印度最稠密的锡克人聚居地一分为二。尚武的锡克人在受到愤怒和复仇的心理驱使后，便成为旁遮普灾难的主要制造者。

拉德克利夫难得在一处地方没有贯彻他的人口多寡原则，结果却导致该地区爆发出激烈的矛盾。位于旁遮普最北端的古尔达斯布尔小城不幸成为这场冲突的中心。拉德克利夫在这个地方选择以拉维河道作为自然边界，由此将该城及其周边的穆斯林村庄划入印度的疆土，为的是避免使之成为巴基斯坦在印度的一块飞地。

这个决定让数百万巴基斯坦人永远不能原谅拉德克利夫。个中原因是，倘若拉德克利夫将古尔达斯布尔划给巴基斯坦，则真纳的国家将赢得的不仅仅是一个肮脏而又无足轻重的小城。因为一旦有了它，则那片诱人的山谷也就自然可以纳入巴基斯坦的版图，莫卧儿皇帝贾汗季在临死前仍在激昂地高呼着它的名字："克什米尔——举世无双的克什米尔。"

印度如果没有古尔达斯布尔就会失去进入克什米尔的通路，而克什米尔那位犹豫不决的印度教王公哈里·辛格也就很可能在别无选择的情况下加入巴基斯坦。就这样，完全是在无意甚至是漫不经心之间，拉德克利夫的手术刀让印度有了得到克什米尔的希望。

拉德克利夫正是因为对印度情况的不了解才被挑选成为印度分治的操刀人，此时，他正在自己的人生中最后一次凝望这片被他一分为二的土地。在卫兵的严密护送下，他就要踏上回家的旅程。被派去协助他的印度行政机构官员已经完成了最后一项任务，那就是排查有可能放在他飞机上的炸弹。这位英国法理学家从飞机的舷窗里望着从眼前一点点滑过的无垠的麦田和甘蔗地，不禁思绪万千，随着他手中的笔在地图上轻轻划过，它们的犁沟走势便永久性地被做出了改变，并且再也无法挽回。

拉德克利夫很清楚自己所画下的线条会产生什么样的痛苦和恐慌。然而，无论他怎样画，其结果都会带来巨大的苦难与悲痛。将旁遮普无情推向灾难的因素早在西里尔·拉德克利夫被召到印度之前就已长期存在。他就像知道旁遮普一年四季的永远循环一样知道自己做的事情将会造成的后果：可怕的流血、暴力和毁灭。并且，他还同样清楚地知道，自己将成为千夫所指的一切事端的罪魁祸首，从此永远背上骂名。

拉德克利夫的行李里装的是印度之行的纪念品，一对他在德里市场上购买的东方地毯，而真正的纪念品对于他来说则永远是精神上的。在他获命之初，尼赫鲁和真纳都同意听从他的决定并且竭尽所能予以执行。而现在，这两个人却斯文扫地，对他们认为失当的地方大加责骂，如此"暴脾气的反应"几乎要将原来所做的决定彻底推翻。

几天后，拉德克利夫回到他原来供职的律师楼，心力俱疲的他在面对众人的欢呼时只做了一件力所能及的事。他不屑地将原本属于他的两千英镑退了回去，这笔钱本是他在完成当代最复杂的疆界划分工作后所应得的劳务报酬。

在飞机下方的莽原上，一场不为拉德克利夫所见的、人类历史上规模最大的人口迁徙早已经开始。在风暴来临前，第一批先知先觉的无助的人们排成细细的长队沿着旁遮普的运河两岸、尘土飞扬的土路以及没有标志的小径蹒跚而行，他们时而翻越巨大的干线公路，时而穿过还没有收割的庄稼地。再过几个小时就要公布的拉德克利夫的报告，即将让这个早已蔓延着恐怖的省变得更加面目狰狞。原本为巴基斯坦的诞生而欢呼雀跃的穆斯林村民们，将发现自己的村庄归属了印度；而在另一些地方，还没有来得及结束欢庆的锡克人，将突然间意识到自己的家园并没有像自己想当然的那样成为印度的领土，于是不得不在仓皇间从自己耕种了多年的土地上逃向拉德克利夫划下的边界的另一侧。

不久后，拉德克利夫先前针对仓促行事所做的警告开始应验。在一些地方，运河系统的渠首部分归了这个国家，而保护这些渠道的堤坝却属于那个国家。边界线时常还会从一个村庄的中心位置穿过，致使本来就不大的村子里的这十来户人家属于印度，那十来户人家属于巴基斯坦。更有甚之的是，边界线偶尔竟将同一间屋子一劈两半，害得这间屋子前门开向印度，后窗外却是巴基斯坦。旁遮普的所有监狱最后都归属巴基斯坦，其唯一的精神病院也被做出同样的安排。

这一下，印度教和锡克教病人仿佛在突然间变得清醒异常，纷纷请求看守将他们转往印度，其理由是，如果留在巴基斯坦一定会被穆斯林们杀死。他们的请求遭到了拒绝。对于即将到来的危险,那些精神病院的医生还不如他们的病人们具有判断力。他们傲慢地告诉病人们"他们的恐惧只是想象出来的而已"。然而,事实证明,病人们的恐惧绝不是想象。

13

"我们的人民疯掉了"

旁遮普，1947年8月至9月

  这将是一场独一无二并且史无前例的大灾难，无人能够预见到它的惨烈，它在形式上也没有任何规律，其令人发指的野蛮程度更是让人百思不得其解。在长达六个星期的时间里，一股杀人躁狂症就像中世纪的大瘟疫一样席卷了整个印度北方。它如摧枯拉朽一般在每一个所到之处横加肆虐，任何角落都无从幸免。在这场快速的杀戮中丧命的印度人口数量，比美国人在第二次世界大战中作战四年的阵亡人数还要多出一倍。

  所有地方都在以多击少、以强凌弱。在新德里奥朗则布路的华美宅院里，在旧德里月光集市的银器店里，在阿姆利则的马哈拉贫民窟，在拉合尔典雅的市郊，在拉瓦尔品第的集市上，在白沙瓦的围城中，在商店里，在铺摊内，在土屋中，在村中的小巷里，在砖窑、工厂和田野，在火车站和茶房，世代比邻而居的人们怀着不共戴天的仇恨互相猛扑。这不是战争，也不是内战，更不是游击战。这是一场灾变，是一场突如其来的社会崩塌。一场冲突挑起另一场冲突，一次袭击引来另一次袭击，人们以血还血、以牙还牙，在谣言四起中草木皆兵，直到最后，如同慢动作播放的影像，一座建筑物在爆炸中轰然解体，支撑旁遮普社会的墙体接连垮塌。

  这场灾难是有其必然性的。此时的印度和巴基斯坦仿佛是两个刚刚出生的连体婴儿，而把他们连接在一起的就是旁遮普这颗毒瘤。拉德克利夫的手术刀虽然对这颗毒瘤动了刀，但却没有能够将里面影响两个连体婴儿的癌细胞挖出来。他所划的边界让五百万锡克和印度教徒留在旁遮普的巴基斯坦一方，而把超过五百万的穆斯林划给了印度一方。由于受到真纳和穆斯林联盟的挑唆，旁遮普的穆斯林渐渐相信，在意为圣洁之地的巴基斯坦，不应该存在身为印度教徒的放贷者、商店店主、地主以及性情暴烈的锡克财主。更何况现在国家独立了，这些人居然仍在打算收取租金、经营他们的商店和农庄。于是，一种简单的想法迅速在所有的穆斯林中传开：既然巴基斯坦是我们的了，那么印度和锡克教徒们的商店、农庄、房屋和工厂也都应该属于我们才对。而在边界线的另一侧，好战的锡克人则在磨刀霍霍，准备将他们的穆斯林邻居们赶走，从而让他们那些被拉德克利夫的手术刀留在巴基斯坦的兄弟们在回来后有田可种。

于是乎，印度教徒、锡克教徒和穆斯林之间开始以奇怪莫名的疯狂大打出手。印度人做事历来以铺张和讲排场而闻名，他们在旁遮普大屠杀中所制造的恐惧及其带给人们的苦难创伤，更是达到了登峰造极的地步。欧洲各民族间的屠杀手段是炸药、炮弹和精心设计的毒气室，而旁遮普的人们在毁灭对方时用的却是竹板、曲棍球杆、冰锥、刀具、高尔夫球杆、剑、锤、砖头以及锋利的指甲。他们之间的屠杀完全是自发和丧失理性的。就连他们的领袖们也被他们这种自然释放的情绪惊得目瞪口呆，于是不得不急忙试图对他们讲明道理和加以约束。但一切都是徒劳。当整个国家都陷入残暴的疯狂时，要在短时间内让人们回归理性是根本办不到的。

廓尔喀兵八营二连的阿特金斯上尉看着脚下的惨景不由得倒抽一口凉气，一个以前常常听说但从未相信过的比喻就活生生地展现在他的眼前。拉合尔的排水沟里流淌着的全部是红红的血水。美丽的东方巴黎变得处处凄惨凋零。所有街道上的印度教徒住宅都火光冲天，而穆斯林警察和军队只是站在一旁袖手旁观。到了夜里，进入这些房屋抢掠的歹徒们所发出的声响不由让阿特金斯联想起在木头缝里吱吱啃咬着的白蚁。在位于布拉甘萨酒店的指挥部，阿特金斯被一群快要崩溃的印度商人团团围住，他们愿意付给他一切，两千五百卢比、三千卢比、五千卢比，他们的女儿，他们妻子身上的首饰，只要他肯让他们坐上自己的吉普车逃离已经变成地狱的拉合尔。

在距此不远的阿姆利则，城市中的很大部分，也就是穆斯林居住的部分，只剩下了瓦砾和废墟，股股的浓烟扶摇着冲上天空，秃鹫盘旋在天空密切注视着已经倒塌的墙体，残垣断壁之间处处弥漫着腐尸的气味。类似的情景同样出现在旁遮普的所有地方。在莱亚尔普尔的一座纺织厂里，穆斯林工人向与自己命运同样悲惨的锡克工人发难，将他们所有人全部杀害。阿特金斯在这里见证了让任何人都难以置信的情景：整个灌溉渠被数百具印度和锡克教徒的尸体完全染成红色。

在西姆拉，蒙巴顿勋爵的新闻官的妻子菲伊·坎贝尔-约翰逊从统治者们曾经端坐品茗的塞西尔酒店阳台上惊恐地看到，骑在单车上的锡克人像是猎人在追杀狐狸一样，手舞短刀在商业中心追赶着四下逃窜的穆斯林。他们会来到上气不接下气的受害者身后，手起刀落砍下他们的头颅。另一名英国女子还看见一颗仍然扣着毡帽的穆斯林的头颅在街头滚动，而锡克杀手在疯狂追逐下一个目标时，一面挥舞着滴血的尖刀一面大叫："我要杀死更多人！我要杀死更多人！"

杀人的人可能是被杀者的朋友，也可能只是陌生人。十五年来，蒙哥马利集市上的锡克茶商尼让加·辛格每天都会为一位穆斯林皮匠冲上一壶阿萨姆茶。在一个八月的早晨，正当他在用小天平为这名穆斯林皮匠量取需要用的茶叶时，却突然抬眼发现自己这位昔日的客人正出于仇恨而扭曲着嘴脸，用手指着尼让加尖声高叫："杀了他，杀了他！"

十几名穆斯林流氓从小巷中冲出。其中一个人用刀将尼让加膝盖以下的腿砍下。他九十岁的老父和唯一的儿子在顷刻间就被杀死。他在失去知觉前最后看到的一幕，就是自己十八岁的女儿在恐惧的尖叫声中被相识十五年的老主顾用肩膀扛走。

在一些地方，没有一个村庄或是一处集市得以保全。所有地方的少数族群社区都遭到可怕的袭击。位于拉合尔到卡拉奇铁路线上的尤卡纳是一个穆斯林占统治地位的工业城市，身材矮壮的印度教海军退伍兵马丹拉尔·帕瓦正躲在自己的姨妈家里。他从窗户里看到城里的穆斯林在欢天喜地地唱歌跳舞，一面挥舞旗帜一面大叫着新编的口号："我们在笑声中得到了巴基斯坦，我们要在杀声中得到印度。"马丹拉尔痛恨穆斯林，他曾身穿带有国民志愿服务团黑色条纹标志的卡其制服恐吓过他们。而此时，感到恐怖的人变成了他自己。"我们大家都吓得要命，"他在心中暗想，"我们就像是等待宰杀的羔羊。"

与其他杀手相比，锡克人在自己的地盘上表现得最有组织，也最为凶猛。艾哈迈德·扎鲁拉是菲罗兹布尔附近一个小村庄里的住帐篷的穆斯林农民，他在某天晚上受到一伙锡克人的袭击。"我们知道自己会像老鼠一样被杀死，"他回忆说，"我们躲在床底下或是牛粪堆下。锡克人用斧子劈开屋门。我的左臂被子弹打中。我在努力保持站立的过程中看到我的妻子身中四枪，她的大腿和后背都在流血。我三岁的儿子被打中腹部，他没有哭喊，他倒在地上，不一会儿就死了。

"我拉着妻子和二儿子。我们丢下死去的孩子匍匐着爬到街上。我看到锡克人正在将从其他房屋中跑出来的穆斯林开枪打死，有几个锡克人还扛走女孩子。到处都在传来尖叫声、哭号声和怒吼声。锡克人跳向我，将我死去的妻子从我的怀中拖出。他们把我的二儿子杀死，把我丢在尘土中等死。我连哭的力气也没有，也掉不出一滴眼泪。我两眼干涸，就像在季候风来临前的信德省的河道一样。最后，我一头栽到地上，就什么也不知道了。"

在拉合尔以北的贸易城市谢赫布尔，所有的印度和锡克教徒悉数被赶入一个巨大的仓库，这里原本是该城银行储放作为借贷担保品的谷物用的。当所有人进入这座仓库后，穆斯林警察和从军队中逃跑出来的军人就开始用机枪对他们进行扫射。没有一个人活下来。

继续留下来为印度或是巴基斯坦军队效力的英国军官口中不断重复着一句话："这比我们在第二次世界大战中的所见所闻还要残酷。"

罗伯特·特朗布尔是纽约时报的一名资深记者，他记载道："我还从来没有对任何事情感到过震撼，就连塔拉瓦海滩上堆积如山的尸体对我来说也不过如此。但在今天的印度，流的血比下的雨还要多。我看到过的死人不计其数,但最糟糕的是,居然有比我看到过的死人还要多的印度人在死去时没了眼睛或手脚。被枪打死算是有福气的,而且这样的人数很少。男人、女人还有孩子们往往是被球棒或是石头殴打至死,或是在被打成重伤后血流干了才死的,而炎热的天气和漫天飞舞的苍蝇则让他们的死状更加可怖。"

两个互相为敌的种群看来是在比赛谁更加残酷。一名旁遮普边防军的英国军官就发现了四个穆斯林婴儿"在一个遭到锡克人袭击的村庄里,像乳猪一样被叉在烤肉扦上活活烧死"。另一名军官则看到一群被穆斯林暴徒割去乳房的印度教妇女,正在被驱赶到刑场等待处死。

在穆斯林控制的地区,穆斯林有时会让印度教徒在皈依伊斯兰教或是离开巴基斯坦两者之间做出选择。巴格·达斯是居住在莱亚尔普尔西部一个小村庄里的印度教农民,他与另外三百名印度教徒一道被押往邻村一个设在小池塘旁边的清真寺。他们在池塘里洗净双脚,然后进入清真寺,穆斯林们命令他们盘腿坐在地板上。接着,清真寺里的大毛拉开始朗读一段《古兰经》的经文。朗诵完毕后,他对这群印度教徒们说:"现在,你们可以做出选择了,是变成穆斯林而自由自在地生活还是甘愿做刀下之鬼。"

"我们选择了前者。"达斯承认。每位新皈依的人都被命以一个穆斯林的新名字,而且还要背诵一条《古兰经》里的经文。随后,他们便被带到清真寺的院子里,穆斯林们正在那里烧烤一头全牛。每名印度教徒都要走上前去吃一块牛肉。一贯食素的达斯突然感到一股"就要呕吐的强烈感觉",但他极力控制住了自己,因为他想,"如果不从命就会被他们杀死"。

他的一位婆罗门邻居表示要带上妻子和三个孩子回家去取结婚时用的盘子和叉子,以纪念这个庄重的时刻。他说了一堆好话,抓他们的穆斯林于是欣然同意了他的请求。"这位婆罗门在自己的家里藏了一把刀,"达斯记得,"当他们回到家后,他把这把刀取了出来。他割断了妻子和三个孩子的喉管,然后挥刀刺向自己。他们谁也没有回来吃那牛肉。"

这些人在攻击时并不完全出自对宗教的狂热,贪婪往往是隐藏在他们心底的另一大动机。宗教只是被他们借用的名义，邻居的土地、商铺和财富才是他们真正的目标。

锡克人萨达尔·普伦·辛格住在锡亚尔科特附近的一个村庄里，他比周围的人拥有更多的财富，因此也最为穆斯林所妒恨。他是一名放贷者。"我来自一个非常富有的家庭，"普伦·辛格自己说，"我有一个两层楼的大房子，前门用的是非常结实的铁门。村里所有人都知道我是最有钱的。许多穆斯林将首饰典当给我，我把这些首饰存放在一个大铁皮保险箱里。有一段时间，村里几乎每一个穆斯林都有首饰押在我这里。"

就在独立后的某一天早上，普伦·辛格看见一群手里拎着球杆、铁撬棍和短刀的穆斯林向自己家冲来。这里面的几乎每一个男性他都认识。曾几何时，他们都是自己的客户呢。"保险箱！保险箱！"这群人大叫着。

他们希望来个大丰收，普伦·辛格很清楚。然而，他的保险箱里装的并不仅仅是穆斯林们的首饰。那里面还有一把双管手枪和二十五发子弹。辛格打开保险箱，掏出手枪就跑上了二楼。他从一扇窗户换到另一扇窗户，对准外面砸他家铁门的穆斯林开枪，前后持续了一个小时的时间。在这个过程中，一件惊人的事情也正在楼下发生着。他的妻子眼见穆斯林随时要破门而入，于是把他们的六个女儿带到辛格的办公室里。她举起一大桶煤油把自己全身浇透。然后，一边在口中念念有词地乞求锡克教的古鲁那纳克的怜悯，一边要自己的女儿们效仿自己的做法，一切完毕后，她纵火点燃了自己的身体。

在楼上绝望战斗的丈夫为楼下传来的刺鼻气味感到奇怪。最终，当他仅剩下五发子弹时，暴徒们终于退却了。精疲力竭的辛格摇晃着走下楼梯。直到来到楼下，这位放贷者才反应过来自己闻到的气味是如何产生的。他的妻子和三个女儿横倒在打开的保险箱前，她们宁愿神圣地牺牲，也不愿落入穆斯林的手中受到玷污。

并非所有被从家中赶走的印度和锡克教徒都是富人。十四岁的古尔迪普·辛格是一位锡克佃农的儿子，他们的村子在拉合尔以北，住着五十个印度和锡克教徒以及六百个穆斯林。他与父母还有两头水牛和一头奶牛，同住在只有两个房间的家里。一天，他们的穆斯林邻居包围了他们的住处并向他们大声喊叫:"离开巴基斯坦,不然我们就把你们都杀死。"

他们跑到村里最有声望的锡克人家中。"穆斯林们手里拿着刀剑跟了过来,他们用铁长矛挑着油毛毡,准备把我们烧死。我们向他们扔砖头和石块,但仍然无法阻止他们点燃我们的房屋。他们抓住一名锡克人,在他的胡须上燃起了火。但即便这样,这名锡克人还是奋力用一块大砖头砸向一个穆斯林的头部并把他砸死。最后,他倒在地上,口中念着锡克教古鲁的名字死去。

"他们把人拖到外面,然后在街道上把他们杀死。我跑到房顶上,女人们都站在那里向下望着。她们知道若被抓住,自己会被强奸。一些人怀里还抱着婴儿。她们在房顶上烧起大火,一边给怀里的婴儿喂奶,一边为孩子的悲惨命运而哭泣。最后,她们先将孩子扔进火堆,然后自己也纵身跳了进去。"

"我实在没有勇气再看下去。"这位年轻的锡克人回忆说。他从房顶上跳下,趁着混乱和暗下来的天色爬到一棵树上,借助着树枝的掩护在上面整整藏了六个小时。

"因为尸体的燃烧,房子里发出一阵难闻的气味,"他接着回忆说,"我的母亲和父亲没有能够跑出来。我知道他们要么被杀,要么自己跳进了火堆。我看见有两个女孩子被掳走,她们没有叫喊,因为她们早就神志不清了。到了夜里,一切重新安静下来。我从树上溜下来,走进了房子。他们全死了,村里人除了我和那两个女孩外全被杀掉了。"

这位十四岁的锡克少年一整晚都待在满是死尸的房子里,吓得连哭都不敢。天亮了,他终于看清自己长这么大以来认识的所有邻居和朋友全部被烧成黑黑的炭状,他试图从尸丛中辨认出自己的父母,但根本做不到。他在地上看见一把满是血渍的刀子,于是拿它把自己从未剪过的头发割断,以使自己看上去像是一名穆斯林。最后,他终于逃出生天。

恐怖是不分族群的,在八月的那些日日夜夜里,旁遮普所经历的可怕灾祸几乎由两大族群完全平摊,他们彼此以眼还眼、以牙还牙,你杀人,我也杀人,你奸淫,我也奸淫,你残忍,我比你还要残忍。古尔迪普·辛格与穆罕默德·雅各布之间的唯一区别就是他们的宗教信仰。穆罕默德同样是一名十四岁的男孩，父母带着他和六个兄弟姐妹居住在印度境内靠近阿姆利则的地方。锡克人来的时候，他正在家门口玩石头，村边堆放的甘蔗垛让他逃过了死劫。

"那些锡克人将几个女人的乳房割下。别的女人吓得到处乱跑，"他回忆说，"一些村民自己动手将妻女杀掉，以免她们落入锡克人手中。锡克人用长矛刺穿我两个小弟弟的身体。我的父亲实在忍受不了这样的惨状，手里拿着剑像疯了一样四下乱跑。锡克人没有办法在开阔的地方把他抓住，于是放狗追他。父亲被狗咬住腿后，速度只好慢下来，结果被一拥而上的锡克人按倒在地。他们挥舞着刀，在我的父亲身上乱砍。他的头、手和腿全被剁了下来。最后，连身体也被他们喂了狗。"

穆罕默德的村子里共有五百名穆斯林，只有五十人幸运地逃过了屠杀，多亏有一支旁遮普边防军巡逻队的干预，才让他们活了下来。穆罕默德是家里唯一的幸存者，他"被廓尔喀兵开的卡车送到一个从来没有听说过的地方，领头的人告诉他这里是属于穆斯林的地方"。

这场浩劫给上千万的人民留下了永远无法抚平的创伤。旁遮普几乎没有哪一个家庭没有在这场丧心病狂的屠杀中失去亲人。在此以后的很多年里，旁遮普都将是一个记忆堆积的地方，它们一个比一个更惨痛、更辛酸。所有的回忆又同时是在说同一件事情，即一个民族从世代生息的地方突然被连根拔起，随即开始惊魂难定的逃亡之旅。桑特·辛格是一名锡克人，他对自己被赶离的土地有着特殊的情感。从某种意义上讲，那块土地是他用自己的鲜血买来的，而他的血则是在第一次世界大战中的加里波利海滩为英国人而流。英国人利用水利灌溉系统在拉合尔西南方的拉维河和萨特莱杰河之间开辟出大片田地，然后以奖励的形式把这里分配给桑特和其他数千名锡克退伍老兵。在长达十六年的时间里，桑特在自己的土地上辛勤耕种，并且娶妻生子，还盖起了有五间屋子的泥砖房，那不但令他感到骄傲，更是他安居乐业的生活写照。在独立的前两天，桑特·辛格雇佣的穆斯林雇工中有人将一份在该地区穆斯林中秘密流传的小册子交给了他。

"锡克教徒和印度教徒不再属于这块土地。一定要把他们赶出去。"

这个小册子上写着。三天后，穆斯林的攻击开始了。桑特·辛格和同村的两百名锡克同胞决定出逃。一位八十岁高龄的前陆军中士指派他和另外五个男人登上卡车负责护送村里的妇女。临行前，他来到自己曾经参与修建的锡克教寺庙。"我来时一无所有，走时同样一无所有。我唯一希望得到的就是你的保护。"他向那纳克大师乞求说。

就在他们来到一个名为伯瓦拉的村子外面时，大师的保护不再灵验。桑特·辛格的卡车汽油烧完了。

他还记得："天很黑。我们之前一直沿着铁路边缘向前开而没有走公路，以免被穆斯林看到。有人告诉我们他们在伯瓦拉村内设置了一个巨大的路障，并且正在那里屠杀所有他们看见的印度教徒和锡克教徒。我们甚至能够听到从黑暗中传来的呐喊和尖叫声，毕竟这个村子就在离我们几百码开外的地方。

"一个上了年纪的穆斯林看到了我们，然后一下子就跑入黑暗中。我们知道他一定是去报信的。接着我们便听到一阵嘈杂声向我们迫近。我们吓坏了。领头的人决定将所有女人开枪打死，我们不能允许她们遭到强奸而玷污名节。我们让她们分成三排坐在地上，把她们的眼睛蒙上，一个只有两个月大的婴儿正在母亲怀里吃奶。我们要她们一遍又一遍地背诵锡克教'神灵即真理'的祷词。

"我的妻子就坐在正中间。我的两个女儿、儿媳和两个孙女也在里面。我努力让自己不要望向她们。我有一支双管短枪，其他人用的分别是一支点三零三步枪，两把左轮手枪和一把斯坦冲锋枪。我用锡克教经书里的第五册经文来开解她们，经文是这样说的，'所有的事情都是神灵的意志，如果是你的时间到了，那你只能死亡'。我取出一块白手绢对其他人说，我会将手绢挥动三次同时从一数到三。数完三后，大家同时开枪射击。

"我挥第一下时口里高喊'一！'挥第二下时高喊'二！'在所有这个过程里，我都在心里祷告着'神灵，不要抛弃我'。我第三次将手举起，就在这时，我看到了远处的车灯。我把那灯光看成是对我祈祷的回应，于是我对大家说我们必须向来车寻求帮助。

"'万一车里的人是穆斯林怎么办?'老中士问道。

"'无论如何都要试一下。'我说。

"那是一辆军车。虽然车上的士兵全部是穆斯林,但军官是一个好人,他是一名少校。他说会救我们。我们亲吻了他的双脚。就这样,我们重新上路了。"

加尔各答,1947年8月17日

足足有十万人聚集在一起。他们从五点钟开始就在等他,纳里克尔登加广场上人山人海,周围的屋顶上也站满了人,室内的人们争相把身体伸出窗外,所有的阳台上都挤得插不进脚。涌动的人头看上去活像是密密麻麻的成熟果实,让为数不多的几条街道变成被压弯的树木枝丫。远在一千八百英里以外的旁遮普平原上,印度教徒和穆斯林正在互相狂虐地厮杀着,而这里的印度教徒和穆斯林却不分彼此地混杂在一起,等候着那位身材瘦小的老人的出现,正是因为有了他,这个全亚洲最凶残血腥的城市才得以免遭暴力之祸。

最终,当甘地羸弱的身影出现在被围得里三层外三层的小小祈祷台上时,一股神秘的能量迅速将人群搅动起来。看着激情四溢的人们在拼命宣泄着狂欢和喜悦,圣雄心里突然闪过一丝怀疑。一切显得有些过于美好了。

"每一个人都在为加尔各答所见证的奇迹而向我欢呼,"他说,"我们要感谢上天施予我们的莫大怜悯,但同时也不能忘记,在加尔各答一些比较封闭的地方,情况并非都是令人乐观的。"

他做的最重要的事情就是,请求自己的追随者们,无论是印度教徒还是穆斯林,与自己一道祈祷"加尔各答奇迹"不会"只是短暂的昙花一现"。

一个崇尚非暴力的手无寸铁之人在世界上最动荡的城市所取得的成就,却是五万五千名全副武装的职业军人在旁遮普远远无法企及的。即便是副王以及印度军队总司令十分关注，旁遮普边防军仍然在辖区内的种种暴行面前表现得六神无主。这样的情形是很好理解的。旁遮普有十二个地区都化作了火海，而其中有一些地区甚至比整个巴勒斯坦还要大，后者按照联合国决议于同年秋天与犹太人实现分治后，10万名英军也无法维持那里的秩序。旁遮普纵横交错的土路不适合坦克和卡车行进，所以最理想的兵种应该是骑兵，但在军队中曾经风光一时的骑兵早就不复存在了。

该省的行政管理已经完全瘫痪，边防军的任务于是就变得无限复杂。电报、邮件和电话说停就停。由印度人负责管理的半个旁遮普居住条件奇差，堂堂政府居然只得将一部电话和一个发报机安放在厕所里。

巴基斯坦的环境更加恶劣，这个新产生的国家混乱得濒临崩溃。真纳的槌球球具总算找到了，但还是有好多其他东西没了踪影。几百节装满物资准备前往这个新国家的火车皮有的失踪，有的被盗，还有的去错了地方。在卡拉奇，由于桌椅没有运到，政府工作人员不得不蹲在办公室前的人行道上操作打字机，这个世界上最大的伊斯兰国家的第一批官方文件就是这样产生的。他们在办公室里的上级们，则是坐在木箱和纸盒子上管理国家的。

经济糟糕得一塌糊涂。巴基斯坦的仓库里放满了兽皮、黄麻和棉花，但却没有制革厂、工厂或是纺织厂来加工它们。它出产的烟草占整个次大陆的1/4，却连一间能够让烟民抽上烟的火柴厂也没有。银行系统完全瘫痪，因为负责管理银行的印度教徒经理和职员们早就逃往了印度。

巴基斯坦在对旧印度军队的财物进行分配时，遭遇到印度人的阴险算计，后者看起来是故意要让巴基斯坦难以生存。根据分治协议，巴基斯坦理应分配到的军用物资有17万吨，但实际上得到的只有6000吨。装载属于它的武器装备的火车规定为300列，但真正到达的只有3列。一队巴基斯坦军官在打开车厢后发现里面装的竟是5000双鞋、5000支不能用的步枪、一批护士用的工作服，还有一些装着砖头和避孕用品的木头箱子。

这样的欺骗不但让巴基斯坦时刻怀恨在心，更令它相信自己的印度邻居随时要将自己扼杀在摇篮里。如此看问题的并不只是巴基斯坦。负责留下来监督军队物资分配的陆军元帅克劳德·奥金莱克爵士就向英国政府报告说:"我坚定地认为,当前的印度内阁将不遗余力地动用所有力量来阻止巴基斯坦自治领的成立。"

然而,巴基斯坦所面临的真正威胁并非印度方面的阴谋诡计。这个新兴的国家与其邻邦印度一样,正在被史上最大的移民潮所吞没。让旁遮普生灵惨遭涂炭的暴力活动正在产生着不可避免的后果,那就是,边界两边绝望的人们同时做出的举动。从旁遮普的一端到另一端,如惊弓之鸟般的人们带上所有能够带走的东西从家中仓皇逃出,他们或乘汽车,或骑单车,或坐火车,或骑毛驴,或坐牛车,或步行,哪里安全就往哪里跑。他们这样做的结果就是制造人口的互换,数量如此之大、密集程度如此之高的人口迁移是历史上绝无仅有的。当九月末这场运动达到顶峰时,行进在旁遮普的道路和田野里的人类数量高达五百万之多。总共有一千零五十万人离开了他们的家园,如果他们把手拉起来排成队,其长度可以从加尔各答一直到达纽约,他们当中的绝大多数人在逃难路上要花上三个月的时间。这一前无古人的数量是以色列在中东地区所制造难民数量的十倍,是"二战"后从东欧逃出人数的四倍。苦难的故事比比皆是,有一百万个难民,就有一百万个凄婉哀伤的经历。

在德里以北的印度城市卡尔纳尔,一个穆斯林在穆斯林居住地穿街走巷,一边敲鼓一边用乌尔都语进行着宣传,"为保护穆斯林族裔,运送大家前往巴基斯坦的火车已经来了"。短短一个小时之内,就有两万人离开家,跟随着鼓声赶往火车站。在印度小城格绍利,一名负责通风报信的人要求两千名穆斯林在二十四小时内弃家出走。翌日清晨,所有人都来到一个空场上集合,每个人除了身上所穿的衣服只准随身携带一条毯子。随后,这群可怜的人们便开始向着他们心中的希望之地徒步进发。

那个躲在自己姨妈家中暗想"我们是待宰羔羊"的马丹拉尔·帕瓦,坐在自己表兄的大客车里离开了。大客车里装着这个家庭所有能搬得动的东西:家具、衣服、钱、金子、湿婆神的画像,但家庭中最重要的成员也就是马丹拉尔的父亲却不在车上。他拒绝离开,因为他的星相家告诉他说,1947年8月20日并不是一个适宜出门的日子。尽管一位穆斯林朋友已经警告过他当天会有针对印度教徒的袭击,尽管烧杀事件早已经开始发生，他还是不肯离家，非要等到星相家给出确切适合出行的时间：8月23日上午九点半。

不受影响的人是不存在的。在格绍利以林利思戈夫人命名的结核病疗养院，穆斯林病人们被印度医生下达了驱逐令。他们当中的一些人只有一个肺；另一些人则正处于手术后的康复中，但印度人把他们全部赶到疗养院门口，然后叫他们步行前往巴基斯坦。在巴基斯坦，巴巴拉尔静修所的二十五名印度教僧人，被从他们毕生进行祈祷、思考、瑜伽和印度教学习的建筑物里轰了出来。他们全都身穿橙色长衫，由圣者斯瓦米·孙达尔骑着静修所里那匹神奇的白马领头走在前面，边走边齐声高唱梵歌，而在他们身后的静修所已经被一伙穆斯林暴徒放火烧成了平地。

对于绝大多数逃难者来说，他们最大的关心莫过于在离家前带出一两件值钱的财物。印度教徒阿代尔卡是来自蒙哥马利的一位殷实富商，他在腰带里藏了四万卢比"以贿赂沿途遇上要杀自己的穆斯林"。很多人，特别是富裕的印度教徒，都喜欢把毕生的积蓄换成珠宝或是金镯子。一名拉合尔郊外的印度教徒农庄主小心翼翼地将妻子所有的金银首饰包好，然后把它们丢下水井，他设想总有一天可以带个潜水员回去把财宝全捞出来。马提·达斯是拉瓦尔品第的一名印度教徒粮商，他把自己毕生积蓄的三万卢比和四十拖拉①金子放在一个小盒子里。为了确保不会把盒子弄丢，他把它绑在自己的手腕上。他这一招根本毫无意义，不出几天，一名穆斯林袭击者就为了抢走这个盒子而一刀把达斯的胳膊砍了下来。

家住旁遮普米安瓦里区的莱努·布劳恩拜是一个贫苦的印度教徒农民的妻子，她最值钱的财产没有办法挪动。这个财产就是她的牛。这个虔诚的印度教徒对于这头上了年纪的牲畜有一种特别的崇拜。她相信"穆斯林一定会把牛杀了吃掉"，于是决心把它放走。看着老牛那哀怨的眼神，莱努不由得心如刀绞，她决定为它再做最后一件事情。她取出红粉在它的前额上点了一个朱砂印来祝福它好运。

勒克瑙的阿丽娅·海德是一名家境富裕的穆斯林女孩，她是随母亲

---

① 拖拉，印度金银重量单位，相当于 11.7 克。——编者注

和姐姐乘飞机逃离的。尽管她们永世都不会再回来，但仍然被航空公司作为普通旅行者来对待，即每人随机行李不得超过二十千克。她永远不能忘记临行前的那个早上，一家人在厨房里用仆人们过去称米面的大秤来为家里最珍贵的财物称重时的情景。她的姐姐最终选的是自己出嫁时穿的金丝纱丽，她的母亲挑选的则是天鹅绒做的用来在祷告时垫在身下的小地毯，奇怪的是，地毯表面的装饰图案用的居然是以"大卫"命名的星星。阿丽娅拿的是一本《古兰经》，书的封面是由红木所制，上面还镶嵌着贝母。

印度教徒巴尔迪夫·拉吉是米扬瓦利附近的一位富农，他在出逃前想到的不是如何保护自己的财富，而是如何毁灭它们。想到自己逃跑后这些财富必定在劫难逃，拉吉和他的五个兄弟将保险箱里的东西拿到自家的屋顶。他可不打算"让我的这些钱落入那些懒惰的穆斯林手里"。他们将所有的纸币堆起来，然后一边放声号哭，一边点起让他们自己最不忍见也是最奇特的篝火：他们辛劳一辈子的积蓄就这样在火舌中化为了灰烬。

有些人在离开后还有回转的念头。艾哈迈德·阿巴斯是位于德里以北的帕尼帕特当地的一名穆斯林新闻记者，他自始至终都反对巴基斯坦，因此在逃亡的时候他选择的不是真纳所谓的希望之地，而是德里。在离家之前，阿巴斯的母亲在大门上挂了一块牌子。"此房为阿巴斯家所有，我家决定不去巴基斯坦，"牌子上写着，"我们全家暂赴德里，不日即返。"

漂亮的薇琪·努恩是巴基斯坦最重要的人物之一费罗兹·汗·努恩爵士的妻子，当时她住在库卢的度假屋，一名不知名的信使悄然出现在她的门前。这个地方离西姆拉不远，属于印度。

"他们今晚就会来你家。"信使对她说。此时她的丈夫已经在拉合尔了，他临走前把两把短枪和一支左轮手枪留给了她。她将两把短枪交给两名信得过的穆斯林仆人。她本人尽管一辈子也没有开过枪，但还是把左轮手枪藏在自己身上。天色渐渐暗了下来，她看见通向自家的山谷里火光冲天，那是印度暴徒正在纵火焚烧她的穆斯林邻居们的房屋。火蛇在缓缓地向她的房子逼近。这位年方二十二岁的女子，不断地想着她曾在山谷中遇到的两位美国人对她说的话。他们是一对皈依了佛教的夫妇，在他们的新信仰中有这样一句名言："世事无常。"十一点时，天空突然间下起了瓢泼大雨，山谷里的大火顿时熄灭了，她也因此而奇迹般获救。第二天一早，她就跑到一位密友的宫殿去了，这位密友就是曼迪土邦的印度王公。然而，这只是她暂时得到的喘息，这位漂亮的英国女子的历险故事才刚刚开始。

人们就这样在恐惧和痛苦、仇恨和敌意中纷纷开始逃亡，先是数万，后来是数十万，最终是数百万，旁遮普的条条公路和铁路上满眼都是风尘仆仆的人群。对于两个正在为生存而挣扎的新国家来说，这些人的到来无疑令它们的困境雪上加霜，大量围绕疫病、饥饿和安置等方方面面的问题足以让任何人精神崩溃。而且，他们还不可避免地成为在旁遮普蔓延着的恐怖、疯狂情绪的携带者，每到一处就会像细菌传播一样散布各种恐怖故事，从而制造出新一轮暴力活动并把更多无助的人们投入到逃难大军之中。这场大迁徙让旁遮普——这个地球上物产最富庶的地区之一，彻底改变了原有的面貌和特色。在许多当年莫卧儿们一手创造的号称伊斯兰仙境的地方，穆斯林已几乎宣告绝迹。在拉合尔，原有的六十万印度教徒和锡克教徒居民仅剩下不到一千人。到八月末时，随着暴力活动达到顶峰，拉合尔城中的维多利亚女王雕像下方被人放上了一个象征哀悼的黑色花环。这是一些不知名的人在逃离前所做的真情告白，它宣告了拉合尔之梦的破碎，同时也默默而辛辣地告诉人们：自由到来之初对旁遮普人意味着的是什么。

加尔各答，1947 年 8 月

这一次，等候他的人达到了五十万。"加尔各答奇迹"仍然在上演着。印度教徒和穆斯林亲密无间地站在一起，五十万张黑色的面庞将巨大的加尔各答操场变成了人的海洋，曾几何时，这里的绿野还是只供马球赛上的赛马和身穿白色法兰绒的板球手们独享的地方。即便是视野宏大的甘地本人，也难以想象得出如此空前的盛景。这个八月的日子正赶上穆斯林年历中非常重要的宰牲节，但前来参加他的晚祷会的人数却创下前所未有的纪录。

从黄昏时刻开始，数以万计的印度教徒和穆斯林们来到这位老人赖以栖居的残破院落，他们从废墟上残存的窗户中穿过，向他敬献鲜花和糖果，同时得到他的祝福。因为当天适逢周一，正好是甘地的静修日，他把一天中的很多时间花在了在来访者们的笔记本上写下感谢和祝福语上。在这个过程中，有数千名印度教徒和穆斯林正在街道上游行。他们高喊团结和友谊的口号，彼此交换香烟、点心和糖果，还在对方身上淋洒玫瑰花水。

当甘地最终来到大操场中央专为晚祷会搭建的平台上时，人群顿时欢声雷动。七点一到，甘地站起身来双手合十，用传统的印度礼仪向人们表示问候，他明显为眼前这片由仁爱与兄弟情谊交织而成的壮观场面所感动。随后，这位年迈的印度领袖打破了保持沉默的诺言，用印度穆斯林使用的乌尔都语用力高呼："宰牲节快乐！"

对于数十万旁遮普人来说，他们在这场大灾难来临时的第一反应就是冲向所在城市的火车站，因为那些用砖瓦建成的小房子所组成的建筑群，容易帮助人们重新集结和恢复秩序。多少年来，从站台上隆隆驶过的每列火车的名字都属于印度传奇的元素，更是英国在次大陆上最卓有成效的标志性成就之一。边境邮车、加尔各答—白沙瓦快车以及孟买—马德拉斯快车就像东方快车、西伯利亚大动脉和太平洋联合铁路线上的火车一样，不仅把整块大陆上的各个地方密切联系起来，还在铁路沿线播撒技术和进步的种子，从而造福一方。

此时，在 1947 年夏季之末，这些火车将变成数十万印度人逃离噩梦的最大希望，而对于其他数以万计的人来说，它们却是一口口滚动着的棺材。在那段可怕的日子里，每当有火车头出现，旁遮普的数十座火车站就会上演一模一样的疯狂场面。火车头就像乘风破浪的船首一头撞进挤满人群的站台，一些在拥挤中不幸被推下轨道的人，顿时被巨大的机器碾得血肉横飞。人们为了等车有时要花上几天的时间，不但没有食物和水，还要忍耐炎炎烈日的炙晒。鬼哭狼嚎的人们涌向每节车厢的门窗，把自己的身体和为数不多的物品硬塞进去，巨大的压力使车厢的两侧看上去像是鼓起来了一样。还有好几十人争相要抓住车厢的门扶手，他们站在车门口的台阶和车厢间的挂钩上，最后一动不动地就像是一群密密麻麻的苍蝇趴在一块方糖上。眼看没有扶手可抓了，好几百人便爬到车厢的圆顶上，然后小心翼翼地握住发烫的金属杆，很快，每一节车厢的顶部便站满了一排排的难民。

满载着苦难的火车启动了，车上，难民的吵闹声把汽笛声淹没，他们身上发出的汗臭味甚至比煤烟味还要强烈。前方等待着他们的也许是一块希望之地，但也许是死亡。

印度教徒尼哈尔·布兰比是一名学校教师，他和妻子带着六个子女连走上逃亡之路的机会也得不到。他们为离开他教了二十年书的巴基斯坦小镇，而在这个小城的火车站等了足足六个小时，终于，他们一家坐在车厢里好不容易听到了火车头发出的汽笛声。然而，在汽笛声中开走的只不过是火车头而已。火车头刚一驶离，一群连吼带叫的穆斯林手舞球棍和自制的长矛及短斧便从天而降。他们高喊着"安拉至上"等口号冲进车厢，狠命殴打每一个他们看到的人。有的人将一些无助的乘客从车窗中扔出去，让那些等在站台上的同党们一拥而上把人杀死。有几个印度教徒试图逃走，但被身穿绿衫的穆斯林从后赶上。穆斯林在一阵刀砍斧劈后，也不管他们是死是活，就把他们扔进车站前的一口水井里。车厢中，这位教师和他的老婆孩子们在恐惧中死死地抱成一团。穆斯林们一路冲杀进来，并且开始开枪。

"子弹打中了我的丈夫和我们唯一的儿子，"尼哈尔的妻子怎么也忘不了当时的惨状，"我的儿子哭喊着'水，水！'可我什么也给不了他。我哭喊着救命，但没有人理睬我。慢慢地，我的儿子停止了叫喊，眼睛永远地合上了。我的丈夫一言不发，鲜血从他的头上汩汩流出。突然间，他两腿狂蹬了几下，便再没了声息。我使劲晃动他们的身体，要把他们摇醒，但他们谁也没有任何反应。

"我的女儿紧抓着我，死死揪住我的纱丽不放。穆斯林把我们扔出车厢，他们把我三个最大的女儿掳走。他们打我大女儿的头。她伸出手向我哭叫着'妈妈，妈妈'，可我却动也动不了。

"过了一阵，穆斯林将我丈夫和儿子的尸体从火车上抬下来，然后扔到井里。这就是他们的结局。我一下子疯了。我发了狂地大声喊叫,全然没有了任何知觉,甚至不记得还有两个活下来的孩子,完全形同一个死人一样。"

那列火车里总共有两千人,像教师妻子那样活下来的不过百人,他们要继续向着旁遮普的另一端去完成未竟的可怕之旅。

等着要在星相师认为吉利的日子才逃走的印度教徒卡什米利·拉尔,直到在一列火车上惨遭厄运才发现所谓星相是一门多么不靠谱的学问。就在这列开得慢悠悠的火车离印度边境还剩下十四英里时,一伙穆斯林爬了上来。其中一部分人在隔壁车厢里专找妇女下手,将她们脚踝、手腕、胳膊和鼻子上的金镯子和金鼻环抢去。有五六个人还将年轻些的女子扔出窗外,然后自己也跟着纵身跳出去。

剩下的人全部来到拉尔所在的车厢。他们当中有一人手持利剑,向坐在拉尔对面的一位妇人的头部砍去。在一个奇怪的瞬间,这位妇人的头颅与她的肩膀仅仅依靠一点点残存的肌腱还连在一起,就像坏了的公仔玩具,脑袋向下耷拉着,原本坐在她腿上的小女孩看着她奇怪的样子居然咧开小嘴笑个不停。他赶紧扑倒在地,钻进同行乘客的尸体堆中。就在即将失去知觉的一刹那,他突然有一种非常异样的感觉:一名穆斯林歹徒正在把他穿在脚上的鞋扒走。

在几节以外的车厢里,香料商人达尼·兰在火车遭到第一波攻击时迅速地把妻子和四个孩子按倒在地。在他们身上同样横七竖八地躺着一堆非死即伤的人。这些人的血从兰的身边流过时,他突然有了一个拯救自己和孩子们的想法。他把手伸进垂死的同座乘客们的伤口,然后把他们的血涂在自己和孩子们的脸上,这样一来,攻击者就会以为他们是死人而不加留意了。

随着向两个相反方向逃亡的人越来越多,一火车一火车的难民就成为边境两边的暴徒们大肆攻击的黄金目标。他们无论是在车站候车还是置身于开阔的乡村,都会遭到伏击。成群结队的攻击者们还破坏铁轨,使难民乘坐的火车在自己眼前出轨倾覆。他们还派出同伙潜入车厢,在他们事先选择好的地点拉起紧急制动闸。火车司机在被收买或胁迫后,把车上的乘客们送入对方的伏击圈。在边境的两端，男人的生殖器成为他们能否活命的关键依据，这句话绝无半点夸张。在印度，锡克教徒和印度教徒在爬上遭到他们伏击的火车后，便将所有施过割礼的男子全部杀死。而在巴基斯坦，穆斯林们则追赶火车，对未施割礼的男子大开杀戒。

在一段长达四到五天的时间里，没有一列火车在到达拉合尔或阿姆利则时不是满车人非死即伤的。阿斯维尼·杜贝是一名印度军队的上校，他在独立日当天看着自己国家的旗帜升上食堂的上空，想着自己长期被英国上司羞辱的怨气终于可以一扫而空，不禁欣喜若狂，然而，他作为一名驻拉合尔的印度联络官，却见证了获得自由所付出的代价。一列载满死伤者的火车驶入拉合尔火车站，当车停稳后，从每节死寂的车厢门缝里流淌出的浓浓血水像断了线的珠子流到铁轨上，"就像盛夏时节的冷冻车厢在向外滴水那样"。

当年秋天，在许多其他地方，锡克武装组织之间争相标榜各自所发动袭击的规模和残酷程度，他们的邪恶暴行让这个伟大民族的荣誉受到玷污。有一次，他们在阿姆利则伏击完一列火车之后，又假扮成援救者重新回到火车上从头到尾进行察看，最后将所有躲过第一波屠杀的幸存者全部杀害。玛格丽特·伯克-怀特是供职于《生活》杂志的一名伟大的摄影师，她仍记得在阿姆利则火车站看到的这样一伙锡克人，"他们留着令人敬重的长须，头上包着象征阿卡利派的湛蓝色头巾，跷起二郎腿坐在站台的边缘"。每人"在膝盖上横放着一把长长的弯刀——静静地等待着下一列火车的到来"。

虽然火车上有武装卫兵在保护，但他们往往会因为袭击者与自己来自同一社区而不愿向他们开枪。尽管如此，英雄人物还是不乏其人。艾哈迈德·扎合尔是一名铁路工人，当他发现自己的火车在距离巴基斯坦还有六十英里的地方突然放慢速度后，便悄悄爬进火车头。他看见有两个锡克人正在把一沓卢比塞给开火车的印度司机，让他在阿姆利则站停车。魂飞魄散的扎合尔赶快溜回到车厢，向护送火车的英国中尉报告自己所看到的一切。这位年轻的军官随即带上两名士兵爬上列车车顶，快速向车头扑去，那情景活像西线铁路上抢邮车的匪徒。这位英国人用左轮枪指着司机要求他加速，但司机的反应却是猛然拉动刹车杆，于是英国人用枪柄把司机砸倒在地。他让士兵绑住司机，自己走上前去驾驶火车。几分钟后，扎合尔和车上的三千名穆斯林乘客便看到了非凡的一幕。年轻的英国人脚踩踏板，火车拉响汽笛，以每小时六十英里的速度呼啸着冲过阿姆利则站，让手握寒光闪闪的刀剑等在站台上的锡克暴徒们目瞪口呆。在平安到达巴基斯坦后，火车上得救的穆斯林们将一只花环戴在英国人的脖子上。这只花环并不是用传统的万寿菊做成的，而是用一张张纸币串起来的。

没有哪列火车能够太平无事。副王在西姆拉行宫的数百名穆斯林仆人乘坐火车前往德里，当来到索尼帕特车站时，火车在一声突如其来的放焰火般的爆炸声中停了下来。几百名锡克人冲上火车，对曾经一同为帝国效力的穆斯林挥刀相向。伊斯梅勋爵的女儿萨拉·伊斯梅和自己的未婚夫、蒙巴顿勋爵的副官之———温提·博蒙特上尉刚好也在这趟列车里。他们拿出两支手枪在车厢里严阵以待。在他们脚边的行李箱下还躲着另外一个人，他是因为情况险恶而受邀至此的，这个人就是他们的穆斯林挑夫——阿卜杜勒·哈米德。

两名穿着光鲜、讲话得体的印度人打开了车厢门，要求进来搜查与他们随行的穆斯林。在他们说话时，藏在行李下的挑夫浑身哆嗦得像筛糠一样，压在他身上的行李箱不由得晃动起来。

"你们再向前走一步，就休想活着出去。"萨拉用手里的史密斯韦森左轮手枪指着两名印度教徒喝道。就这样，阿卜杜勒·哈米德成为唯一活着到达德里的穆斯林。

在以后的许多年里，那些死亡列车的故事始终是旁遮普恐怖传奇中挥之不去的组成部分，它们被汇集在一起，一个比一个更加令人发指。理查德·费舍是美国履带拖拉机公司的代表，他所经历的一个死亡列车故事，让他一生都生活在无比的压抑中。他乘坐的火车是在基达和拉合尔正中间的地方被穆斯林截住的。一伙穆斯林从车头冲到车尾，只要搜出锡克人就把他们扔到车窗外面，另一伙穆斯林则等在站台上，用一种奇特的球棒（三英尺长，其中一端被弯成半月形）把每一个受害者活活打死。这位来自中西部的美国人在惊骇中看到，共有十三名锡克人被扔下车，他们被打得骨血飞溅，在凄厉的惨叫声中死去。那些打完人的穆斯林似乎仍然意犹未尽，站在尸丛中挥舞着血淋淋的球棒问车里的同伙还有没有更多的目标。火车重新开出，将十三具锡克人尸体甩在身后，费舍直到最后才弄清楚穆斯林用来毁灭人命的武器是什么，它们全部是曲棍球杆。

他的吃惊并没有就此结束，在拉合尔车站，还将出现一个令他异常诧异的现象。在尸陈遍地的站台上，他在混乱中赫然看见一个感觉怪怪的告示牌，旁遮普所有的火车站里都有类似的张贴物，它不禁令人回想起这个素以"秩序和繁荣典范"而闻名的五河之省在昔日里的好时光。

"站长办公室里有专门为旅客提供的投诉簿，"那上面的文字写着，"任何旅客愿意就旅途过程中所得到的服务质量提出意见，均敬请使用。"

加尔各答，1947年8月

这一次，等候他的人有将近一百万。在旁遮普陷入疯狂之中的那半个月时间里，前来参加甘地每天例行的晚祷会的人数一天比一天多，在他们的行动的感召下，这个野蛮之城变成了和平和仁爱的绿洲。世界上生活最悲惨的城市居民通过这个柔弱的老人得到了爱的信息，从而化解了彼此间世世代代的仇怨。加尔各答的神奇仍在上演，这座城市，用《纽约时报》的话说，"是全印度的奇迹"。

甘地的谦逊永远是发自骨髓的，他拒绝享受这一殊荣。"我们不过是神灵手中的玩具而已，"他在纸上写道，"他要我们随着他的节拍而起舞。"然而，来自德里的一封信却让这位虚怀若谷的恺撒得到了他应有的荣誉。"在旁遮普，我们有五万五千名军人，却难挡大规模的骚乱。"路易斯·蒙巴顿在给他的"伤心小麻雀"的信中写道。

"在孟加拉，我们只有一支一个人的军队，但骚乱却无影无踪。"作为一名军队统帅和行政首脑，这位末任副王谦恭地要求"请允许我向我的一人边防军致敬"。

旁遮普，1947年8月

两个男人并排坐在敞篷轿车里。为反抗英国统治而历经了三十年的风风雨雨，巴基斯坦和印度的两位新任总理完全有资格以胜利者的姿态在喜庆中接受爱戴他们的民众的夹道欢呼。然而，此时的贾瓦哈拉尔·尼赫鲁和利雅卡特·阿里·汗却是在一片死寂的气氛里穿行于满目的恐怖和苦难之中，他们的同胞以各种表情望着他们，但唯独没有了初获自由时的那份感激。这是两个人第二次巡视旁遮普，他们努力要为这个陷入混乱的地方找到恢复秩序的良方。

他们对所有事情都失去了控制。警察瘫痪了。军队虽然保持忠诚，却没了正义，对暴力行为置之不理甚至还积极参与，让行政机关的作用不复存在。此时，随着他们的汽车加速经过一个又一个被毁灭掉的村庄，一块又一块无人收割的庄稼地，一群又一群满面愁容而又默不作声的难民，印度和锡克教徒在东，穆斯林在西。"两位领袖，"据一名副官在笔记中写道，"几乎要把整个人缩进后排的座椅里，因为如此巨大的苦难就快要让他们的神经崩溃了。"

最终，尼赫鲁率先打破了令人压抑的沉默。"分治究竟带给了我们什么，"他半是自言自语地对利雅卡特说，"我们在同意分治的时候从来没有预见到会有这样的事情发生。我们一直都是兄弟。怎么会出现这样的事情呢？"

"我们的人民疯掉了。"利雅卡特回答说。

突然间，从难民的队伍里冲出一个人，并向他们的汽车跑过来。这是一个男性印度教徒，他的脸痛苦地扭曲着，身体也在痛哭中剧烈地抽搐着。他认出了尼赫鲁。尼赫鲁是个大人物，是从德里来的大官，找他一定有用。这位不知名的印度教徒一把鼻涕一把泪，扭曲的手指在空中狂抓乱舞，他乞求尼赫鲁一定要救救自己。就在沿着这条路再往前走三英里的地方，他和其他一些印度教徒难民在甘蔗地里时被一伙穆斯林暴徒发现，结果，他才十岁大的女儿让他们掳去了。他只有这一个孩子，把她看作自己的命根子，他向尼赫鲁哭喊着，他爱她胜过一切。"帮我把她找回来吧，求你了，快让她回来吧。"

此时，瘫坐在座椅里的尼赫鲁已经完全没有体力坐直身体，他在事后对自己的助手说，如此直接地面对数量如此多的印度同胞所遭受的巨大苦难，让他身心交瘁到了无以复加的程度。作为三亿人民的首相，看着眼前这位痛哭流涕请求自己把宝贝女儿找回来的男子，他居然无能为力。尼赫鲁强忍着内心的剧痛，俯过身去用手抱住这名男子的头，身边的护卫过来轻轻把这位悲痛欲绝的父亲从移动的车前拉开。

当天晚上，尼赫鲁无法入睡，白天的经历仍然让他震撼不已。他在自己下榻的拉合尔住所里来回踱步长达几个小时，一边思考一边承受着内心的煎熬。他的人民在突然之间所爆发出来的残暴令他震惊。对此，表面和气的政敌帕特尔在稍早前的会议上只是耸耸肩膀，用轻描淡写的语气说"哦，这种事情可避免不了"。尼赫鲁无法有这样的轻松感，席卷旁遮普的仇恨让他的每一根神经都感到深恶痛绝。他要毫不胆怯地阻止这一切，甚至冒着失去印度教同胞支持的风险也在所不惜。

但问题是他不知道该从何下手。让旁遮普为之天摇地动的大灾难，是他此生想也想不到的巨大困难。在一些特定问题的处理上，他本能地表现出自己急躁和冲动的脾气。那天下午，他得知阿姆利则附近一个村庄里的锡克村民正计划屠杀同村的穆斯林邻居，于是命人把锡克领袖们叫到一棵大榕树下来见他。

"我听说你们要在今晚屠杀自己的穆斯林邻居们，"他对他们说，"如果你们敢动他们一根头发，我会在明天一早把你们押回到此地，然后亲自命令卫兵把你们统统枪毙。"

尼赫鲁面临的难题是怎样将对个体事件的高效处理运用到对全世界第二大国家的管理上，而这个国家在目前所处的困境是任何其他新兴国家所不曾遇到过的。忧心忡忡而又精疲力竭的尼赫鲁在深夜两点半钟叫醒副官，让他通过无线电与德里联系以了解最新的情况。在听到一连串坏消息后，有一则消息让他顿感欣慰。那位在分治问题上被他遗弃的年迈领袖，仍然在继续着他的奇迹。加尔各答平安无事。

一声尖利的口哨响起,六名印度教徒突然出现在正在大街上安然行走的两名穆斯林中年男人的身后。这两人下意识地开始逃跑,却逃无可逃。这些二十不到的印度教徒挥拳将他们打翻在地,口中不断高叫着"穆斯林、穆斯林"。两个吓得半死的男人指天画地发誓自己是印度教徒,慌不迭地报着自己的印度姓名和所住的印度教徒社区。在攻击他们的人中,为首的是萨尼尔·罗伊,这名年方十七岁的学生要求看到更直接的证据。他将两人身上穿的腰布揭开,赫然发现他们身体上信仰穆罕默德的标志:他们都施过割礼。

其中一名少年将一条毛巾扔到他们头上,另一名少年则用绳子绑住他们的双臂。随着越来越多手舞球棒、刀子和铁棍的人加入进来,两个可怜的穆斯林被押着走在街上,那些年轻得可以做他们儿子的少年吼叫着要他们的命。他们在赴难之路上走了两百码,最后在一条河的巨大拐弯处停了下来。

"若是在平时,"那名十七岁的头领大声宣布,"我们是不会让穆斯林的血来污染我们的圣河的。许多虔诚的印度教徒在河流两岸做礼拜,还有一些妇女们正在河里洗澡。"

他们将两位受害者推到齐腰深的河水里。一条铁撬棍从空中挥过,砸在第一位呜咽不止的穆斯林头部。随着一声闷响,这个可怜的人头颅开裂,应声栽入水中,在他的头部徐徐沉入水底时,河面上出现了一个红色的圆圈。

另一个人苦苦挣扎着。"刚才打第一个人的那个男孩猛打他的头,"领头的男孩回忆说,"小孩子们朝他的脸上扔砖头。有一个人用刀子扎向他的颈部,以确定他是真的死掉了。"

在现场周围有一些正在做礼拜的印度教徒,谋杀距离他们仅仅咫尺之遥,但虔诚的他们却丝毫不为所动。罗伊将两具死尸踢向河的中央,好让它们被河水带走。尸体最终消失了,从尸体中流出来的血也与胡格利河的泥水相混合,渐渐辨不清了颜色。最后,行凶者们三次齐声高呼:"迦梨女神万岁!"

1947年8月31日清晨,在经过十六个神奇的日子后,病毒终于侵入了这座恐怖的夜之城,加尔各答的宁静终于被打破了。与其他地方一样,一火车一火车从旁遮普来的难民带来一个比一个悲惨的故事,病毒的传播就这样一发而不可收。导火线是一个从未得到过证实的谣言,说的是关于一个印度教男孩在有轨电车上被穆斯林活活打死的事情。

那天晚上十点,一群激进的年轻印度教徒闯入希达里大宅的院子,要求见甘地。此时,甘地躺在忠诚的马努和自己另一个曾侄女阿巴之间的草席上睡得正香。这伙人把一名扎着绷带已经晕过去的年轻人推到前面,说他是被穆斯林打的,然后开始高叫口号并向房子里扔石块。马努和阿巴被嘈杂声惊醒了,她俩迅速冲向阳台,试图平息众人。一切都无济于事。众人将甘地的支持者推开,一窝蜂涌入到房子里面。喧闹的声音终于把甘地吵醒了,他站到了众人面前。"你们这是要做什么?"他问道,"我在这里呢。"

这一回,他的话音被杂乱的吵闹声完全覆盖了。两个穆斯林突然从对面的人群中窜出,冲到甘地的背后一屁股蹲下来,他们当中有一个人遭到过殴打,浑身是血。一只砸向他们的酒杯紧接着飞出,酒杯擦着甘地的头部飞过,打在他身后的墙上并摔得粉碎。

正在此时,接报而来的警察到了房前,原来,甘地的其中一位支持者因担心他的安全而早早地悄悄报了警。气得浑身发抖的甘地回到草垫上,再也无法入睡。"所谓的加尔各答奇迹,"他评价说,"不过维持了九天而已。"

第二天,甘地对加尔各答保持和平的残存幻想终于完全破灭。正午后不久,一系列针对穆斯林贫民窟的袭击开始了,而住在里面的穆斯林,正是因为受到了甘地创造的奇迹的鼓舞才于不久前返回家中。大多数情况下,领头发动袭击的人都是国民志愿服务团的激进成员,早在独立日当天,在浦那向着橙色的万字旗发誓的,正是这个印度教的极端组织。在贝利亚加塔路距离甘地的住所仅仅几百码的地方,有人将两枚手榴弹扔进一辆正满载自己的穆斯林邻居要逃跑的卡车里。

甘地闻讯立刻赶到现场,那里的情景让他悲痛万分。两名被炸死的人都是身上仅仅穿着破布片的做日工的人。他们睁着双眼,倒在黏稠的血泊里，大群的苍蝇在他们的伤口上来回爬动着。一枚四安那硬币从当中一个人穿的布片里滚了出来，在他身边的人行道上闪闪发光。驻足察看的甘地，在如此冷血的屠杀面前不由得精神有些恍惚。他对这一切厌恶到了极点，当晚连饭也不吃。他退而陷入忧郁的沉思。"我在祈祷光明，"他说，"我要到内心深处去寻找。在这种情况下，我需要的是安静。"

那天晚上，在简单散过步后，他坐到自己的草垫上开始起草一份公开宣言。他已经找到了一直在苦苦寻求的答案。他在这份文件上所做的决定是不可更改的。为让加尔各答重新恢复理智，已经七十八岁高龄的甘地决心绝食至死。

甘地为让加尔各答重归理性而使用的武器是极其反常的，因为这个国家在几百年来一直将受饿至死看作长期被神憎鬼厌所遭到的报应。然而，这样的做法在印度却是古已有之的。印度教最早的圣人说过的——"如果你这样做，我唯有一死"——长期以来一直是对执迷不悟之人的最好劝诫。在1947年的印度，农民仍然会坐在放贷者的门前绝食，以求得同情而宽限债期。放贷者同样也会以绝食来迫使借贷者履行契约。甘地的天才之处在于将原本是个人之间解决问题的技巧升华到了更高级的对民族问题的处理上。

这位足智多谋的小老头儿让绝食成为一个手无寸铁而又极度贫困的民族最有力的武器。因为绝食产生的紧迫感能够迫使对手不得不面对问题，所以，每当甘地遇到不可逾越的困难时就会祭出他的这道撒手锏。

他的一生通过绝食而赢得的胜利不胜枚举。他有过十六次由于各种原因而公开拒绝进食的记录。有两次绝食的时间长达二十一天，差点进了鬼门关。无论是在南非为了种族公平，还是在印度为了印度教徒和穆斯林之间的团结、结束贱民制度的苦难以及加速英国人的撤离，甘地的绝食让全世界数以亿计的人们为之动容。它和他的竹板、腰布还有他的光头一样，成为他公众形象的一部分。这个国家有多达95%的国民不识字、收听不到收音机，但却仍然能够了解到甘地的一举一动，每当他受到死神的威胁时，人民就会罕有而又本能地团结在一起。

对于甘地来说，绝食首先是另一种祈祷的形式，是让精神控制肉体的绝佳方法。就像禁欲一样，它是一个人要在精神上取得进步所必需的元素。"我相信，"他强调说，"加强灵魂的力量只有借助于加大对肉体的控制力。我们太容易就忘记了食物并不是用来取悦味觉的，它不过是在让被我们奴役的身体能够存活下去而已。"在他个人看来，绝食可以更好地帮助他实现不断修行的目的。

自愿在公众面前绝食的甘地，将之变成了非暴力武器库中最具威力的武器，而他本人则是这个世界上最善于使用这一武器的专家。甘地认为，发动绝食必须有一定的先决条件。如果绝食者的敌人丝毫没有爱和关怀的情感，那么绝食也就成为毫无意义的行动。布痕瓦尔德的犹太人囚徒若以绝食来对抗纳粹党卫军势必属徒劳之举，更不符合甘地的理论。印度若是落在希特勒手里，甘地坦承，绝食就不再会是什么有用的武器了。

绝食可以让问题得到至关重要的解决时间。它的巨大威慑力迫使人们的思想从原先的惯性紧张中跳出来，从而可以认真面对新出现的概念。为让一场政治绝食更加有效，绝食活动必须在公众面前进行。这个武器不能轻易使用，而且必须慎之又慎，这是因为过于频繁的绝食行为只会沦为周围人的笑柄。

甘地采取的公开绝食方法有两种。第一种也是最激烈的一种，即绝食"至死"，他以此表明不达目的誓不罢休的决心。第二种是给自己设定一个固定的期限，它可以是一种自我修行的形式，也可以是为支持者犯了错误而进行的自我责罚，甘地以此要求追随者们服从自己制定的纪律。

绝食活动要遵循严格的规定。甘地只喝混有微量苏打的水。有时，在绝食活动开始之前，他规定自己的追随者可以在水里加一些甜橙汁或柠檬汁，以便喝起来更有味道。他在一些特定的环境下，对水的味道会感到恶心。在1924年他的第一次为期二十一天的绝食过程中，他在最后的生死关头曾允许医生给他实施葡萄糖水灌肠，因为那次的绝食不是以"至死"而终，而是在事先有十分清晰的期限规定的。

此时，眼看就要到自己七十八岁的生日了，甘地再一次自愿在公众面前采取绝食活动。这一次，他是在一场新的斗争中使用自己的武器。他的绝食不是为了反对英国人，而是为了反对自己的同胞以及令他们头脑发昏的狂热。他拼出自己已是风烛残年的老迈之躯，就是为了拯救可能会在加尔各答暴力中无辜丧生的上万条生命。

甘地的弟子们非常清楚绝食对他这样的年纪意味着什么，因此全力对他进行劝阻。

"老师，"他在国大党的老盟友、后来成为孟加拉首任印度省长的拉贾戈帕拉查理问他，"一个人怎么可以用绝食来对抗一伙流氓呢？"

"我要的是触及这群流氓身后那些人的心灵。"甘地回答说。

"可是，如果你死了，"长年追随他的老友恳切地说，"你一心要扑灭的大火只会越烧越旺。"

"至少，"甘地回答，"我不用活着看到这一切。"

他意志坚定，无人可以阻止。在9月1日的晚上，甘地叫醒马努和阿巴，告诉她俩自己已经从晚餐后开始绝食，实际上，由于在此前看到希达里大宅前的受害者，他在那顿晚餐上就已是粒米未进。"要么成功，要么死去，"他说，"不是加尔各答重现和平，就是我再也睁不开眼睛。"

这一次，甘地的体能衰弱得异常迅速。他在新年元旦以来所承受的巨大精神压力终于现形了。

第二天，他的医生就发现他的心跳次数减少了1/4。在经过午间按摩和一次温水灌肠后，他喝下了一升重碳酸盐苏打水。此后，他的声音极度虚弱，与耳语无异。

几个小时之后，他发起绝食挑战的消息就传遍了加尔各答，有好几十个心急如焚的人匆匆赶来守候在希达里大宅周围的街道上。然而，早已开始四下扩散的暴力风潮不可能在一天之内就得到遏制。城市里仍然随处上演着纵火、抢劫和杀人等事件。就连坐卧在草垫上的甘地本人，也能亲耳听到远方传来的阵阵枪声。

就在甘地满怀痛苦地躺在草垫上时，他的追随者们开始四下寻找印度教的极端分子们。他们指出，上万诺阿卡利的印度同胞之所以能够活下来，全部有赖于甘地向当地穆斯林领袖所做的承诺。如果对加尔各答穆斯林的屠杀不能停止，甘地一旦去世，其结果就是数万诺阿卡利印度教徒的惨遭生灵涂炭。

就在他绝食的第二天早上，四下传来的枪声中又多出另外一个声音，那就是要求和平的呐喊声，越来越多的各方代表高呼着和平口号向希达里大宅走来。加尔各答的那些施暴分子们不得不停下来关心甘地的血压、心跳以及他尿液当中的蛋白数量。拉贾戈帕拉查理打来电话，宣布城市中的大学生们正在发起重塑和平的运动。各印度教和穆斯林领袖们纷纷赶到甘地的床前，请求他结束绝食。有一位穆斯林扑倒在甘地的脚边哭喊道："如果你有任何不测，我们穆斯林就只能是万劫不复了呀。"然而，所有绝望的乞求全都无济于事，燃烧在甘地那早已衰竭的身体里的坚强意志是任何人都无法动摇的。"除非像过去十五天里那样的光荣和平重现，否则我是不会停止绝食的。"他斩钉截铁地说道。

到了第三天的清晨，甘地在说话时已经是气若游丝了。他的脉搏衰减得十分厉害，死亡随时可能夺去他的生命。他不久于人世的消息传出后，加尔各答人顿时陷入难过和自责当中。不光是该城，整个国家都在把目光投向希达里大宅，投向甘地与死神搏斗的那张草垫上。

眼看莫罕达斯·甘地的生命就要从他那油尽灯枯的躯体内消失，加尔各答开始掀起一波友谊与仁爱的浪潮，这座城市决心要挽回他们的救赎者的生命。由印度教徒和穆斯林共同组成的游行队伍勇敢地走入暴力活动最猖獗的贫民窟，要重建这里的秩序和安宁。这天中午发生的一件事成为加尔各答人心生悔过之情的最有力证明。二十七名暴力流氓来到希达里大宅的门前，他们低垂着头，用出于惭愧而颤抖的声音，承认了自己的罪行，同时请求甘地的宽恕，并乞求他结束绝食。

当天晚上，因在贝利亚加塔路野蛮爆炸杀人而让甘地深恶痛绝的那伙歹徒也出现了。在交代了自己的罪恶之后，领头的人对甘地说："只要你肯答应停止绝食，我和我的人甘愿接受你对我们的任何惩罚。"他话音刚落，这群人解开身上的腰布，一大堆刀具、匕首、手枪和虎爪纷纷掉落到地上，其中一些还沾着受害者的血迹，把甘地和他的弟子们看得目瞪口呆。当这伙人聚集在甘地的草垫旁时，甘地低声呢喃道："我对你们的唯一惩罚,就是要你们到被害的穆斯林邻居家中,请求他们的宽恕和保护。"

还是在当天晚上,拉贾戈帕拉查理手写了一张字条给甘地,向他宣布整座城市完全重新归于安宁。所有的印度教暴徒主动将各种武器交出,手榴弹、自动武器、手枪和各种刀具装了整整一卡车,停放在希达里大宅的门前。加尔各答的印度教徒、锡克教徒以及穆斯林的领袖联合发表宣言,郑重向甘地做出承诺:"我们将永不允许这座城市再发生种群间的争斗,此志至死不渝。"

最终,在9月4日的晚上9点15分,也就是绝食进行到第73小时的时候,甘地喝下几口橙汁,结束了他的绝食行动。在做出终止绝食行动的决定前,他向围在草垫前的印度、锡克和穆斯林领袖们做出警告。

"加尔各答,"他说,"如今掌握着印度和平的钥匙。这里哪怕有最微小的事情发生,也会给其他地方带来不可估量的影响。即使所有农村地区都陷入灾祸,你们也一定要确保加尔各答不为所乱。"

所有人表示必将谨从甘地的教诲。这一回,加尔各答奇迹终于真正成了无可逆转的现实。在饱经摧残的旁遮普、边境省、卡拉奇、勒克瑙和德里,更加残酷的磨难还在等着它们,但这座恐怖的夜之城,将信守它对那位为了它的和平而不惜生命的老人所做出的承诺。在甘地在世的时间里,加尔各答的人行道上再没有溅过种群骚乱产生的鲜血。"甘地一生做成了很多事情,"他的老友拉贾戈帕拉查理评价说,"但最大的成就,却莫过于他在这一回对加尔各答邪恶的取胜,即便是印度独立也无法与之相比。"

甘地本人对于这些赞美却不为所动。"我正在考虑明天就动身前往旁遮普。"他对大家说。

新德里,1947年9月

人算不如天算,甘地的旁遮普之旅永远也无法完成了。就在他走到中途的时候,一场新的暴力活动突如其来,打乱了他的计划。这一次,爆发的地点是印度最重要的中枢神经所在地，即作为政治中心的首都新德里。这是一座见证过无数奢华与荣耀，同时又是世界上最大官僚机构所在地的城市，它中的病毒有别于加尔各答和拉合尔那些贫民窟所受的毒害。

德里与昔日的莫卧儿城堡旁遮普相毗邻，因此在许多方面倒像是一座穆斯林城市。它的绝大多数仆人是穆斯林，绝大多数马车夫、水果和蔬菜小贩以及集市中的工匠也是穆斯林。骚乱让数千名穆斯林从乡下跑到城里来寻找栖身之所和安全的地方，许多街道都被他们占满了。大量逃到城中的印度和锡克教难民所讲述的凄惨故事，早就让他们在城里的同胞义愤填膺，众多穆斯林在他们新国家的首都招摇过市更是让他们怒火中烧。于是，在9月3日上午，也就是甘地在加尔各答停止绝食的当天，阿卡利派的锡克人和国民志愿服务团的印度教极端分子在德里发动了一轮恐怖袭击。

暴徒们先是在火车站杀害了几十名穆斯林搬运工。几分钟过后，一位名叫马克斯·奥利维耶-拉康的法国记者在来到新德里的商业中心康诺特广场时看见，一伙印度教暴徒正在抢劫穆斯林商店并对所有店主大开杀戒。他在人群中突然发现了一个头戴国大党白帽的熟悉身影，此人正手举警棍猛打那些暴徒，一面大声斥责他们，一面试图让自己身后十几名无动于衷的警察一起行动起来。这个人就是印度首相贾瓦哈拉尔·尼赫鲁。

这些攻击其实就是号令，由头戴湛蓝色头巾的阿卡利锡克人和额头上绑着白色手绢的国民志愿服务团组成的突袭队，闻讯后将在全城发动类似的行动。旧德里拥有数千名穆斯林果蔬商贩的格林市场刹那间燃起熊熊烈焰。在位于新德里胡马雍皇帝大理石陵墓和阿克巴最伟大将军的红砂岩陵墓附近的洛迪居住区，锡克歹徒们冲进穆斯林公务员们的住家，肆意屠杀里面的每一个人。

到中午时分，在英国人实现和平统治下使用过的那些建筑物的周围绿地上，已经横七竖八地躺满了一具具穆斯林受害者的尸体。比利时领事在驱车从旧德里前往新德里吃饭的路上一共数出十七具尸体。锡克人悄悄潜入旧城中的黑暗小巷里，为了把穆斯林赶尽杀绝，便假冒穆斯林高喊"安拉胡阿克巴"的口号，结果，一些不明就里的穆斯林在跑出来回应他们的口号时就不幸被砍了头。

国民志愿服务团将一名掳来的穆斯林妇女架到尼赫鲁位于约克路官邸的门口，他们用她身上穿的波尔卡长衫将她的身体裹住，在把汽油浇在她的身上后点火，以此抗议他们的首相对印度穆斯林的保护。不久后，二十几名穆斯林妇女就在一队廓尔喀兵的护卫下进入尼赫鲁的花园被庇护起来。

锡克歹徒叫嚣要放火烧毁任何容留穆斯林的房屋，于是，数百户印度、锡克、帕西和基督教家庭便将家中忠实的仆人们赶到街上，任由他们面对锡克人的屠刀或是逃入临时搭建的难民营。

在德里的灾难中唯一受益的就是城中那些或逃或死的穆斯林马车夫们留下来的马匹。主人们在最后时刻解开了它们身上的缰绳，于是，它们在英国人修建的巨大草地上撒欢儿奔跑，这些草地本是英国人为了呼吸新鲜空气，用来隔离满大街的神牛的，此时却成了另一种动物欢庆自由的地方。

受到德里骚乱威胁的绝不仅仅是这座城市本身。全印度都变得岌岌可危，首都秩序的失控让整个次大陆面临着动荡的风险。不断恶化的局势证明，这些话绝非言过其实。城中的穆斯林警察全部逃离，导致警力折损过半，军队的数量也只有区区九百人。早已被旁遮普事件弄得焦头烂额的行政机构，眼看就要陷于无法运转的尴尬境地。情况越来越糟，就连尼赫鲁的私人秘书艾扬格，在传递首相的信件时也不得不使用自己的汽车亲力而为。

到 9 月 4 日的晚间早些时候，死亡人数已经超过一千人，负责为蒙巴顿分治计划起草最终方案的梅农，把一些关键部门的印度公务员秘密召集到一起开会。

在会上，他们得出了一致性结论：德里已经失去有效的行政管理，首都和全国正在走向崩溃。

数小时之后，长年在动荡不安的边境上征战的乔普拉上校也通过自己的独特经历得出了一模一样的结论。黑夜中,他站在朋友家的台阶上,可以十分清楚地听见来自四面八方的机枪和步枪开火的声音。

"边境,"乔普拉上校暗自在想,"已经划到德里了。"

西姆拉,1947年9月4日

从三月份飞抵新德里的帕兰国际机场后,筋疲力尽的蒙巴顿还是头一次能够找到时间让自己休息一下。独立夜的钟声让他从世界上最有权势的职位之一一下子变成只担任完全象征性的虚职,肩上的担子终于从此卸了下来。尽管旁遮普的暴力活动让他深感不安,但作为大总督,他完全没有采取任何行动的权力,如此重大的决策权已经掌握在印度人手中。基于这一现实,他不想在刚刚独立不久就招惹指手画脚之嫌,于是便静悄悄地溜出德里,来到昔日的度假胜地西姆拉。山下的平原所遭受的风暴还没有让这个奇特而迷人的小山城受到影响。这里的水仙和杜鹃花还在高大的杉树间盛开,喜马拉雅山那覆盖着白雪的锥形山顶透过夏末的清爽空气,显得熠熠生辉。该城的欢乐剧院正在上演《简走出来》,西姆拉的这出业余演出剧历久弥新,和许多其他剧一道,让六十年前来到这座夏都的吉卜林着迷不已。

9月4日晚上十点钟,当旧副王行馆阅览室内的电话响起时,这位前副王从某种意义上说正徜徉在吉卜林时代的情调里。当时,他正把自己置身在莱茵河的两岸,全神贯注地查看着本家族在德国的黑森、普鲁士和萨克森-科堡等时期的各个枝干,没事摆弄族谱是他最喜欢的放松活动。

来电话的是梅农,他是蒙巴顿在印度最为言听计从之人。

"殿下,"梅农在电话中说,"你务必要赶回德里。"

"可是,V. P.,"蒙巴顿抗议说,"我可是刚刚才离开德里的。如果政府需要我共同签署什么文件大可以送到这里来签就是。"

"此事根本和签文件不沾边,"梅农说,"自从殿下离开后局势恶化得非常厉害,德里也开始有麻烦了。我们不知道后果会有多么严重,首相和副首相都焦虑万分,他们觉得在这个时候殿下你应该赶回来。"

"为什么?"蒙巴顿问道。

"他们现在要的不只是你的建议,"梅农说,"他们要你来挽救危局。"

"V. P.,"蒙巴顿说,"我倒觉得他们一点这样的想法也没有。他们刚刚取得梦寐以求的独立,现在肯定最不愿意看到的,就是让所谓宪法规定的国家元首跑回去把手伸进他们的蛋糕里。我才不回去呢。你就这样告诉他们好了。"

"很好,"梅农回答道,"我会对他们讲。但如果你再要改变主意可就于事无补了。如果殿下不会在二十四小时内回来,那就索性别回来了。一切都将太晚,因为到那时我们就已经失去印度了。"

电话线的另一端传来漫长而又令人难堪的沉默。最后,蒙巴顿非常平淡地开口了,"好吧,V. P.,你这个老东西,你赢了。我这就回去。"

新德里,1947 年 9 月 6 日

在这个世纪的最后二十多年时间里,1947 年 9 月 6 日早晨在路易斯·蒙巴顿的书房里所召开会议的内容,成为这位末任副王一生中最为严格保守的秘密。倘若这次会议的决策内容被外人所知,那位在若干年后将成为世界重量级人物之一的魅力十足的印度政治家,必将断送自己的政治生涯。

参会人员只有三位:蒙巴顿、尼赫鲁和帕特尔。两位印度领袖面色凝重,一望即知正处在沉重的压力之下;他们看着大总督,"就像两个因做错事而挨罚的学生"。旁遮普的局势已失去控制。移民的数量超过了他们最坏的估计。如今,德里的骚乱也大有将首都摧垮之势。

"我们不知道该如何处理。"尼赫鲁承认道。

"你们必须要抓紧。"蒙巴顿对他说。

"可我们怎么抓紧呢?"尼赫鲁回答说,"我们没有经验。我们人生中最好的时光是在你们英国人的监狱里度过的。我们的经验只存在于制造混乱而不是管理,我们在平时就连组织良好的政府都运转不善。现在更是法律和秩序行将崩溃的紧要关头,我们断无办法面对这一切。"

紧接着，尼赫鲁做出了一个几乎让人不敢相信的请求。作为一位把一生都贡献给独立事业的骄傲的印度人，他能够有勇气说出这番话，表现出了他的伟大以及形势的严峻程度。他很久以来就对蒙巴顿的组织和快速决策能力钦佩不已。此时，他感到，印度正缺乏具备这样处理问题能力的人，而尼赫鲁之所以伟大，就在于他不会只顾自己的尊严而坐使印度的问题无法得以解决。

"当你在战争中行使着最至高无上的指挥权时，我们还被关在监狱里，"他说，"你是一位职业的高水平管理者，你曾指挥过数百万的人，你的经验和才能是我们殖民地的人所无法企及的。英国统治了我们好几代人，你们在这个时候可不能一走了之，随随便便就把这个国家甩还给我们。我们现在处于危难关头，我们急需帮助。你愿意掌管这个国家吗？"

"是的。"与尼赫鲁坐在一起的帕特尔把话接了过去，这位强硬的现实主义者说，"他说得对。你必须接管印度。"

蒙巴顿闻言大惊失色。"我的上帝，"他说，"我好不容易刚把这个国家交还给你们，可现在你们二位却又要让我把它拿回来！"

"你必须明白，"尼赫鲁说，"这是你一定要接受的。我们将听从你的差遣，唯你马首是瞻。"

"但这太可怕了吧，"蒙巴顿说，"如果有人发现你们把国家又还到我手上，你们的政治生命就全完了。印度人难道愿意保留英国副王还让他一切说了算？这是不可能的。"

"这样，"尼赫鲁说，"我们会想办法对外界保密，但如果你不肯，我们就只有束手无策的份儿了。"

蒙巴顿沉吟片刻。他喜欢挑战，而眼前这个挑战是令人恐惧的。他个人对尼赫鲁的尊敬、他对印度的感情以及他的责任心，一切都让他在这样的使命前无从逃避。

"好吧，"他说，这位海军少将似乎重新回到自己的舰桥上，"我干，而且我会让局面有所起色，因为我的确知道其中的办法。但我们必须保证这件事只限于我们三个人知道，不许让人知道你曾做过如此的请求。你们二位还要请我出面成立政府的应急委员会，我才肯干。你们同意吗？"

"同意。"尼赫鲁和帕特尔同时回答。

"好的,"蒙巴顿说,"你们已经请求过我了。现在,你们愿意邀请我坐上应急委员会主席这把椅子吗?"

"愿意,"两位印度人又是异口同声地说道,"我们邀请你。"他们边说边在为蒙巴顿这种雷厉风行的做事风格而感叹。

"应急委员会的人员,"蒙巴顿接着说,"必须由我来提名。"

"哦,"尼赫鲁抗议道,"整个内阁都归你管不就行了嘛。"

"这可不行,"蒙巴顿说,"那样就完蛋了。我只要关键位置上并且做得了事情的人,比如民航主任、铁路主任、医药卫生部长。我的妻子负责志愿组织和红十字会的工作。委员会秘书是我的会务秘书厄斯金-克拉姆将军。负责轮流记录会议内容的必须是英国打字员,这样会一开完文件就整理出来了。这些事全是你们邀请我做的,对吧?"

"是的,"尼赫鲁和帕特尔回答道,"是我们请你做的。"

"在开会时,"蒙巴顿继续说道,"首相坐在我的右手边,副首相坐在我的左手边。我会就所有问题征求你们的意见,但请不要对我说的话做任何争论。我们没时间这样做。我会说'我相信你们是希望我这样做的',而你们应该说'是的,请这样做吧'。这就是我所要的全部。我不想你们再说其他内容了。"

"嗯,我们能不能……"帕特尔还想争辩。

"如果拖延事情就不能,"蒙巴顿说,"你们让还是不让我来管理国家?"

"啊,好吧,"这位老政治家咕哝地说道,"你来管理国家。"

在接下来的十五分钟里,三个人商量出了应急委员会成员的名单。

"先生们,"蒙巴顿说,"今天下午五点钟召开第一次会议。"

在经过长达三十载的斗争后,在多年的罢工和群众运动后,在烧掉众多的英国衣服后,最重要的,在刚刚取得独立才不到三个星期后,印度再一次,同时也是最后一次接受了英国人的管理。

14

史无前例的大迁徙

新德里，1947年9月

生命之轮的非凡转动让路易斯·蒙巴顿仿佛回到过去的时光，他再一次成为一名最高统帅，并且精神抖擞地走回到这个他再熟悉不过的岗位上。在收到关于组建应急委员会的邀请后不出几个小时，他就将原本是为举行各种帝国庆典活动而设计的红砂岩外墙的鲁琴斯宫，迅速地改造成了一个战时的军队作战指挥部。

事实上，蒙巴顿的一位助手注意到，尼赫鲁和帕特尔甚至还没来得及离开蒙巴顿的书房，鲁琴斯宫上上下下就已经被改造得天翻地覆了。蒙巴顿征用了旧时副王行政委员会的会址，作为应急委员会开会的地方。他下令把隔壁的伊斯梅办公室改造成地图和情报中心。他命军队派人将最精确的旁遮普地图送到自己手上。他指示空军出动侦察机从早到晚密切监视属于印度部分的旁遮普地区。飞行员必须每隔一小时报告所有逃难难民队伍的情况：规模、长度、到达位置以及行进方向等。

铁路线也被置于空中侦察之下。对通信技术情有独钟的蒙巴顿，亲自布建了连接政府和旁遮普各关键部位的通信联络网。皮特·里斯少将统帅的旁遮普边防军随着印巴分治而一分为二，蒙巴顿责成他掌管新成立的情报中心。① 他要在危急关头调动所有人的能量，就连十七岁的女儿帕梅拉也被他派给里斯少将去做秘书。

蒙巴顿在召开应急委员会的首次会议时，将印度领袖们带到贴满地图和表格的情报中心，用事实让他们清楚眼前的现实有多么可怕。对于他们当中的许多人来说，这还是头一次通过观看图表来了解自己所面临的处境。在蒙巴顿的新闻官、为人聪明的艾伦·坎贝尔-约翰逊眼里，这些人的反应是"那种在看不懂的东西面前所表现出来的茫然迷惑和漫无目的"。尼赫鲁看起来"不但有难以名状的苦楚，而且还表现得心灰意冷"；帕特尔"显然倍感困扰"，在"深切的痛恨和沮丧中"强压怒火。

蒙巴顿的步伐继续向前迈进。在随后的几周里，那些围坐在会议桌上的人们将发现，那位彬彬有礼斯文有加的印度末任副王突然换上了一张新面孔，他此时的主要气质变成了完成任务所需要的坚定和无情。他的政府打字员在会议结束时就已经将委员会所做决议的文件准备完毕，当场就可以分发到与会者手上，其余文件则将通过汽车在一小时内送达。蒙巴顿对大家说，下一次会议的第一个议题，就是确认本次会议所布置的各项任务已经全部完成。

在这个房间里有许多声名显赫的人物，将在未来的一个时期里因为无法跟上节奏而尝到蒙巴顿的火暴脾气。有一天，尼赫鲁的首席私人秘书兼民航主任艾扬格，未能如期调派向旁遮普运送紧急救援物资的飞机。

"主任先生，"蒙巴顿说，"你必须马上离开这个房间。你必须立刻赶到机场。在你亲眼看见飞机飞走并向我报告之前不得离开、吃饭或是睡觉。"感到屈辱的艾扬格跌跌撞撞地离开会议室，飞机由此而顺利升空。

还是在委员会的首次会议上，所有人就见识到了蒙巴顿的强硬面目。

---

① 旁遮普边防军在印度和巴基斯坦政府的坚持下宣告解体，两国政府都声称如果旁遮普边防军效忠的不是自己而是第三方，则这支军队是不可能协助恢复旁遮普的秩序的。然而，奥金莱克做出如果边防军解体就将辞职的威胁，这让这两个国家的坚持几乎酿成一场重大危机。奥金莱克相信，印巴两国都打着掌握军队用于族群争端的算盘。本身就身为印度军队老兵的伊斯梅勋爵分析说："如果奥金莱克对新成立的两个自治领的政治举动完全不能通融的话，我真的认为此事只能不惜以他的辞职为代价而强行推进了。"然而，蒙巴顿却不以为然，他认为在如此紧要的时刻，允许奥金莱克辞职必将导致灾难。

针对火车上的卫兵没有向攻击者开枪的情况，他提出来一个解决方案。每当有火车被歹徒袭击得手，蒙巴顿说，就把所有卫兵都抓起来。把受伤的人挑出来，剩下的人一律就地军法审判和枪毙。他对所有参会者们说，这样做会对加强卫兵的纪律观念起到警示作用。

然而，最让蒙巴顿感到不安的其实还是德里的局势。"如果我们在德里倒下，"他说，"则整个国家就会随我们一起倒下。"这座城市必须优先给予保障。他命令军队在四十八小时内驰援首都，让自己的大总督卫队负责安全保卫工作，征用公共交通，安排人手将遍布街头的尸体收集火化。公共假期和周日一律取消，以此让政府雇员回到办公室并使电话系统重新畅通。他最重要的安排就是，启动一项方案让锡克和印度教难民离开首都并且阻止更多难民涌入。

面对席卷北印度的灾祸，应急委员会的努力要花费数周的时间才能显现成效。但最终，正如一位印度的参加者所说，恶劣的情况在核心地区几乎是在一夜之间就取得好转，"从原来的老牛拉破车一下子变成喷气式飞机的速度"。

此后的两个月，这个让整个旁遮普地区惨遭劫难的前所未有的人间灾难，在政府大楼里的地图上被表现成一行行红色的状如蚂蚁的图钉。被这些没有生命的金属珠包围起来的地方，都大量存在着超出人类生理或是精神承受极限的痛苦和磨难。其中一处这样的地方就有八十万人之多，如此规模让人头脑发麻，它是人类历史上最大的单一难民群。这就好比格拉斯哥全城的男女老少在大难临头时，不得不徒步逃往曼彻斯特一样。

刚开始时，真纳、尼赫鲁以及利雅卡特·阿里·汗都要求陷入恐慌的人们留在原地，如此疯狂的人口迁徙有悖于他们的理想，因此他们全部加以反对。但是，这个问题巨大到让他们实在无法招架，于是只能被动接受，并将之视为获取独立所需要付出的代价。将旁遮普一分为二的两国政府，都在寻求加快人口互换的速度，都在为潮水般涌来的难民提供空间，全力赶在冬季到来前结束这一切，以免恶劣的天气再让他们曾经深爱着的旁遮普雪上加霜。

每一天，政府大楼的地图室里都弥漫着紧张和军事化的气氛，身着整齐、利索制服的男女们像筹划战事的军官一样往来穿梭，每一支难民队伍的进展情况都在由一寸一寸延伸着的红色图钉记录着。①

每天清晨，侦察机一起飞，就会发现夜色除尽后暴露在地面上的一队队匍匐而行的难民，虽然再走上几英里就是安全的地方了，但飞行员还是不敢懈怠，而是全力开展搭救工作。在9月的那些早上，他们的机翼下总在展现着人类的眼睛所从未看到过的奇观。一位名叫帕特汪特·辛格的空军上尉飞行员，永远也忘不了"密密麻麻像蚂蚁般的人头在开阔的乡间四下铺开，就像我曾在西部电影里看到的壮观牛群一样，四周全部是在燃烧着的村庄，人们成群结队默默地从一个个村边通过"。另一名飞行员仍记得自己以每小时两百英里的速度在一大队难民头上飞了超过十五分钟，却仍然看不到这支队伍的末端。有时，由于道路突然变窄，难民的行进速度放缓，大量的人和车迅速聚集，造成拥挤混乱的场面，随后，从混乱中走出来的人又开始形成一支细细的队伍继续前行，但走不到几英里，这支队伍就会与前方因同样原因而聚集的人堆汇集到一起。

白天，数千头水牛和小牛的蹄子扬起的漫天尘土悬浮在每支难民队伍的头顶上，从地平线上的滚滚浮尘就可以判断出他们的位置和行进方向。晚上，难民们瘫坐在路边，升起数以千计的篝火，煮食随身携带的少得可怜的食物。从远处望去，火光透过浮尘释放出暗红色的光芒。

然而，要了解实际发生的情况有多么悲惨，就只有来到地面并深入到这些沉默、可怜的人中间。他们的眼睛和喉咙因为接触过多的尘土而变

---

① 即使是甘地本人，也对蒙巴顿注入政府大楼内的目标感和决策风格赞赏有加。当他的"一人边防军"最终到达德里后，特意赶来拜访这位前副王。他在参观完改造成新指挥部的鲁琴斯官后，进入到他曾经请求蒙巴顿不要分裂印度的书房里。

"我的朋友，"他说，"我很高兴你听从了神灵而不是甘地的声音。"

"哦，甘地，"蒙巴顿回答道，语气带有些迟疑，"神灵的声音是我在听你的声音之前唯一要听从的，但不知我是在什么地方采纳了有别于你意见的神灵之意呢？"

"神灵要你放弃这座房子的时候，肯定对你说过不要听那个老甘地的，他不过是个老朽，"圣雄说，"现在，我把这里看作印度的心脏。这里就是治理整个国家的地方，这里是风暴中的港湾。我们必须要把这里保留好，今后所有继承你的人都必须住在这里。"

得红肿，双脚要么被石头割破，要么被滚烫的沥青灼伤，饥饿和干渴折磨着他们，汗液、尿液和粪便的浓烈气味包围着他们，难民们就是在这样的环境下默默地一步一步在向前走着。他们穿着肮脏的腰布、纱丽、松松垮垮的裤子、磨得破破烂烂的拖鞋，有的人脚上只穿着一只鞋，更多的人则完全打着赤脚。上了年纪的妇女和怀孕的女人们紧紧抓着自己的儿子和丈夫。男人将站不起来的妻子和母亲背在肩上，女人们则背着她们的婴儿。他们在这样的情况下需要坚持走的不是一两英里，而是一两百英里，而且好几天时间得不到体力上的补充，唯一的食物就是一张薄饼和几口水。

腿脚不好的、生了病的或是临死的人，时常被吊在从一根杆子中部垂下的吊袋里，杆子两端由儿子或是朋友用肩膀扛着，仅仅是杆子和吊袋往往就比一个人的重量还重。女人们把在绝望中能从家里抢出来的一切东西摇摇晃晃地顶在头上：一些厨具、一幅湿婆神或是那纳克大师的画像，再或者是一本《古兰经》。一些男人在肩上扛着长长的竹条，竹条像天平一样，两头挂着他们所有的东西：这一端可能是一个婴儿，被放在挂起来的袋子里；那一端则是开始新生活所需要的家当，一把铲子、一把木锄以及一袋稻谷的种子。

小牛、水牛、骆驼、马匹、小马、绵羊、山羊与心烦意乱地驱赶着它们的主人一样饱尝苦难。小牛和水牛像是在拉纤般拖着东西堆得冒尖的木轮平板车蹒跚而行。这些像金字塔一样的东西包括绷床、草垫、耙子、犁、镐和上一年收获的成袋的粮食。它们就是落难主人的生命之舟，上面还有许多旧衣服，偶尔也会有一件婚礼上穿的镶着金银的纱丽从中露出来；水烟袋；过去稍微好一些的日子里留下的纪念品，如一对夫妇收到的结婚礼物；壶和锅，如果主人是印度教徒，其数量的个位数往往是"1"，这是因为如果是"0"的话，比方"10"，就会被认为是不吉利的。在那些难民队伍里，还有滑板车、马车、穆斯林用来运载佩戴面纱妇女的波卡马车、拖草车以及所有装着轮子或滑行装置，并且用马或牛可以拉动的车子。

所有这些无助的印度人或巴基斯坦人所做的旅行，并不是像到邻村去串门那样简单。他们是在被连根拔起后，进行着一场有去无回的长途跋涉,在长达数百英里的路上,他们每走一英里都要受到疲劳、饥饿和霍乱的威胁,而且往往还要面对无力抵御的袭击。这些印度教徒、穆斯林和锡克难民全部是无辜而又手无寸铁的文盲农民,对他们来说,唯一的生活就是和耕种的土地打交道,大多数人根本不知副王为何物,对国大党和穆斯林联盟更是不闻不问,所谓分治、边界划分甚至是把他们推向绝望的自由,都是他们从来不曾关心过的事情。

太阳总是在把他们从地平线的一头赶到另一头,毫不留情地加剧着他们的苦难,逼着他们满面憔悴地面向炽热的天空乞求安拉、湿婆或是那纳克大师的保佑,让迟迟不到的季候风赶快来把自己从痛苦中解脱出来。

对于负责护送一队穆斯林难民离开印度的拉姆·萨迪拉尔中尉来说,有一个情景将永远保留在他这段令人痛苦的记忆中。"锡克人像秃鹫一样尾随在这支队伍后面,与那些悲惨的难民就他们试图夺走的少量财物讨价还价,而且每走一英里,价格就要下降一部分,直到那些绝望的难民不得不用身上所有的东西换一杯水为止"。

阿特金斯上尉和他的廓尔喀兵花了数周时间执行护送难民任务,他们把锡克难民送到印度,然后再按照一模一样的路线从印度把穆斯林难民接到巴基斯坦。他记得,在旅途开始时,难民们在上路后会感到松了口气,甚至开心。"接下来,由于炎热、干渴和疲劳,再加上怎么也走不完的路,他们开始丢弃带在身上的东西,等到达目的地后,他们就几乎什么也没有剩下了。"偶尔会有飞机从火辣辣的天空中空投一些食品,令人害怕的争抢随之而来。阿特金斯的廓尔喀兵便不得不使用枪刺来让人保持已经少得可怜的理智,尽量让他们每个人都得到合理的分配。有一回,他惊诧地看到一只黑白相间的狗正叼着一张薄饼狂奔,一群人在它身后紧紧追赶,准备把狗杀死以抢回薄饼。

最糟糕的是一些人无法活着走完全程,那些太年幼或太年长的人往往因为疾病、疲劳过度或是饥饿而身体严重受损,从而无法坚持下去。一些父母再也没有力气背动自己可怜的孩子,于是只得将他们放弃,任由他们死去。有的老人甘愿死去,他们踉跄着走到田间,然后找一处树荫坐下,等待生命最后时刻的到来。有这样一个场景令玛格丽特·伯克-怀特永远刻骨铭心：一个被遗弃在路边的孩子，用小手拽着死去母亲的胳膊，很奇怪那对胳膊怎么再也不来抱起自己。

库尔迪普·辛格是一名印度记者，他怎么也忘不了"一位灰白胡子的锡克老人"把自己的小孙子扔到自己的吉普车上，乞求自己把孩子带上，"至少让他活着看到印度"。艾扬格与两名印度军队的中尉乘坐旅行车跟在一支十万人的难民队伍身后。他们解释说，他们的任务就是照顾新生婴儿和安顿死人。当一名妇女要生产时，他们就把她和一名助产士放到车子的后部，他们会停下车，一直等到婴儿出生。接着，当下一个临盆的妇女来到时，之前那位产妇便不得不带着她的新生儿离开汽车，在生完孩子仅仅几个小时内，重新开始徒步向印度走去。

难民队伍留下来的尸体令人感到恐怖。由于死人太多，从拉合尔到阿姆利则四十五英里长的道路两边，简直成了长长的开放式墓穴。每次要走这条路之前，阿特金斯上尉总是将剃须后使用的护肤液洒在手绢上，再用手绢把脸蒙起来以阻隔可怕的气味。"这条路上每走一码，"他回忆说，"都会看到尸体，有的是被刀砍死的，有的死于霍乱。秃鹫吃得饱饱的，飞都飞不动了。而野狗就挑剔许多，它们只吃路上死人的肝脏。"

难民队伍秩序混乱不说，而且还分布散乱，有的走在路上，有的走在田里，绵延数英里，要保护他们殊为不易。他们在沿途的任何地方都有可能遭到袭击。与任何时候一样，锡克人的袭击是最令人畏惧也是最野蛮的。他们会从甘蔗地或是麦田里一跃而起，呼啸着杀向那些掉队的难民或是难民队伍中最虚弱的部位。拉尔中尉永远也不会忘记他所保护的难民队伍中那位年迈的穆斯林，他带出来的唯一财产就是一只羊。在距离他的新家只剩下不到十几英里时，他的羊突然冲向一片甘蔗地，这位老人发疯般追了上去。突然间，一名锡克人像是个复仇的幽灵般从甘蔗地里跳了出来，他一刀砍下老人的头颅，然后抓过他的羊就跑掉了。

一些英勇的锡克军官往往会在保护无助的穆斯林难民时，对自己同胞的行为大加谴责。在菲罗兹布尔郊外，古尔巴·辛格中校看到一幕他所见过的最恐怖的画面：一批被锡克人劫杀的穆斯林难民的尸体，正在被秃鹫当作美餐享用着。他将两个锡克排调到此处，命令他们在炙热的烈日和刺鼻的臭气中立正站好，然后对他们说："做这件事的锡克人让他的民族蒙羞。这样的事情如果在你们的保护下仍然能够发生，则是对我们的民族更大的羞辱。"

难民的队伍在公路上行进时常常会互相遇见。偶尔，他们之间会出于义愤而进行打斗，从而让死亡数字进一步增加。更少见的事情也曾发生过。印度或穆斯林农民会互相告诉对方自己家的位置，让对方享用自己的田宅。

阿什维尼·库马尔是一名年轻的警官，他永远记得两支难民队伍在经过阿姆利则和贾朗达尔之间的大干道公路相遇时的情景。这个地方是亚历山大大帝的马其顿人和莫卧儿的游牧部落曾经踏足之地，一队穆斯林难民正在前往巴基斯坦，而一队印度难民则在赶往印度。他们在相遇的过程中阴森森一言不发，谁也不看谁。彼此之间既没有表示仇视，也没有威胁性的举动。偶尔，一头牛哞哞叫着从这支队伍里跑向那支队伍。两支队伍发出的所有声音，就是木质车轮的噪音和数千只疲惫的脚在地上拖行的声音。此情此景就好像两支队伍里的难民们都在本能地以自己所遭受到的苦难理解着对方，从而令彼此间有了感同身受的默契。

*

无论是向东还是向西，所有这些难民队伍都势必要被旁遮普三条大河的河岸分割成几大块，这三条拦住他们去路的大河分别是拉维河、萨特莱杰河和比亚斯河。在这些地方，要想过河就必须利用渡口、运河工程的渠首所在地以及桥梁，难民们每每在这样的地方都要等上几个小时，有时甚至是几天，才能进入到拥挤异常、堵塞得几乎一动不动的过河队伍中。在西里尔·拉德克利夫那游走不停的笔尖所绘出的线条上，那些如放泄阀般的桥梁和渡口，在这个令人难过的秋天变成了一千万印度和巴基斯坦人的终点和起点，过了这个点，人们就告别了过去的生活和土地，而走向等待着他们的前途未卜的命运。

9月里的一个下午，在萨特莱杰河的苏勒曼奇渠首处，大量面无表情的人流正在涌过萨特莱杰河，在他们当中，有一名二十岁上下、身材矮壮的年轻人。他长着一双大大的黑眼睛，厚厚的嘴唇上留着稀稀拉拉的小胡子，头发乌黑而浓密。他就是马丹拉尔·帕瓦——那位坐上表兄的大客车逃走而父亲却坚持留下来等候星相师测算的吉日再出发的年轻人。

在桥的西侧，巴基斯坦士兵没收了他的汽车和车里的所有东西：家具、衣服、金子、钱币以及湿婆神画像。这年秋天，马丹拉尔和其他数百万人一样，在来到自己的新国家时一文不名，身上穿的衣服就是唯一的行李。从桥上下来进入印度的马丹拉尔感觉自己"全身赤裸，就像被人抢了个精光后扔在马路上"。他悲愤交加，发誓要让印度的穆斯林也像他一样，在逃跑时不能带走一件行李或是一张脏兮兮的钞票。

他的怒容在千人一面的悲凉表情里毫不起眼，所有人的内心都有着以牙还牙的报复冲动。然而，马丹拉尔是被全印度都崇拜的众星所挑选的，注定有别于和他一起通过渡桥的芸芸众生。就在他出生后不久，有一天，星相师预言"他的名字将让全印度家喻户晓"。他的父亲回忆说："1928年12月里的一天，有一个邮差不知不觉来到我的身边，将一封电报交给我。电报是我父亲发来的。他告诉我说，就在前一天晚上，我得了一个儿子。我才十九岁便当上了父亲。我给了邮差一些小费，因为他给我带来了这么好的消息，随后，我又买了一些糖果送给办公室的同事们。紧接着，我便赶回家。

"到家后，我先跑去触摸父亲的双脚以示尊敬。他将白糖放到我口里，因为一家人又高兴地团聚在了一起。我把孩子放在膝盖上，同时心里在想：'我一定要给他最好的教育，让他成为一名工程师或是医生，好让他光宗耀祖。'

"我给学识渊博的梵学家和星相师打电话，请他们帮忙给孩子取个好名字。他们告诉我名字必须以'M'打头，我选择了'马丹拉尔'。星相师们在查看了图表后对我说，马丹拉尔一定会顺利长大成人。有一天，他们告诉我，我儿子的名字将让全印度家喻户晓。

"然而，我自己却厄运临头。马丹拉尔出生才四十天，我的妻子就死于伤寒。我的儿子在上学时非常聪颖并且顽皮，但后来变成了问题孩子，还开始表现出叛逆性。他在1945年离家出走，我把旁遮普的所有亲戚朋友都打听遍了，但谁也不知道他的下落。几个月后，我收到一封信。原来他跑到孟买当上了海军。回到家后，他又开始搞政治，参加了专门袭击穆斯林的国民志愿服务团。我十分担心他。因此，我在1947年7月前往德里看望我的朋友萨达尔·塔罗克·辛格，他是尼赫鲁的秘书之一，我请求他把我的儿子从邪恶的魔念中拯救出来。他同意了。他答应要为我的儿子写一封推荐信，为他找一份我能想得到的最好的工作，那就是任命他为警察局的副警长助理。"

*

马丹拉尔在到达印度后不久，听亲戚说自己的父亲在火车上遇袭身负重伤。他在菲罗兹布尔的军队医院找到了父亲。在巨大的充满血腥和消毒水气味的病房里，马丹拉尔突然间从父亲身上看到了一个活生生的印度，"全身苍白得没有血色，战栗不止，还缠满了绷带"。

卡什米利·拉尔在德里求人写的书信居然从动荡不安的旁遮普转到了他的手上，这简直堪称奇迹。他把信塞到儿子手上。去德里吧，他向儿子发出乞求。重新开始生活，"做一份为政府工作的好差事"。

马丹拉尔把信收起来，但他实在无意去做政府的好差事。星相家们说对了，他注定是要让某一个省警察局失去的警员，他的名字的确有一天会让全印度家喻户晓。

从医院出来后，父亲那遍体鳞伤的样子始终浮现在他的眼前，他的体内燃烧起一股冲动。在这个秋天里，同样的冲动也燃烧在其他数千名印度人的胸中。这个冲动与当警察无关。"我要报仇。"马丹拉尔发下誓言。

费罗兹·汗·努恩爵士漂亮的妻子薇琪·努恩能否活下来，全指望着一个小小的圆锡盒，那里面装着新西兰产的红褐色鞋油。刚刚在曼迪土邦的印度王公宫殿里得到一丝喘息的薇琪，发现一切远还没有结束，全土邦的人都要捉拿她。锡克暴徒更是威胁王公，如果不交人，就绑架其子女。

王公与她的丈夫派来营救她的一位名叫高塔姆·萨加尔的水泥商人一道，为了把她的皮肤染黑而让她泡在高锰酸钾的溶液里。此时，他们又在把鞋油涂抹到她的脸上，这样，在未来几个小时内，沿途遇到的锡克人就会把她当作印度人而不加理会。到了黄昏时分，王公的劳斯莱斯汽车快速驶出王宫，它遮着窗帘，平添几分神秘，实际上只是将暴徒们的注意力吸引开的诱饵。几分钟过后，身穿纱丽、额头上点着朱砂印、左鼻孔戴着金鼻环的薇琪，悄然上了高塔姆那辆1947年产的道奇汽车。计策的第一步成功了。在神经松弛下来后，薇琪因为内急而不得不停车方便。天下着大雨，黑暗中，她的鞋油盒突然间从她并不习惯穿的纱丽口袋中掉了出去。听着它在路边排水沟里用卵石铺就的地面上不断滚动着的声音，薇琪不禁叫出了声。瓢泼的山雨把她身上的伪装一点点冲掉，她没有变成斑马，而成了一眼可以认出的白人女子。那个小锡盒成了她唯一可以重新化装并得救的宝贝。她一边诅咒着，一边在一片漆黑下的卵石地面和荆棘中摸索。终于，伴随着她的一声惊叫，小锡盒找到了。她紧紧抓着小锡盒跑回到车里，就好像里面装满了钻石一样。等候在车上的萨加尔重新为她涂抹了一遍。

眼看就离古尔达斯布尔不远了，汽车遇到一伙设置路障的锡克人而不得不停下。锡克人将汽车团团包围，萨加尔在他们当中认出一名曾经与自己做过生意的水泥商人。

"发生什么事情了？"萨加尔问道。

"费罗兹·汗·努恩的老婆从曼迪王公那里跑掉了，"那个人向他解释说，"乡下所有的锡克人都在找她呢。"

哦，萨加尔说，他在身后二十英里的地方刚刚遇到王公的劳斯莱斯汽车，他正要带自己怀孕的妻子前往阿姆利则。那个人向车里张望起来。此时，薇琪在暗暗祈祷上帝千万不要让脸上的鞋油出问题，而且千万不要让眼前这个锡克人用印地语和自己讲话。他用狐疑的眼光盯着她。最后，他撤回身，并在他们通过障碍时向他们挥手示意。随着汽车驶向印度军队的司令部和安全区，薇琪一下子瘫靠在了椅背上。恍恍惚惚之间，她开始用指甲敲打起鞋油盒来。忽然，她转向自己的同伴。

"你知道，高塔姆，"她面带笑容说道，"我的丈夫就是给我买再贵重的珠宝，也不会比这个锡盒更让我喜欢了。"

薇琪·努恩的经历只是个案。锡克人憎恨她的原因不在于她是欧洲人，而在于她嫁给了一个重要的穆斯林人物。在那个狂暴的秋天，英国人极少受到骚扰。在8月和9月间最坏的那几个星期里，拉合尔的法拉提酒店在烧遍旁遮普的野火中始终是一块安静的绿洲，它的乐队每晚照常演奏舞曲，英国男士和淑女们仍然身穿宴会装和晚礼服，坐在月光照耀下的阳台上品味鸡尾酒，而在隔着几座房子的不远处，就是早已被夷为平地的印度人社区。

然而，在这个秋天里，在旁遮普所有地方都川流不息的难民队伍里，最突出的一支队伍不是印度教徒，不是锡克人，也不是穆斯林，而是英国人。在一连廓尔喀兵保护下的两辆大客车里坐着几十名上了年纪的英国人，他们是从偏僻而又与世隔绝的天堂西姆拉退休回来的。那些取名"幽境""平安天堂"和"小憩之家"的迷人且光线幽暗的小房子坐落在遥远的山脊上，满墙攀爬着的玫瑰和紫罗兰为它们的外观带来勃勃生机，而这些英国人早已经选择要在这个曾经象征自己毕生为之服务的英王统治的地方直到老死。他们当中许多人出生在印度，这里就是他们唯一的家。他们是退了休的前朝之人，是印度军队中最好部队的前上校们，是印度行政机构中曾经以上亿印度人生活为己任的前任法官和其他高级官员们。

他们和妻子们在逃离前的准备时间，并不比山下绝望中的旁遮普人多多少。眼看西姆拉的局势急转直下，他们只有急忙坐上大客车前往德里和其他安全区。他们只有区区一个小时的时间，用来装箱、锁好自家的门窗和坐上汽车。

蒙巴顿新闻官的妻子菲伊·坎贝尔-约翰逊与大家一同乘车前往德里。车上绝大多数英国人都在六十五岁以上，与大多数他们这把年纪的人一样，这些人也患有共同的毛病，那就是膀胱虚弱。汽车每隔两个小时就要停下让他们爬下爬上。看着这群曾经统治印度的精英们站在路边,在廓尔喀兵们的无动于衷的目光注视下撒尿,菲伊·坎贝尔-约翰逊的脑海里顿时闪过一个奇怪而又释然的想法。

"我的上帝,"她对自己说,"白人总算不再端着架子了!"

*

在蒙巴顿曾只身面对十万帕坦部落的白沙瓦,二十二岁的旅情报官爱德华·贝尔上尉在星期天早晨所得到的享受,与年轻的英国军官们几年下来在印度的感受完全一样。他在挑夫的服侍下,在自己房前的草地上用过由木瓜、咖啡和鸡蛋做成的早餐,便准备去俱乐部打壁球和游泳,在惬意的午餐之前还要再来几杯奎宁水加杜松子酒。

在这个号称印度帝国北方之门的城市,一切看上去没有任何变化。贝尔与印度军队中其他许多热爱冒险的年轻英国军官一样,志愿在独立后仍留下来服役,只不过他个人效力的对象是巴基斯坦。白沙瓦,虽说面临着难以控制的帕坦人,却一直风平浪静。然而,贝尔的这个周日却并不是按照他所计划的那样度过的。当电话铃响起时,他还没有来得及吃木瓜。

"可怕的事情发生了,"指挥部的一名中尉喘着粗气大声在电话里说道,"我们几个营的官兵互相打起来了。"

这场灾难是由世界上最愚蠢不过的事故引发的。就在贝尔差不多要坐下吃早餐的时候,一支还没有来得及调遣回印度的部队中有一名锡克士兵在擦枪时不慎走火。万万没有想到的是,子弹刚好打穿一辆正在行驶的卡车车厢的油布顶篷,而坐在车厢里的刚好又是一队才从旁遮普撤到白沙瓦的穆斯林士兵。这些穆斯林士兵认定锡克人是在攻击他们,于是跳出卡车就向自己的战友们开起火来。

贝尔急忙换上军服,开上吉普车就赶到莫里斯旅长居住的小屋。正在吃早餐的莫里斯曾长年服役于"二战"期间的著名部队钦迪特,随这支部队的指挥官温盖特在缅甸的敌后作战。他胸前挂着勋章,从容不迫地把嘴唇上的鸡蛋渣抹掉,接着又把剩下的咖啡喝光,这才把围着红帽圈的旅长帽戴在头上，然后连白色的衬衣短裤也不换，就坐上贝尔的吉普车出发了。

当两名英国军官来到军营时，看见穆斯林正躲在一长排砖房后面，隔着操场向对面几乎占据同样地形的锡克人开火射击。莫里斯先是观察了一阵，然后，他抓住吉普车的前风挡站了起来。

"把车开到操场中央去。"他向早已吓得魂飞魄散的贝尔命令道。

就这样，这位头戴旅长帽、手里没有任何武器、穿得像是星期天去打网球一样的英国军官威严地站立在车头，带着极度的自信，径直来到部下们交火的中间地带，同时大吼着下达"停止射击"的命令。显然，印度军队的服从力仍然大过锡克人和穆斯林之间的仇恨。枪声停止了。

然而，白沙瓦并非由此就太平无事了。在这个秋天，有关印度各地死亡人数不断增加的传言要比两支部队交火事件更具破坏力，就在莫里斯努力恢复秩序时，锡克士兵在杀害穆斯林战友的谣言又在这个部落地区不胫而走。帕坦部落的人们就像当年对待蒙巴顿一样，乘坐卡车、客车、马车或是干脆骑马一窝蜂涌进了城。而这一次，他们来的目的不再是示威，而是杀人。

他们确实大开杀戒了。在不到一个星期的时间里就有一万人失去生命，而事情的导火索竟还是锡克士兵上一次的擦枪走火事件。这样一来，整个边境省不可避免地遭到暴力的席卷，从而令印度的公路上又出现另一个难民潮。这样一桩小事却产生出如此可怕的后果，人们在平静的外表下所涌动着的危险情绪由此可见一斑。孟买、卡拉奇、勒克瑙、海得拉巴、克什米尔、孟加拉全境，所有这些地方只要传出一声像白沙瓦那样的枪响，就将陷入与白沙瓦一样的万劫不复的深渊。

新德里，1947 年 9 月 9 日

因绝食而身体仍然十分虚弱的圣雄甘地，于 1947 年 9 月 9 日从加尔各答赶到了德里，他这一来就再也没有离开。这一回，人们对甘地是否要住在扫地阶层居住的贱民区不需要再有争议，那里早就被来自旁遮普的悲

惨难民挤满了。瓦拉巴伊·帕特尔出于担心，坚持将甘地从火车站直接接到位于宽阔而漂亮的阿尔伯克基路五号的另一个住处，这里是新德里顶级的富人居住区。

比尔拉府与甘地平时住的悲惨扫地者的房屋是完全相反的两个极端，它有高高的围墙、玫瑰花园、漂亮的草地、大理石地面、柚木屋门以及如云的仆人。这样的地方本不适合只坐三等火车车厢并放弃所有物欲的甘地，但在尼赫鲁和帕特尔的压力下，他不得不同意住入这座百万富翁的庄园。

这座庄园的主人是比尔拉，他是印度两大工业家族之一的当家人，这位金钱大亨所涉足的领域包括纺织厂、保险、银行、橡胶和制造业。尽管甘地第一次组织印度工人罢工就是针对他旗下的一间工厂，他却是甘地最早期的追随者之一。他还是国大党在金钱方面的主要赞助者之一。如今，他又将自己宫殿般住处的一半，共四间卧室提供给甘地居住。这里将是甘地自回到印度后所住过的最优美的地方，同时也将是他最后住过的地方。

离甘地新住处很远的印度首都继续在暴力中挣扎。城市里到处是未及收走的尸体，其数量之多让一名警察不由得感叹"已经顾不上区分这些尸体是人还是牛和马了"。在太平间里，愤怒的验尸官对警察坚持要他为源源不断运来的尸体填写各种官方表格提出抗议。"警察为何非要我检查每具尸体的'死亡原因'？"他说，"任何人都能够一眼看出他们是怎么死的。"

因为印度的种姓和宗教制度有许多禁忌，要找人去处理满大街的死尸可不是件容易的事。有一天，埃德温娜·蒙巴顿和自己丈夫的海军助手皮特·豪斯中校在新德里的市中心看见一具肿胀的尸体。她让豪斯停下来拦住一辆路过的卡车，卡车的印度教徒司机一看尸体是属于高种姓印度教徒的便拒绝触碰。结果，印度末任副王的夫人在豪斯的帮助下面不改色地将尸体装入到卡车中。

"现在，"她命令看得瞠目结舌的卡车司机说，"把他拉到太平间去。"

德里的穆斯林中绝大多数人希望逃到巴基斯坦去，他们到几个难民营去集中，一方面是安全有所保障，一方面是等待被送往真纳先生许诺给他们的希望之地。这里面的讽刺却是残酷的，这些穆斯林被带入巨大的胡马雍陵墓和旧堡，而这两个地方都是他们的莫卧儿先辈在将德里建设成世界上最伟大的城市过程中修建的。有十五万到二十万人将生活在这个壮观的伊斯兰古迹上，环境肮脏不堪不说，还没有遮阳挡雨的地方。这些可怜的人们连想到要离开保护自己的围墙都怕得发抖，说什么也不敢把死去的亲人埋到外面去，他们能做的就是把这些尸体隔着围墙扔给外面的野狗。一开始，土堡里有两个水龙头供两万五千人使用。一名前去了解情况的人看到，土堡内的一个水池里有人在排便和呕吐，但女人们清洗厨具照样用的是那里面的水。

人们上厕所都是露天的，印度社会习俗的条条框框仍是根深蒂固，尽管恶臭难挡，但旧堡里的难民们就是不肯清理和打扫。在德里骚乱的高峰期，应急委员会还不得不派出一百名印度教徒中的扫地者进入旧堡，在武装看护下做着里面的穆斯林所不愿做的事情。①

官僚习气是德里的另一大顽疾，且在灾难中也并未有任何改观。当胡马雍陵墓中的难民开始挖掘一个新的公共厕所时，新德里专员办公室的一名代表却以"他们正在破坏优美的草地"为由而提出抗议。最后，霍乱暴发了，旧堡里在四十八小时内就死了六十个人。卫生部竟说他们死于胃肠炎，以掩盖自己未能及时提供血清的过失。而最后当该部代表姗姗到来时，竟只带了三百二十七剂血清，却没有带任何针头和注射器。

尽管有这样那样的困难，由蒙巴顿、尼赫鲁和帕特尔成立的应急委员会所做的努力还是取得了成效。军队及时增援后实行二十四小时宵禁，还搜查出许多武器。渐渐地，暴力的风潮开始衰退。

那些天的考验把路易斯·蒙巴顿和贾瓦哈拉尔·尼赫鲁的距离拉得

---

① 其他地方也有类似的事情发生。在巴基斯坦的一座难民营里，印度和锡克教徒向穆斯林卫兵激烈地抱怨，由于没有贱民，他们不得不生活在恶气熏天的环境里。在卡拉奇，也就是真纳的首都，因为印度教贱民全部逃之夭夭，造成城市的卫生和街道环境服务陷于瘫痪。为了改善这一状况，该城的穆斯林管理者将印度教社会中的贱民宣布为一个单独的民族，不但不再把他们当作弃儿，反而让他们成为一个受尊敬的群体，他们可以像穆斯林国民卫队那样穿绿衣和佩戴白色臂章。警察被严令要对任何戴这种白色臂章的人给予保护。

更近了。尼赫鲁与这位前副王每天都要见上两三次，许多时候，如蒙巴顿在当时所记录的那样，"仅仅就是为了来就个伴，一来减轻他心理上的压力，二来得到我能尽量给予他的安慰"。有些时候，尼赫鲁也会写信给他，开头第一句话就是："我不知道自己为什么要写这封信，只是感觉必须写一封信好让胸中的压抑得到排解。"

这位印度领导人在那段时期拼了命地工作。一位敬仰他的女士评价说，在几个月的时间里，"他从看起来像三十三岁的影星泰隆·鲍一下子变成在贝尔森集中营被关了三年的囚徒"。他的秘书艾扬格有一天发现他正把头垂在胸前准备打个小盹。

"我太累了，"尼赫鲁说，"我每天晚上只睡五个小时。上帝，我真希望能睡上六个小时。你每晚睡多久？"

"七到八小时吧。"他的秘书回答。

尼赫鲁一脸严肃地望着他。"在这样的时候，"他说，"六小时是必要的，七小时是奢侈，八小时可就是犯罪了。"

对于住在比尔拉府的甘地来说，德里暴力活动的规模不仅令他吃惊，更令他感到震撼。他曾经如此坚定地反对巴基斯坦，如今却要取代真纳成为留在印度的穆斯林们的偶像。他一到德里，穆斯林的代表们就络绎不绝地来到比尔拉府，他们向甘地历数锡克和印度暴徒们的种种恶行，乞求他不要离开首都，盲目地认为只要甘地在，自己的安全就有保障。毫无思想准备的甘地同意"在首都恢复昔日的宁静前，绝不会丢下他们而前往旁遮普"。

甘地对于自己一生为之奋斗的理想坚定不渝，对于自己宣讲的理念践行不二，特别是在最后这段令他伤感的生命时光里，尤为如此。面对被自己不幸言中的灾难，他奉行自南非以来一直支撑着自己的信条：爱、非暴力、真理和对全人类共同神灵的依赖。它们对于甘地的意义从来没有发生过改变，而甘地对它们的信仰也始终如一。变化了的，是印度。

将爱和非暴力作为反对英国统治者的方式而向印度大众进行宣讲是一回事。而对于那些眼睁睁地看着自己的孩子被杀害、妻子被强奸的男人，那些目睹亲人喉管被割断的妇女，那些在一瞬间变得一无所有而陷于绝望的人，要求他们用爱和宽恕去对待自己的敌人则完全又是另一回事。甘地坚信自己所宣扬的思想是让人们可以从冤冤相报中解脱出来的唯一路径。但他的这个思想是讲给神仙听的，在那年秋天的印度难民营里少有这样的神仙。

尽管健康状况很差，甘地仍然每天坚持前去那些难民营，以接近里面那些悲惨号呼、高叫报仇的人。"你说，你这个非暴力的使徒，"其中一名难民尖叫着问道，"我们应该如何生存？你让我们放下武器，但旁遮普的穆斯林见到印度教徒就杀。你要让我们像羊一样任人宰杀吗？"

"如果所有旁遮普人都在没有杀人的情况下被赶尽杀绝，"甘地回答说，"旁遮普必将名垂千古。"就像曾经劝说埃塞俄比亚人、犹太人、捷克人和英国人那样，此时的甘地平静地对怒火中烧的印度同胞们说："把你们自己变成甘愿牺牲的非暴力者吧。"

他的话顿时招来一片讥讽，有人高喊"你自己去旁遮普亲眼看看吧"。虽说为加尔各答立了大功，但他在穆斯林难民营遇到的境况也好不到哪去。在其中一所难民营，一位男子将两个月大的婴儿扔到他面前。面对望着自己的穆斯林们，眼含泪水的甘地只能安慰他们说："如果死亡无可避免，那就口念神灵的名字去死吧，重要的是不要让自己的心灵迷失。"听得目瞪口呆的穆斯林们同样报以讥讽之声。

当他在没有护卫的情况下来到旧堡难民营时，一伙穆斯林难民将他的汽车团团围住，并且大声向他咒骂。有人上前打开他的车门。他泰然自若地从车上下来，走到这伙人中间。他的身体还没有从绝食中康复，因此在向愤怒的人群说话时声音十分微弱，以至于每说一句话，身旁的人就不得不大声向众人重复转述。

就他本人而言，他说，"印度教徒、穆斯林、基督徒和锡克教徒之间没有分别，对我来说都是一样的"。这句友善的话招来的却是周围的穆斯林们一阵震耳欲聋的反对声。

在这一年秋天，他对穆斯林受害者的关心，他所坚持的悲惨和痛苦不分宗教以及穆斯林受到的伤害与印度教徒同样深重等思想，让许多印度教徒无比愤怒。加尔各答奇迹让这位身材瘦小的老人赢得众多印度穆斯林的感激之情，但也让大量的印度教徒对他怀恨在心。

甘地因忠实自己的信仰而导致众人情绪的激化，但他丝毫不为所动。他总是在祷告会上把基督教和印度教的圣歌、《古兰经》以及新旧约全书的章节与《薄伽梵歌》的内容放到一起，尽管处于危机之中，他仍然坚持在德里的祷告会上诵读古兰经文。

一天下午，在集会的人群中突然有人高叫道："就是因为你的鬼话，我们的母亲和姐妹被强奸，族群被屠戮。""甘地去死！"另一声尖叫传了出来，其余听者纷纷加入鼓噪，现场秩序顿时大乱。惊讶不已的甘地无法继续自己的宣讲，于是在怒吼声中黯然走下台。甘地的同胞们做到了英国人和南非的波尔人所做不到的事情。甘地无法完成自己的公共祷告会，这在平生还是第一次。

对于那位名字有朝一日将传遍全印度的年轻人马丹拉尔·帕瓦来说，他的复仇之路开始于一间医生的办公室。这间办公室位于距德里东南194英里的瓜廖尔城，也就是那位酷爱电动火车的王公所辖土邦的都城。办公室的主人是一个头骨很高的光头，他笑起来从来不露牙齿，模样与甘地惊人地相似。达塔特拉亚·帕楚儿医生，以其名为顺势治疗法的医术闻名瓜廖尔，即利用豆蔻籽、洋葱、竹笋、白糖和蜂蜜等物的自然治疗特性来医治支气管炎和肺炎病人。

除了医术，他还有其他方面的名气。马丹拉尔来找他可不是因为胸部有什么不适，帕楚儿真正关心的是政治，他是印度教极端组织国民志愿服务团在瓜廖尔的首领。

作为一名反对穆斯林的狂热分子，帕楚儿拥有一支由一千名追随者组成的私人军队，他在不久后吹嘘说，他将利用这支力量将六万名穆斯林赶出印度。他每看一名病人收费六安那，大多数的看病费以及他的政治基金所筹集到的钱，都被他用于购置球棒、刀具、虎爪和火器。他总是在留意发展新成员，又矮又壮的难民马丹拉尔既充满对穆斯林的痛恨，又拥有参加过国民志愿服务团活动的背景，对他来说正是一个不可多得的理想对象。帕楚儿向马丹拉尔承诺将让他品尝复仇的快感。同时，为了换取马丹拉尔的忠心，这名顺势治疗的医生还为马丹拉尔提供食宿以及一些能够被他杀掉的穆斯林。

马丹拉尔接受了帕楚儿的条件。事隔一个月，他在帕楚儿组织的一次"突击"行动中，残杀从博帕尔逃往德里的无助穆斯林，其手法与在巴基斯坦想杀害他父亲的穆斯林如出一辙。"我们在火车站静候，"马丹拉尔后来回忆说，"我们把火车拦停，接着就上车把他们全杀了。"

他们的行动明目张胆，最后让德里感到震怒。甘地本人在祷告会上就对他们给予了谴责。瓜廖尔的印度王公最终劝说帕楚儿对手下人进行约束。

气急败坏的马丹拉尔转而前往孟买，此时的他开始享受到充当职业难民的好处来，但是，这一次他决定要由自己说了算。他在一所难民营登记后，找了五十个愿意跟随自己的年轻人。紧接着，他就开始行动了。

"我们将每天都去孟买的穆斯林区。我们将进到最好的酒店里，大吃它一顿，吃那些我以前从来没吃过的东西。等到他们向我们要钱时，我们就说自己没钱，我们是难民。如果他们不干，我们就揍他们，还把店里的东西打烂。

"其他时候我们就跑到街上揍穆斯林，抢他们的钱。要不就把穆斯林小贩的摊子抢过来，把东西卖掉后把钱拿走。每天晚上回到集中营我的伙计们就会向我报告当天的情况，并把抢来的钱物交给我进行分配。这样的日子真不错。慢慢地，我变得越来越有钱了。"

不久后，原来总是小打小闹的马丹拉尔不得不组织一些更具破坏力的行动以维护自己的领袖权威。时值穆斯林的节日，马丹拉尔和两个手下带着三枚手榴弹前去一百三十二英里以外的艾哈迈德讷格尔。他们将手榴弹扔进一支路过的穆斯林欢庆游行队伍里。手榴弹爆炸后，他慌不择路地在这座城市的陌生巷道中飞跑，想找个地方躲几个小时。在他跑到一间名为德干客栈的破烂旅馆边时，突然看到一楼阳台上有一个自己再熟悉不过的东西——国民志愿服务团的万字三角旗。他急忙冲了进去。

"快把我藏起来，"他在冲进旅馆老板的办公室后说道，"我刚向穆斯林游行队伍扔了炸弹。"

坐在桌边的是印度国民志愿服务团在当地的头领，同时也是德干客栈的老板维什努·卡凯尔。身材矮胖的卡凯尔时年三十七岁，他从椅子上一跃而起，把两手挥向空中，比画出感激的手势。然后，张开双臂，给了这个年轻的投弹者一个大大的熊抱。对于马丹拉尔来说，他在复仇之路上从此不再孤独。

新德里，1947年10月2日

独立的印度与全世界一道，为这位印度最伟大的在世者庆祝他七十八岁生日。数以千计的电报、信件和便条像雪片一样飞进比尔拉府，象征着甘地的人民以及遍布世界的朋友们对他的敬意和祝福。一队难民以及印度、锡克教徒和穆斯林的领袖们从他的房间里走过，将鲜花、水果和糖果摆放在他的脚前。尼赫鲁、帕特尔、蒙巴顿夫人、各个部长、新闻记者还有外交官，所有人的到来让这一天成了举国欢庆的节日。

然而，在甘地的住所里却全无过节的气氛。每一位来访者都对这位年迈印度领袖的身体之虚弱感到震惊，特别是在看到他原本乐观活泼的性情变成深深的郁郁寡欢后，更是心碎不已。作为一名非暴力战士，他需要时间来完成自己的使命，但这位发过誓要活到一百二十五岁的老人却决定以祈祷、绝食和花大部分时间操作心爱的织机，来度过自己生命中的又一年。他要把庆生变成对这个原始工具以及它所代表的精神的庆祝，印度甫一独立便处在野蛮和暴力的风暴中，已经快要把这个精神忘却了。

为什么所有人都在向他祝福，他在晚祷会上问道。他们应该"向我哀悼"才更适宜。

"祷告，"他对追随者们说，"要么让风暴停息，要么让神灵把我带走。我不希望自己的下一个生日还要在火光冲天中降临。"

"我们去见他时都兴致勃勃，"瓦拉巴伊·帕特尔的女儿在那一天的日记里写道，"但在回来时心情沉重。"

独立印度的电台当晚用一期特殊的节目来为甘地庆祝生日，但甘地根本不听。他更喜欢的是独处和操作织机，静听着飞轮在嗡嗡转动中传递出来的"人性那平静而哀伤的挽歌"。

旁遮普，1947年9月—10月

与人类有史以来的每一次冲突一样，分治的灾难离不开性暴力的大爆发。几乎所有发生在这个不幸省份里的悲剧都包含着大规模的强奸行为。数万少女和成年女子被从难民队伍中、拥挤的火车上、孤立无助的村庄里抓走，如此之大的绑架规模是现代历史上绝无仅有的。

如果被绑者是锡克教徒或印度教徒，则通常在强奸后还会有一个宗教活动，即强迫其皈依伊斯兰教，以名正言顺地做绑架者的妻妾。十六岁的印度教少女桑塔什·南德拉尔住在巴基斯坦城市米扬瓦利附近，这位律师的女儿在遭到绑架后被带到所在村的村长家里。

"他们用手打了我几次，"她回忆说，"然后就有人拿着一块牛肉来到我面前，命令我把它吃掉。这真是太恶毒了。我长这么大从来没有吃过肉。所有人都在笑。我哭了起来。一名毛拉过来背诵了几句古兰经文，强迫我跟在他后面一句一句重复。"

这名毛拉接着为她取了一个新名字，桑塔什从此变成"阿拉·拉基——真主拯救下来的人"。这位真主拯救下来的女孩被带到全村男性参加的拍卖会上。把她买下的是一个锯木头的人。"他不是个坏男人，"她在逃脱苦海二十五年后心怀感激地回忆着，"他不强迫我吃肉。"

锡克教的第十位大师曾特别要求追随者们不可与穆斯林妇女发生性行为，为的就是要防止类似旁遮普那样的情况发生。这却导致锡克人之间盛传穆斯林妇女精通床笫之术、性能力超强之说。在旁遮普事件的影响下，锡克人忘记了大师的警告，开始放纵自己的肉欲。在病态的狂热驱使下，他们到任何有穆斯林存在的地方发动袭击，直到他们所在的旁遮普地区也开始买卖起遭绑架的穆斯林妇女为止。

五十五岁的布塔·辛格是一位曾参加过蒙巴顿指挥的缅甸战役的锡克老兵，九月里的一天下午，正当他在锄地时，忽然听到身后传来令人恐怖的尖叫声。他回头望去，看到一名本族的锡克人正在追赶一位跑向自己的年轻女子。那女子栽倒在布塔跟前，口中乞求着："救救我，救救我！"

他走到女子和追赶者之间，瞬间就明白了发生了什么事。这位女子是一个穆斯林，锡克人把她从过往的难民队伍中抓了出来。这场全省范围内的灾难在不经意间降临到布塔·辛格的一亩三分地上，却给他带来了解决自己老光棍问题的一个意想不到的机会。他为人羞涩，从未娶妻，一是因为他家境贫寒，无法帮他买回一个媳妇；二是因为他天生胆小，有心无力。

"多少钱？"他问那个来抓女孩的人说。

"一千五百卢比。"那人回答说。

布塔·辛格连价都没有还。他走进自己的小屋，拿着脏兮兮的一沓卢比走了出来。这名被他用钱买下来的女子年方十七岁，比他足足小了三十八岁。她的名字叫泽妮布，是拉贾斯坦省一家小佃农的女儿。对于这位老而孤独的锡克人来说，她成了一个让自己开心的小玩物，半是女儿、半是用人，彻底改变了他过去死水一潭的生活。他从来无法施给他人的慈爱一下子在泽妮布身上泛滥了。每隔上一天布塔就会到离家最近的集市上为泽妮布买一些小玩意，纱丽、肥皂、绣花拖鞋什么的。

对于泽妮布来说，她在逃出来之前曾遭到毒打和强奸，这位孤苦的老锡克人倾注在她身上的同情和温柔，让她既始料不及又感怀备至。为此，她还布塔以感激的关爱，并迅速让布塔·辛格的生活掀起翻天覆地的变化。白天她和他一同下地，黎明和黄昏帮他给牛挤奶，晚上陪他睡觉。就在离他们的小屋十六英里远的地方，苦难的难民潮在大干道公路中上下涌动着。布塔·辛格的十二亩土地就像是从充满仇恨的大冰山上割下来的小角，悄无声息地远离了苦难。

那年秋天里的一天，按照锡克风俗，在太阳升起前，通向布塔·辛格家的小路上响起了奇特的笛声。布塔·辛格骑在一匹身披天鹅绒的马背上，在一群歌手和打着火把的邻居们的簇拥下来到自己的家门前，他要正式将自己用一沓脏卢比买回来的穆斯林小女孩迎娶为自己的妻子。

一位大师手拿锡克教的圣书《锡金圣典》跟着他走进屋里，等在里面的泽妮布身穿布塔新为她买的纱丽,身体因激动而轻微地抖动着。布塔·辛格缠着崭新的猩红色头布,容光焕发地走近泽妮布,然后在她的身边蹲了下来。大师先是向他们解释了婚后生活的彼此义务,接着,这对新人便跟随大师一句一句开始诵读经文。

诵读结束后,布塔·辛格站起身来,抓住一条绣带的一头,泽妮布抓住绣带的另一头。随后,泽妮布跟在布塔身后,神秘地围绕《锡金圣典》转起圈来。当转完第四圈的那一刹那,他们正式结为夫妇。屋外,新一轮太阳冉冉升起,他们的土地沐浴在了金色的阳光里。

几个星期过后,这个给旁遮普人带来如此多恐怖和艰辛的多事之秋,又将最后一份礼物送给布塔·辛格。他的妻子告诉他,自己怀上了他梦寐以求的孩子。命运仿佛专门挑选了这位锡克老人和他年轻的穆斯林姑娘来接受自己的眷顾。然而,事实并非如此,等待这两位并不相配的夫妇的漫长而又残酷的考验马上就要开始了,而这个考验对于数百万人来说,就是分治给他们造下的罪孽。

政府大楼地图上一排排弯弯曲曲的红色图钉向着它们的目的地一点点地在延伸,所谓目的地就是难民营。无家可归、四处流浪的人们像潮水一样在印巴两国的边境线上来回涌动着,让两国政府面临着任何国家都难以解决的难题。那些苦难的民众期待着奇迹的出现。他们认为已经赢得的自由就是包医百病的良药,无论如何都可以让他们的领袖们能量大增,从而抚平自己的伤痛。

卡拉卡是一位印度新闻记者,他在贾朗达尔看到一位上了年纪的锡克老人手里抓着一沓从学生笔记本上撕下来的纸,满脸茫然地绕着难民营徘徊不止。那沓纸实际上是公共书记员为他列的清单,上面记录着他在巴基斯坦失去的所有财产,他的牛、房子、床、壶和锅等。这位锡克人为每件物品都标了价,全部加起来总共 4500 卢比。他对卡拉卡说,他要把这些清单拿给政府,因为政府会把钱还给他。

"哪个政府?"卡拉卡问他。

"我的政府呀。"这位老锡克回答说。紧接着他又以惊人的天真补充道:"先生,请问你能告诉我该到哪里去找我的政府吗?"

有钱人遭的罪和穷人没有两样。阿姆利则的一位锡克官员将自己家的车房改建成个人的难民收容所,里面住着的十几个人都是他自己的朋友。就在两个月前,这些人还都是拉合尔的百万富翁,如今的他们却全都变得一贫如洗。另一位官员还记得,在护送难民列车到德里时看到车上一个痛哭流涕到无法自持的男人。他不由得上前询问这个穿着体面的男人,结果得知他是因为钱财尽失而悲从中来。

"你真的什么都没有了吗?"官员问道。

"只剩下五十万卢比而已。"男人回答说。

"可是,"官员反驳他说,"这么说你还是很有钱呀!"

"不,"男人回答道,"我要把每一分钱都捐出来,不把尼赫鲁和甘地杀了,就解不了我的心头之恨。"

对大量涌动的难民进行管理,其工作量庞杂得难以想象。不但要设法找到上百万件的毛毯、帐篷和疫苗,还要及时发放。为难民提供赖以生存的食物,需要在运输补给方面做出巨大而艰辛的努力。随着难民营里人满为患,环境条件变得让人无法忍受。死人、腐烂物和病变所发出的恶臭就像清晨湖面上的薄雾一样笼罩着每一座难民营。

"这就是自由的气味。"一位锡克上校在驾车驶近阿姆利则的一座难民营时,辛酸地叹息道。在另一座难民营里,一位印度记者注意到一名年轻男子守在奄奄一息的母亲身边——他不是在陪母亲度过生命的最后时光,而是要确保在母亲死后能拿到盖在她身上的毛毯。

除了甘地,德里的政治领袖们谁也没有一位身穿圣约翰救护人员制服的棕发英国女子得到那些难民营中的难民们更多的熟悉和爱戴。从某种意义上说,分治前的那几周时间属于她的丈夫,而在印度面临考验后的数周时间则属于她——埃德温娜·蒙巴顿。在那个秋天里,她总是在被无尽的愤怒驱使着,对自我的要求程度甚至连她的丈夫也望尘莫及。她在那些肮脏不堪的难民营里安慰伤者和垂死者,仿佛是在对少不更事时的所有浮华进行救赎。她的温柔里蕴含着高贵的内在气质,她的热情投入因为她广博的学识和出色的组织才华而更加高效和切合实际,这一切让众多印度人对埃德温娜·蒙巴顿难以忘怀。

她每天早晨六点钟就坐到办公桌前,一天的睡眠时间不足五个小时。一天当中,她从一座难民营来到另一座难民营,从一所医院来到另一所医院,调查了解情况,及时批评和纠正错误。她的走访绝不流于形式。她知道每座难民营里应该为每一千名难民安装多少个水龙头,知道如何确保所有人及时接种疫苗,以及如何组织做好卫生和防疫工作。

艾扬格记得,有一天晚上六点钟,她在烈日下巡视难民营长达十二个小时后,仍然来到应急委员会参加会议。她的助手们早已疲惫不堪,倒在委员会接待室里的座椅上就睡着了,但屋里的埃德温娜"冷静、缜密、实干而且服饰利索,就所有层面上的问题——陈述自己的见解和方案"。

她讨厌坐飞机,每次升空都会大病一场。但只要可以节省时间,她就随时随地起飞,只是会在着陆前用口红把因呕吐而弄脏的嘴唇画画而已。一旦出现需要她前往解决的紧急情况,她会毫不犹豫地命令皇家空军的英雄飞行员们,不惜违反安全禁令而在伸手不见五指的黑夜里起飞。

"如果你对她说,殿下,我想这件事不适宜由你来做,那你可真就是办了一件大蠢事,"她丈夫的副官豪斯中校回忆说,"如果你说了这句话,她立刻就会反其道而行。"

在她的头脑里,不存在太恐怖的情景,不存在太肮脏的小屋,不存在太丢人的任务,不存在太病重的印度人。豪斯怎么也忘不了她蹲着身子,在深至脚踝的泥水里陪伴着眼看就要死于霍乱的人们,在他们的弥留之际,在人类最可怕的传染病面前,安详地用手触摸他们烧得滚烫的额头。

这可怕的几个星期让印度和巴基斯坦惶惶不可终日,但同时也造就出一批又一批英雄人物,他们当中绝大多数人既没有留下姓名,也没有得到感谢,就连他们的事迹也往往因为时过境迁而被人们忘得一干二净。身为阿姆利则警察的阿什维尼·库马尔所说的话道出了许多人的感怀。"在那样地狱般的环境里,一个人要想保持心智的健全,"他说,"唯一的方法就是每天救下一条人命。"这位年轻的警察以忘我投入的崇高精神默默地奉献着自己。有的锡克人将自己的穆斯林朋友藏匿数月,或是从暴徒的手中把他们救出；有的印度教徒，以下面这位不知名的旅行推销员为例，一边将二十二岁的穆斯林铁路职员艾哈迈德·安瓦尔从企图杀死他的暴徒手里抢出，一边高声大叫"他是一名基督徒"；还有像那位边防军步枪队军官一样的穆斯林，这名军官在保护一队锡克难民队伍时，被自己的巴基斯坦同胞杀害。

渐渐地，混乱的局势开始有了些恢复秩序的表象。印巴两国军队的军纪得到一定的整饬，对火车及难民队伍的保护方案比以前更显成效。尼赫鲁称之为"新政府执政最佳课堂"的应急委员会开始对旁遮普的局势有所掌控。数百万难民虽然仍在跟跟跄跄地继续前行，但让他们成为惊弓之鸟的暴力活动开始消失。在一份提交给应急委员会的情报里，有这样一句简洁的文字足以证明以上的结论。

"将穆斯林从火车窗里扔出的现象，"这份情报说，"正在呈下降的趋势。"

正可谓福无双至、祸不单行，饱尝苦难的大众还要面临来自最后一个魔鬼的诅咒。季风来了。火辣辣的天空在八九月间任凭数百万悲惨的旁遮普人乞求而滴水不降，此时终于开始发威，将印度五十年不遇的大雨一股脑倾泻到大地上。仿佛是旁遮普的众神被人们的行为激怒而在大发雷霆一样。旁遮普的名称得自奔腾于其上并养育其子民的五大河流，而此时此刻，这五大河流全部泛滥成灾，将旁遮普陷入一片汪洋。

雨带沿着喜马拉雅的巨大山坡逐渐下移，雨水在与融化的雪水相汇合后，一路奔腾扑向平原，形成像房子一样高的座座水墙。被夏日的骄阳灼烤得只剩下一道小溪的河床，顿时变得激流滚滚。分治以及旁遮普的混乱让英国人设置的洪水预警系统无法正常发挥作用。在几乎没有任何通知的情况下，排山倒海的洪水便于9月24日晚以雷霆万钧之势直扑旁遮普的心脏地带，并且一举越过河堤，就像是世界末日到来一样，将筋疲力尽正要倒下来合眼过夜的数万难民尽数吞没。

阿卜杜拉合曼·阿里是一位穆斯林小佃农。那天晚上，他和数百名同村人在干涸的比亚斯河岸边歇息。他们营地上的气氛活跃而轻松，距巴基斯坦以及安全点仅仅只有五十英里之遥了。可惜，对于大多数人来说，他们期待越过的那道边界线将是一个永远的梦而已，这些人当中只有几十人在肆虐的比亚斯河水中侥幸逃生。

阿里将自己的牛车停放在营地外围的一处高地上，人们的惊叫和洪水发出的巨大轰鸣声把他从睡梦中惊醒。他和家人赶忙爬到牛车上。洪水先是没过牛车的轮毂，接着又漫上平板，然后是他们的膝盖，一直到他们的胸口，最后终于消退了。阿里一家在接下来的两天里什么吃的东西也没有，一边在寒冷中打着哆嗦，一边看着洪水卷着破烂不堪的牛车、肿胀的动物以及他们的朋友和邻居们的尸体漫无方向地来回涌动。

洪水的可怕冲击力让通行了几十年的桥梁不是被冲垮，就是被淹没。印度军队上校阿什维尼·杜贝在阿姆利则城外亲眼看着比亚斯河水漫过河面上的铁路桥。河水把牛车、牛连同它们的主人全部卷走，紧接着又将它们狠狠地砸向桥墩，"像捏火柴盒一样把车身撞得粉碎，人和动物更是无一幸免"。

《生活》杂志的玛格丽特·伯克-怀特在拉维河水涨到齐腰深时不得不逃离河岸，一名印度军官的拼命叫喊救了她一命。当河水最终消退后，她回到原来的地方，那天晚上总共有四千名穆斯林难民在这片铁路路基与河水之间的草甸上驻扎，活下来的只剩下不到一千人。整个草甸"活像是一个战场：牛马车的车身倾覆，居家用品和农场里使用的工具陷在烂泥和各种残骸里"。

对于锡克警察古尔恰兰·辛格来说，有一个情景一直是那场最后惨剧的象征。洪水开始消退的那天清晨，他在微弱的晨曦中看到了这样一幕：他派去保护难民的一名廓尔喀兵的尸体挂在一棵菩提树的树枝上，尸体上的肉已经被秃鹫吃得干干净净，而在他正下方的地面上，则是难民们的尸体残骸。

*

没有人确切地知道在那可怕的几周里究竟死亡了多少人。人们所处的环境异常混乱，旁遮普的行政体系完全瘫痪，想要做精确的清查是不可能的。那些被丢在路边等死的人，被扔进井里的人以及在房子或村子被烧毁时葬身火海的人，其数量之大难以估量。最悲观的估计认为，死亡人数在 100 万到 200 万之间。印度最重要的研究者戈帕尔·达斯·柯斯拉法官将数字定在 50 万。英国两位最杰出的历史学家，一位是当时正效力于巴基斯坦的彭德雷尔·穆恩，另一位是亨利·霍德森，他们认为该数字应该为 20 万到 25 万。昌杜拉尔·特里维迪爵士是印度委任的首任旁遮普省省长，同时又是对旁遮普事件最了如指掌的官员，他分析得出的数字为 22.5 万人。

不过，难民的数量还是容易查清的。从整个秋天一直到冬天，难民们始终在瓦加、苏勒曼奇和巴罗奇渠首这几处来回流动。这星期是 50 万，下星期是 75 万，总数最终一直攀升到 1050 万。不过，还将有 100 万人从孟加拉以更为和平的方式跨越边界。旁遮普发生的恐怖局面，不可避免地要让末任副王和印度的政治领袖们饱受如潮的非议。印度独立的死敌、伦敦的温斯顿·丘吉尔就用难以掩饰的得意来评价昔日世代和谐生活在"英国王室广泛、宽容而且公正的统治之下"的人民所遭受的苦难，说他们在互相搏杀时"像食人族一样疯狂"。

克莱门特·艾德礼在十月初曾就英国是否"采取了错误的政策或是太急于求成"而向伊斯梅勋爵征求过意见。有一件事情是确切无疑的，那就是印度的领袖们不仅支持蒙巴顿速战速决的政策，甚至毫无例外地要求他尽快对该政策予以实施。真纳从来没有停止重复的一句话就是，速度是协议的基础。瓦拉巴伊·帕特尔也把速度作为其基本诉求，并且清楚地表示国大党接受留在英联邦内的唯一条件就是立即进行权力交接。尼赫鲁则不断警告副王，如不早下决心则印度将有内战之虞。即使是甘地，尽管他反对分治，也敦促蒙巴顿立刻撤出印度。蒙巴顿的前任韦维尔勋爵同样坚信加快速度的必要性，甚至不惜以逐省疏散的方式来实施他的疯人院计划。

蒙巴顿勋爵本人则始终相信，以他在 1947 年到达印度时的情形来看，做出其他任何选择只能让印度陷入空前规模的内部冲突中，而这又是英国既没有能力也没有意愿去控制的事情。

分治协议在旁遮普所产生的暴力活动，是蒙巴顿和他的顾问们始料不及的。五万五千名旁遮普边防军的任务是维持该省的秩序，不料却在这场规模空前的灾难中束手无策。然而，无论这场突发事件的后果有多么严重，它毕竟只限于印度的其中一省及其 1/10 的人口范围内。其他方案却有可能将整个印度都置于像分治带给旁遮普那样的大灾难中。

对于因分治而产生的数百万受害者，重新安家和重新团聚还需要好几个月漫长而难挨的时间。他们为自由付出了代价，这些代价将深深地烙印在未来的岁月里。在这个秋天，人们在愤怒和沮丧的呐喊中表达出让所有人都感到奢侈的意愿，一群在旁遮普的难民营里挨饿的人向着一名英国军官高声喊叫："英国人还是回来吧！"

15

"克什米尔——举世无双的克什米尔"

克什米尔，1947年10月22—24日

  克什米尔王公的宫殿位于斯利那加，金碧辉煌的接待大厅中正在举行着的仪式是印度历史上最为古老的盛事之一。每年一进入10月，当月亮初升时，印度教徒就开始庆祝一个为期九天的节日，以纪念湿婆神的妻子杜尔迦与牛首大魔神大战九天的传奇故事。克什米尔王公哈里·辛格按照先辈传下来的百年传统，在10月24日，也就是节日结束的当天晚上，将土邦中的所有贵族和名门显要召集在一起，接受他们的宣誓效忠。所有人一个接一个来到他的宝座前，将一块包着绸布的黄金放在他的掌心里。

  这位性情乖张的王公运气好得出奇，印度的世袭王公仅存三位，而他便是其中之一。另外两位分别是公国内的臣民们恨之入骨的居那加德的纳瓦布，以及海得拉巴的尼扎姆。居那加德地处印度中央，却罔顾任何逻辑常识一心想要加入巴基斯坦。于是他的末日也就指日可待了：不出十来天，印度军队就开入他的土邦，这位纳瓦布只来得及匆匆将妻妾和宠物狗塞进飞机，便一溜烟逃到巴基斯坦去了。尼扎姆的好时光亦屈指可数。虽说他为了让英国和印度承认自己的独立地位而孤注一掷地挣扎了很长时间，但末任副王走后没多久，他的土邦便被并入独立后的印度。

  当初，面对蒙巴顿提出的在8月15日前就所持立场进行表态的要求，

哈里·辛格诡称腹痛而蒙混过关，现在的他早就什么不适也没有了。他坐在状如莲花的金伞下，头上缠着镶嵌钻石的头巾，脖子上挂着由十条珍珠项链串起的绿宝石，那是他的土邦中最值得让他骄傲的物件。此时此刻，哈里·辛格仍然怀揣着他在特里卡河边上对自己的老朋友所说的梦想。他要继续留在王位上，一个世纪前，他的先辈们以六百万卢比和每年六条用克什米尔高山羊脖子上的细绒毛织成的披肩为代价，从东印度公司手上购得了这片美丽山谷的独立权，他不能坐视自己的权利被剥夺。然而，这实在只是一个梦，仅仅四十八小时过后，他就不得不被残酷地唤醒。

正当克什米尔的贵族们在哈里·辛格那金碧辉煌的接见大厅里进行着向君主表示效忠的仪式时，另有一群人已经闯入到位于斯利那加以东五十英里处的杰卢姆河岸上一座装满机器的房子里。他们当中有一个人将一捆甘油炸药扔到遍布控制杆和仪表的平台上。在大声发出警告后，用火柴将导火索点燃，然后迅速跑出房子。十秒钟过后，马胡拉水电站发出一声震耳欲聋的巨响。从巴基斯坦边界一直到拉达克，甚至是将中国阻隔开来的万丈群山，所有的灯光都熄灭了。

哈里·辛格的水晶吊灯里数百只灯泡在可怕的一瞬全部熄灭，整个宫殿顿时陷入一片漆黑。与此同时，他心爱的都城也完全失去了电力。在波光荡漾的达尔湖上，几十名坐在装饰着鲜花的船屋上的英国男女，不由得猜测起这神秘的黑暗究竟有着什么样的意味。这些退了休的上校和公务员们不可能想到的是，灯光的消失竟然意味着他们不受打扰地享受阳光和鲜花的天堂式生活从此将宣告终结，那个每月花上三十镑就可以活在贾汗季皇帝梦境般的时光已经一去不复返了。

卡兰·辛格是王公的长子，此时的他由于腿部刚动过手术而不得不待在宫殿内的卧室里，静静地聆听从喜马拉雅冰川刮来的凉风在克什米尔山谷中呼啸通过。突然，他与自己的父亲以及成千上万的克什米尔人一样，听到另一个被狂风吹送而来的声音。躺在黑暗中的他，一边听一边感到浑身冰凉。那是遥远而悠长的狼叫声，正由远而近向这座城市袭来。

在 1947 年 10 月 24 日这天晚上，同时正在向斯利那加和克什米尔山谷扑来的还有另外一群别样的豺狼。在此前的四十八小时里，有近千名帕坦部落人在源源不断地涌入哈里·辛格的土邦，为的是要终结他的独立之梦。他赖以自保的私人军队，有一大半不是叛变就是消失在了群山之中。

就在两个月前，穆罕默德·阿里·真纳向身为其军事秘书的英国人威廉·伯尼上校提出了一个无知的要求，这场残酷的闪击战铁定与此事相关。真纳在长达一周的艰苦谈判中耗尽心力，不治的肺病让他的健康更加恶化，于是，他决定给自己放假，好好休养一下。他计划于9月中旬到克什米尔度假两周，便派伯尼上校前往克什米尔提前进行安排。

真纳选择到克什米尔休假完全是一个自然的想法，因为不论是他，还是他的大多数同胞，都理所当然地认为穆斯林人口占了总人口3/4的克什米尔，无论如何都只能是巴基斯坦的一部分。

然而，当他派去的英国人在五天之后返回时，带回来的却是一个让他难以置信的消息。哈里·辛格不许他踏上自己的国土，哪怕作为一名普通游客也不行。巴基斯坦的领导人由此而首次发现，克什米尔的形势并没有按照他们之前想象的那样发展。仅仅过了四十八小时，真纳的政府便派遣了一名秘密特工潜入克什米尔评估局势，刺探哈里·辛格的真实意图。

该名特工返回后报告的情况让他们震惊：哈里·辛格完全无意加入巴基斯坦，这可是巴基斯坦的开国之父们所不能容忍的。9月中旬，利雅卡特·阿里·汗召集一群经过特别选定的人在拉合尔秘密开会，讨论如何让克什米尔王公改弦易辙。

与会之人一上来，便否定了直接入侵的方案。巴基斯坦军队还没有做好准备进行一场很有可能导致与印度发生战争的军事行动。倒是另外两个方案引起了他们的热烈讨论。第一个方案是由阿赫巴尔·汗上校提议的，此人毕业于桑赫斯特军校，为人阴险狡猾。他建议巴基斯坦向克什米尔的穆斯林异见分子提供武装和金钱，煽动他们发动起义。虽说这个方案需要花费数月的时间来完成，但阿赫巴尔·汗保证说，"一定会有多达四万到五万克什米尔人攻入斯利那加，从而迫使其王公加入巴基斯坦"。

第二个选项更加吸引众人。提议者是边境省的首席部长，他提出动用来自西北边境省的次大陆中最善于制造事端和最令人惧怕的帕坦部落人。早在英国人统治时期，如何在冲突不断的部落属地维持和平稳定就一直是个大难题，如今的巴基斯坦在这个问题上同样颇感棘手，并且，部落对于由这些同为穆斯林的兄弟所组成的政府是否忠诚也很有疑问。正如该省的最后一任总督奥拉夫·卡罗爵士所说过的那样，阿富汗国王的特工们早就在对各部落进行鼓动，以实现其将领土扩张到白沙瓦和印度河岸的野心。将这些危险的群体送往斯利那加是一个用意颇深的策略。一来它可以让克什米尔王公很快倒台并使他的公国并入巴基斯坦；二来给了部落人洗劫克什米尔集市的机会，从而让他们把贪婪的目光从白沙瓦的集市上移开。

这场会议在首相利雅卡特·阿里·汗的严厉警告声中结束。所有行动必须严格保密，费用由其办公室的秘密经费支出。此事不得对巴基斯坦军队和公务员，尤其是英国籍军官和行政人员泄露。

三天后，在白沙瓦老城中一座破房子的地下室里，巴基斯坦方面指派的胡尔希德·安瓦尔少校与一群帕坦部落首领会面，他要努力挑动这些人的情绪，诱使他们前往斯利那加。这位安瓦尔性格冲动，把自己化装得极为怪异，实在看不出是做这件事情的合适人选。他过去曾在印度军队中服役，但因贪污食堂伙食费而被革职，从而结束了行伍生涯。围坐在他身旁的部落首领们穿着松松垮垮的长袍，留着从不修剪的胡须，一个个活像扫罗和大卫手下的武士们。他们一边喝着气味浓烈的茶水，吸着水烟袋，一边听安瓦尔对克什米尔局势的严峻形势分析。身为异教徒的印度王公将要让他的土邦加入印度。如果不赶快行动，他警告说，印度就会很快占领克什米尔，几百万穆斯林同胞就将沦落到印度的统治之下。他们必须征集部落兵员，为克什米尔的穆斯林兄弟发起圣战。他在请求对方发动爱国圣战的同时还做出另一个隐晦的暗示，后者作为发动战争的理由与前者的历史同样古老，只是唯独失去了英雄主义的意味，但它对于帕坦人的鼓动性却远远大于任何其他方面的精神动力，那就是允许他们自由抢掠。

在仅仅几个小时的时间里，吉哈德，这个发动伊斯兰圣战的古老动员令，就传遍帕坦人所在的每一个地方：村庄里用土墙围起的院落、宿营地、兰迪科塔尔、开伯尔山口沿线、几十年来制造枪支所在的秘密山洞、走私车队的伪装库房。密使们开始在一个又一个集市上采购并储备压缩饼干，以及一种用玉米面、鹰嘴豆和蔗糖混合制成的食物。这种食物名叫粗糖，帕坦人一天下来只要就着水和茶吃两三次，一次只要吃几口，就足以在好几天的时间里维持精神和体能。渐渐地，人、枪和物资开始集中到发动圣战的各个出发地，他们不仅要拯救克什米尔的兄弟们，还要过足世代遗传的抢掠瘾。

电话线两端的人不仅仅说的都是英语，而且还同是巴基斯坦两个最重要的人物。乔治·坎宁安（George Cunningham）爵士是西北边境省的总督，他正在自己的白沙瓦办公室里与另一位爵士、巴基斯坦军队总司令弗兰克·梅瑟维（Frank Messervy）中将通电话。

"我说，老伙计，我有一个感觉，"坎宁安对梅瑟维说，"好像有什么奇怪的事情在发生。"几天以来，他说，总有满载高喊"安拉胡阿克巴"的部落人的卡车在白沙瓦内外穿行。他手下的首席部长似乎是让这些人群情激愤的幕后人物。整座城中，除了他好像谁都知道这些人的去向。

"你是否百分之百确定，"他问梅瑟维，"政府仍然在对部落入侵克什米尔持反对态度吗？"

坎宁安打来电话时正赶上梅瑟维将军准备出门远行。巴基斯坦政府以印度未能兑现运送分配给巴基斯坦的武器为由，让这位身为总司令的英国人远赴六千英里以外的伦敦去采购，从而确保在部落入侵克什米尔时不会受到其干预。

"我可以向你保证我反对任何这样的想法，"梅瑟维对自己的同僚说，"并且首相本人也亲口向我做出过同样的保证。"

"哦，"坎宁安说，"如此，你最好知会他这里发生的情况。"

几个小时后，梅瑟维在前往伦敦的路上致电利雅卡特·阿里·汗。利雅卡特·阿里·汗在回答梅瑟维时的语气，像犍陀罗寺院里的佛像一样平静。利雅卡特·阿里·汗对他说，这些担心毫无道理，巴基斯坦永远不会容忍这样的行动。还说他会马上联系省里的首席部长，命令他立即停止过激的行动。在得到承诺后，梅瑟维起飞前往伦敦去采购枪炮子弹，这场经过精心设计的冲突就是要趁他不在时发动，结果还歪打正着地享受到他的伦敦之行所买回的补给。

巴基斯坦－克什米尔前线，1947年10月22—24日

战前产的福特旅行车关闭了车灯和引擎，在冰冷的晚上滑行到距一座桥一百码的地方停下。车后是一连串黑色的影子，那是一队卡车，车上满载着悄声不语的人。滔滔奔腾的杰卢姆河水在拍打他们脚下乱石丛生的河床时所发出的声音充斥着整个黑夜。坐在旅行车里的是塞拉布·哈雅特·汗（Sairab Khayat Khan），这位年方二十三岁的年轻人是穆斯林联盟旗下绿衣人组织的首领，此时的他正紧张地用指尖揪着唇边的胡子。在他面前的桥对岸，就是克什米尔的疆界。

他两眼紧盯着那座桥，等着计划中的火光出现，那将表明哈里·辛格军队里的穆斯林部队已经政变成功，不但杀死了他们的印度教徒军官，还切断了通往斯利那加的电话线，并且解决掉了桥对面的卫兵。突然间，一团玫瑰色的火光在黑暗中划起一道弧线。塞拉布·汗发动他的旅行车，一路颠簸地冲过桥面。争夺克什米尔的战争就此打响了。

几分钟后，他的车队在未受阻拦的情况下进入这座名为穆扎法拉巴德的小城海关。两个睡眼惺忪的海关官员步履不稳地从小屋中走出，举手示意让他们停车接受检查。帕坦人高叫着战斗口号纵身一跃，跳到他们面前。其中一个人被他们追进小屋后，绝望地拼命摇着早已被切断线的电话机，于是，被激怒的帕坦人就地用电话线把他绑了起来。

领导这次入侵行动的年轻指挥官不由得兴高采烈地得意起来。一切都再完美不过。通往斯利那加的通道就在帕坦人面前敞开，那是一条135英里长的建设良好的公路，没有守卫。不消天亮，他们就可以大摇大摆地在没有任何危险的情况下兵临斯利那加城下，数千帕坦部落人将以秋风扫落叶之势，一举攻入还在熟睡中的哈里·辛格的都城。塞拉布·哈雅特·汗和他的先头部队将迅速攻占哈里·辛格的宫殿。他在心中暗想，他要亲手将早餐递给这位王公，同时向他宣布即将在1947年10月22日这

一天传遍世界的消息：克什米尔已经归属巴基斯坦。

这位年轻人很快就从美梦中醒了过来，那些设计这场入侵的战略家们做出了一个致命的误判。当塞拉布·哈雅特·汗正要带着他的部队开往斯利那加时，却突然发现自己的队伍早已不见了踪影。在他的车边，连一个帕坦人也没有，他们早就消失在了夜色里，他们要让为解救克什米尔穆斯林兄弟而发动的圣战从抢劫穆扎法拉巴德的集市开始。

正是由于对几十间商铺的抢掠，穆罕默德·阿里·真纳将再也看不见克什米尔的山谷。"人人都在为自己，"塞拉布·哈雅特·汗回忆说，"部落人开枪把锁打坏，把门撞毁，将店铺里所有值钱的东西抢得一干二净。"

绝望的塞拉布·哈雅特·汗和他的军官们气急败坏地上前阻止，拼命拉着这些人的袍子，要把他们从抢来的东西前拉走。"你们这是在干什么？"他不断地问着，"我们要做的是去斯利那加呀。"

所有的话都是对牛弹琴，没有什么阻止得了他们发自本能的对抢掠品的狂热。这个十月的晚上，斯利那加已不会属于这伙帕坦部落人。他们向着因遭到破坏而致使哈里·辛格的宫殿陷入黑暗的那座水电站边走边抢，如此一来，光是这段七十五英里长的路就耗掉他们四十八个小时。

新德里，1947 年 10 月 24 日

克什米尔遭到部落人入侵的消息，还是在塞拉布·哈雅特·汗的先头部队夺取杰卢姆河上那座桥梁超过四十八小时以后才传到新德里的。然而，印度政府并不是从拼命要与其取得联系的王公那里得知这一消息的，整个故事听起来既不同寻常又令人感慨。在过去的八周时间里，曾经人满为患的旁遮普主要公路上仍矗立着成排的电线杆，吃得饱饱的但还在逡巡徘徊的秃鹫依然站在连接印度和巴基斯坦的电话线上守望着。正是这根电话线让拉瓦尔品第号码为 1704 的电话，得以拨通远如隔世的新德里号码为 3017 的电话。这两个号码是巴基斯坦和印度军队两个总司令之间的私人电话，他们同为英国人，并且是关系密切的朋友，他们二人在昔日的印度军队里更是亲密无间的战友。

10月24日星期五下午不到五点钟，临时替代被派往伦敦的梅瑟维将军的道格拉斯·格雷西少将收到一份秘密情报，了解了克什米尔正在发生的情况。该情报就入侵者的兵力、武器装备和所在位置都做了精确的报告。格雷西没有丝毫犹豫，他径直来到梅瑟维住处的私人电话前，将这一宝贵的消息通报给真纳最为忌惮的人，那就是指挥这个世界上唯一可能击退克什米尔入侵者的印度军队的总司令。

罗布·洛克哈特中将是一位苏格兰人，也是格雷西在桑赫斯特军校的老同学，他在得到格雷西提供的情报时大吃一惊。他连忙将这一情报转达给另外两个英国人：大总督蒙巴顿勋爵和陆军元帅奥金莱克。

那天下午，针对格雷西的电话所产生的对话，成为后来一系列非比寻常的对话的发端。刚刚爆发的冲突让卷入旋涡的英国军官们深陷于令人痛苦的道德困境中。作为普通人，他们关心的是阻止冲突的蔓延，以及制止曾经同与自己共事的印巴战友们相互残杀。作为军人，他们接到的命令却又往往与自己的意愿完全相违背。

格雷西与洛克哈特之间的交谈仍将持续下去，即便在他们各自指挥的军队在克什米尔雪地里兵戎相见时也还是如此。二人的态度招来各自政府的强烈不满，同时也殃及其他对这场冲突表现出厌恶的英国人，如此一来，他们待在次大陆的时间也就寥寥无几了。然而，印巴之间在那年秋天并没有爆发全面战争，大规模的屠杀事件也没有发生，这在很大程度上要归功于格雷西和洛克哈特之间的秘密交流，连接拉瓦尔品第1704和新德里3017的那根电话线在这件事情上可谓厥功至伟。

蒙巴顿得知这个消息时，刚好在换装，准备出席欢迎泰国外交部长的宴会。当把最后一位客人送走后，他请尼赫鲁留了下来。印度首相听到这个消息后惊得目瞪口呆，这个消息对他的打击实在再大不过了。他爱自己的故土，胜过其他任何地方，那里就像是"一位美若天仙但又绝不让人心生俗念的圣洁女子"，他爱"它那带有阴柔美的河流、峡谷、湖泊以及优雅的树木"。在为自由而战的岁月里，他曾不时回到家乡，凝视"它那叠嶂的山峦、嶙峋的崖壁以及白雪覆盖的山峰和冰川，还有沿着峡谷汹涌奔腾而下的湍急的河水"。

在克什米尔问题上，大总督发现了尼赫鲁身上的另一面。原来让蒙巴顿钦佩万分的冷静和审慎不见了，头脑发热和冲动显然让这位克什米尔的婆罗门失去了理性。"就好比'加来①'二字写在贵国玛丽女王的心头一样，"尼赫鲁日后在向蒙巴顿解释自己的态度时说，"克什米尔这四个字，也写在我的心上啊。"

蒙巴顿与陆军元帅奥金莱克的对话也极为不平静。这位最高军事统帅对大总督说，他打算空运一个旅的英国军队前往斯利那加，以保护那里的数百名英国退伍老兵并协助他们撤离。他警告道，如果这批人出不来的话，就会沦为可怕的强奸和屠杀兽行的牺牲品。

"很抱歉，"蒙巴顿说，"我不能同意你这样做。"无论前景如何危急，他都无法同意让英国士兵踏上这个拥有独立地位的次大陆。就算克什米尔需要军事干预，他声言，就他本人意见而言，那也是印度军队的事，与英国军队无关。

"但这些人在那里是会被杀死的，他们的血会沾在你的手上。"奥金莱克气恼地争辩着。

"好吧，"蒙巴顿也高兴不起来，"那就由我来承担这个责任好了。这就是做这份差事的报应。但如果是英国军队卷入，所产生的后果就不该由我来担当了。"

第二天下午，一架印度皇家空军的DC3型飞机在飞扬的尘土中，降落在斯利那加已经废弃了的机场跑道上。从飞机上走下来的三个人，分别是曾陪同诸多王室成员访问印度的梅农、印度军队的山姆·马内克肖上校和一名空军军官。

将这三人派往斯利那加的决定是由内阁国防委员会在当天上午举行的紧急会议上做出的，该委员会收到被围困的克什米尔王公的求救。蒙巴顿一方面还在对与奥金莱克的谈话感到担忧，另一方面也感受到尼赫鲁强烈的个人情绪，从而预见到军事干预已是在所难免。但他坚持劝说他的政

---

① 加来，法国北部城市，16世纪时曾属英国，后在玛丽女王手中失去。——编者注

府要做到师出有名，也就是说除非哈里·辛格正式同意加入印度，使克什米尔在法律上成为印度的一部分，否则印度将拒绝派兵进入克什米尔。

他的做法比他的言论还要谨慎，他在为印度服务时同样坚持效力于英王乔治六世时的民主作风。正如他始终相信英国不可能在违背印度意愿的前提下留在印度一样，他相信同样的道理也适用于克什米尔，即克什米尔问题的解决不能不尊重多数穆斯林的感情。他十分清楚穆斯林们的感情是什么。"我知道，"他在11月7日写给英王表兄的信中说，"在这个穆斯林人口比例如此之高的地方，人们必然会选择加入巴基斯坦。"

尽管尼赫鲁有所保留，但蒙巴顿还是说服了他和他的内阁就克什米尔加入印度设置一个必要的前提条件。王公本人的加入只能被认定为是暂时性的。至于该决定是否具备永久的效力，则要等到克什米尔恢复法治和秩序后举行全民公决，以全体人民的共同意愿作为最终的依据。

梅农奉命前往斯利那加向王公本人传达内阁提出的条件，同行的军官则借机考察克什米尔军事上的态势。就在他们三人飞离新德里后，前东南亚战区盟军最高司令官立即着手为向克什米尔组织空前规模的空运行动做准备。他下令，印度所有民用飞机无论在什么位置，必须立刻卸下乘客飞往德里集中。

*

就在10月26日星期六的午夜来临之前，又有一名难民加入历史上规模最宏大的人流之中。在那一年秋天里弃家而逃的印度教徒、锡克教徒以及穆斯林数量达到1050万人，如今，给这个数字再加1这个人就是哈里·辛格——克什米尔的王公。其他难民坐的是牛车，而他的座驾则是舒适的美国造旅行车，身后跟着的一队卡车和小车装载着他最贵重的财物。没有什么胆大妄为的歹徒可以对他的逃亡构成威胁：他有装备精良的卫兵负责他一路上的安全。这位垂头丧气的王公也不至于要跑到霍乱横行的难民营里栖身，事实上他的流亡甚至还有些愉悦的气氛，因为他要去的是自己位于查谟的冬季行宫，这里正是他曾经接待威尔士亲王和时任其副官的路易斯·蒙巴顿勋爵的地方。他在那里的臣民多为印度教徒，因此住下来不必过于担心安全上的问题。

"A"先生和他徒劳的独立梦就这样被突如其来的事件吞没了。他所有的处心积虑仅仅让自己在路易斯·蒙巴顿的苹果篮外多待了不到三个月。他在听了梅农的建议后立刻准备离开岌岌可危的都城，同时要梅农返回德里转告其同事们，只要能得到援助，自己愿意接受任何条件。

他在那晚离开自己的宫殿后，就再也没有回去过。几年后，原来的宫殿被改建成一座豪华的旅馆，他曾经和自己的军官们一同嬉戏的走廊成为迎接阔绰的美国游客的地方。事实证明，他的那些军官们对他的忠诚度实在太低了。就在清理物品的仆人们从保险柜里取出珍珠、翡翠和钻石时，哈里·辛格自己则摸出他最钟爱的两样东西：两支成对的短筒猎枪。他创下的打鸭子的世界纪录用的正是这两支蓝黑色枪管的猎枪。他带着阴郁的表情抚摸着这对打满黄油的宝贝，随后，他小心翼翼地把它们装入皮包，紧接着背上皮包向等候的汽车走去。

在艰难前行了十七个小时后，车队终于抵达查谟。精疲力竭的哈里·辛格一下车便立即回到自己的住处去休息。临睡觉前，他叫来自己的副官，向他下达了身为土邦王公的最后一道命令。"除非梅农从德里返回，其他事都不要来打扰我，"他说，"因为那意味着印度已经决定来解救我了。如果他在黎明前仍没有出现，就用我的左轮手枪在睡梦中把我打死好了，因为他要是不来，一切就全完了。"

梅农他们一回到德里就在内阁国防委员会的会议上报告了情况。他们的话语令人伤感。王公最终同意将克什米尔交给印度，但帕坦抢掠者们离斯利那加仅有三十五英里之遥，并且随时可以夺取印度打算用来向克什米尔空运部队的唯一机场。

印度陆空军的英国指挥官们都反对进行军事干预，理由是行动的距离过长，并且在当地人明显对印度有敌意的情况下危险性也过高。蒙巴顿体察到印度人的强烈情感，对军官们的意见给予了否决。他警告说，一旦采取行动，整个过程可能会持续很长时间，而且需要的人力物力之多也是难以预料的。但鉴于内阁铁了心要采取行动，蒙巴顿只有倾尽自己所有的军事经验来帮助他们。

他在翌日黎明时分下令向斯利那加空运部队。全国上下所有的交通工具，不管是军用还是民用，都被派上用场。军队要不惜一切代价守住机场和斯利那加，直到地面的装甲和火炮部队抵达增援他们为止。增援部队奉命立刻出发，从印度与克什米尔唯一相接的陆地连接点进入克什米尔，这是一条通行条件欠佳的道路，当初，西里尔·拉德克利夫在将人口多为穆斯林的小城古尔达斯布尔划给新德里时，顺手也把它划了过去，孰料时隔不久就产生了如此大的作用。

疯狂的准备工作迅急展开，蒙巴顿命令梅农飞往查谟。这下，哈里·辛格就不至于在逃亡的第一天晚上脑袋就被子弹打穿了。梅农赶在他给副官执行命令的最后期限前来到他的床边，他带来一份使印度出兵行动合法化的合并协议，只要哈里·辛格签字，便立刻生效。

梅农于同一天当晚，也就是10月26日星期天的晚上，返回到德里的家中。英国驻印度的副使亚历山大·西蒙在他回到家几分钟后前来与他小酌。梅农心里非常高兴。他给西蒙和自己各倒上一杯烈酒。两人刚一落座，他就眉飞色舞地要和西蒙举杯相庆。随后，他从上衣口袋里掏出一张纸，欢快地向西蒙摇晃着。

"看看吧，"他说，"克什米尔是我们的了。那个混球签下了这份合并协议。机会来了，我们就不会再让它跑掉。"

*

印度信守了梅农所做的承诺。10月27日周一的黎明，九架DC3飞机载着第一锡克团的329名锡克官兵和8吨物资，降落在奇迹般空旷的斯利那加机场的跑道上，这还只是开始，后续还将有大量的人力物力在不受干扰的情况下源源不断地进入克什米尔。最终，在雪地高原作战的印度士兵人数将达到十万人，昔日里人们钓鳟鱼和打野山羊的天堂转瞬间就变成杀戮的战场。

令人感到奇怪的是，印度人在克什米尔旗开得胜靠的并不是他们的军事才干或官兵的必胜决心，而是与玛利亚方济各传教女修会十四名分别来自法国、苏格兰、西班牙、意大利和葡萄牙的修女有关。她们的修道院位于距斯利那加仅三十英里的小城巴拉穆拉，帕坦人本应该长驱直入夺取克什米尔都城及其至关重要的机场，却因为要攻占这座修道院而贻误了时机，真纳要将贾汗季皇帝钟爱有加的大峡谷纳入自己国家的梦想也因此而破灭。10月27日星期一的全天，第一锡克团在夺取克什米尔唯一的机场后迅速构筑起脆弱的防御工事，而兽欲大发的帕坦人却在巴拉穆拉干着奸淫和抢掠的勾当。他们侵犯修女，把小诊所里的病人统统杀光，将礼拜堂里的东西一抢而空，甚至连门上的铜拉手也不放过。

那天晚上，修道院的比利时院长玛丽·艾德特鲁德修女因伤重而死，临死前还抱着耶稣受难像并为"克什米尔的教化"做祈祷。她和她的姐妹以及修道院内病友们的牺牲不会让穆斯林在喜马拉雅山脚下的坚固防御受到动摇，但她们却为贾瓦哈拉尔·尼赫鲁的士兵们赢得了进入克什米尔山谷所需要的关键几个小时的时间。

他们来了就不会再离开。等到帕坦人恢复进攻时，一切都为时已晚。印度人先是把他们挡在路上，接着，当第一批装甲车沿着拉德克利夫之路抵达后，他们便在斯利那加城外的阵地战中一举将帕坦人击溃。渐渐地，溃不成军的帕坦人先是被逼回到克什米尔峡谷，接着又被逼至他们来时所走过的山脊，最后被逼到当初犯境时夺取的那些桥梁边。想当初，就是在这里，他们以为可以不费一枪一弹便能攫取整个克什米尔。急怒攻心的真纳不顾军队中英国指挥官们的反对，派巴基斯坦部队伪装成非正规军前往克什米尔，以帮助惊慌失措的匪徒们恢复士气。更多的部落兵员被动员起来，在未来几个月的残酷严冬，战争还将持续。

最终，这场争端将诉诸联合国。这个美丽的山谷，它的名字曾经是一位垂死的莫卧儿皇帝说出的最后几个字，将要与柏林、巴勒斯坦和韩国一道，成为世界性悬而待决的问题。蒙巴顿费尽口舌才让尼赫鲁答应下来的全民公决不但将被束之高阁，还将淹没在大量被人遗忘的良好意愿中。这个公国将以1948年交火线为界被一分为二，克什米尔山谷为印度所有，以吉尔吉特为中心的北部领土则归巴基斯坦所有。半个世纪过后，克什米尔的归属问题仍然是印巴矛盾的主要根源，并且看起来仍将是两国和解道路上不可逾越的障碍。

16

两个来自浦那的婆罗门

浦那，1947 年 11 月 1 日

在 8 月 15 日率领众人向国民志愿服务团万字旗行礼致敬的那名年轻印度教徒，正在用惊异的眼神打量着眼前一幢白墙小屋，这里即将成为他创办的《印度教民族报》的新址。小屋内有属于印度报业托拉斯的平板印刷机和电传打字机各一部。小屋外面有一个隔墙而建的棚架，棚架里是一些倒放着的包装箱和几张用板子搭起来的桌子，未来的编辑办公室就在这里。

这样的地方自然入不了像罗瑟米尔子爵或是赫斯特这样的大报商们的法眼，然而，此时此刻，纳图拉姆·高德西心里的高兴劲就别提了，他的神情简直比盎格鲁-撒克逊的报业巨子们在拥有玻璃幕墙和钢架结构办公总部时的那一刻还激动。他一如既往地身穿标志性的简朴衣服：一件肥大的白衬衫，一条用原棉制作的缠腰带，一件精心设计成传统马拉地风格的纱笼式腰布，腰布的左下摆垂吊在他的大腿下方，卷起的布边则盘在右臀处。他一反不苟言笑的常态，在从一个客人面前走到另一个客人面前时，咧开嘴露出僵硬的笑容，同时庄重地向他们表达着自己献身弘扬印度教事业的决心。

停车场的正中央摆放着一张用来喝茶的小桌子，那是高德西本人和做起事来一惊一乍的女主人为招呼来访的当地贵妇人而准备的。因为这样的场合寓意要吉祥，所以桌子上摆满了码放得很讲究的糖果：摆放成堆状的是椰子糖糕，摆放成圆圈状的是哈尔瓦软糖，摆放成方形的是外形酷似琥珀和翡翠、表面还撒着白糖的胶糖。在这些糖果的背后是一个正在慢慢滤着咖啡的巨大咖啡壶。高德西以其政治观点、僧侣式的生活方式和对咖啡的痴迷，而在自己出生的浦那成为家喻户晓的名人。他可以为了去某家咖啡馆喝一杯特别喜欢的咖啡而徒步走上几英里。

当他在向人们递送咖啡杯时，宾客中还有一个人在左右逢源地接受着大家的祝贺。这位穿着简直可以用奢华来形容的人名叫纳拉扬·阿普特。今晚，他穿的是自己最喜欢的格子花呢外套和灰色的法兰绒裤，贴身的柔软运动衬衫领子外翻，整齐地盖在格呢衣服的翻领上。如果说高德西在人群里穿行时表现得唐突、无礼的话，那么阿普特在与众人的寒暄中则多少表现出拘谨，甚至有一种说不出来的鬼祟味道。他不怎么大笑，但笑容说来就来。他是高德西的搭档和至交，是《印度教民族报》的商业经理兼管理者。他干枯的黑发早已从头顶谢去，但在后脑勺的下方还残留了一些，于是，前额陡斜而鼻子长长的阿普特看上去像极了男性版的古埃及王后娜芙蒂蒂。他最大的面部特征来自那双黑色的眼睛。他在与人交谈时，总是让柔软的目光停留在对方脸上。他的一位朋友曾说过，阿普特"总是在用眼睛讲话，而一旦他的眼睛开始说话时，所有人都要肃然倾听"。

三十四岁的阿普特比自己的搭档小三岁。高德西对这个世界有多么超脱，他就对这个世界有多么投入。他是一个行动派，有很强的推动、组织和策划能力。当宾客们言笑正欢时，他走到停车场中央，双掌相击请求大家安静下来。

这位董事会主席用几分钟的时间向股东们做了年度工作报告，并对《印度教民族报》的历史进行了简单的回顾。紧接着，他向众人推出当晚第一个引人入胜的节目，那就是请他的搭档发表讲话。高德西来到停车场中央，等着人群安静下来，此时的他紧张得像是一个马上就要引吭高歌的唱咏叹调的男高音，在等待着音乐过门的结束。

就在高德西站在那里时，停车场边一座建筑物的四楼上有一扇窗户悄然打开，丝毫没有引起下面任何人的注意。窗户里那个神秘潜望的黑影其实是一名警察，他是浦那刑事调查部的便衣探员。他身体前倾，全神贯注地听着高德西的讲话。自从 8 月 15 日以后，浦那警方就开始密切关注阿普特和高德西以及城内其他印度教极端分子的行踪。有关他们活动的情况每周都要写成报告，并且呈送到孟买和德里。刑事调查部的秘密卷宗对他们每一个人的姓名、职业和政治信仰都做了记录。与高德西相比，阿普特的信息栏内多出一项额外备注：潜在危险分子。

自从路易斯·蒙巴顿的分治方案公布后，高德西就倾尽全力针对甘地、国大党和印度分治等问题做了大量工作。他在对这些工作进行介绍的发言过程中小心翼翼地逐步煽动和激化众人的情绪。"甘地说过，印度要想走向分裂，必须先跨过他的尸体，"他激昂地说，"如今，印度分裂了，而甘地却依然活着。他的非暴力让印度教徒在敌人面前任人宰割。此时此刻，印度教徒难民们在挨饿，可他却在保卫穆斯林压迫者。印度教妇女为免受污辱，不惜投井以保贞节，可甘地却对她们说'胜利属于蒙难者'。但终有一天，他所说的蒙难者里就会出现我的母亲！"

"祖国已经被肢解，"他大叫道，声音开始变得尖厉，"秃鹫在撕扯着她的肉体，印度教妇女们的贞操在大街上公然被侵犯，但国大党那些无能之辈却眼睁睁地目睹着这一切而无所作为。我们要忍受多久？啊？多久？"

最后一句话刚一说完，高德西全身因为紧绷得太厉害而发起抖来。随后，就像刚经历完一场性高潮一样，他一下子泄了气，从激昂的演说家重新变回柔弱的新闻记者。

他的讲话得到一片热烈的鼓掌。这个现象并不奇怪，三个半世纪以来，这座距孟买 119 英里的内陆城市就一直是印度教极端主义的圣地。浦那附近的山区就是印度教中最伟大的英雄希瓦吉出生并对莫卧儿皇帝奥朗则布发动游击战的地方。他的后继者是佩什瓦，是奇特帕瓦（意为"在烈火中得到净化者"）婆罗门中一个紧密的派系，长久以来一直抵抗印度的英国统治者，直至 1817 年。印度民族主义军事领袖巴尔·甘加达尔·提拉克等人均出身于浦那的街头巷尾，甘地提倡的非暴力所转化的，也正是原本由他们所领导的争取独立运动的方式。

浦那的印度教狂热者们如今又迎来一位新的英雄,他们把他当作希瓦吉、佩什瓦以及提拉克的正宗传人而加以崇拜。他本人并没有亲自来到《印度教民族报》的停车场里,但他的形象却由一架十六毫米的电影放映机摇曳着投射到水泥墙上,人声鼎沸的现场顿时变得鸦雀无声。在放映机工作时发出的咝咝声中,他的声音被不佳的放映效果扭曲着,但这些丝毫没有减弱他对人们的吸引。这个人就是雅纳亚克·达莫达尔(Vinayak Damodar),也就是那位所谓的"英勇的"萨瓦卡。

这个萨瓦卡的表情颇似某位正在忍受大火灼烧的古印度圣人,透过圆形的钢圈眼镜,一道近乎催眠的光芒从他那半闭的眼帘中释放出来。他的脸颊凹陷而憔悴,但表现出的感情却神秘而强烈,厚厚的嘴唇仿佛是在忍受着残酷的煎熬。他虽说对鸦片不算上瘾,但却多年不辍。此外,他还是一个同性恋者,这一点在他的追随者中知者甚少。

不管怎样,他首先是一位能言善辩并且受到追随者崇拜的演说家,是马哈拉施特拉(Maharashtra)省的丘吉尔。浦那和孟买都是萨瓦卡的领地,他在这两个地方的影响力甚至超过了尼赫鲁。萨瓦卡与尼赫鲁、真纳和甘地同为伦敦法学院的毕业生。只不过,他从法律圣殿中得到的启发与其他人都不一样。他的信条是暴力革命,政治暗杀就是他所追求的艺术。

他于1910年在伦敦被捕,罪名是遥控指挥对一名英国官员的暗杀行动,结果,当押解他返回印度受审的船只在马赛港停泊时,他却破窗逃跑了。最后,他在法国被处以两个终身监禁,来到专门收押犯人的安达曼群岛服刑,一直到战后大赦政治犯时才获释。他一出狱就组织暗杀旁遮普总督,并且在暗杀孟买总督时差点得手。无论如何,安达曼群岛让萨瓦卡吸取了教训。从此,他费尽心机隐藏了与刺客之间的联系,致使警察无法对他立案。

萨瓦卡在国大党宣布执行印度教徒与穆斯林和解以及甘地的非暴力政策后,与国大党分道扬镳。他信奉的是印度教徒至上的种族主义,梦想重新建立起从印度河源头到布拉马普特拉河源头,从科摩林角(Cape

Comorin）到喜马拉雅山脉的大印度教帝国。他憎恨穆斯林。他眼中的印度社会，是没有穆斯林的一席之地的。

他两次出任印度全国性右翼政党——印度教大斋会的主席，但他真正感兴趣的，却是这个政党的法西斯准军事武装印度国民志愿服务团。这个政党的核心是一个秘密的小团体，它由萨瓦卡于1942年5月15日在浦那创建成立，并定名为"印度教民族派"（Hindu Rashtra Dal）。印度教民族派内的每一个成员都要向被奉为该组织"最高领袖"的萨瓦卡宣誓效忠。除了他们对"最高领袖"的几乎无条件效忠外，政党领袖与成员间还存在着一种更具强制力的神秘联系，那就是他们同属于一个对人与人关系限制最严格同时也是最有优越感的种姓。所有人都是浦那的吉特巴万婆罗门的精英，也就是佩什瓦的后人。这两名《印度教民族报》的编辑和管理者就是他们当中的一员。

萨瓦卡的影片放映完毕，人群报以近乎崇拜的安静。这位印度教救世主在胶片上的短暂出现将当晚的气氛推向最高潮。阿普特和高德西手拉手走向他们的印刷机。由于该报纸的创办经费来自萨瓦卡筹措来的一万五千卢比，因此这个激进的印度教堡垒里的每一个人都毫不怀疑报纸里所说的一切都是"最高领袖"发出的声音。两个年轻人在宾客们的掌声中拍照留念。然后，在人们的欢呼声中，他们同时伸出手指按下平台印刷机上的红色按钮，这台机器就此开始了它的首次运转。

印刷机时刻不停地在运转着，《印度教民族报》针对甘地和国大党犯下的罪恶所做的连篇累牍的攻击不停见诸报端，这个人数不多的小群体逐渐开始有了气候。一直站在窗边进行监视的那位警察已经在准备把手里刚刚打开的笔记本合上了。就在这个时候，他突然发现，在停车场的一角，阿普特正在和一个人亲密交谈着，而这个人对于警察们也并不陌生，在他的档案里有与阿普特同样的备注：潜在危险分子。这位警察于是在本子上匆匆做了记录。浦那警察局的档案里自此将阿普特的名字与这位从六十英里以外赶来参加印刷厂揭幕仪式的不速之客联系起来。与阿普特交谈的这个人名叫维什努·卡凯尔，是艾哈迈德讷格尔那家德干客栈的老板，正是他窝藏了向穆斯林游行队伍扔炸弹的马丹拉尔·帕瓦，那个用不了多久全印度都会知道他的大名的年轻人。

在两位联袂启动《印度教民族报》印刷机的年轻人之间只有两个共同之处，强烈的政治信仰和婆罗门的种姓出身。

婆罗门相信自己是由梵天的头部创造的，因此在印度教神话中，他们降凡于象征悔过七先知的大熊星座中的七颗恒星。悔过者和哲学家们在最初完全脱离尘世及其诱惑，只是在随后的几百年时间里逐渐演变成精神和世俗的精英。在印度教传统中，他们与鸟儿一样同为"两度降生"。鸟儿的两度降生分别为成蛋和破壳，婆罗门的两度降生则分别是出世和在八岁时接受的圣线佩戴礼，因为只有将三股缠的圣线戴在脖子上，才能正式成为一名婆罗门。

只有当父亲和一群口念梵咒的婆罗门牧师把两圈绳线盘绕在自己的左肩上时，纳图拉姆·高德西的生命才真正开始，因为那标志着他真正进入到这个只占印度广大人口 2% 的群体中。他们把年幼的高德西一下子推上印度社会金字塔的顶端，从此，他将与眼花缭乱的各种特权和清规终生相伴。

婆罗门种姓的特权并不一定是经济上的。高德西的父亲就是一名每月只挣十五卢比的邮差，但这位卑微的小公务员却用最严厉而正统的印度教传统来教育自己的儿子们。有一次，高德西就因为拿掉了圣线而被罚每天学习和用梵语背诵印度教圣经《梨俱吠陀》及《薄伽梵歌》中的经文。

与大多数婆罗门一样，高德西的父亲也是一名素食主义者。他从不与非婆罗门的人在一起吃东西，他在吃饭前一定要洗净身体并换上干净的衣服，他洗晾的衣服不得有不纯净的物体触碰，如驴、猪或是在经期里的女人。作为一名正统的婆罗门，他吃东西从来都只用右手手指，先是按顺时针方向把盘子的周围用水打湿，然后再拨出一部分食物供鸟儿或穷人食用。他在进食时从不读书报：油墨是污浊物。

年轻的高德西在如此严厉的印度教环境中长大，自然对神秘主义情有独钟。让他的家人倍感惊异的是，他在一种非常罕见的崇拜形式上展现出超凡的能力，那就是拜骷髅。他将新鲜的牛粪涂到家中的一面墙上，然后把用烟灰和油搅拌成的糊状物摊到一个圆形的铅制浅盘里，随后把这个浅盘靠在涂满牛粪的墙上，再在浅盘前放上一盏灯。十二岁的高德西随后就蹲在浅盘前，出神地看着向下流淌的油糊形成他以前从未见过的各种图案、神像、字母和经文。而这个过程一结束，他便全然不记得自己所说过的话和所看到过的东西。在他的家人看来，那些特殊的符号只有他才能够读懂，因此，他的未来一定前途无量。

然而，青年时代的高德西并没有表现出任何能够让家人愿望得以实现的迹象。他在升学考试中由于英语不及格而无缘上大学。离开学校后，他不停地换工作，从在货仓为运输商打包封箱到贩卖水果和翻新轮胎。有一群美国传教士教他学会了裁缝手艺，这门唯一说得上是精通的活计让他一直干到1947年。

他真正的兴趣是政治。他成为甘地的狂热追随者，第一次入狱便是因为响应圣雄的号召而从事非暴力活动。然而，到1937年时，高德西退出了甘地的组织转而投奔另一位政治人物，这个人与高德西一样是一名吉特巴万婆罗门，他就是英勇的萨瓦卡。

没有哪一位领袖人物能够拥有像高德西这样忠心耿耿的手下。他寸步不离地追随萨瓦卡走遍印度，忠诚而不知疲倦地照顾着几乎是无欲无求的主人。由于有了主人的悉心指导，高德西迅速成长起来，他将实现人们对那个能读懂油糊图形征兆的年轻人的期许。他坚持阅读和学习，把所有吸收到的知识都与萨瓦卡的印度教民族主义相联系。他把自己改变成一位学识广博的作家和演讲家。尽管他由于狂热追随萨瓦卡及其理论而受到许多局限，但仍不失为一位思维敏捷的政治思想家。到1942年时，这位成长于最虔诚的婆罗门世家的年轻人信奉的不再是梵天、湿婆和毗湿奴，而是那些曾经领导印度民族起义反抗莫卧儿和英国人的凡人军事领袖们。孩提时代的那些寺庙被他彻底抛弃，如今的他在心里有了一座新的世俗寺庙，那就是印度国民志愿服务团在各地的总部。

高德西正是在一处国民志愿服务团总部与纳拉扬·阿普特初遇的。他们应萨瓦卡的要求于1944年1月创办的报纸成为浦那最激进的出版物。这份报纸开始时定名为《前沿报》(*The Agrani*)，后来被孟买省政府查封，理由是该报蓄意支持由萨瓦卡和印度教大斋会为反对分治而于1947年7月3日发起举行"黑色日"的宣传活动。政府内部很明显有高德西和阿普特的同谋，所以他们的报纸在被封不过十天后就改头换面，用《印度教民族报》的新名称重新开始出版。

他们二人在办报过程中的分工刚好反映出他们之间的关系：阿普特，随机应变的商人，高德西，愤世嫉俗的主笔人；阿普特，主导会议内容的主席，高德西，口若悬河的演讲者；阿普特，政治方案的制订者，高德西，这些方案的积极拥护者。

高德西在遇事时有多么刻板和吹毛求疵，阿普特就有多么为人圆滑和善于妥协。阿普特的眼睛总是盯着大方向，他满脑子里想的都是做交易，随时随地于不知不觉中赚上几个卢比，永远在进行着筹划和妥协。高德西则是一个意志坚定的苦行僧，他除了抑制不住咖啡瘾以外，对食物毫不讲究。他住在自己裁缝店对面供僧侣居住的小单间里，唯一的家具便是他的绷绳床。他每天早晨五点半起床，靠的是他的特殊闹钟：不关阀门的水龙头，让每天清晨市政送出的第一股定量用水把自己浇醒。

阿普特很会生活。他一攒上几个卢比就会去孟买找他的裁缝做衣服。他喜欢油腻食物、威士忌以及其他生活中可以给他带来乐趣的东西。高德西在受到萨瓦卡的影响后便对作为宗教的印度教失去了兴趣，与高德西不同的是，享乐派的阿普特则总是跑到寺庙里摇摇铃铛和在喜怒无常的神灵脚下撒几片玫瑰花瓣。他还对星相学和相手术醉心不已。

尽管高德西鼓吹用暴力唤醒印度民众，他本人却一点也见不得血。有一天，他在驾驶阿普特的A型福特车时遇到一群人，要求他把一名受伤严重的男孩送到医院去。"把他放到后面我看不到的地方，"高德西一边叫一边大口大口地喘着粗气，"我看到血会晕过去的。"

但令人感到奇怪的是，高德西居然爱看佩里·梅森的侦探故事以及暴力和冒险电影。他在许多晚上会花上两卢比独自进入浦那的首都剧场里，享受《疤面煞星》和《英烈传》之类的电影给他带来的刺激。

爱交际的阿普特对于会议和集会从来一场不落，而恐于社交的高德西却是能推就推。他没有什么朋友。对此，他总是解释说："我是为了保持在工作中的冷静状态才不想见人的。"

二人最极端的不一致体现在对女性的态度上。阿普特不管手头有多么紧急的工作，也不会放弃调情的机会。他早已结婚，由于第一个出生的孩子是个畸形儿，于是他认为自己的妻子被"罪恶之眼"下了魔咒。从此，他不再与妻子有性行为，却在其他人身上得到了更多的满足。他多年来一直在艾哈迈德讷格尔的一所美国教会学校里教授数学，但他真正的兴趣是向女学生们灌输《印度爱经》中的情色内容，而不是什么代数定理公式。阿普特用他那双黑眼睛对女性们讲的话丝毫不比对政治伙伴们讲的话少，且其效果也是只好不差。

高德西讨厌女性。除了自己的母亲，他甚至不能忍受她们出现在自己的身边。他放弃了作为长子的权利，没有结婚就离开父母家，为的就是怕见到自己的弟媳们。他备受偏头痛的折磨，一旦发作，整个头部的左侧像是被掏空了一般。有一天，他的头痛病发作得十分厉害，甚至都有些神志不清了，阿普特不得不急忙把他送进医院。昏昏沉沉的高德西醒来后，发现自己躺在病房里正在接受护士的护理，居然一下子从床上跳下来，抓过一张床单把自己一围，逃难似的跑出了医院。他是死也不愿让女人的手碰到自己身体的。然而，尽管他本人对女性极端厌恶，又或许正是出于这个原因，他在描写旁遮普的恐怖时，"强奸""强暴""贞节"以及"阉割"等词却一次又一次地出现在他的笔端。

在二十八岁这一年，高德西发下古老的印度教誓言，自愿终身禁绝各种形式的色欲。显然，他在余生践行了自己的诺言。在此之前，他只有过一段已知的性关系。那是同性之间的，而他的性伙伴正是他的政治导师——英勇的萨瓦卡。

*

在动荡不安的历史长河中，德里以北五十五英里的小城帕尼帕特，由于地处通往印度首都的要道而历来是兵家必争之地，仅莫卧儿游牧部落就曾在此打过三次大仗。如今，在蒙巴顿的应急委员会命令下，这里成为欢迎新一轮入侵者的终点站。所谓新的入侵者，指的就是一火车一火车从巴基斯坦逃进印度的悲惨难民。

难民们在通过这座小城前往难民营的过程中曾遇到过一些险情，其中最危险的一次发生在11月末的一天下午，当时的情形让帕尼帕特火车站的印度教徒站长德维·杜塔惊骇不已。一列火车满载着刚刚从巴基斯坦死里逃生的锡克难民进站了，他们聚集在站台上狂暴地叫喊着复仇的口号。杜塔的穆斯林助手刚好是从他们身边经过的第一个穆斯林，几十名愤怒的锡克人手舞短刀冲上去，就把这个可怜的人给抓了起来。身为印度教徒的站长见此不禁吓得半死，下意识地喊出从一片空白的大脑里自然蹦出来的几个词，他的这句话恰如其分地反映出他在一辈子尽心尽职做好官的过程中所历练出来的本能。

"求求，求求你们，"他大叫道，"不要在站台上杀人！"

锡克人听从了他的话。他们把他的同事押到车站后面，把他的头砍了下来。接着，这群人开始在帕尼帕特到处寻找穆斯林居住的社区。

九十分钟过后，火车站的入口处开来一辆旅行车。车上下来的一个人是帕尼帕特的穆斯林们在那天下午得到的唯一救兵，他便是圣雄甘地。从帕尼帕特以其横跨朱木拿河的战略位置而成为去往德里的咽喉要地开始，这里的穆斯林人口就非常多，如今，他们对于加尔各答的拯救者甘地来说，更是具有特殊而重要的作用。

甘地在没有任何保护的情况下迈步走入火车站周围的难民群。"快去，拥抱这里的穆斯林们并请求他们留下来，"他说，"不要让他们都去了巴基斯坦。"

人们发出诧异而愤怒的吼声。"你的妻子被他们强奸了吗？""你的孩子被他们剁成肉酱了吗？"他们激动地回敬着他。

"是的，"甘地回答说，"他们强奸的就是我的妻子，杀害的就是我的儿子。因为你们的妻子就是我的妻子，你们的儿子就是我的儿子……"他的话还没说完，很多人就开始对他拔刀相向，刀剑和长矛在太阳的照射下闪着寒光。"这些暴力的工具，这些仇恨的工具，它们是解决不了问题的。"他叹息着说。

甘地到来的消息很快传遍帕尼帕特。帕尼帕特市政府紧急在车站广场竖起一个扬声器，甘地要在这里进行一场临时祷告会。穆斯林从防守严密的掩体后面走了出来。紧随他们身后的是印度和锡克教徒，渐渐地，就像两个半月前在加尔各答大操场举行的那场宰牲节一样，帕尼帕特广场中央人满为患，所有人都在准备聆听这位长者的讲话，并且希望这些话能够创造出又一个奇迹。甘地不停地清着喉咙，仿佛是内心的焦虑让他难以自由地发声，他要使用的是自己武器库里唯一的武器：他的语言。再一次，他向人们重申了自己的政治信念的基本要点，也就是"使全体印度教徒、锡克教徒、穆斯林和基督徒成为同一个印度母亲的儿女的理想"。他对从帕尼帕特站台上下来的成群结队的苦难难民给予深至灵魂的所有同情，但他乞求他们不要让残忍和报复污浊内心中的人性，他请求他们在所遭受的苦难里寻找更加高贵的胜利种子。

人群里开始涌动起一阵怯怯的骚动。不时有武装的锡克人将手伸给旁边的穆斯林。穆斯林将外衣或缠腰带送给在冬天的寒风里瑟瑟发抖的锡克难民。其他穆斯林则返回家中为难民们拿来食物和水。

瘦小的甘地在咒骂声中来到，两个小时后却带着胜利，在热烈的欢呼声中返回到汽车里。然而，让他无限烦恼的是，他的胜利只是短暂的。他在那天下午的行动挽救了许多人的生命，却并没有能够消除帕尼帕特穆斯林心目中的恐惧。圣雄到访后不出一个月，就有多达两万所谓印度最古老的穆斯林种群后裔决定离开这片生养他们的地方，前往巴基斯坦。"伊斯兰，"甘地在他们出走的当天难过地感叹道，"输掉了他们在帕尼帕特的第四战。"当然，甘地自己也成了输家。

浦那，1947 年 11 月

纳拉扬·阿普特在身穿沾满尘土的橙色腰布和留着乱糟糟的黑色胡须的圣者面前表现得颇有些紧张，通常，这是他的那些女学生们才会有的感觉，而他面前的这位圣者也根本不是什么圣者。在孟买省，迪甘贝尔·拜奇最出名的是他留在警察局里的记录，而不是什么虔诚。橙色的外衣和身上的宗教气质正好是他最巧妙的伪装,他的真实面目就是一个小军火走私商。

十七年来,拜奇被捕的次数达到创纪录的三十七次,罪名从抢银行到谋杀、严重伤害和十几次武器违禁。在对这些罪名的所有指控中,警察只在一项中抓到了确凿证据:在甘地于1930年组织的非暴力运动中砍伐被保护的森林树木。这项指控让拜奇坐了一个月牢。

他在浦那经营一家书店,但卖书只是幌子,售卖武器才是他真正的营生。书店的后屋里满是自制的弹药、匕首、斧子、老虎爪、戴在手上的铜制拳突以及笔状小刀等,旁遮普屠戮流行的所有杀人武器在这里可以说是应有尽有。拜奇和他年事已高的父亲还有一手绝活,那就是编织一种锁子甲状的防弹背心,其外表与中世纪的武士铠甲极为相像,并以此闻名于远近那些流氓恶棍、走私贩子和捣乱工会活动的暴徒们中间。

阿普特是拜奇的好主顾之一。从6月份开始,这位《印度教民族报》的管理者已经从他手上购买了价值三千卢比的武器。在拜奇眼里,阿普特永远都在打着这样或那样的主意。他的其中一个主意就是向穆斯林联盟在德里举行的集会上扔手榴弹,旨在趁真纳游行时把他炸死。在此后不久,阿普特又决心要带一批刺客去瑞士对准备到日内瓦访问的真纳实施暗杀。让阿普特泄气的是,真纳由于身患重病而一步也没有离开过巴基斯坦。阿普特的最新行动是在海得拉巴搞游击战,并且还处心积虑地想要刺杀当地的尼扎姆。

"我正在做一件事情,"此时的他压低嗓门对拜奇说道,"这件事情很大。我需要弄一些手榴弹、火棉板,还要几支手枪。"

拜奇想了一小会儿。这些东西在他的库存里都没有现货,手枪更是非常难找。但拜奇是一个不会让任何一次生意机会溜走的人。"眼睛里只有钱"是他的一位熟人为他总结出来的"最重要的特点"。"别急,"他安慰阿普特说,"这些东西在12月下旬就能到齐。"阿普特听后略作犹豫。然后,他点点头。他的那件"大事情"可以再等上一些时候。

在普亚勒拉尔·纳亚尔这位忠实追随甘地多年的秘书眼里,圣雄甘地在1947年12月早间的那段日子里所表现出来的难过之情是"任何人也难以描绘的"。如今，当他们终于站在了多年梦寐以求的权力殿堂上时，甘地却感觉到在他和独立斗争中所领导过的那些同事们之间竖起了一道精神上的隔墙。甘地越来越怀疑，在这片毕生为之奋斗的土地上，他是不是已经变成了时代的淘汰者和同事眼中的累赘。

"如果印度不再需要非暴力，"他感慨地说，"那她还需要我吗？"甘地完全想象得出印度领导人终有一天会说出一些什么样的难听话："我们受够了这个老头子，他为什么就不能少管闲事呢？"

然而，在这一天到来之前，他是不会停止向他们施加自己的影响的。他猛烈针砭印度日益风行的贪腐，将责任归咎于尼赫鲁和帕特尔，并且抨击国大党的部长们在难民忍饥挨饿之际却大摆筵席和铺张浪费。他还谴责他们"被科学进步弄得神魂颠倒，不断扩大西方模式的经济"。他批评尼赫鲁是在以实现福利国家梦想之名行集中权力之实。他说，这样的结局会让人民"都变成绵羊，永远要依靠羊倌才能找到好的牧场。而羊倌在这样的情况下很快就会把手里的羊鞭变成铁棍，而羊倌也很快就会把自己变成狼"。

他警告说，印度的城市知识分子正在形成一股新的精英力量，他们只顾绘制国家工业化的蓝图，全然没有想到他所热爱的农民阶级的利益。他为此做出了一个与毛泽东相类似的提议，那就是让精英们"在城市中长大的身体"到农村中去，"看看村民们给自己和他们的牛洗澡的水塘，喝一口那里面的水，然后像农民那样面朝黄土背朝烈日地去耕作"。只有这样，他们才能了解农民们的需要。

然而，如果印度领导人不理睬他，那他也可以不理睬他们。12月份里的一天，他将一位孟买的棉花商人找到比尔拉府，1944年，他在从英国人监狱中出来后便是在这位商人的海边小屋里让自己得到康复的。甘地要派给这位商人一个机密任务，并且不得向任何人泄露，包括尼赫鲁和帕特尔。这个任务就是实现甘地已经酝酿了好几个星期的计划。他命令这位商人到卡拉奇去，与对方商量出一个让甘地前往巴基斯坦的访问计划。

商人听到甘地的吩咐后连气都喘不匀了。"这个想法太疯狂了，"他对甘地说,"而且你这样做几乎可以肯定会遭到暗杀。"

"没有人可以让我少活一分钟,"甘地回答道,"我的生命只属于神灵。"

不过,甘地也认识到,在动身前往巴基斯坦之前,首先应该把印度内部的事情处理好。"如果这里都还是一派惨景,"他对身边的人说,"我又有何脸面去面对巴基斯坦人呢?"

对他困扰最严重的就是德里的情况。穆斯林领袖们始终坚持要他留在首都,以确保穆斯林族群的安全。而涌入大量旁遮普难民同事的警察队伍,却对穆斯林恨之入骨。印度和锡克教徒难民为了一己之私,就强占清真寺和穆斯林家的房屋,这些房屋有的是被原来的主人遗弃的,有的还住着人。

然而,最让他伤心的是,这座都城之所以没有重新陷入它在 9 月份所经历的那场暴力狂潮中,完全靠的是一支数量庞大的军队。作为独立印度的首都,其和平完全依赖于武力而非他所崇尚的灵魂的力量,这样的事实让甘地揪心不已。如果不能在印度的首都行使自己的道义权威,他又怎么能指望把这样的权威带到巴基斯坦去呢?他越来越多地陷入凝思,每当做出重大决定之前,他总会这样。眼看又是一年即将过去,他的情绪愈发变得喜怒无常起来。

"向先知扔过石头后再竖碑纪念他,这是这个世界自古以来一直在做的事情,"他在某天晚上对一群英国人这样说道,"我们现在崇拜耶稣,但毁灭其肉体的恰恰也是我们。"

卡拉奇,1947 年 10—11 月

那些被一位医生在 X 光片上发现的乒乓球大小的黑色圆环,仍在毫不留情地继续侵蚀着穆罕默德·阿里·真纳的双肺。他在孟买的那位医生朋友做出的诊断准确无误。曾经有一度,真纳顽强的意志力似乎阻止了病情的恶化。但此时,随着毕生梦想的实现,他的精神出现了放松,病魔则再次发起侵袭。

10月26日星期日，真纳离开卡拉奇前往拉合尔做了一次简短的旅行。他的英国军事秘书威廉·伯尼上校在为他送行时还感觉他与普通60岁的人无异，而当他于五个星期后返回时，在伯尼的眼里一下子就变成了80岁。这五个星期真纳都是在床上度过的，咳嗽和发烧折磨着他，简直快要把他抽干了。

这位穆斯林领袖感觉到体力在一点点逝去，不由得患上了一种奇怪的抑郁症。他对随从和支持者比过去更加疏远。在生命的最后几个月时间里，他似乎对把已经成真的梦想交给谁都不放心。他用纤弱的手指紧紧抓着巴基斯坦方方面面的权力，一点也不肯放松。他在病倒期间仍然大权独揽，让等候他拍板决定的卷宗报告在他的办公室里堆积成山。他对批评变得异常敏感。伯尼在日记里写道，他"就像一个小孩子奇迹般得到了宝贝月亮，对谁也不肯借，哪怕是一小会儿也不行"。

这个曾命令副官找回槌球具的人吝啬到让人费解的地步。他的私人飞机一连几周都不用，机组成员终日处于待命状态，但他不愿让任何人借用，就连执行难民疏散任务的部下也不例外，而他给出的理由居然是"不想产生这种做法的先例"。他在所有细节上都要对服侍自己的人指手画脚，一只手拼命地捂着钱，另一只手却在指挥他们将最好的波尔图红酒和最美味的佳肴放到自己的餐桌上。

最让真纳担心的是，他总感觉自己的印度教敌人也就是国大党随时都在准备趁他死后，将他的国家连根拔起和彻底摧毁。在他看来，居那加德、克什米尔、旁遮普，四面八方都是印度人布下的棋子，分治的成果随时有可能葬送。最重大的打击发生在12月中旬。在艰苦谈判长达几周过后，印度和巴基斯坦终于就最后的金融和物质资产的划分达成一致。到独立时，印度的现金储备总共为40亿卢比。巴基斯坦此前已经得到2亿卢比的拨付。根据双方的协议，巴基斯坦还将得到5.5亿卢比（约4500万英镑）以达到份额上的平衡。结果，印度以这笔钱会被巴基斯坦用于购买军火屠杀印度士兵为由，坚持要在克什米尔问题解决后才支付。

这个决定让真纳面临困境。他的新国家几乎处于破产状态。早先的2亿卢比仅剩下2000万。公务员的工资不得不被削减。而最后，骄傲的真纳还要接受一个巨大的羞辱。他的政府为租借飞机运送难民而向英国海外航空公司签出的支票被退回——原因是账上资金不足。

马丹拉尔·帕瓦对在艾哈迈德讷格尔的短暂停留感到格外愉悦。他作为职业难民，生活看起来要比做警察舒服得多。他在最新的导师、德干客栈老板维什努·卡凯尔的掩护下，已经在离该城五英里的一座难民营里组织起了一万名难民。

马丹拉尔与卡凯尔决定："对所有商人尤其是穆斯林商人的生意收税，用以建立一个为难民服务的基金。"他们收税的方法既经典又简单。"对于那些不肯缴税的人，"马丹拉尔介绍说，"我们会一把火把他的商店烧掉。"

他们积累起来的基金并不完全用于缓解难民的疾苦，这些钱还让他们自己生活得体面，并且令身为国民志愿服务团狂热分子的卡凯尔想入非非。他客栈顶层那些像蜂窝一样的小房间里装得满满登登的不是来回旅行的推销员，而是各种各样的武器。与他的朋友、浦那那位《印度教民族报》的商业经理阿普特一样，卡凯尔整天梦想着的是领导一场对抗海得拉巴尼扎姆的游击战。

然而，卡凯尔要模仿希瓦吉的野心在1948年的元旦破灭了，警察在为调查一起谋杀案而搜查卡凯尔的旅馆经理房间时发现了大量武器。这位吓破了胆的经理立即供认这些武器全部为卡凯尔所有。四天过后，卡凯尔和马丹拉尔带着一批流氓，破坏了主张对穆斯林和解的印度社会主义党的会议。警察拘押了他们，但在经过训诫后又把他们释放了。

第二天一早，卡凯尔和马丹拉尔顾不上他们的武器库，一溜烟跑到艾哈迈德讷格尔，他们的目的地是距此地六十英里的浦那。卡凯尔向马丹拉尔保证，他们会在那里找到庇护者和同路人。

新德里，1948年1月12日

自从1947年春天那场同样是在这间副王书房里举行的关键会议结束

后，太多太多的事情发生了变化。那个时候，路易斯·蒙巴顿和圣雄甘地似乎对四亿人的命运成竹在胸。如今，各种事件的发生看来已经超出了他们的掌控。应急委员会曾让蒙巴顿将印度快速而又不易觉察地重新置于英国人的统治之下，在此时也已经解体了。他本人再一次成为他一直想要做的那个人，即一个国家的法定元首，其权力在很大程度上受到与他有着深厚友谊的各种政府机构的限制。

他赤裸的双脚一如既往地从披肩下方伸出来，他的神态憔悴而悲凉，这位衰老的先知坐在蒙巴顿对面的扶手椅子上，看起来像是在承受着这个国家所有的苦难。跟随他多年的人不再接受他的教诲，而他的理论也受到众多国人的挑战，他是那样无助，就像一根漂在潮水里上下起伏着的木头。

然而，尽管印度的分治为他带来痛苦，但甘地个人对这位尽忠职守的英国人的尊重却与日俱增。在甘地看来，自己在独立后所做的事情只有蒙巴顿才能够真正理解。当蒙巴顿夫妇于数周前飞回伦敦参加伊丽莎白公主和他们从小带大的外甥菲利普的婚礼时，甘地曾以非常感人的方式向他们表达了自己的情感。约克号MW102飞机上装载着印度前王公们赠送给王室夫妇的象牙雕刻、莫卧儿细密画、珠宝和银盘等，其中一个送给未来将戴上维多利亚女王王冠的新娘子的礼物来自印度的解放者甘地，一块他亲手用纱线织成的小茶桌布。

甘地对于蒙巴顿的诚实是绝对放心的，同时他也相信，只要蒙巴顿一天还是大总督，就一天不会容忍印度政府的任何不光彩行为。事实的确如此，在过去的一个月里，蒙巴顿全力采取的一切行动都是为了实现在甘地眼里最值得尊敬的目的：阻止印巴因克什米尔问题而爆发全面战争。他要求印度将事件交由联合国解决，为此险些断送了他和尼赫鲁之间多年的深厚情谊。他甚至还建议克莱门特·艾德礼飞到印度在两个自治领之间做出仲裁。他反对印度做出延缓向巴基斯坦支付5.5亿卢比的决定，因为他害怕那会让破了产的真纳走投无路而不惜发动战争，同时，他也认为这样的做法缺乏道义基础。这笔钱本来就是巴基斯坦的，如果拒绝给付，势必成为一桩国际间挪用他人钱款的公案。然而，他的据理力争并未让尼赫鲁和帕特尔改变初衷。他们不想给早就群情激愤的局面再火上浇油了，因为巴基斯坦一旦得到钱，几乎可以肯定会用于购买军火上，从而对印度军队形成更加大的杀伤力。

此时，坐在扶手椅上的老人向与自己面对面的蒙巴顿透露出他的一个决定，一个还未与他的两位同事商量过的决定。他依然用很小的声音说，几周来，他在德里的穆斯林朋友一直在向他问计：他们是应该冒着生命危险留在印度，还是放弃挣扎前往巴基斯坦？

他给出的意见始终是"冒险留下来，不要逃跑"。但是，他越来越感觉到，如果自己不冒一次大险，就不宜再向人们宣传这一主张了。

他希望蒙巴顿不会生自己的气，他对大总督说，因为自己已经决定要进行绝食，直到"德里的所有社群重新将他们的心连成一体"，这样的心连心并非屈从于"外来压力，而是发乎于内心的责任感"。

大总督听完此话，一下子把背靠向扶手椅。他再清楚不过，与甘地争执的结果只能是徒劳。而且，正如他在当时所说的，他崇拜"这种建立在终生信仰基础上的极端勇气"，甘地的这个决定正是如此。

"我为什么要生气？"他说，"我倒觉得这是一件最光彩和最高尚的事情。我对你无限敬仰，并且，别看之前的所有努力都失败了，我还是断定你会成功。"

蒙巴顿说着说着，心里突然产生了一个想法。甘地的行动给了他唯一的道义力量。还是在比尔拉府草垫上度过的那些时光里，当他愿意慨然赴死时，他就有了对印度政府至高无上的权力。尼赫鲁和帕特尔可以对他大总督的话进行抵制，但对忍受巨大痛苦绝食至奄奄一息的甘地就不行了。

蒙巴顿对甘地说，印度拒绝把属于巴基斯坦的钱交给巴基斯坦，这是他的政府做的唯一昧良心的事情。

甘地坐直身体。是的，他同意道，这件事确实不光彩。当一个人或一个政府自由而公开地做出某项承诺后，就已经没有了反悔的余地，印度在这件事情上正是如此。并且，他还要求他的印度通过在国际间的行动，把国家树立成典范，向全世界展示"道义的力量"。印度在成立之初就做出这样没有道义的举动是他所无法容忍的。

他对蒙巴顿说，他的绝食目的将覆盖一个新的范畴。不再只为了德里的和平，而且还要为了整个印度的荣耀。他将把印度向巴基斯坦支付钱款以示对国际协定的尊重，作为结束绝食的其中一项条件。这是一个真诚而又充满勇气的决定，事实证明这个决定将夺去他的生命。

甘地的脸上闪过一个恶作剧似的微笑，他对蒙巴顿说："他们现在没人听我的话。"但是，他轻轻笑着补充道，"只要绝食一开始，他们就没人反对我了。"

17

"让甘地死!"

最后的绝食，新德里，1948 年 1 月 13—18 日

莫罕达斯·甘地一生中的最后一次绝食于 1 月 13 日上午 11 点 55 分开始。这一天与他在那个寒冷的冬天里所度过的每一天都一样，第一件事情照例是黎明前的祷告。"走向神灵的路啊，"甘地在没有暖气的黑屋子里吟唱道，"属于勇者，绝于懦夫。"

10 点 30 分时，他做最后一次进食：2 张薄饼、1 个苹果、16 盎司羊奶和 3 片西柚。他把东西吃完后，在比尔拉府花园里临时举行了一场宗教仪式，以此正式宣布绝食行动的开始。参加仪式的人很少，只是一些为数不多的亲朋至交：每晚仍把自己的草席铺在甘地身边且与他并榻而眠的马努；他的另一个侄孙女同时也是他的"另一条拐棍"阿巴；他的秘书普亚勒拉尔·纳亚尔以及纳亚尔的医生妹妹、负责在绝食期间护理甘地的苏希拉；他思想衣钵的继承者贾瓦哈拉尔·尼赫鲁。仪式在苏希拉的歌声中结束，她唱的是基督教的赞美诗，甘地在南非的草原上第一次听到它，终生陶醉在其歌词的意境中。这首歌的歌名就是：《每当我端详那奇妙的十字架》。

当苏希拉将最后几个音节唱毕，甘地已经躺在自己的帆布床上进入了梦乡，只见他四肢张开，在正午的阳光下轻轻地打起鼾来。几周来的悲伤和难过让他本就沧桑的面容更显憔悴，然而此时，他那满面倦容上竟然爬过一丝奇异的满足神色。他的秘书见此不由得暗暗称奇：甘地自从在9月份回到德里后，就从来没有过像现在这样"欣喜和释然"的表情。

随着驻德里的国内国际媒体的迅速聚焦，甘地的新磨难立刻得到了比他在加尔各答绝食时更加广泛的关注。这次绝食同时也让许多人颇感困惑，因为甘地的决定非常突然，并且在事发前也没有发生像加尔各答那样的暴力活动。德里的局势就算紧张，但种群间的仇杀早就停止了。然而，甘地凭着他引导人民的使命感，或许还是嗅到了他人还没有感知到的某种气氛，另一场暴力风潮的大爆发，正在逼近山雨欲来风满楼的印度。

他的同胞们在彼此谈论他绝食的消息以及结束绝食的条件时各怀心事，有的困惑，有的惊恐，还有的甚至气急败坏地谩骂。德里的情况要比加尔各答难对付得多，这座印度的首都到处是宣泄着对穆斯林仇恨情绪的难民。难民营的环境非常恶劣不说，还寒冷异常，于是，难民们便占据了全城的清真寺和穆斯林的房屋。此时，他们的圣雄要求他们把住所归还给让他们恨得咬牙切齿的穆斯林屋主，并重新回到破烂的营地去。不仅如此，甘地还以把5.5亿卢比交付给巴基斯坦作为结束绝食的条件之一，这就在相当广泛的程度上激怒了公众，同时让印度政府内部也发生分化。

然而，不管所有的想法都是些什么，这一刻全都被压在了在比尔拉府外阳光下熟睡的瘠瘦老人身下。几周以来，甚至是几个月以来，甘地在一些人眼里成了被印度遗忘的人，他们轻而易举就把甘地曾经宣传的道理抛在脑后。不能再这样下去了。这件古老的武器是印度的圣人发明的，他过去常常用它来对付英国人，举世皆惊。此时，他又转而对准自己的同胞，以猛烈的方式提醒整个印度不要忘了他是谁，他的主张是什么。他是在最后一次迫使国人对他生命的意义和要传递的信息做出思考。

浦那，1948年1月13日

刷着白墙的小房子距离印度首都七百英里，这里就是《印度教民族报》在不到十周前创报的地方。两个男人正满脸错愕地站在电传打字机的玻璃橱窗前。电传打字机急速传送来的紧急消息，让纳图拉姆·高德西和纳拉扬·阿普特的命运不可逆转地发生了变化。这些消息宣告了甘地绝食行动的开始以及为结束绝食设定的条件。其中有一个条件让这两个印度教狂热分子再也压抑不住狂暴的情绪并最终犯下震惊整个世界的罪行，那就是甘地要求将 5.5 亿卢比交付给巴基斯坦。

纳图拉姆·高德西脸色发白。这是政治讹诈。这个他曾经为之坐过牢的人如今令他深恶痛绝到了极点，这样的做法等于是在逼迫印度政府向穆斯林强奸犯和杀人犯投降。高德西与阿普特以及浦那的所有印度教狂热分子们一样，视甘地为眼中钉，每每公然要求将甘地赶出政治舞台，只不过他与其他众人的话都曾不过是语无伦次的痴人说梦而已。

高德西转过身来望向阿普特。在海得拉巴开展游击战和刺杀真纳的所有宏大计划都已经是"次要考虑"，他说，他们目前最需要关心的行动就只有一个。他们必须把所有精力和物力放在一个大于一切的目标上。"我们必须杀死甘地。"高德西断然宣布了自己的决定。

甘地步履沉稳地从比尔拉府精心修剪的草坪上走过，德里冬天的最后几缕阳光让圣雄甘地的瘦小身躯感到温暖。他把两只手分别搭在马努和阿巴的肩膀上，登上四级红砂岩台阶，向花园中央走去。这是一块升起于地面、大小如两个网球场的草坪，草坪被与膝盖同高的矮栏围起，矮栏下面盛开着鲜红的玫瑰花。这片静美的花园成为甘地在德里最喜欢的与同胞定期聚会的地方，每天例行的晚祷会也是在这里举行的。

在这块高出地面的草坪的其中一条边缘上，坐落着一座红砂岩亭子，甘地的追随者们就在亭子的装饰拱门下搭起一座高六英寸的木制平台。平台上放着两样东西，一个是圣雄使用的草垫，另一个是麦克风。马努小心翼翼地将甘地做祷告时从不离身的三件器物——放在草垫旁边：《薄伽梵歌》、写着发言稿的笔记本和铜痰盂。因为这是具有极端重要意义的一天，所以平台前至少来了六百人。祷告会开始了，甘地首先请求众人与他一起吟唱泰戈尔所写的诗歌。一年前，他在前往诺阿卡利进行他的忏悔之旅时，口中不断唱着的正是这首歌，从那以后，这首歌就成了他每天的必唱:"如果他们不理睬你的呼唤,独自前行吧,独自前行。"

见他准备讲话了,众人顿时安静下来。他的绝食,他宣称,是"在向神灵发出请求,希望所有人的灵魂不但都得到净化,而且还要彼此相通。印度教徒、锡克教徒和穆斯林必须下定决心像兄弟一样友好相处"。

《生活》杂志的玛格丽特·伯克-怀特听着甘地每一句掷地有声的讲话,不禁暗自在想,"他说的话一点没错。他是从自己的宗教立场出发,来捍卫对人与人之间兄弟情谊的信仰",与许多在那天晚上身处比尔拉府的人一样,她感觉到了"那个瘦小老人胸怀的伟大,他的话如此真诚,堪称披肝沥胆"。

"德里正在经受考验,"他警告说,"我的要求是,印度或巴基斯坦发生的屠杀事件再多,都不应该让德里的人民迷失掉方向。"就算巴基斯坦内的所有印度和锡克教徒都被杀光,"我们的国家也必须做到不让哪怕是一个穆斯林儿童受到伤害"。所有种群、所有印度人,应该重新成为"真正的印度人,以人性战胜兽性。如果他们做不到这一点,我活在世间实属无谓"。

就在马努收拾他的痰盂和《薄伽梵歌》时,花园里的人们陷入忧虑的寂静中。接着,人们无言地分立两边,让出一条通道让甘地穿过草坪回到比尔拉府内。甘地一边走着一边不停地眨着慈祥的双眼,玛格丽特·伯克-怀特目送着他瘦弱的身影消失在花园的深处,此时,包括她在内的许多人都在琢磨着同样一个问题:"我们还能不能再见到甘地。"

浦那,1948 年 1 月 13 日

这一回,在《印度教民族报》办公室里开会的四个人不再受到监视了,三个月前对这家报纸开张场面进行监视的那位警察,已经奉令停止这样的行动。这真是一场悲剧,因为纳图拉姆·高德西在那一晚所说的话,对于印度警察来说是再重要不过的情报。坐在高德西身边的阿普特表现得异常沉默。与高德西面对面的是德干客栈老板维什努·卡凯尔以及马丹拉尔·帕瓦,也就是星相说他注定要名扬天下的那位旁遮普难民。

高德西向他们分析了印度的政治局势，然后斩钉截铁地说："我们必须要采取行动了。"

"我们一定要阻止甘地。"他发誓道。

他的话立刻引来马丹拉尔·帕瓦的赞同。马丹拉尔终于等来了雪耻的机会，他在六个月前从父亲在菲罗兹布尔医院的病床边离开后，就一直在寻找这样的机会。卡凯尔也表示了同意。

四人于是从《印度教民族报》出发，前往那位伪装成圣者的武器贩子家中。迪甘贝尔·拜奇就像把耳环和项链摆满黑绒布的珠宝商一样，将自己库房里最上等的武器全部铺放在地毯上。他什么都有，可却少了一样最致命的家伙——一把便于隐藏的自动手枪。他们挑选了几枚手榴弹以及一些雷管和炸药。阿普特要其他人在1月14日星期三天黑后，到印度教大斋会在达达尔区的办公室与自己会面，那里是供孟买工人活动的一个场所。随后，几个人便趁着夜色神秘地四下散去。

高德西在离开这座自己出生和学习狂热教义的城市前，还要做完最后一件事情。他与自己要谋杀的领袖一样几乎没有什么财产，他唯一的财产就是两张纸，是在浦那的东方人寿公司办公室里的职员交给他的，它们是两份没有填写受益人的人寿保险合同。高德西在第一份，也就是编号为1166101、保额为3000卢比的合同受益人处写上自己的弟弟高普尔妻子的名字，因为他的这位弟弟已经答应要带上一支手枪参加他在德里的行动。第二份合同的编号是1166102，保额为2000卢比，他将受益人指定为阿普特的妻子。一个人在死前总要许下最后的愿望和安排好遗嘱，可见，此时的高德西已经做好了为刺杀被半个世界尊为圣人的甘地而赴死的准备。

在每一次绝食过程中，只要体力允许，甘地都要照例进行日常的修身活动。因此，尽管周三的清晨寒意甚浓，他还是早早起床背诵他的《薄伽梵歌》。刚背诵完毕不到几分钟，他又用那把小木棍做的"牙刷"按摩起牙龈和所剩无几的牙齿来。一旁的马努听他大声地自言自语说："啊，我今天可真不想绝食呀！"

年轻的马努每天晚上都要起床两次，为甘地掖好被角以防他着凉，此时，甘地的话音还未落下，她就已将当日的第一份食品送到甘地面前：一杯微温的苏打水。甘地一脸苦相地看了看这杯水，然后一仰脖把它喝了下去。

喝过水后，甘地开始做另一项从头天开始就一直在做的工作，那就是给来信苦苦劝自己放弃绝食的小儿子德瓦达斯回信。德瓦达斯在信中说："你活得好好的就能做到的事情，何苦非靠闹得要死要活来完成。"甘地把马努叫到身边，请她代笔写下自己口述的回复。

"我进行这次绝食是奉了神的旨意，要我放弃除非由它同意，"他说，"你和所有其他人必须记住，神要我生和要我死都不是什么大不了的事情。我要对它的祷告就只有一句：'哦，神灵，请在绝食的过程中坚定我的信念，别让我在对生的贪念中轻易就半途而废吧。'"

作为他的医生，年轻的苏希拉·纳亚尔比德瓦达斯更早开始关切他生还的可能。自从回到德里，他的体力就衰退得非常厉害，他的肾脏还没有从加尔各答那场绝食中恢复过来。旁遮普事件让他痛不欲生，从此彻底没有了吃东西的胃口，同时血压也极不稳定，瞬间急升就可以让他的血管发生爆裂。在苏希拉·纳亚尔开出的药物中，甘地只肯服用一种，那就是一种用树皮制成的饮料，但甘地为自己的绝食制定了一系列苛刻的规则，连这种药也列入不可摄取的范围。不管怎么说，身体的老化是什么药物也治愈不了的，已是78岁高龄的甘地自然不例外。苏希拉·纳亚尔每天都要不厌其烦地为甘地测量体重，但她对身旁这位老人的生理机能还能维持多久，心里始终没底。

秤上指针的读数让她在不安之余又觉得有些不可思议。绝食开始后的第一个24小时，让甘地掉了宝贵的两磅肉。他在那天早上的体重是109磅。苏希拉清楚，骨瘦如柴的甘地用不了多久就不会再有可供消耗的脂肪，这种他赖以维持生命的物质即将宣告消失。此后，对于甘地以及任何绝食的人都一样，最危险的时刻就要到来，那就是在体内的脂肪消耗殆尽后，生理机能便开始大量吞噬蛋白质。如果不能及时制止，这个过程对人造成的危险就是致命的。苏希拉知道，甘地的身体如此虚弱，这个过程一旦开始就会变得一发而不可收。

甘地在绝食进行的关键时刻,却把照顾自己生命的任务交给一位年轻的姑娘,而不是印度首都某一位知名的医生,这体现了他的思想体系中的一个重要基础。从在南非开展第一次民事不服从运动时开始,妇女就一直处于这项运动的最前线。

他永远都坚持认为,没有妇女的解放,就没有印度的解放。妇女是"半个被压迫的人类",她们被奴役的根源就在于男性占统治地位的社会,将她们禁锢在了以家务劳动为主的狭小活动范围内。他在南非成立首个静修所伊始,就宣传男女对家务劳动负有同等义务。他拥护大食堂,废除各个家庭独立的小厨房。如此一来,妇女们就可以从家务的劳累中解脱出来,而与男人一样参与到社会和政治活动中。

她们确实参与了。在印度自由斗争的每一个阶段,她们都同男人一道面对英国警察的冲击。她们曾经在监狱里被关得满满的,并且一些大范围的群众运动也是由她们主导的。

甘地在努力代表印度妇女的过程中也引起过一些非议,然而,若非如此,他甘地也就不是甘地了。他给那些在旁遮普遭到强暴后再被杀死的女孩子们的建议是,咬住舌头、屏住呼吸,安静地受死。他面对印度不断飙升的生育率,却反对使用现代的控制生育手段,理由是他认为那些工具性的东西与他提倡的自然药物毫无共通之处。他能够接受的唯一控制生育的手段,就是他本人正在使用的——禁欲。

但不管怎样,这个在几百年前寡妇要跳进病亡丈夫的火化柴堆里以身殉葬的社会,在甘地的推动下还是取得了巨大的发展,独立印度的第一届内阁成员中就有一位女性。

正午之前,内阁成员们聚集在这位重新成为印度良心的老人周围。他们以尼赫鲁和帕特尔为首,离开老人为他们奋斗来的奢华办公室,而来到他的小床前召开阁会。这次会议的主题就是针对甘地要求给付巴基斯坦那5.5亿卢比进行讨论。

甘地的这个要求让大多数内阁成员,特别是瓦拉巴伊·帕特尔深感震惊和愤怒。尼赫鲁和帕特尔先后试图阐述留住这笔钱的理由。在他们提出自己的观点时,虚弱而略有些迷糊的甘地躺在草垫上,双眼静静地望着天花板。他一句话也不说。帕特尔则开始露出咄咄逼人之势。慢慢地，甘地的眼角里渗出痛苦的泪水，他用手肘支撑着把头抬起来，看着这个曾经在如此多艰苦卓绝的斗争中和自己并肩而立的人。

"你不是我曾经认识的那位领袖。"他用嘶哑的声音喃喃说道，随后头一低，倒回到自己的草垫上。

一整天下来，不断有穆斯林、印度教和锡克教领袖们来到他的床前请求他放弃绝食。他们的关心来自对一种现象的警觉，而甘地的随从们却因为身处比尔拉府的高墙内而对外面的形势一无所知。有史以来，印度领袖的绝食行动头一次遭到一批国人的满腔仇恨。在新德里的商业中心康诺特广场上，在旧德里月光集市人头涌动的小巷里，人们议论的所有话题都和这场绝食有关。但是，国大党官员辛哈却在与众多人的交谈中吃惊地发现，居然没有人表达出解救甘地生命的迫切愿望。对于许多人而言，甘地躺在比尔拉府内的小床上受苦是为帮助穆斯林而设的圈套。那个1月的下午，辛哈在德里的市场上听到最多的话不是"怎样才能想办法把甘地救下来"，而是"那个老东西要到什么时候才能不再给我们添麻烦"。在市中心，一伙愤怒的难民甚至对一队要求族群和解以拯救甘地生命的示威队伍发动了冲击。

刚刚到傍晚时分，一阵模糊而又熟悉的声音传向比尔拉府，甘地的随从们热切而充满希望地倾听着。他们曾在加尔各答听到过这样的声音，那是大批满面悲伤的人在高叫口号，恳求甘地停止绝食。甘地的其中一个秘书跑到大门处。凭借暗淡的路灯，他可以看到一支游行队伍正沿着阿尔伯克基路迎面向自己而来，很多人手里挥动着小旗和一些看不清的标语牌。

在比尔拉府昏暗的房间内，甘地还是那么静静地躺着，外面的声音变得越来越近。小床上，虚弱而略有些昏迷的甘地，张开四肢半睡半醒地待在阴影里。终于，游行队伍来到了大门口，他们高呼口号的声音让小屋内的人们震耳欲聋。甘地向他的秘书普亚勒拉尔示意。

"发生了什么事？"他问。

"是一群难民在示威。"普亚勒拉尔回答说。

"人多吗?"

"不,不是很多。"

"他们在做什么?"

"喊口号。"

甘地静下来仔细听了听,希望听清人们在吼叫些什么。

"他们喊的是什么?"他继续问道。

普亚勒拉尔稍做迟疑,想着怎么来回答这个问题。然后,他咽了咽口水。

"他们在喊:'让甘地死!'"他说。

孟买,1948年1月14日

孟买最北面的郊区有一座风格俗气的两层楼,水泥墙面由于年久失修而已经开始剥落。黑暗中,三个要置甘地于死地的男人正站在入口处的铁栅门前。这座小楼的其中一面墙上嵌着一块大理石板,这恐怕是唯一能显现出其精致的地方。石板上的马拉地语说明了这座房子的功能:萨瓦卡宅邸。

这座房子的主人就是"英勇的"萨瓦卡,他自封为印度教民兵领袖,全印度也找不出比他更痛恨甘地的人来,他对甘地秉持的几乎所有思想都深恶痛绝。如果说甘地将比尔拉府和所有他住过的地方都变成了非暴力的殿堂,那么,无辜矗立在孟买克鲁克萨路上那些棕榈和欧楂树中间的这座萨瓦卡宅邸就是暴力的膜拜场。这几个想要刺杀甘地的人一到孟买就跑到这里来敲门,实在是再正常不过的事情。

三人中有一个人用胳膊夹着一只印度鼓。这天晚上的迪甘贝尔·拜奇把自己打扮得不再像是圣者,而是摇身变成一名乐师,他所属的种姓早期在印度境内到处游唱,因此,这样的伪装对他来说极其自然。而他在自己浦那的店铺制造出来的各种武器,就藏在夹在腋下的那只鼓里。

一名警卫将三人带入到萨瓦卡堆满东西的接待室里。身为印度教民族派独裁者的萨瓦卡，几乎不允许任何人穿过这间房间进到他在楼上的私人居室里。不过，纳图拉姆·高德西和纳拉扬·阿普特却得到了破例的机会，但因为没有迪甘贝尔·拜奇的份，所以两人就丢下拜奇并抱着他的印度鼓上了楼。

与所有时候一样，他们在见到萨瓦卡后的第一个动作就是做奴仆式的致敬，以表示对萨瓦卡本人的绝对效忠。他们亲吻他的脚。这个在过去四十年里用看不见的手操控了印度两起主要政治刺杀事件的人，对他们还以拥抱。紧接着，萨瓦卡迫不及待地查看起藏在鼓里的武器来。

在那一年的1月，高德西、阿普特和拜奇并不是他们这个小组织里第一批进入到英勇的萨瓦卡总部里的人。此前，卡凯尔就曾将马丹拉尔引见到这位主人眼前。卡凯尔大夸这位年轻的旁遮普人是"一位非常勇敢的工人"。萨瓦卡的回应就是对马丹拉尔报以冷冷的微笑。然后，他就像抚摸小猫的后背一样摸了摸马丹拉尔的额头。"好好干。"他要求道。

在与萨瓦卡的会面结束后，三人于当天晚上各自散去。拜奇去了印度教大斋会的公共宿舍，阿普特和高德西这两位吉特巴万婆罗门，则去了与自己地位更般配的所在——海绿酒店。

他们一住进酒店，控制不住自己的阿普特就抄起了电话。他要的号码对于一个发誓要犯下印度世纪大案的人来说实在难以理喻。他要的是孟买警察局的中央总机电话。电话接通后，阿普特要了号码为305的分机。一个女孩子的欢迎声从听筒中传来，她是孟买警察局主任医生的女儿，当晚，她就来到酒店与阿普特共度良宵。

甘地的年轻医生一直在密切观察的危险时刻，以迅雷不及掩耳之势到来了，快得甚至让她来不及做出预测。苏希拉·纳亚尔在1月15日星期四的早晨为他做了尿样分析，从中发现了可怕的丙酮和乙酸。夺命的周期就此开始。甘地体内的碳水化合物没有了，他的身体开始向自己的内脏进行攫取，即消耗赖以维持生命的蛋白质。这位早已油尽灯枯的老人绝食还不到48个小时，就坠入了医学护理的危险期。

这位姑娘为了照顾甘地而放弃了联合国提供的设在美国的一个科研

职位，此时，让她倍感忧心的现象还不仅是这个。她在对甘地尿样的仔细检查中还发现了另一个现象。在此前 24 小时里，甘地总共摄取了 68 盎司的温水和他最讨厌的苏打。她精心绘制的图表则显示，甘地排泄掉的重量仅为 28 盎司。甘地的肾脏在加尔各答那场绝食中就已损坏，因此无法正常工作了。苏希拉顿时感到情况的严重性，于是试图向甘地解释他目前情况的危险性，以及为什么这一次他的身体将永远得不到康复。无奈甘地执意不听。

"如果我的尿液里有丙酮，那说明我对罗摩的信仰还不够坚定。"他喃喃地说。

"这和罗摩是没有关系的。"苏希拉回答说。接着，她耐心地从这些出现在他排泄物里的外来物开始，从科学的角度向他解释整个生命受到伤害的过程。甘地静静地听着。等苏希拉讲完后，他凝神望向她的脸。

"你的科学真的了解一切吗？"他问道，"你忘了克利须那在《薄伽梵歌》第十章里说的话吗——'整个世界是我身上小得不能再小的一个地方'？"

第二天早上 7 点 20 分，当甘地提醒年轻的女医生科学并非万能时，穿着讲究的纳拉扬·阿普特正走入印度航空公司在孟买的办公室。他要了两张 1 月 17 日星期六下午从孟买飞往德里的机票，乘机人是两位先生，分别名叫卡马卡和马拉提。两张机票共 308 卢比。就在他要掏钱付款时，航空公司的职员礼貌地询问他是否需要把返程机票一起买了。

纳拉扬·阿普特看着这名职员不禁笑了起来。"不，"他说，"我和同行的人没有计划再回来。单程机票就够了。"

尽管健康状况恶化得非常厉害，但甘地仍然坚持要在绝食期内的每一天都进行灌肠，以做到自己给自己提出的讲卫生的要求。他始终认为，水疗之净化身体正如祈祷之净化灵魂。负责这项贴心而又细致工作的正是处处不愿引人注意的马努，甘地在宣布绝食的前夜曾对自己这位单薄瘦小的侄孙女说："你是我在这场伟大牺牲中唯一的战友。"

马努的工作殊为不易。甘地的外表安详和超脱，却永远不停地在提出各种各样的琐碎要求，动不动还大发脾气，这让瘦弱的马努疲于应付。为甘地准备灌肠用的热水稍微晚到一会儿，就会让他勃然大怒。一切过后，甘地又会后悔自己的急躁，于是精疲力竭地躺回到床上。"人要想意识到自己的错误，"他对马努轻声地悔悟道，"只有在面临像绝食这样的生死考验时才能做到。"

马努注意到，灌肠让甘地虚脱得很厉害，全身苍白得"像一卷棉花"。眼看他在床上把身体蜷缩成一团，吓坏了的马努生怕他随时就要死去，于是想出去叫人。甘地感觉到了她的企图，微微地动了动手腕向她示意。

"不要，"他对她说，"只要神灵需要我的存在，就一定会让我活下去的。"

此时，绝食已经进入第三天，印度的首都终于感动了。一万名民众来到红堡，尼赫鲁向他们发出疾呼，"圣雄甘地生命的消失将意味着印度灵魂的消失"。这是一场重要的集会，一年前的8月15日，同样聚集在这里的人群达到五十万。在政府大楼，路易斯·蒙巴顿已经下令取消所有接待和官方的聚餐活动，以示对他如此崇敬的羸弱老人忍受痛苦的尊重。德里的街头开始少量出现要求族群和解的游行活动。然而，这样的结果还是无法与加尔各答的情形相比，要知道，甘地绝食的第一天就让加尔各答民众的情绪产生了急剧的变化。马努感觉到了首都的冷漠，一丝不安不由得从心头掠过，她是怕德里有可能最终还是要"让甘地去死"。

感情最强烈的似乎反倒是巴基斯坦。一封从拉合尔拍来的电报对甘地说："在这里的每一个人都只关心一件事情：我们怎样才能解救甘地的生命？"在这个新国家的所有地方，穆斯林联盟的领袖们突然之间对自己昔日的宿敌大加赞扬，把他说成是"仁爱的大天使"。在这个国家的清真寺里，族长们都在为他祈祷。数以千计的穆斯林妇女躲在她们的面纱背后向安拉发出乞求，求他对这位向印度穆斯林伸出兄弟之手的78岁高龄的印度教徒施舍慈悲。

星期四下午，来自德里新闻社的电传像闪电一样传遍整座次大陆，巴基斯坦对来自德里的消息从来没有像这次这样激动得难以自已。甘地赢得了他的首次胜利。他让自己身体承受痛苦和饥饿，成功地使穆罕默德·阿里·真纳的国家免遭破产的厄运。作为让次大陆重归和平的姿态，更是为了"结束印度之魂在肉体上的痛苦"，印度政府宣布立即将 5.5 亿卢比支付给巴基斯坦。

孟买，1948 年月 1 月 15 日

在印度教寺庙里的地板上，几个因为这场卢比纷争就要杀死甘地的人，就像掷骰子的赌徒一样跪着围成一圈，拜奇那只装满武器的印度鼓早于前一天晚上就被他藏在这座庙里。这个假冒的圣者把鼓打开，将里面的武器一一放在面前。他就像一个在乡下集市上卖厨刀的推销员，不厌其烦地向他们示范如何将引信插入高效炸药的板夹以及如何解除手榴弹的保险。

拜奇一边做着讲解，一边从鼓里掏出最后一件武器，那就是他们最需要使用的手枪。枪是自制的，并且做得很粗糙，阿普特一脸郁闷地望着它，不由得对高德西嘀咕起来，这把枪说不定还没有来得及打死甘地便会在开枪者自己的手上炸开。手枪本来是谋杀时需要的最简单武器，但要找到它却又难得像大海捞针一般。他们搞到的炸药足以炸塌三层楼，但对找到这件确保成功的最基本武器却一筹莫展，连钱都比手枪好弄。阿普特曾经有一天向他那些极端分子朋友们募集金钱和一支手枪，结果，他一下子就得到了一千卢比的钞票，枪却没有。

阿普特看着拜奇灵巧的手指在他的那些炸药上来回游走，猛然意识到他的专业知识很可能是在到了德里后不可或缺的。拜奇对他们的阴谋并不知情，阿普特和高德西都不完全信任他。然而，现在离不开他的帮助了，阿普特于是把他叫到院子里。他用胳膊搂着拜奇的脖子，小声对他说，"和我们一起去德里吧"。萨瓦卡要"干掉"甘地、尼赫鲁和苏拉瓦底，他说道，他和高德西被赋予了这项任务。然后，他加上了一句贪得无厌的拜奇最爱听的话："所有花销由我们来负责。"

有了武器专家,阴谋者们的组织得以齐备。跨越半个次大陆前往首都的时间终于来到。拜奇把自制的武器小心地藏在马丹拉尔的铺盖卷里。那天晚上,马丹拉尔和卡凯尔将在维多利亚车站登上边境邮车前往德里,一路需要两天的时间。当年,许多年轻的英国人在初到印度时,就是经过这座车站到达次大陆上由他们统治的各个角落的。拜奇和纳图拉姆的弟弟高普尔·高德西将在随后的四十八小时分乘不同列车相继出发。阿普特和高德西的旅行方式就更加符合他们的身份了,那就是用阿普特早上购买好的机票飞到德里。他们碰头的地点将是印度教大斋会德里总部。这个地方属于比尔拉府的一部分,是比尔拉家族提供给社会的印度教寺庙,而他们计划暗杀的对象就住在比尔拉府内。

星期四的黄昏时分,数百名信众聚集在比尔拉府背后的草坪上,期待里面那位传奇人物能够奇迹般地出现在他自己的晚祷会上。这是个注定无法实现的愿望。甘地连独自行走和坐起身的力气也没有了,他唯一能对信众们做的就是对着放在床边的麦克风低低地讲几句话,然后由大喇叭把他那气若游丝的声音放大给晚祷会会场里的人们听。那个曾经在过去三十年里唤醒印度民众斗志的熟悉声音是如此的微弱,让当晚在草坪上的一些人感觉它好像是来自坟墓一样。

以国家为重,多想想兄弟情谊对于国家的重要,他号召大家说,不要担心他所受的痛苦。"别为我忧心。任何来到这个世界上的人都逃脱不了死亡。"

"死亡,"他继续说道,"是所有人的伟大朋友。它永远值得我们感激,因为它可以一次性让我们从所有的苦难中完全得到解脱。"

当晚祷会结束时,人群开始出现混乱,所有人都争相要看上一眼他们爱戴的领袖以求加持。女性优先,然后是男性,信众们排出一条长长的队伍。在令人伤感的安静中,人们按照宗教礼仪,双手合十从挡着玻璃的走廊上慢慢通过,刚刚说完的那几句话让躺在里面的甘地完全没有了气力。他像个胎儿一样蜷曲作一团,瘦小的身体上盖着一条白毛巾,他闭着两眼,满是皱纹的脸上却映出一道近乎超自然的光泽。他的双手也贴在一起做合十状,甚至在睡梦里还在向他伤心的问候者们回礼。

马努简直不敢相信自己的眼睛,这个难以琢磨的老人在前一天晚上还无力从床上坐起来,此时竟然站了起来。只见他拖着痛苦的脚步穿过房间,然后在做晨祷的地方停下来。晨祷完毕后,甘地坐了下来,他的动作全然不像一个连续四天得不到营养并且还在面临死亡威胁的人。他开始学习每天必修的孟加拉语,那是他从诺阿卡利之行后就下决心要掌握的一门语言。随后,他用坚定得令人惊异的声音口述起准备在晚祷会上要读给众人听的内容。

他表现出来的活力实际上只是一个幻象,这有些像癌症晚期的病人在垂死前的回光返照。几分钟后,当他试图独自去上厕所时,他的头开始晃动起来,整个人在完全没有知觉的情况下倒在地上。

苏希拉·纳亚尔冲到他的身边并帮忙把他抬回到床上。她很清楚这是怎么回事,因为受到破坏的肾脏已经没有办法将吸收的水分进行分解和转移,甘地瘦弱的躯体内已经全部装满了水,水产生的压力现在已经影响到心脏。几分钟前,她在为他称重时就预见到这一点。秤针的指示在过去48小时里就一直没有变化过:107磅。对血压和脉搏的检查证实了这位年轻姑娘的诊断。紧急赶到比尔拉府的心电图专家提供了确信无误的证据,78岁的甘地的肾脏已经完全败坏。如此一来,甘地以突然死亡而宣告绝食的结束就成了非常现实的可能。还有一种或许是更坏的可能,即如果绝食时间继续拖得太长,就算不至于影响生命,但其结果一定会对甘地身上的重要器官造成永久而且不可修复的损坏。

苏希拉忍住心中的阵阵绞痛,拿起笔在一天两记的记事本上记录下甘地的健康状况。她的记录是让人揪心的警告。"除非尽快采取措施,"她写道,"否则机体承受的压力将使这位印度人民爱戴的圣雄在余生中成为一名废人。"

那个以某种不可思议的方式把印度百万民众与他们的伟大灵魂联系在一起的非凡力量,再一次出现了。即使没有苏希拉·纳亚尔写在记事本上的警告,印度也本能地感觉到甘地的生命在星期五早晨已经处在危险之中。他在过去的绝食行动中屡见不鲜的情况再次发生,全印度的情绪以令人吃惊的速度发生逆转。世界第二人口大国开始关注比尔拉府内那位老人的生理与他的良心之间在做着的斗争。

全印广播电台开始每隔一小时就直接从阿尔伯克基路报道一次甘地的健康消息。数十名印度和国外记者死死地守候在比尔拉府大门口。在一座座城镇,共有数百个操场上突然之间就挤满了奔走号呼的人群,人们挥舞旗帜,高喊"兄弟情谊""印穆团结""救救甘地"等口号。印度所有地方都成立了"抢救甘地"委员会,他们在挑选会员方面做得非常小心,务求让各种政治观点和宗教派别都得到代表。全印度的邮局员工在那一天对数百万封书信暂停发送,同时在这些书信的邮票上书写"族群和平——抢救甘地"的口号。数千人聚集在公共祷告会上,祈求他能发表讲话。在星期五的祷告会上,整个印度没有一个会场不在为他祈福。孟买的贱民给甘地拍了一封感人的电报,他们告诉甘地"你的生命属于我们"。

但只有一直表现得无动于衷的德里所发生的变化才是最令人称奇的。每一个社区、每一个集市、每一个贫民窟,人们唱着颂歌向前涌去。商店和铺面为了表达对甘地所受痛苦的感同身受而全部关门歇业。印度教徒、锡克教徒以及穆斯林组成"和平之旅",臂膀挽着臂膀在德里穿城而过,同时向路人发出呼吁,请求他们与自己一道,共同乞求甘地停止绝食。一队队卡车载着满满的年轻人,他们鼓掌欢呼,发出齐声的呐喊,"甘地的生命比我们的生命更宝贵"。学校和大学也罢课了。最为感人的是,两百名在旁遮普大屠杀中成为寡妇和孤儿的女人和孩子们游行来到比尔拉府,宣布要放弃他们少得可怜的难民救济而加入同情甘地的绝食行动中。

这是一场神奇而壮观的感情大爆发,但躺在比尔拉府床上的甘地却几乎不为所动。没有人料想得到,甘地要绝食如此长时间才能唤起同胞们的醒悟,既然好不容易成功了,他就决心趁热打铁以防前功尽弃。他要无限逼近死亡的黑暗,激发国人从内心深处做出深刻而有益的变化。

"我不着急。"他在祷告会上向忧心忡忡的人们说。声音之微弱,即使经过麦克风的放大,也还像是在耳语一样,而且每说一个字都要大口喘气。"我不想让事情半途而废,"他说,"如果和平不能在全印度、全巴基斯坦范围内实现,我将对活着失去兴趣。这就是我要做出牺牲的全部意义。"

以尼赫鲁为首的印度领袖们来到他的床边,告诉他德里的形势已经大为好转。甘地用近乎欢快的语气对他们说:"别担心,我不会一下子咽气的。你们做事情应该言实相符。我要的是脚踏实地的工作。"

正当他们交谈的时候,有人送来一封来自卡拉奇的电报。"原来住在德里但被赶跑的穆斯林们可以重返家园并拿回本属于自己的房屋吗?"这封电报问。

"这是个试探。"甘地听完电报的内容后立即低语道。

甘地忠实的秘书普亚勒拉尔·纳亚尔手里拿着这封电报,立即赶往首都各难民营,他告诉难民们甘地的生命此时就掌握在他们的手中。那天晚上,多达一千多名难民联署了一份声明,向返家的穆斯林承诺,不但欢迎他们回来,而且还要把房屋腾出来还给他们,即使自己和家人因此而要在帐篷里或是马路上度过严冬也在所不辞。领头的一批人回到比尔拉府,向甘地证明人心确实有了变化。

"你的绝食已经感动了整个世界,"他们对蜷缩在床上的弱小老人说,"我们将努力使穆斯林像印度和锡克教徒那样,把印度当作他们自己的家。为了把印度从苦难中拯救出来,快祈祷结束绝食吧。"

*

苏希拉·纳亚尔用焦急的目光看着秤针左右移动。这实在有些矛盾,然而,甘地绝食都已经到第五天了,她绝望地想让秤针告诉自己:健康日益恶化的病人体重出现下降。但她并没有看到想要的结果,秤针仍然指向三天来一直固定不变的那个数字:107磅。甘地的肾脏还是不肯为他把每天摄入的七十盎司水排泄出。他的心脏由于五天不进食早就不堪负荷,肾脏不能工作而导致体内大量液体的存在更让糟糕的状况雪上加霜。

她和另外三位来帮忙的医生在那天早上为甘地做了所有方法的检查,但结果无不令人沮丧。存在于他尿液里的过量乙酸是非常严重的问题,就连甘地的呼吸里也带着一股发酸的味道。他的血压是184,脉搏快而乏力,78岁的心脏跳动得很不规律。

实际上,四位医生不需要借助仪器就可以诊断出甘地的状况。他们只要用眼睛看看就知道,甘地此时已经到了病入膏肓的地步。他们迅速地做出一致判断,即甘地如果继续绝食超过72小时就肯定性命不保。更为恶劣的是,能够让他在24小时内就送命的所有要素都具备了。医生们在那个星期六所做的第一次记录非常之简洁扼要。

"要求人民立即采取行动,以满足甘地提出的停止绝食的条件,"他们在记录本上写道,"这是我们的责任。"

浦那,1948年1月17日

孟买快车隆隆地开进浦那火车站,在释放出一大团蒸汽后停靠在了站台上。随着蒸汽机在排气时发出的一声巨响,站台上一名身材矮胖的妇女不由得兴奋地全身抖动了一下。"只有我,"她一边想一边用眼睛扫视着从自己丈夫身边挤过并涌向三等车厢的人们的脸,"只有我才知道我的丈夫为什么要去德里。"

高普尔·高德西在那天早上是为刺杀甘地而去往德里的,他在对哥哥纳图拉姆许下诺言时并没有撒谎。他的行李卷里放着那支他花了两百卢比从浦那军需品仓库的工人同事那里买来的点三二口径手枪。他甚至还在家附近的树林里试射过它。他的妻子由于和他有着一样的诉求,所以成了唯一知道他要用这支枪做什么事情的局外人,她还为丈夫能够取得成功专门做了祈祷。

此时,她把才四个月大的女儿阿西拉塔——意为"剑锋"——抱给高普尔,让他最后再抱一次自己的亲骨肉。"那时我们都是血气方刚的年轻人,"她在25年后回忆起这幕当年在拥挤不堪的火车站上依依惜别的情景时说,"浪漫和革命就是我们的全部梦想。"

当高普尔来到车厢门口时,她把他拉向自己。"不管发生什么,你都不要担心,"她小声说道,"我会想办法照顾好自己和女儿。"她把自己做的一张准备让他在路上吃的薄饼放在他手里。然后,她向后退去,看着他坐到自己的座位上。在刺耳的车厢挂钩碰撞声和不绝于耳的再见声中，火车开始徐徐向前驶去。她摇晃着女儿胖乎乎的小胳膊，站在站台上一动不动，她向他挥别，看着他那令自己骄傲的身影消失，用充满战斗激情的心深情地默默祝愿他"功德圆满"。

在那个星期六的早晨，甘地尽管生命垂危，头脑却异常清醒。他已经进入到绝食后的第三个也是最后一个阶段。第一阶段的48小时总是以急剧的胃部痉挛和饥饿的疼痛感为特征。此后，对食物的要求没有了，取而代之的是两到三天的恶心和眩晕。再以后，便是令人奇怪的平静期。除了从来没有停止过疼痛并且要由马努和另外一位助手不断地用酥油给予关节按摩以外，甘地已经没有了其他的痛苦。就在苏希拉和三位同事为甘地还有多少个小时可活进行争论时，甘地平静地用孟加拉语在他的旧信封背面写下了几句话。

甘地写完后，向自己的秘书普亚勒拉尔·纳亚尔示意。他把握时机的感觉从来没有发生过错误，这一次，这个感觉依然良好。如果绝食眼看就要取得像追随者们所说的那样的成效，那就要对这一成效的永久性加以确定，防止它是人们为挽救他的性命而做出的冲动之举。他让普亚勒拉尔写下要自己结束绝食必须达成的七项条件。德里所有政治团体的领导人，包括与他是对头的印度教大斋会，都要在这七项条件上签字，从而令他知道自己的条件得到了满足。所有这些条件在理论上都是无可非议的，并且触及德里人城市生活几乎所有的方面。它们包括向穆斯林归还117座被难民占领后或栖身或改建的清真寺，结束在旧德里集市上对穆斯林店主的抵制，以及保证穆斯林旅客的安全。

纳亚尔火速跑到为挽救甘地生命而成立的和平委员会，向他们出示甘地提出的条件。德里顿时陷入一种紧张而兴奋的情绪当中，这是自独立日以来还没有发生过的事情。从康诺特广场到这座城市最偏远的小街巷爆发起狂热的激情，人们到处成群结队地游行和高喊口号。德里的商业活动简直是彻底地停掉了，办公室、商店、工厂、集市、咖啡馆，所有地方都关门大吉。有将近10万人聚集在旧德里贾玛清真寺外的巨大街道上，这些来自不同种姓和族群的人们都在狂呼着要自己的领袖们答应甘地的要求。来自首都最富有爆炸性的地区之一——萨巴兹曼迪的印度教徒水果小贩们冲向比尔拉府，为的是要告诉甘地，他们已经不再抵制自己的穆斯林同行们。

深居室内的甘地，时而清醒时而昏迷。有人建议在他的水里加几茶匙橙汁。他警觉地张开眼睛，严厉地说明那不但是对他行动的亵渎，而且还将迫使他为此绝食 21 天。苏希拉·纳亚尔请求他允许自己为他的肾脏施行抽吸术，即用杯子压在肾脏上面进行抽吸，以加快肾脏的工作节奏。甘地拒绝了。

"可是大师，"她争辩道，"这是自然疗法，是你所接受的呀。"

"今天，"他虚弱地喃喃低语道，"只有神灵才是我唯一的自然疗法。"

他最为忠心的弟子贾瓦哈拉尔·尼赫鲁顾不上去自己的首相办公室而跑到草垫边来陪他。老人体质的急剧下降让他长年的征战伙伴并且视如亲子的尼赫鲁揪心不已。尼赫鲁实在无法忍受眼前的情景，不由得把脸背向墙角抽泣起来。

路易斯·蒙巴顿和妻子也来了。这位前副王非常吃惊地发现，甘地尽管备受痛苦的折磨，却仍然不失"风采"，还能够开一些小玩笑。

"啊，"甘地在向他们打招呼时说，"穆罕默德都办不成的事情，我只要搞上一次绝食就全做到啦。"

埃德温娜难过极了，她在离开甘地的房间后哭得一塌糊涂。"别难过，"从甘地身上受到鼓舞的蒙巴顿对她说，"他做的正是他想要做的事情，他是这个世界上最最勇敢的小老头儿。"

在印度人的精神世界里，历史最久远同时又是最难以精确定义的现象莫过于加持活动。一个打着赤脚走了数百英里的农夫，在他第一眼看到神圣的恒河母亲时便是加持。而当他的身体第一次接受来自这条神河的河水的冲刷时，便是再一次的加持。人们接受加持的地点不受限制，可以是印度教最神圣的寺庙，也可以是某处火葬地；可以在政治游行的队伍里，也可以是聚集在大人物周围的人群中。总而言之，圣人出现在哪里，哪里就能得到加持。加持就像无以言状的电波，让施予者将祝福或庇佑传递给接受者，是一种让受者得益的精神影响力的传播。

在1月17日星期六的下午，古老而又让人欲罢不能的对加持的渴求在七百英里以外的另外两个人身上也得到了应验，尽管这两人有着与绝大多数人几乎不共戴天的理想，但历史的潮流很快便要与他们的名字联系在一起。

那天下午，来到比尔拉府的草坪上参加甘地晚祷会的听众们，听到的是气若游丝般的声音。甘地甚至连讲三分钟话的气力也没有，他一共讲了不到寥寥数语，中间还要停上很长时间来积攒力量说下一句话。"让我的生命存续或结束的力量不掌握在任何人手上，"他说，"只掌握在神灵的意志里。"

他告诉听众们，他"找不出任何理由"要在今天结束绝食，人群中顿时发出一阵不安的骚动。晚祷会一结束，作为加持的仪式，人们排起长队依次瞻仰甘地。所有人在心中都怀着巨大的不安，有关甘地的生命有多么垂危的消息让他们个个深受感动。许多悲痛的印度人在缓缓地通过斜阳快速下坠的比尔拉府草坪时都在担心地问自己，这会不会是最后一次一睹印度之魂的圣容。加持的过程进行了差不多一个小时，长长的队伍在肃穆地移动着，许多人脸上挂满泪水，玻璃走廊上，那个令他们倍加关切的弱小而干枯的人，却静静地躺在白色的单子下面熟睡过去。

纳图拉姆·高德西和纳拉扬·阿普特在孟买停留的最后一站，便是英勇的萨瓦卡那幢破烂不堪的住所。这两个决定要杀害甘地的人在登上前往德里的飞机前来到这里，目的同样是为了加持，他们正是奉了这位施禄人的意志前去铤而走险的。

此时，已是万事俱备。马丹拉尔和卡凯尔带着手榴弹、定时炸弹和拜奇为他们找来的自制手枪已经进入到德里。高普尔·高德西带着另一支手枪正在赶往德里的路上，拜奇在那天晚上也将按计划出发。而在不到一小时以后，阿普特和纳图拉姆·高德西就要搭上印度航空公司的DC3飞机义无反顾地踏上前往比尔拉府之路。

两人来到萨瓦卡宅邸，像周三晚上一样做出绝对效忠的表示。这一次，他们停留的时间并不长。萨瓦卡陪同他们来到楼下的铁栅栏门前。他最忠心的弟子正准备出发前去刺杀让自己狂热的灵魂最为深恶痛绝的人，尽管如此，在他极度克制的举止里丝毫看不出这一时刻的非比寻常。他那冰山似的表情和紧绷着的嘴唇不带任何色彩。他把手放在高德西和阿普特的肩膀上。

"一定要成功，"他小声说，"……而且要回来。"

在新德里，比尔拉府周围正汇聚着来自各方的人们，所有人都在恳求甘地结束绝食。阿尔伯克基路已全部被堵满，十万人的队伍绵延三英里长，各种彩旗和标语牌浩如烟海，"让甘地活下去"的怒吼声比五天前从同样地方传出来的"让甘地死"的叫喊声何止高出万倍。

"马车夫联合会""铁路工人工会""邮电雇员协会""扫地贱民同胞""德里妇女联盟"，所有这些组织代表了全体人民要赶往奄奄一息的圣雄身旁的迫切意愿。他们像潮水一样涌入比尔拉府的大门，踩坏了里面的花床和玫瑰花园，人人口中呐喊着兄弟团结的口号，个个甘愿为拯救甘地而献身。

尼赫鲁感受到了人们的情绪，认为甘地努力寻求的成功高潮就要实现，于是阔步来到祷告会场甘地曾经使用过的麦克风前。

"我以印度的自由为己任，我在心里为亚洲的未来画出了蓝图。是甘地，"他对人们说，"一位其貌不扬且不讲究衣着、说话朴实无华的人，让我有了这样的目标。"

"我们国家拥有的一定是一片非凡而神奇的土地，否则绝不会产生甘地这样的人物，"他高呼着说，"为了挽救他，没有什么牺牲是不值得的，因为，只有他才能带领我们前往真正的理想之地。"

尼赫鲁正说着，人群中的一个难民突然发出不和谐的抗议声。说话的人正是马丹拉尔·帕瓦。原来，卡凯尔和马丹拉尔被变态的好奇心驱使着跟随人们来到比尔拉府，他们要听一听人们是如何恳求自己要杀害的这个人结束绝食的。二十岁的马丹拉尔在听到尼赫鲁的讲话后控制不住自己的情绪，不合时宜地高唱反调，犯下愚不可及的错误。

卡凯尔绝望地看着两名警察上来把马丹拉尔带了出去。"如果住在这个房子里的那个仇人不在绝食中死去，"卡凯尔在心里对自己说，"也许从此就再也不会有让他送命的机会了，这一切全都要怪马丹拉尔这个混账、白痴。"

卡凯尔的担心并没有道理。几分钟过后，随着人流的散去，马丹拉尔也被释放了。全城随处都有心怀不满的难民，警察甚至懒得盘问和登记他的名字就把他放掉了。

当晚，一个男人冲入比尔拉府。普亚勒拉尔·纳亚尔手里抓着一张可以将甘地从随时出现的死亡面前拉回来的便条。甘地的生死在那一晚已悬于一线，他的脉搏非常虚弱而且没有规律，他在傍晚刚过时还曾说着胡话，始终无法排尿似乎要宣告他整个身体机能的完全瘫痪。

普亚勒拉尔进屋时甘地还在熟睡，但周围弥漫的早已是丧礼般的氛围。普亚勒拉尔向他心爱的雇主低声耳语了几句，他却一动不动。最后，普亚勒拉尔不得不摇晃他的肩膀，这下甘地感觉到了，并且睁开了眼睛。普亚勒拉尔从衣袋里拿出一张纸，他把它展开后捧到甘地的脸前。这是和平委员会刚刚签署的一纸约定，他解释说，是对恢复"两大族群间的和平、共存和友爱"的承诺。

甘地满意地长出了一口气，接着他问是否全城的领袖们全都署上了名字。这下普亚勒拉尔犹豫了起来。"还少两个，"他承认说，"那就是最反对你的印度教大斋会和国民志愿服务团设在德里的支部的头头们。"

"他们会在明天签字的。"普亚勒拉尔说。其他人都保证说会签字和接受约定的内容了。"不要再绝食了吧，"普亚勒拉尔乞求道，"好歹吃些东西，也好撑过这个晚上。"

甘地有些不耐烦地摇摇头。他吃力地转向自己的秘书。

"不，"他喃喃地说，"凡事不可操之过急。我要等到最坚硬的那颗心融化掉，才会停止绝食。"

一阵急促的电话铃声将正在国大党主席拉金德拉·普拉萨德博士办公室内举行着的会议打断。电话来自比尔拉府，甘地的情况突然之间急转直下。这一次，如果接受他七项条件的决议不能令所有派别领袖签字并火速送到他的床前，恐怕一切就太迟了。此时是1月18日星期天的上午11点，甘地在过去将近一个小时的时间里都处于昏迷的边缘。

普拉萨德满脸沉痛地将消息传达给一屋子的与会者们。所有人到来就是为了决定是否在那份关键的文件上最后署上自己的名字，所谓关键文件也就是甘地的秘书在前一天晚上给他看的那张纸。普拉萨德要几位重要的领导人与自己一道紧急赶到比尔拉府，同时关照其他领导人务必紧随其后。甘地没有知觉地躺在床上，他的信徒们围在他的身边就像护士们围在要死去的病人身边一样。普亚勒拉尔像头一天晚上一样，先是低声地叫着他，然后轻轻用手触摸他的额头试图唤醒他，但他没有反应。有人拿来一条湿布放在他的头上。甘地似乎受到湿冷的感觉刺激，一下子醒来，并张开了眼睛。在看到这么多人把自己团团围住后，他的脸上止不住皱起一丝笑纹。他已经创造了一个只有他才能创造出来的奇迹，站在他床边的人们由于不同血缘和彼此仇视的关系而在长达数百年时间里老死不相往来。头缠蓝色头巾的阿卡利派锡克人身旁就站着头戴毡帽身穿长袍的穆斯林；以腰布为装的国大党成员；穿着伦敦制便西服的帕西人和基督徒；来自扫地阶层的印度教贱民；着橙袍的苦行僧人；印度教大斋会的极端分子领袖；就连非常少见的国民志愿服务团的代表也来了，而且还平静地与巴基斯坦高级专员并肩而立。

拉金德拉·普拉萨德在蜷缩在病榻上的老人身旁跪下。他对甘地说，所有方都已经按照他的要求在七项条件上签了字。请他立即停止绝食是大家衷心而又一致的愿望，围在床边的人们一一用自己的话证实了普拉萨德所言非虚。就在他们指天画地进行发誓时，甘地的脸上流露出安详的表情。他示意大家自己想要说话。

马努将耳朵贴到他的唇边。她将甘地所说的每一句话都记录在一个小本子上，然后把小本子交给普亚勒拉尔向众人进行宣读。

他们已经给了他想要的一切，但是他还是无法说出他们迫不及待想要听到的那句话。他警告说，他们要努力把在德里所做到的事情推行到整个印度。如果他们只保证德里的和平却对其他地方的暴力活动视而不见，则他们的保证非但毫无价值，而且会让自己停止绝食也变成一个错误的决定。

即使是在自己生命垂危之际，这位足智多谋的团结大师思路仍然十分清晰，他已经迫使身边这群人站到了他希望他们站的地方，但他还要压迫他们放弃任何保留，把所有的和谐精神都发挥出来。甘地大口喘着气，足足要用两分钟的时间才能重新开始讲话。普亚勒拉尔再也克制不住内心的情感，怎么也读不下去马努从病榻边递给他的一张张字条。于是，他把宣读的任务转交给自己的妹妹苏希拉。

"那种认为印度只属于印度教徒，而巴基斯坦只属于穆斯林的想法实在蠢不可及。要让整个印度和巴基斯坦做出改变无疑是很难的，但如果我们用心去做一些事情，这样的改变终将会实现。

"如果，在听完这些话后，你们仍然要求我停止绝食，我将服从遵命。但是，如果印度不能向好的方向做出改变，你们今天说过的话就将成为笑料，而我也只有求死这一条路可走了。"

闻听此言，房间里顿时掠过一阵如释重负的激动的震颤。在场的所有人一个接一个来到甘地的床边，亲口向他保证自己清楚与他所做约定的重要意义。国民志愿服务团是那几个要杀死甘地的刺客所宣誓效忠的组织，它的领导人在向甘地做出保证时还特意补充了一句话。"是的，"他发誓说，"我们发誓将绝对听从你的指挥。"

当最后一个人做出保证后，甘地将马努叫到床前。"我要停止绝食。神灵的意志一定要服从。"她在小本子上记录道。她一边把这些记下来的文字读给在场的人们听，一边情不自禁地发出惊喜的尖叫。

房间里洋溢起轻松而欢快的气氛，人们额手相庆，那场面不亚于是在祝贺一位深得民心的候选人赢得了一场选战。等到大家都安静下来，甘地提出要所有人与他一道进行祈祷，从所有宗教的经文中摘取一段进行吟诵，佛教的经咒、印度教的《薄伽梵歌》、伊斯兰的《古兰经》、基督教的《圣经》、拜火教的教义，最后是歌颂锡克教大师哥宾德·辛格，当天恰好是这位大师的纪念日。甘地的眼睛一直紧闭着。在朗朗的祈祷声中,他那瘦小的脸庞闪耀着欢喜的光彩,嘴唇与众人一道一张一合。

阿巴从闻讯后蜂拥赶到的记者和摄影师们中间奋力挤过,把一杯加了葡萄糖的橙汁送到甘地的床边。国大党前任主席毛拉那·阿扎德是一名穆斯林,他与贾瓦哈拉尔·尼赫鲁一道,用激动得发抖的双手将杯子举到甘地的唇边。在所有照相机闪光灯发出的令人眩目的强光下,甘地喝下了第一口橙汁。此时是 12 点 45 分,这是 78 岁高龄的莫罕达斯·甘地在仅靠白开水和苏打生存了 121 小时 30 分钟后的首度进食。

甘地终于结束绝食的消息迅速传出,聚集在比尔拉府花园里和府外马路上的人群顿时欢声如雷。在甘地屋内,所有女性随员把装满切开橙子的托盘放在他的床前。这就是所谓的惠赐,那些橙子被看作是神灵赐予的礼物。圣雄抬了抬软弱无力的手,为托盘上的橙子送上祝福。女人们流着幸福的泪水,转身走向人丛,将一瓣瓣橙子一一分发给众人。此时此刻,这些原本泾渭分明并且老死不相往来的人们,在一股无以名状的神秘力量的牵引下不自觉地走到一起。

惠赐仪式一结束,医生们就向屋内的人们发出逐客令,因为甘地在向众人发表讲话时元气已经消耗殆尽。只有一个人获准留了下来。贾瓦哈拉尔·尼赫鲁盘腿坐在年迈导师的床边,脸上洋溢着快乐的笑意。当其他人都走开后,他弯下身来把嘴唇贴在甘地的耳边,轻轻向他透露出一个秘密,这个秘密他没有告诉过任何人,甚至连他的女儿也不知情。原来,为了与自己的精神教父共患难,他从前天开始便一直也在绝食。

胜利能够振作人的精神,再加上葡萄糖的作用,甘地的身体重新有了生气。他的声音在过去 36 个小时里近乎耳语,但当天晚上,在他对草坪上的追随者们发表讲话时却依稀有了往日的神采。

"我永远忘不了你们大家在我一生中对我的好,不要让德里有别于其他地方。"他乞求众人说,要让整个印度和巴基斯坦都重归和平。"如果我们还记得所有生命都只有一次的话,就没有理由把对方当作敌人来对待。"所有印度教徒都该学习《古兰经》,所有穆斯林都该了解《薄伽梵歌》以及《锡金圣典》的内容。

"我们要像尊重自己的宗教信仰一样尊重他人的宗教信仰。公平和正义走到哪里都是一样的，不会因为表达的语言是梵语、乌尔都语、波斯语或其他任何语言而有所不同。"

"愿神灵赐我们及所有人以智慧，"他最后说，"愿它把我们变得更聪慧，把我们的心更贴近于它，从而让印度乃至全世界都成为乐土。"

那晚的加持活动格外感人。形容枯槁的甘地坐在椅子里，像婴儿一样把全身裹进暖和的毯子，由人抬着来到众目睽睽的台阶上。后来，支持者们索性把他扛起来，让他像刚刚击倒对手而获得重量级世界冠军的拳击手那样，接受全场欣喜若狂的崇拜者们的顶礼膜拜。兴奋的马努见此不禁想起古印度传说中的人物罗摩钱德拉，他在流亡十四年后回到人民中间，所有人对他说的都是同样一句话："主人，我们对你只有一个渴求——让我们效忠于你。"

三个小时过后，正当人们还在为甘地终止绝食而欢庆时，他吃下了自己的第一餐饭，八盎司羊奶和四只橙子。用餐完毕后，他立即要到那个多少年来一直象征自己精神的原始织布轮机边开始工作，医生和随行们谁也拦不住他。他的手指颤抖着，用回到身体里的第一股力量将飞轮转动起来。

"不劳而获的面包是偷来的面包，"他喃喃地说道，"我既然开始吃东西了，就必须要进行劳动。"

18

马丹拉尔·帕瓦的复仇

新德里，1948年1月19—20日

结束了绝食的甘地心情大好，兴奋之色溢于言表，普亚勒拉尔·纳亚尔在心中暗想，自己上一次看到他容光焕发的时候怕是要回到几年以前了。在纳亚尔看来，这场绝食行动的成功让甘地看到了实现"无限梦想和希望"的前景。自从1929年的盐路长征之后，他再次让全世界受到震撼。

祝贺的电报和电传像潮水般涌进比尔拉府。全世界的新闻报纸都在颂扬甘地的成就。"78岁高龄的羸弱老人，以其不可思议的神秘力量动摇着世界并给世界带来新的希望。"《新闻纪实报》报道。这份报纸说，"甘地证明了他拥有或许比原子弹的威力还要大的力量，这让对此钦羡和渴望不已的西方国家只能望洋兴叹"。并不是总对他感冒的《泰晤士报》评论说："甘地先生充满勇气的理想主义从未像这次这样展现得如此充分。"《曼彻斯特卫报》的评论则是，甘地也许是"圣人中的政治家，但同时又是政治家中的圣人"。在美国，《华盛顿邮报》评价说，从他的生命得救后全世界发出的"大大的松气声"就可以看出"人们将他神化到了什么样的高度"。埃及的赞扬是"一位高贵的东方之子为了和平、包容和兄弟之情而舍生取义"，印度尼西亚则从他的成就里看见"整个亚洲自由的黎明"。

比尔拉府的小老头无法对铺天盖地的褒扬声无动于衷。1月19日恰逢星期一，正好是他的沉默日，但他浑身上下散发出来的高兴劲却让所有随从无不受到感染。比尔拉府在他绝食阶段的最后几天还笼罩在悲凉绝望的气氛中，此时却充满带有几分诡异的愉悦，所有人都相信，甘地和他的非暴力主义正在阔步迈向成功。

圣雄的身体始终很虚弱，只能以液态的果汁为食，水和葡萄糖补充很少，但弥漫在他身边的新气氛甚至让他的健康看上去也有了见好的迹象。过去，每当为他称体重时，他的追随者们的心就会揪起，而现在，这一刻的到来却最令他们感到宽心。那天早上，甘地的体重掉了一磅，变成106磅，这可是比尔拉府上上下下最大的开心事。甘地那盛满水的肾脏终于重新开始工作了。印度最顽强和最百折不挠的伟大灵魂，再一次从死亡的阴影中挣脱出来。

就在甘地测量体重时，六个男人出现在新德里的比尔拉庙背后一处杂草丛生的空地上。他们找了个不会有好奇游客经过的地方停下，在这里说话自然不会被旁人听到。在决定何时以及怎样刺杀甘地前，纳图拉姆·高德西和纳拉扬·阿普特先要试试手里的武器。

高普尔·高德西从怀里掏出那支他在浦那花了两百卢比买来的点三二手枪。他把子弹装好，接着选了一棵树，然后退到离树25英尺远的地方，瞄准，扣动扳机。什么反应也没有。他把枪摇了摇，再次击发，但仍然没有丝毫动静。

阿普特向拜奇打了个手势，让他把另一把枪拿来。在其他同伙的紧张注视下，拜奇抽枪对准高普尔刚才瞄准的那棵树。这一次，枪响了。一伙人赶紧跑到树前查看子弹命中的痕迹，但他们什么也没有找到。原来，子弹还没飞到一半就落到了地上。拜奇又试了一次，这回，子弹偏到了树的右侧。最后，他连开四枪，没有一发子弹命中目标。阿普特在孟买时的担心应验了，用这把枪别说打不死甘地，反倒很可能先把自己的命要了。

这伙人一下子全傻眼了。纳图拉姆·高德西强压怒火，看着弟弟在笨拙地摆弄他那支手枪。他心想，本来所有的进展都非常顺利，却在最关键的问题上出了岔子，那就是要在25英尺开外取人性命的武器。他们人和行李在到德里的一路上没有遇到任何盘查，所有人都豁上了自己的性命。但现在，除非自己的弟弟能把那支枪修好，否则他们就只能凭一把打不准的枪和另一把完全不能用的枪去刺杀甘地。

比尔拉府在那一天迎来的最重要的一位客人就是孟买的棉花商人贾汗格尔·帕特尔，较早前，他受甘地的委派前往卡拉奇安排甘地对巴基斯坦的访问行程，此番是特地回来复命的。就在甘地的生命在新德里经受考验期间，贾汗格尔·帕特尔与真纳之间就甘地越来越无望成行的访问展开秘密谈判。真纳的第一反应便是狐疑和敌视，他对这个在几年前设计将自己从国大党领导层赶下台的人有着根深蒂固的不信任感，并把他称作"狡猾的印度狐狸"。而且，他为人偏执，对印度方面此举的动机充满怀疑，总是要千方百计从中找出破绽。

印度最终决定返还巴基斯坦急需的钱，他的同胞们也渐渐相信甘地的所作所为完全是为了他们在印度的穆斯林同胞，这些因素让真纳的强硬立场开始软化。甘地的绝食即便没有打动他本人，也让他的新国家敞开了心房。在绝食宣告结束这一天，真纳终于答应让自己多年的政治宿敌踏上巴基斯坦的土地。

真纳的决定让圣雄来了精神，他心中顿时又有了更高的目标。他的人生又迎来一个新的契机，他的非暴力思想终于可以走出印度，到更远的地方发扬光大。过去，他一直刻意不做这方面的考虑，原因是他把印度独立设定为自己的首要目标。如今，独立的目标已经实现，国人也在他的绝食行动感召下重新回到他早就为他们设计好的轨道上。要实现自己的新梦想，难道还有比巴基斯坦更好的地方吗？印度次大陆已经失去了地缘意义上的完整，但至少还可以重新走向精神上的团结。

他不但要去巴基斯坦，而且连交通方式都想好了。几个星期以来，他一直为自己想到的这个交通方式激动不已。真纳要他从孟买坐船到卡拉奇，但这样的走法对于善于别出心裁的天才甘地来说实在过于平庸。他要做的是像跨过德兰士瓦边界那样，像为了一把盐而远赴海边那样，像为宣传兄弟团结、非暴力以及讲卫生而巡游上千个村庄一样，用步行的方式前往巴基斯坦。他要沿着悲惨的难民们边走边不断倒下的那些道路，从充满伤痛和血腥的旁遮普徒步走向真纳的新国家。一年前的现在，他正走在诺阿卡利泥泞的沼泽地里，他在自己的忏悔之旅中所走出的每一步都在传达他要为人们抚平伤痛的信息。此刻，他又要踏上一个新的希望之旅。这一次，他不但要为自己的国家包扎伤口，还要让以兄弟情谊和公平正义为象征的精神纽带来取代早已被分治割裂的地缘关系。

然而此时此刻，要载着甘地前往巴基斯坦的双脚，连穿过比尔拉府花园的力气也没有，可是甘地并不想因此就缺席每天例行的晚祷会。尽管随从们苦苦地请求他以身体为重，不必亲身到场，但甘地还是坚持坐在椅子上，非要人把自己抬到现场。他骑在两个人的肩膀上，就像一个仪态万方的君主从等候的人丛中通过，他双手合十，低首向数十名希望得到加持的人们致意。

所有人的目光都在追随着他，只见他通过比尔拉府那爬满橙色和猩红色九重葛花丛的长廊，顺着砂岩台阶拾级而上，穿过草坪，最后来到一周前他宣布绝食的那座平台前。然而，随着他在平台上的草垫上落座，并不是所有密切注视着他的目光都流露出敬畏和崇拜。草坪上有三个彼此相隔很远的人，他们的眼睛里正冒出杀气腾腾的怒火。纳图拉姆·高德西和他的兄弟高普尔以及纳拉扬·阿普特来到晚祷会的目的可不是为了得到甘地的加持，他们是来查看比尔拉府内的地形，为的是要找到对甘地行刺的办法。

这是高普尔·高德西平生第一次亲眼看见甘地。甘地坐在祷告台上的身影对他来说并没有什么特别之处。在高普尔看来，甘地不过是"一个干巴巴的小老头"。他在望向甘地时，倒不觉得有怒从中来的感觉。"把他杀掉，"他在事后坦白说，"对我而言不带有个人感情色彩。他施加给人民的是坏的影响。"警觉的高普尔·高德西倒是明显感觉到人群里有便衣警察的存在。在离开祷告会现场时，他还注意到比尔拉府门口处的警察在和帐篷配套使用的宿营桌上放着一挺轻机枪。

"我们几乎不可能有脱身的机会。"他暗自对自己说。

45分钟后，几名主要刺杀成员在确定自己没有被跟踪后，一个个溜进了新德里康诺特广场玛丽娜酒店的 40 号房间，它是由阿普特和高德西分别使用 S. 德什潘德和 N. 德什潘德登记入住的。卡凯尔还为自己和阿普特叫来了威士忌。

阿普特宣布，行动的时机到了。他在对比尔拉府踩点后发现，要趁甘地毫无戒备并且无从防范时下手，这样的机会只有一个。

他说，他们将在第二天，也就是 1 月 20 日星期二的下午 5 点杀死甘地。他之所以强调得如此准确，就是因为那是甘地的晚祷会时间，每当这个时候，甘地都要雷打不动地和现场的人们会面。

第二天上午，时间刚过 9 点，一辆出租车沿着比尔拉府的红砖后墙一直开到刷着白油漆的专供服务人员进出的木质大门前。车上下来的两个人没费周折就走进大门，并来到一个小院子里。这个小院子的其中一侧是一座由一个个小房间组成的单层水泥平房。这里是比尔拉府仆人们居住的地方。位于甘地晚祷会对面那个亭子的红砂岩墙，就是这座水泥房的背墙。

两个人径直来到花园，晨光下的花园空旷而寂静，晶莹的露水不仅挂满翠绿的草坪，还让长满在草坪四周浅沟里的玫瑰花娇艳欲滴。纳拉扬·阿普特和他的假圣者迪甘贝尔·拜奇终于把悬着的心放了下来。他们肩负的重大任务在没有受到任何阻碍的情况下就宣告完成了，那就是定下以何种方式在那天下午的比尔拉府花园里刺杀目标。阿普特在仔细观察甘地祷告台前的红砂岩亭子时，好像突然发现了什么，不由得一下子呆住了。亭子的墙上有一排可以望向祷告会场的带铁格子的小窗户，显然，这些窗户是从仆人们住的小屋子里向外开的，其中一扇窗户恰好就在甘地发表讲话时使用的麦克风后面。

阿普特走到这扇窗户前快速地做了察看。从这里到甘地讲话所在的位置不足十英尺。这样的距离再理想不过，即使用拜奇那把质量低劣的手枪也能轻易命中目标。

这可是他来到比尔拉府的意外收获，他只需要把拜奇放进这扇窗户所在的房间就万事大吉了。为了确保万无一失，阿普特还将把高普尔·高德西也送进同一个房间。在拜奇开枪的一刹那，高普尔会从窗户的铁栅栏里扔出一枚手榴弹。阿普特用一根绳子测量了一下铁格子空隙间距的大小。这个空隙有五英寸见方，足够把一枚手榴弹扔到甘地和他的随从们中间。

现在要做的就是最后一项观测了。阿普特从祷告会场按照原路返回，他数出仆人住房的左起第三间就是窗户正对麦克风的那间屋子。两个人心满意足地回到还在等着他们的出租车上。阿普特向拜奇保证，用不了八小时，甘地就会横尸于他们刚刚看到的那扇窗户下的祷告台上。

五双焦虑的眼睛紧紧盯在拜奇那灵活的手指上。他坐在玛丽娜酒店40号房间卫生间的地板上，慢慢地将雷管插进准备在当晚使用的手榴弹里。

靠门口的纳图拉姆脸色苍白而不安。"拜奇，"他用沙哑的声音小声提醒说，"这可是我们唯一的机会。千万别出差错。"

拜奇终于把一切都搞好了，他用刀子割下一段引信，然后要阿普特把表拿出来，他们必须计算引信燃烧的速度。拜奇将引信点燃，闪着光花的引信冒起呛人的浓烟，让七名刺客好一阵咳嗽。他们每人赶紧狂吸香烟，生怕卫生间里泛出的烟雾会让自己的形迹败露。

当一切过去后，阿普特把几个人聚集到卧室里进行分工。那个因突发奇想而把众人带到德里来刺杀甘地的人一言不发。纳图拉姆·高德西哼哼唧唧地躺在自己的床上，他的偏头痛的毛病又犯了。阿普特解释说，马丹拉尔将把一枚定时炸弹藏放在靠近祷告会会场的比尔拉府后墙的墙根下。所有人在听到定时炸弹的爆炸声后，立即借助现场发生的混乱展开刺杀行动。

与此同时，拜奇和高普尔·高德西将一同进入他和拜奇一早勘察过的那间仆人住房。如果遇到有人阻拦，他们就解释自己是要从身后为向众人讲话的甘地进行拍照。马丹拉尔的炸弹一爆炸，拜奇就立即从近距离向甘地开枪，他身边的高普尔则从窗户的栅栏里向外投出手榴弹。

为了确保目标不会逃脱，卡凯尔将带着一枚手榴弹混在甘地对面的信众中。马丹拉尔的手榴弹爆炸后，他也要把他的手榴弹投向甘地。纳图拉姆和阿普特将负责整个指挥。卡凯尔一旦就位，就会由纳图拉姆向阿普特发暗号，而阿普特随即又会示意马丹拉尔引爆炸弹。

阿普特承认，在他们消灭甘地的过程中会殃及无辜者的生命，但这是没有办法的事情。多死几个人是印度必须付出的代价，因为他必须除掉要为旁遮普数十万印度教徒惨遭屠杀负责的那个人。

房间里弥漫着令人痛苦的紧张情绪。纳图拉姆张开四肢躺在床上，难忍的头痛让他不由地轻轻发出低吟。为了掩人耳目，他们尽可能换上彼此差异很大的服饰。钟爱花呢服的阿普特换上了一套腰布，卡凯尔不但把眉毛画黑，还在额头上点上一个朱砂印，马丹拉尔穿上他在孟买买的一套崭新的蓝西服。这个从旁遮普逃出来的难民把自己收拾得像个绅士一样，他就要走上星相师在自己出生时所指明的道路。这是马丹拉尔·帕瓦平生第一次穿正装和打领带。

随着时间的慢慢流逝，40号房间里的紧张气氛越来越浓，几乎到了无法承受的地步。杀手们坐在地板上静静地默数着时间，彼此之间谁也不看谁一眼。纳图拉姆·高德西提议大家最后再喝上一杯，他叫酒店侍者为所有人送上咖啡。当喝完最后一口咖啡后，出发的时间到了。马丹拉尔、卡凯尔和纳图拉姆率先离开，他们隔五分钟走一个，然后乘坐不同的马车前往比尔拉府。十分钟后，阿普特和其余人搭出租车尾随而至。阿普特并没有上他遇到的第一辆出租车，而是和司机就去比尔拉府的来回车资讲起价来。他在康诺特广场上来来回回转了十五分钟，从一辆出租车走到另一辆出租车，与每个司机都争个不休。最后，他总算在君威电影院门口上了一辆绿色的雪佛兰PBF671型车。此时是四点十五分。经过谈判，他终于将前往他为印度先知设下的受难地的车费由十六卢比减少到十二卢比。

在比尔拉府内，身体极度虚弱的甘地还是无力行走，于是人们便把他扶到椅子上并连人带椅抬到祷告台。眼看甘地的身影通过草坪由远至近，人们双手合十，充满敬意地躬身施礼。马丹拉尔·帕瓦就藏身于这群人中，他也把双手合在一起，满脸虔诚地向他要杀害的人鞠躬致敬。他的定时炸弹已经安好，就放在他身后墙根处的草叶底下。就在甘地从他身边经过时，他抬眼望向甘地。这是他第一次近距离仔细地注视甘地，仇恨的怒火不禁油然而生。"他是我的敌人。"他在心头暗暗对自己说。此刻，出现在他眼前的并不是被抬向祷告台的甘地那晃晃悠悠的瘦小身躯，而是他躺在菲罗兹布尔医院病床上的父亲。

就在甘地准备就位时，观众里突然冲出一个人，只见他快步来到甘地面前，扑通一声拜倒在甘地的脚下。原来，他是要请甘地宣布自己是神灵转世的化身。甘地对这样的做法最为不屑，但他还是耐下性子来对来人微笑着说："坐下来静一会吧，我和你一样都是有生有死的凡人。"

在比尔拉府背后，阿普特的绿色雪佛兰汽车来到了服务人员入口处的大门前。阿普特为了省下四个卢比而在自己一生中最重要的约会中晚到了。卡凯尔告诉他马丹拉尔的炸弹已经按计划安放就绪，进入那间窗户对着甘地后脑的仆人房间也很顺利。住在这个房间里的仆人收了卡凯尔给他的10卢比，很痛快地答应让他们随意使用这个房间。在向阿普特打好手势后，这个德干客栈的老板便转身回到面对甘地的观众中，按照事先的计划就位待命。

阿普特向拜奇做出手势，指了指收了卡凯尔钱的那个仆人，示意他进入房间。拜奇向着那个房间走了五六步，却突然间僵住了。这下，他说什么也不肯进去了。再深的仇恨、再强的情感、再大的威胁都不能让他克服眼下的心理障碍。此时，他仿佛听到一个声音，这个声音来自悠长的远古，来自凡事都讲凶吉之兆的印度文化。那个坐在太阳地里晒着太阳的房间主人居然只有一只眼睛。没有比这再凶的兆头了。拜奇浑身发抖地回到阿普特身旁。"他是个独眼，"他小声说，"我可不进他的房间。"

阿普特也犹豫起来。此时，祷告会的吟诵活动已结束，甘地正准备开始讲话。他的声音十分微弱，只好让苏希拉·纳亚尔在旁逐字逐句地向众人大声重复。很显然，体力不支的甘地不可能讲话太久。阿普特意识到自己没有时间做拜奇的工作了，于是，他叫高普尔·高德西按计划进入那个房间，一等马丹拉尔的炸弹爆炸就从窗户里把手榴弹扔出去。他还为心不甘情不愿的拜奇重新安排了任务，他让拜奇混到甘地对面的人群里，尽可能接近甘地，一旦行动开始就对准甘地的头部开枪。

高普尔·高德西在走进房间时还冲外面的那个独眼仆人点了点头，

然后回过身把门关上。屋里很黑，好在外面的光线从他要投弹的窗外投射进来，使他很容易辨别方向。

在祷告场上，甘地还在继续着他的讲话。"做穆斯林的敌人就等于做印度的敌人。"甘地说。高普尔·高德西一边在黑暗中向装着铁栅栏的窗户移动，一边听苏希拉在重复甘地的讲话。当他最终来到窗前时，却一眼发现阿普特计划中的第一个致命失误。阿普特在上午的踩点过程中，并没有花心思进入这个房间看看。把高普尔和甘地隔开的铁栅栏离地面足有八英尺高。阿普特在测算时犯下了一个错误，他没有想到祷告场所在的草坪平面要比仆人们住的水泥房平面高出一大截。高普尔踮起脚尖把胳膊伸到最长，也仅仅能用指尖摸到铁栅栏的底部。绝望的他在黑暗中摸索着要找到独眼主人的床。床找到了，他拼命地把它拉向窗边，用来作为爬上窗口的垫脚石。

窗外，所有人都已做好准备。纳图拉姆·高德西看到卡凯尔站在早已规定好的位置上，随时准备把手榴弹扔向正在谈论美国黑人"残酷境遇"的甘地。时间到了。纳图拉姆将手放在下巴上挠了几下，阿普特见状冲马丹拉尔挥动手臂。自从那个8月的下午，马丹拉尔在跨过苏勒曼奇河渠首处的大桥后就一直在等待的时刻终于来到。他就可以报仇雪恨了，他是无论如何不肯失去这样的机会的。他安静而又不慌不忙地点燃香烟，然后，弯下身把点着的烟头与放在脚下那枚炸弹的引信接到一起。

"如果我们坚决执行正确而伟大的决定，"苏希拉正在向人们重复甘地的讲话，"就可以在神灵的见证下，上升到更高级的道德层面……"

就在此时，马丹拉尔放在祷告场上的定时炸弹发出了震耳欲聋的爆炸声。一股浓烟从爆炸处升腾而起。"妈呀！"苏希拉吓得惊叫起来。

"能在祷告中死去是件多么求之不得的事情，"甘地用虚弱的声音责备苏希拉说，"你还能想出比这更好的死法吗？"

在甘地和苏希拉身后的小房间里，高普尔·高德西还在奋力地要站到他找来的那张床上。床面的绷绳实在太松，他一站上去就往下陷，怎么也样也高不出地面多少。他的一番折腾也不过把自己的高度向上增加了不到三英寸而已。他让自己站在木架上并努力保持住平衡，然后尽可能让身体向上伸展，但他的眼睛仍然无法够着窗口的最底部。他唯一能做的就是不管三七二十一把手榴弹从铁栅栏里扔出去，能炸到谁就炸到谁。他把手摸向手榴弹，但忽然间他又反应过来没有听到枪响，也没有听到卡凯尔的手榴弹发出爆炸声。他唯一听到的就是甘地在呼吁现场保持秩序的声音。

此时的甘地正在用尽自己全部残存的体力向大家做着请求。"听着！听着！"他说，"这没什么，只是军队在演习而已。坐下来保持冷静。祷告会继续进行。"

马丹拉尔的炸弹让花园里的人群陷入一片慌乱。尽管没有人受伤，但阴谋者达到了制造恐慌场面以掩护刺杀甘地行动的目的。借着混乱，卡凯尔挤到甘地面前十五英尺的地方。

弱不禁风而又无助的甘地坐在轮椅上动弹不得，完全成了暴露在杀手面前的活靶子。

卡凯尔开始从身上往外掏手榴弹。他一边动作着一边望向甘地脑后的铁栅栏窗户，满以为可以看到里面伸出一支乌亮的枪管或是滚出一颗黑乎乎的手榴弹，但他什么也没有看到。这下卡凯尔不由地愣在了原地。

高普尔·高德西从床上跳下来。他突然又不想投弹了。还是让别人去干吧，他想，他不能在连目标都搞不清楚的情况下就把手榴弹乱扔出去。他在黑暗中急匆匆地跑向门边，摸着要找到门把手。一开始他怎么也摸不到，当他紧张的手指终于触摸到了门把手后却又拉不开门，他心里顿时害怕起来：自己陷在独眼人的房间里跑不掉了。

在花园里，紧紧用手抓着手榴弹的卡凯尔仍在望向那个小窗户，等着看到枪响时发出的火焰。随着每一秒钟的逝去，这位德干客栈老板的勇气开始消退。突然，他在三十英尺外的人丛中看到了拜奇。"他在这里干什么？"卡凯尔心想，"他怎么什么都不做？"

拜奇现在除了逃走完全没有了其他心思，这个被捕过三十七次的人再也不想有第三十八次了。他既不是理想主义者也不是政治极端分子，他只不过是个商人。他对自己说，他的营生就是贩卖武器而非使用武器。他躲开卡凯尔的目光，随着人流逃走了。

马丹拉尔点燃引信并离开的情景，正好被一位在比尔拉府后院陪三岁儿子玩耍的母亲看在眼里。此时,她指着他向一位空军军官大声尖叫:"是他!就是他!"

高普尔在好不容易搞清了房门把手的设置后从黑暗的小屋里走了出来,他的眼睛因一时无法适应刺眼的阳光而频频眨动着。他听到了那位母亲的叫声,接着就看到有两个人把马丹拉尔扑倒在地上,其中的一个人还穿着蓝色的军服。他在人群中还看到了阿普特和自己的哥哥,他们看起来十分困惑,还没有意识到自己的重大失败。高普尔和他们跑到一起。三人在一起愣了一会儿,眼看败局已定,于是一溜烟地跑向阿普特雇来的那辆雪佛兰出租车。他们顾不上想自己的其他同伴,钻进车猛喊司机以最快的速度开向德里的市中心。

几秒钟过后,卡凯尔看着警察将被捆绑起来的马丹拉尔沿花园一侧的小径押往他们设在比尔拉府门前的帐篷。这下,他本来就所剩无几的勇气彻底消失了。他把握着手榴弹的手松开,脑子里唯一在想的就是:怎样逃跑。

祷告台上的甘地最终让众人恢复了秩序。人们互相宽慰着不过是"一名疯狂的旁遮普难民"要向甘地示威罢了。甘地用平静的语气宣布:"我现在就可以去巴基斯坦了。只要政府和医生们允许,我可以立刻出发。"

接着,甘地开心地微笑起来,他对自己是多么神奇地逃过刚才这一劫完全一无所知,人们重新把他抬回到椅子上,兴高采烈地拥着他回到祷告会场。

在回城的路上,怀着强烈挫败感的阿普特和高德西垂头丧气地坐在车上。纳图拉姆用手抱着头,头痛带来的痛苦让他再也无法忍受。他们对下一步该怎么办毫无头绪。他们原本对阿普特的计划充满信心,压根就没有想到过会有失败的可能。现在,他们的处境极其危险。马丹拉尔虽然不知道他们的真名,但他知道他们来自浦那,而且还知道他们办的报纸的名称。警方根据这样的线索用不了多久就会抓到他们。

失败已经让人苦闷,但他们还要遭受羞辱的煎熬。他们为完成这一

"重要使命"而从孟买的极端分子们手里拿了钱,这下这些人可要有话说了。最要命的是,他们还辜负了萨瓦卡,那位他们宣誓效忠的狂热领袖。

纳图拉姆猛然清醒过来,他用马拉地语叫自己的弟弟赶回浦那制造不在现场的证据。他毕竟有自己的家庭要照顾,而他和阿普特则将商量下一步的行动。阿普特让司机停车把高普尔放下,随后与做哥哥的高德西继续前行,逐渐消失在公路上。

比尔拉府又出现了与甘地在两天前结束绝食保住性命后同样的情景。祝贺的电报铺天盖地而来,电话铃声响个不停。尼赫鲁和帕特尔闻讯赶来拥抱甘地。数十名来访者齐集他的住处,埃德温娜·蒙巴顿就是第一批到访者中的其中一位。

"我并没有表现出勇敢呀。"甘地开心地对这位前副王夫人说。他的确以为马丹拉尔的爆破是军事单位的演习活动。

"啊,"他话锋一转,叹息着继续说道,"假如有人在近距离向我开枪,而我微笑以对并口念罗摩的名字,只有那样的话我才好意思接受你们的祝贺哩!"

德里警察局副总监 D. W. 梅赫拉当天晚上正躺在床上,他身患感冒,高烧达到华氏 103 度。甘地遇刺的案子在正常情况下由他负责调查,所以,他还没从病床上起来就已经连续接到了三条信息。第一条信息的内容只是告诉他有人在甘地的祷告会上引爆炸弹,嫌疑人已被抓获。第二条信息与第一条信息相隔不到两个小时,内容是嫌疑人拒绝招供。梅赫拉于是下令实施三级审讯。

真正对调查进程起决定作用的是他收到的第三条也是最后一条信息。这条信息来自德里警察局名义上的一号人物 D. J. 萨内维,他是一名政治警察,真正的任务是负责印度中央情报局的工作。二人之间有着心照不宣的默契。萨内维一心要向上爬,原因正如他向梅赫拉所解释的那样,"在我退休前,一定要坐在车头插旗的汽车里,不但要有吉普车队护送,还要在进办公室时让卫兵向我敬礼"。这个愿望随着他当上德里警察局的首脑而实现,但并不负责具体管理,而是把相关工作交给梅赫拉。此刻,让梅赫拉意想不到的是，萨内维居然毫不客气地对自己说："马丹拉尔的案子由我来负责，你就不用管了。"

在议会街警察局的小号里，马丹拉尔正开始为自己要流芳百世的愿望付出代价。三名警察审了他足足两个小时，他受了刑，身心俱疲，不得不开始屈服。但马丹拉尔对自己的同伙还是忠诚的。尽管当时真正采取行动的人就只有他一个，但他相信自己的同伙们还会卷土重来。于是，他决心咬牙坚持，尽可能为他们多争取些时间。

然而，他在一开始就说出了一个至关重要的情况。他承认自己并不是单枪匹马在干，而是一个杀手团伙中的成员，他还说出这伙人的人数一共是七人。他们都同意要杀死甘地，他说，因为"他强迫难民们撤出清真寺，并且非但要把那笔卢比交给巴基斯坦，还千方百计地帮助穆斯林"。

接下来，他估计同伙们已经有足够的时间跑远了，便又随便说了些他们在德里的活动。突然，他为了自我炫耀而冲口说出了第二条线索。他承认自己曾与同伙们到过萨瓦卡宅邸，并吹嘘自己得到这位著名政治人物的亲自接见。警察接着逼他描述其他同伙的情况，但他的描述起不到什么作用。七个人里他只说出了卡凯尔，而且还故意把卡凯尔的名字说成"克可里"。

然而，他在描述高德西的情况时还是于无意中交代出了第三条线索。他告诉了警察高德西的职业，说他是"马拉地语报纸《国民报》或《先锋报》的编辑"。尽管报纸的名称并不完整，拼写也不正确，但对于警方来说，从这样的蛛丝马迹中无疑可以提炼出最宝贵的情报。

警方一面继续对马丹拉尔进行审讯，一面火速赶到印度教大斋会总部和玛丽娜酒店进行搜查，但他们没有抓到人。拜奇已经带着仆人坐在正开往浦那的火车上并且早已走出了很远。卡凯尔和高普尔·高德西用假名字已住进位于旧德里的另一家旅馆，阿普特和纳图拉姆·高德西更是在几小时前就从玛丽娜酒店消失得无影无踪。然而，尽管如此，警察还是在40号房间的桌子上发现了第四条宝贵线索。这是一份文件，内容是谴责德里的领袖们为促使甘地停止绝食而一致同意签署协定的行为。文件上有一个名叫阿舒托什·拉希里的人的签名，此人是印度教大斋会的官员，与阿普特和高德西有着长达八年的交情，他当然知道后两者分别是有萨瓦卡支持背景的马拉地语报纸《印度教民族报》的主管和编辑。

到午夜时，警察结束了对马丹拉尔的夜审，并将第一天的审讯结果整理建档。他们有足够的理由对自己在七个小时里的工作成果感到满意。通过调查，他们知道了手里的案子是一起阴谋。他们知道了一共有七个人卷入这件案子。他们知道了作案者是萨瓦卡的追随者，而萨瓦卡的组织早已从5月份开始就处于警方的全面监视下。他们掌握的情况可以让他们只要顺藤摸瓜，就能挖出纳图拉姆·高德西以及与高德西在一起的阿普特。警方的上述成绩堪称完美。德里任何一个有头脑的警察都会想到不能留给犯案者苟延残喘的时间，而应该立即趁热打铁，在当天晚上一举将犯案者们捉拿归案。然而，就是这样一场开局如此完美的审讯，却要以最混乱而且最无效的方式向下进行，其所表现出来的低能甚至让五十年后的印度人都震怒不已。

19

"我们一定要抢在警察找到我们之前除掉甘地"

新德里和孟买，1948年1月21—29日

高普尔·高德西正吃着饼干，突然，眼前出现的一幕让他嘴里吃了一半的饼干生生地卡在嗓子里。一个戴着手铐、眼睛以上部位被帽子遮住的男子，在几十名警察的簇拥下正在向高普尔和卡凯尔所在的旧德里火车站的餐台走来。呆若木鸡的高普尔认出了来人身上皱巴巴的蓝色上装，那是马丹拉尔在作案前一天美滋滋地穿在身上的新衣服。

他尽量表现出不动声色的样子，转身试图藏身于一个个巨大的黑色木质餐台中间。马丹拉尔戴着压得很低的帽子继续向前走着。从天亮到现在，他就一直被警察押着在从德里火车站上车的旅客中来回寻找自己的同伙，这一次已经是第五次了。

他又饿又累，眼睛都有些发花，但还是在往来于孟买快车各个车厢之间的旅客身上仔细端详着，同时还要克服头上压得过低的帽子给他的视线造成的影响。当趴在餐台上的卡凯尔那熟悉的背影突然进入他的眼帘时，他不由得惊了一下。一名警察感觉到了他的异常，于是一把抓起他的胳膊。马丹拉尔大声咳嗽了几下以掩饰不小心出现的失态，随后，他经过高德西和卡凯尔的身边，径直向站台上的火车走去，留在德里的最后两名

阴谋者就这样毫发无损地溜之大吉。

警察在马丹拉尔的炸弹爆炸后把主要精力都用在了确保甘地的安全上。尽管梅赫拉病得不轻，但他还是要对甘地的保卫工作负起责任，因为他名义上的上司萨内维只是接管了调查权而已。这天中午，发着高烧的梅赫拉在把自己严严实实地裹进大衣后，来到了比尔拉府。

"恭喜再恭喜。"他在向印度的领袖鞠躬致意时说道。

"为什么要有两个恭喜？"甘地问道。

"因为，"梅赫拉说，"你成功地用绝食做到了连我们警察都做不到的事情，你让德里没有乱起来。再一个，你躲过了炸弹的袭击。"

"兄弟，"甘地张开没了牙的嘴巴笑着说，"我的命是掌握在神灵手上的。"但梅赫拉来到比尔拉府的目的恰恰是要让圣雄把性命托付给自己。梅赫拉对甘地解释说，那个要杀死他的人，并非一个人在行动，他还有六名同伙，这些人非常有可能卷土重来。梅赫拉要求甘地同意增加比尔拉府的警卫并对来参加祷告会的可疑人物进行搜查。

"我绝不同意这样做，"甘地用一种快要大叫起来的声音说，"你们对到寺庙里做祷告的人也这样吗？"

"当然不是，先生，"梅赫拉回答说，"但去那里的人是没有人会被暗杀的。"

"罗摩是我唯一的保护者，"甘地反驳道，"如果他要让我休命，那谁也拦不住，纵使你派一百万个警察到这里也无济于事。这个国家的领导者们不相信我的非暴力思想，他们以为只有警察才能保住我的命。那就随他们便好了，我只要罗摩的保护，你不可以派警察来扰乱我的祷告会，更不可以阻止人们前来。如果你这样做，我就离开德里，并公开说明是你把我逼走的。"

甘地的这番话让梅赫拉无比泄气，他再清楚不过，甘地是不会收回成命的。他只有找到一个让甘地无法拒绝的方法来保护他了。

"至少，"梅赫拉说，"你能允许我个人参加每天的祷告会吗？"

"啊，"甘地说，"如果你只是以个人名义来的话，自然永远都受欢迎。"

差十分五点时，仍然没有退烧的梅赫拉换了身便装重返比尔拉府。他把这座大宅周围的警力由原来的五人增加到三十六人，并且命令其中的大部分人乔装改扮混迹于人流之中。梅赫拉自己则在大衣里藏着一把上了膛并打开保险的韦伯利-斯科特点三八手枪。这位前边防军老兵可以在五秒钟之内抽枪连发三枪，并且枪枪命中二十英尺开外的牛的眼睛。随着甘地离开居室前往祷告会，梅赫拉也来到自己选定的位置，只要甘地留在德里一天，他就会在每天下午出现在这个位置上。这位老警察选择的位置紧挨着甘地，因此他有足够的信心不让刺客有下手的机会。

甘地照例还是要由人抬到祷告台上。他在开场白里首先为那个因为分治带来的痛苦而满怀仇恨和图谋报复的年轻难民以及他的家人进行开脱。"不要憎恨或指责这个搞爆炸的人。"甘地请求说。他要求警察释放马丹拉尔。"我们没有权利惩罚一个被我们自己激怒了的人。"他说道。

对于那位出人意料接管刺杀甘地调查案的人来说，有一个问题是明确无误的。这起阴谋的策源地是孟买，马丹拉尔已经交代出他的同伙全部是马哈拉施特拉人，而他本人也是从孟买来到德里的，并且还承认到过萨瓦卡的住处。于是，萨内维的第一个反应便是通知孟买警察局，请他们派人参与侦破这宗案子。为了让孟买方面同步掌握情况，萨内维命令两名德里刑事调查部的官员飞赴孟买，把德里方面的所有发现提供给当地警方的办案人。

可是，这两名官员却犯下了整个办案过程中的第一个，同时也是让人难以理解的错误。他们带到孟买的材料中居然少了一份至关重要的文件，那就是马丹拉尔的原始供词，这份资料早在头天晚上的午夜前就已经整理和打印完毕。他们带去的唯一一份文件就是一个2英寸×4英寸的小卡片，上面是用手写的一些主要事实，其内容包括卡凯尔的名字，即错误拼写的"克可里"。德里警察局掌握的最重要的情报恰恰不在上面，即阿普特和高德西所办报纸的大致信息。

收到德里警察报告的人其实早就掌握了更多更好的情报。三十二岁的贾姆希德·"吉米"·纳加瓦拉坐在自己的办公桌前,他是孟买警察局主管孟买刑事调查部特勤处第一和第二科的副局长,而这两个处的主要职责就是搜集当地的政治情报和对外国人实施监视。然而,纳加瓦拉被分配到马丹拉尔的案子上并非因为上司看中他调查案件的能力,而是因为他的宗教信仰。印度警察在物色相关人选时所遭遇的尴尬由此可见一斑。把这桩案子交给一位穆斯林有些不太合适,但交给印度教徒又怕该人骨子里抱有对甘地的反感。好在纳加瓦拉两者都不是,他是一名帕西拜火教徒。

孟买省的内务部长莫拉吉·德赛把案子交给了他,那些宝贵的情报此时就在他的桌子上。德赛早在一周前就收到了有关马丹拉尔扬言要杀死甘地的情报。他还知道,马丹拉尔的主要同伙是一个叫卡凯尔的艾哈迈德讷格尔人。①

纳加瓦拉的工作开始了。这位年轻的警察相信,有了克鲁克萨路上那座静悄悄地隐藏在棕榈和欧楂树间的房子为线索,他迟早能够找到要杀害甘地的那几个家伙。纳加瓦拉曾请求德赛以马丹拉尔曾经在一周前拜见过萨瓦卡为由逮捕萨瓦卡,不想被德赛大发雷霆地拒绝了:"你疯了吗?你认为我会为了这样做而让整个省闹得鸡犬不宁吗?"

然而,就算纳加瓦拉不能把萨瓦卡关进监狱,但还是可以依靠英国人留下来的优秀组织对他实行监控,这个组织就是孟买刑事调查部的监视处。别小看满大街的盲人、缺胳膊少腿的叫花子、穿波尔卡的穆斯林妇女、水果商贩、扫地的贱民,在过去二十五年中,正是他们将孟买的政治煽动者们的一举一动尽收眼底。在那段时间里,他们总喜欢吹嘘说没有一个监视对象可以逃脱他们的视线。纳加瓦拉做的第一件事就是把监视萨瓦

---

① 非常巧合的是,德赛在1948年1月12日曾收到艾哈迈德讷格尔警方的报告,说他们于1月1日在卡凯尔的房间里查出了这位客栈老板私藏的军火。德赛立即质问为何没有将卡凯尔当场捉拿归案,但印度警察缓慢的沟通渠道让他的质疑迟迟传送不出去,这个令人痛心的事实说明了警方的官僚习气有多么严重,低下的效率注定让比尔拉府爆炸案的调查进展迟缓。最后,德赛的质疑在七天后的1月19日终于送达艾哈迈德讷格尔警方。然而,艾哈迈德讷格尔警方又花了五天才开出对卡凯尔的逮捕令,而此时已经来到1月24日。德赛本人每天更是要批阅数百份内容相似的文件,因此他在收到马丹拉尔同伙的名字时早就记不起那份报告的存在了。

卡及其在孟买的住所的任务下达给他们。

纳加瓦拉启动调查的速度与德里的同事们同样快速。不消几个小时，他就已经查出了维什努·卡凯尔，不但了解了他的职业，还知道他于1月6日起就从艾哈迈德讷格尔消失了。很快，他又从一名警方的线人处得知"一个名叫拜奇的浦那人"，这个小军火商就是卡凯尔在"刺杀圣雄阴谋"中的同伙之一。

浦那警方在接到通知后立即前去搜查拜奇的书店，结果没有发现他的踪影。他们告诉纳加瓦拉，拜奇很可能藏身于"城边的丛林里"。

不幸的是，浦那警方再也没有想过应该核实被他们通缉的军火贩子是不是还有可能回来。就在他们离去后不到几个小时，结束了德里之旅的拜奇便返回到浦那。在接下来的十天里，就在马丹拉尔引爆炸弹不足四十八小时后就将拜奇锁定的浦那警方四处寻找他的同时，这位假圣者却坐在自己军火商店的后屋里一心一意地织着那件让他引以为傲的防弹背心。

鉴于自己的调查所取得的进展，纳加瓦拉对德里方面提供来的情报实在不敢恭维。并且，德里派来的两名警官当中有一名是锡克人，他选择下榻的旅店老板居然是孟买刑事调查部认定的一名锡克极端主义煽动者。在纳加瓦拉看来，这对被指派调查一起刺杀甘地阴谋的警察来说，很难说是一种明智的选择。

他决定不依靠这两个人的帮助。于是，他非常直截了当地命令他们回到旅馆，不叫他们不许出来。到了第二天，也就是1月23日，他把二人找来，将了解到的情况交给他们后便命令他们启程返回德里。

在回到德里后，这两名警官中级别较高的那位提交了他们在孟买期间的办案日志。日志里有一项内容令人触目惊心。根据这名警官的说法，他们"特别强调"要对"马拉地语报纸《印度教国民报》或《先锋报》"的编辑"立即实施逮捕"。为了让这份报告成立，这名警官还把一份包含那份情报内容且能够证明他曾向纳加瓦拉出示过该情报的文件附到日志上。事实上，有关的情报从来就没有在孟买警察纳加瓦拉的眼前出现过。

几年以后，人们终于认定，那份证明文件是两名德里警察在去孟买的路上就写好，并且在返回德里后加进办案日志的。

在刺杀案发生后的星期五中午，印度首都对该起阴谋案的调查取得了巨大的进展。马丹拉尔终于承受不住压力而向审讯者们和盘托出他所知道的一切。这个旁遮普难民在后来说自己是屈打成招，但德里警察局从来也没有承认过。① 审讯者们用了几乎两整天来为他长达五十四页纸的坦白进行记录和录音。马丹拉尔最后把所有内容重新读了一遍，并于 1 月 24 日晚上 9 点 30 分在自己的监仓里画押签字。审讯者们立刻欢天喜地地将有关文件送到萨内维的办公桌上。

这一回，马丹拉尔什么也不再隐瞒，他知道的一切都记在笔录里。虽然他没有说出拜奇的名字，但指认他是在浦那开书店的老板。他说出了卡凯尔的名字以及他的政治活动细节，尤其是他在说出高德西和阿普特的《印度教民族报》时，几乎一字不差。最重要的是，他交代出报纸的所在地是浦那。这一下，连小孩也能够搞清楚这家报纸的东家和编辑了。萨内维唯一要做的就是派人到内务部和信息广播部的其中一个地方，然后找到一个写着"年度报纸登记，孟买省"字样的小卡片就行了。在小卡片下的一页纸上会出现以下内容：

"《印度教民族报》——浦那出版的马拉地语日报。

编辑：纳图拉姆·高德西。经营者：纳拉扬·阿普特。萨瓦卡集团报纸。"

就在马丹拉尔开始招供的前一天，"纳图拉姆·高德西"的名字已经被警方掌握。杀手们在 1 月 20 日这天仓促逃走后，在玛丽娜酒店 40 号房间里留下一大堆脏衣服。在酒店洗衣人交给警方的一大包俭朴的衣物中，每一件的洗衣标签上都有高德西名字的缩写。

---

① 1973 年的春秋两季，马丹拉尔在与本书作者的几次会面中声称，审讯者把吊着许多冰块的绳子挂在他的睾丸上逼他招供。另一次，他说审讯者在他脸上洒上糖水，然后任由蚂蚁在上面爬。德里警方否认了这些说法，并称马丹拉尔说谎。警方自己的审讯记录中提到，1 月 21 日和 22 日，他们反复警告马丹拉尔不得撒谎并且在发现他撒谎时"对他给予纠正"。

从接手这桩案子起,萨内维就奇怪地提不起劲来。他是那种自负而又心机很重的人,案件调查的进展居然让他产生了强烈的嫉妒心,对部下们的热情参与更是怒不可遏,他甚至拒绝让他的高级助手参与到案件侦破的工作中。

此刻,他从马丹拉尔的供词中可以很快就锁定他的五到六个同伙。然而,德里警察局和他的办公室都没有派人去对可以发现高德西名字的孟买省报纸名录做最基本的调查,也没有人去找那个把文件落在酒店房间并与高德西和阿普特相识将近十年的印度教大斋会官员,而且萨内维还没有将马丹拉尔的供词紧急快递给孟买的纳加瓦拉。更有甚者,他连打个电话要求浦那警察局提供《印度教民族报》编辑的身份也没有做。他的这一系列无能的渎职表现近乎犯罪,直到半个世纪过后,印度人仍然想不明白,这样的事情是怎么可能让它发生的。①

他并不是唯一一个让人们无法理解其行为的警察。1月25日星期天在德里召开的一次会议上,来自浦那警察局并分管该局刑事调查组的副总监拉那就是另一位这样的警察。他在浦那掌握的材料随时都可以将高德西、阿普特、拜奇和卡凯尔锁定。这些材料里甚至还有阿普特和卡凯尔的照片,只要把这些照片交到比尔拉府的警察手里,这伙人就再也不可能回到甘地的祷告会场上来。这些档案还记录了这几个人参与的所有印度教极端分子活动,拉那手下的警官几个月以来一直在定期书写相关报告。

萨内维把他叫到自己的办公室,就马丹拉尔的供词逐页研究,整个过程花了两个小时。证词里的几乎每一行内容都完全可以让这位浦那的警官产生警觉,其中一个完全可以明确的事实就是在企图暗杀甘地的人里,至少有两人来自他所管辖的浦那。令人不可思议的是,他居然像是没

---

① 20世纪60年代末,印度政府正式成立了一个调查委员会,针对圣雄甘地遇刺和警方在1948年1月20日马丹拉尔爆炸案发生后,未能及时抓获凶手一案进行了漫长而耐心的调查。该委员会以印度最高法院的退休大法官卡普尔(J. L. Kapur)为首,但他们的工作因为许多当年参与调查的警官(其中包括萨内维)已经去世而困难重重。该委员会虽然发现了德里警官在办案日志中的造假行为,但当事警官却早已是死无对证。

1969年9月30日,委员会将六本卷宗组成的报告提交印度政府。其所做的结论令人唏嘘不已,即:尽管非常有必要搞清楚阴谋者们何以如此处心积虑地要置圣雄甘地于死地并且以此为快,但各种证据的不足和缺失委实令相关调查无以为继。

听说过《印度教民族报》这个名字，这简直就像印度人没有听说过《印度时报》一样可笑。该报早于去年 7 月就因煽动意味太浓而被勒令关闭，而他本人则在 11 月下令停止对以该报编辑和管理者为主要目标的监视活动。阿普特甚至被认为是在上一年夏天浦那唯一发生的一起爆炸案中提供炸弹的人。

在看到大量与自己辖区有关的重要材料后，他的反应始终让人费解。他既没有给浦那的部下打电话通报情况，也没有传令立即进行调查，更没有带上情况紧急飞回浦那坐镇指挥。他因为晕机所以不喜欢乘飞机，于是要坐慢悠悠的火车回家，从德里到孟买要穿越半个次大陆，火车要走差不多三十六个小时才能到。而且他选择的不是快车，所以只好走一条绕远的路，这又让他在路上白白多耽误六个小时。

他把自己的怪异行为归咎于负责这起调查案的长官的态度。如果说萨内维的所有行动都受到某一思维定式支配的话，那么这个思维定式就是他认为杀手们不可能再回来做扑火的飞蛾。他将他们斥为一群疯子。他理所当然地以为，在经历了 1 月 20 日的惨败后，这些疯子是无论如何也没有胆量再来杀回马枪的。他错了。给萨内维和在五天前大难不死的七十八岁印度领袖的时间已经耗尽。萨内维的调查工作需要紧迫感，但他缺少的偏偏就是紧迫感。

塔那是孟买郊区的一个小火车站，在站台尽头的最后一根灯杆处，有四个人影正蹲在惨白的路灯光照射不到的暗地里，为首的那人心潮兀自起伏不已。这就是所谓有紧迫感的表现。德里某个高级警员认为纯属天方夜谭的事情即将发生，杀手们马上就要卷土重来。这一次，他们将不再是一群乌合之众，而是要进行一场经典的政治暗杀。每一个人都是一件武器，都是一个准备为完成刺杀任务而献身的烈士。

自从逃离德里以后，纳图拉姆·高德西和纳拉扬·阿普特就一直处在高度恐慌的状态下，因为他们相信自己已经成了印度有史以来通缉最严厉的逃犯。他们把高普尔·高德西和旅馆老板朋友卡凯尔召集到秘密约会地点，纳图拉姆用嘶哑的嗓音向他们宣布自己的决定。

"我们在德里失败了，"他说道，"那是因为参与的人过多造成的。杀死甘地的办法只有一个，人人必须完成自己的任务，无论冒多大的风险都在所不惜才行。"

高普尔看着自己一辈子也没有成过事、从来做不长一份工作的兄长。过去，对咖啡的钟爱和对女人歇斯底里般的仇恨让哥哥成了一个性情古怪的人，可现在，他好像全变了。在德里时因为头痛难忍而面色苍白、浑身发抖并且几乎无法行动的纳图拉姆，此时表现出高普尔前所未见的沉静。即使因性格活跃而往往主事的阿普特此时也对他肃然起敬。

纳图拉姆的语气沉稳而坚定。他从顺墙而下的油糊形状里读出了自己人生的意义。分治给那个夏天带来巨大的苦难和动荡，从那时起，纳图拉姆·高德西就在他所有的讲话里不断下意识地做着自我召唤，现在，他就要真正去响应它了。被肢解和被强奸的印度在苦苦呼唤复仇的灵魂。这个灵魂就是他。

"我来干吧。"他宣布说。没有人强迫他做这个决定。"要人用生命去做牺牲岂是强迫得来的。"

他要尽快杀死甘地，为此他需要两名助手。阿普特肯定要和他在一起，接下来他又邀请了卡凯尔。他们在一起将组成一个新三位一体的复仇之神，就像神奇的组合土、水和火，以及统治印度教文化的毗湿奴、梵天和湿婆一样。

卡凯尔同意入伙。高德西叫他以最快的速度赶到德里，然后在每天中午到旧德里火车站外的公共水管处等候，高德西和阿普特会在随后到达德里的当天前往该处与他接头。

他和阿普特在卡凯尔离开后将全力找一把性能可靠且容易隐藏的手枪。这一次一定不能再有任何闪失。

"当务之急，"纳图拉姆谨慎地把声音压低，"也就是所有事情的重中之重，就是速度。警察既然已经抓住了马丹拉尔，找到我们就成了迟早的事情。"

"我们一定要抢在警察找到我们之前，"他说，"把甘地干掉。"

在 1 月 25 日的新德里晚祷会上，原本一成不变的场景出现了一个小变化。德里警察梅赫拉原本说好要在每天晚上身藏一支打开保险的手枪陪在甘地身边，但严重的感冒让他不得不倒回到床上。于是，他交代另一名德里警官巴蒂亚来代行自己的职责。巴蒂亚不是梅赫拉那样的神枪手，但他的优势在于与甘地很熟识，这样的关系可以保证他在每天晚上都能占据甘地身边的位置。

1948 年 1 月 26 日是圣雄甘地和他的同胞们特别值得记忆的一天。18 年前的这一天，也就是 1930 年 1 月 26 日，在印度的每一个城镇和数以万计的乡村，在国大党建立了支部的所有地方，数百万国大党的儿女首次齐声发出要争取国家独立的誓言。当年的誓词就是由甘地亲手写下的，从那一天起，每年的 1 月 26 日就成为印度爱国者们眼中的独立纪念日。如今，当年的誓言已经成为现实，但甘地还是与他的数百万印度同胞一样，要对这个具有特殊意义的日子进行纪念。

那一年冬天，甘地在比尔拉府的主要工作就是应尼赫鲁的请求为国大党制定新党章。这个时机再恰当不过，因为在甘地领导印度取得独立后，国大党理应向世人宣布自己在新时期的职责和目标。

人们再次看到，甘地那貌似脆弱的外表下有着一颗多么强大的心。此前，医生们宣布他的生命最多还有二十四小时，可是，在仅仅过了不到一周的这天早上，他就开始吃固体食物，并且恢复了长期乐此不疲的习惯——晨步。穿过比尔拉府草坪的轻松步履，从某种意义上说就是他迈向自己心中伟大愿景的起步，这个愿景让他着迷，让他魂牵梦萦，让他仿佛看到自己正在从满目疮痍的旁遮普向着巴基斯坦艰难跋涉。

就在一天前，一名产生了幻觉的巴基斯坦穆斯林特地赶来向甘地诉说，甘地一生中的最后一个伟大梦想由此而产生。当他向前方望去时，这位穆斯林说：“眼前出现了一支由印度教和锡克教教徒组成的长达五十英里的队伍，走在最前面的甘地正领着他们重新返回他们在巴基斯坦的家园。”

这是多么令人称颂的情景。多年来为印度指明道路的瘦小身躯如今又在开山辟路：手持竹杖，一往无前，身后是绵绵不绝的流离失所的人群，他要再次带着他们沿着曾经痛苦迁离的来路一步步地回到自己的家园。一旦他取得了成功，谁又能知道他会不会再带着数量同样众多、际遇同样凄惨的穆斯林沿着同样的道路回到印度呢？这对于非暴力运动以及他所倡导的仁爱和兄弟情谊将是一场多么壮观的胜利啊。那将是他一生中最大的荣耀，过往被追随者所津津乐道的种种"奇迹"在它面前都将黯然失色。这样一幅宏伟的画卷，让一向谦逊自省的甘地也不禁心驰神往起来。他在祷告中以前所未有的激情请求神灵赋予自己信任和力量，以及实现梦想的时间。

他在散完步后把自己的医生苏希拉·纳亚尔叫到身边。这一次，他不是问治疗方面的事情，而是要派给她一个任务，那就是为自己的巴基斯坦之行做准备。甘地无论对自己还是对随从，都一贯要求做事情讲求效率，他给美丽的年轻女医生规定的任务时间非常明确：三天。苏希拉几乎在每次前往晚祷会时都会走在甘地的前面，因此，甘地希望她在1月30日星期五的晚上准时出现在她惯常的位置上。

纳图拉姆·高德西和纳拉扬·阿普特在十天里第二次为了刺杀甘地而飞往德里。两人并排坐在印度航空公司维京飞机的后排座位上，各自的坐姿充分表现出他们迥异的性格。高德西埋头看着那本激励他斗志的萨瓦卡的著作——《印度民族主义运动》，阿普特则做着另一种更加现实的追求，他的眼睛一刻不停地追随着手举早餐托盘轻盈地在过道上来回走动的空中小姐。

两个年轻人在孟买的最后一天过得非常不吉利，他们在上一次暗杀时就非常难搞到手的武器这一次仍令他们一筹莫展。他们花了整整一天的时间，找到一个又一个极端分子朋友，向他们索取金钱和枪支。阿普特一天下来往口袋里装进了总共一万卢比（约合一千英镑），却连枪的影子也没有看到。

已是惊弓之鸟的他们生怕警察随时会找到自己，因此不顾一切要加紧行动，即使没有搞到枪，也只能匆忙地离开孟买。他们希望能在德里市郊的难民营找到枪的来源，因为那里是仇恨和苦难最集中的地方。

阿普特的注意力一度转移到了别的地方。他见那位漂亮的空姐已经收完早餐托盘，便招手把她叫到自己面前，他对她说，自己会看手相。她的脸长得很好看，所以一定也有一双好看的手，这让他非常想为她看看手相。那个女孩子听了很高兴，便坐在阿普特椅子的扶手上把手张开。在这个过程中，她发现隔壁那位埋头看书的先生把身子扭到另一侧，脸几乎要和舷窗挨在一起，显然是对她和阿普特的行为非常反感。

纳拉扬·阿普特使出浑身解数勾引这位空姐，结果证明他不愧是精于此道的老手。当他们的飞机抵达德里时，这位女孩子已经在阿普特天花乱坠般的诉说里对自己的美妙未来充满了期许，但她在不期然间已经让阿普特的期许抢先成为现实，她答应在当天晚上八点到德里的帝国酒店与他私会。

1月27日上午，圣雄甘地来到德里以南七英里的梅赫劳利的库瓦特·乌尔·伊斯兰清真寺，眼前出现的盛况让他深深地感到自己在绝食中忍受的巨大痛苦是值得的。这座印度最古老的清真寺是在二十七座印度教和耆那教寺庙的废墟上修建起来的。修建这座清真寺的是德里历史上第一位穆斯林苏丹库特布丁。每逢他的忌日，成千上万的伊斯兰信徒就会从四面八方涌到这里举行大规模的宗教祭祀活动，从而把这一天变成了他们的节日。

甘地当初宣布的七项停止绝食的条件之一便是不得让这个传统的节日受到破坏，其理由是，蜂拥而至的穆斯林在庆祝活动中"并不会危及任何人的生命安全"。然而，连甘地自己也没有想到，他取得的成功甚至要比他在绝食中所期望的还要大。

就在半个月前，梅赫劳利的印度教徒和锡克教徒还在手持匕首和短刀静候着穆斯林们的到来，但此刻，他们却站在清真寺的入口处，为远道而来的朝圣者们戴上用万寿菊和玫瑰花瓣制成的花环。在寺内，其他锡克教徒早已搭好一个个小憩点，为穆斯林们提供免费的茶水。甘地在马努和阿巴的陪伴下来到熙熙攘攘的宏大人流中，他看着印度教徒和锡克教徒与穆斯林之间亲如兄弟的场面，不禁感动得几乎落泪。

为了表达对甘地的崇敬和感激之情，清真寺的毛拉们邀请甘地来到寺院的中央向穆斯林们发表讲话。尽管伊斯兰教中有严禁妇女进入清真寺圣地的戒规，但他们宣布马努和阿巴是"甘地的女儿"，从而特别对二人给予了豁免。

甘地激动得不能自持，他请求所有人，不管是印度教徒、锡克教徒还是穆斯林，在"这个神圣的地方"庄严立誓，要"像朋友和兄弟一样和睦相处"。毕竟，他说，"我们活在世上表面上是一个个孤立的个体，却是同一棵大树上的枝叶"。

他在回到比尔拉府时由于劳累和激动过度而精力全无。他躺在泥袋下面一边放松着自己，一边陷入一种奇怪而又郁闷的情绪中。这些天每当他想到自己从马丹拉尔的炸弹下死里逃生，这样的情绪便会出现。

他认为自己的幸运是"神灵的眷顾"。但同时，他又补充说，"如果它要让我走，我已经做好了服从它的意志的准备。我说过，要在2月2日离开德里，但我自己也觉得无法从这里离开。管它呢，谁知道明天又会有什么事情发生？"

卡凯尔按照纳图拉姆·高德西的命令在1月27日来到旧德里火车站前的圆形花园，并在水龙头周围来回转悠了大半个下午。突然，他看见自己的两个朋友正在从一群难民中通过，徐徐向着自己走来。那些难民有的在睡觉，有的在大小便，有的在乞讨，偶尔还有一两个奄奄一息的人倒在人来人往的空地上等死。

两个人都显得没精打采。为了得到枪，他们在德里难民营里仔仔细细地找了好几个小时却一无所获。他们寄予希望的那些破破烂烂的杂货店里根本没有什么左轮手枪，有的只是痛苦和仇恨。他们在寻找武器的徒劳中又浪费掉一天，而每多过一天，抓捕他们的警察就多逼近一步，保护甘地的措施就多一分完备。留给他们的时间不多了。有可能找到武器的地方只剩下最后一个，那就是194英里以外的瓜廖尔，瓜廖尔由此而成为成功刺杀甘地的最后一线希望。万一在瓜廖尔仍无法找到武器，他们唯一能做的就是放弃努力，并回到萨瓦卡和孟买的支持者们面前承认失败和接受羞辱。

高德西和阿普特垂头丧气地让卡凯尔过24小时再重新回来碰头，然后便隐入火车站的人流，登上最后一班前往瓜廖尔的火车。纳拉扬·阿普特在这天晚上还将不得不错过与那位美丽的印度航空公司空中小姐在帝国酒店的约会。他拈花惹草成性，却为了去瓜廖尔找一把杀死圣雄甘地的手枪而放弃了最后一次到手的艳遇。他所付出的代价当然远不止于此，瓜廖尔之行将成为他人生的不归路。

1月27日临近午夜时分，瓜廖尔的顺势治疗医生达塔特拉亚·帕楚儿被一阵急促的夜铃声惊醒。他睡眼惺忪地来到诊所门口，以为门外又是哪位心急如焚的母亲正拉着患肺炎的女儿的手来求他看病。结果，他看到的却是自己的一对老朋友，他们对极端印度教民族主义的热衷甚至比他还有过之而无不及。这位医生在四个半月前刚把正在德里蹲监狱的马丹拉尔送上路，此时又成了纳图拉姆·高德西找枪的最后希望。

第二天一整天，阿普特和高德西都坐在帕楚儿候诊室的木凳上。在他们头顶上方悬挂着一幅油画，画里的人物是帕楚儿信奉的一位大师，这位印度教禁欲大师终其一生都在老虎密布的瓜廖尔森林中参悟。两个满脸沮丧、情绪消沉的年轻人，看上去和他们周围那些因患支气管炎或肺炎而猛烈咳嗽且面带痛苦表情的病人们一样需要得到医生的救治。帕楚儿在派出医疗助手跑遍瓜廖尔市场去搜集豆蔻籽、洋葱、竹笋以及其他供他每天混合使用的植物的同时，又派出自己的政治助手在全城去寻找高德西和阿普特等着的药方。

1月28日晚上10点刚过，两个人终于上了离开瓜廖尔的夜间快车。漫长而痛苦的旅程至此宣告结束。他们在找枪的过程中两度横跨半个次大陆，其间到过的地方包括难民营、印度教寺庙、孟买的贫民窟、洗衣店、印刷厂以及萨瓦卡的宅邸，最后终于在充满草药和香料刺鼻气味的瓜廖尔顺势治疗医生办公室抵达了终点。此时，高德西夹在腋下的纸袋里就藏着一把用旧布包裹着的乌黑发亮的伯莱塔手枪，枪的编号是606824-P，此外还有20发子弹。纳图拉姆·高德西最后要做的就是学会使用它。

就在阿普特和高德西在瓜廖尔火车站上车的几乎同时，距他们八百英里以外的另一个人也刚好完成了自己的行程。浦那刑事调查部的副总监拉那漫长而缓慢的回乡之旅终于结束。这位警官回到自己的辖区，凭他随身携带的情报就能够立刻判明高德西和阿普特的身份，并阻止他们进入比尔拉府。然而，他在从浦那火车站下车时并没有表现出一丝一毫的焦急。他才不想在当天晚上赶回办公室呢，旅途的疲劳让他径直回到家里睡大觉去了。

"我们搞到啦！哦，卡凯尔，这一次我们终于成功啦！"兴高采烈的高德西一把将德干客栈老板从围在旧德里火车站对面水龙头周围的人丛中拉向自己。随后，就像走私贩子给人看自己的违禁货物一样，他快速地打开自己身上破旧的棕色衣服。卡凯尔一眼就看到别在他腰际的手枪，枪身还发出乌黑的亮光。

他们的杀人武器终于到手了，接下来就是火速执行最终的行动计划。三人中唯一最后活下来的人在事后回忆说：

> 我们站在水龙头旁边，阿普特对我们说："这一次我们一个错误也不能再犯。我们要确保枪不但好用，还要打得准。我们有的是子弹，不信就看看吧！"
>
> 他说完这番话便打开衣服的口袋让我看。他说得没错，我看到衣袋里面有很多子弹。于是我们三人决定去找一个可以试验射击的地方。但我们无论走到哪里，都人满为患。难民把整个德里都占满了。
>
> 在我们从一个地方换到另一个地方的过程中，纳图拉姆讲了一个关于马拉地当地一位名人巴吉拉奥佩什瓦的小故事。他是当时与莫卧儿帝国打仗最多的人，但又总是没有钱。然而，每一场仗还没有结束，下一场仗就又要开始了，于是他只好借更多的钱。

"好吧，"纳图拉姆说，"这就是我们目前的处境。我们一直在为完成这个任务筹钱，但至今什么事情也没有做成。如果不能成功，我们受到的羞辱可是大大的呢。"

最后，我们决定去上一次试射的那个地方，也就是比尔拉庙背后的那片空地。我们到了那里。我们必须想象甘地在我们射击时会是坐着还是站着的，但这是不可能预知的事情。一切都要随机应变，所以我们只得对两种情况都进行演练。

于是，阿普特找了一棵相对独立于其他树的阿拉伯胶树。他靠着树干坐下，估算着甘地坐下时的高度。他用刀在甘地头部所在的位置做上一些记号。"来吧，"他对纳图拉姆说，"就当这里是甘地的头，这里是他的身体。打一枪试试吧。"

纳图拉姆退后二十英尺到二十五英尺，然后从那里向着靶子开枪。他打完一枪又打出一枪，一共开了四枪。他的子弹全部上靶：没有问题。阿普特走到树前查看之前做的记号，四发子弹全部找到。

"哈哈，纳图拉姆，"他说，"好样的！"

甘地在德里的伟大工作基本做完了。四个月前当他初到这座死亡之城时，宽大的街道两边到处横陈着尸体，居民们在痛苦和恐惧的深渊里挣扎，政府惊慌失措濒临瘫痪。现在的首都已经重现安宁并且秩序井然，他在绝食中所承受的痛苦转瞬间就改变了这里的道德气候。是离开的时候了。

就在有人在旁边的空地里对着刻有他人头标记的树干连发四枪的同时，甘地为自己初步定下了离开德里的日期。他选择的日期是2月3日。他要先返回沃尔塔郊外的静修所，在那里度过十天后，他将拖着老迈的双脚走上如此多生灵横遭涂炭的公路，希望用爱的力量去扭转这个人类历史上史无前例的大迁徙的方向。他要在徒步前往巴基斯坦的过程中创造出自己人生中最后一个伟大奇迹，而这个奇迹仿若沙漠地平线上的海市蜃楼般在向他招手。

与往常一样，甘地一天中的每一个时段都是经过预先计划并充分利用的。他纺线，敷泥袋和做灌肠，学习孟加拉语，写大量回信，为国大党起草新的党章，接待络绎不绝的来访者，与英迪拉·甘地和她的表妹塔拉·潘迪特一道玩耍，在玛格丽特·伯克-怀特为自己拍下的照片上签名。他在签名时还不忘告诫玛格丽特的祖国，也就是美国，废弃原子弹。"非暴力，"他说，"是炸弹唯一无法摧毁的力量。在遭到核攻击时，我要求自己的追随者们站稳身体，无惧地仰望天空，为投弹的飞行员祈祷。"

然而，就在这繁忙而快乐的一天里，却突然出现了一个不和谐的插曲，它像季风雨一般突如其来。一群来自边境省的印度教徒和锡克教徒来到比尔拉府求见，他们的村落就在甘地宣布绝食的当天遭到了残暴的屠杀。甘地还没有来得及向他们的亲人表示哀悼，其中一个痛苦不堪的人就对他吼叫起来："你让我们受尽了伤害，我们被你彻底毁掉了。别来烦我们，快到喜马拉雅山里躲清静去吧。"

他的话让甘地震惊。他瘦小的身躯像是被什么重物压住了一样不住地向下垮去。他在出门举行祷告会时步履沉重。平日里轻得像两块小布片一样放在马努和阿巴肩上的双手，不得不抓紧她们以获得支撑。

他的声音柔软而虚弱，每说一个字都带着可怕的哀伤，这位印度的圣雄开始了他最后一次面对国人的讲话。在他讲话的时候，草坪上早就洒满了冬日里那斑驳的暮光。不可避免地，他提到了那位对自己言辞激烈并让自己深感痛切的愤怒难民。

"我该听谁的？"他向面前安静的众人问道，"一些人让我留下，而另一些人让我走。一些人讨厌并责难我，而另一些人又赞美我。那么，我该怎么办呢？"他继续问着，声音里充满受到伤害的凄凉。"我要奉神灵的意志行事，那就是于混乱中让秩序重现。"

在经过一阵长长并且令人回味的沉默后，甘地说出了他的最后一句话。"我的喜马拉雅，"他说，"就在这里。"

就在甘地的祷告会结束后不久，负责调查刺杀甘地阴谋的警官接到一个长途电话。萨内维的调查工作自从马丹拉尔如实招供以来，就再没有大的进展。他到此时仍然坚信杀手们不可能再度作案，因此行动总是不紧不慢。

　　给他打电话的人报告的内容同样了无新意。吉米·纳加瓦拉的孟买调查工作在最初的 48 小时过后就再没有收获。孟买的监视部门仍在盯着萨瓦卡宅邸，但里面那位诡计多端的民族主义领袖硬是露不出半点破绽。与此同时，这间宅邸似乎又在释放着危险的信号。萨瓦卡的追随者们不断地出出进进，让纳加瓦拉手下的警察们提高了警觉。

　　"别问我理由，"纳加瓦拉对萨内维说，"我就是知道他们又在准备动手了。我从这里的气氛就能感觉出这一点。"

　　"你要我怎么办？"萨内维发火了。尼赫鲁和帕特尔都请求甘地允许警方对前来参加祷告会的人群进行搜身检查。萨内维气急败坏地解释说，可是甘地的回答，却是只要看见一名身穿警服的警察出现在祷告会上，他就绝食至死。

　　萨内维所问问题的答案就摆在距德里七百英里的另一位警察的办公桌上。掌管浦那刑事调查部的副总监拉那终于拿到了本来只需打个电话就可以提前四天收到的情报。此时离马丹拉尔第一次招供已长达九天，他的全面坦白也已过去五天了，意欲潜入比尔拉府行凶的复仇三人组的真实身份第一次为警方所证实。

　　但是，拉那并没有就阿普特和高德西的情况给德里打电话或是发电报，他也一点不着急把他们的照片送给负责比尔拉府安全的警察。拜奇在浦那的武器店里优哉游哉地织了一整天的防弹背心。萨内维骨子里的想法显然也同样在支配着身处极端印度教民族主义核心地区的拉那，他也对 1 月 20 日的行凶者不敢再次犯案信心十足。他从头到尾一直压着印度警察拥有的最具决定性的情报，致使这份情报连他的办公桌都没有离开过。

*

　　三个被认为不可能再回来的人就站在旧德里火车站家具稀疏的第六休息室里，楼下的街道上满是乱哄哄来来往往的客货马车和噪音很大的公共汽车。印度的警察能够用来拯救甘地的时间已经不能再以天数来计了，留给他们的时间只剩下区区几个小时。高德西、阿普特和卡凯尔刚刚在昏暗的火车站里定下了与历史相约的地点。他们同时还选择好了向莫罕达斯·甘地下手的时间。他们将要在第二天，也就是 1 月 30 日星期五的下午五点钟刺杀甘地，地点仍然是在上一次失手的比尔拉府花园。

（卡凯尔回忆）纳图拉姆的情绪很好。他不但开心，而且还很放松。大约在八点半时，他动情地说道："来，最后一顿饭我们三个人一定要在一起吃。我们必须吃好的，吃一次大餐。也许，这顿饭过后就不会再有下一顿了。"

我们下了楼，然后沿着车站一直走，最后来到一家名叫布兰顿的餐馆，这是一家连锁餐馆，所有的火车站都有他们的门店。"我们不能去这家，"阿普特说，"卡凯尔是素食主义者。"

纳图拉姆把手揽在我的肩膀上说道："你说得对，今晚我们必须要吃在一起。"于是我们又接着去找下一个地方。

我们要的饭菜很丰盛：米饭、蔬菜咖喱和薄饼。侍者说他们没有配素食的羊奶，因为那是只有过节才有的东西。纳图拉姆把领班叫过来给了他五个卢比。"你看，"他说，"我们是在一起欢聚，一定要有羊奶。我不管你去哪里和花多少钱，总之要把羊奶带回来。"

我们这顿饭吃得很开心，吃完饭后便回到休息室。我们本来还打算再多聊聊，结果纳图拉姆说："不聊了。现在你们必须让我休息，我想一个人待会儿。"

于是阿普特和卡凯尔离开房间，卡凯尔扭头最后看了一眼高德西。这个准备行刺甘地的人，此时已经张开四肢躺在床上读起了他带到德里的两本书中的其中一本。这本书是厄尔·斯坦利·加德纳写的《佩里·梅森》，是一本侦探小说。

圣雄甘地一生中的最后一个夜晚，还在为国大党起草新党章，那些内容将是他对印度民族的最后愿望和遗嘱。九点十五分时，这项繁重的任务终于完成了。于是，他站起身来。

"我的头好昏。"他低叹着说。

他躺在草垫上，将头靠在马努的膝头上让她用精油为自己轻轻地按摩。对于那几个一直陪伴在他身边与他共患难的忠实弟子来说，睡前的这一小段时间总能让他们在忙碌一天后得到安宁，在这短短的十五分钟时间里，他们的大师不再属于全世界而只属于他们。甘地通常在这个时候的状态非常放松，他会兴致勃勃地谈论白天发生的事情，还开一些他喜欢的小玩笑来活跃众人的气氛。

然而，这个夜晚，甘地的脸上没有了喜悦的表情，他无法从记忆中抹去那个满腔仇恨的难民和他所发出的诅咒。他沉默了两三分钟，静静地感受着马努那舒展的手指在为自己按摩头顶。随后，他开始就在起草国大党新党章过程中想到的一个问题进行阐述，那就是在他曾经领导的群体中出现了越来越多的腐败迹象。

"这样下去，我们有何脸面站在世人面前？"他问道，"那些为争取自由而斗争的人们是整个国家的荣耀。但如果他们过于滥权，我们就必然会失去立足之本。"

他再一次陷入令人压抑的沉默。接着，他又用无助的声音，像耳语一样低低地读出阿拉哈巴德一位乌尔都诗人写下的诗句。

"花园里的春天虽然不长，"他叹息道，"你却看到它滋生万物的力量。"

*

阿普特和卡凯尔在离开高德西后颇有些心神不宁，于是，两人决定去电影院看场电影。

（卡凯尔回忆）我们一路转悠着，看到第一家电影院就走了进去。我们看的这部电影是以大诗人罗宾德拉纳特·泰戈尔的故事为题材的。中间休息时，我们站在大堂里聊起天来。我为纳图拉姆在散伙宴上说过的话感到担心，他当时说的是："不是明天就是后天，一切的一切就将结束。"

"你记得纳图拉姆说的那些话吗?"我问阿普特。

"记得。"他说。

"那么,他为什么这样说呢?"我又问,"这个任务太艰巨,他真能说到做到吗?"

阿普特凑近到我身边。"听着,卡凯尔,"他说,"我比你更了解纳图拉姆。我和你说一件事,然后你自己来判断好了。我们在1月20日那天乘坐一等车厢离开德里时去的是坎普尔。一路上我们因为聊了很长时间而没睡好觉。早晨6点左右,当火车快要到达坎普尔时,纳图拉姆从上铺一跃跳了下来。他一边摇我一边问:'阿普特,你睡醒了吗?''听我说,'他紧接着说,'这件事由我去做吧,而且我自己一个人就可以。做这样的事必须找一个勇于自我牺牲的人。这个人就是我。我要独自把它完成。'"

阿普特望着我。他的语气变得暴躁,但仍然压抑着音量以免被旁边人听到,他说:"听着,卡凯尔,我在听纳图拉姆说那些话时,圣雄甘地的尸体立刻浮现在我的眼前,并且就倒在我们脚下的车厢地板上。我对纳图拉姆有多么信赖,你现在应该清楚了吧。"

猛烈的咳嗽不禁让甘地那躺在比尔拉府内草垫上的瘦小身体缩作一团。在过去的一年里陪伴甘地忍受了无数痛苦的马努坐在一旁,她看着眼前因咳嗽而身体不断抽搐的甘地,眼里噙满了泪水。

马努知道,苏希拉·纳亚尔在临走时特意留下的那包阿司匹林止咳药就是专在这个时候让甘地服用的。然而,要照顾好印度的圣雄绝非一件容易的工作。马努连提都不敢提服药的事情,因为她很清楚这样做会令甘地多么恼怒。但最终,她再也不忍心眼睁睁看着老人就这样痛苦下去,于是,她恳请甘地只服用一片。

与她在事前的担心一模一样,甘地决绝地拒绝了她的一片好意。按照甘地的说法,马努这样做是对自己唯一的保护神罗摩缺乏信心的表现。

"如果我死于疾病或者哪怕是小粉刺,"他在咳嗽间歇的时候喘着粗气说,"你必须跑到房顶上大声向全世界宣布我只是一个假圣雄。这样的话,我的灵魂不管在什么地方就都可以安歇了。"

他两眼凝望着眼前这个被自己视作女儿的女孩,几个月来她跟在自己身边,既是伙伴又是助手,陪伴着自己经历了如此之多的艰难困苦。"但是,"他说,"如果发生的是像上周那样突如其来的事情,或者说有人朝我袒露的胸膛开枪,而我在中枪后不但不发出一声呻吟,反而口念罗摩的名字,那么你就要说我是名副其实的真圣雄。这样做对印度人民是有益处的。"

卡凯尔和阿普特轻手轻脚地打开六号休息室的门向里望去,纳图拉姆·高德西正躺在房间尽头的床上酣然沉睡着。卡凯尔觉得他"简直什么心事也没有"。那本读完了的侦探小说就扔在床边的地板上。

20

第二场蒙难

新德里，1948 年 1 月 30 日

莫罕达斯·卡拉姆昌德·甘地一生中的最后一天照例从黎明前的祷告开始，他的这个规律几十年如一日，打从南非那时起就从来没有改变过。他盘腿坐在草垫上，背靠冰冷的大理石墙壁，与跟随在自己身边的人们一起高歌《薄伽梵歌》中的章节片段，最后一次诵读这部印度教的恢宏诗篇。这一天是星期五，早祷会要求背诵的是《薄伽梵歌》十八段对话中的第一和第二段。甘地用他那高亢而柔和的嗓音，与随从们一道朗朗咏颂着人们耳熟能详的那些章节：

有生必有死，
有死必有生，
死生既难免，
劝君莫感伤。

祷告结束后，马努领着甘地来到一间供他工作的空房子里。他总在梦想徒步走到巴基斯坦，但如果没有人搀扶，他连走到隔壁房间也做不到。他在一张被改造后用来做书桌的桌子前坐下，然后要求马努全天都在自己面前不停地背诵一首诗里面的两行内容:"人啊,不管累还是不累,可千万不要懈怠!"

阿普特和卡凯尔按照头天晚上的约定,于次日早上七点回到旧德里火车站的六号休息室,此时的高德西早就起来了。

我们在屋里坐了两个小时,一边喝咖啡和茶一边说着话。我们有说有笑,时而闲扯时而争论。后来,我们慢慢开始变得严肃。之所以会这样,是因为尽管纳图拉姆已经定下来要在当天晚上刺杀甘地,但我们对他如何做到仍存有疑虑。

为此,我们必须想出一个计划。我们猜测自从20日那天炸弹爆炸后,比尔拉府必定戒备森严难以进入。那些去参加祷告会的人们不免也要接受严格的检查才能进入府内,所以我们要把枪带进去,就一定要找一个安全可靠的办法。

我们对这个问题商议了没多久,纳图拉姆就想到了一个好主意。我们将到街上的一家摄影店买一台老式照相机,这种照相机不但有三脚架,还有一个黑色的布罩供摄影师把头埋在里面进行操作。我们将把手枪藏在照相机的下面,然后由纳图拉姆把相机架在甘地讲话时用的麦克风面前。他将用黑布罩把头罩住,然后从照相机下面取出手枪,利用黑布罩的掩护向甘地开枪。

于是,我们跑到街上去找卖这种照相机的地方。我们在车站附近找到一家,但刚和相机的主人谈了不一会儿,阿普特就把这个方案否决了。他说这种照相机早就过时了,并且去祷告会上拍照的人全部用的是小巧的德国或美国相机。

我们只好又回到休息室去想别的办法。不记得是谁提议我们用穆斯林女人上街时穿的那种波尔卡服装。当时的穆斯林妇女都把甘地当作她们的救世主,因此每逢甘地祷告会都会有大量的穆斯林妇女参加。并且,离甘地距离最近的通常也都是女人们,纳图拉姆可以利用这样的机会完成近距离射击。这个点子让我们感到很兴奋。

我们连忙来到市场上买了一件尺码最大的波尔卡，然后把它拿回到休息室。

当纳图拉姆把波尔卡穿到身上时，我们立刻发现这个办法同样完全行不通。波尔卡上那一道道褶摆非常碍事，让纳图拉姆感到很不灵活。"我这样子连枪都抽不出来，"他说，"这样不但杀不成甘地，反而会让我穿着女装被活捉，将来永远让人耻笑。"

这样一来，我们只能重新再想其他办法。我们花了大半个早上却连一个像样的主意也没想出来。离刺杀行动只剩下六个小时了，我们始终拿不出方案。最后，阿普特说："这样吧，纳图拉姆，有时候最简单的东西往往最好。"他说我们应该给纳图拉姆穿上当时有很多人穿的灰军装。这种军装的衬衫很肥大，并且掖入裤腰的部分非常宽松，如此一来，把枪藏在后腰部位就不容易被察觉。我们确实想不出更好的办法，于是一致认为这个办法最可行。于是，我们重新回到市场上为纳图拉姆买了一套这样的军装。

随后，我们又来到本来打算买照相机的那条街，并且在这里犯下了最愚不可及、最业余和最悲情的错误：我们三人在一起照了张合影。

我们回到房间边休息边商讨行动方案。纳图拉姆将首先前去比尔拉府，阿普特和我则晚一点再到。当行动的时间到来时，我们两人将分别站在纳图拉姆两侧。这样的话，即使有人想冲上来阻止他开枪，我们也能够从旁予以拦截，从而给他留出足够的时间瞄准和开枪。此时已是规定的退房时间。纳图拉姆取出枪，在里面压了七发子弹。然后，他把枪插在后腰上，我们大家便一起离开了房间。

我们来到火车站的候车室里想把剩余的几个小时打发掉，然后等时间一到就立即出发。进入候车室没多长时间，纳图拉姆突然说自己想吃花生了。他的要求实在不高，我们对他也格外关切。他就要牺牲自己了，我们不想他受到任何困扰或是被任何事情分心。在这样的时候，他想要什么我们都会给他。

于是，阿普特立刻出去买花生。过了一会儿，他从外面回来了，说德里现在没有花生卖，是不是可以改吃腰果或杏仁之类。

纳图拉姆说："不，我只要你带花生回来。"

大事当前，我们不想扫他的兴。所以，阿普特二话没说又走了出去。最终，在又过了一段时间后，他从外面带回来一大袋花生。纳图拉姆一把接过袋子，急不可耐地吃了起来。

花生吃完了，我们也该动身了。我们决定先去比尔拉庙，特别是阿普特和我要向里面的神像进行祷告并求取加持。纳图拉姆反而对这类事情不感兴趣。他一路朝寺庙后面走去，在他试枪的那片小树林边上的花园里等我们。

我们在入口处把鞋脱下，光脚走到庙中。我们还在进门时摇了摇悬挂在头顶上的铜铃，这样做是为了让神灵知道我们的到来。我们先来到位于中央的拉克希米·纳拉亚纳神像面前，这是一对得到教徒虔诚信仰的印度教夫妻神像。我们来到的下一个神像便是毁灭之神迦梨，我们就是要她给我们加持。首先，我们垂头合掌肃立。

我们在女神的脚边投下几枚硬币，然后又给了旁边一位婆罗门僧人更多的硬币。这位婆罗门回赠给我们一些花瓣和亚穆纳河里的圣水。我们将花瓣投给女神，请她保佑我们的行动能够取得成功。接着，我们用亚穆纳圣水把自己的眼睛打湿。

出来后，我们在花园里看见站在那里的纳图拉姆。他的旁边是印度教战神希瓦吉的塑像。他问我们说："你们做加持了吗？"

我们说："做了。"只听纳图拉姆说："很好，我也做了。"

纳图拉姆·高德西做的加持与充满茉莉花香和香火味的比尔拉庙内的印度教众神无关。他心中的神就在他头顶上方的柱子上，就是那位将莫卧儿们从浦那山边赶走的武十。正是在这位武十辉煌成就的感染下，高德西不仅在心中憧憬着建立印度军事帝国的梦想，而且还在短短一个小时的时间里就下定决心要亲手完成震惊世界的谋杀任务。

三个人在花园里溜达了几分钟。最后，阿普特抬手看表，此时的时间是4点30分。

"纳图拉姆,"他说,"行动的时间到了。"

纳图拉姆瞥了一眼阿普特的手表。然后,他望着自己的两个同伴,将两手贴在一起放在胸前垂首表示致意。

"有礼了,"他说,"不知道大家是否还能再见,也不知道会以什么样的方式重逢在一起。"

卡凯尔目送他下了比尔拉庙的台阶,然后步入人群去寻找马车,心里不由得暗暗地为他祝福着。只见他找到一辆马车,一头窜进车厢,"头也不回地去了甘地正在举行祷告会的比尔拉府"。

1月30日是星期五,马努按照圣雄甘地的要求不停地在他面前重复那条诫谕——"人啊,可千万不要懈怠!"甘地则一丝不苟地照做,一刻也不停歇。这一天还是他自从绝食以来头一次不用人扶着走路,他的随从们为此无不欢天喜地。他的体重也增加了半磅,这不仅表明他瘦弱的身体开始重新积攒起能量,更证明神灵还有重要的使命要交给他去完成。

他在午休后已经安排了十几次会见。此时他正在见的是当天最后一个人,同时也是最难对付的一个人。与他见面的是跟随他最久也是最忠实的老朋友兼追随者之一——瓦拉巴伊·帕特尔,这个沉默寡言的人统治着甘地始创的国大党,堪称是20世纪的莫卧儿。作为强硬的现实主义者,帕特尔与满怀社会主义理想的尼赫鲁之间的矛盾不可避免地爆发了。甘地的小写字台上放着帕特尔请求退出尼赫鲁政府的辞呈。早在甘地进行绝食之前,他就与蒙巴顿勋爵讨论过这两个人的冲突。大总督请求甘地拒绝帕特尔的辞职。

"你不能让他走,"蒙巴顿早就警告过,"你也不能让尼赫鲁走。印度需要他们两个人,而他们也必须学会如何在一起共事。"

甘地同意蒙巴顿的想法。他说服帕特尔暂时收回辞呈。他将与帕特尔和尼赫鲁一道重新坐下来进行商议,过去,他们在争取自由的斗争中每逢关键时刻都是这样做的。只要他们三人在一起就不会有想不出的办法。

他正说着,阿巴走了进来,她为甘地带来了晚餐吃的羊奶、蔬菜汁和橙子。甘地吃完这顿简单的晚餐,随即叫人取出自己的手纺车。他一面与帕特尔侃侃而谈，一面开始转动起吱吱呀呀的纺轮，那是他在全世界数以百万人心目中的象征，他在生命的最后时刻仍然恪守着自己坚持了一生的原则——"不劳而获的面包是偷来的面包"。

杀手们早就在甘地转动织轮的屋外花园里徘徊。纳图拉姆走后五分钟，阿普特和卡凯尔也上了另一驾马车来到比尔拉府。

（卡凯尔回忆）让我们感到放松而又诧异的是，进入比尔拉府的过程居然不用费吹灰之力。警卫虽然增加了，却没有人对进入的人群进行检查。这下我们放心了。我们知道纳图拉姆肯定已经安全地进了比尔拉府。我们向花园走去，正好看见混在人群里的纳图拉姆。他看起来很镇静，精神状态也很好。我们之间自然谁也没有和谁讲话。人群三三两两地分散在草坪上。随着祷告会开始的时间5点钟的临近，人们开始聚拢到一起。我们在纳图拉姆的两边选好位置。我们谁也没有和他讲话或是看他一眼，以免被人看出破绽。他的神情之专注简直像是把我俩给忘了。

我们的计划是在甘地在面向人群的小祷告台上坐下后将他杀死。为了做到这一点，我们让自己站到右侧人群的外围并且正对着那个小台子。这样一来就可以做到在35英尺以内完成精确射击。我一边目测着距离，一边默默对自己说着"纳图拉姆能行吗？"他既没有经验，也不是一个好射手，会不会因为紧张而瞄不准呢？我这样想着。我望向纳图拉姆。他正直视着前方，表情安详，早已进入了忘我的境界。我又看了看表。甘地出来晚了。我开始胡思乱想个中的原因。我还是颇有些紧张的。

马努和阿巴也同样紧张。此时早已是5点10分。作为她们心中的温和的领导者，甘地最恨的就是迟到，对在晚祷会上迟到尤其不能容忍。然而，他此时对帕特尔讲话的语气已经变得严厉至极，两个女孩子谁也不敢打断和提醒他时间。最后，还是马努在他眼睛望向自己时，指了指手腕上的表以作提示。

甘地见状抬起手臂看向他那块老旧的英格索尔手表，紧接着几乎从草垫上跳了起来。"哦，"他对帕特尔说，"你必须要放我走了。我要去赴与神灵的约会。"

当他从办公室来到花园里时，每次都护卫他参加祷告会的那一小队随从正最后一次列队待发。他们之中少了两人。通常走在队伍最前面的苏希拉·纳亚尔医生还在巴基斯坦未归，疾病缠身的梅赫拉派来顶替自己保护甘地的那位警察也没有出现。他被紧急调到德里市中心出席会议，讨论如何应对德里公共事业工人定于第二天举行的总罢工。

马努像平时一样把甘地的痰盂、眼镜和写讲稿的笔记本装好，然后与阿巴走到甘地身前，一如既往地充当他走路用的拐棍。甘地的两手往两个女孩的肩膀上一放，开始了他的最后一次行走。

因为来晚了的缘故，甘地决定抄近路，直接从草坪上斜插到祷告会场，而不像平时那样从比尔拉府凉亭的九重葛下通过。他一路走一路不停地责怪两个女孩害自己迟到。

"你们就是我的钟表，"他说，"我为什么要有钟表呢？我痛恨迟到。在祷告会上哪怕晚一分钟都是我不能容忍的。"

当他们一行来到通往祷告会场的四个砂岩石阶时，他总算把话题转移到了别处。落日的余晖把最后几抹光线投射到那个人们熟悉的棕色皮肤的头顶上。甘地将手从两个女孩子的肩膀上放下，向问候自己的人们鼓掌致意，并且独自上了石阶。当他上到最高的石阶时，卡凯尔听到从身后的人群中发出的柔和而又低沉的声浪："大师、大师。"

我扭过头。纳图拉姆也扭过头，身体半转向右侧。只见人群突然分开，甘地正在从这条人们自发让出来的通道上对着我们走来。纳图拉姆的两手原本放在口袋里。他把那只没有拿枪的手抽了出来，另一只拿枪的手则始终藏在衣袋内，并且悄悄地打开了手枪的保险。

他在瞬间做出判断：此刻正是下手的时机。他知道眼前就放着千载难逢的天赐良机，现在开枪要比等甘地在祷告台上坐下后成功的机会大得多。他知道他只要向前挤两步，就可以来到那个人体走廊的最前面。两步，三秒钟。然后就毫不费工夫，只要扣动扳机就什么都结束了。但难的是他如何让自己的意志得以实现，如何跨出那必杀的一步。

马努看到"一个穿着卡其布衣服的矮墩墩的年轻男人"在向前迈步，他从最后几排来到甘地的队伍正在通过的人体走廊前沿。

卡凯尔的目光一直没有离开纳图拉姆。"他从口袋里掏出手枪并把它放在两掌之间。他已经决定要为甘地对国家做出过的有益贡献而向他致敬。当甘地离我们只有三步远时，纳图拉姆纵身挡在过道的中央。他将手枪藏在两手中间。他向着甘地缓缓一躬到地，然后对他说：'向甘地致敬。'"

马努以为他要亲吻甘地的脚，于是想把他轻轻地用手推开。"兄弟，"她说，"大师都已经晚了十分钟了。"

就在这时，纳图拉姆猛地抬起左臂，一下子把马努推到一边，右手同时亮出那支乌黑发亮的伯莱塔手枪。纳图拉姆连续扣响三枪。三声枪响粉碎了祷告会场的宁静。纳图拉姆·高德西没有失误。三颗子弹全部打进了那个走向自己的瘦小躯体的胸部。

纳图拉姆的撞推让马努猝不及防，手里的痰盂和笔记本全都掉在了地上，就在她俯身去拾时，枪声响了。她抬头望向甘地。只见她深爱的大师依然在鼓着掌，似乎并没有停下向前的脚步，他袒露着前胸，努力要登上通向祷告台的最后一级台阶。他身上雪白的布衣被鲜血染成了红色。甘地用尽气力说了句："啊，罗摩！"然后，便像一根没有生命的木桩，缓缓地倒在马努身旁的地上，在这个过程中，他的双手始终保持着在最后一刻时的姿势，那是他灵魂的意志，是在向杀害自己的凶手发出问候。马努在他血淋淋的腰布下又看到那块价值八先令的英格索尔手表，就在十个月前，甘地还在为把它弄丢而难过不已。此时，它显示的时间是 5 点 17 分。

*

路易斯·蒙巴顿接到甘地遇刺的消息时，刚好是在结束一次旅行并匆匆要走进政府大楼的时候。他说的第一句话正是数百万人在随后几个小时里都要问到的："是谁干的？"

"我们不知道，先生。"向他传递消息的副官回答他说。他连忙冲进房间把衣服换了。几分钟后，正当他从政府大楼里向外跑时，他一眼看见自己的新闻官艾伦·坎贝尔-约翰逊，于是命令他与自己一同坐进等候着的汽车里。

当他们二人来到比尔拉府时，这里早已是人山人海。正当他们在人群中挤向甘地的住所时，只听一个因愤怒和狂躁而满脸扭曲的男子发出歇斯底里般的吼声，"是穆斯林干的"。

一时间，人群突然安静下来。蒙巴顿转向那个人。

"你太无知了，"他用尽力气高声说道，"难道你不知道杀手是一个印度教徒吗？"

不一会儿，他们就来到了室内，坎贝尔-约翰逊这才转过身来问蒙巴顿："你是怎么知道杀手是印度教徒的呢？"

"其实我什么也不知道，"蒙巴顿回答说，"但如果杀手的确是穆斯林的话，印度就将爆发人类史上空前血腥的大屠杀。"

许多人有着和蒙巴顿同样的担心。全印广播电台的台长也确信，一旦杀手确定是穆斯林，印度就将陷入万劫不复的灾难，他因此而做出了一个大胆而又负责任的决定：下令电台不得为抢先独家播报这条世纪新闻而中断正常广播，一切节目必须照常播出。电台稳住了，警察和军队总部也启用紧急电话网络通知所有主要单位的长官原地紧急待命。比尔拉府的警察通过无线电向上层层传递着最为至关重要的信息：纳图拉姆·高德西是一名婆罗门种姓的印度教徒。到6点时整，印度人民终于从经过反复推敲和字斟句酌的新闻公报中，得知了那位温文尔雅、带领他们迎来自由的人的死讯。

"圣雄甘地，"广播里的声音说道，"于今天下午5点20分在新德里遭到暗杀。暗杀他的人是一名印度教徒。"

印度躲过了一场大屠杀，现在是进行哀悼的时候了。

圣雄甘地的遗体被从他遭到枪击的花园里抬回到比尔拉府内，他躺在自己平时睡的草垫上，草垫旁边是他在遇刺前几分钟还曾使用过的手纺车。阿巴在他满是鲜血的腰布上盖了一层呢布。他为数不多的私人物品也被人摆放在身边：沐浴用的木屐、遇刺时穿在脚上的拖鞋、三只猴子的小雕塑、《薄伽梵歌》、英格索尔手表、刷得干干净净的痰盂以及他从耶拉夫达监狱里带出来做纪念的锡碗。

当路易斯·蒙巴顿走进来时，房间里已经挤满哀悼者。面如死灰的尼赫鲁头顶着墙蹲在地板上，泪水止不住地从他那英俊的面庞上滑落。离他几步远的帕特尔呆呆地发着愣，像个石菩萨一样死死地把眼光盯在这个不到一个小时之前还在和自己说着话的人身上。

屋里传出一阵低柔的声音：紧紧围着甘地临时灵柩的女人们唱起了《薄伽梵歌》。甘地的遗体周围有十余盏燃烧着的油灯，橘黄色的灯光令人在伤感之余又多了一丝平和。空气中飘散着香火释放出的香味。无声哭泣着的马努把她无限爱戴的大师的头托起在自己的膝盖上。她用在前一天晚上还在为它做精油按摩的手指轻轻地抚摸着它，那里面曾经产生出太多太多令世人耳目一新的思想。

昔日蒙巴顿眼中的那个"伤心小麻雀"已经变得小得不能再小，躺在草垫上的甘地宛如一个尚没有发育的孩童，在偌大的地板上几乎没有占据什么空间。他戴眼镜的形象早已在人们心中根深蒂固，可此刻，他的那副钢框眼镜被人摘掉了，加上烛光又较为昏暗，蒙巴顿居然一时未能认出他来。甘地的脸上透射出令人惊异的沉稳。蒙巴顿暗自对自己说，他活着的时候表情还从来没有像现在这样宁静和安详。有人将一杯玫瑰花瓣交到蒙巴顿手中。他难过地把粉红色的花瓣撒在甘地身上，末任印度副王就这样向这位让自己曾祖母创建的帝国走向终结的人做出最后的致意。蒙巴顿看着缤纷下落的玫瑰花瓣心里不由得产生了一个念头，几个小时过后他将把自己的这个念头告诉给一位亲近的朋友。

"圣雄甘地，"他对自己说，"将名垂青史，其地位堪与佛祖和耶稣基督相比肩。"

蒙巴顿从悼念大厅里的座位上下来，朝尼赫鲁和帕特尔走去。他用胳膊同时把二人揽住。"你们知道我有多么爱甘地。"他说。

"不过，"他接着说，"我要对你们说一件事。他在和我的最后一次交谈中说了对你们有多么担心。你们二人是他最好的朋友，最得力的助手，还是他在这个世界上最喜爱和尊敬的人，他不想你们渐行渐远。

"他对我说，'他们现在听你的话多过听我的。请竭尽全力让他们不要分开'。这就是他的临终遗愿。如果你们现在的悲痛表现能够证明你们对他有多么怀念的话，就请你们互相拥抱，尽释前嫌吧。"

两个伤心欲绝的领袖明显是受到了这番话的感染，于是当着蒙巴顿的面拥抱在一起。

蒙巴顿很快便意识到自己能够为这个邀请自己出任首任大总督的国家做怎样一件最有意义的事情，那就是趁众人在震惊和痛苦中还没有来得及想到时，集中精力操办甘地的葬礼。

在得到尼赫鲁和帕特尔的同意后，蒙巴顿提议对甘地的遗体做防腐处理，以便让特别葬礼的火车载着他走遍印度，让他深爱和终生为之服务的数百万人民有机会进行最后一次加持。甘地的秘书、胆小的普亚勒拉尔·纳亚尔拒绝了蒙巴顿的意见。他的理由是，甘地十分清晰地表达过，要在死后二十四小时内严格按照印度教教规对其遗体进行火葬的愿望。

"你们必须清楚，"蒙巴顿对尼赫鲁和帕特尔说，"如果是那样的话，德里明天就会出现印度从未有过的大规模人海。这个国家只有一个组织能够组织和完成在这种条件下的葬礼流程：军队。"

两位印度领袖听了他的话，不禁面面相觑。他们一想到甘地的葬礼柴堆要由以打仗为职业的军人来操持，就禁不住毛骨悚然。

甘地对军队的纪律性很赞赏，蒙巴顿安慰二人说，他对由军人来完成这一使命是不会反对的。尼赫鲁和帕特尔最后不得不对蒙巴顿的方案勉强点头，表示同意。印度非暴力先知最后一次在人民中间走过将按照军事行动的要求来完成。

蒙巴顿在将所有事项布置完毕后,转过身来看着尼赫鲁。"你知道,"他说,"你必须要发表对全国的讲话。人民将从此唯你的马首是瞻。"

"我做不到,"尼赫鲁倒抽了一口气说,"我太难过,而且一点准备也没有。我不知道都该说些什么。"

"别担心,"蒙巴顿回答说,"神灵会告诉你答案的。"

整个印度对于甘地的死讯都不自觉地做出了不约而同但又最为恰如其分的反应。过去,甘地依靠组织联合歇业罢工而将人民引上争取独立之路,现在,在这个举国哀悼之日,印度全国上下掀起了一场真正的歇业罢工,人民在肃穆中纪念着他的离去。

在广袤的平原和田野,拥挤不堪的贫民窟和林涛翻滚的丛林,空气处处清新而圣洁。当夜幕来临时,上亿个壁炉在燃烧牛粪时冒出的薄雾般的轻烟不见了。为了哀悼甘地,所有的壁炉在这一天都是冷的。

孟买成了一座悲伤的城市。从马拉巴尔山的庄园别墅到帕雷尔的贫民窟,所有人都在哭泣。加尔各答的大操场几乎空无一人。一位脸上沾满灰尘的苦行僧赤脚穿行在街道上,一边走一边大叫:"圣雄已死。他这样的人何时才会再生?"

在巴基斯坦,数百万妇女按照自古以来的传统,将自己身上的饰品打烂以示对甘地的哀悼。在几乎所有人口都已经是穆斯林的拉合尔,报社里挤满了急于得知最新消息的人。对于发生问题的地方,浦那警察不得不出动警力保护《印度教民族报》所在的那间刷着白墙的小屋。孟买有多达一千名民众试图要捣毁萨瓦卡宅邸。印度教大斋会和国民志愿服务团在全国所有城市的总部都遭到了袭击。

那位因为嫌车费太贵而在庆祝完独立日后从德里步行回家的查塔普尔农民兰吉特·拉尔,是在收音机里听到这个消息的。这个收音机是农业部为纪念国家独立而发给全村村民的。拉尔和所有村里人一听说甘地死了,不由得全部站了起来。当天晚上,查塔普尔的居民们就与邻近几个村的数十名村民翻山越岭向德里进发,他们要回到当初欢庆自由时走过的那条街上去悼念自由的创建者，而在他们身后，正涌动着蒙巴顿预测将在黎明时分进入首都的滚滚人潮。

甘地静静地躺在比尔拉府二楼的开放阳台上，遗体上撒满了玫瑰和茉莉花瓣。在他的头前有四盏呈直线摆放的油灯，它们象征着组成万物的五大元素：火、水、风、土以及将四者结合在一起的光。不久后，楼下的人群发出喧闹，要求再看弃他们而去的圣雄最后一眼，于是人们便把他的遗体移放在一块木板上，以供所有人瞻仰。

拉尔他们在德里逗留的时间长达数个小时。整个晚上，他们都在用当年在甘地感召下汹涌冲破英国警察的警棍封锁时的那股精神努力向前涌动，为的就是要隔着比尔拉府的玻璃门匆匆看上躺在房间里面的甘地一眼。还有数千人来到甘地遇刺的那个花园里，大家纷纷拔起草地上的草并藏在身上，作为对印度解放者的纪念物保存起来。此时，拉尔他们跟随着数以千计的人通过了阳台，人们身上穿的白色土布腰布和衣服在探照灯的照射下散发出白光，远远望去就像一支冥界大军前来哀悼他们阵亡的将军。

在德里的另一端，一个伤心欲绝的男人在深切的悲痛中找到了自己想要说的话。贾瓦哈拉尔·尼赫鲁在走向全印广播电台的话筒时满眼涌动着泪水。他在独立前夜所讲的话完全是即兴的有感而发，这一次也同样如此，只是其措辞的凄婉之美让全世界为之难忘。

"照亮我们生命的那盏光熄灭了，黑暗从此无处不在，"他说，"我们爱戴的领袖、导师和奉为国父的那个人从此消失了。"

"那盏光熄灭了，这是我说的话，但又是一句错话。因为这盏照耀世纪的光不是普通的光，一千年以后，"他做出预言说，"那盏光还是能够被看见……全世界都能看见它，而它也将给无数的心灵带去安慰。因为那盏光所代表的东西超越了我们所在的当下，它代表着生命，代表着永恒的真理，它引导我们避开错误走上正确的道路，它让这个古老的国家获得了自由。"

那盏尼赫鲁为之感伤的消失掉的光不仅属于印度，也属于全世界。整个地球都在为甘地的离去而震颤，悼念信从全世界各个角落里飞出，像雪片一样汇集到新德里。

甘地去世的消息震惊了伦敦，英国把它当作自战争结束以来最重要的事件。伦敦人争相传阅早已售罄的登载甘地被刺消息的晚报，十五年前，就是这个举止令人费解的甘地，身披一块布、手牵一只羊为讨回帝国王冠上的明珠而来到他们的城市。英王乔治六世、首相克莱门特·艾德礼、甘地的老敌人温斯顿·丘吉尔、斯塔福德·克里普斯、坎特伯雷大主教以及成千上万的英国人表达了他们的悲痛之情。在所有这些致辞中，最令人难忘的莫过于甘地在1931年相识于伦敦的爱尔兰剧作家乔治·萧伯纳所写下的话。"从对他的谋害，"萧伯纳说，"可以看出做一个好人有多么危险。"

在巴黎，总理乔治·皮杜尔评论说："所有相信人类应该手足相亲的人，都会为甘地的死而痛心。"甘地平生第一个政治对手、南非陆军元帅扬·史末资发来一条非常简短的致辞："走掉的是我们中间的一位王子。"在梵蒂冈，庇护十二世向这位"和平的使者和基督教的朋友"表示了致敬。中国和印度尼西亚也都为这位亚洲独立运动先驱的离世而深感震惊。美国总统哈里·杜鲁门在华盛顿宣告，"整个世界都在与印度一道肃立默哀"。

贾瓦哈拉尔·尼赫鲁的妹妹潘迪特夫人在新开设的莫斯科大使馆设置了前来致哀人员的登记簿。那上面连一个约瑟夫·斯大林外交部官员的名字也没有。

"在死亡面前是不可以讲违心话的，"甘地的主要政治敌人穆罕默德·阿里·真纳在致哀信中说道，"他是印度教世界里产生的最伟大的人物。"真纳的一个助手在看完这句话后提醒他说，甘地的范畴要远远大过他所在的宗教群体，却被真纳毫不犹豫地喝止。仅仅半个月前，甘地还在为拯救印度穆斯林和不让真纳的国家走向破产而甘冒失去生命的危险，可这位穆罕默德·阿里·真纳却一如既往地心硬如铁。

"不对，"他说，"他就是我说的———一名伟大的印度教徒。"

在大量涌现的各种致辞中，最感人的话语还是来自印度人自己，这当然也是符合人之常情的。它来自《印度斯坦标准报》的社论版。该版面被留白，周边印上了黑框。在版面的正中央只有一小段简短的加粗文字，其内容是：

"甘地被他一心要救赎的自己人所害。这场世界历史上的第二场蒙难发生在星期五——1915年前的这一天正是耶稣蒙难的日子。父亲，宽恕我们吧。"

午夜一过，甘地的遗体被从比尔拉府阳台上抬了下来。在接下来的几个小时里，他再次属于了那个始终陪伴着他并与他一起过着俭朴生活的小群体：马努和阿巴、他的秘书普亚勒拉尔、他的两个儿子德瓦达斯和拉马达斯，以及其余几个在他生命的最后岁月中陪着他欢庆胜利和品尝痛苦的人。

马努和阿巴按照印度教的严格教规，将新鲜的牛粪涂抹在比尔拉府的大理石地板上，为的是迎接即将到来的甘地的遗体。当甘地的秘书和儿子们为他洗完最后一次澡后，人们用自纺棉布做成的裹尸布把他的身体包裹起来放到一块铺放好的木板上。一位婆罗门将檀香膏和藏红花粉抹在他的胸部。马努先是在他的前额点上一枚朱砂印，然后与阿巴一道用桂树叶和玫瑰花瓣分别在他的头部和脚部各写下"啊罗摩"等字样。凌晨三点半正是甘地在平时起床进行祷告的时间。他的伙伴们轻声哭泣着围坐到他的棺架周围，房间里随即响起他们送别甘地的歌声。

"以尘土做被，"他们在歌中唱道，"因为你终将与尘土合一。沐浴换上新衣。这一去再不复还。"

随后，在将深爱的导师遗体送到万众凝聚的目光下之前，他们在一起做了最后一件事情。他们所有人都知道甘地不喜欢印度教中为死人佩戴花环的做法。所以，他的儿子德瓦达斯就在他的脖子上围了一圈纺线，那是从甘地在那个下午用自己心爱的手纺车纺出来的最后一缕棉线中剪出来的。他将佩戴着它踏上通往永恒的旅途。

*

圣雄甘地在死后的神态更加安详，他的遗容让他的人民做了最后一次令人心碎的加持。旭日东升，他的遗体随着撒满玫瑰和茉莉花瓣的木板一道，再一次出现在比尔拉府的阳台上供世人瞻仰。人们无法抑制最后再看一眼圣雄的愿望，天刚蒙蒙亮，便像潮水般把比尔拉府挤得水泄不通，他们尽情宣泄着心中的爱与绝望，如一浪高过一浪的海潮击打着比尔拉府的白墙。

当天上午11点刚过，他的弟子们把木板从阳台上抬下，然后轻轻地放在准备将甘地送往亚穆纳河边火葬场的汽车上。这是一辆道奇牌吉普车。出于对甘地憎恶滥用机械态度的尊重，这辆车一路上将不发动引擎，而是由二百五十名身为水手、士兵和飞行员的同胞用四条绳子拖着，将甘地载到让他重归尘土的地方。

两眼哭得通红的贾瓦哈拉尔·尼赫鲁和满脸肃穆的瓦拉巴伊·帕特尔，与马努和阿巴一道做了最后一道祭拜。他们将两条红色和白色的亚麻布横披在甘地身上，以此表示死者在生时过得非常富足，而且是怀着快乐的心情告别尘世前往永恒。随后，他们又把白绿相间的独立印度国旗盖在甘地那瘦小的身体上，这是这位勤俭的先知去往火葬场时再适宜不过的服饰了。

负责主持葬礼的是印度军队的英国司令官中将罗伊·布赫爵士，他用目光最后扫视着等候在面前的送葬队伍。历史往往充满讽刺，这已是罗伊·布赫爵士第二次为莫罕达斯·甘地举行葬礼了。1942年，甘地在耶拉夫达监狱进行的著名绝食行动长达二十一天，布赫当时也做好了随时把甘地下葬的准备，但没想到的是意志坚强的甘地硬是从鬼门关里闯了出来。

随着布赫一声令下，送葬队伍徐徐开始前进，不一会就汇入比尔拉府门外的人海中。四辆装甲车和一个中队的大总督卫兵在前方开道，蒙巴顿派出这支队伍是在向甘地致以最后的敬意。如果说他把甘地称作"可怜的小麻雀"在当初是出于揶揄，那么此时这个称谓已完全化作了浓浓的敬爱，这是这支由当年副王卫兵所组成的部队第一次为一位印度人服务。

无论是部长还是贩夫走卒，无论是土邦王公还是扫地的贱民，上至各地总督，下到蒙着面纱的穆斯林妇女，代表着印度所有种姓、阶级、宗教、族群和肤色的人们都沉浸在共同的悲痛中，他们不分彼此地走在一起，汇成一条不规则但又井然有序的人流，紧紧地跟随在送葬队伍后面。

玫瑰和万寿菊花瓣早已撒满送葬队伍要走过的长达五英里的路面。每走一步都可以看到无处不在的黑压压的人群，他们有的爬在树上，有的从窗户里探出身体，有的坐在路灯杆的顶上，有的骑在电话线的柱子上，还有的竟然坐到了人物雕像的手臂里，所有路边的屋顶上也站满了人。一听到甘地遇刺消息便早早在前一天晚上就从村里赶了来的兰吉特·拉尔在国王路上又和大家走散了，此时的他正身体悬空着抱在路灯柱子上。随着送葬队伍从灯柱下面缓缓通过，拉尔平生第一次看到了那张以鲜花为伴、被全世界所熟悉的面孔。他的泪水夺眶而出，一股感激的暖流涌遍全身，此时此刻，支配他全部身心的就是一个简单而又质朴的想法："是他给了我自由。"

路易斯·蒙巴顿的新闻官艾伦·坎贝尔-约翰逊站在接待大厅的圆屋顶上，目睹着送葬队伍以令人几乎感觉不到的速度在那条帝国大道上向前移动，走在队伍正中间的灵车陷入汹涌人潮的重重包围。他不禁发出感慨，在这条本是用来庆祝帝国盛典的大道上，甘地"虽已离开凡尘，但他正在享受的膜拜却是任何副王虽梦寐以求而不可得的"。

送葬的队伍走了足足五个小时，每走一英里需要整整一个小时的时间，最后，他们终于穿过层层哀悼的人群来到了亚穆纳河岸边的柴堆旁。等候在那里的至少又有一百万人之多，他们站在远离柴堆的开阔地上，一眼望不到尽头。玛格丽特·伯克-怀特难以置信地看着眼前的茫茫人海，猛然想起可以用自己的莱卡照相机记录下这片"地球表面迄今所能看到的最壮观的人群"。

在大量人潮的正中央有一小块空地，一百多名政要人物正在这里等候着送葬队伍的到来，为他们提供警戒保护的就只有一小队印度飞行员。身材修长的路易斯·蒙巴顿头戴白色海军帽站在众人的最前面，在他的身边就是为甘地准备好的柴堆。

最后，当甘地的遗体被人们用手托在头顶上一点一点向柴堆传递时，宏大的人流爆发出一阵难以抑制的、歇斯底里般的咆哮声，所有人不由自主地向前涌去。"要是让伦敦那些人知道蒙巴顿带着妻子女儿以及自己的部下们，和甘地一起被烧掉可就有热闹看了。"与蒙巴顿同在现场的他的手下马丁·吉拉特少校暗暗对自己说。

蒙巴顿感觉到人们的情绪有可能失控，于是镇定地要政要们从巨大的柴堆旁退后二十码。随后，他提议早已吓得站立不稳的众人就地坐下。他自己不顾身上一尘不染的蓝色海军制服和妻子女儿，率先坐了下来。众人有了他的示范，这才心里踏实不少。

盛放着甘地遗体的木板终于来到这片空地上。甘地的儿子们轻轻地把他抬到巨大的檀香木上，并且按照印度教规定的仪式，让他的头朝北，脚朝南。此时已是凌晨四点，时间有点紧了，因为当地的风俗认为，如果能让太阳光在火苗吞噬死者的一刹那照到死者的脸，那将意味着死者得到了神灵的最后一次祝福。

由于甘地的长子哈里拉尔不在，所以按照印度的传统，他的葬礼由二儿子拉马达斯主持。他爬上高大的柴堆，与最小的弟弟德瓦达斯一道将由酥油、经过提炼的乳酪、椰子油、樟脑和香混合而成的液体浇在柴垛上。

路易斯·蒙巴顿望着在短短一年内便从相识到相知相敬的甘地的身影，不禁感慨万千。"他看上去就像是安详地在我们面前睡着了，"他回忆说，"但只要短短一瞬，他就将从我们的眼前消失。"

身穿藏红袍的僧人们开始口念《曼陀罗经》，拉马达斯·甘地在诵经声中围绕柴堆转了五圈。随后，有人拿出一支火把，用从死神之庙的永恒之火引来的火种点燃，再把火把交给他。拉马达斯将火把举过头顶，然后伸向父亲的火化柴堆。随着檀香木上开始出现第一道微弱的火苗，一个颤抖的声音唱起古老的《吠陀经》，燃烧越来越猛烈的柴火最好地诠释了经文的内容：

> 将我从幻带向真，
> 从黑暗带向光明，
> 从死亡带向不朽。

看到柴堆上徐徐升起的浓烟扶摇着插入天空，从河岸边一直站到田野里的巨大人群再也按捺不住了。帕梅拉·蒙巴顿看见自己身后的几十名妇女一边歇斯底里地号哭着，一边拼命撕扯着自己的头发和纱丽，紧接着又试图冲破被惊得目瞪口呆的警察们的阻拦，想要仿效遗孀为丈夫殉道的印度传统纵身跳入火海，去为甘地而死。幸好她的父亲有先见之明，早早地让所有政要都坐到泥地上，这才免于被无法控制的巨大人流挤进越烧越旺的火堆里。

火苗终于遇到了易燃的酥油，柴堆里突然传来一阵剧烈的炸响声。整个金字塔状的柴垛顿时被烈焰包围，愤怒的火舌狂暴地喷射着，仿佛要把整个天空吞噬掉。大火中央的那个棕皮肤的老人在橙黄色的火幕背后永远地消失了。冬天的寒风吹拂在亚穆纳河面上，让火焰一次比一次蹿得更高，混着油脂的浓密黑烟在狂风中不断扭曲着、摇曳着。初升的太阳照亮了天空，那高耸入云的烟柱让上百万人发出震天动地的吼声："圣雄甘地已经升天了。"

*

柴堆用了整整一晚上才最终冷却下来，悼念的人们默默地从被大火烧成焦炭的甘地遗骨旁依次经过。在他们当中，有一个既没被认出也没被注意到的人物，他就是本该点燃那堆柴火的哈里拉尔——甘地的大儿子，酒精和肺结核早已把他变成了一个废人。

还有一个男人，他的脸被悲痛扭曲着，整晚在火苗未熄的余烬旁为自己深爱和崇敬的人守灵。贾瓦哈拉尔·尼赫鲁生命中的一个时代在火光中结束了，从此，他成了一名孤儿。他在天空露出第一抹亮色时，将一束玫瑰花放在仍然闪着火星的灰烬上。

"先生——小老头儿父亲——"他说,"这些花。今天我至少还可以把它们献给你的骨与灰。可是明天,你要我把它们献去哪里,又献给谁呢?"

*

按照印度教的有关规定,圣雄甘地的骨灰要在火化后第十二天被投进江河,然后顺流直下,汇入大海。位于阿拉哈巴德的森格姆是所有印度教徒公认的最神圣的地方,浑浊的恒河水与清澈的亚穆纳河以及充满神秘色彩的萨拉瓦提河同时交汇于此,它也因此而成为投放甘地骨灰的理想之地。滚滚而来的三条大河贯穿着印度的历史,奔腾不息的河水在交汇之后掀起壮阔的波澜,将无数默默无闻的人的骨灰连同他们无尽的喜怒哀乐卷向海天一色的远方。一生都在以济世救民为己任的甘地如今也将化作浩瀚大海中的一颗水滴,他的灵魂终将与自己一心普度的茫茫苍生融为一体。

一列全部连挂三等车厢的火车载着盛放甘地骨灰的铜罐,从新德里驶向阿拉哈巴德,数百万人齐集在铁路两旁向这位伟大的印度之魂致以最后的敬意,他们把368英里长的铁轨变成368英里长的人廊。火车到达阿拉哈巴德火车站,铜罐被转移到一辆早已等候在那里的卡车上,卡车从密密麻麻的人群中钻出,然后向着河边驶去。河边,一辆被称为"鸭子"的印度军队两栖车已经准备就绪,甘地的骨灰将由它运送到河流的中央。

尼赫鲁、帕特尔、甘地的两个儿子德瓦达斯和拉马达斯、马努、阿巴以及甘地昔日的一些老战友们,陪伴着铜罐肃立在两栖车上。驻足在河岸上观礼的观众足足有三百万之众。

告别的时刻终于来了,一阵吠陀梵语的诵经声和叮叮当当的铃铛声从人群中传来,同时响起的还有刺耳的印度长笛声。成千上万额头上点着香灰和檀香膏的悼念者纷纷走入到河水中,与甘地做着最后的心灵感应。他们先是把装有鲜花、水果、糖果、牛奶以及自己的一缕头发的椰子壳投到滔滔奔流的河面上,然后俯下身去用双手捧起河水连续喝下三口。

当两栖车来到三河交汇处时,拉马达斯·甘地在父亲的骨灰罐里倒进一头印度神牛产下的牛奶。然后，在他轻轻晃动罐子的过程中，周围的人吟诵起告别的诗句："圣洁的灵魂啊，愿太阳、空气和火为你带去吉祥；愿所有江河湖海之水为你所用，愿善举永成功。"

接下来，当人们吟诵完毕后，拉马达斯来到舷边，将已在罐子里摇匀了的骨灰和牛奶混合物徐徐地倒入滚滚的河水里。因掺杂着黑色骨灰而略显发灰的奶白色液体，一遇到急流的河水便立刻被冲向车体的后部。车上的所有乘客见状立刻俯下腰，将手里的玫瑰花瓣撒在那些由人体变成的斑斑浊迹上。

奔流不息的河水载着灰色的、上面漂着玫瑰花瓣的带状物不停地向远方流去，直到离开人们的视线，消失在遥远的地平线上。莫罕达斯·甘地的骨灰在这个虔诚的印度教徒走完最后的神圣之旅后，就这样踏上了奔向大海的漫长之路，在恒河母亲把它们交给永恒大海的那一瞬间，甘地那"早已凌驾于黑夜之上的灵魂"必将与他终日歌颂的至高无上的《薄伽梵歌》中的神站在一起，成为万众敬仰的圣士雄魂。

结　语

圣雄甘地以死实现了他在生命最后时刻一心想要成就的宏愿。在印度的城镇和乡村，族群之间的冷酷屠杀自分治以来就从来没有停息过，却随着他的溘然长逝而在顷刻间销声匿迹。次大陆上的敌对情绪仍将存在下去，却从此演变成为两个国家之间的恩怨，更多表现为两国军队在战场上的兵戎相见。比尔拉府花园里的那场牺牲既是印度次大陆在1947到1948年间最令人痛心的悲剧，又是其取得辉煌胜利的巅峰时刻。

作为这起事件的制造者，纳图拉姆·高德西被连人带枪当场擒获。他在被捕时没有做出任何反抗。他的同伙们随后也很快相继落入法网。纳拉扬·阿普特和维什努·卡凯尔由于阿普特的风流成性，而让警方不费吹灰之力就抓个正着。在2月14日情人节（这个日子对他来说再合适不过）这一天，阿普特在孟买的一家旅馆里已经躲藏了四十八个小时。其间他按捺不住自己的冲动而打电话给警察局主任医生的女儿，约她来旅馆幽会。然而，早已发现他与该女子有染的警方窃听到了他的电话，当他应声打开房门准备迎接自己的情人时，出现在他面前的却是三名孟买警察。

1948年5月27日，法院开庭审理阿普特、纳图拉姆·高德西、高普尔·高德西、马丹拉尔、卡凯尔、萨瓦卡、帕楚儿以及迪甘贝尔·拜奇的仆人共八名被告的谋杀罪名。纳图拉姆·高德西从始至终宣称应由自己承担以政治目的谋杀甘地的全部罪名，并且否认其他被告的参与行为。他对精神鉴定这个有可能让自己免于刑律的程序从未做过任何主张。

迪甘贝尔·拜奇令人咋舌的三十七次被捕却只有一次罪名成立的纪录，并未因参与本次谋杀而被打破。这回，这个假圣者因为做了国家证人而免于遭到刑告。八名被告中最终有七名被判有罪，在很大程度上要归功于他所做的证词。只有萨瓦卡由于证据不足而被判无罪。

纳图拉姆·高德西和纳拉扬·阿普特被判处死刑。阿普特为在1948年1月27日晚上与印度航空公司那位空中小姐的爽约付出了生命的代价。他之所以被处以极刑，就是因为他在取得那把杀人手枪的当晚身在瓜廖尔交接现场。法官对剩余五人全部判处终身监禁。不过，帕楚儿和拜奇的仆人在后来在上诉中成功推翻原判决。

纳图拉姆·高德西和纳拉扬·阿普特的上诉被驳回，死刑执行日期为1949年11月15日。甘地的两个儿子以及他的密友和同事为两名犯人发起赦免请愿活动，请愿的对象便是这位非暴力先知最忠实的学生贾瓦哈拉尔·尼赫鲁。他们的请愿遭到拒绝。1949年11月15日的黎明时分，依照印度刑法所规定的程序，纳拉扬·阿普特和纳图拉姆·高德西被从安巴拉监狱的仓号带到庭院中，然后在那里走上绞架"吊颈而死"。

阿普特直到绞刑手的助手在那天早上打开仓号的牢门时，才真正相信自己会死。他读过自己的掌纹，满以为应该还有最后一线生机。当他看到绞刑架时才发现掌纹学是一门多么不靠谱的学问，不由得顿时瘫倒在地。最后，纳拉扬·阿普特不得不被人抬到绞索前。

纳图拉姆·高德西在最后的遗愿里宣布，唯一能够留给家人的遗物便是自己的骨灰。他要让自己的灵魂在行刺甘地的最终目的达到后才升入天国。为此，他不顾印度教的教规，请求不要把自己的骨灰沉入流向大海的河流里，而是交由自己的后人代代相传，直到印度教重新对印度次大陆完成一统后，再把它们撒入一条纵贯次大陆的印度河流。

"英勇的"萨瓦卡，这位用他看不见的手至少操纵了三起政治暗杀事件的狂热分子，一直活到八十三岁，最后于1966年死在萨瓦卡宅邸内他自己的床上。

达塔特拉亚·帕楚儿在被改判无罪后，回到他在瓜廖尔的顺势治疗诊所，继续用由小豆蔻籽、竹笋、洋葱和蜂蜜搅拌在一起的混合物为那些肺病患者治病，历时多年。

迪甘贝尔·拜奇在浦那随时担心被人要了自己的命，于是在审判后不久便去了孟买一个由警方提供给他的住所。他在那里又干起了尽人皆知的老本行，编织他那锁子甲状的防弹背心。频频上门的老主顾都是那些惧怕遭人暗算的政客们。

卡凯尔、马丹拉尔和高普尔·高德西在服刑至 20 世纪 60 年代晚期时，依据印度法律的有关条款被释放出狱。卡凯尔回到艾哈迈德讷格尔重新打理他的德干客栈，他在每个房间里居然摆了七张绷床，一张绷床每晚叫价 1.25 卢比（10 个先令），害得游客们无不牢骚满腹。他于 1974 年 4 月死于心脏病。马丹拉尔·帕瓦在孟买定居下来，他在自己屋后的小房子里开了一间生产玩具的小工厂。这个曾经在比尔拉府企图用炸弹炸死甘地的男人，最得意的发明就是以压缩空气为动力先将一支火箭射上一百码以外的天空，然后再由自行打开的降落伞将之带回到地面。

高普尔·高德西回到家乡浦那，住在市中心一座普通公寓的三楼。在他房间的一面墙上有一幅用巨大的铁丝制作的印度次大陆地图。每年一到 11 月 15 日他哥哥的忌日，他就把装着纳图拉姆骨灰的银罐摆在地图前。地图的轮廓由发光的灯泡组成。高普尔·高德西把萨瓦卡那些最狂热的老弟子们纠集在它的面前。

这些人聚在一起没有一丝悔意，也没有一点感悟。他们是在一起缅怀"烈士"纳图拉姆·高德西并为他歌功颂德的。这些毫无悔过之心的狂热分子在高普尔的铁丝地图前列队而立，将右掌指向天空，当着纳图拉姆·高德西的骨灰发誓要重新收复"祖国被肢解的部分，也就是整个巴基斯坦，要让从神圣的《吠陀经》起源的印度河岸到布拉马普特拉河广袤森林的辽阔大地，重归印度教的统治"。

路易斯·蒙巴顿在 1948 年 6 月从独立印度的首任大总督职位上卸任，兑现了他从接受任命之初就许下的誓言。他把留在印度的最后几周时间，用在了劝导一位不肯下台的印度土邦王公身上，此人便是海得拉巴的尼扎姆，蒙巴顿希望他和平放弃自己的独立地位并加入印度自治领，但他的努力没有取得任何成效。

他的妻子埃德温娜在任的最后一次活动是视察两座大难民营，这两个地方的难民让她倾注了无数的时间和心血。成千上万衣衫褴褛的难民们纷纷涌上前来与她道别，他们的境况悲惨，唯一能作为话别礼物的便是滚动在眼眶里的真诚泪水。

在离别的前夜，贾瓦哈拉尔·尼赫鲁在他们昔日下榻的副王府宴会大厅为夫妇二人举行了一场正式的告别晚宴。他举起酒杯，向这对与自己在人生中最难忘的一年里结下如此深厚友情的夫妇致敬。

"不管你去到哪里，"他对埃德温娜·蒙巴顿说，"你都带给人安慰，带给人希望，带给人勇气。从这一点上讲，印度人民爱戴你并把你看作是他们当中的一员还会让人感到奇怪吗？"

"你来到这里时，先生，"他又对埃德温娜的丈夫说，"早已是久负盛名，但印度是一个让许多人身败名裂的地方。你度过了一个困难重重而又危机深重的时期，却英名无损。这本身就是非常了不起的成就。"

尼赫鲁的对手帕特尔接过他的话题。"你们依靠友谊和善意所取得的成就，"他对蒙巴顿夫妇二人同时说，"更加验证了往届的副王们所错失掉的是什么，这也是他们对公众意见领袖冷漠和缺乏信心所导致的必然结果。"

第二天上午，正当蒙巴顿夫妇坐上十五个月前在就职典礼上使用的那驾金色马车准备离开鲁琴斯宫时，六匹马中的一匹却怎么也不肯动。眼看这匹马死活不愿向前迈步，围观的人群里突然传出一个声音："这是神灵的意志。它是在要你们留下来别走呢。"这个声音无疑是对他们夫妇二人在离开新德里前的最后嘉许，他们在印度的十几个月里历尽艰辛，见证了这个国家狂风暴雨般的历史时刻，这番话无疑是对他们最好的回馈。

那位孟买医生在穆罕默德·阿里·真纳的肺部发现的可怕疾病，最终在1948年9月夺走了他的性命，这个时间距离他的政治敌人甘地遇刺仅仅过了八个月，比他的朋友兼医生给他下的死亡通知也只多活了不到三个月。

真纳做任何事情都富有个人的勇气，在为心爱的巴基斯坦筹划未来的过程中，他更是殚精竭虑、死而后已。他于1948年9月11日死在了自己的出生地卡拉奇，这里是巴基斯坦的临时首都，而巴基斯坦这个伊斯兰大国正是在他的坚强意志下才得以诞生的。即便是在死去时，真纳也不改他那永不妥协的个性。那天晚上的十点差十分，他的医生俯下身去向垂死的真纳轻声说道："先生，我已经为你注射完毕。真主有知，你会活下来的。"

真纳用最后残留的一点视力紧紧地盯着这位医生的脸。

"不，我活不成了。"他坚定地回答道。半个小时后，他就咽气了。

他的国家在经历了诞生之初的艰难时期后生存了下来，但与之相伴而生的民主制度却没有。1958年，陆军元帅阿尤布·汗发动了一场军事政变，此前一系列贪污盛行的文官政府就此宣告终结。在经过了十年集权但高效的统治后，阿尤布的军政权又在另一场军事政变中被推翻。

1971年孟加拉战争的惨痛教训，验证了路易斯·蒙巴顿曾经做出的预言：由两个互不相接的部分组成的巴基斯坦联邦连二十五年也撑不到。这场战争倒是让巴基斯坦重新回归到以佐勒菲卡尔·阿里·布托为首的文官政权统治下。1977年夏天，也就是布托政府执政后第六年，又一场军事政变在穆罕默德·齐亚·哈克将军的领导下爆发，布托本人不但被赶下台，还惨遭处死。齐亚·哈克在巴基斯坦全境进行戒严，并且在对阿富汗的战争中与美国和沙特阿拉伯结盟。与此同时，他按照《古兰经》规定的法律体系对巴基斯坦最重要的国家政治和法律制度全面实施伊斯兰化。

齐亚·哈克将军于1988年8月17日因所乘坐的总统专机爆炸坠毁而身亡。导致飞机失事的爆炸原因至今仍未查明。这个全世界最大的伊斯兰国家，如今周期性地陷入什叶和逊尼两大穆斯林派系的争斗之中。讽刺的是，他们之间的血腥冲突偶尔就发生在位于卡拉奇的一处山顶附近，这里有一处陵墓，正是所有心怀感激的追随者们安葬他们的国父穆罕默德·阿里·真纳的地方。这位最后的莫卧儿在将一切尽收眼底之际，真不知心头会做何感想。

正如圣雄甘地所预言的那样，分治所带来的可怕后遗症让这块次大陆长久不得安宁。印度和巴基斯坦这两个本是同根生的国家在 1965 年和 1971 年两次挥戈相向。持续不断的冲突让这两个国家的经济不胜其苦，有限的资源因需优先充实军备而无法用于国计民生的发展。

两个国家都花了近十年的时间，才将数百万难民安置好并融入当地的社会生活。曾经在 1947 年秋天被无数无辜受害者鲜血浸泡过的旁遮普土地，重新找回了旧有的快乐生气，到处是金黄的麦地、雪白的棉田和绿油油的甘蔗园。在旁遮普的印度部分，居民多为锡克人。在 20 世纪 70 年代中期发生的严重干旱和世界石油危机中，他们成为印度绿色革命的中坚力量，让印度人接近了他们世世代代所盼望实现的梦想：粮食生产自给自足。

然而，回归繁荣并不能抹去噩梦留给人们的记忆。深仇大恨依旧潜藏在西里尔·拉德克利夫画下的边境线两侧。那位从绑架者手里买下自己穆斯林妻子的锡克农民布塔·辛格，他的故事中既让人看到数百万旁遮普人在冲突之后所遭遇的悲惨结局，同时，也让人看到了希望的所在，那就是人类追求幸福的本能最终是可以战胜使彼此分裂的仇恨的。

布塔·辛格与自己花了一千五百卢比买回来的妻子泽妮布结婚十一个月后，他们的女儿出生了。布塔·辛格按照锡克教规打开圣典，随意翻到其中一页，然后以该页页首第一个字的第一个字母为开头来为女儿命名。这个字母是"T"，于是，他据此取的名字是坦维尔——上天的奇迹。

没想到的是，女儿的出生让布塔·辛格的两个侄子失去了对叔父财产的继承权，他们从此便怀恨在心，伺机报复。几年后，印巴两国政府宣布要让当年遭到绑架的妇女回归原来的家庭，他的这两个侄子便向政府举报了泽妮布的身世。泽妮布被强行从布塔·辛格身边带走，然后进入一处营地等待政府确认她在巴基斯坦家人的住址。

绝望至极的布塔·辛格跌跌撞撞地赶到新德里的大清真寺，做了一件让锡克人万万不敢想象的事情。他把自己的头发剪掉，做了一名穆斯林。在把名字改成贾米尔·阿迈德后，布塔·辛格来到巴基斯坦高级专员在德里的办公室，要求归还自己的妻子。他的所作所为只是徒劳。印巴两国之间为交换被绑架妇女所达成的协议非常严格：不管是否婚配，都要让她们回到当年被迫离开的家。

布塔·辛格在六个月的时间里每天都要去羁留营看望自己的妻子。每次与妻子在一起时，他都会默默地坐在她的身旁，为幸福时光的一去不返而伤心垂泪。最终，他听说妻子的家人已经被找到。临别时，夫妇二人洒泪相拥，泽妮布发誓不会忘记丈夫和女儿，答应一有机会就会回来和他们重新生活在一起。

布塔·辛格绝望得都要发疯了，他以穆斯林身份申请移居巴基斯坦。这个请求没有得到批准。于是他转而申请赴巴基斯坦的签证，又同样遭到拒绝。最后，他带着自己已经改名为苏尔塔娜的女儿非法越境来到巴基斯坦。他先把女儿留在拉合尔，然后只身前往妻子的家人所在的村庄。然而，等待他的却是一个晴天霹雳的消息。从印度把妇女们运送回来的卡车刚把他的妻子送回家不到几个小时，家人就把她改嫁给了她的一位表兄。可怜的布塔·辛格在泽妮布的兄弟和表亲们的毒打中早已感觉不到疼痛，只是一味哭喊着"把我的妻子还给我"。事后，泽妮布的家人把他作为一名非法移民交给了警方。

在接受审判时，布塔·辛格以自己是一名穆斯林为由请求法官宽恕，同时还请求法官将妻子判给自己。他对法官说，只要让他见上妻子一面，当面问她是否愿意跟随自己和女儿返回印度就心满意足了。

法官被他的诚心所感动，于是同意了他的请求。由于这件事情上了报纸，所以，一周后夫妻二人在一间挤满旁听者的庭审屋里会面了。吓得面无人色的泽妮布在一群怒气冲天而又趾高气扬的亲戚们的簇拥下来到这间小屋里。法官指着布塔·辛格向她提问。

"你认识这名男子吗？"

"认识，"泽妮布浑身打着战说，"他叫布塔·辛格，是我的第一任丈夫。"接着，这个可怜的女子又与站在老锡克身边的女儿做了相认。

"你愿意和他们回到印度去吗？"法官问。

布塔·辛格用乞求的眼神看着眼前这位曾给自己带来无限幸福的年轻女子。在泽妮布身后的观众席上，她的那些男性家族成员则把钉子一般的目光投向她那因害怕而抖动得无法自持的身体，以此警告她不得背叛自己的血统。布塔·辛格眼巴巴地盯着泽妮布的嘴唇，期待着她说出自己希望听到的话，他那张皱纹密布的老脸因为还抱着这最后一线希望而略微显现着生气。屋子里陷入了一阵长时间令人难耐的沉默。

泽妮布摇了摇头。"不愿意。"她的声音低得几乎让人听不见。

布塔·辛格顿时发出一声狂怒的吼叫。他踉跄着退到了身后的栏杆上。当重新站稳后，他把女儿抱起来并走向泽妮布。

"我不能夺走你的女儿，泽妮布，"他说，"我把她还给你。"说完他又从口袋里掏出一沓钞票，然后连孩子一起交给妻子。"我的生活全完了。"此言一出，他再也说不出其他话来。

法官问泽妮布是否愿意接受丈夫交出的对女儿的监护权。屋子里再次陷入令人压抑的沉默。泽妮布的男性亲属们坐在座位上怒火中烧地摇晃着脑袋，他们才不要自己的家族里多出一个锡克血统的孩子。

泽妮布用绝望的眼睛看着自己的女儿。接受她，就意味着自己将一辈子被同族人轻贱。她不禁哭得泣不成声。"不。"她上气不接下气地说道。

布塔·辛格闻言不禁满眼是泪，他长时间呆立在原地看着号啕大哭的妻子，仿佛是在要把她那张有些模糊的脸永远刻在眼睛里一样。随后，他轻轻地把女儿重新抱起来，然后头也不回地离开了庭审屋。

这个伤心欲绝的男人整个晚上都在穆斯林圣人达塔·甘·巴克什的陵殿内哭泣和祷告，他的女儿则靠在一旁的柱子上熟睡。天亮后，他把女儿带到附近的市场。他用头一天本来准备送给妻子的卢比为女儿买了一件新衣服和一双绣着金色浮锦的拖鞋。然后，这位老锡克牵着女儿的手来到不远处的沙赫德拉火车站。当在站台上等车时，布塔·辛格望着女儿不由得再次悲从中来，他哽咽着对女儿说她将永远看不到自己的母亲了。

远处传来尖厉的汽笛声，一列火车正呼啸着向站台急驶而来。布塔·辛格轻轻张开手把女儿抱到怀里，一边亲吻着女儿一边走到站台的边缘。眼看火车头越驶越近，小姑娘突然感觉自己的身体被父亲的手臂牢牢箍紧，紧接着便向前方坠去。布塔·辛格抱着女儿飞身跳进了站台下的轨道里。火车头扑面而来，小姑娘长长的尖叫声被巨大的气浪吞没，她感觉自己一下子钻入到那个黑洞洞的大机器下面。

布塔·辛格当场死亡，但他的女儿却奇迹般毫发无损。警察在他血肉模糊的尸体上找到一封被血水浸透的遗书，那是他写给抛弃了自己的年轻妻子的。

"我亲爱的泽妮布，"遗书上写道，"你听从的是众人的声音，但那个声音绝非来自真诚。尽管如此，我仍然希望能够与你在一起。请把我埋在你们的村子里，时常在我的坟前放上一枝花吧。"

布塔·辛格的自杀在巴基斯坦激起强烈的反响，他的丧礼也由此成为举国瞩目的事件。这位年纪早已不轻的锡克人死了，但其随后的遭遇却似乎是在提醒人们，旁遮普那段血火交织的可怕日子并未结束。泽妮布的家人和村里的居民拒绝把布塔·辛格埋在本村的墓地中。1957年2月22日，她的第二任丈夫领着全村男人将布塔·辛格的棺木挡在村外。

不愿为此引发骚乱的政府当局于是下令让棺木以及受到布塔·辛格的感动而自发尾随在送葬队伍后面的数千名巴基斯坦人掉头回到拉合尔。就这样，布塔·辛格的遗体最终被安葬在了拉合尔，人们在他的坟墓上堆满无数的鲜花。

然而，泽妮布的家人却对布塔·辛格的风光下葬恼怒不已，他们派了几个人跑到拉合尔，将布塔·辛格的坟墓捣毁不说，还进行了玷污。他们的野蛮行为激起拉合尔市民的愤慨。人们将布塔·辛格重新安葬，继续在他的新坟上盖满鲜花。数百名穆斯林自愿为这位皈依了伊斯兰教的锡克人守墓，他们所表现出来的大度，让人看到旁遮普终将从1947年那场惨痛的阴影中走出来的希望。

印度在1948年1月31日送别甘地的柴堆处，修建了一座仅仅有一块黑色石台的甘地墓。墓旁的一座石碑上分别用印地语和英语刻着几行简短的文字，那是圣雄甘地对自由印度所许下的希望。

"我要看到印度的自由和强大，只有那样，她在为全人类谋福祉时所做的牺牲才堪称真诚和纯粹。这样的牺牲，是个人之于家庭，家庭之于村落，村落之于社区，社区之于省份，省份之于国家，国家之于人类，因此完全发乎于情。我要的是一个处处体现神灵意志的国度。"

然而，甘地的愿望只能是一个无法实现的梦想。技术和工业进步对他的同胞们所产生的诱惑力并不少于其他民族。他在生命中最后一年里所担心的事情不可避免地发生了，那就是继承者们背弃了他曾经做出的告诫。印度选择的是要成为一个工业化强国，而不再走他用织布轮机为这个国家所指明的道路。中央计划、增长率、基础工业、基础设施、起飞点、发展高于一切，所有这些全世界用来追求物质进步的词汇都成为独立印度第一代领导人们嘴里的常用语。甘地曾呕心沥血一心要保护印度的 50 万个村庄，但他那些渴望以 20 世纪的标准取得成功的继承者们却不惜牺牲农民的利益，不断地在城镇建立起大型的工业企业。甘地原本希望使之成为人民服务联盟的国大党不费吹灰之力就成为印度政坛的统治力量。但随着时间的推移，这个政党却越来越深陷于其在独立之初就感染上的顽疾——贪污。正是由于这个污点，加上多年执政养成的自大陋习，国大党在 1996 年春天的全国议会选举中失去了多数派地位，不得不向政治对手们交出权力。

最引人争议的一起事件发生在 1974 年春的拉贾斯坦沙漠。这个资源几乎不足以养活其全部人口的国家，别看它最著名的公民在死去的前一日还在敦促美国放弃原子弹，却倾其所有爆炸了一个核装置。在许多人看来，原子弹久久回荡不息的爆炸声就是对非暴力主义的彻底否定，这片非暴力先知所诞生的土地从此成为极少数拥有人类终极毁灭武器的国家之一。这件事情所引发的结果就是，作为印度邻国的巴基斯坦也发誓要拥有终极武器，佐勒菲卡尔·阿里·布托更扬言"就是穷得吃草"也要把所有的钱都用在核武备上。事实上，巴基斯坦在花费了相当可观的金钱后，于20 世纪 90 年代早期完成了这个愿望。

话又说回来，印度虽然没有选择甘地要走的道路，但也没有把甘地的所有理想都抛弃掉。印度部长和官员们所穿的制服，至今仍然是甘地所倡导的棉布腰布，这说明即便人们已经不记得他所倡导的思想，但至少在心目中还保留着对他本人的怀念。贾瓦哈拉尔·尼赫鲁即使再优雅考究，也至死不肯脱下甘地穿在他身上的那件简单布衣。甘地要求政府领导人在穿着方面要简约而不夸张，从而起到对国民的垂范作用，尼赫鲁对此时刻谨记于心。他在新德里出行时，坐的不是劳斯莱斯、梅赛德斯-奔驰或是克莱斯勒，而是一辆小小的印度国产车，为他开车的司机就是他唯一的随员。

很多英国人认为，印度多元的语言、文化、民族以及宗教最终将让英国人当初好不容易建立起来的统一局面遭到破坏。但出乎他们意料的是，甘地的国家在1947年8月15日取得独立后就一直完好无损。印度人的团结曾经并且至今仍然在接受着各种各样的考验：旁遮普的锡克分离运动、阿萨姆的部落叛乱以及矛盾最突出的极端印度教徒和穆斯林之间持续不断的冲突。然而，这个国家并没有因此而背弃其在诞生之初所许下的统一和团结誓言。印度成立五十年以来，人口迅速增加到将近五亿。这个在殖民统治时期常年遭受饥荒的国家，如今一跃而成为亚洲的粮食纯出口国和工业大国，这样的成就足以令所有印度人感到骄傲和自豪。

曾几何时，甘地的许多思想被人们看作是一个无妄老者的痴人呓语，但在他去世五十年后的今天，他的这些思想却越来越多地在这个资源不断减少而人口不断增加的世界中得到验证。随着人类即将进入新的千年，将用过的信封剪开做成记事簿以避免纸张浪费，只吃人体保持健康所需要的最低量食物，不生产超出人们基本需求的工业产品，保护空气和水，种种这样的要求已不再像当初那样让人感觉到稀奇古怪，而是成了人类在这个资源正在枯竭的星球上面对不确定未来的生存良方。

然而，印度在最重要的一个问题上是永远不会忘记这位手持竹板将百万饥饿同胞带上通往自由之路的瘦小老者的。那就是，印度自诞生之日起就是一个自由国家：她将永远作为一个自由国家而存在下去。在经历了无数艰难困苦的岁月以后，尽管面临着不断上升的人口数量所造成的压力，印度始终不改她在1947年8月15日午夜诞生那一刻的本质，即全世界人口庞大的民主国家之一。她尊重公民的权利与尊严，她的公民有反对政府、抗议、自由表达和自由出版的权利，有自由和公平选择政府的权利。她抵制住了种种诱惑，没有为了所谓的进步而将数以百万的人变成只知盲目服从的机器。

印度所取得的成就是值得全世界尊重的，而那位将她带往自由的伟大领袖则厥功至伟。她的这一成就仅仅在1975年6月因当时的总理英迪拉·甘地断然在全国实施紧急状态短暂地被打破。但是，英迪拉·甘地在遇刺前就已经解除了紧急状态，印度也由此而很快地回到民主之路上来。

在圣雄甘地的骨灰被撒入河流后的第十五天，孟买的印度之门下举行了一个简短的仪式。1915年1月，带着《印度自治》手稿从南非归来的甘地正是以穿过这道拱门为标志为印度开启了一个时代，而这个时代就是在这场仪式中宣告结束的。最后一批英军士兵在锡克和廓尔喀礼兵的敬礼和印度海军乐队的奏乐声中离开了独立印度的领土。这支来自萨默塞特轻步兵团的队伍从宽阔的印度之门下通过，缓缓地向海岸边的码头前进。

眼看他们的身影在通过这座胜利之门后逐渐消失，一直站在水边观看他们离开的印度人群里突然传来一个完全不和谐的歌唱声。唱歌的人一开始还是零零星星，随后人数变得越来越多，直到最后，所有人都跟着唱了起来。人们唱的这首歌是《友谊地久天长》，那情景令人无限感伤和动容。国大党的老党员们，他们当中有些人头上还有着英国警棍留下的疤痕，身穿纱丽不停哭泣的女人们，年轻的学生们，牙都掉光了的老乞丐们，甚至是立正站成队列的印度礼兵们，忽然间所有人都强烈地感受到这一瞬间的非比寻常，于是全都加入了歌唱的队伍。当最后一名萨默塞特兵登上等待开出的驳船后，万人高唱的雄壮歌声开始响彻印度之门的上空，驶向大海的英国人在悠扬的歌声中从此告别印度。

在很久以前的一个冬季的早上，一位回到印度的小个子男人就是在这同一个码头下的船，歌声同样表达了人们对他的缅怀。这是因为，旧时代的结束意味着新时代的开始，这个新时代就是人口占地球3/4的殖民地解放时代，而它的开启者正是甘地。昔日那些船长和国王的后人们正在离去，将他们吹向返家之途的清新海风宣告了一系列风向变化的开始，世界版图因之而要重绘，各种力量的平衡将在未来五十年里重新构建。正是有了莫罕达斯·甘地以及他为印度所做出的贡献，与孟买在1948年2月

28 日这天相类似的仪式不久之后便在这个星球上许多其他的地方——上演了。

  那天早晨发生在昔日帝国胜利拱门之下的感人场景，既是对逝去的印度圣雄的最后嘉许，也是对那些富有智慧并能够领略甘地思想精髓的印度人和英国人的最后颂扬。

人物归宿

瓦拉巴伊·帕特尔

帕特尔在甘地被刺后的几个星期里深受来自舆论的压力，因为人们不断暗指他身为内务部长，对于警方未能在1月20日至甘地遇刺之前的这段时间里将杀手们捉拿归案难辞其咎。一些政敌甚至毫无根据地指责他因为与甘地政见不合而无视甘地的安危。这种捕风捉影式的攻击让他本就悲痛不已的内心再也抵御不住打击，致使他在1948年3月突发了一场严重的心脏病。后来，帕特尔在痊愈后重新担任副总理兼内务部长。在蒙巴顿勋爵离开印度后，他组织和指挥了针对海得拉巴的"警察行动"，用强制的手段将这个最后的土邦公国并入到新印度中来。他与老对手尼赫鲁之间的矛盾在甘地遇刺后的几个月里暂时被放到一边，但很快在1950年初又重新爆发。帕特尔于1950年12月15日死于心脏病，他的死让两个印度领导人得以避免走上公开决裂的道路。

贾瓦哈拉尔·尼赫鲁

尼赫鲁从1947年8月15日起一直到1964年5月27日在新德里去世就一直在台上。他成为一位受到全世界敬重的政治家，是第三世界国家的著名代表人物，他还是不结盟政策的主要缔造者，并以此获得大多数在20世纪50年代和60年代从殖民地状态下摆脱出来的亚非国家的支持。

他走遍世界，到访过多数欧洲国家的首都，还去过美国、苏联和中国。在印度国内，他为印度工业和社会的发展主持制订了三个五年规划；强化印度的民主制度；使用武力将葡萄牙的飞地果阿并入印度共和国的版图。

尼赫鲁于1964年1月害了一场大病，好了没多久，便于四个月后溘然长逝。路易斯·蒙巴顿是众多前往新德里参加葬礼的友人之一。这位最优雅的领袖送给国人的离别礼物就是他所说的话。尼赫鲁纪念图书馆外的空地是这位印度三军总司令在新德里曾经生活的地方，那些寄托着他最后的愿望和嘱托的话就刻在矗立在这里的一座碑上。他写道，就把他的骨灰从空中"撒向印度农民辛苦耕作的田野，与印度的土壤尘埃合为一体，变成她无法剥离的一部分……"

蒙巴顿夫妇

1948年10月，海军少将蒙巴顿重返现役，前往马耳他负责指挥第一巡洋舰队，这是他在出任印度副王时就已经预先安排好的。他作为印度副王，在英帝国中的地位仅次于英王，但在来到马耳他后却在该地政要的排序中仅仅居于第十三位。

他在海军高级将领中晋级速度非常之快，1955年4月18日成为他实现自己终生梦想的一天，他在这一天被任命为第一海务大臣。早在1914年时，他的父亲就是在这个职位上因为遭到公众头脑狭隘的非议而备受困扰。作为第一海务大臣，他努力促成皇家海军实现了现代化，英国在他的任期内拥有了第一艘核动力潜艇和导弹驱逐舰。1958年，他又作为英军参谋总长开始执行他在军队中的最后一项任务，那就是重组英国武装部队，将各军兵种纳入国防事务委员会下实行统一指挥。

蒙巴顿于1965年退出现役，此后他一直生活在位于罗姆塞边上的布罗德兰兹、伦敦的寓所以及爱尔兰的一处城堡等三个地方。他是超过两百个组织的活跃成员，这些组织五花八门，彼此之间毫无共同之处，例如皇家造船协会、电气工程师协会、伦敦动物学协会、系谱学会、马耳他潜游组织、汉普郡板球俱乐部等等。他是其中四十二个以上组织的负责人。然而，他在晚年的主要活动却是为世界联合学院（United World College）提供帮助，他不但是该学院的募资人，更是该学院在各种场合口若悬河的发言人。

自从退休以后，他一直在密切保持着对印度的关注，印度发生的所有事情都能够引起他的强烈兴趣。他于1969年出任甘地诞辰一百周年纪念会主席，于当年的1月30日在圣保罗天主教堂发表致辞，从而开启了全年纪念活动的序幕。他还协助为贾瓦哈拉尔·尼赫鲁基金募款并进行管理，这是一个专门用于帮助印度学者赴英国学习的基金，是为纪念他的老朋友尼赫鲁而创建的。

几乎每一天，他的办公桌上都会出现邮差送来的来自印度的求助信。写信人要么是土邦王公或总督，要么是希望在英国得到引见的银行家，还有就是年迈的搬运工请求协助办理烦冗的手续以取得退休金，以及退伍老兵就移民到英国的有关政策进行咨询。这些各种各样而又源源不断的感人信件证明了蒙巴顿在印度人心目中的地位：在某种意义上，他已经从印度的末任副王变成了这个国家的首任信访申诉专员。

1979年8月，蒙巴顿按照每年的惯例来到他在爱尔兰的城堡度假。就在不到两个星期之后的一个早晨，当他发动汽艇准备出海早航时，被爱尔兰共和军预先设置在汽艇上的炸弹炸死。

埃德温娜·蒙巴顿则继续投身于红十字和圣约翰救护队的工作，即使在医生告诫她体力正在衰竭时，也丝毫不减投入的热情和精力。1960年2月，就在她的女儿帕梅拉举行完婚礼后的第四天，她作为圣约翰的高级负责人又踏上了前往远东之路。尽管已明显体力不支，但她还是拒绝减少繁忙的日程安排，最后于1960年2月21日在婆罗洲参加完为她举行的接待活动后不幸与世长辞。当这个消息传到印度议会的会场时，全体议员不约而同地肃然起立为她默哀。

在她去世后的第四天，人们按照她的遗愿将她安葬在斯皮特黑德对面的海域。载着她的遗体前往安葬地点的是英国驱逐舰威克福尔号，负责陪伴护送的则是印度海军的特里舒尔号驱逐舰，那个令这位最后的副王夫人深爱的国家，以此在向她做着令人心碎的告别。

土邦王公们

曾经统治着印度多达 1/3 人口的那些土邦王公们,如今早已消失得无影无踪,他们的辉煌岁月也由此而变得像当年的莫卧儿们一样遥远。昔日的宫殿变成了博物馆、学校、酒店,或干脆荒弃成了废墟。他们有的远走国外,有的则进入了商界或政界,其中一些人活跃在当今的政坛上。印度最高法院在经过三年的努力后,终于于 1973 年春天通过了一项由英迪拉·甘地政府提交的宪法修正案,1947 年为促使土邦王公们和平加入印度联邦而授予他们的特殊优待权就此废止。从此,这群披金戴银的花孔雀们彻底从印度大地上消亡。

致　谢

　　与我们在此前所著的两本书《巴黎烧了吗?》(*Is Paris Burning?*)《为你，耶路撒冷》(*O, Jerusalem!*)一样，这本书也是在历时近三年、经过漫长而细致的调研后完成的。我们在这个过程中所做的工作难度相当之大，常常身心俱疲却又乐在其中。最后算起来，我们前后共接触的人物达到将近五百人——印度人、巴基斯坦人、英国人，而且有男有女——行程超过六千英里，从开伯尔山口到马德拉斯的圣乔治要塞，从加尔各答的贫民窟到位于苏塞克斯和肯特郡的幽静小村。

　　印度次大陆在1947年所发生的那场变局在很大程度上是由五个人主导的，因此，我们整个调研和写作过程无可避免地要以对他们当中唯一健在的人物进行采访为开始，这个人就是身为海军舰队司令的蒙巴顿缅甸伯爵。我们与这位印度末任副王在1972年至1973年间做了多达十五次的录音采访，他在这些采访中针对在印度的经历做了许多痛苦却详尽的回顾，这些都是他在此前从未在任何场合下谈起过的内容。仅仅这些采访，就为我们提供了长达十三小时的录音和厚达六百页打印纸的文字内容；这些资料由此而成为蒙巴顿在印度任职副王期间的独特历史记录。

　　这位末任副王在他自己力所能及的范围内保留了大量与在他任内乃至印度独立后所有时期相关的文献资料，其内容之丰堪称世界之最。做事情一向一丝不苟的蒙巴顿勋爵，在他的这些档案里保存着每一页与上述时期相关的文字，从他的英王表兄在他前往印度当天手写给他的字条到参加各种宴会的菜单及座次表，可谓一应俱全。其中有五套文件是研究那段时期最不可或缺的历史资料。这五套文件是：

（1）蒙巴顿勋爵与每一位进入其办公室的人的交谈记录，特别是与甘地、尼赫鲁、真纳和帕特尔这几位关键领导人之间的谈话记录。本书曾做出过解释，蒙巴顿勋爵与他们之间的会面是单独进行的，与每个人的谈话时间不超过四十五分钟，并且每次谈话一经结束便马上将有关要点口述给秘书进行记录。所有这些谈话的要点都非常生动和翔实，以至于在今天读来都能够产生身临其境的感觉；

（2）几乎每天都要召开的副王办公会纪要。蒙巴顿习惯于在这些会议上向部属做开诚布公的讲话，并以此作为给自己减压的方式；

（3）蒙巴顿在旁遮普危机期间，出任印度内阁应急委员会主席时的所有会议纪要；

（4）蒙巴顿任副王期间，向国务大臣提交的十七份周报以及每份周报所附的内容范围极广的附件；

（5）蒙巴顿在就任印度大总督期间，写给英王的月度报告。

蒙巴顿勋爵在与我们交谈时每每当场查阅当年的文件，不但让自己的记忆得到印证，还为我们提供了有关他在印度活动时期的原始而真实的历史。综上所述，我们必须首先向蒙巴顿勋爵致以最大的谢意。

我们还应特别感谢他的两位私人随从。他的私人秘书约翰·巴勒特（John Barratt）和布罗德兰兹档案馆的莫莉·特拉维斯（Mollie Travis）夫人，都为我们的工作投入了大量的时间和精力。蒙巴顿勋爵的两个女儿布雷伯恩（Brabourne）夫人和帕梅拉·希克斯（Pamela Hicks）夫人对我们非常友善，在给我们讲述她们的父母之余，帕梅拉小姐还特别详细地谈了自己与父母在印度时的生活情况。蒙巴顿勋爵的女婿布雷伯恩勋爵是孟买和孟加拉省前总督的儿子，他的父亲甚至还做过一个月的印度副王，作为布罗德兰兹档案馆的主要受托人，他特许我们入内工作，并随时可以查阅在我们研究范围之内的文献资料。

跟随蒙巴顿勋爵于1947年至1948年在印度工作，并且至今仍然健在的随员们无一例外地给了我们最大限度的支持，他们不厌其烦地与我们进行冗长而且极耗精力的座谈，在许多情况下还要接受三到四次的录音采访，每次录音时间至少长达两个小时。他们不但非常耐心地对自己的记忆进行梳理，而且专门在阁楼里爬上爬下或是跑回乡下的房子里去寻找1947年期间所写的日记和内容里有描写当时情况的写给妻子或父母的书信，以及所有对帮助我们重新回到那段不平凡岁月有价值的物品。

艾伦·坎贝尔-约翰逊是蒙巴顿勋爵在1947年至1948年期间的新闻官，曾根据自己在当时的亲历著有《战斗在蒙巴顿身边》（*Mission with Mountbatten*）一书，他所提供的帮助让我们受益匪浅。乔治·埃布尔爵士作为蒙巴顿才华横溢的私人秘书同样让我们所得颇丰；海军中将罗纳德·布罗克曼爵士也曾是蒙巴顿的生活秘书，加上蒙巴顿勋爵的高级副官海军少将皮特·豪斯，以及蒙巴顿夫人的秘书伊丽莎白·科林斯和缪丽尔·沃森，他们对于末任副王夫人的共同回忆，为我们的写作提供了极其丰富的题材；副王秘书处的弗农·穆尔（G. Vernon Moore）所做的讲述栩栩如生地再现了当时的许多场景；从蒙巴顿的助理军事秘书马丁·吉拉特中校、他的副官弗雷德里克·伯纳比-阿特金斯（Frederick Burnaby-Atkins）中校和空军上尉温特沃思·博蒙特（Wentworth Beaumont），一直到现在的艾伦代尔（Allendale）勋爵和詹姆斯·斯科特（James Scott）爵士，所有曾于1947年在副王府里工作过的人都从他们各自的角度给了我们极富价值的素材。

非凡杰出的拉德克利夫子爵阁下在他那个时代是许多关键性法律问题的权威，我们在此要特别对他表达谢意。尽管他照例对当年划界工作中的每一个具体决定都拒绝给予解释，但还是在两次长时间交谈中充满坦诚，对我们的写作给予了最大程度的支持。

我们在写作中有不少关于印度军队的内容，这让我们接触了这支非凡军队中不计其数的老兵：罗伯特·洛克哈特将军、将军罗伊·布赫爵士、巴基斯坦陆军首任总司令将军弗兰克·梅瑟维爵士；指挥萨默塞特轻步兵团作为最后一支英军部队离开独立印度的约翰·普拉特（John R. Platt）中将；身为穆罕默德·阿里·真纳的首席军事秘书，并陪伴真纳走完生命最后几个月的伯尼（E. S. Birnie）上校。

印度行政机构曾在3/4个世纪里掌管着印度人民的福祉，我们有幸并且愉悦地拜会了许多当年为这个机构效力的人员。在他们当中，我们特别要感谢的有西北边境省的末任总督奥拉夫·卡罗爵士，他长期服务于当地，对帕坦部落有着非常深厚的感情，可能是西方社会对帕坦部落问题最有发言权的权威人物；印度土邦王公制度最后的保护人康拉德·科菲尔德爵士，他的主要副手赫伯特·汤普森（Herbert Thompson）；年轻时曾在印度行政机构中任职的特里维廉（Trevelyan）勋爵，他以汉弗莱·特里维廉（Humphrey Trevelyan）的本名写了一本书，书的名字是《我们离开的那个印度》（*The India We Left*）；印度行政机构派给拉德克利夫勋爵的助手博蒙特（H. C. Beaumont）法官；饱含感情向我们朗读当年日记的莫里斯（Maurice）和塔亚·仁肯（Taya Zinkin）。

向我们提供宝贵帮助的人实在太多，如英国最后一任印度事务大臣利斯托韦尔伯爵；英国首任驻印度副高级专员亚历山大·西蒙（Alexander Symon）爵士；引人入胜地为我们讲述1947年8月14日在卡拉奇暗杀真纳和蒙巴顿阴谋的萨维奇先生。杰拉尔德·麦克奈特（Gerald MacKnight）则好心地就战后伦敦的情况提供了许多有用的素材。

我们在法国也有特别需要感谢的人，那就是法国驻英国大使、后来的若弗鲁瓦·库塞尔男爵（Geoffroy de Courcel）及男爵夫人，他们为我们与蒙巴顿勋爵的首次会面提供了方便。阿兰（Alain）和弗朗斯·达内（France Danet）也在很多方面给我们行了极大方便。

此外，我们还要感谢法国外交部向我们提供过帮助的弗朗西斯·德洛什·德·努瓦耶勒（Francis Deloche de Noyelle）和让·巴德贝德特（Jean Badbedat）以及在1947年时驻印度的记者麦克斯·奥里维尔-拉康（Max Olivier-Lacamp）和保罗·格林（Paul Guerin），后两者不但向我们讲述了他们在当时的亲身经历，而且他们各自还分别出版过记载当时情况的书，其中拉康写的是《印度的僵局》（*Impasse Indienne*），格林写的是《熟悉的印度》（*Les Indes Familieres*）。

在印度，我们首先要感谢的是英迪拉·甘地总理，她向我们亲切地回顾了父亲贾瓦哈拉尔·尼赫鲁以及她本人在1947年的经历，并且做了录音；再就是她的姑姑，也就是尼赫鲁的妹妹潘迪特夫人，对她的采访让我们对尼赫鲁的性格特点有了更加深刻的了解。尼赫鲁的四位私人秘书拜格（M. A. Baig）、约翰·马太（John Matthai）、塔罗克·辛格及艾扬格全部为我们做了回忆，使我们在描写这位伟大人物时有了更大的把握。做出同样贡献的人还有鲁西（Russy K.）和艾林·卡兰吉亚（Aileen Karanjia）。

在其他向我们提供过帮助的人当中，我们还要特别向已经去世的克里希纳·梅农道谢；要接受我们道谢的还有梅农的儿子和儿媳梅赫拉（Mehra）将军和夫人；瓦拉巴伊·帕特尔的女儿玛妮本·帕特尔小姐对其与父亲在一起生活时的回忆让我们如获至宝；已故的帕提亚拉最至高无上的大君亚达凡德拉·辛格；斋浦尔和瓜廖尔的两位殿下；克什米尔王子卡兰·辛格（Karan Singh）博士；在1947年时还是一名年轻警官的警察总长阿什维尼·库马尔，他向我们娓娓讲述了当年在旁遮普所经历的各种情景；记录1947年大屠杀事件的优秀小说《开往巴基斯坦的火车》（*Train to Pakistan*）的作者库什旺特·辛格；为我们详细回忆穆罕默德·阿里·真纳其人其事的他的女儿迪娜·瓦迪娅（Dina Wadia）夫人以及他的医生帕特尔；精彩讲述印度独立日当天情景的苏洛切娜·帕尼格拉希（Sulochna Panigrahi）夫人；在参加并领导印度独立运动的主要人物中，唯一还在世的阿恰里雅·克里帕拉尼；为我们提供大量观点清晰的史实分析的帕德马加·奈杜小姐；帮助我们就旧西姆拉的生活情景进行回忆的奥贝罗伊先生；拉杰什瓦尔·达亚尔从印度人的视角为我们呈现了关于印度行政机构官员生活的有趣的另一面；"克什米尔雄狮"谢赫·阿卜杜拉（Sheikh Abdullah）讲述了克什米尔遭到部落入侵的前前后后；旁遮普的首位印度总督、来自印度行政机构的昌杜拉尔·特里维迪爵士为我们就难民大迁徙和旁遮普大屠杀的情况做了重要讲述。纳瓦尔（Naval）和西蒙·塔塔（Simone Tata）夫妇、纳里·达斯特尔（Nari H. Dastur）、哈里（Harry）和萨莉娜·内多（Salina Nedou）夫妇以及派特万德·辛格（Petwand Singh），他们的帮助和友情有力地支持了我们的工作。

在搜集有关甘地的资料方面，我们必须对他的秘书普亚勒拉尔·纳亚尔先生做出特别感谢，他在全部过程中接受了我们多达五次的采访，每一次采访不但时间很长，而且还要让他耗尽心神。他本人就写过《圣雄甘地——最后的篇章》(*Mahatma Gandhi–The Last Phase*)一书，该书长达三卷，无疑是记载甘地晚年生活的最完整的著作。此外，我们要特别表达谢意的还有甘地的医生、普亚勒拉尔的妹妹苏希拉以及甘地的助手布里克申·钦迪瓦拉（Brikshen Chandiwallah）。至于那几名参与刺杀但未被处死的凶手，我们会在有关行刺章节的注解中提到与他们的交流情况。

我们要感谢的还有一个非常特殊的群体，他们不仅为我们的工作提供了大量帮助，还陪伴我们度过了一段开心而难忘的时光，这个群体就是印度军队的军官们：扬古·萨塔拉瓦拉（Jangu T. Sataravala）将军的盛情款待让我们始终无法忘怀；乔杜里将军（J. N. Chaudhuri）；名字被刻在瓦加印巴边境线石碑上的乔普拉（M. J. Chopra）将军；哈巴克什·辛格（Harbaksh Singh）将军。最后，我们不能不提到的就是对我们在印度期间关怀备至的时任法国驻新德里代表让·丹尼尔·约根森（Jean Daniel Jurgensen）大使及夫人，如果不对这对风度翩翩的夫妇表达出我们的特别感激，我们对在印度经历的叙述简直就无法做到完整；我们还要把同样的感激送给杰出的法国驻印度的文化参赞弗朗西斯·多尔（Francis Doré）；我们早就相识的老朋友、时任法国驻新德里大使馆新闻官的弗洛伦斯·普罗沃莱尔（Florence Prouverelle）；令我们的孟买之行充满愉悦的勒内（René）和克劳德·舒瓦瑟尔·普拉兰（Claude de Choiseul Praslin）以及弗朗西斯（Francis）和安尼克·瓦克兹亚格（Annick Wacziarg）。

很多巴基斯坦人士也为本书做出了重要贡献，其中特别需要致以谢意的有赛义德·阿赫桑上将，他给蒙巴顿勋爵和穆罕默德·阿里·真纳都担任过海军副官，在真纳如何走上并完成建国之路方面为我们提供了第一手史料和他最亲身的看法；号称"边境区甘地"的巴德沙阿·汗（Badshah Khan）；亲和而又好客的达拉（A. I. S. Dara）可以说是我们的朋友，他就拉合尔在1947年夏秋两季所经历的遭遇为我们提供了宝贵的信息；雅各布·汗大使动情地讲述了他是如何放弃印度而选择投奔巴基斯坦的；阿赫巴尔·汗大使和塞拉布·哈雅特·汗作为当事人同时描述了部落入侵克什米尔的情况，让我们由此而取得了独一无二的第一手素材；费罗兹·汗·努恩夫人是一位仪态万方的女主人，她热心而又详尽地向我们讲述了她于1947年在旁遮普时的传奇经历；曾经在印度工作，并且与自己的印度教徒同事帕特尔共同对次大陆财产进行分割的乔杜里·穆罕默德·阿里。

以上仅仅是众多需要感谢人士当中的一小部分，没有他们的帮助和鼓励，我们是无论如何不可能完成本书的。由于篇幅所限，我们无法向所有人表达真诚的谢意，他们是：英国传教士、退役军官、商人、公务员、学者、国大党和穆斯林联盟领袖、学校教师、记者、强忍辛酸给我们叙述1947年那场恐怖大逃亡的数百名印巴难民、那些要求我们隐去其姓名的印度和巴基斯坦友人。我们对他们全体人要说的话就是，无论他们身处何方，我们的感谢都会随风而至，同时，我们还要向他们保证，对于他们的帮助我们会没齿不忘。

在对调研过程中所发现的资料进行核对、整理和写作的过程当中，我们无限幸运地遇到一批才能卓越的同事和助手。他们之中的关键人物是多米尼克·孔雄（Dominique Conchon）小姐，对于她来说，这本书已是她与我们合作的第三本书。她一如既往的专注和投入精神，使她的工作同样一如既往地富有价值。她全程负责了对研究材料的组织和整理工作，令我们在一年的写作过程当中从来没有放错过6342页手稿中的任何一页。

与孔雄小姐一同工作的是茱莉娅·比休（Julia Bizieau）。她在这么长时间的研究和写作过程中一直陪伴在我们身边，永远表现得开心盎然和有求必应，她协助孔雄小姐，样样工作都做得十分出色。在研究人员之中我们要特别提出感谢的是来自雷恩（Rennes）大学的英国文学教授米歇尔·勒努阿尔（Michel Renouard），他在1972年利用暑假时间为我们对在全英国范围内的受访者进行了采访。这次合作是我们之间一次特别感人的重逢；当年我们在撰写《巴黎烧了吗？》一书时，米歇尔还是一名十七岁的学生，他作为我们在当时的第一个研究人员而参与到那本书的写作工作中。

让尼·纳吉（Jeannie Nagy）将数不清有多长的采访录音内容打成文字。让娜·孔雄（Jeanne Conchon）、米歇尔·富歇（Michel Foucher）、雅克利娜·克吕（Jacqueline de la Cruz）以及马乔里·罗尔特（Marjorie Rolt）都在不同阶段对我们完成最后手稿的准备工作付出了劳动。

我们必须向已故的《巴黎竞赛》（Paris Match）杂志记者雷蒙·卡蒂埃（Raymond Cartier）致以哀伤的谢意。他率先鼓励我们写作本书，在临去世前的最后几个月不但两次阅读手稿，还分别给予了最中肯和富有建设性的意见。很遗憾，他没有活着看到他倾注了如此多心血手稿里的最后这几页内容。

我们还要再特别感谢一下纳迪娅·科林斯（Nadia Collins），她花费了大量时间愉快而卓有成效地将本书中用英语写成的内容翻译成法语。保罗·安德烈奥塔（Paul Andreota）、皮埃尔·珀什莫尔（Pierre Peuchmaurd）、《中国二十个人物》作者科莱特·莫迪亚诺（Colette Modiano）、皮埃尔·阿马多（Pierre Amado）和弗朗西斯·多尔，他们全都花费了时间阅读本书的法语手稿，并提出帮助性的批评和意见。

最后，感谢为本书的最终出版而不懈艰苦努力了好几个月的编辑们。

拉莱·科林斯
多米尼克·拉皮埃尔

注　释

1　"一个生为人君的民族"

关于蒙巴顿勋爵与克莱门特·艾德礼之间的会谈内容，主要源于对这位末任副王的采访及其本人在当时所做的谈话记录。一些关于对蒙巴顿勋爵任命决定的资料则来自对末任印度事务大臣利斯托韦尔勋爵的采访。克里希纳·梅农在新德里的一次采访中向我们提供了他与斯塔福德·克里普斯爵士之间的谈话细节，他就是在那次谈话中透露出尼赫鲁和国大党更乐于由蒙巴顿担任印度副王的倾向的。

有关对伦敦在1947年时的景象描写，是以当时的报纸报道为依据的，此外也参考了当时《巴黎竞赛》杂志驻伦敦的雷蒙德·卡提亚所写的一些文章。

描写英国人对印度统治、印度行政机构官员及军队军官在印度生活的部分，根据的是对无数人所做的采访：他们当中最重要的就是印度行政机构的前官员们——特里维廉勋爵、乔治·埃布尔爵士、克里斯托弗·博蒙特（Christopher Beaumont）、奥拉夫·卡罗爵士、康拉德·科菲尔德爵士、赫尔伯特·汤普森爵士、拉杰什瓦尔·达亚尔、阿伯特（S. E. Abbott）、约翰·考顿（John Cotton）爵士。书面资料的来源有：《英属印度的最后光景》(*The Last Years of British India*)、《英国在印度》(*Britain in India*)、《英国人在印度的社会生活》(*British Social Life in India*)、《大英帝国的没落》(*The Fall of the British Empire*)、《英国治下的和平》(*Pax*

Britannica）、《1892年印度行政机构考试手册》（*A Handbook to the ICS Examinations, 1892*）、《1854年英属印度手册》（*A Handbook of British India, 1854*）。

2 "独自前行吧，独自前行"

有关甘地诺阿卡利之行的段落，主要是以对甘地的私人秘书普亚勒拉尔·纳亚尔和甘地的医生同时也是普亚勒拉尔胞妹的苏希拉所进行的采访为基础的，他们二人都是这场活动的亲历者。对其他随员如古尔恰兰·辛格、布里克申·钦迪瓦拉、帕德马加·奈杜以及朗加斯瓦米（K. Rangaswamy）等在接受采访时所提供的一些素材也都做了利用。书面资料以对纳亚尔所著的长达两千页的巨作《圣雄甘地——最后的篇章》所做的引用为最多。此外，我们还使用了当时的《印度时报》（*Times of India*）、《印度斯坦时报》（*Hindustan Times*）以及《政治家》（*The Statesman*）等报刊中的一些内容。

安瓦尔·阿里（Anwar Ali）先生是拉合尔的一位律师，他花了大量时间研究拉赫玛特·阿里，还为我们提供了后者起草的《巴基斯坦宣言》的原稿，一部分引用的内容正是出于此，此外，它还从多个方面向我们展示了这位巴基斯坦国家概念原创者所走过的道路。

3 "把印度交给上帝"

蒙巴顿与表兄乔治六世的对话内容，采自我们对蒙巴顿勋爵的一次采访以及他在当时对谈话所做的记录，另外可以起到佐证作用的还有一封英王写给蒙巴顿的私人信件。至于对这位末任副王的描写则建立在一系列采访的基础上，这些采访对象包括蒙巴顿本人、他的两个女儿布雷伯恩夫人和帕梅拉·希克斯夫人、他的贴身仆人查尔斯·史密斯和许多他的部属和同事，其中主要有皮特·豪斯中校、艾伦·坎贝尔-约翰逊、罗纳德·布罗克曼上将、舰长詹姆斯·斯科特爵士。书面材料则包括斯文森

（Swinson）写的《蒙巴顿》、特兰（Terraine）写的《蒙巴顿勋爵的一生和所经历的时代》(*Life and Times of Lord Mountbatten*)以及蒙巴顿勋爵本人于1921年陪同威尔士王子前往印度时所写的个人日记。

描写甘地在诺阿卡利的两个段落都建立在相同主题的采访结果和文字材料上，并且在第二章的注解里也都做了说明。传记性段落依据的是对以下人士的采访结果：纳亚尔兄妹、布里克申·钦迪瓦拉、古尔恰兰·辛格、阿恰里雅·克里帕拉尼、贾汗格尔·帕特尔、帕德马加·奈杜、潘迪特、瓦利（Wali）和"边境区甘地"巴达沙·汗、克里希纳·梅农以及雷蒙特·卡提亚。书面材料：希恩（Sheean）所著《慈光引领》(*Lead Kindly Light*)和《甘地：伟大而简朴的一生》(*Gandhi: A Great Life in Brief*)、库利奇（Coolidge）所著《甘地》、阿什（Ashe）所著《甘地：一场对革命的研究》(*Gandhi: A Study in Revolution*)、佩恩（Payne）所著《甘地》、纳亚尔所著《甘地：最后的篇章》、费希尔（Fischer）所著《圣雄甘地的一生》(*The Life of Mahatma Gandhi*)、甘地所著《我的自传或探知真理的故事》(*An Autobiography or The Story of My Experiment with Truth*)、克里帕拉尼所著《甘地和他的一生》、马吉姆达尔所著《真纳和甘地》(*Jinnah and Gandhi*)。

描写下议院辩论情景的段落的依据是会议记录以及当时报纸的报道。对蒙巴顿离开英国时的场景描写，根据的是对他本人、布罗克曼海军上将、豪斯中校以及查尔斯·史密斯的采访所得。

4 末日统治的最后一鸣礼炮

有关甘地与他的侄孙女马努之间的关系的段落，是以与普亚勒拉尔和苏希拉·纳亚尔的交谈以及纳亚尔所写的书为依据的。一些甘地的语录，特别是他在孟买谈到自己的梦想时所说过的那些话，都摘录于他在当时为《神之子报》所撰写的各篇文章。

蒙巴顿与韦维尔勋爵之间的谈话内容，来自我们对蒙巴顿的采访以及他当时所做的谈话记录。蒙巴顿夫人的资料则主要是由以下数人在接受我们采访的过程中提供的：她的丈夫、两个女儿和在印度的三名秘书穆里尔·沃森（Muriel Watson）、伊丽莎白·沃德·科林斯（Elizebath Ward Collins）和贾亚·萨达尼（Jaya Thadani）。

有关蒙巴顿进入副王府以及他为就职仪式进行准备的内容，来自对以下人物的采访：查尔斯·史密斯、舰长詹姆斯·斯科特爵士、伯纳比-阿特金斯空军中校、豪斯中校、布罗克曼海军上将及副王本人。所使用的书面材料包括当时的各大报纸、斯科特舰长的日记、坎贝尔-约翰逊的著书《战斗在蒙巴顿身边》以及伊丽莎白·科林斯为作者提供的就职仪式方案和策划原稿。豪斯中校将副王府让我们借用，对副王府的描写即得益于此。

蒙巴顿对于获得任命的第一反应是由他本人在采访中向我们谈到的，其他人如艾伦·坎贝尔-约翰逊、豪斯中校、布罗克曼海军上将和身为副王下属印度行政机构官员的皮特·斯科特（Peter Scott）先生也都在采访中提供了相同的内容。蒙巴顿与乔治·埃布尔爵士之间的交谈内容，是埃布尔在接受采访时提供并得到蒙巴顿勋爵证实的。

5　一位老人和他破碎的梦想

我们在致谢部分已经说过，蒙巴顿勋爵在与每位印度领导人单独会见之后，都会立即将长长的会谈纪要口述给秘书进行记录。他与帕特尔、真纳、尼赫鲁以及甘地谈话的内容都是以这些记录为依据的，蒙巴顿本人在受访时也会随时查阅这些记录来帮助自己进行准确的回忆。对一些原话的引用就是从这些记录中摘录出来的。

对尼赫鲁的描写建立在对以下人物的采访基础上，他们是：尼赫鲁的女儿英迪拉·甘地总理、他的妹妹潘迪特夫人、蒙巴顿勋爵，以及他的四位秘书，即艾扬格、马太（Matthai）、塔罗克·辛格和拜格。此外，为我们提供了相关帮助的还有帕德马加·奈杜、杜尔加·达斯（Durga Das）、阿恰里雅·克里帕拉尼、克里希纳·梅农、艾伦·坎贝尔-约翰逊、贾亚·萨达尼以及尼赫鲁的侄子R. K. 尼赫鲁。书面材料包括达斯著的《从寇松时期到尼赫鲁时期的印度及其未来》(*India from Curzon to Nehru and After*)、卡兰吉亚的（R. K. Karangia）著《尼赫鲁先生的思想》(*The Mind of Mr. Nehru*)、尼赫鲁著的《我的自传》(*An Autobiography*) 和《发现印度》(*The Dicovery of India*)、萨尼（Sahni）著的《揭开的盖子》(*The Lid Off*)。

对帕特尔的描写主要基于他的女儿玛妮本和秘书尚卡尔（S. Shankar）在接受我们采访时所提供的素材。德迦·达斯、巴巴（C. H. Bhabha）、乔杜里将军、乔治·埃布尔爵士、康拉德·科菲尔德爵士、阿恰里雅·克里帕拉尼及雷蒙德·卡提亚也都对该部分内容起到了帮助作用。

此部分最重要的参考书目便是达斯写的《从寇松时期到尼赫鲁时期的印度及其未来》，以及他针对帕特尔所写的一系列评论文章。

对真纳的描写同样建立在采访的基础上，受访者包括他的女儿迪娜·瓦迪娅、他的外甥阿赫巴尔·皮尔博伊（Akhbar Peerboy）、他的朋友兼海军副官赛义德·阿桑海军中将、他在孟买的医生朋友帕特尔、他的首席军事秘书威廉·伯尼上校，其中伯尼上校让我们看了他与这位巴基斯坦领袖在一起时每一天的详细日记。向我们提供了相关帮助的人还有犹塞夫·伯奇（Yousef Burch）、赛义德·品扎达（Syed Pinzada）、安瓦尔·阿里、拜格，作为他的部下同事或是朋友的德迦·达斯、萨里（J. N. Sahri）、泰伊布奇（Tayeebji），以及他妻子的好朋友帕德马加·奈杜。

他的病情是由他的医生和女儿向我们提供的。海克特·勃利索（Hector Bolitho）所著《真纳——巴基斯坦的缔造者》(*Jinnah-The Creator of Pakistan*) 为主要的参考书目。

各省总督会议的情况由蒙巴顿提供，他保留着那次会议的所有文字纪要。参会者中接受了我们采访的人物有奥拉夫·卡罗爵士、昌杜拉尔·特里维迪爵士和乔治·埃布尔爵士。有关蒙巴顿前往白沙瓦和旁遮普的描写出自对以下人物的采访：蒙巴顿勋爵、奥拉夫·卡罗爵士、白沙瓦副警察长阿卜杜勒·拉西德（Abdul Rashid）和示威活动的组织者穆罕默德·汗（Mohammed Khan）上校。甘地与其同事的争论情形则是由普亚勒拉尔·纳亚尔和阿恰里雅·克里帕拉尼在接受采访时提供的。

6　一个尊贵的小地方

对西姆拉的描述来自奥贝罗伊、培恩·蒙太格夫人、昌杜拉尔·特里维迪爵士在接受采访时所做的叙述以及对该城一本 1895 年导游指南的阅读，并且我们自己也实地去过一趟。副王的"预感"内容来源于对蒙巴顿勋爵、艾伦·坎贝尔-约翰逊、利斯托韦尔伯爵和布罗克曼海军上将的采访。尼赫鲁的反应则是由当时陪在他身边的克里希纳·梅农所讲述的。梅农的女儿米斯拉（D. Misra）夫人让我们查看了他的私人文件，那里面也有对这件事情的详细描述。

7　宫殿和猛虎，大象和珍宝

康拉德·科菲尔德爵士的伦敦之行是由两位关键人物提供的，他们分别是科菲尔德本人和利斯托韦尔伯爵。

对土邦王公的描写，包括他们的生活和怪癖，是以下人物在采访过程中所提供的，他们是：科菲尔德，科菲尔德的副手赫尔伯特·汤普森爵士，瓜廖尔和斋浦尔的王公，帕提亚拉、法里德考特（Faridkot）、格布尔特拉（Kapurtala）、本迪、巴罗达、德瓦斯（Dewas）等土邦的大君，马勒科特拉（Malerkotla）公国的纳瓦布。另外一些为我们提供了重要帮助的人有：海得拉巴尼扎姆法律顾问的遗孀鲁思文（Ruthven）夫人、沃尔特·蒙克顿（Walter Monckton）爵士及其助手约翰·佩顿（John Peyton）、孟买尼扎姆手下的阿里·亚瓦尔·忠格（Ali Yavar Jung）、已故克什米尔王公之子却放弃王室头衔而为印度政府工作的卡兰·辛格、罗宾·达夫（Robin Duff）。主要的书面资料有：洛德（Lord）的《土邦王公们》（*The Maharajahs*）、福布斯（Forbes）的《王子们的印度》（*India of the Princes*）以及德高利什（de Golish）的《土邦王公们的最后辉煌》（*Splendeur et Crepuscule des Maharajahs*）。

8　被群星诅咒的一天

蒙巴顿勋爵前往伦敦参加内阁会议并与温斯顿·丘吉尔会面的情节是由蒙巴顿在采访中提供的，他还出示了当时所有的发言和会谈记录。乔治·埃布尔爵士当时也在伦敦，他和参加了第一次会议的印度事务大臣利斯托韦尔伯爵也在接受采访时做出了相关回忆。

有关毁灭土邦王公胡作非为的档案资料的段落是以康拉德·科菲尔德爵士和他的助手赫尔伯特·汤普森爵士在受访时所提供的信息为依据的。康拉德爵士还允许我们当中的一位作者阅读一份未曾公开的手稿，那上面不但记载着他所从事的工作情况，还包括印度王公们的种种言行。

有关对蒙巴顿在6月2日和3日分别会晤各印度领导人情况的叙述，一方面来自他本人的记忆，一方面也有当时的会议纪要为证，我们所做的全部引述完全出自此处。他与真纳和甘地的对话同样以蒙巴顿根据当时的记录所做的回忆为依据。甘地在祷告会上所讲的话来自《神之子报》。新闻发布会的场景是在对蒙巴顿勋爵和艾伦·坎贝尔-约翰逊所提供的内容进行重新整理后写成的。有关星相师们的反应来自蒙巴顿、马太和斯瓦明·马南德的叙述，马南德仍保存着他当时摆出的图表以及写给副王的书信。

9　空前复杂的分家案

对印度财产分割情况的描述主要建立在对两位负责人帕特尔和乔杜里·穆罕默德·阿里的采访基础上。他们向作者出示了保留得非常完整的资料，包括所有当初收到的报告、自己的建议以及会议纪要。对副王马车的分配场景由豪斯中校和雅各布·汗将军提供。印度军队分裂素材的提供者有罗伊·布赫将军、穆罕默德·伊德里斯（Mohammed Idriss）、伊内斯·哈比卜拉（Enaith Habibullah）将军、卡巴克什·辛格（Karbaksh Singh）将军、斯麦什尔·辛格（Smasher Singh）上尉、乔杜里将军、弗兰克·梅瑟维将军、山姆·马内克肖陆军元帅、米斯拉将军、萨塔拉瓦拉将军、杜别伊（A. Dubey）少将。印度军队在近代有着辉煌的历史，详见梅森写的《事关荣誉》（*Matter of Honour*）一书。伊利奥特（Elliott）所著的《边境线，1839—1947年》（*The Frontier 1839—1947*）用生动有趣的事例表现了它的战术思想和战例。

对拉德克利夫勋爵的征召，他与大法官及克莱门特·艾德礼的会见，这些情况是由他自己在一次采访过程中提供的，此外我们也得到了一些伦敦与印度副王府之间带有相关内容的往来书信。他与蒙巴顿之间的首次会晤情况是从对二人的采访中取得的。蒙巴顿对有关王公问题的处理方法来自蒙巴顿、康拉德·科菲尔德爵士、帕特尔的女儿和秘书等人的座谈，梅农还为此向我们提供了一些私人文件。

蒙巴顿勋爵得到独立印度的大总督提名以及之前同时成为两个新自治领大总督的设想均在穆恩所著的《分而弃之》（*Divide and Quit*）及坎贝尔-约翰逊所著的《战斗在蒙巴顿身边》中有充分描述。本书中的情节是以对蒙巴顿的采访以及他与部属及印度领导人们的交谈记录为依据的。

为描写分治前的旁遮普情况，我们见了四位旁遮普警察局的前警官：杰拉德·萨维奇、鲁尔·迪恩、里奇和帕特里克·法莫尔。我们还得到了一份旁遮普刑事调查部就该省所发生案件的周报汇总。普亚勒拉尔·纳亚尔向我们讲述了甘地第一次接触难民时的情形。

10 我们永远是兄弟

描写王室同意撤离印度的部分是根据当时的报纸报道所写的。蒙巴顿对印度王公院的最后讲话、他们的告别晚宴以及一些土邦王公对加入新自治领的抵制，这些内容是由蒙巴顿在采访中的叙述、他的一些书面记录以及最了解情况的印度官员梅农保存的私人文件提供的。同时，对以下人物的采访也让这部分内容得到了丰富和完善：瓜廖尔和斋浦尔的两位王公、帕提亚拉、格布尔特拉和马勒科特拉大君、康拉德·科菲尔德爵士、蒙克顿夫人、赫尔伯特·汤普森爵士、约翰·佩顿。对蒙巴顿勋爵前往克什米尔情况的描写来源于对他本人的采访、他每次谈话时的现场记录、他在旅途中与部下进行讨论的纪要以及与艾德礼政府通话过程中所做的报告等。对真纳的刺杀未遂事件由萨维奇提供，就是他把情报提交给德里的，蒙巴顿勋爵在采访中谈了一些情况，而且他保存的档案中也有一些文件与这起阴谋有关。

蒙巴顿请求甘地前往加尔各答的情况是根据蒙巴顿本人及其保存的谈话记录提供的，我们与普亚勒拉尔·纳亚尔、布里克申·钦迪瓦拉和朗加斯瓦米的交谈对该部分内容起到佐证和补充的作用。

真纳前往卡拉奇及其在旅途上的情况是在对以下人物进行采访并做了重新组织后写成的：他的副官阿申（Ashen）上将、阿塔·拉巴尼（Ata Rabani）空军中校、威廉·伯尼上校。蒙巴顿勋爵决定对拉德克利夫勋爵的划界方案秘而不宣直到独立日来临前才公布，我们对这一情况的了解得自与蒙巴顿勋爵、拉德克利夫勋爵和乔治·埃布尔爵士的会谈。该部分内容的引述全部来自这位印度副王给伦敦方面的最后报告。此前有关拉德克利夫的工作状况是基于对其本人及其来自印度行政机构的助手博蒙特的采访写成的。

德里赛马会告别晚宴的相关情况是经过与多位当年在场人士交流后写成的。

11 当世界还在沉睡

对甘地在加尔各答所做工作的描述是由普亚勒拉尔·纳亚尔、班纳吉（R. N. Bannerjee）和拉姆·高伯班（Ram Goburbhun）在接受采访时提供的。书面材料则包括《最后的篇章》《神之子报》及其他当时的一些报纸报道。蒙巴顿与真纳同车在卡拉奇街道上游行的情景主要由蒙巴顿提供。书面材料分别是《战斗在蒙巴顿身边》和当时的报纸报道。

在开伯尔山口、拉合尔、新德里、孟买等地的独立夜庆祝场景来源非常广泛，具体有与以下人物的会谈：蒙巴顿勋爵、艾伦·坎贝尔-约翰逊、雅各布·汗将军、梅瑟维、洛克哈特、布赫、乔杜里、伯尼上校、穆罕默德·伊德里斯旅长、阿特金斯、安瓦尔·阿里、卡瓦贾·莫休丁、在国民代表大会上高唱印度国歌的苏切塔·克里帕拉尼夫人、艾扬格、潘迪特夫人、米斯拉将军和夫人、苏希拉·纳亚尔医生、穆罕默德·沙里夫·汗（Mohammed Sharif Khan）上校、鲁尔·迪恩、里奇；引用的书面材料包括官方的庆典仪式安排、当时报纸的报道、蒙巴顿勋爵和夫人就仪式准备工作的专门报告、无数信件及当事人的日记等。尼赫鲁接电话的故事是由他在当晚的客人帕德马加·奈杜提供的。有关各领导人与蒙巴顿进行会见的情节则是以蒙巴顿本人对当时的回忆为依据的。

12 "哦，可爱的自由黎明"

对圣城贝拿勒斯和小村庄查塔普尔的形象描述是以人物访谈和实地考察为依据的。8月15日在新德里和印度其他地方举行的独立庆典的盛况是由以下人士在采访中讲述的：艾伦代尔勋爵、伊丽莎白·科林斯、鲁西·甘地（Rusi Gandhi）海军准将、马丁·吉拉特爵士中校、豪斯中校、洛克哈特将军、斯科特上尉、杜噶尔·辛格（Duggal Singh）、英迪拉·甘地、蒙巴顿勋爵、拉姆·高伯班、库什万特·辛格、沙迪德·哈米德将军、哈比卜拉将军、帕德马加·奈杜、艾哈迈德·扎合尔。书面材料包括副王给伦敦的最后一份报告、斯科特上尉的日记、伊丽莎白·科林斯在当时所写的书信、同时期的报纸以及官方的仪式安排表。帕梅拉·蒙巴顿的经历是根据其本人在受访时的回忆以及她存放在贾瓦哈拉尔·尼赫鲁图书馆内的口述历史文字所写的。

在阿姆利则进站火车的故事是由站长查尼·辛格讲述的。对印度国民志愿服务团在浦那升旗活动的描述采自《印度教民族报》在当时的报道以及纳图拉姆·高德西的兄弟高普尔·高德西的讲述。利斯托韦尔伯爵在讲述他前往巴尔莫勒尔宫（Balmoral）的情况时没有漏掉一丝细节。乔治·埃布尔爵士回顾了他在会见克莱门特·艾德礼时的情景。蒙巴顿勋爵向印度领导人们披露拉德克利夫划界方案的会议情况，是根据蒙巴顿本人的回忆和当时的会议纪要还原而成的。拉德克利夫告别印度的情景是在对拉德克利夫勋爵和博蒙特二人进行采访后所写的。

14 史无前例的大迁徙

以上两章描写旁遮普族群互屠、难民出逃、火车大屠杀、强奸和绑架妇女等内容的文字主要是由超过四百名双方难民根据个人经历所提供的。我们尽可能对这些个人经历从第三方做了确认和核实。除了那些名字在本书中出现的难民外，第 13 和 14 章中还用到了其他许多人提供的内容。他们是旁遮普在印度部分的总督昌杜拉尔·特里维迪爵士，指挥军队护送穆斯林难民从印度去往巴基斯坦的乔普拉少将，巴基斯坦的拉扎、沙西德·哈米德和阿赫巴尔·汗三位将军，身为提瓦纳纳瓦布并向我们披露了一些不为人知的暴力事件的马里克·卡扎·汗爵士中校，哈林顿·豪斯（H. D. Harrington Howes）先生，伊利夫（A. D. Iliff）上校，阿特金斯和爱德华·伯尔（Edward Behr）。我们所使用的书面材料如下：当时的报纸报道、印度对这场劫难记载最为详细的由戈帕尔·达斯·科斯拉所写的书——《天谴》(Stern Reckoning)、应急委员会的会议纪要及其他文字记录、由蒙巴顿夫人向圣约翰救护队提交的难民问题详细报告、卡拉拉（D. F. Karala）写的《莫让自由发臭》(Freedom Must Not Stink)、穆恩写的《分而弃之》、坎贝尔-约翰逊写的《战斗在蒙巴顿身边》、霍德森（Hodson）写的《大分裂》(The Great Divide)、库尔迪普·纳亚尔（Kuldip Nayar）写的《遥远的邻居》(Distant Neighbours)。此外还有一本那个时期写得非常好的小说，这就是库什万特·辛格的《最后一班开往巴基斯坦的火车》(Last Train to Pakistan)。

对甘地在加尔各答创造的奇迹的描写根据的是普亚勒拉尔·纳亚尔的叙述和他的作品《最后的篇章》，布里克申·钦迪瓦拉、那莫·库马尔·博斯（Nirmal Kumar Bose）、拉姆·高伯班以及当年的报纸都为我们提供了可资利用的信息。尼赫鲁和利雅卡特·阿里·汗旁遮普之行的有关情况是由他们的两位陪同者艾扬格和杜别伊少将在受访时所提供的。蒙巴顿从西姆拉赶往德里的内容首先是由蒙巴顿勋爵本人根据一份机密备忘录所提供，其次，梅农的私人文件、我们对他的女儿以及艾扬格的采访也起到很大作用。

对应急委员会的首次会议及职能的描述是以其所召开会议的备忘录、坎贝尔-约翰逊的《战斗在蒙巴顿身边》、与蒙巴顿勋爵、巴哈巴及艾扬格等人的座谈为依据的。

马丹拉尔·帕瓦从逃跑到后来与帕楚儿医生及维什努·卡凯尔的相遇，所有情节是在对三人进行过采访的基础上写成的。本章及后记中有关布塔·辛格和他女儿的故事是由小女孩的养母拉比娅·苏尔坦·卡丽（Rabia Sultan Qari）所提供，拉合尔的报纸也登载过他受审和死亡的消息。

15 "克什米尔——举世无双的克什米尔"

有关庆典仪式上的停电灭灯事件是卡兰·辛格医生在受访时讲述的，他的父亲就是当时的克什米尔王公，母亲弗洛伦斯·洛奇是住在斯利那加的英国人。真纳想到克什米尔度假的事是伯尼上校在他当时的日记里所讲的。巴基斯坦政府利用部落入侵克什米尔的计划是由一开始就参与制订该计划的阿赫巴尔·汗将军讲述的。入侵行动以及相应的军事准备情况由塞拉布·哈雅特·汗和穆罕默德·沙里夫·汗上校所讲述，二人是在稍后加入这次行动中的。指挥印巴军队的两位英国军官互通电话的情节是由梅瑟维、洛克哈特和布赫三位将军共同提供的。卡兰·辛格医生为我们讲述了他的王公父亲在逃亡过程中的经历。德里对克什米尔遭到入侵的反应以及梅农为使克什米尔加入印度而紧急起飞的情节，是蒙巴顿勋爵、陆军元帅山姆·马内克肖、谢赫·阿卜杜拉、亚历山大·西蒙、米斯拉夫人、梅农的女儿等人共同提供的，作者于 1973 年在班加罗尔还亲眼看过梅农的私人文件以及印度国防委员会决定在克什米尔宣布加入印度后进行武装干预的会议纪要。关于这次冲突的起因有两个有趣的版本，分别由印巴双方负责各自军事行动的人所撰写，它们分别是印度的斯恩（L. P. Sen）将军所著的《千钧一发》（*Slender Was the Thread*）和巴基斯坦的阿赫巴尔·汗将军所著的《克什米尔的进犯者》（*Raiders In Kashmir*）。哈巴克什·辛格将军对在斯利那加附近的早期军事行动也有极为精彩和详尽的讲述。

16　两个来自浦那的婆罗门

有关甘地遇刺的情况将在第 17 章的注解里得到更广泛的解读。此处对《印度教民族报》开张情景的描写多由高普尔·高德西和维什努·卡凯尔提供，这张报纸本身也有相应的报道。卡普尔（Kapur）地方委员会向我们披露了当地警方的监视行动。

对甘地在帕尼帕特的活动是通过采访普亚勒拉尔·纳亚尔和城中的目击者来进行描写的，我们也从《最后的篇章》一书中得到了帮助。真纳在 1947 年身体健康衰退和他的顾虑，是他的前副官海军上将阿申和军事秘书伯尼上校在采访过程中透露的，有关细节还有伯尼的日记为证。本章最后部分谈到蒙巴顿勋爵与甘地的对话，其内容是由蒙巴顿本人和他当时所做的记录提供的。

17　"让甘地死！"

我们对甘地最后一次绝食的描写首先是在对苏希拉·纳亚尔医生进行过两次长时间采访并参考了她在当时所做记录的基础上完成的。此外，甘地的秘书普亚勒拉尔、他的密友布里克申·钦迪瓦拉及以及他在德里的幕僚古尔恰兰·辛格也为我们提供了非常有用的帮助。其他提供相关线索的人还有：梅赫拉、帕德马加·奈杜、蒙巴顿副王勋爵和辛哈。书面材料包括当时的印度报纸，特别是甘地自己办的《神之子报》的报道以及他的同事所著的三本书：纳亚尔的《最后的篇章》、钦迪瓦拉的《膜拜大师》（At the Feet of Bapu）和马努的《大师最后的容颜》（Last Glimpses of Bapu）。

20　第二场蒙难

杀害甘地的两名凶手纳图拉姆·高德西和纳拉扬·阿普特由于被判

有罪而于 1949 年被绞死。鼓动这场暗杀的萨瓦卡于 1966 年死去。整起阴谋的其他参与者——高普尔·高德西、维什努·卡凯尔、马丹拉尔·帕瓦、迪甘贝尔·拜奇和达塔特拉亚·帕楚儿——在我们为写作本书而开始搜集素材时全都在世，而且前三名罪犯已经刑满释放，我们把他们全部找到并一一做了详尽的采访。此外，作者还把高德西和卡凯尔带回到德里，这是他们被审判后首次旧地重游。他们领着我们去看了在两次行刺过程中到过的所有地方。火车站的休息室、比尔拉庙、他们练习瞄准开枪的树林，最后，当我们来到比尔拉府内的空地时，他们二人还为我们演示了当年暗杀活动的全过程。他们还带着我们走访了一些高德西和阿普特在浦那的同事，并且看了《印度教民族报》所在地以及其他他们曾经常去的地方。高普尔·高德西还把他用马拉地语为哥哥写的一本传记给了我们。

我们对调查暗杀甘地阴谋的两位警官詹姆斯·纳加瓦拉和梅赫拉做了大量采访。纳加瓦拉向我们出示了孟买警察日志和他本人保存的本案卷宗。一位要求隐去姓名的警官也为作者提供了类似的德里方面的调查材料。新德里尼赫鲁图书馆的主管们非常好心地让我们看了审判程序中所有的文字内容，不过，纳图拉姆·高德西的辩护词由于感情色彩过于强烈而没有完全被收录于其中。以上来源也是本章对凶手及警方调查情况所做叙述的依据。

甘地计划访问巴基斯坦的事情是由贾汗格尔·帕特尔、苏希拉和普亚勒拉尔·纳亚尔等三人在接受采访时谈到的。对我们讲述甘地在被害前各方面情况的人，除了他们三位以外还有古尔恰兰·辛格、在父亲最后一次与甘地交谈时陪伴在一旁的玛妮本·帕特尔以及阿卜杜勒·加尼（Abdul Gani）。书面材料包括《最后的篇章》《膜拜大师》和《大师最后的容颜》。

通过广泛采访，我们对甘地的丧礼及相关安排做出了非常详尽的描写，接受采访的对象包括：蒙巴顿勋爵、普亚勒拉尔·纳亚尔、艾伦·坎贝尔-约翰逊、将军罗伊·布赫爵士、乔杜里将军、伊丽莎白·科林斯、山姆·马内克肖陆军元帅以及其他许许多多的人。书面材料除当时的报章以外还有《最后的篇章》和《战斗在蒙巴顿身边》。

　　甘地的骨灰在阿拉哈巴德被撒入河流中的情景是由帕德马加·奈杜在接受采访时讲述的。由希恩所写的《慈光引领》一书也对该场景做了描述。

出版后记

1947年，印度次大陆上面积最大的国家——英属印度正式从大英帝国独立，同时分为了印度、巴基斯坦两个国家。从长久的被殖民历史中脱离并实现真正的独立自治，这对印度、巴基斯坦两国都具有重要而深远的意义，这个过程也并非简单的"独立"一词即可带过的，其间包含了英国、印度、巴基斯坦三方领导人的反复较量。除此之外，作为拥有庞大人口的地区，两国独立、分治带来的混乱、暴力与欢欣都给生活在此的人民的生活带来巨大影响，成为重要的历史节点。

本书的两位作者都是记者出身，因此行文十分具有可读性，对故事的呈现具备生动形象的特点。阅读过程中，作者所叙述的事件都极有画面感地在读者面前展开，让人仿若身临其境，体会人物当时的处境与感受。本书更是基于对亲历1947年在印度独立与印巴分治两大事件的各方人士采访写成，是还原事件全程的一手史料，尽管因多种因素，主要参考的采访者视角为英国与印度，但仍对从第一视角观察了解当时多方立场具有重要的参考价值，是想要了解印度次大陆上发生的这段重要历史进程必不可少的读物。

在本书的编辑过程中，所涉及的历史人物、文化背景知识等繁杂，由于编者能力有限，本书各处若有纰漏，敬请读者批评指正。

后浪出版公司

2023年3月

© 民主与建设出版社，2025

图书在版编目（CIP）数据

午夜时分的解放：1947印度独立与印巴分治实录 /（美）拉莱·科林斯，（法）多米尼克·拉皮埃尔著；李晖译. -- 北京：民主与建设出版社，2025. 2. -- ISBN 978-7-5139-4852-4

Ⅰ. I712.55；I565.55

中国国家版本馆CIP数据核字第20254HN984号

Freedom at Midnight: The Epic Drama of India's Struggle for Independence
by Larry Collins and Dominique Lapierre
Copyright © 1975 by Larry Collins and Dominique Lapierre
This edition arranged with Renaissance Literary & Talent Agency
through Big Apple Agency, Inc., Labuan, Malaysia.
Simplified Chinese edition copyright © 2025 by Ginkgo (Shanghai) Book Co., Ltd.
All rights reserved.

本书中文简体版权归属于银杏树下（上海）图书有限责任公司。

版权登记号：01-2025-2461

午夜时分的解放：1947印度独立与印巴分治实录
WUYE SHIFEN DE JIEFANG 1947 YINDU DULI YU YINBAFENZHI SHILU

著　　者	［美］拉莱·科林斯　　［法］多米尼克·拉皮埃尔
译　　者	李　晖
出版统筹	吴兴元
责任编辑	王　颂
特约编辑	张雨夏
营销推广	ONEBOOK
封面设计	徐睿绅
出版发行	民主与建设出版社有限责任公司
电　　话	（010）59417749　59419778
社　　址	北京市朝阳区宏泰东街远洋万和南区伍号公馆4层
邮　　编	100102
印　　刷	天津联城印刷有限公司
版　　次	2025年2月第1版
印　　次	2025年6月第1次印刷
开　　本	655毫米×1000毫米　1/16
印　　张	35
字　　数	515千字
书　　号	ISBN 978-7-5139-4852-4
定　　价	128.00元

注：如有印、装质量问题，请与出版社联系。